COLLECTION FOLIO

Vladimir Nabokov

Le don

Traduit de l'anglais
par Raymond Girard

Préface de l'auteur

Gallimard

Vladimir Nabokov est né le 23 avril 1899 à Saint-Pétersbourg, au 47 rue Morskaïa (actuellement rue Herzen), dans un milieu aristocratique libéral et anglophile. Fils aîné d'une famille de cinq enfants, Vladimir Nabokov bénéficie, avec ses frères et sœurs, d'une éducation trilingue. Ce trilinguisme de l'enfance sera déterminant pour son œuvre d'écrivain russe puis américain. L'auteur voyage au tout début du siècle en Europe avec ses parents, découvre la passion des lépidoptères et des échecs, le bonheur de vivre à proximité d'une « bibliothèque de dix mille ouvrages ». Entre 1911 et 1917, il suit les cours de l'Institut Ténichev à Saint-Pétersbourg, et sa première œuvre, un recueil de poèmes imprimé à cinq cents exemplaires, paraît à titre privé en 1916.

La Révolution de 1917 interrompt brutalement cette enfance idyllique. Le père de l'auteur, Vladimir Dmitriévitch Nabokov, éminent juriste et fils d'un ancien ministre de la Justice, était membre du Parti constitutionnel démocrate et de la première Douma de 1906 (le premier et éphémère parlement russe). Opposant déterminé au despotisme du tsar, il avait connu la prison en 1908. Au début de 1917, il fait partie du Gouvernement provisoire de Kerenski et de la nouvelle Assemblée constituante. La révolution d'Octobre contraint les Nabokov à se réfugier d'abord en Crimée. Le 15 avril 1919, la famille quitte définitivement la Russie à destination de Londres.

Entre 1919 et 1922, Vladimir Nabokov étudie les littératures russe et française à Cambridge (Trinity College). Son père, qui s'est installé à Berlin avec le reste de sa famille pour diriger avec Hessen le journal émigré *Roul'*, est assassiné par des fascistes russes en mars 1922. C'est dans ce journal de Berlin, ainsi que dans les journaux russes émigrés de Paris, que Nabokov fait paraître des poèmes, des articles critiques, des traductions du français ou de l'anglais, puis ses premières nouvelles et des extraits de ses premiers romans.

A partir de 1923, avec la parution de sa traduction russe d'*Alice au pays des merveilles*, puis de ses propres romans, en particulier *La défense Loujine* (1930), *Chambre obscure* (1932), *La méprise* (1936) et surtout *Le don* (1937), Nabokov s'impose comme le plus exceptionnel romancier russe de son temps. Résident berlinois de 1922 à 1937, l'auteur, qui a épousé Véra Evséievna Slonim le 15 avril 1925, s'installe, pour fuir le nazisme, à Paris au début de 1937, où certains de ses livres ont déjà été traduits en français.

L'écrivain polyglotte, qui signait ses ouvrages russes du pseudonyme de Sirine, commence à se métamorphoser en un écrivain de langue anglaise. Après avoir traduit, non sans les remanier, deux de ses romans russes en anglais, *La méprise* qui devient *Despair* (Londres, 1937) puis *Chambre obscure* rebaptisé *Laughter in the Dark* (New York, 1938), Nabokov écrit à Paris en 1938 son premier roman de langue anglaise, *La vraie vie de Sebastian Knight*, qui paraîtra seulement en 1941, soit un an après son arrivée en Amérique, le 28 mai 1940. Toute l'œuvre romanesque de Nabokov sera désormais écrite en anglais.

Nommé professeur associé à Stanford University en 1941, il accepte ensuite un poste d'entomologiste au Museum of Comparative Zoology de Harvard, tout en donnant des conférences de littérature à Wellesley College. L'amitié et le soutien d'Edmund Wilson et de Mary McCarthy, puis des responsables du *New Yorker*, lui permettent d'acquérir une audience qu'il n'avait jamais espérée. Nommé professeur de littérature à Cornell University en 1948, il donne des conférences sur « les grands maîtres européens du roman », et cela jusqu'en 1959, un an après le succès de scandale de *Lolita* (publié d'abord en anglais à Paris, par Olympia Press, en 1955), qui lui permet de vivre de sa plume et fait découvrir une œuvre immense.

En 1961, il s'installe au Montreux Palace, en Suisse, où il écrira, en outre, ces chefs-d'œuvre que sont *Feu pâle* et le monumental *Ada*, publié à l'occasion de son soixante-dizième anniversaire. Maître d'œuvre d'une célèbre traduction anglaise d'*Eugène Onéguine* de Pouchkine, Nabokov a retraduit en anglais certains de ses romans et nouvelles russes, avec la collaboration de son fils, et poursuivi une carrière de lépidoptérologiste qui lui valut l'admiration de ses pairs. Ses collections sont, pour l'essentiel, conservées dans les musées de Cornell University de Harvard et de Lausanne. L'auteur est mort le 2 juillet 1977 à Montreux.

La majeure partie du Don *(en russe,* Dar*) fut écrite de 1935 à 1937 à Berlin ; le dernier chapitre fut achevé en 1937 sur la Côte d'Azur. La principale revue d'émigrés* Sovremennye Zapiski, *publiée à Paris par un groupe d'anciens membres du Parti Social Révolutionnaire, fit paraître le roman en feuilletons (nos 63-67, 1937-1938), en omettant cependant le Chapitre Quatre qui fut écarté pour les mêmes raisons qui poussèrent Vassiliev, dans le Chapitre Trois (p. 260-261), à le rejeter, et cela à cause de la biographie qu'il contient : un assez bel exemple de la vie qui se trouve dans l'obligation d'imiter l'art même qu'elle condamne. Ce n'est qu'en 1952, presque vingt ans après ses premières ébauches, que parut une édition complète du roman grâce à cette entreprise de bons samaritains qu'est la Chekhov Publishing House de New York. Il est fascinant d'imaginer le régime sous lequel on peut lire* Dar *en Russie.*

Je vivais à Berlin depuis 1922, donc à la même époque que le jeune homme dans le roman ; mais ni ce fait ni la parenté de nos intérêts, tels que la littérature et les lépidoptères, ne devraient pousser le lecteur à dire « Hum... hum... » et à confondre le créateur avec l'œuvre. Je ne suis pas, et ne fus jamais Fiodor Godounov-

Tcherdyntsev ; mon père n'était pas l'explorateur de l'Asie Centrale que je puis encore devenir ; je n'ai jamais fait la cour à Zina Mertz, et ne me suis jamais préoccupé du poète Kontchéiev ou d'aucun autre écrivain. En fait, c'est plutôt dans Kontchéiev aussi bien que dans un autre personnage accessoire, le romancier Vladimirov, que je retrouve quelques éléments de moi-même, tel que j'étais vers 1925.

A l'époque où je travaillais à ce livre, je ne savais pas encore comment m'y prendre pour recréer Berlin et sa colonie d'expatriés aussi radicalement et impitoyablement que je l'ai fait à l'égard de certains milieux, plus tard, dans mes œuvres de fiction écrites en anglais. Ici et là, l'art laisse transparaître l'histoire. L'attitude de Fiodor à l'égard de l'Allemagne est peut-être un reflet trop typique du mépris grossier et irrationnel que les émigrés russes avaient pour les « indigènes » (à Berlin, Paris ou Prague). En plus, mon jeune homme est influencé par la montée d'une dictature écœurante qui appartient à la période où le roman fut écrit et non pas à celle qu'il reflète ici et là.

*La formidable hémorragie d'intellectuels qui constitua une partie si importante de l'exode général de la Russie soviétique dans les premières années de la Révolution bolchevique apparaît aujourd'hui comme l'odyssée de quelque tribu mythique dont je relève, dans la poussière du désert, les hiéroglyphes lunaires et ornithiques. Nous demeurâmes inconnus des intellectuels américains (qui, ensorcelés par la propagande communiste, ne voyaient en nous que des seigneurs de la guerre, des rois du pétrole et de lugubres dames à lorgnons). Aujourd'hui, ce monde s'est éteint. Disparus les Bounine, Aldanov, Rémizov. Disparu, Vladislav Khodassévitch, le plus grand poète russe que le XX*e *siècle ait encore produit. Les vieux intellectuels disparaissent maintenant et n'ont pas encore trouvé de* *successeurs dans les personnes déplacées des deux dernières décades qui ont amené avec eux à l'étranger l'esprit provincial et philistin de leur patrie soviétique.*

Puisque le monde du Don *est devenu tout aussi fantasmagorique que la plupart de mes autres mondes, je puis parler de ce livre avec un certain détachement. C'est le dernier roman que j'ai écrit, et que j'écrirai jamais, en russe. Son héroïne n'est pas Zina, mais la littérature russe. Les poèmes de Fiodor forment la trame du premier chapitre. Le Chapitre Deux est une aspiration vers Pouchkine dans l'évolution littéraire de Fiodor, et contient sa tentative de description des explorations zoologiques de son père. Le Chapitre Trois est sur Gogol, mais son centre réel est le poème d'amour dédié à Zina. Le livre de Fiodor sur Tchernychevski, une spirale à l'intérieur d'un sonnet, prend soin du Chapitre Quatre. Le dernier chapitre combine tous les thèmes précédents et laisse pressentir le livre que Fiodor rêve d'écrire un jour :* Le don.

L'épigramme n'est pas une fabrication personnelle. Le poème qui sert d'épilogue parodie une stance d'Onéguine. Je me demande jusqu'où l'imagination du lecteur suivra les jeunes amants après leur sortie de scène.

Vladimir Nabokov

Montreux, 28 mars, 1962.

Le chêne est un arbre. La rose est une fleur. Le cerf est un animal. Le moineau est un oiseau. La Russie est notre patrie. La mort est inévitable.

P. Smirnovski
Manuel de grammaire russe.

CHAPITRE PREMIER

Un jour où le ciel était couvert de nuages mais néanmoins lumineux, vers quatre heures de l'après-midi, le 1er avril 192 - (un critique étranger a déjà souligné qu'alors que de nombreux romans, la plupart des romans allemands par exemple, commencent par une date, seuls les auteurs russes, dans la tradition d'honnêteté qui caractérise notre littérature, omettent le dernier chiffre) un fourgon de déménagement, très long et très jaune, accroché à un tracteur qui était jaune lui aussi, avec des roues arrière hypertrophiées et une anatomie étalée sans pudeur, vint s'arrêter devant le numéro sept de la rue Tannenberg, dans la partie ouest de Berlin. Le devant du fourgon portait un ventilateur en forme d'étoile. Le long du fourgon, s'étalait le nom de la compagnie de déménagement en lettres bleues hautes d'un mètre, dont chacune (y compris un point carré) était ombragée d'un côté avec de la peinture noire : une tentative malhonnête pour s'insérer dans la dimension suivante. Sur le trottoir, devant la maison (que j'habiterai moi aussi) se tenaient deux personnes qui étaient évidemment venues à la rencontre de leur mobilier (dans *ma* valise, il y a plus de manuscrits que de chemises).

L'homme, attifé d'un grossier paletot d'un brun verdâtre auquel le vent donnait un peu de vie, était grand et âgé, avait les sourcils touffus, et le gris de ses favoris tournait au roux autour de sa bouche d'où il laissait pendre, insensiblement, un mégot de cigare froid et à moitié défait. La femme, trapue et plus très jeune, avec des jambes arquées et un visage pseudo-chinois plutôt séduisant, portait une veste d'astrakan ; après l'avoir contournée, le vent apporta les effluves d'un parfum d'assez bonne qualité, mais légèrement éventé. Ils demeuraient tous deux immobiles et observaient fixement la scène, avec une telle attention qu'on aurait pu croire qu'ils risquaient de se faire rouler, tandis que trois costauds au cou rouge et vêtus de tabliers bleus s'escrimaient avec leurs meubles.

Un jour, pensa-t-il, je dois me servir d'une scène semblable pour commencer un bon vieux roman bien épais. La pensée furtive était empreinte d'une insouciante ironie ; une ironie qui était assez superflue cependant parce que en lui, en son nom, indépendamment de lui, quelqu'un avait absorbé tout ça, l'avait enregistré et l'avait classé. Lui-même n'avait emménagé qu'aujourd'hui, et maintenant, pour la première fois, dans son état encore inhabituel de résident de l'endroit, il était sorti pour faire quelques courses. Il connaissait la rue et, en fait, tout le voisinage : la pension qu'il venait de quitter n'était pas tellement éloignée ; jusqu'à ce jour, cependant, la rue avait tourné et glissé par-ci, par-là, sans aucun rapport avec lui ; aujourd'hui, elle s'était subitement arrêtée ; dorénavant, elle allait se stabiliser comme un prolongement de son nouveau domicile.

Bordée de tilleuls de taille moyenne, avec des gouttelettes de pluie suspendues et réparties parmi leurs brindilles noires enchevêtrées selon l'organisation future des feuilles (demain, chaque goutte contiendrait une pupille verte) ; complétée par une surface unie et goudronnée de quelque trente pieds de large et par des trottoirs versicolores (faits à la main et agréables au pied), elle s'élevait à un angle imperceptible, commençait avec un bureau de poste et se terminait par une église, comme un roman épistolaire. D'un œil expérimenté, il l'examina pour y trouver quelque chose qui se transformerait en plaie quotidienne, une torture quotidienne pour ses sens, mais il ne semblait y avoir rien de tel en vue, et la lumière diffuse de ce jour gris de printemps n'était pas seulement au-delà de toute suspicion, mais promettait même d'adoucir toute bagatelle qui ne manquerait pas de se produire sous un climat plus éclatant ; ça pourrait être n'importe quoi : la couleur d'un immeuble, par exemple, qui provoque immédiatement une saveur désagréable dans la bouche, un arrière-goût de farine d'avoine, ou même de halva ; un détail d'architecture qui attire avec effusion l'attention chaque fois que l'on passe devant ; l'irritant simulacre d'une cariatide, un parasite et non pas un support qui, même sous le fardeau le plus léger, s'écroulerait en plâtras ; ou, sur le tronc d'un arbre, fixé par une punaise rouillée, le coin inutile mais perpétuellement conservé d'une affiche écrite à la main (encre dégoulinante, chien bleu échappé) qui a survécu à son propos mais n'a pas été complètement arrachée ; ou alors, un objet dans une vitrine, ou une odeur qui refuse au dernier moment d'offrir le souvenir qu'elle avait semblé sur le point de dévoiler, et qui au lieu de ça demeure sur son coin de rue, mystère enfoui en soi. Non, il n'y avait rien de semblable (du moins, pas encore) ; ce serait une bonne idée, pensa-t-il, d'étudier, un de ces jours, à tête reposée, la succession de trois ou quatre sortes de boutiques et de voir s'il avait raison de conjecturer qu'une telle succession obéit à sa propre loi de composition, de telle façon qu'ayant découvert la disposition la plus fréquente, on pourrait en déduire le cycle général pour les rues d'une ville donnée, par exemple : débit de tabac, pharmacie, magasin de primeurs. Dans la rue Tannenberg ces trois boutiques étaient dissociées, se trouvant à des coins différents ; cependant, l'essaimage rythmique ne s'était peut-être pas encore établi, et à l'avenir, cédant à ce contrepoint (à mesure que les propriétaires feraient banqueroute ou déménageraient) elles commenceraient graduellement à s'assembler selon le modèle approprié : le magasin de primeurs, un coup d'œil par-dessus l'épaule, traverserait la rue pour être d'abord à sept puis à trois portes de la pharmacie – à peu près de la même façon que les lettres enchevêtrées trouvent leur place dans un film publicitaire ; et à la fin, il y en a toujours une qui fait une sorte de cabriole et qui reprend sa position à la hâte (personnage comique, l'inévitable tire-au-flanc parmi les nouvelles recrues) ; et elles attendront ainsi jusqu'à ce qu'une place adjacente devienne disponible, sur quoi elles feront un clin d'œil au débit de tabac de l'autre côté de la rue, comme pour dire « Vite, amène-toi » ; et avant qu'on puisse se retourner, elles sont toutes sur une même rangée, dans un ordre caractéristique. Mon Dieu, comme je déteste tout ceci – les choses dans la vitrine, le visage obtus de la marchandise, et par-dessus tout, le cérémonial des transactions, l'échange de compliments écœurants avant et après ! Et ces cils baissés des prix modestes... la noblesse du rabais... l'altruisme de la réclame... toute cette exécrable imitation du bien, qui a une étrange façon d'attirer les bonnes âmes : Alexandra Iakovlevna, par exemple, m'a avoué que lorsqu'elle va faire des courses dans des magasins familiers elle se trouve moralement transplantée dans un monde spécial où elle se sent intoxiquée par le vin de l'honnêteté, la gentillesse des faveurs réciproques, et elle répond au sourire incarnadin du vendeur par un sourire rayonnant de ravissement.

Le genre de magasin berlinois où il entra peut être adéquatement déterminé par la présence, dans un coin, d'une petite table où se trouvaient un téléphone, un annuaire, des narcisses dans un vase, et un grand cendrier. Cette boutique n'avait pas les cigarettes russes à bout de carton qu'il préférait, et il serait reparti les mains vides n'eût-ce été du veston bariolé du marchand de tabac avec des boutons de nacre et sa plaque chauve couleur de citrouille. Oui, toute ma vie, j'obtiendrai ce petit paiement supplémentaire en espèces en compensation du paiement supplémentaire de la marchandise qu'on m'impose.

Comme il traversait la rue en direction de la pharmacie du coin, il tourna involontairement la tête à cause d'un éclat de lumière qui avait ricoché de sa tempe, et il aperçut, avec ce sourire rapide que nous prenons pour accueillir un arc-en-ciel ou une rose, un parallélogramme de ciel aveuglément blanc que l'on déchargeait du fourgon – une commode avec un miroir que traversait, comme un écran de cinéma, le reflet, d'une clarté sans faille, de branches qui glissaient et se balançaient non pas comme sur un arbre, mais avec une vacillation humaine, produite par la nature de ceux qui portaient ce ciel, ces branches, cette glissante façade.

Il s'achemina vers la boutique, mais ce qu'il venait juste d'apercevoir – soit que cela lui eût donné un plaisir analogue, ou parce qu'il avait été surpris et secoué (comme les enfants dans le fenil se laissent tomber dans l'obscurité qui les fait rebondir) – libéra en lui ce quelque chose d'agréable qui se trouvait depuis plusieurs jours au fond ténébreux de chacune de ses pensées, prenant possession de lui à la moindre provocation : mon recueil de poèmes a été publié ; et lorsque, comme maintenant, son esprit culbutait de la sorte, c'est-à-dire lorsqu'il se rappelait les quelque cinquante poèmes qui venaient juste de paraître, il parcourait en un seul instant le livre tout entier de telle sorte que dans la brume instantanée de sa musique follement accélérée on ne pouvait obtenir un sens lisible des vers tremblotants – les mots familiers filaient à toute vitesse, tourbillonnant au milieu d'une écume violente (dont le bouillonnement était transformé en un puissant mouvement fluide si l'on y rivait les yeux comme nous le faisions il y a longtemps, du haut du pont branlant d'un moulin jusqu'à ce que le pont se change en poupe de navire : adieu !) – et cette écume, et ce tremblement, et un vers séparé qui passait à toute vitesse en solitaire, criant de loin en pâmoison frénétique, lui enjoignant probablement de revenir à la maison, tout cela, avec le blanc crémeux de la couverture, se fondait en un sentiment bienheureux d'une exceptionnelle pureté... Que suis-je en train de faire, pensa-t-il, revenant brusquement à lui et se rendant compte que la première chose qu'il avait faite en entrant dans la boutique suivante avait été de déposer la monnaie qu'il avait reçue chez le marchand de tabac sur l'îlot de caoutchouc au milieu du comptoir en verre à travers lequel il jetait un coup d'œil au trésor submergé des parfums en flacons, tandis que le regard fixe de la vendeuse, condescendante à l'égard de son étrange conduite, suivait avec curiosité cette main étourdie qui payait un achat qui n'avait pas encore été nommé.

« Un pain de savon aux amandes, s'il vous plaît », fit-il avec dignité.

Sur quoi il retourna à la maison du même pas alerte. Le trottoir était vide à présent, à l'exception de trois chaises bleues qui semblaient avoir été disposées par des enfants. A l'intérieur du fourgon, un petit piano brun était couché sur le dos, attaché de telle façon qu'il ne pouvait pas se relever, ses deux petites semelles de métal en l'air. Dans l'escalier, il rencontra les déménageurs qui descendaient d'un pas lourd, les genoux écartés, et, comme il sonnait à la porte de son nouveau domicile, il entendit des voix et des coups de marteau à l'étage supérieur. Sa logeuse le fit entrer et lui dit qu'elle avait laissé ses clés dans sa chambre. Cette imposante et rapace Allemande avait un nom comique : Klara Stoboy – ce qui, pour une oreille russe, sonnait avec une fermeté sentimentale comme « Klara est avec toi (*s toboy*) ».

Et voici la chambre oblongue, et la valise qui attend patiemment... et à ce point, son humeur insouciante se changea en révulsion : que Dieu épargne à chacun l'horrible et avilissant ennui, le refus périodique d'accepter le joug avilissant de nouveaux quartiers périodiques, l'impossibilité de vivre face à des objets totalement étrangers, l'inévitable insomnie sur ce divan !

Il demeura immobile près de la fenêtre un instant.

Dans le lait caillé du ciel se creusaient de temps à autre des cavités opalines là où circulait le soleil aveugle, et, en réponse, sur le toit gris convexe du fourgon, les ombres ténues des branches de tilleuls se précipitaient vers une substantiation, mais se dissolvaient sans s'être matérialisées. La maison d'en face était à demi entourée d'échafaudages, tandis que la partie saine de sa façade de briques était envahie de lierre qui obstruait les fenêtres. A l'autre extrémité du sentier qui traversait sa cour avant, il pouvait apercevoir l'enseigne noire d'une cave à charbon.

En soi, tout ceci était une vue, tout comme la chambre était elle-même une entité séparée ; mais maintenant, un intermédiaire était apparu, et cette vue devenait la vue de cette chambre et nulle autre. Le don de vue qu'elle venait juste de recevoir ne l'améliorait pas. Il serait difficile, pensa-t-il rêveusement, de transformer le papier peint des murs (jaune pâle, avec des tulipes bleuâtres) en une steppe lointaine. Il faudra que le désert du bureau soit longuement labouré avant que ne poussent les premières rimes. Et que beaucoup de cendres de cigarette tombent sous le fauteuil et dans ses creux avant qu'il ne se prête au voyage.

La propriétaire vint l'appeler au téléphone, et, s'inclinant poliment, il la suivit dans la salle à manger. « Tout d'abord, mon cher monsieur », dit Alexandre Iakovlevitch Tchernychevski, « comment se fait-il que votre ancienne logeuse hésite tellement à donner votre nouveau numéro de téléphone ? Vous êtes parti en claquant les portes, n'est-ce pas ? En second lieu, je veux vous féliciter... Quoi, vous ne savez pas encore ? Vraiment ? » (« Il n'en sait encore rien », dit Alexandre Iakovlevitch, dirigeant l'autre côté de sa voix vers quelqu'un qui était hors de portée du téléphone.) « Bien, en ce cas, gardez votre sang-froid et écoutez ceci – je vais vous le lire : “Le recueil de poèmes récemment publié par un auteur jusqu'à présent inconnu, Fiodor Godounov-Tcherdyntsev, frappe le lecteur comme un phénomène éclatant, et le talent poétique de l'auteur est tellement indiscutable...” Voici ce que je vous propose : je ne continue pas, mais vous venez faire un saut chez nous ce soir. Alors, vous pourrez lire l'article en entier. Non, Fiodor Konstantinovitch, mon bon ami, je ne vous dirai rien de plus maintenant, ni le nom de l'auteur de cet article, ni dans quel journal d'émigrés russe il a été publié, mais si vous voulez mon opinion personnelle, n'en prenez pas offense, mais je crois que ce type vous traite beaucoup trop gentiment. Alors, vous venez ? Excellent. Nous vous attendons. »

En raccrochant le récepteur, Fiodor faillit jeter en bas de la table le porte-crayon avec la tige de fer flexible ; il essaya de le rattraper, et ce fut à ce moment qu'il le fit tomber ; puis il se cogna la hanche contre le coin du buffet ; il laissa tomber ensuite une cigarette qu'il sortait de son paquet en marchant ; et finalement, il fit une erreur de calcul en estimant le battement de la porte qui s'ouvrit avec un bruit si sonore que Frau Stoboy qui passait justement dans le corridor, une soucoupe de lait à la main, poussa un « Oh ! » glacial. Il voulait lui dire que sa robe jaune pâle avec des tulipes bleuâtres était ravissante, que la séparation de sa chevelure crêpelée et les poches frémissantes de ses joues lui conféraient un air de royauté george-sandesque ; que sa salle à manger était le summum de la perfection ; mais il se limita à un sourire épanoui et faillit trébucher sur les raies tigrées qui n'avaient pas rattrapé le chat qui venait de faire un bond de côté ; après tout, il n'avait jamais douté que les choses seraient ainsi, que le monde, dans la personne de quelques centaines de passionnés de littérature qui avaient quitté Saint-Pétersbourg, Moscou et Kiev, apprécierait immédiatement son don.

Nous avons sous les yeux un mince volume intitulé *Poèmes* (simple livrée queue-de-pie qui est devenue depuis quelques années tout aussi de rigueur que les galons d'il n'y a pas si longtemps – de « Rêveries lunaires » à un latin symbolique), contenant environ cinquante poèmes de douze vers tous consacrés à un unique thème : l'enfance. En les composant avec ferveur, l'auteur avait cherché d'une part à généraliser les réminiscences en choisissant les éléments typiques de toute enfance réussie, – d'où leur apparente évidence – et de l'autre, il n'avait donné libre accès à ses poèmes qu'à son authentique quiddité, – d'où leur apparente délicatesse. Il devait en même temps faire de grands efforts pour ne pas perdre le contrôle du jeu ni le point de vue du jouet. La stratégie de l'inspiration et les tactiques de l'esprit, la chair de la poésie et le spectre d'une prose translucide – telles sont les épithètes qui nous semblent caractériser avec une justesse suffisante l'art de ce jeune poète... Et après avoir fermé sa porte à clé, il sortit son livre et se jeta sur le canapé – il lui fallait le relire tout de suite, avant que l'excitation n'ait le temps de se refroidir, afin de vérifier la qualité supérieure des poèmes et de se préfigurer tous les détails de la haute approbation que leur avait accordée le critique intelligent, délicieux, et encore anonyme. Et maintenant, comme il les goûtait et les mettait à l'épreuve, il faisait exactement le contraire de ce qu'il avait fait peu de temps auparavant, lorsqu'il avait parcouru le livre dans une seule pensée instantanée. Il lisait à présent en trois dimensions pour ainsi dire, explorant chaque poème avec soin, soulevé comme un cube parmi d'autres et baigné de tous les côtés dans cet air de campagne merveilleux et duveteux qui nous laisse toujours si épuisés le soir. En d'autres mots, tandis qu'il lisait, il réemployait tous les matériaux déjà amassés par sa mémoire pour l'extraction de ces poèmes, et reconstruisait tout, absolument tout, comme un voyageur qui revient et voit dans les yeux d'un orphelin, non seulement le sourire de sa mère qu'il avait connue dans sa jeunesse, mais aussi une avenue qui se termine dans un éclat de lumière jaune et cette feuille châtaine sur le banc, et tout, et tout. Le recueil commençait par le poème « La Balle perdue », et l'on avait l'impression qu'il se mettait à pleuvoir. Un de ces soirs lourds de nuages qui vont si bien avec nos sapins nordiques s'était amassé autour de la maison. L'avenue était rentrée du parc pour la nuit, et son arrivée était enveloppée de ténèbres. Maintenant, les volets blancs séparaient la chambre de l'obscurité extérieure, là où les parties plus lumineuses de différents objets domestiques s'étaient déjà rendues pour prendre à titre d'essai des positions à divers niveaux dans le jardin irrémédiablement noir. Voici l'heure de se coucher.

Les jeux s'affadissent et deviennent quelque peu calleux. La nurse est vieille et elle gémit péniblement en s'agenouillant en trois mouvements laborieux.

Ma balle a roulé sous la commode de la nurse.
Sur le plancher, une bougie
Tiraille les ombres de tous les côtés
Mais la balle est partie.

Arrive ensuite le tisonnier crochu.
Il traîne et fait du bruit en vain,
Ramène un bouton
Et puis la moitié d'une biscotte.
La balle s'élance subitement
Dans la frémissante obscurité,
Traverse toute la pièce et court bien vite
Se cacher sous l'inexpugnable sofa.

Pourquoi l'épithète « frémissante » ne me satisfait-elle pas pleinement ? La main colossale du montreur de marionnettes apparaît-elle ici un instant parmi les créatures dont la taille avait finalement été acceptée par l'œil (de telle sorte que la première réaction du spectateur à la fin du spectacle est « Comme j'ai grandi ! ») ? Après tout, la chambre était réellement frémissante, et ce mouvement des ombres, oscillant, comme un manège de chevaux de bois, d'un bout à l'autre du mur quand on passe dans l'autre pièce avec la lumière, ou l'ombre en forme de chameau au plafond avec ses bosses monstrueuses qui se gonflent quand la nurse se débat avec l'encombrant et instable paravent de joncs (dont l'expansion est inversement proportionnelle au degré d'équilibre) – voici l'ensemble de mes tout premiers souvenirs, ceux qui sont le plus près de la source originelle. Ma pensée fouisseuse se tourne souvent vers cette source originelle, vers ce contre-néant. Ainsi, l'état nébuleux du nouveau-né me semble toujours être une lente convalescence après une terrible maladie, et l'éloignement de la non-existence première devient une voie d'accès à cette même non-existence lorsque je fais un effort mnémonique extrême pour goûter cette obscurité et me servir de ses leçons pour me préparer à l'obscurité qui s'approche ; mais, tandis que je tourne ma vie la tête en bas de telle sorte que la naissance devient la mort, je ne parviens pas à apercevoir, à la limite de cette contre-mort, quelque chose qui puisse correspondre à la terreur infinie que même un centenaire est supposé connaître lorsqu'il fait face à la fin certaine ; rien, sauf peut-être les ombres mentionnées plus haut qui, s'élevant quelque part des profondeurs lorsque la bougie quitte la chambre (pendant que l'ombre du bouton de cuivre au pied gauche de mon lit passe en vitesse comme une tête noire qui se gonfle en bougeant), prennent leurs places habituelles au-dessus de mon lit de chambre d'enfant,

Et dans leurs coins deviennent audacieux,
N'ayant qu'une ressemblance fortuite
Avec leurs modèles naturels.

Dans toute une série de poèmes, désarmants par leur sincérité... non, c'est absurde. Pourquoi devrait-on « désarmer » le lecteur ? Est-il dangereux ? Dans toute une série d'excellents... ou, pour employer un terme plus fort, de remarquables poèmes, l'auteur chante non seulement ces ombres terrifiantes, mais aussi des moments plus gais. Mais non, c'est absurde ! Il n'écrit pas de cette façon mon panégyriste inconnu, anonyme, et ce n'est que par égard pour lui que j'ai poétisé le souvenir de deux jouets précieux et, je le crois, anciens. Le premier était un grand pot de fleurs peint contenant une plante artificielle d'une contrée ensoleillée sur laquelle était perché un oiseau chanteur tropical empaillé, portrait si étonnant de la vie, qu'il semblait sur le point de s'envoler avec son plumage noir et sa gorge améthyste ; et lorsque la grosse clé avait été soutirée à la gouvernante Ivonna Ivanovna, insérée dans le flanc du pot et qu'on lui avait donné plusieurs tours serrés et vivifiants, le petit rossignol malais ouvrait le bec... non, il n'ouvrait même pas le bec car quelque chose d'étrange était arrivé au mécanisme usagé, à quelque ressort ou autre chose qui emmagasinait néanmoins son action pour plus tard : l'oiseau ne chantait pas sur le moment, mais si on l'oubliait et si l'on passait par hasard devant son perchoir au-dessus de l'armoire une semaine plus tard, alors quelque mystérieux tremblement le faisait subitement émettre son mystérieux gazouillis – et quelle merveille, quels interminables trilles ne faisait-il pas en gonflant sa petite gorge hérissée ; il s'arrêtait ; puis, en sortant, on posait le pied sur une autre lame du parquet et en réplique spéciale il poussait un sifflement final, et s'arrêtait à la moitié de la note. L'autre jouet poétisé qui était dans une autre chambre, lui aussi sur une tablette élevée, se conduisait d'une façon identique, mais avec une pointe bouffonne d'imitation – puisque l'esprit de la parodie s'accompagne toujours de poésie authentique. C'était un clown en culottes de satin bouffantes qui s'appuyait sur deux barres parallèles badigeonnées à la chaux et que mettait en mouvement une secousse accidentelle,

Au son d'une musique miniature
Avec une prononciation comique

tintant quelque part sous sa petite plate-forme tandis qu'il levait ses jambes vêtues de bas blancs, des pompons sur les souliers, de plus en plus haut avec des secousses presque imperceptibles – et brusquement, tout s'arrêtait, et il s'immobilisait dans une attitude angulaire. Et peut-être en est-il ainsi de mes poèmes ? Mais la véracité des juxtapositions et des déductions est quelquefois mieux conservée de ce côté-ci de la clôture verbale.

On tire graduellement des morceaux poétiques du livre l'image d'un garçon extrêmement réceptif vivant dans un milieu extrêmement favorable. Notre poète naquit le 12 juillet 1900 au manoir de Léchino qui était, depuis des générations, la propriété de campagne des Godounov-Tcherdyntsev. Avant même d'avoir atteint l'âge scolaire, l'enfant avait lu une quantité considérable des livres de la bibliothèque paternelle. Dans ses intéressants souvenirs, un Monsieur raconte avec quel enthousiasme le petit Fiodor et sa sœur Tania, son aînée de deux ans, se lançaient dans des représentations théâtrales et comment ils allaient même jusqu'à écrire des pièces pour leurs spectacles... Ceci, mon cher ami, est peut-être vrai pour d'autres poètes, mais dans mon cas, c'est un mensonge. Le théâtre m'a toujours laissé indifférent ; bien que je me souvienne que nous avions en effet un théâtre de marionnettes avec des arbres en carton et un château crénelé avec des fenêtres en celluloïd couleur de gelée de framboise à travers lesquelles des flammes peintes, comme celles du tableau de Vérechtchaguine *L'Incendie de Moscou*, dansaient lorsqu'on allumait une bougie à l'intérieur – et ce fut cette bougie qui, avec notre participation, fit éventuellement flamber l'édifice tout entier. Ah, mais nous étions, Tania et moi, très exigeants en matière de jouets ! Il nous arrivait souvent de recevoir de donneurs indifférents des choses assez lamentables. Tout ce qui arrivait dans un carton plat avec un couvercle illustré était de mauvais augure. J'ai essayé de consacrer les douze vers convenus à un de ces couvercles mais de toute façon le poème ne prit pas forme. Une famille assise autour d'une table circulaire illuminée par une lampe : le garçon est vêtu d'un impossible costume de marin avec une cravate rouge, la jeune fille porte des bottines lacées, rouges elles aussi ; ils enfilent tous deux, avec des expressions de délectation sensuelle, des perles de différente couleur sur des baguettes qui ont l'apparence de fétus de paille, façonnant des petits paniers, des cages d'oiseaux et des boîtes ; et, avec un enthousiasme identique, leurs parents arriérés participent au même passe-temps – le père avec une barbe florissante sur son visage satisfait, la mère avec son imposante poitrine ; le chien lui aussi observe la table, et on peut voir l'envieuse grand-maman blottie à l'arrière-plan. Ces mêmes enfants ont grandi à présent et je les revois souvent sur des panneaux publicitaires : lui, avec ses joues lustrées et onctueusement bronzées, tire voluptueusement et à petits coups sur une cigarette, ou tient dans sa main musclée, avec un rictus carnivore, un sandwich contenant quelque chose de rouge (« Mangez davantage de viande ») ; elle sourit à un bas qu'elle porte elle-même, ou verse, avec une délectation dépravée, une crème artificielle sur des fruits de conserve ; et avec le temps ils deviendront de sémillants et roses vieillards gloutons et ils auront encore devant eux l'infernale beauté noire des cercueils de chêne dans une vitrine décorée de palmiers... C'est ainsi que se développe un monde d'élégants démons parallèlement à nous, en relation joyeusement sinistre avec notre existence quotidienne ; mais il y a toujours quelque faille secrète dans l'élégant démon, une honteuse verrue sur le derrière de ce simulacre de perfection : le fascinant glouton de l'affiche publicitaire, se gavant de gélatine, ne peut jamais connaître les calmes plaisirs du gourmet, et ses modes (qui s'attardent sur le panneau publicitaire tandis que nous allons de l'avant) sont toujours un peu à la remorque de celles de la vie réelle. Un jour, je reviendrai sur une discussion de cette némésis qui trouve un endroit sensible pour frapper ses coups, exactement là où tout l'instinct et la puissance de la créature qu'elle frappe semblent avoir élu domicile.

En général, nous préférions, Tania et moi, aux jeux calmes ceux qui vous couvrent de sueur – les courses, les parties de cache-cache et les batailles. Il est remarquable de voir à quel point le mot « bataille » (*srajénié*) évoque le son de la compression à ressort quand on insère le projectile dans la gueule du fusil – un bâton de six pouces en bois coloré, privé de sa tête de caoutchouc pour augmenter la puissance avec laquelle il frappe le métal doré d'un plastron (porté par un personnage mi-cuirassier mi-peau-rouge), y faisant une petite marque respectable.

... Vous rechargez le fond le baril,
Avec un grincement de ressorts
En le pressant avec force sur le plancher,
Et vous vous apercevez, à demi caché par la porte,
Que votre double s'est arrêté dans le miroir,
Les plumes arc-en-ciel de votre bandeau
Dressées.

L'auteur avait l'occasion de se cacher (nous voici dans la demeure des Godounov-Tcherdyntsev sur le Quai Anglais de la Néva, où elle se trouve encore aujourd'hui) parmi les draperies, sous les tables, derrière les coussins bien droits des divans de soie, dans une armoire où les boules de naphtaline se broyaient sous les pieds (et d'où l'on pouvait observer sans être vu un domestique qui passait lentement et semblait étrangement différent, vivant, éthéré, répandant une odeur de pommes et de thé) et aussi

Sous un escalier en spirale,
Ou derrière un buffet solitaire
Oublié dans une chambre nue

sur les rayons poussiéreux duquel végétaient des objets comme un collier fait de dents de loup, une petite idole almatolite au ventre nu ; une autre en porcelaine tirant sa langue noire dans une salutation nationale ; un jeu d'échecs avec des chameaux au lieu des fous ; un dragon articulé en bois ; une tabatière Soyote en verre embué ; la même, en agate ; le tambourin d'un chaman et la patte de lapin qui l'accompagne ; une botte en cuir de wapiti avec une semelle intérieure faite en écorce de chèvrefeuille bleu ; une pièce de monnaie tibétaine ensiforme ; une coupe en jade de Kara ; une broche d'argent avec des turquoises ; une lampe de lama ; et un amas de pacotille à l'avenant comme la poussière, comme la carte postale d'une ville d'eau allemande avec ses « Salutations » en nacre – que mon père, qui ne pouvait avaler l'ethnographie, ramenait par hasard de ses fabuleux voyages. Les vrais trésors – sa collection de papillons, son musée – étaient conservés dans trois salles fermées à clé ; mais ce recueil de poèmes ne contient rien à ce sujet : une intuition spéciale avait prévenu le jeune homme qu'il pourrait bien vouloir un jour ou l'autre parler de son célèbre père d'une façon toute différente, non pas en vers miniatures pleins de fioritures mais en des termes très très différents, avec des mots virils.

Quelque chose s'est encore détraqué et on entend

la petite voix irrévérencieusement terne du critique (peut-être même de sexe féminin). Le poète se remémore avec une affection chaleureuse les chambres de la maison familiale où il la passa (son enfance). Il a su imprégner d'un grand lyrisme les descriptions poétiques des objets au milieu desquels il la passa. Lorsque vous écoutez attentivement... Nous tous, avec attention et piété... Les accents du passé... C'est ainsi, par exemple, qu'il dépeint les abat-jour, les lithographies sur les murs, son pupitre d'écolier, la visite hebdomadaire des cireurs de planchers (qui laissent une odeur composée de « givre, de transpiration et de mastic »), et la vérification des horloges :

Chaque jeudi arrive de chez l'horloger
Un vieil homme courtois qui se met à
Remonter d'une main posée
Toutes les horloges de la maison.
Il jette un coup d'œil à sa propre montre
Et ajuste l'horloge fixée au mur.
Il monte sur une chaise et attend que
L'horloge se décharge complètement des douze
Coups de midi. Puis ayant bien fait
Son agréable tâche,
Il replace la chaise sans faire de bruit,
Et l'horloge se met à battre avec un léger grincement.

Donnant de temps à autre un claquement de langue avec son balancier et faisant une étrange pause, comme pour amasser ses forces avant de frapper. Son tic-tac, comme un ruban déroulé divisé par bandes en pouces, servait d'interminable mesure à mes insomnies. Il m'était tout aussi difficile de m'endormir que d'éternuer sans m'être chatouillé l'intérieur de la narine avec quelque chose, ou de me suicider en m'en remettant aux moyens qui sont à la disposition du corps (avaler ma langue, ou quelque chose dans le genre). Au début de la nuit atroce, je pouvais encore lutter contre le temps en entretenant des conversations avec Tania dont le lit se trouvait dans la chambre voisine ; en dépit du règlement, nous entrouvrions la porte et alors, quand nous entendions notre gouvernante qui s'en allait à sa chambre, adjacente à celle de Tania, l'un de nous allait la fermer en douceur : une course éclair pieds nus et puis un plongeon dans le lit. Pendant que la porte était entrebâillée, nous échangions des charades d'une chambre à l'autre, redevenant silencieux de temps à autre (j'entends encore la tonalité de ce silence jumelé dans l'obscurité), pour qu'elle puisse deviner la mienne et pour que j'en invente une autre. Les miennes étaient toujours plutôt fantastiques et idiotes tandis que Tania s'en tenait aux modèles classiques :

mon premier est un métal précieux
mon second est un habitant des cieux
et mon tout est un fruit délicieux

Il lui arrivait de s'endormir pendant que j'attendais patiemment, croyant qu'elle se débattait avec mon énigme, et ni mes prières ni mes imprécations ne réussissaient à la ranimer. Ensuite, je voyageais pendant plus d'une heure à travers l'obscurité de mon lit, faisant une voûte avec les draps au-dessus de moi, afin de former une caverne à la lointaine sortie de laquelle j'apercevais un peu d'oblique lumière bleuâtre qui n'avait rien de commun avec ma chambre à coucher, avec la nuit de la Néva, avec les volants riches et ténébreusement translucides

des rideaux de la fenêtre. La caverne que j'explorais contenait une telle réalité dans ses plis et ses fissures, regorgeait d'un mystère tellement lourd qu'une pulsation, comme celle d'un tambour en sourdine, prenait naissance dans ma poitrine et mes oreilles ; là, dans ses profondeurs, à l'endroit où mon père avait découvert une nouvelle espèce de chauve-souris, je pouvais deviner les pommettes saillantes d'une idole taillée dans le roc ; et à la fin, quand je m'assoupissais, une douzaine de mains puissantes me renversaient et avec un horrible bruit de soie déchirée, quelqu'un me décousait de haut en bas, après quoi une main agile se glissait en moi et pressait puissamment mon cœur. Ou alors, j'étais changé en cheval, hennissant d'une voix mongolienne : des chamans tiraient sur ses jarrets avec des lassos de telle sorte que ses jambes se cassaient avec un craquement et s'effondraient à angle droit avec le corps, – mon corps – qui reposait le poitrail pressé contre la terre jaune, et en signe d'extrême agonie, la queue du cheval s'élevait comme un jet d'eau ; elle retombait et je m'éveillais.

L'heure de se lever. L'allumeur de poêles caresse
Le revêtement luisant
Pour s'assurer que le feu
Parvient jusqu'en haut.
Ça y est. Et le matin répond à son
Ronflement chaud par le silence de la neige,
L'azur teinté de rose,
Et la blancheur immaculée.

Il est étrange de voir comment un souvenir peut se changer en figurine de cire, comment un chérubin devient, d'une manière suspecte, plus joli à mesure que son cadre s'obscurcit avec le temps – étranges, étranges sont les mésaventures de la mémoire. J'ai émigré voici sept ans ; cette terre étrangère a maintenant perdu son aura de pays exotique tout comme le mien a cessé d'être une habitude géographique. L'An Sept. Le fantôme errant d'un empire adopta immédiatement ce système pour marquer le temps, semblable à celui précédemment introduit par l'ardent citoyen français en l'honneur de la liberté naissante. Mais les années passent et l'honneur n'est pas une consolation ; les souvenirs fondent au loin ou bien acquièrent un éclat mortel de telle sorte qu'au lieu de merveilleuses apparitions nous n'avons en main qu'un éventail de cartes postales illustrées. Ici, rien ne peut nous aider, ni la poésie ni le stéréoscope – ce truc qui, dans un silence de mauvais augure aux yeux en boules de loto, dotait une coupole d'une telle convexité et entourait les promeneurs de Karlsbad avec leurs gobelets d'un simulacre d'espace si diabolique que j'étais encore plus assailli de cauchemars après cette diversion optique qu'après les récits de tortures mongoliennes. La photojumelle dont je me souviens particulièrement ornait l'antichambre de notre dentiste, un Américain du nom de Lawson dont la maîtresse française, Mme Ducamp, une harpie grisonnante, assise à son bureau au milieu des fioles de collutoire Lawson rouge sang, se pinçait les lèvres et se grattait nerveusement le cuir chevelu tout en essayant de trouver un rendez-vous pour Tania et moi, et finalement, avec un effort et un cri rauque, réussissait à insérer sa plume qui crachait entre la princesse Toumanov, avec une tache d'encre à la fin, et M. Danzas, avec une tache au début. Voici la description d'une visite chez ce dentiste qui avait prévenu la veille que « celle-là devrait être arrachée... » :

Comment me sentirai-je dans une demi-heure,
Assis dans ce coupé ?
Avec quels yeux verrai-je ces flocons de neige
Et les branches noires des arbres ?
Comment suivrai-je encore du regard
Cette bouteroue conique avec son
Couvre-chef de ouate ? Comment me souvenir
De l'aller au retour ?
(Tandis qu'avec révulsion et tendresse
Je tâterai constamment le mouchoir
Soigneusement plié où se trouve quelque chose
Qui ressemble à une breloque en ivoire.)

Ce « couvre-chef de ouate » n'est pas seulement ambigu mais ne réussit même pas à exprimer ce que je voulais dire – à savoir, la neige empilée comme un chapeau sur les cônes de granit reliés par une chaîne quelque part dans le voisinage de la statue de Pierre le Grand. Quelque part ! Hélas, il m'est déjà difficile d'assembler tous les morceaux épars du passé ; je commence déjà à oublier les liens et les relations entre des objets qui prospèrent encore dans ma mémoire, objets que, de ce fait, je condamne à disparaître. S'il en est ainsi, quelle insultante dérision que d'affirmer d'un air suffisant qu'

Ainsi une impression antérieure continue à vivre
A l'intérieur de la glace de l'harmonie.

Alors, qu'est-ce qui me pousse à composer des poèmes sur mon enfance si, en dépit de tout, mes mots s'écartent de la cible, ou bien tuent et le léopard et le cerf avec la balle explosive d'une épithète « appropriée » ? Mais ne désespérons pas. L'homme dit que je suis un poète authentique – ce qui signifie que la chasse n'a pas été vaine.

Voici un autre poème de douze vers sur les tourments de l'enfance. Il traite des épreuves de l'hiver en ville quand, par exemple, des bas à côtes vous écorchent la peau derrière les genoux, ou quand une vendeuse vous étire un gant de chevreau ridiculement étroit sur la main posée sur le comptoir comme sur le billot du bourreau. Mais ce n'est pas tout : la double morsure de l'agrafe (elle a glissé la première fois), tandis que vous êtes debout, les bras étendus, pour faire boutonner votre col de fourrure ; mais en compensation de tout ceci, quel amusant changement d'acoustique, comme tous les sons s'arrondissent quand le col est relevé ; et puisque nous avons abordé le sujet des oreilles, combien inoubliable est la soyeuse musique bourdonnante et tendue tandis qu'on attache les cordons des cache-oreilles de votre casquette (relève le menton).

Joyeusement des enfants s'ébattent par un jour de gel. A l'entrée du jardin public, voici le marchand de ballons ; au-dessus de sa tête, trois fois sa taille, une énorme grappe bruissante. Regardez, les enfants, comme ils se soulèvent et se frottent les uns contre les autres, tous pleins de la lumière du soleil de Dieu, rouges bleus et verts. Un beau coup d'œil ! S'il vous plaît, je veux le plus gros (le blanc avec le coq peint dessus et l'embryon rouge qui flotte à l'intérieur et qui, lorsque sa mère sera détruite, s'échappera jusqu'au plafond et redescendra un jour plus tard tout ridé et presque apprivoisé). A présent les enfants heureux ont acheté leur ballon d'un rouble et le marchand bienveillant l'a sorti du lot qui se bouscule. Un instant, mon petit, ne le prends pas, laisse-moi couper la corde. Après quoi, il remet ses mitaines et vérifie la corde autour de sa taille d'où pendent ses ciseaux, et s'aidant d'un coup de talon il commence à s'élever dans une position verticale, de plus en plus haut dans le ciel bleu : regardez, son bouquet de ballons n'est pas plus gros qu'une grappe de raisins maintenant tandis que sous lui s'étend un Saint-Pétersbourg brumeux, doré et couvert de givre, un peu restauré ici et là, hélas, d'après les meilleures toiles de nos peintres nationaux.

Mais sans blague, c'était vraiment très beau, très calme. Les arbres dans le parc mimaient leurs propres fantômes et l'effet tout entier révélait un immense talent. Tania et moi, nous nous moquions des traîneaux de nos petits camarades, surtout s'ils étaient couverts d'une étoffe à frange semblable à un tapis et s'ils avaient un siège haut (même équipés d'un dossier) et des rênes que le conducteur tenait tout en freinant avec ses bottes de feutre. Ce genre de traîneau ne se rendait jamais jusqu'au dernier banc de neige et se mettait à tournoyer d'une façon désemparée tout en continuant à descendre, portant un enfant blême et résolu qui était obligé, lorsque son élan était épuisé, de pousser avec ses pieds pour atteindre le bout de la piste glacée. Tania et moi avions de lourds traîneaux de Sangalli sur lesquels on s'étend à plat ventre : ces traîneaux consistaient simplement en un coussin de velours rectangulaire sur des patins d'acier recourbés à chaque bout. Nous n'avions pas à le tirer jusqu'à la glissoire – il glissait avec si peu d'effort et si impatiemment sur la neige, inutilement sablée, qu'il venait vous frapper sur les talons. Nous voici rendus sur la colline.

On gravissait une plate-forme éclaboussée d'étincelles... (L'eau que l'on amenait dans des seaux pour la répandre sur la glissoire avait éclaboussé les marches de bois de telle sorte qu'elles étaient couvertes de glace étincelante, mais l'allitération bien intentionnée n'avait pu englober tout ceci.)

On gravissait une plate-forme éclaboussée d'étincelles
On se jetait impétueusement à plat ventre
Sur le traîneau qui dégringolait
Dans le bleu ; et puis,
Lorsque la scène subissait un changement sinistre,
Et qu'à Noël brûlait sombrement
Une scarlatine dans la chambre des enfants,
Ou, à Pâques, la diphtérie,
On descendait comme une flèche la colline exagérée
De glace brillante, cassante,
Dans une sorte de parc
Mi-tropical, mi-Tavricheski

où, par la puissance du délire, le général Nikolaï Mikhaïlovitch Prjevalski fut transféré du Parc Alexandrovski, près de chez nous, avec son chameau de pierre et où il fut immédiatement changé en statue de mon père qui était à ce moment-là quelque part entre Kokand et Achkhabad, par exemple, ou bien sur une pente de la chaîne de montagnes Tsinin. Que de maladies nous avons traversées, Tania et moi ! Un jour ensemble, un autre séparément ; et comme je souffrais lorsque j'entendais, entre le claquement d'une porte lointaine et le son calme et retenu d'une autre, le bruit de ses pas et son rire éclatant qui me parvenaient, semblant célestement détachés de moi, ignorant mon existence, infiniment distants de mon épaisse compresse avec sa garniture de toile cirée jaune, de mes jambes douloureuses, de la constriction et de la lourdeur de mon corps ; mais si c'était à son tour d'être malade, combien je me sentais terrestre et réel, nerveux comme un ballon de football lorsque je la voyais étendue dans son lit, auréolée de lointain, comme si elle s'était tournée vers l'autre monde, avec rien d'autre que la doublure flasque de son être tournée vers moi ! Décrivons l'ultime résistance avant la capitulation lorsque, n'ayant pas encore quitté le cours normal de la journée, vous cachant à vous-même la fièvre, la douleur de vos articulations, et vous enveloppant à la mode mexicaine, vous dissimuliez les revendications des frissons de fièvre en nécessités du jeu ; et une demi-heure plus tard, quand vous vous êtes rendu et que vous vous retrouvez au lit, votre corps ne croit plus qu'il jouait quelques instants plus tôt, rampant à quatre pattes sur le parquet de la salle. Décrivons l'interrogateur sourire d'alarme de maman lorsqu'elle vient juste de placer le thermomètre sous mon aisselle (tâche qu'elle n'aurait confiée ni au valet ni à la gouvernante). « Eh bien, te voilà dans de beaux draps, n'est-ce pas ? » dit-elle en essayant encore de tourner la chose en blague. Puis, une minute plus tard : « Je le savais hier, j'étais certaine que tu avais la fièvre, tu ne peux rien me cacher. » Et après une autre minute : « Combien de fièvre penses-tu avoir ? » Et finalement : « Je crois qu'on peut le retirer maintenant. » Elle porte à la lumière le tube de verre incandescent et rapprochant ses ravissants sourcils qui semblaient être en poil de loutre – Tania en a hérité – elle l'observe un long moment... et puis sans dire un mot, elle secoue le thermomètre sans se presser et le glisse dans son étui, me regardant comme si elle ne me reconnaissait pas, tandis que mon père traverse lentement à cheval une plaine printanière couverte d'iris bleus ; décrivons aussi l'état de délire où l'on sent des nombres immenses s'agrandir, nous gonflant le cerveau, accompagnés de l'incessant bavardage d'une personne qui n'a aucun rapport avec nous, comme si, dans le jardin sombre attenant à la maison de fous du manuel d'arithmétique, plusieurs de ses personnages à moitié sortis (ou plus précisément, de cinquante-sept cent onzièmes) de leur terrible monde d'intérêts croissants, apparaissaient dans leur rôle préféré de marchands de pommes ou de quatre terrassiers et une Certaine Personne qui a légué à ses enfants une caravane de fractions – et causaient, accompagnés du murmure nocturne des arbres, d'une chose extrêmement domestique et idiote, mais par conséquent d'autant plus effroyable, d'autant plus condamnée à être changée en ces mêmes nombres, en cet univers mathématique s'étendant à l'infini (expansion qui, en ce qui me concerne, jette une étrange lumière sur les théories macrocosmiques de nos physiciens d'aujourd'hui). Enfin, décrivons la convalescence lorsqu'il n'y a plus aucune raison de secouer le thermomètre négligemment abandonné sur la table de chevet où une foule de livres venus vous féliciter et quelques jouets (spectateurs oisifs) ne laissent plus de place aux bouteilles à demi vides de potions troubles.

Un nécessaire à écrire avec mon papier à lettres
Est ce que je vois le plus vivement :
Les feuilles sont ornées d'un fer à cheval
Et de mon monogramme. J'étais devenu
Assez expert dans l'art des initiales torsadées,
Des sceaux intaillés, des fleurs sèches aplaties

(Qu'une petite fille m'avait envoyées de Nice)
Et de la cire à cacheter rouge ou celle aux reflets de bronze.

Aucun des poèmes du recueil ne fait allusion à une certaine chose extraordinaire qui m'arriva durant ma convalescence après une pneumonie assez grave. Lorsque tout le monde eut passé au salon (pour employer un cliché victorien), un des invités qui (pour continuer le cliché) avait été silencieux toute la soirée... La fièvre était retombée durant la nuit et je réussis enfin à atteindre la terre ferme. Laissez-moi vous avouer que j'étais faible, capricieux et transparent – tout aussi transparent qu'un œuf en cristal taillé. Maman était sortie pour m'acheter – je ne savais pas exactement quoi – un de ces objets baroques que je convoitais de temps à autre avec l'avidité d'une femme enceinte, et que j'oubliais complètement par la suite ; mais ma mère dressait une liste de ces desiderata. Tandis que j'étais étendu dans mon lit parmi les couches bleuâtres d'un crépuscule d'intérieur, je sentis se développer en moi une incroyable lucidité, tout comme lorsqu'une lointaine bande de ciel radieusement pâle s'étend entre de longs nuages vespéraux et que vous pouvez apercevoir le cap et les hauts-fonds de Dieu sait quelles îles lointaines – et il semble que si vous laissez courir votre regard volatile juste un peu plus loin, vous discernerez une barque luisante halée sur le sable humide et des traces de pas qui s'éloignent remplis d'eau brillante. En cet instant, je crois que j'atteignis la plus haute limite de la santé humaine : tout récemment, mon esprit avait été trempé et rincé dans une obscurité dangereuse et surnaturellement propre ; et alors, demeurant immobile et ne fermant même pas les yeux, je vis mentalement ma mère, vêtue d'un manteau de chinchilla et d'une voilette mouchetée, monter dans le traîneau (qui, en Russie, semblait toujours si petit en comparaison de l'immense derrière rembourré du cocher), pressant contre son visage son manchon duveteux gris de ramier, tandis qu'elle filait à toute vitesse derrière une paire de chevaux noirs couverts d'un filet bleu. Les rues se déployaient les unes après les autres sans que j'aie à faire le moindre effort ; des mottes de neige couleur de café martelaient le devant du traîneau. Il s'est arrêté maintenant. Vassili, le laquais, descend de sa plate-forme tout en détachant la couverture en peau d'ours, et ma mère se dirige d'un pas alerte vers la boutique dont je n'ai le temps d'identifier ni le nom ni la vitrine car, juste à cet instant, mon oncle, son frère, passe et la salue (mais elle a déjà disparu), et j'accompagne involontairement mon oncle pendant plusieurs pas, essayant de distinguer le visage du monsieur avec lequel il bavarde tandis qu'ils s'éloignent tous les deux, mais, me rattrapant, je me retourne et coule, pour ainsi dire, à l'intérieur du magasin où ma mère est déjà en train de payer dix roubles pour un crayon Faber vert et parfaitement ordinaire qui est alors agréablement enveloppé dans un papier brun par deux vendeurs et tendu à Vassili qui l'apporte déjà en suivant ma mère jusqu'au traîneau qui file maintenant à toute vitesse par des rues anonymes jusqu'à notre maison qui s'avance à présent pour le rencontrer ; mais à ce point, le cours cristallin de ma clairvoyance fut interrompu par l'arrivée d'Ivonna Ivanovna avec un bouillon et des toasts. J'eus besoin de son aide pour m'asseoir dans mon lit. Elle secoua l'oreiller et plaça le plateau de lit (avec ses pieds nains et un endroit perpétuellement gluant dans le coin sud-ouest) en travers de la couverture animée devant moi. La porte s'ouvrit subitement et Maman entra souriante, tenant un long emballage en papier brun, comme une hallebarde. Il en émergea un crayon Faber long d'un mètre et d'une épaisseur correspondante : un géant de démonstration qui avait été pendu horizontalement dans la vitrine comme réclame et qui avait déjà suscité ma convoitise fantasque. Je devais encore me trouver dans cet état serein où la bizarrerie descend parmi nous comme un demi-dieu pour se mélanger sans être reconnue à la foule du dimanche, puisque, sur le moment, je ne fus nullement étonné de ce qui venait de m'arriver, mais remarquai simplement, en passant, à quel point je m'étais trompé quant à la dimension de l'objet ; mais plus tard, quand j'eus repris des forces et bouché certains interstices avec du pain, je méditai avec une angoisse superstitieuse sur ma période de clairvoyance (la seule que j'aie jamais connue) dont j'avais tellement honte que je la cachais même à Tania ; et je faillis éclater en larmes tellement j'étais embarrassé quand il nous arriva de rencontrer, lors de ma toute première sortie, un parent éloigné de ma mère, un certain Gaïdoukov, qui lui dit : « Votre frère et moi vous avons aperçue l'autre jour près de chez Treumann. »

Pendant ce temps, dans les poèmes, l'air s'est réchauffé et nous nous préparons à retourner à la campagne où nous pouvions nous installer dès le mois d'avril dans les années où je n'allais pas encore à l'école (je ne commençai qu'à l'âge de douze ans).

La neige, disparue des pentes, se tapit dans les ravins,
Et le printemps de Saint-Pétersbourg
Est plein d'animation et d'anémones
Et des premiers papillons.
Mais je n'ai pas besoin des vanesses de l'an passé,

Ces hibernatrices décolorées,
Ou de ces citrons meurtris
Qui volent à travers les bois transparents.
Cependant, je ne manquerai pas de détecter
Les quatre ravissantes ailes de gaze
Du géomètre le plus doux du monde
Étendu à plat sur un tronc de bouleau pâle et diapré.

Ce poème est le préféré de l'auteur, mais il ne l'a pas inclu dans le recueil parce que, une fois de plus, le thème est lié à celui de son père et l'économie de l'art lui a conseillé de ne pas y toucher avant le moment approprié. En remplacement, il a reproduit des impressions printanières telles que la première sensation éprouvée immédiatement à la sortie de la gare : la mollesse du sol, sa proximité parente à votre pied, et autour de votre tête, le flot totalement libre de l'air. Rivalisant l'un avec l'autre, prodiguant avec fureur des invitations, debout sur leurs sièges, gesticulant avec leur main libre et mêlant d'excessifs « Ho hooo ! » à leur vacarme, les conducteurs de *drojki* interpellaient les premiers arrivants. Un peu à l'écart, une automobile décapotable, cramoisie à l'intérieur et à l'extérieur, nous attendait : l'idée de vitesse donnait déjà une inclinaison au volant (les arbres des falaises comprendront ce que je veux dire), tandis que son aspect général gardait encore – en raison d'un sens erroné de la propriété, j'imagine – un lien servile avec la forme d'une victoria ; mais si c'était là, en effet, une tentative d'imitation, elle fut totalement anéantie par le ronflement du moteur avec le conduit de dérivation du pot d'échappement ouvert, ronflement si féroce que bien avant que nous soyons en vue, un paysan qui venait en sens inverse, juché sur une charrette à foin, en sautait d'un bond et essayait de voiler la tête de son cheval avec un sac – après quoi ils se retrouvaient souvent, lui et sa charrette, dans le fossé ou même dans le champ ; où, une minute plus tard, nous ayant déjà oubliés ainsi que notre poussière, le calme champêtre se rétablissait, frais et tendre, ne laissant que le plus petit orifice possible pour le chant d'une alouette.

Peut-être qu'un jour, sur des semelles de fabrication étrangère avec des talons usés depuis longtemps, me sentant devenu un fantôme en dépit de l'idiote substantialité des isolateurs, je ressortirai de cette gare et, sans compagnons visibles, je prendrai le sentier qui longe la grand-route pendant quelque dix verstes jusqu'à Léchino. L'un après l'autre, les poteaux télégraphiques bourdonneront à mon approche. Une corneille se posera sur une grosse pierre, s'immobilisera et replacera une aile qui s'est mal pliée. Le jour sera probablement plutôt grisâtre. Des changements dans l'apparence du paysage environnant que je ne puis imaginer, aussi bien que quelques-uns des plus vieux points de repère que j'ai oubliés d'une manière ou de l'autre, m'accueilleront alternativement, se confondant même de temps à autre. Je crois que tout en marchant je ferai entendre quelque chose comme un gémissement, en accord avec les poteaux. Quand j'atteindrai les sites où j'ai grandi et que je verrai ceci ou cela – ou bien, à cause des incendies, reconstructions, coupes de bois ou négligences de la nature, ni ceci ni cela (mais je discernerai encore quelque chose d'infiniment et résolument fidèle à moi, n'était-ce que parce que mes yeux sont faits, en fin de compte, de la même matière que la grisaille, la clarté, l'humidité de ces sites), alors, quand l'agitation sera calmée, j'éprouverai une certaine satiété de souffrance – peut-être sur le col de montagne qui mène à une sorte de bonheur que je ne puis encore connaître (je sais seulement que lorsque je l'atteindrai, ce sera la plume à la main). Mais il y a une chose que je ne trouverai définitivement pas là à m'attendre – la chose qu'en effet toute cette histoire d'exil valait la peine d'exploiter : mon enfance et les fruits de mon enfance. Ses fruits – les voici, aujourd'hui, déjà mûrs ; tandis que mon enfance elle-même a disparu à une distance plus lointaine que celle même de notre Nord russe.

L'auteur a trouvé des mots efficaces pour décrire les sensations éprouvées en effectuant la transition à la campagne. Quel plaisir, dit-il, quand

On n'a plus besoin de mettre une casquette
Ou de changer ses chaussures légères,
Pour aller courir encore au printemps
Sur le sable couleur de brique du jardin.

A l'âge de dix ans, un nouvel amusement fut ajouté. Nous étions encore en ville lorsque la merveille fit son entrée en roulant. Assez longtemps, je la menais d'une chambre à l'autre par ses cornes de bélier ; avec quelle grâce timide ne roulait-elle pas sur le parquet jusqu'à ce qu'elle s'empale sur une punaise ! En comparaison de mon vétuste petit tricycle bruyant et pitoyable dont les roues étaient si minces qu'elles s'enfonçaient même dans le sable de la terrasse du jardin, la nouvelle venue possédait une céleste légèreté de mouvement. Ceci est bien exprimé par le poète dans les vers suivants :

Oh, cette première bicyclette !
Sa splendeur, sa hauteur,
« Dux » ou « Pobiéda » inscrit sur son cadre,
Le silence de son pneu étanche !

Les vacillements et les tortillements sur l'avenue verte
Où les taches de soleil vous glissent sur les poignets
Et où les taupinières surgissent menaçantes
Et annoncent votre chute !
Mais le lendemain, on les effleure
Et comme dans un monde de rêve le soutien fait défaut,
Et faisant confiance à cette simplicité de rêve
La bicyclette ne s'écroule pas.

Et le jour suivant surviennent inévitablement des pensées de balades « en roue libre » – un terme que je ne puis entendre, même aujourd'hui, sans voir passer une bande de terrain lisse, adhérent et en pente, accompagnée du murmure à peine audible du caoutchouc et du bruissement si doux de l'acier. Bicyclette, équitation, canotage et baignades, tennis et croquet ; pique-niques sous les pins ; l'attrait du moulin à eau et du fenil – voici une liste générale des thèmes qui excitaient notre auteur. Mais que penser de ces poèmes du point de vue de la forme ? Ce sont, bien sûr, des miniatures, mais elles sont exécutées avec une maîtrise phénoménalement délicate qui met en lumière chaque cheveu, non que chaque chose soit peinte avec une touche excessivement sélective, mais parce que la présence des plus petites particularités est involontairement transmise au lecteur par l'intégrité et la véracité d'un talent qui se porte garant, chez l'auteur, de l'observance de tous les articles de la convention artistique. On peut se demander s'il valait la peine de ressusciter ce genre de poésie familière, mais on ne peut certainement pas nier qu'à l'intérieur des limites que Godounov-Tcherdyntsev s'est imposées, il ait correctement résolu son problème prosodique. Chacun de ses poèmes s'irise de couleurs d'arlequin. Quiconque raffole du genre pittoresque appréciera ce petit volume. Pour l'aveugle à la porte de l'église, il n'aurait aucun sens. Quelle imagination possède le poète ! S'éveillant tôt le matin, il savait quelle sorte de temps il ferait en regardant une fente dans le volet qui

Montrait un bleu plus bleu que le bleu
Et dont la qualité de bleu était à peine inférieure
Au souvenir que j'en garde aujourd'hui.

Et le soir il regarde fixement, avec les mêmes yeux plissés, le champ dont un côté déjà est envahi par l'ombre tandis que l'autre, le plus éloigné,

Est illuminé, de son gros bloc de pierre au centre
Jusqu'à l'orée de la forêt contiguë
Et il est clair comme en plein jour.

Il nous semblerait que ce n'était peut-être pas à la littérature mais à la peinture qu'il était destiné depuis son enfance, et tout en ignorant l'état actuel de l'auteur, nous pouvons néanmoins imaginer un garçon avec un chapeau de paille, assis très inconfortablement sur un banc de jardin avec son attirail de peinture à l'eau et peignant le monde que lui ont légué ses ancêtres :

Des cellules de porcelaine blanche
Contiennent du miel bleu, vert et rouge.
D'abord, par des traits de crayon,
Un jardin est tracé sur du papier à gros grain.
Les bouleaux, le balcon des dépendances,
Tout est tacheté de lumière. Je plonge
Et je tourne le bout de mon pinceau
Dans un riche jaune orange ;

Et, pendant ce temps, à l'intérieur du godet plein,
Dans l'éclat de son cristal taillé,
Que de couleurs ont flamboyé,
Quel ravissement est éclos !

Voici donc le petit volume de Godounov-Tcherdyntsev ! Pour terminer, ajoutons... Quoi d'autre ? Quoi d'autre ? Imagination, viens à mon secours ! Peut-il être vrai que toutes les choses enchanteresses, palpitantes, dont j'ai rêvé et dont je rêve encore à travers mes poèmes ne se soient pas perdues en eux et qu'elles aient été remarquées par le lecteur dont je verrai l'article avant la fin du jour ? Est-il possible qu'il les ait entièrement comprises, compris qu'à côté du bon vieux « pittoresque » elles contiennent aussi un sens poétique spécial (quand votre esprit, après s'être contourné dans le labyrinthe subliminal, revient avec une musique nouvellement trouvée qui, à elle seule, fait d'un poème ce qu'il devrait être) ? Tout en les lisant, les a-t-il lus simplement comme des mots ou comme des espaces entre les mots, comme on devrait le faire en lisant la poésie ? Ou bien les a-t-il simplement parcourus, aimés et louangés, attirant l'attention sur la signification de leur succession, caractéristique en vogue ces temps-ci, quand le temps est en vogue : si un recueil commence par un poème sur « Une Balle perdue », il doit se terminer par « La Balle retrouvée ».

Seuls les tableaux et les icônes demeurèrent
A leur place cette année
Où l'enfance se termina, et quelque chose
Arriva à la vieille maison : à la hâte,
Toutes les chambres échangèrent
Leur mobilier les unes avec les autres,

Écrans et armoires et une foule
De grosses choses lourdes :
Et c'est alors que dessous un sofa,
Sur le parquet soudainement démasqué,
Vivante et incroyablement chère
Elle fut découverte dans un coin.

L'apparence extérieure du livre est agréable.

En ayant pressuré la dernière goutte de douceur, Fiodor s'étira et se leva de son canapé. Il était tiraillé par la faim. Depuis quelque temps, les aiguilles de sa montre avaient commencé à avoir une conduite déréglée, tournant de temps à autre en sens inverse, de telle sorte qu'il ne pouvait leur faire confiance ; à en juger par la lumière, cependant, le jour qui était sur le point de partir en voyage s'était assis avec sa famille pour un moment de méditation. Lorsque Fiodor sortit, il se sentit pénétré d'un froid humide (c'est une bonne chose que j'aie mis ça sur le dos) : pendant qu'il avait rêvassé sur ses poèmes, la pluie avait laqué la rue d'un bout à l'autre. Le fourgon avait disparu, et à l'endroit où s'était récemment trouvé son tracteur, il restait, près du trottoir, un arc-en-ciel d'huile, avec une prédominance de pourpre et une torsade en forme de plume. Le perroquet de l'asphalte. Et quel était le nom de la compagnie de déménagement ? Max Lux. Luxe maximum.

Ai-je pris les clés ? se demanda subitement Fiodor, s'arrêtant et fourrant la main dans la poche de son imperméable. Il y dénicha une poignée clinquante, lourde et rassurante. Alors qu'il était encore étudiant ici, trois ans plus tôt, sa mère s'en était allée à Paris vivre avec Tania, et elle avait écrit qu'elle ne pouvait absolument pas s'habituer à être libérée des fers qui enchaînent un Berlinois à la serrure de sa porte. Il imagina sa joie en lisant l'article qui parlait de lui et pendant un instant il fut envahi de fierté maternelle à son propre égard ; non seulement ça, mais une larme maternelle lui brûla le bord des paupières.

Mais qu'est-ce que ça peut bien me faire d'être ou de ne pas être reconnu de mon vivant, si je suis sûr que le monde se souviendra de moi au cœur de son ultime et plus sombre hiver, s'émerveillant comme la vieille femme de Ronsard ? Et pourtant... je suis encore loin de la trentaine, et voici qu'aujourd'hui je suis déjà remarqué. Trentaine, lointaine. Merci, ma patrie lointaine... Une possibilité lyrique passa comme une ombre, chantant assez près de son oreille. Merci, mon pays, pour ce livre... Je n'ai plus besoin de la terminaison en « taine » : la rime a fait surgir la vie, mais la rime elle-même est abandonnée. Pour ce délire, pour ce don... J'imagine qu'« ivre » est prêt à entrer en scène. Je n'ai pas eu le temps de discerner mon troisième vers dans cet éclat de lumière. Dommage. Tout est fini maintenant, j'ai manqué ma réplique.

Il acheta quelques *piroshki* (un à la viande, un autre au chou, un troisième au tapioca, un quatrième au riz, un cinquième... il ne put se permettre le cinquième) dans une épicerie russe qui était une sorte de musée de cire de la cuisine du pays, et les avala rapidement sur un banc humide dans un petit jardin public.

La pluie se mit à tomber plus fort : quelqu'un avait subitement penché le ciel. Il dut aller s'abriter sous le kiosque circulaire à l'arrêt du tramway. Là, sur un banc, deux Allemands avec des porte-documents débattaient une affaire et lui conféraient de tels détails dialectiques que la nature de la marchandise se perdit, comme lorsqu'on lit un article dans l'*Encyclopédie Brockhaus* et qu'on perd le sujet qui n'est indiqué dans le texte que par sa lettre initiale. Secouant ses cheveux courts, une jeune fille se glissa sous le kiosque avec un petit bouledogue qui respirait péniblement et qui avait l'air d'un crapaud. Voici qui est étrange : « trentaine » et « lointaine » sont encore ensemble et une certaine combinaison résonne avec persistance. Je ne céderai pas à la tentation.

L'averse se termina. Avec une simplicité parfaite – pas d'effets dramatiques, pas d'artifices – tous les lampadaires s'allumèrent. Il décida qu'il pouvait déjà se mettre en route pour aller chez les Tchernychevski afin d'y être vers neuf heures, meurt cœur. Comme pour les ivrognes, quelque chose veillait sur lui quand il traversait les rues dans cet état. Illuminée par les rayons humides d'un lampadaire, une voiture était arrêtée en bordure du trottoir avec son moteur en marche : sur sa capote, chaque goutte de pluie tremblait. Qui pouvait l'avoir écrit ? Fiodor n'arrivait pas à faire un choix définitif parmi plusieurs critiques émigrés. Celui-ci était scrupuleux mais sans talent ; celui-là malhonnête mais doué ; un troisième ne critiquait que la prose ; un quatrième ne parlait que de ses amis ; un cinquième... et l'imagination de Fiodor évoqua le cinquième : un homme de son âge, ou, pensa-t-il, même plus jeune d'une année, qui avait publié dans le cours des mêmes années dans les mêmes journaux et les mêmes revues d'émigrés, pas plus que lui (un poème par-ci, un article par-là), mais qui, d'une façon incompréhensible, qui semblait tout aussi physiquement naturelle qu'une sorte d'émanation, s'était discrètement revêtu d'une aura d'indéfinissable célébrité, de sorte que son nom était prononcé, pas spécialement souvent, mais assez différemment, par tous les autres jeunes noms ; un homme dont chaque vers corrosif était rapidement et avidement dévoré en cachette par un Fiodor qui se détestait et qui essayait, par l'acte même de la lecture, d'en détruire la merveille – après quoi il ne pouvait plus se débarrasser pendant environ deux jours soit de ce qu'il avait lu, soit de son propre sentiment de débilité, ou d'une douleur secrète comme si, tout en luttant avec quelqu'un d'autre, il avait blessé sa plus intime et sa plus sacro-sainte particule ; un homme solitaire, déplaisant, myope, avec quelque chose d'agaçant dans la position réciproque de ses omoplates. Mais je vous pardonnerais tout, si jamais c'était vous.

Il se dit qu'il traînait le pas, et pourtant les horloges qu'il rencontrait sur son chemin (les géants émergeant des boutiques d'horlogers) avançaient encore plus lentement et lorsque, presque arrivé à destination, il rattrapa Lioubov Markovna qui allait au même endroit, il comprit qu'il avait été porté par son impatience tout le long du parcours comme par un escalator qui transforme en coureur même un homme immobile.

Pourquoi cette femme âgée, flasque et sans amant, se maquillait-elle encore les yeux alors qu'elle portait déjà un pince-nez ? Les verres accentuaient l'instabilité et la grossièreté de l'ornementation d'amateur et il en résultait que son regard parfaitement innocent devenait si ambigu qu'on ne pouvait s'en détacher : l'hypnose de l'erreur. En fait, presque tout dans sa personne semblait reposer sur un fâcheux malentendu – et l'on se demandait si l'on ne se trouvait pas face à un cas d'aliénation lorsqu'elle prétendait parler l'allemand comme sa langue maternelle, que Galsworthy était un grand écrivain, ou que Guéorgui Ivanovitch Vassiliev était pathologiquement attiré par elle. Elle était de ceux qui fréquentaient le plus assidûment les soirées littéraires que les Tchernychevski, de concert avec Vassiliev, un vieux journaliste de forte corpulence, organisaient tous les deux samedis ; aujourd'hui, ce n'était que mardi ; et Lioubov Markovna vivait encore de ses impressions du dernier samedi, les partageant avec générosité. Les hommes se transformaient fatalement en goujats inattentifs en sa compagnie. Fiodor lui-même sentit qu'il allait commettre un faux pas, mais heureusement ils arrivaient à la porte et la servante des Tchernychevski était déjà là à les attendre, clés en main ; en vérité, elle avait été envoyée pour accueillir Vassiliev qui souffrait d'une maladie des valvules cardiaques extrêmement rare – il avait, en fait, transformé sa maladie en passe-temps et arrivait quelquefois chez des amis avec un modèle anatomique du cœur et faisait une démonstration complète avec une grande clarté et un grand amour. « *Nous* n'avons pas besoin de l'ascenseur », dit Lioubov Markovna et elle commença à gravir les escaliers d'un pas très laborieux, qui se changeait en un balancement doux et silencieux sur les paliers ; Fiodor devait zigzaguer derrière elle à un pas réduit, comme on voit souvent les chiens le faire, fourrant leur museau dans les talons de leur maître, un coup à droite, un coup à gauche.

Ils furent accueillis par Alexandra Iakovlevna elle-même. Fiodor eut à peine le temps de remarquer son expression inhabituelle (comme si elle avait désapprouvé quelque chose ou comme si elle voulait éviter quelque chose en vitesse), quand son mari se précipita dans le couloir sur ses courtes jambes grassouillettes, agitant un journal tout en courant.

« Le voici », cria-t-il, le coin de sa bouche

s'affaissant d'un coup sec (un tic qu'il avait acquis depuis la mort de son fils). « Regardez, le voici ! »

« Quand je l'ai épousé », observa Mme Tchernychevski, « je m'attendais à ce que son sens de l'humour soit plus subtil. »

Fiodor vit avec surprise que le journal qu'il prenait avec incertitude des mains de son hôte était en langue allemande.

« La date ! » hurla Tchernychevski. « Allez-y, regardez la date, jeune homme ! »

« 1er avril », dit Fiodor avec un soupir, et il plia inconsciemment le journal. « Oui, bien sûr, j'aurais dû me souvenir. »

Tchernychevski se mit à s'esclaffer avec férocité.

« Il ne faut pas lui en vouloir, je vous en prie », dit son épouse d'un ton indolemment triste, en faisant rouler ses hanches légèrement et en prenant avec douceur le jeune homme par le poignet.

Lioubov Markovna fit un bruit sec en fermant son sac et mit le cap vers le salon.

C'était une pièce assez petite, mal éclairée, meublée avec un assez mauvais goût, avec une ombre qui s'attardait dans un coin et un faux vase de Tanagra sur une étagère inaccessible, et lorsque enfin le dernier invité fut arrivé et que Mme Tchernychevski, devenant momentanément, – comme cela arrive habituellement – remarquablement semblable à sa propre théière (bleue, luisante) commença à servir le thé, les lieux où l'on était à l'étroit prirent les apparences d'un certain confort provincial et touchant. Sur le sofa, parmi des coussins de teintes différentes – toutes repoussantes et troubles – une poupée en soie avec des jambes flasques d'ange et des yeux en amande à la persane était alternativement tripotée par deux personnes confortablement installées ; Vassiliev, immense, barbu, portant des chaussettes style avant-guerre avec des baguettes au-dessus des chevilles ; et une fragile jeune fille, frêle à ravir, avec des paupières roses, et dont l'aspect général évoquait assez bien une souris blanche ; son prénom était Tamara (ce qui eût mieux convenu à la poupée), et son nom de famille rappelait un de ces paysages de montagne allemands qui pendent dans les boutiques d'encadreurs. Fiodor s'assit près du rayon de livres et essaya de feindre la bonne humeur, bien qu'il eût la gorge serrée. Kern, un ingénieur civil qui s'enorgueillissait d'avoir été un des proches de feu Alexandre Blok (le célèbre poète), faisait un bruit gluant en extrayant une datte d'une boîte oblongue. Lioubov Markovna examina soigneusement les pâtisseries sur un grand plateau avec un bourdon médiocrement peint, et, sabotant soudainement son inspection, elle se contenta d'un puits d'amour, genre de gâteau saupoudré de sucre qui porte toujours une empreinte digitale anonyme. L'hôte racontait une vieille histoire à propos de l'espièglerie du 1er avril d'un étudiant en médecine à Kiev... Mais la personne la plus intéressante dans la pièce était assise un peu à l'écart, près du bureau, et ne participait pas à la conversation générale – qu'elle suivait cependant avec une attention discrète. C'était un jeune homme assez semblable à Fiodor – pas tellement par ses traits faciaux (qui étaient difficiles à distinguer en ce moment précis) que par la tonalité de son aspect général : la teinte châtain foncé de la tête ronde qui était tondue de près (style qui, d'après les règles du romantisme des derniers temps de Saint-Pétersbourg, convenait mieux à un poète que des mèches ébouriffées) ; la transparence de ses grandes oreilles délicates et légèrement protubérantes ; la minceur du cou avec l'ombre d'un creux à la nuque. Il était assis dans la même posture que Fiodor adoptait quelquefois – la tête légèrement penchée, les jambes croisées, les bras pas tellement croisés que serrés l'un sur l'autre, comme s'il avait froid, de telle sorte que le repos du corps était exprimé par des projections angulaires (genou, coude, épaule mince) et par la contraction de tous les membres plutôt que par l'adoucissement général de la carrure caractéristique d'une personne qui écoute et qui se détend. Les ombres de deux volumes placés debout sur le bureau suggéraient une manchette et la pointe d'un revers, tandis que l'ombre d'un troisième volume qui était appuyé sur les autres aurait pu passer pour une cravate. Il était le cadet de Fiodor d'environ cinq ans et, en ce qui concernait le visage, si l'on en jugeait par les photos sur les murs de la pièce et dans la chambre à coucher adjacente (sur la petite table entre des lits jumeaux qui pleuraient la nuit), il n'y avait peut-être aucune ressemblance, mis à part une certaine élongation du profil combinée avec des os frontaux proéminents et la sombre profondeur des orbites – pascalienne selon les physionomistes – et il pouvait également y avoir eu quelque chose d'analogue dans l'épaisseur des sourcils... mais non, ce n'était pas un problème de ressemblance ordinaire, mais de similarité spirituelle générique entre deux garçons décharnés et sensibles, tous deux étranges à leur manière. Ce jeune homme était assis, les yeux baissés, une trace d'ironie sur les lèvres, dans une position modeste, pas très confortable, sur une chaise dont les clous de tapisserie en cuivre étincelaient, à gauche du bureau couvert de dictionnaires ; et Alexandre Iakovlévitch Tchernychevski, faisant un effort convulsif, comme pour reprendre son équilibre, détournait les yeux de ce jeune homme effacé tout en poursuivant son badinage enjoué derrière lequel il essayait de dissimuler sa maladie mentale.

« Ne vous en faites pas, il y aura des articles », dit-il à Fiodor, clignant involontairement de l'œil. « Vous pouvez être certain que les critiques ne manqueront pas de trouver la petite bête. »

« A propos », demanda sa femme, « quel est le sens exact de ces "vacillements et tortillements", dans le poème sur la bicyclette ? »

Fiodor s'expliqua, plutôt par gestes que par des mots : « Vous savez, quand vous apprenez à monter à bicyclette et que vous faites des embardées de tous les côtés. »

« Expression douteuse », remarqua Vassiliev.

« Mon favori est celui qui parle des maladies d'enfants, oui », dit Alexandra Iakovlevna, opinant de la tête, « c'est bien : scarlatine de Noël et diphtérie de Pâques. »

« Pourquoi pas le contraire ? » demanda Tamara.

Oh, comme le garçon avait aimé la poésie ! La bibliothèque vitrée dans la chambre à coucher était pleine de ses livres : Goumiliov et Heredia, Blok et Rilke – et que de vers il connaissait par cœur ! Et les carnets... Un de ces jours elle et lui allaient s'asseoir et les parcourir entièrement. Elle a la force de le faire, moi pas. Étrange comme on s'acharne à remettre les choses à plus tard. On aurait cru que ce serait un plaisir – le seul, l'amer plaisir – d'examiner les objets personnels d'un mort, et pourtant ils sèchent sur place, intacts (prévoyante paresse de l'âme ?) ; il est impensable qu'un étranger puisse les toucher, mais quel soulagement si un incendie accidentel venait à détruire ce précieux petit meuble. Tchernychevski se leva brusquement et, comme par hasard, il déplaça la chaise près du bureau de telle sorte que ni ce bureau ni les ombres des livres ne pouvaient servir de support au fantôme.

Entre-temps, la conversation s'était portée sur quelque politicien soviétique qu'on ne plaignait pas et qui avait été destitué après la mort de Lénine. « Oh, dans le temps où je l'ai connu, il était au "sommet de la gloire et des bonnes actions" », disait Vassiliev citant de travers comme le font les journalistes un vers de Pouchkine (qui écrit « espoir », et non pas « sommet »).

Le garçon qui ressemblait à Fiodor (devenu si cher aux Tchernychevski pour cette même raison) était près de la porte à présent où il fit une pause avant de quitter la pièce, se tournant à demi vers son père – et, en dépit de sa nature purement imaginaire, il était tellement plus substantiel que tous ceux qui étaient assis dans le salon ! A travers Vassiliev et la pâle jeune fille, on pouvait apercevoir le sofa ! Kern, l'ingénieur civil, n'était représenté que par le reflet de son pince-nez ; il en allait de même pour Lioubov Markovna ; et Fiodor lui-même n'existait qu'en raison d'une vague ressemblance avec le décédé – tandis que Iacha était parfaitement réel et vivant, et seul l'instinct de conservation empêchait son père de regarder attentivement ses traits.

Mais peut-être, pensa Fiodor, peut-être tout ceci est-il faux, peut-être qu'il (Alexandre Iakovlévitch Tchernychevski) n'est pas du tout en train de se représenter son fils mort en ce moment comme j'imagine qu'il le fait. Peut-être suit-il vraiment la conversation et si ses yeux errent dans le vide ce n'est peut-être que parce qu'il a toujours été nerveux, le pauvre homme. Je suis malheureux, je m'ennuie, ici tout sonne faux et je ne sais pas pourquoi je reste assis, à écouter des bêtises.

Cependant il demeurait toujours assis là, continuant à fumer et à balancer doucement le bout de son pied – et pendant que les autres continuaient à parler et qu'il faisait de même, il essaya, comme il le faisait partout et toujours, d'imaginer le mouvement intérieur et transparent d'une personne ou d'une autre. Il s'installait soigneusement à l'intérieur de l'interlocuteur comme dans un fauteuil, de telle sorte que les coudes de l'interlocuteur lui servaient d'accoudoirs, et son âme s'insérait douillettement dans l'âme de l'autre – et alors l'éclairage du monde changeait subitement et pendant une minute il devenait vraiment Alexandre Tchernychevski ou Lioubov Markovna ou Vassiliev. De temps à autre une excitation stimulante venait s'ajouter à l'effervescence gazeuse de la transformation, et il se sentait flatté lorsqu'un mot lâché au hasard venait confirmer la ligne de pensée qu'il devinait chez l'autre. Lui pour qui ce qu'on appelle la politique (cette ridicule succession de pactes, conflits, aggravations, frictions, discordes, effondrements, et la transformation de petites villes parfaitement innocentes en noms de traités internationaux) n'avait aucun sens, il se plongeait parfois avec un frisson de curiosité et de répulsion dans les vastes entrailles de Vassiliev et vivait un instant animé par son mécanisme intérieur (celui de Vassiliev) dans lequel juste à côté du bouton « Locarno » il y en avait un pour « Lock-out » et où un jeu soi-disant intelligent et soi-disant amusant était mené par des symboles aussi peu assortis que « Les Cinq Gouvernants du Kremlin », ou « La Rébellion kurde », ou des noms d'individus qui avaient perdu toute signification humaine : Hindenburg, Marx, Painlevé, Herriot (dont l'initiale macrocéphale en russe, le E renversé, avait acquis une telle autonomie dans les colonnes de la *Gazeta* de Vassiliev qu'elle menaçait de provoquer une rupture complète avec l'original monsieur français) ; c'était un monde de propos prophétiques, de pressentiments et de mystérieuses combinaisons ; un monde qui était en fait cent fois plus fantomatique que le rêve le plus abstrait. Et quand Fiodor allait se glisser à l'intérieur de Mme Tchernychevski, il se trouvait dans une âme où tout ne lui était pas complètement étranger, mais où il s'étonnait de nombreuses choses, comme un voyageur collet monté pourrait s'étonner des coutumes d'un pays lointain : le bazar au lever du soleil, les enfants nus, le tumulte, les dimensions monstrueuses des fruits. Cette femme de quarante-cinq ans, quelconque et indolente, qui avait perdu son fils unique deux ans plus tôt, était subitement devenue vivante : le deuil lui avait donné des ailes et les larmes l'avaient rajeunie – ou c'était du moins ce que disaient ceux qui l'avaient connue auparavant. Le souvenir de son fils, qui était devenu une maladie chez son époux, brûlait en elle avec une ferveur vivifiante. Il serait inexact de dire que cette ferveur la remplissait entièrement ; non, elle dépassait de beaucoup les confins de son âme, semblant même ennoblir l'absurdité de ce deux-pièces où, après la tragédie, elle et son mari avaient emménagé après avoir quitté le grand appartement d'In Den Zelten (où son frère avait vécu avec sa famille dans les années qui précédèrent la guerre). Maintenant, elle ne considérait ses amis qu'en fonction de leur réceptivité à l'égard de sa perte, et aussi, pour plus de précision, elle se souvenait ou imaginait l'opinion que Iacha avait eue de tel ou tel individu avec qui elle devait garder le contact. Elle était en proie à la fièvre de l'activité, elle avait soif d'une abondante réponse ; son enfant grandissait en elle, et il luttait pour en sortir ; le cercle littéraire récemment fondé par son mari, conjointement avec Vassiliev, pour se donner ainsi qu'à elle quelque chose à faire, lui semblait le meilleur hommage posthume qu'il soit possible de rendre à son fils poète. Ce fut justement à cette époque que je la vis pour la première fois et que je fus plus que perplexe lorsque subitement, cette petite femme replète et terriblement animée avec d'éblouissants yeux bleus, éclata en larmes au milieu de sa première conversation avec moi, comme si un vase en cristal plein à ras bord s'était brisé sans raison apparente, et, sans me quitter de son regard dansant, riant et sanglotant, elle se mit à répéter sans arrêt : « Mon Dieu, comme vous me le rappelez ! » La franchise avec laquelle, au cours de nos rencontres ultérieures, elle parlait de son fils, de tous les détails de sa mort et de la façon dont elle rêvait de lui maintenant (comme si elle était enceinte de lui et aussi translucide qu'une bulle) me semblait vulgaire et éhontée ; elle m'impatienta encore plus lorsque j'appris indirectement qu'elle était « un peu blessée » que je ne réponde pas par des vibrations correspondantes mais qu'au lieu de cela, je change simplement de sujet lorsqu'elle mentionnait mon propre chagrin, ma propre perte. Très tôt, cependant, je remarquai que ce transport de tristesse dans lequel elle s'arrangeait pour vivre sans mourir d'une rupture de l'aorte commençait tout de même à m'entraîner et à exiger de moi un trop grand effort. Vous connaissez ce mouvement caractéristique lorsqu'on vous tend une photographie chérie et qu'on vous épie avec anticipation... et, ayant longuement et pieusement regardé le visage sur la photo qui vous sourit innocemment et sans la moindre pensée de mort, vous feignez de tarder à la remettre, feignez de retarder votre propre main, tandis que vous rendez la photo avec un regard qui s'attarde, comme s'il eût été impoli de s'en séparer plus tôt. Elle et moi, nous répétions interminablement cette succession de mouvements. Son mari s'installait à son bureau brillamment éclairé dans le coin, travaillant et se raclant la gorge occasionnellement ; il compilait son dictionnaire de termes techniques russes à la demande d'un éditeur allemand. Tout était calme et faux. Les restes de confiture de cerises se mêlaient à la cendre de cigarette dans ma soucoupe. Plus elle continuait à me parler de Iacha, moins il avait d'attrait : oh, non, nous nous ressemblions bien peu (beaucoup moins qu'elle ne le pensait, projetant à l'intérieur la similarité coïncidente des traits extérieurs et, qui plus est, elle en trouvait d'autres qui n'existaient pas – en réalité, le peu qu'il y avait à l'intérieur de nous correspondait au peu qu'il y avait à l'extérieur), et je doute fort que nous fussions devenus amis si nous nous étions jamais rencontrés. Son côté sombre, brisé par la soudaine gaieté perçante qui caractérise les gens sans humour ; la sentimentalité de ses enthousiasmes intellectuels ; sa pureté, qui eût fortement suggéré une timidité des sens, n'eût-ce été du surraffinement morbide de leur interprétation ; ses sentiments envers l'Allemagne ; ses insipides angoisses spirituelles (« Pendant toute une semaine », disait-il, « je fus étourdi » – après la lecture de Spengler !) ; et, finalement, sa poésie... bref tout ce qui était plein d'enchantement pour sa mère m'inspirait simplement de la répulsion. J'estime que c'était un poète très médiocre, il ne créait pas, il se contentait de jouer avec la poésie, tout comme le faisaient des milliers de jeunes hommes intelligents dans son genre ; mais s'ils ne rencontraient pas une mort plus ou moins héroïque

– n'ayant rien à voir avec les lettres russes qu'ils connaissaient à fond, cependant (oh, ces carnets de Iacha, remplis de diagrammes prosodiques exprimant les modulations de rythme dans le tétramètre !) – ils abandonnaient complètement la littérature par la suite ; et s'ils montraient du talent dans quelque domaine, c'était dans les sciences ou dans l'administration, ou alors tout simplement dans une vie bien ordonnée. Ses poèmes, pleins de clichés à la mode, exaltaient son « douloureux » amour de la Russie – des scènes automnales à la Essénine, le bleu fumeux des tourbières à la Blok, la poudre de neige sur les pavés de bois du néoclassicisme de Mandelstam et le parapet de granite de la Néva sur lequel on peut à peine discerner aujourd'hui l'empreinte du coude de Pouchkine. Sa mère me les lisait, trébuchant dans son agitation, avec une intonation maladroite d'écolière qui ne convenait pas du tout à ces vers iambiques tragiquement rythmés ; Iacha lui-même avait dû les réciter en les psalmodiant comme dans un sommeil hypnotique, dilatant ses narines et se balançant dans le flamboiement bizarre d'une sorte d'orgueil lyrique, après quoi il sombrait immédiatement, redevenait humble, inconsistant et renfermé. Les épithètes sonores qui vivaient dans sa gorge – *neveroyatnyy* (incroyable), *hladnyy* (froid), *prekrasnyy* (beau) – épithètes avidement employées par les jeunes poètes de sa génération dans l'illusion que les archaïsmes, les prosaïsmes ou les mots simplement indigents, ayant complété leur cycle de vie, lorsqu'ils étaient employés dans des poèmes aujourd'hui, gagnaient une sorte de fraîcheur inattendue, revenant de la direction opposée – ces mots, dans la diction trébuchante de Mme Tchernychevski, complétaient, pour ainsi dire, un autre demi-cycle, disparaissaient encore et révélaient une fois de plus leur pauvreté caduque – mettant ainsi en évidence la supercherie du style. A côté d'élégies patriotiques, Iacha avait écrit des poèmes sur les mauvais lieux des marins aventureux, sur le gin et le jazz (qu'il prononçait « yatz » comme le font les Allemands), et des vers sur Berlin, dans lesquels il essayait de donner un son lyrique à des noms propres allemands de la même façon que, par exemple, les noms de rues italiens retentissent d'une manière artificielle dans la poésie russe comme un contralto euphonique ; il y avait aussi des poèmes consacrés à l'amitié, sans rime et sans mètres, pleins d'émotions timides, confuses et vaporeuses, de quelques bisbilles spirituelles intérieures et d'apostrophes à un ami du sexe masculin dans la forme de politesse (le *vy* russe), qu'adopte le Français malade pour s'adresser à Dieu, ou la jeune poétesse russe à l'élu de son cœur. Et tout ceci était exprimé au petit bonheur, sans vigueur, avec beaucoup de vulgarismes et d'accents toniques fautifs caractéristiques de son milieu provincial de classe moyenne. Induit en erreur par son suffixe augmentatif, il supposait que *pojarishche* (site d'un feu récent) signifiait « un grand feu », et je me souviens aussi d'une référence plutôt pathétique aux « fresques de Vroublev » – un amalgame amusant de deux peintres russes (Roublev et Vroubel) qui ne servait qu'à prouver notre dissimilitude : non, il ne pouvait pas avoir aimé la peinture comme je l'aime. Je dissimulais ma véritable opinion de sa poésie à sa mère, tandis que les sons forcés d'approbation inarticulée que j'émettais poliment étaient interprétés par elle comme des signes de ravissement incohérent. Pour mon anniversaire, elle m'offrit, rayonnante à travers ses larmes, la plus belle cravate de Iacha, une chose démodée en soie moirée, fraîchement repassée, avec, encore visible, la marque d'une boutique bien connue mais pas très élégante : j'ai de la peine à croire que Iacha l'ait jamais portée lui-même ; et en échange de tout ce qu'elle avait partagé avec moi, pour m'avoir donné une image complète et détaillée de feu son fils, avec sa poésie, sa neurasthénie, ses enthousiasmes, sa mort, Mme Tchernychevski me demandait impérieusement une certaine quantité de collaboration créatrice. Son mari, qui était fier de son nom vieux d'un siècle et qui passait des heures à entretenir ses invités de son histoire (son grand-père avait été baptisé sous le règne de Nicolas 1er – à Volsk, je crois – par le père du célèbre écrivain politique Tchernychevski, énergique et vigoureux prêtre grec orthodoxe qui aimait faire du travail d'évangélisation chez les Juifs, et qui, en plus de la bénédiction spirituelle, octroyait aux convertis la gratification additionnelle de son nom de famille), me dit à plusieurs reprises : « Écoutez, vous devriez écrire un petit livre, sous la forme d'une biographie romancée, sur notre grand homme des années 60. Allons, allons, ne prenez pas cet air sombre, je prévois toutes vos objections, mais croyez-moi, il y a, après tout, des cas où la fascinante beauté de la vie d'apôtre d'un homme au cœur généreux rachète pleinement la fausseté de ses opinions littéraires, et Nikolaï Tchernychevski était en effet une âme héroïque. Si vous vous décidiez à écrire sa vie, il y a un tas de choses curieuses que je pourrais vous raconter. » Je n'avais aucun désir d'écrire sur le grand homme des années 60 et encore moins d'écrire sur Iacha comme sa mère me le conseillait opiniâtrement de son côté (de telle sorte que dans l'ensemble il y avait là une commande pour une histoire complète de leur famille). Mais, tandis que j'étais à la fois amusé et irrité par leurs efforts pour canaliser ma muse, je sentais néanmoins qu'avant longtemps Mme Tchernychevski m'aurait coincé et, tout comme j'étais obligé de porter la cravate de Iacha chaque fois que je lui rendais visite (jusqu'à ce qu'il me vienne à l'esprit de dire que je la gardais pour des occasions spéciales), j'aurais à me mettre à écrire une longue nouvelle décrivant le destin de Iacha. A un certain point, je fus même assez faible (ou assez audacieux, peut-être) pour réfléchir à la façon dont je pourrais bien attaquer le sujet, si jamais par hasard... Tout homme d'idées reçues, tout romancier « sérieux » avec des lunettes à monture en corne – le médecin de famille de l'Europe et le séismographe de ses secousses sociales – aurait sans doute trouvé dans cette histoire quelque chose de hautement caractéristique de la « structure mentale des jeunes dans les années d'après-guerre » – combinaison de mots qui en soi (même en excluant l' « idée générale » qu'elle comportait) me rendait muet de mépris. Il me venait habituellement une nausée de dégoût quand j'entendais ou lisais le dernier radotage, radotage vulgaire et sans humour, sur les « symptômes de l'époque » et « la tragédie de la jeunesse ». Et puisque je n'arrivais pas à être stimulé par la tragédie de Iacha (bien que sa mère crût que j'étais enflammé), je me serais involontairement embourbé dans un roman « profond » à intérêt social avec un dégoûtant relent freudien. Mon cœur demeurait calme quand j'exerçais mon imagination, sondant de l'orteil, pour ainsi dire, la glace d'une minceur de mica couvrant la flaque d'eau ; je m'aventurais jusqu'à m'imaginer en train de faire une copie au net de mon travail et de l'apporter à Mme Tchernychevski, m'asseyant de telle sorte que la lampe illuminerait ma route fatale à partir de la gauche (merci, je vois très bien ainsi), et après un bref préambule sur les difficultés de la tâche, sur le sentiment de responsabilité que je ressentais... mais à ce point tout était obscurci par la buée pourpre de la honte. Heureusement, je ne m'acquittai pas de cette commande – je ne sais trop ce qui m'en sauva : d'une part, je remettais constamment la tâche au lendemain depuis trop longtemps ; d'autre part, certains intervalles bénis se produisirent entre nos rencontres ; et puis, peut-être que Mme Tchernychevski elle-même se lassa un peu de m'avoir comme auditeur ; quoi qu'il en soit, l'histoire demeura inemployée par l'écrivain – une histoire qui était en fait très simple et triste.

Iacha et moi entrâmes à l'Université de Berlin presque à la même époque, mais je ne fis pas sa connaissance, bien que nos routes se fussent certainement croisées plusieurs fois. La diversité des sujets – il étudiait la philosophie, et moi les infusoires – réduisit la possibilité d'une association entre nous. Aujourd'hui, si je devais remonter dans le passé, enrichi surtout en un domaine – celui de la conscience du présent – et retracer exactement les entrelacs de mes pas, alors je remarquerais certainement son visage qui m'est devenu si familier grâce aux instantanés. Lorsqu'on s'imagine en train de remonter le cours du passé avec le présent en contrebande, il est amusant de voir à quel point il serait étrange d'y rencontrer, en des endroits inattendus, les prototypes de nos connaissances d'aujourd'hui, si jeunes et si fraîches, qui, dans une sorte de folie lucide, ne nous reconnaissent pas ; ainsi, par exemple, une femme qu'on aime depuis hier apparaît en jeune fille, debout presque à côté de nous dans un train bondé, tandis que le passant fortuit qui nous demanda de lui indiquer son chemin quinze ans plus tôt dans la rue travaille à présent dans le même bureau que nous. Parmi cette cohue du passé, à peine une douzaine de visages acquerraient cette importance anachronique : des cartes mineures transfigurées par le rayonnement de l'atout. Et alors, avec quelle confiance ne pourrait-on pas... Mais hélas, même lorsqu'il nous arrive, dans un rêve, de faire un tel voyage aux sources, à la frontière même du passé, notre intellect présent est complètement invalidé, et parmi les décors d'une salle de classe rassemblés à la hâte par l'accessoiriste malhabile du cauchemar, une fois de plus on ne sait pas sa leçon – avec toutes les nuances oubliées de ces angoisses scolaires d'antan.

A l'Université, Iacha devint l'ami intime de deux étudiants, Rudolf Baumann, un Allemand, et Olia G., une compatriote – les journaux russes ne publièrent pas son nom en entier. C'était une jeune fille de son âge et de son milieu, et je crois aussi qu'elle était de la même ville que lui. Cependant, leurs familles ne se connaissaient pas. Je n'eus l'occasion de la voir qu'une fois, lors d'une soirée littéraire environ deux ans après la mort de Iacha – je me souviens de son front remarquablement large et net, de ses yeux couleur d'aigue-marine et de sa grande bouche rouge avec du duvet noir sur la lèvre supérieure et un gros grain de beauté à la commissure ; elle était debout les bras croisés sur sa douce poitrine, éveillant tout de suite en moi toutes les associations littéraires appropriées, telles que la poussière d'une belle soirée d'été et le seuil d'une taverne en bordure de la grand-route, et le regard observateur d'une jeune fille qui s'ennuie. Quant à Rudolf, je ne l'ai jamais vu personnellement et ne puis que conclure d'après ce qu'on m'en a dit qu'il avait des cheveux d'un blond pâle rejetés en arrière, qu'il était rapide dans ses mouvements et de belle prestance – un genre de beauté dure et musclée qui fait penser à un chien d'arrêt. J'emploie donc une méthode différente pour étudier chacun de ces trois individus, qui touche leur substance et leur coloration, jusqu'à ce qu'à la dernière minute, les rayons d'un soleil qui est le mien et qui pourtant me demeure incompréhensible, viennent les frapper et les rendre identiques dans un même éclat de lumière.

Iacha tenait son journal et dans ces notes il définissait élégamment les rapports mutuels entre lui, Rudolf et Olia comme « un triangle inscrit dans un cercle ». Le cercle représentait l'amitié normale, simple, « euclidienne » (comme il le disait), qui les unissait tous les trois, de sorte que si le cercle seul avait existé, leur union serait demeurée heureuse, insouciante et intacte. Mais le triangle qui y était inscrit était un système de rapports différent, complexe, atroce et lent à se former, qui avait une existence propre, assez indépendante de son enceinte commune d'amitié uniforme. C'était le triangle banal de la tragédie, formé à l'intérieur d'un cercle idyllique, et la simple présence d'une structure d'une clarté si équivoque, pour ne rien dire du contrepoint élégant de son développement, ne m'aurait jamais permis d'en faire une nouvelle ou un roman.

« Je suis violemment amoureux de l'âme de Rudolf », écrivait Iacha dans son style agité et néoromantique. « J'en aime les proportions harmonieuses, la santé, la joie qu'elle éprouve à vivre. Je suis violemment amoureux de son âme souple, nue et bronzée qui a réponse à tout et qui traverse la vie comme une femme sûre d'elle-même traverse le plancher d'une salle de danse. Je ne puis envisager que de la manière la plus complexe et la plus abstraite, en comparaison de laquelle Kant et Hegel sont un jeu d'enfant, l'ardente extase que je connaîtrais si seulement... Si seulement quoi ? Que puis-je faire avec son âme ? Voici ce qui me tue – ce désir brûlant de quelque instrument mystérieux au plus haut point (c'est ainsi qu'Albrecht Koch désirait ardemment une "logique d'or" dans le monde des fous). Mon sang bouillonne, mes mains deviennent de glace comme celles d'une écolière quand je reste seul avec lui, et il le sait et je lui deviens répugnant et il ne cache pas son dégoût. Je suis violemment amoureux de son âme – et c'est tout aussi stérile que de devenir amoureux de la lune. » Les scrupules de Rudolf sont compréhensibles, mais si l'on observe le problème de plus près, on soupçonne que la passion de Iacha n'était pas si anormale après tout, que son agitation était tout de même très parente de celle de plus d'un jeune Russe au milieu du siècle dernier, tremblant de bonheur lorsque, relevant ses cils soyeux, son maître au front pâle, un futur meneur, un futur martyr, se tournait vers lui ; et j'aurais refusé de voir dans le cas de Iacha une incorrigible déviation si Rudolf avait été au moindre degré un maître, un meneur ou un martyr ; et non pas ce qu'il était en réalité, un simple « Bursch », un type allemand ordinaire, nonobstant une certaine propension pour la poésie obscure, la musique boiteuse, l'art biscornu – qui n'affectait pas en lui cette santé fondamentale qui avait captivé Iacha, qui du moins croyait l'être.

Fils d'un respectable idiot de professeur et de la fille d'un fonctionnaire, il avait grandi dans un milieu merveilleusement bourgeois, entre un buffet cathédralesque et le dos de livres qu'on ne lisait jamais. Il avait un bon naturel quoiqu'il ne fût pas bon ; sociable et pourtant d'humeur inégale ; impulsif et calculateur à la fois. Il tomba amoureux d'Olia d'une manière décisive après une randonnée en bicyclette avec elle et Iacha dans la Forêt-Noire, promenade qui fut, comme il témoigna plus tard lors de l'enquête, « une révélation pour nous trois » ; il tomba amoureux d'elle au niveau le plus bas, primitivement et avec impatience, mais elle le repoussa vivement, refus d'autant plus net qu'Olia, jeune fille indolente, accapareuse et chagrinement fantasque, s'était à son tour (dans ces mêmes bois de sapins, près du même lac circulaire et noir) « rendu compte qu'elle n'en avait que pour Iacha », qui était aussi accablé par tout ceci que l'était Rudolf par l'ardeur de Iacha, et qu'Olia l'était elle-même par l'ardeur de Rudolf, de telle sorte que les rapports géométriques de leurs sentiments inscrits étaient complets, évoquant les liens réciproques traditionnels et quelque peu mystérieux des *dramatis personae* des dramaturges français du XVIIe siècle où X est *l'amante* de Y (« celle qui est amoureuse de Y ») et Y est *l'amant* de Z (« celui qui est amoureux de Z »).

Quand l'hiver arriva, le deuxième hiver de leur amitié, ils étaient devenus nettement conscients de la situation ; on passa l'hiver à en étudier la nature désespérante. En surface, tout semblait aller pour le mieux : Iacha lisait sans arrêt ; Rudolf jouait au hockey, poussant avec célérité et maîtrise le palet de caoutchouc sur la glace ; Olia étudiait l'histoire de l'art (qui, dans le contexte de l'époque, sonne – ainsi que le ton de tout le drame en question – comme une note insupportablement typique et par conséquent, fausse) ; à l'intérieur, cependant, un tourment atroce et caché se mit à grandir et devint formidablement destructif dès que ces malheureux jeunes gens commencèrent à prendre plaisir à leur torture à trois.

Pendant longtemps, ils s'en tinrent à un accord tacite (chacun connaissant, d'une manière éhontée et désespérée, tout ce qui concernait les autres) de ne jamais mentionner leurs sentiments lorsqu'ils étaient tous les trois ensemble ; mais lorsque l'un d'eux était absent, les deux autres se mettaient inévitablement à débattre de sa passion et de ses souffrances. Pour une raison ou une autre, ils célébrèrent la Saint-Sylvestre dans le restaurant d'une des gares de Berlin – peut-être parce que dans les gares, l'armement du temps est particulièrement impressionnant – et puis ils sortirent traîner dans la fange versicolore des sinistres rues en fête, et Rudolf proposa ironiquement un toast au dévoilement de leur amitié – et depuis ce temps, tout d'abord discrètement, mais bientôt avec toute l'extase de la franchise, ils discutaient ensemble leurs sentiments lorsqu'ils étaient présents tous les trois. Ce fut alors que le triangle commença à éroder sa circonférence.

Les parents Tchernychevski ainsi que ceux de Rudolf et la mère d'Olia (une femme sculpteur, obèse, aux yeux noirs et encore belle, avec une voix basse ; elle avait enterré deux maris et portait habituellement de longs colliers qui avaient l'air de chaînes de bronze) non seulement ne pressentirent pas que quelque chose de fatal se préparait, mais auraient répondu avec assurance (si un questionneur sans but précis s'était révélé parmi les anges qui convergeaient déjà, se pressaient déjà et s'affairaient professionnellement autour du berceau où se trouvait un petit revolver foncé qui venait de naître) que tout allait pour le mieux, que tout le monde était heureux. Par la suite, cependant, après les événements, leurs mémoires trompées firent tous les efforts pour trouver dans le cours routinier des jours passés, identiquement colorés, les traces et les signes de ce qui allait arriver – et, d'une manière surprenante, ils les trouvaient. Ainsi, Mme G., qui faisait une visite de condoléances à Mme Tchernychevski, était tout à fait convaincue de ce qu'elle disait lorsqu'elle affirmait avec insistance qu'elle avait eu des pressentiments de la tragédie très tôt, depuis le jour même où, entrant dans les pénombres du salon, elle avait aperçu Olia et ses deux amis assis en silence dans des attitudes immobiles sur un canapé, imitant les diverses inclinations pleines de tristesse des allégories des bas-reliefs funéraires ; ceci n'était qu'une fugitive et passagère harmonie d'ombres, mais Mme G. déclarait avoir remarqué cet instant, ou, plus vraisemblablement, l'avoir mis de côté pour y revenir quelques mois plus tard.

Au printemps, le revolver avait grandi. Il appartenait à Rudolf, mais, assez longtemps, il passa discrètement de l'un à l'autre, comme une bague moite passe de main en main le long d'une ficelle tenue par des enfants qui forment un cercle. Aussi étrange que cela puisse sembler, l'idée de disparaître tous les trois ensemble, afin qu'une fois dans un monde différent, un cercle idéal et sans faille puisse être rétabli, fut développée avec une activité particulière par Olia, bien qu'il soit difficile de déterminer aujourd'hui qui fut le premier à proposer cette idée et quand. Le rôle de poète dans cette entreprise fut assumé par Iacha – sa position semblait la plus désespérée puisqu'elle était la plus abstraite en fin de compte ; cependant, il y a des chagrins qu'on ne guérit pas par la mort, car la vie les traite beaucoup plus simplement avec ses aspirations changeantes : une balle réelle ne peut rien contre eux tandis que, d'autre part, elle est parfaitement efficace dans le cas des passions plus grossières de cœurs comme ceux de Rudolf et d'Olia.

On avait trouvé une solution à présent, et les discussions à ce sujet devinrent particulièrement fascinantes. Vers la mi-avril, dans l'appartement qu'occupaient alors les Tchernychevski, il se produisit une chose qui donna apparemment l'impulsion finale au dénouement. Les parents de Iacha étaient paisiblement allés au cinéma de l'autre côté de la rue. Rudolf s'enivra inopinément et s'abandonna ; Iacha l'arracha à Olia ; tout ceci se passa dans la salle de bains, et bientôt Rudolf en larmes ramassait l'argent qui était tombé des poches de son pantalon ; quelle honte et quel accablement ne ressentirent-ils pas tous les trois, que le soulagement offert par le final arrêté pour le lendemain était tentant !

Après le déjeuner du mardi 18 qui était également le dix-huitième anniversaire de la mort du père d'Olia, ils s'armèrent du revolver qui était devenu, à ce moment, assez corpulent et indépendant, et par un temps léger et inconsistant (avec un vent d'ouest humide et la rouille violette des pensées dans chaque jardin) ils prirent le tramway cinquante-sept en direction du Grünewald où ils avaient l'intention de trouver un endroit désert et de se tuer l'un après l'autre. Ils demeurèrent debout sur la plate-forme arrière du tramway, tous trois vêtus d'imperméables, avec des visages pâles et bouffis – et la casquette à large visière de Iacha, qu'il n'avait pas portée depuis environ quatre ans et qu'il avait prise aujourd'hui pour une raison ou une autre, lui donnait un air étrangement plébéien ; Rudolf était tête nue et le vent agitait ses cheveux blonds rejetés en arrière des tempes ; Olia était debout, appuyée au garde-fou arrière, agrippant la barre noire d'une main blanche et ferme avec une bague saillante à l'index – et elle regardait fixement de ses yeux plissés les rues qui défilaient, et elle pressait continuellement par inadvertance la pédale de la gentille petite cloche sur le plancher (destinée à l'usage de l'immense pied de pierre du contrôleur quand l'arrière du tramway devient le devant). Ce groupe fut remarqué de l'intérieur du tram, à travers la porte, par Iouli Filippovitch Posner, ancien précepteur d'un cousin de Iacha. Se penchant rapidement à l'extérieur – c'était une personne alerte et pleine d'assurance – il fit signe à Iacha qui, le reconnaissant, vint à l'intérieur.

« C'est une bonne chose que je vous aie rencontré », dit Posner, et après avoir expliqué en détail qu'il allait avec sa fillette de cinq ans (assise toute seule près d'une fenêtre avec son nez mou comme du caoutchouc écrasé contre la vitre) voir sa femme dans une maternité, il sortit son portefeuille et il en tira une carte de visite, et alors, profitant d'un arrêt accidentel du tramway (le trolley s'était détaché du câble dans une courbe), il raya son ancienne adresse avec un stylo et il écrivit la nouvelle au-dessus. « Voici », dit-il, « donnez ceci à votre cousin aussitôt qu'il reviendra de Bâle et rappelez-lui, je vous prie, qu'il a toujours plusieurs de mes livres dont j'ai besoin, dont j'ai un très grand besoin. »

Le tramway filait à toute vitesse le long de l'avenue Hohenzollern et sur la plate-forme arrière, Olia et Rudolf se tenaient debout dans le vent toujours aussi rigidement, mais il s'était produit un certain changement mystérieux : par le fait même qu'il les avait laissés seuls, ne fût-ce que pendant une minute (Posner et sa fille descendirent bientôt), Iacha avait, pour ainsi dire, rompu l'alliance et avait amorcé sa séparation d'avec eux, de telle sorte que lorsqu'il les rejoignit sur la plate-forme, il était déjà isolé, bien qu'il en fût tout aussi inconscient qu'eux, et la crevasse, selon la loi qui gouverne toutes les crevasses, continua irrésistiblement à ramper et à s'élargir.

Dans la solitude de la forêt printanière où les bouleaux beiges et humides, particulièrement les plus petits, se dressaient sans expression, toute leur attention tournée vers eux-mêmes, pas loin du lac d'un gris doux (sur la rive duquel il n'y avait âme qui vive à l'exception d'un petit homme qui lançait un bout de bois dans l'eau sur les instances de son chien), ils trouvèrent facilement un endroit désert convenable et ils se mirent immédiatement au travail ; pour plus d'exactitude, Iacha se mit au travail : il avait cette honnêteté de l'esprit qui donne au geste le plus irréfléchi une simplicité presque quotidienne. Il dit qu'il se tuerait le premier par droit d'aînesse (il avait un an de plus que Rudolf et un mois de plus qu'Olia) et cette simple remarque rendit inutile le coup du tirage au sort qui, dans son aveuglement grossier, serait probablement tombé sur lui de toute façon ; enlevant son imperméable et sans dire adieu à ses amis (ce qui n'était que naturel en vue de leur destination identique), il descendit silencieusement, avec une hâte maladroite, la pente glissante et couverte de pins jusqu'à un ravin complètement envahi de chênes rabougris et de buissons de ronces qui, en dépit de la limpidité d'avril, le cachèrent tout à fait aux autres.

Ces derniers demeurèrent longtemps immobiles dans l'attente du coup de revolver. Ils n'avaient pas de cigarettes sur eux, mais Rudolf fut assez intelligent pour tâter la poche de l'imperméable de Iacha où il en trouva un paquet qui n'était pas entamé. Le ciel s'était couvert, les pins bruissaient avec circonspection, et d'en bas il semblait que leurs branches aveugles cherchaient quelque chose à tâtons. Très haut dans le ciel et fabuleusement vite, leurs longs cous allongés, deux canards sauvages passèrent, l'un derrière l'autre. Par la suite, la mère de Iacha se plaisait à montrer la carte de visite, ING. DIP. JULIUS POSNER, au dos de laquelle Iacha avait écrit au crayon : *Maman, papa, je suis encore vivant, j'ai très peur, pardonnez-moi.* Finalement, Rudolf qui ne pouvait plus supporter l'attente descendit voir ce qui n'allait pas. Iacha était assis sur un tronc d'arbre, parmi les feuilles demeurées sans réponse depuis l'an dernier, mais il ne se retourna pas ; il dit seulement : « Je serai prêt dans une minute. » Il avait quelque chose de rigide dans le dos, comme s'il était en train de maîtriser une douleur aiguë. Rudolf rejoignit Olia, mais à peine était-il arrivé près d'elle qu'ils entendirent tous deux le bruit sourd du coup de revolver, tandis que dans la chambre de Iacha la vie continua pendant quelques heures encore comme si rien ne s'était passé – la pelure de banane abandonnée sur l'assiette, le recueil de poèmes d'Annenski *Le Coffre de cyprès* et celui de Khodassévitch *La Lourde Lyre* sur la chaise près du lit, la raquette de ping-pong sur le canapé ; il mourut instantanément ; pour le ranimer cependant, Rudolf et Olia le traînèrent à travers les buissons jusqu'aux roseaux et là, ils l'aspergèrent et le frottèrent désespérément de telle sorte qu'il était tout barbouillé de terre, de sang et de vase quand la police plus tard trouva le corps. Alors ils se mirent tous deux à appeler au secours, mais personne ne vint : l'architecte Ferdinand Stockschmeisser s'en était allé depuis longtemps avec son setter mouillé.

Ils revinrent à l'endroit où ils avaient attendu le coup de revolver et c'est à ce point que l'histoire s'enveloppe de ténèbres. La seule chose qui soit claire, c'est que Rudolf, soit qu'un certain espace terrestre vacant vînt de s'ouvrir à lui, soit qu'il fût simplement lâche, perdit tout désir de se tuer et Olia, même si elle avait persisté dans son intention, ne pouvait rien faire puisqu'il avait immédiatement caché le revolver. Dans les bois où il faisait froid et sombre maintenant, avec une pluie fine et aveugle, qui crépitait aux alentours, ils s'attardèrent jusqu'à une heure bêtement avancée. La rumeur veut que ce fut alors qu'ils devinrent amants, mais ce serait réellement trop plat. Vers minuit, au coin d'une rue poétiquement nommée passage des Lilas, un sergent de ville écouta avec scepticisme leur histoire horrible et volubile. Il y a une sorte d'état hystérique qui revêt les apparences d'une fanfaronnade enfantine.

Si Mme Tchernychevski avait rencontré Olia immédiatement après l'événement, une sorte de signification sentimentale en aurait peut-être alors résulté pour elles deux. Malheureusement, la rencontre ne se produisit que plusieurs mois plus tard parce que, tout d'abord, Olia s'éloigna, et ensuite parce que la douleur de Mme Tchernychevski ne prit pas immédiatement cette forme industrieuse et même extatique que Fiodor lui trouva lorsqu'il entra en scène. En un certain sens, Olia fut malchanceuse ; les choses se passèrent ainsi : Olia était revenue pour fêter les fiançailles de son frère et la maison était pleine d'invités ; lorsque Mme Tchernychevski arriva sans prévenir, sous un lourd voile de deuil, avec un assortiment de choix d'archives douloureuses (photographies, lettres) dans son sac à main, toute prête à l'extase des larmes partagées, elle fut accueillie par une jeune femme maussadement polie et maussadement impatiente, vêtue d'une robe semi-transparente, avec des lèvres rouge sang et un gros nez poudré de blanc ; de la petite pièce contiguë où elle entraîna son invitée, on pouvait entendre les gémissements d'un phonographe, et bien sûr il n'en sortit aucune communion d'âmes. « Je me contentai de la regarder longuement », raconta Mme Tchernychevski – après quoi elle découpa avec soin, sur plusieurs petits instantanés, Olia et Rudolf ; ce dernier cependant lui avait rendu visite immédiatement et s'était roulé à ses pieds, se frappant la tête sur le coin rembourré du divan et puis, il était reparti de son pas merveilleusement élastique sur l'avenue Kurfürsten qui étincelait après une averse printanière.

La mort de Iacha frappa encore plus douloureusement son père. Il dut passer tout l'été dans un sanatorium et ne s'en remit vraiment jamais : la cloison séparant la température chambrée de la raison du monde infiniment laid, froid et fantomatique où Iacha s'en était allé, venait de s'écrouler soudainement, et il fut impossible de la restaurer, de telle sorte que l'on dut draper la brèche avec des moyens de fortune tout en essayant de ne pas voir les plis agités. Depuis ce jour-là, l'autre monde commença à s'infiltrer dans sa vie ; mais il n'y avait aucun moyen de dissiper ce commerce constant avec l'esprit de Iacha, et il en parla finalement à sa femme dans le vain espoir qu'il pourrait ainsi rendre inoffensif un fantôme que le secret avait entretenu : le secret revint certainement car bientôt, il dut une fois de plus avoir recours à l'aide de verre et de caoutchouc, pénible, et essentiellement mortelle des médecins. Ainsi, il ne vivait qu'à demi dans notre monde auquel il s'accrochait d'autant plus avidement et désespérément ; lorsqu'on écoutait ses discours pétillants et qu'on regardait ses traits réguliers, il était difficile d'imaginer les expériences surnaturelles de ce petit homme grassouillet et apparemment bien portant, avec sa calvitie et ses cheveux clairsemés de chaque côté, mais alors, la convulsion qui le défigurait subitement était d'autant plus étrange ; aussi, le fait qu'il lui arrivait parfois de porter durant des semaines un gant de drap gris sur la main droite (il souffrait d'eczéma) suggérait un mystère étrange comme si, rebuté par le contact impur de la vie, ou brûlé par une autre vie, il réservait sa poignée de main nue pour des rencontres inhumaines, à peine imaginables. Cependant, rien ne s'arrêta avec la mort de Iacha et de nombreuses choses intéressantes se produisirent : en Russie, on remarqua l'extension des avortements et le retour des maisons de campagne ; en Angleterre, il y eut des grèves d'un genre ou de l'autre ; Lénine connut une fin peu appétissante ; la Duse, Puccini et Anatole France moururent ; Mallory et Irvine périrent près du sommet de l'Everest ; et le vieux prince Dolgorouki, en chaussures de lanières de cuir tressées, visita secrètement la Russie pour voir une fois encore le sarrasin en fleur ; tandis qu'à Berlin, les taxis à trois roues apparurent pour disparaître à nouveau peu de temps après, et le premier dirigeable franchit lentement l'océan et les journaux parlèrent beaucoup de Coué, Tchang

Tso-lin et Toutankhamon, et un dimanche, un jeune marchand berlinois partit faire un voyage à la campagne avec un ami serrurier dans une grande charrette à quatre roues avec une très légère odeur de sang, que lui avait louée son voisin, un boucher : deux grosses servantes et les deux petits enfants du marchand s'assirent sur des chaises en peluche placées sur la charrette, les enfants pleuraient, le marchand et son copain lampaient de la bière et conduisaient les chevaux à fond de train, le temps était merveilleux, de telle sorte que dans leur folle gaieté, ils renversèrent délibérément un cycliste qu'ils avaient habilement coincé, ils le battirent violemment dans le fossé, déchirèrent son carton en mille morceaux (c'était un peintre) et tout heureux, reprirent leur route ; quand le peintre eut repris conscience, il les rejoignit dans le jardin d'une taverne, mais le policier qui essaya d'établir leur identité fut également battu, après quoi ils se remirent en route, toujours très heureux, et lorsqu'ils s'aperçurent que des motards les rattrapaient, ils ouvrirent le feu avec des revolvers et dans l'échange de coups de feu qui s'ensuivit, une balle vint tuer le fils de trois ans du joyeux marchand.

« Écoutez, nous devrions changer de sujet », dit Mme Tchernychevski à voix basse. « Cela me fait peur que mon mari écoute des choses semblables. Vous avez un nouveau poème, n'est-ce pas ? Fiodor Konstantinovitch va nous lire un poème », déclara-t-elle à haute voix, mais Vassiliev, à demi étendu sur le canapé, tenant d'une main un monumental fume-cigarette avec une cigarette dénicotinisée et chiffonnant de l'autre main, d'un air distrait, la poupée qui accomplissait toutes sortes d'évolutions émotives sur ses genoux, continua néanmoins pendant une bonne demi-minute à raconter comment ce joyeux incident avait été examiné au Palais de Justice la veille.

« Je n'ai rien sur moi, et je ne sais rien par cœur », répéta Fiodor à plusieurs reprises.

Tchernychevski se tourna rapidement vers lui et vint poser sa petite main velue sur sa manche. « Je sens que vous êtes encore fâché avec moi. Vous ne l'êtes pas ? Parole d'honneur ? Je me suis rendu compte par la suite que c'était une blague bien cruelle. Vous ne semblez pas aller très bien. Comment vont les choses ? Vous ne m'avez jamais vraiment expliqué pourquoi vous aviez changé de pension. »

Il expliqua : des gens qu'il connaissait avaient subitement emménagé dans la pension qu'il habitait depuis un an et demi, des casse-pieds très obligeants, innocemment importuns qui ne cessaient « de faire un saut pour causer ». Leur chambre était près de la sienne et Fiodor eut bientôt le sentiment que le mur qui les séparait s'était écroulé et qu'il était sans défense. Bien sûr, dans le cas du père de Iacha, nul changement de résidence n'eût produit le moindre résultat.

Vassiliev s'était levé. Sifflant doucement, son immense dos légèrement voûté, il examinait les livres sur les rayons ; il en tira un, l'ouvrit, s'arrêta de siffler et se mettant à respirer bruyamment, il commença à se lire la première page. Sur le canapé, sa place fut prise par Lioubov Markovna et son grand sac à main : maintenant que ses yeux fatigués étaient nus, son expression s'adoucit tandis qu'elle caressait d'une main peu choyée la nuque dorée de Tamara.

« Oui ! » dit Vassiliev brusquement, fermant d'un coup sec le livre et le fourrant dans le premier interstice venu. « Camarades, tout doit se terminer en ce bas monde. Quant à moi, je dois me lever à sept heures demain. »

L'ingénieur Kern jeta un coup d'œil à son poignet.

« Oh, restez encore un peu », dit Mme Tchernychevski, ses yeux bleus brillant d'un air implorant, et, se tournant vers l'ingénieur qui s'était levé et se tenait debout derrière sa chaise vide qu'il déplaça légèrement d'un côté (comme un marchand russe qui a bu son content de thé pourrait renverser son verre dans sa soucoupe), elle commença à parler de la conférence qu'il avait promis de faire lors de la séance du samedi suivant – le titre en était « Alexandre Blok dans la guerre ».

« J'ai mis "Blok et la guerre" sur les affiches par erreur », dit-elle, « mais ça n'a aucune importance, n'est-ce pas ? »

« Au contraire, c'est important », répondit Kern avec un sourire sur ses lèvres minces, mais avec un regard meurtrier derrière son binocle épais, sans disjoindre ses mains qu'il avait placées sur son abdomen. « "Blok dans la guerre" donne le sens approprié – la nature personnelle des propres observations du conférencier, tandis que "Blok et la guerre", si vous le permettez, c'est de la philosophie. »

Et maintenant, ils commençaient tous peu à peu à devenir moins distincts, à onduler sous les agitations fortuites d'un brouillard, et puis à disparaître complètement ; leurs profils, s'entrelaçant comme le chiffre huit, s'évaporaient, bien qu'ici et là luisît encore un point brillant – l'éclair cordial d'un œil, la lueur d'un bracelet ; il y eut aussi une réapparition momentanée du front résolument contracté de Vassiliev secouant une main qui se dissolvait déjà et en tout dernier lieu, il y eut une vision flottante de paille couleur de pistache décorée de roses de soie (le chapeau de Lioubov Markovna), et à présent, tout avait disparu, et Iacha entra dans le salon enfumé, sans le moindre bruit, chaussé de pantoufles, pensant que son père était déjà au lit ; avec un tintement magique, à la lueur de lanternes rouges, des êtres falots réparaient la chaussée au coin du square, et Fiodor qui n'avait pas d'argent pour le tramway se mit en route. Il avait oublié d'emprunter aux Tchernychevski les deux ou trois marks qui lui auraient permis de tenir le coup jusqu'à ce qu'il soit payé pour une leçon ou une traduction : à elle seule cette pensée ne l'aurait pas dérangé s'il n'avait été pénétré d'un sentiment général d'infortune causé par cette sale déception (il s'était imaginé avec une telle vivacité le succès de son livre), par une infiltration glaciale dans son soulier gauche et par la crainte de la nuit imminente dans un nouvel endroit. Il était fatigué, il était mécontent de lui-même pour avoir gâché le début délicat de la nuit, et il était tourmenté par le sentiment qu'il y avait une ligne de pensée qu'il n'avait pas poursuivie jusqu'au bout ce jour-là et qu'il ne pourrait jamais mener à terme à présent.

Il marchait le long de rues qui s'étaient glissées dans son intimité depuis longtemps déjà – et comme si ce n'était pas assez, elles attendaient de l'affection ; elles avaient même acheté à l'avance, dans ses souvenirs futurs, un terrain près de Saint-Pétersbourg, une fosse adjacente ; il marchait le long de ces rues sombres et lustrées et les maisons aveugles battaient en retraite, reculant ou s'effaçant de côté dans le ciel brun de la nuit berlinoise qui, néanmoins, avait ses points faibles ici et là, des points qui fondaient sous le regard, lui permettant d'obtenir quelques étoiles. Voici enfin le square où nous dînâmes et la haute église de brique et le peuplier toujours assez transparent, ressemblant au système nerveux d'un géant ; voici également le w.-c. public qui rappelle la chaumière de pain d'épice de Baba Iaga. Dans les ténèbres du petit jardin public traversées en oblique par la faible lumière d'un lampadaire, la belle jeune fille qui depuis huit ans continuait à refuser d'être incarnée (si vivace était le souvenir de son premier amour) était assise sur un banc gris cendre, mais quand il s'approcha il s'aperçut que seule l'ombre ployée du tronc de peuplier était assise à cet endroit. Il tourna dans sa rue, y plongeant comme dans des eaux glacées – il avait une telle répugnance à rentrer, une telle tristesse lui était promise par cette chambre, cette armoire malveillante, ce canapé. Il repéra sa porte (masquée par l'obscurité) et sortit ses clés. Il n'y en avait pas une qui ouvrait la porte.

« Qu'est-ce que... » marmonna-t-il avec humeur, regardant le panneton de sa clé, puis il recommença à l'insérer avec fureur dans la serrure. « Nom de Dieu ! » s'exclama-t-il, et il recula d'un pas pour renverser la tête en arrière et vérifier le numéro de la maison. Oui, c'était la bonne maison. Il était sur le point de se pencher une fois de plus sur la serrure lorsqu'une vérité subite lui apparut : c'étaient là, bien sûr, les clés de la pension qu'il avait gardées par erreur dans la poche de son imperméable lorsqu'il avait emménagé aujourd'hui, et les nouvelles devaient être restées dans la chambre qu'il désirait réintégrer à présent beaucoup plus que tout à l'heure.

A cette époque-là, les concierges de Berlin étaient pour la plupart d'opulentes brutes dotées d'épouses corpulentes et appartenant, pour de mesquines considérations bourgeoises, au Parti Communiste. Les locataires russes blancs fléchissaient devant eux : accoutumés à la sujétion, nous désignons partout les ombres de la surveillance sur nos personnes. Fiodor comprenait parfaitement bien combien il était stupide d'avoir peur d'un vieil idiot avec une pomme d'Adam qui se promène de haut en bas, mais tout de même, il ne pouvait se résoudre à l'éveiller après minuit, à le faire sortir de son gigantesque lit de plumes, à faire le geste de presser le bouton (bien qu'il fût plus que probable que personne ne répondrait, même s'il sonnait pendant une éternité) ; il ne pouvait se résoudre à le faire, tout spécialement parce qu'il n'avait pas cette pièce de dix pfennigs sans laquelle il était impensable de passer devant la paume, sinistrement incurvée à la hauteur de la hanche, certaine de recevoir son tribut.

« Quelle histoire, quelle histoire », soupira-t-il, s'éloignant et sentant, par-derrière, le poids d'une nuit sans sommeil qui s'affalait sur lui de la tête aux pieds, jumeau de plomb qu'il allait devoir traîner à sa suite. « Quelle bêtise, *kak gloupo* », ajouta-t-il, prononçant le *gloupo* russe avec le « l » français comme le faisait son père d'une façon distraite et modérément joviale, lorsqu'il était perplexe.

Il se demanda que faire ensuite. Attendre que quelqu'un sorte ? Essayer de trouver le gardien de nuit à pèlerine noire qui s'occupait des serrures des portes dans les rues résidentielles ? Se forcer après tout à faire sauter la maison en pressant la sonnette ? Fiodor commença à faire les cent pas jusqu'au coin. L'écho se répercutait dans la rue complètement vide. Plus haut, au-dessus de la rue, étaient suspendues des lampes d'un blanc laiteux, chacune sur son propre fil transversal ; sous celle qui était la plus rapprochée, un cercle fantomatique se balançait avec la brise de part en part de l'asphalte mouillé. Et ce balancement, qui n'avait aucun lien apparent avec lui, poussait néanmoins quelque chose du coude, avec un bruit sonore comme celui d'un tambourin, du bord de son âme où ce quelque chose s'était trouvé, et à présent, « Merci, ma patrie lointaine... » résonna, non plus d'une façon distante comme auparavant, mais se répercutant bruyamment et tout près, et immédiatement, sur une onde de retour, « Merci pour ce cruel émoi... » Et encore, s'envolant à la recherche d'une réponse : « dans la brume incertaine... » Il se parlait à lui-même comme un somnambule en faisant les cent pas sur un trottoir inexistant ; ses pieds étaient guidés par une conscience locale, tandis que le Fiodor Konstantinovitch principal, et en fait le seul Fiodor Konstantinovitch qui comptât, plongeait déjà son regard dans la ténébreuse strophe suivante qui se balançait quelques mètres plus loin et dont le destin était de se fondre en une harmonie encore inconnue mais spécifiquement promise. « Merci, ma patrie » reprit-il, tout haut, prenant un nouvel élan, mais subitement le trottoir redevint de pierre sous ses pieds, tout ce qui l'entourait se mit à parler à la fois, et, instantanément dégrisé, il se précipita vers son logis car il y avait maintenant une lumière derrière la porte.

Une femme d'un certain âge aux pommettes saillantes, une veste de caracul jetée sur les épaules, reconduisait un homme et s'était arrêtée avec lui près de la porte. « Alors, mon cher, n'oubliez pas de le faire », disait-elle d'une voix terne de tous les jours lorsque Fiodor arriva avec un sourire forcé et la reconnut immédiatement : ce matin même, elle et son mari étaient venus à la rencontre de leur mobilier. Mais il reconnut aussi le visiteur que l'on reconduisait à la porte – c'était le jeune peintre Romanov qu'il avait rencontré quelquefois au bureau de rédaction du *Monde libre*. Il salua Fiodor avec une expression de surprise sur son visage délicat dont la pureté hellénique était gâchée par des dents sans éclat et mal plantées ; Fiodor fit une révérence maladroite à la dame qui replaçait la veste qui avait glissé de ses épaules ; et puis il bondit dans l'escalier en faisant des enjambées énormes ; il trébucha horriblement dans le tournant et continua à grimper en tenant la rampe. Dans sa robe de chambre, Frau Stoboï avec ses yeux troubles était terrifiante, mais ça ne dura pas longtemps. Dans sa chambre il chercha l'interrupteur à tâtons et le trouva avec difficulté. Il aperçut sur la table les clés étincelantes et le livre blanc. C'est déjà terminé, pensa-t-il. Si peu de temps auparavant, il donnait à ses amis des exemplaires avec des inscriptions plates et prétentieuses et maintenant il avait honte de se rappeler ces dédicaces et comment tous ces derniers jours il avait été nourri par la joie de son livre. Mais, après tout, il ne s'était rien passé d'important : la déception d'aujourd'hui n'excluait pas une récompense pour demain ou après-demain ; cependant, d'une façon ou de l'autre, le rêve avait commencé à s'affadir et maintenant le livre était sur la table, complètement renfermé en lui-même, délimité et achevé, et n'irradiait plus ces anciens rayons puissants et joyeux.

Un instant plus tard, au lit, comme ses pensées avaient commencé à s'installer pour la nuit et que son cœur s'enfonçait dans la neige de l'assoupissement (il avait toujours des palpitations en s'endormant), Fiodor se risqua imprudemment à se répéter le poème inachevé – rien que pour en jouir une fois de plus avant que le sommeil ne l'en sépare ;

mais il était faible et le poème était fort, tressaillant de vie avide, de telle sorte qu'en un instant il l'avait conquis, lui avait donné la chair de poule, empli la tête d'un bourdonnement céleste, et finalement Fiodor fit de la lumière, alluma une cigarette et, couché sur le dos, les draps tirés jusqu'au menton et les pieds sortant du lit, comme le Socrate d'Antokolski (un orteil perdu à cause de l'humidité de Lugano), il s'abandonna à toutes les exigences de l'inspiration. C'était là une conversation avec mille interlocuteurs dont un seul était valable, et celui-là devait être attrapé et gardé à portée de l'oreille. Que c'est difficile, et que c'est merveilleux... Et personne ne saurait dire de ce tam-tam-tam entretien...

Après quelque trois heures de concentration et d'ardeur meurtrière, il éclaircit finalement la chose tout entière, jusqu'au dernier mot, et il décida qu'il l'écrirait le lendemain. Tout en s'en séparant, il essaya de réciter doucement les bons vers chauds et frais de la ferme :

Merci, ma patrie lointaine
Merci, pour ce cruel émoi.
Perdus dans la brume incertaine
Nous nous parlons, mon âme et moi.
Et personne ne saurait dire
De notre nocturne entretien
Si c'est la voix de mon délire
Ou si ce murmure est le tien.

Et ne se rendant compte qu'à ce moment que ce poème contenait un certain sens, il le suivit avec intérêt et lui accorda son approbation. Épuisé, heureux, la plante des pieds glacée (la statue est étendue à moitié nue dans un parc lugubre), croyant toujours à la qualité et à l'importance de ce qu'il avait fait, il se leva pour éteindre. Dans sa chemise de nuit déchirée, avec sa poitrine osseuse et ses longues jambes poilues veinées de turquoise, il s'attarda devant le miroir, s'examinant avec la même curiosité solennelle et ne reconnaissant pas ces larges sourcils, ce front avec sa pointe saillante de cheveux coupés court. Une petite veine avait éclaté dans son œil gauche et la pourpre qui l'envahissait à partir de la commissure de la paupière conférait une certaine qualité bohémienne à la lueur sombre de la pupille. Grand Dieu, quelle barbe sur ces joues creuses après quelques heures nocturnes, comme si la chaleur moite de la composition avait également stimulé la croissance des poils ! Il éteignit, mais la majeure partie de la nuit avait fondu et les objets pâles et froids dans la chambre étaient comme des gens qui viennent à votre rencontre sur la plateforme enfumée d'une gare.

Pendant un bon moment, il ne put s'endormir : des écailles de mots rejetées obstruaient et écorchaient son cerveau et picotaient ses tempes et il n'y avait pas moyen de s'en débarrasser. Pendant ce temps, la chambre était devenue assez claire et quelque part – probablement dans le lierre – des moineaux fous poussaient des cris assourdissants tous ensemble et sans s'écouter les uns les autres : une grande récréation dans une petite école.

C'est ainsi que commença sa vie dans son nouveau trou. Sa propriétaire ne pouvait se faire à ses habitudes de dormir jusqu'à midi, de déjeuner on ne savait trop où ni comment et de dîner sur un bout de papier d'emballage graisseux. En fin de compte, son recueil de poèmes n'obtint pas d'article (il avait supposé qu'ils viendraient automatiquement et ne s'était pas donné la peine d'envoyer des exemplaires aux critiques) à l'exception d'une brève note dans la *Gazeta* de Vassiliev, signée par le spécialiste des questions financières qui exprimait un point de vue optimiste quant à son avenir littéraire et citait une strophe avec une coquille meurtrière. Il en vint à mieux connaître la rue Tannenberg et elle lui livra tous ses secrets les plus chers : par exemple, le fait que dans le sous-sol d'à côté vivait un vieux cordonnier du nom de Kanarienvogel et qu'il y avait effectivement une cage d'oiseau, bien que privée de son captif jaune, dans sa vitrine aveugle parmi des échantillons de chaussures réparées ; mais quant aux souliers de Fiodor, le savetier lui jeta un coup d'œil par-dessus les lunettes à monture d'acier de son corps de métier et refusa de les réparer. Alors, Fiodor commença à penser à s'en acheter une nouvelle paire. Il apprit aussi le nom des locataires de l'étage supérieur : ayant monté en chandelle un jour par erreur jusqu'au dernier étage, il lut sur une plaque de cuivre *Karl Lorentz, Geschichtsmaler*, et un jour Romanov qu'il avait rencontré à un coin de rue et qui partageait un atelier dans une autre partie de la ville avec le *Geschichtsmaler* raconta à Fiodor deux ou trois choses à son sujet : c'était un travailleur acharné, misanthrope et réactionnaire qui avait passé toute sa vie à peindre des défilés, des batailles, le fantôme impérial avec son étoile et son ruban, qui avait fréquenté le parc Sans-Souci, et qui maintenant, sous la République sans uniformes, était appauvri et renfrogné. Avant 1914, il avait joui d'une réputation distinguée, il avait visité la Russie pour peindre la rencontre du Kaiser et du Tsar, et tandis qu'il passait l'hiver à Saint-Pétersbourg, il avait rencontré son épouse actuelle, Margarita Lvovna, qui était à l'époque une jeune et ravissante dilettante qui tâtait de tous les arts. A Berlin, son alliance avec le peintre russe émigré avait commencé par hasard, à la suite d'une annonce dans les journaux. Ce Romanov était d'une tout autre classe. Lorentz s'était pris d'une affection bougonne pour lui, mais depuis le jour de la première exposition de Romanov (où il avait montré son portrait de la comtesse d'X, complètement nue avec des marques de corset sur le ventre, portant son propre portrait diminué au tiers), il l'avait considéré comme un fou et un escroc. Cependant, plusieurs furent captivés par le talent audacieux et original du jeune artiste ; d'extraordinaires succès lui furent prédits et quelques-uns virent même en lui le créateur d'une école néonaturaliste : après avoir traversé toutes les étapes du soi-disant modernisme, on disait qu'il était arrivé à un art narratif rénové, intéressant et un peu froid. Dans ses premières œuvres, certaines traces du style du caricaturiste étaient évidentes – par exemple, dans cette toile appelée *Coïncidence*, où, sur une colonne d'affichage, parmi les couleurs éclatantes et remarquablement harmonieuses des affiches de théâtre, noms d'astres de cinémas et autre méli-mélo transparent, on pouvait lire un avis concernant un collier de diamants perdu (avec récompense pour celui qui le trouvera), et ce collier se trouvait juste là sur le trottoir, au pied même de la colonne d'affichage, étincelant de son feu innocent. Dans son *Automne* cependant, le mannequin noir avec son côté déchiré, jeté dans un fossé parmi de magnifiques feuilles d'érable, était déjà une expression d'une qualité plus pure ; les connaisseurs y voyaient un abîme de tristesse. Mais, à ce jour, sa meilleure toile demeurait celle qui avait été acquise par un brasseur d'affaires clairvoyant et qui avait déjà été largement reproduite ; le titre en était *Quatre Citoyens attrapant un canari !* ils étaient vêtus de noir tous les quatre, avaient de larges épaules et portaient des hauts-de-forme (bien que l'un d'eux fût pieds nus) ; ils étaient placés dans des positions étranges, triomphantes et circonspectes à la fois, sous le feuillage étonnamment ensoleillé d'un tilleul taillé en carré où se cachait l'oiseau, peut-être celui qui s'était échappé de la cage de mon cordonnier. J'étais obscurément ému par l'art étrange, magnifique et pourtant venimeux de Romanov ; j'y percevais à la fois une anticipation et un avertissement : ayant dépassé de loin mon propre art, il lui indiquait en même temps les dangers du parcours. Quant à l'homme lui-même, je le trouvais ennuyeux au point d'en être répugnant – Je ne pouvais supporter son débit extrêmement rapide, extrêmement zézayant, accompagné d'un roulement automatique de ses yeux brillants tout à fait hors de propos. « Écoutez », dit-il en me postillonnant au menton, « pourquoi ne me laissez-vous pas vous présenter à Margarita Lorentz – elle m'a dit de vous amener un de ces soirs – venez donc, nous avons nos petites soirées à l'atelier – vous savez, avec de la musique, des sandwiches, des abat-jour rouges – il vient un tas de jeunes gens – la fille de Polonski, les frères Chidlovski, Zina Mertz... »

Ces noms m'étaient inconnus ; je ne sentais aucun désir de passer mes soirées en compagnie de Vsevolod Romanov, et la femme au visage de bouledogue de Lorentz ne m'intéressait pas non plus – je ne me contentai donc pas de refuser l'invitation, mais depuis ce jour-là, je commençai à fuir le peintre.

Le matin, le cri du marchand ambulant de patates « *Prima Kartoffel !* » résonnait dans la rue d'une voix haute, chantante et disciplinée (mais comme il bat, le cœur du jeune légume !) ou alors une voix sépulcrale de basse proclamait « *Blumenerde !* » Au bruit sourd des tapis que l'on battait, venait parfois se mêler un orgue de Barbarie qui était peint en brun et monté sur de sordides roues de charrette avec un dessin circulaire sur le devant dépeignant un ruisseau idyllique ; et tournant la manivelle un moment de la main droite, un moment de la main gauche, le joueur d'orgue de Barbarie aux yeux perçants faisait couler un épais *O sole mio.* Ce soleil m'invitait déjà sur le square. Dans son jardin, un jeune châtaignier, encore trop petit pour marcher tout seul et par conséquent supporté par un tuteur, produisit subitement une fleur plus grosse que lui. Cependant, les lilas mirent du temps à fleurir ; mais quand ils se décidèrent, alors, en une seule nuit qui laissa un nombre considérable de mégots de cigarettes sous les bancs, ils encerclèrent le jardin de somptuosité ébouriffée. Dans une allée calme derrière l'église, les acacias laissèrent tomber leurs pétales par un jour gris de juin, et l'asphalte sombre près du trottoir donnait l'impression que de la crème de farine y avait été renversée. Dans les massifs de rosiers autour de la statue en bronze d'un coureur, la Gloire de la Hollande dégagea les coins de ses pétales rouges et fut imitée par le Général Arnold Janssen. Un jour heureux et sans nuages de juillet, un vol de fourmis très réussi se produisit : les femelles s'envolèrent, et les moineaux faisant de même les dévorèrent ; et là où personne ne venait les ennuyer, elles continuèrent à ramper sur le gravier et à se dépouiller de leurs faibles ailes de féerie. Les journaux rapportèrent qu'au Danemark on remarquait de nombreux cas de folie résultant d'une vague de chaleur : les gens se débarrassaient de leurs vêtements et plongeaient dans les canaux. Des zigzags mâles se précipitaient dans tous les sens fougueusement. Les tilleuls traversèrent toutes leurs métamorphoses compliquées, aromatiques, et malpropres.

Fiodor, en bras de chemise et en espadrilles mais sans chaussettes, passait la plus grande partie du jour sur un banc indigo dans le jardin public, un livre entre ses longs doigts bronzés ; et quand le soleil frappait trop fort, il appuyait sa tête sur le dossier chaud du banc et fermait les yeux pendant de longs moments ; les roues fantomatiques du jour urbain roulaient à travers l'écarlate intérieur sans fond, et les éclats des voix d'enfants passaient à toute vitesse, et le livre ouvert sur ses genoux devenait de plus en plus lourd et ressemblait de moins en moins à un livre ; mais maintenant l'écarlate s'assombrissait au passage d'un nuage et redressant son cou en sueur il ouvrait les yeux et revoyait le parc, la pelouse avec ses marguerites, le gravier fraîchement arrosé, la petite fille qui jouait à la marelle toute seule, le landau avec le bébé qui consistait en deux yeux et un hochet rose, et le voyage du disque aveuglé, haletant et radieux à travers le nuage, puis tout se remettait à flamboyer et le long de la rue tachetée, bordée d'arbres agités, un camion de charbonnier passait dans un bruit de tonnerre avec son conducteur noir de charbon sur son haut siège cahoteux, serrant entre ses dents la tige d'une feuille d'un émeraude brillant.

En fin d'après-midi, il allait donner une leçon : à un homme d'affaires avec des cils blond roux qui jetait sur lui un regard terne de perplexité malveillante tandis que Fiodor lui lisait d'un air indifférent du Shakespeare ; ou à une écolière en pull-over noir qu'il avait quelquefois envie d'embrasser sur sa nuque jaunâtre penchée ; ou à un joyeux luron trapu qui avait été dans la marine impériale et qui disait *yest* (oui, mon commandant) et *obmozgevat* (piger ça) ; et il se préparait à *dat drapou* (mettre les voiles) pour le Mexique, en s'échappant secrètement de sa maîtresse, une vieille femme de cent kilos, passionnée et lugubre, qui avait fui en Finlande sur le même traîneau que lui et depuis ce temps, en un perpétuel désespoir jaloux, l'avait gavé de pâtés à la viande, de pudding à la crème, de champignons marinés... A côté de ces leçons d'anglais, il y avait de lucratives traductions commerciales – rapports sur le peu de propagation des ondes sonores des planchers carrelés ou traités sur les roulements à billes ; et finalement un revenu modeste mais particulièrement précieux lui était fourni par ses poèmes lyriques qu'il composait dans une sorte de transe ivre et toujours avec cette même ferveur nostalgique et patriotique ; quelques-uns d'entre eux ne prenaient pas corps, se dissolvant au contraire, fertilisant les profondeurs les plus intérieures, tandis que d'autres, complètement polis et équipés de toutes leurs virgules, étaient apportés au bureau du journal – d'abord *via* une rame de métro avec des réverbérations étincelantes qui grimpaient rapidement le long de ses montants de cuivre verticaux, puis dans le vide étrange d'un énorme ascenseur jusqu'au neuvième étage où, au bout d'un corridor de la couleur d'une terre à modeler grise, dans une petite pièce étroite sentant « le cadavre décomposé de l'actualité » (plaisanterie du comique numéro un du bureau), la secrétaire était assise, personnage lunaire et flegmatique, sans âge et virtuellement sans sexe qui avait plus d'une fois sauvé la situation quand, mis en colère par un article dans lc journal libéral de Vassiliev, quelques voyous menaçants s'amenaient, trotskystes allemands loués sur place, ou quelque robuste fasciste russe, scélérat et mystique.

Le téléphone sonnait d'une manière discordante ; des épreuves ondulées passaient en coup de vent ; le critique théâtral continuait à lire un journal russe venu par hasard de Vilna. « Pourquoi, vous devons-nous de l'argent ? Rien de la sorte », disait la secrétaire. Lorsque la porte qui donnait sur la pièce de droite s'ouvrait, on pouvait entendre la voix justement dictante de Getz, ou Stoupichine en train de se racler la gorge, et dans le vacarme de plusieurs machines à écrire, on pouvait distinguer le rat-tat-tat rapide de Tamara.

Le bureau de Vassiliev se trouvait à gauche ; sa veste de lustrine se faisait étroite autour de ses épaules grassouillettes tandis que, debout devant un pupitre dont il se servait comme table à écrire et soufflant comme une puissante machine, il écrivait l'éditorial de son écriture négligée avec ses taches d'écolier : « Pas d'amélioration en vue », ou « La situation en Chine ». S'arrêtant subitement, perdu dans ses pensées, il faisait un bruit de racloir de métal en grattant sa vaste joue barbue d'un seul doigt, et plissait ses yeux, surplombés de noirs sourcils canailles sans un seul poil gris – dont on se souvient en Russie même aujourd'hui. Près de la fenêtre (d'où l'on apercevait un immeuble d'affaires identique, avec des réparations qui se poursuivaient si haut dans le ciel qu'on avait l'impression qu'ils auraient tout aussi bien pu faire quelque chose pour la fissure en lambeaux dans la panne de nuages gris) se trouvait une coupe avec une orange et demie et un appétissant pot de yaourt, et dans la bibliothèque, dans le compartiment du bas fermé à clé, les cigares interdits et un grand cœur bleu et rouge étaient conservés. Une table était encombrée de vieux déchets de journaux soviétiques, de livres insignifiants avec des couvertures sinistres, de lettres – demandant, rappelant, reprochant –, de la moitié pressée d'une orange, d'une page de journal avec une ouverture découpée et un portrait photographique de la fille de Vassiliev qui vivait à Paris, une jeune femme avec une charmante épaule nue et des cheveux vaporeux : c'était une actrice sans succès et il y avait de fréquentes mentions d'elle dans la page cinématographique de la *Gazeta* : «... notre talentueuse compatriote Silvina Lee... » – bien que personne n'eût jamais entendu parler de la compatriote en question.

Vassiliev acceptait avec bonne humeur les poèmes de Fiodor et les publiait, non pas parce qu'il les aimait (la plupart du temps, il ne les lisait même pas), mais parce que tout ce qui ornait la partie non politique de son journal lui était absolument indifférent. S'étant assuré une fois pour toutes du niveau littéraire au-dessous duquel un contributeur donné ne tomberait pas en raison de sa nature, Vassiliev lui donnait entière liberté, même si le niveau donné ne s'élevait guère au-dessus de zéro. Comme ce n'étaient que de simples bagatelles, les poèmes passaient presque entièrement sans contrôle, se glissant à travers des ouvertures où des déchets d'un poids et d'un volume plus considérables se seraient coincés. Mais quels piaillements joyeux et excitants s'élevaient de toutes les cages de paons de notre poésie émigrée, de Latvia à la Côte d'Azur ! Ils ont publié les miens ! Et les miens ! Fiodor lui-même, qui avait le sentiment de n'avoir qu'un seul rival – Kontchéiev (qui, soit dit en passant, n'était pas un contributeur de la *Gazeta*) –, ne se préoccupait pas de ses voisins imprimés et se réjouissait de ses poèmes tout autant que les autres. Il y avait des fois où il ne pouvait attendre le courrier du soir qui apportait son exemplaire et il en achetait un autre une demi-heure plus tôt dans la rue, et sans honte, à peine avait-il quitté le kiosque à journaux, rejoignant la lumière rougeâtre près des étalages de fruits où des montagnes d'oranges rutilaient dans le bleu du crépuscule précoce, qu'il dépliait le journal – et il lui arrivait de ne rien trouver : quelque chose d'autre l'avait évincé ; mais, s'il le trouvait, il rassemblait les pages d'une façon plus commode et, reprenant sa marche sur le trottoir, il relisait son poème plusieurs fois en variant les intonations intérieures ; c'est-à-dire qu'il imaginait l'une après l'autre les diverses manières mentales dont le poème serait lu, peut-être était-il lu en ce moment par ceux dont l'opinion lui importait et à chacune de ces différentes incarnations il sentait presque physiquement un changement dans la couleur de ses yeux, et aussi dans la couleur derrière ses yeux, et dans le goût de sa bouche, et plus il aimait le chef-d'œuvre du jour, plus il pouvait le lire parfaitement et avec succulence à travers les yeux des autres.

Après avoir gaspillé son été de cette façon, après avoir donné naissance, élevé et cessé d'aimer à tout jamais quelques douzaines de poèmes, il sortit par un jour clair et frais, un samedi (la réunion a lieu ce soir), faire un achat important. Les feuilles mortes ne gisaient pas à plat sur le trottoir mais étaient gondolées et rigidement recroquevillées de telle sorte qu'il s'avançait un coin d'ombre bleu de dessous chacune d'elles. Portant un balai, la petite vieille vêtue d'un tablier propre, avec un petit visage aigu et des pieds disproportionnément grands, sortit de sa petite maison de pain d'épices avec ses fenêtres de sucre candi. Oui, c'était l'automne ! Il marchait, le bonheur dans l'âme ; tout était beau : le matin avait apporté une lettre de sa mère qui avait l'intention de venir lui rendre visite pour Noël, et, à travers ses chaussures d'été qui se détérioraient, il sentit le sol avec une extraordinaire sensibilité lorsqu'il traversa un bout de chemin non pavé, près de lopins de jardins potagers abandonnés avec leur légère odeur de brûlé, entre des maisons qui tournaient la noirceur tranchée de leurs murs extérieurs vers eux, et là, devant des berceaux de verdure délicats comme de la dentelle, poussaient des choux perlés de grandes gouttes brillantes, et des tiges bleuâtres d'œillets fanés, et des tournesols s'inclinaient avec leurs gros visages de bouledogues. Il y avait longtemps qu'il voulait exprimer d'une façon ou de l'autre que c'était dans ses pieds qu'il avait le sentiment de la Russie, qu'il pouvait la toucher et la reconnaître tout entière par la plante de ses pieds, comme un aveugle reconnaît des objets en les touchant de la paume de sa main. Et quel dommage qu'il eût atteint la fin de ce bout de riche terre brune et qu'il eût à remettre le pied sur le trottoir sonore.

Une jeune femme vêtue d'une robe noire avec un front luisant, des yeux rapides et errants, s'assit à ses pieds pour la huitième fois, en travers d'un tabouret ; extrayant prestement une chaussure étroite de l'intérieur bruissant de la boîte, elle étendit les coudes en élargissant les bords de la chaussure, jeta un regard abstrait de côté tout en relâchant les lacets, et alors, tirant un chausse-pied de son sein, elle s'adressa au grand pied timide et pauvrement reprisé de Fiodor. Miraculeusement, le pied s'emboîta dans la chaussure, mais après ça, il devint complètement aveugle : le mouvement de va-et-vient des orteils à l'intérieur n'eut aucun effet sur le satiné extérieur du cuir noir tendu. Avec une vitesse phénoménale, la vendeuse fit un nœud au bout des lacets et elle toucha le bout du soulier avec deux doigts. « Parfait », dit-elle. « Les souliers neufs sont toujours un peu... » continua-t-elle rapidement en levant ses yeux bruns. « Bien sûr, si vous le désirez, nous pouvons les ajuster. Mais ils vous vont parfaitement bien, voyez par vous-même ! » Et elle le conduisit à l'appareil radiographique et elle lui montra où placer son pied. Regardant en bas à travers l'ouverture vitrée, il aperçut ses propres phalanges sombres et nettement séparées sur un fond lumineux. C'est ceci, c'est cet orteil que je poserai sur la barque fatale. Chaussant l'autre soulier aussi, il marcha sur le tapis jusqu'au fond du magasin et revint en jetant un coup d'œil de côté au miroir qui se trouvait à hauteur de cheville et qui réfléchissait son pas élégant et la jambe de son pantalon qui semblait avoir le double de son âge maintenant. « Oui, parfait », dit-il lâchement. Quand il était enfant, on avait l'habitude de gratter la semelle noire glacée avec un tire-bouton pour qu'elle ne soit pas trop glissante. Il les porta sous le bras pour aller à sa leçon, revint à la maison, mangea, se chaussa, admira ses chaussures avec appréhension et se mit en route pour la réunion.

En effet, ils ont l'air bien après tout – pour un atroce début.

La réunion devait avoir lieu dans l'appartement des parents de Lioubov Markovna, restreint et pathétiquement surchargé de décorations. Une rouquine vêtue d'une robe verte qui s'arrêtait au-dessus des genoux aidait la servante estonienne (qui bavardait avec elle en chuchotant bruyamment) à servir le thé. Dans la foule familière qui ne contenait que peu de visages nouveaux, Fiodor découvrit immédiatement Kontchéiev qui venait pour la première fois. Il regarda la silhouette aux épaules fuyantes et presque bossue de cet homme désagréablement calme dont le mystérieux talent grandissant n'aurait pu être arrêté que par le poison contenu dans le creux d'une bague et jeté dans un verre de vin – cet homme qui comprenait tout et avec qui il n'avait pas encore eu la chance d'avoir la bonne conversation qu'il rêvait d'avoir un de ces jours et en présence duquel, se contorsionnant, brûlant et appelant désespérément ses propres poèmes à son secours, il ne se sentait rien de plus qu'un contemporain. Ce jeune visage avait le type de la Russie centrale et semblait un peu vulgaire, vulgaire d'une étrange façon démodée ; il était délimité au-dessus par des cheveux ondulés et en dessous par les pointes d'un col empesé, et, en présence de cet homme, Fiodor ressentit tout d'abord un sombre malaise... Mais trois dames lui sourirent du divan, Tchernychevski lui fit des salamalecs à distance, Getz éleva comme une bannière un magazine qu'il lui avait apporté, et qui contenait le « Commencement d'un long poème » de Kontchéiev et un article de Christophe Mortus dont le titre était « La voix de la Mary de Pouchkine dans la poésie contemporaine ». Derrière lui, quelqu'un prononça avec l'intonation d'une réponse explicative, « Godounov-Tcherdyntsev ». Peu importe, peu importe pensa rapidement Fiodor, se souriant à lui-même, jetant un coup d'œil autour de lui et frappant le bout d'une cigarette contre son porte-cigarettes décoré d'un aigle, peu importe, un de ces jours nous pourrons lui et moi entrechoquer nos œufs de Pâques à la manière russe, et nous verrons bien lequel sera le premier à se casser.

Tamara lui indiqua une chaise libre, et comme il s'y dirigeait, il crut encore entendre le timbre sonore de son nom. Lorsque des jeunes gens de son âge, amateurs de poésie, le suivaient, à l'occasion, de ce regard spécial qui glisse comme une hirondelle sur le miroir du cœur d'un poète, il sentait à l'intérieur de son être un frisson d'orgueil vivifiant et tonifiant ; c'était le signe avant-coureur de sa célébrité à venir ; mais il y avait aussi une autre célébrité, terrestre celle-là, l'écho fidèle du passé : il était fier de l'attention de ses jeunes confrères, mais tout aussi fier de la curiosité des gens plus âgés qui voyaient en lui le fils d'un grand explorateur, un courageux excentrique qui avait découvert de nouveaux animaux au Tibet, dans les Pamirs et autres pays de rêve.

« Venez », dit Mme Tchernychevski avec son sourire humide de rosée, « j'aimerais que vous rencontriez... » Elle lui présenta un certain Skvortsov qui s'était récemment échappé de Moscou ; c'était un type amical qui avait des lignes comme des rayons autour des yeux, un nez en forme de poire, une mince barbe et une petite femme pimpante, pleine de jeunesse et mélodieusement bavarde avec un châle de soie, bref, un couple de ce type plus ou moins académique qui était si familier à Fiodor par le souvenir qu'il gardait des gens qui papillotaient habituellement autour de son père. En des termes courtois et corrects, Skvortsov commença par exprimer son étonnement du manque total d'information à l'étranger quant aux circonstances qui entourèrent la mort de Konstantin Kirillovitch : « Nous avions pensé », glissa sa femme, « que si personne ne savait rien là-bas, il fallait bien s'y attendre. » « Oui », continua Skvortsov, « je me souviens d'une façon terriblement nette comment je me trouvai être présent à un dîner en l'honneur de votre père un jour, et comment Kozlov – Piotr Koutzmitch – l'explorateur, remarqua avec humour que Godounov-Tcherdyntsev regardait l'Asie centrale comme sa chasse gardée. Oui... Il y a assez longtemps de ça, je crois que vous n'étiez pas encore né à cette époque. »

A ce moment, Fiodor remarqua soudainement que Mme Tchernychevski dirigeait sur lui un regard plein de tristesse, significatif et chargé de sympathie. Interrompant sèchement Skvortsov, il commença à lui poser des questions, sans grand intérêt, sur la Russie. « Comment dirai-je... » répliqua ce dernier. « Vous voyez, c'est comme ça... »

« Bonjour, bonjour, cher Fiodor Konstantinovitch ! » Un gros avocat qui avait l'air d'une tortue suralimentée lança ces mots par-dessus la tête de Fiodor, bien qu'il fût déjà en train de lui serrer la main tout en se frayant un chemin à travers la foule, et à présent il saluait déjà quelqu'un d'autre. Alors, Vassiliev se leva de sa chaise et, s'appuyant légèrement sur la table pendant un moment, les doigts tournés en dehors, dans une position particulière aux boutiquiers et aux orateurs, il annonça que la séance était ouverte. « M. Busch », ajouta-t-il, « va maintenant nous lire sa nouvelle tragédie philosophique. »

Herman Ivanovitch Busch, un vieux monsieur de Riga, timide, solidement charpenté, aimable, avec une tête qui ressemblait à celle de Beethoven, s'assit à la petite table Empire, émit un bruit sourd de la gorge et déplia son manuscrit ; ses mains tremblaient perceptiblement et continuèrent à trembler tout au long de la lecture.

Dès le début, il devint apparent que la route menait au désastre. L'accent burlesque de l'habitant de Riga et ses solécismes bizarres étaient incompatibles avec l'obscurité du sens de son œuvre. Quand apparut, dans le Prologue, un « compagnon solitaire » (*odinoki spoutnik* au lieu de *odinoki poutnik*, voyageur solitaire) marchant sur cette route, Fiodor espérait encore contre tout espoir que c'était là un paradoxe métaphysique et non pas un lapsus perfide. Le chef de la Garde civile, n'admettant pas le voyageur, répéta plusieurs fois qu'il « ne passerait définitivement pas ». C'était une ville côtière (le compagnon solitaire venait de l'intérieur du pays) et l'équipage d'un vaisseau grec y tirait une bordée. Cette conversation se poursuivait dans la rue du Péché :

PREMIÈRE PROSTITUÉE

Tout est eau. C'est ce que dit mon client Thalès.

DEUXIÈME PROSTITUÉE

Tout est air, m'a dit le jeune Anaximène.

TROISIÈME PROSTITUÉE

Tout est nombre. Mon chauve Pythagore ne peut pas se tromper.

QUATRIÈME PROSTITUÉE

Héraclite me caresse en me soufflant à l'oreille : « Tout est feu. »

COMPAGNON SOLITAIRE
(entre en ce moment)

Tout est destin.

Il y avait aussi deux chœurs dont l'un se débrouillait pour représenter les ondes brogliennes et la logique de l'histoire, tandis que l'autre chœur, le bon, discutait avec lui. « Premier Marin, Deuxième Marin, Troisième Marin », continua Busch, énumérant les protagonistes de sa voix nerveuse de basse bordée d'humidité. Apparurent également trois marchandes de fleurs : une « Femme aux lis », une « Femme aux violettes » et une « Femme aux fleurs diverses ». Subitement, quelque chose bougea : de petits éboulements se produisirent dans l'auditoire.

Certaines lignes de force ne tardèrent pas à se former à travers la pièce – un réseau de regards échangés par trois ou quatre, puis cinq ou six, puis dix personnes qui représentaient un tiers de l'assemblée. Kontchéiev sortit lentement et soigneusement un grand livre de la bibliothèque près de laquelle il avait pris place (Fiodor remarqua que c'était un album de miniatures persanes), et le tournant tout aussi lentement dans un sens puis dans l'autre sur ses genoux il commença à le feuilleter en regardant de ses yeux myopes. Mme Tchernychevski affichait une expression surprise et blessée, mais en accord avec son éthique secrète, liée d'une façon ou de l'autre au souvenir de son fils, elle se forçait à écouter. Busch lisait rapidement, ses joues lustrées tremblotaient, le fer à cheval sur sa cravate noire étincelait et sous la table ses pieds étaient tournés en dedans ; tandis que le symbolisme idiot de la tragédie devenait de plus en plus profond, plus compliqué et moins compréhensible, l'hilarité douloureusement contenue, souterrainement sévissante, avait un besoin de plus en plus désespéré d'une issue, et nombreux étaient ceux qui se penchaient déjà, n'osant pas regarder, et lorsque la Danse des masques commença sur le square, quelqu'un – c'était Getz – toussa, et avec la toux il émit une certaine quinte additionnelle, sur quoi Getz se couvrit le visage de ses mains et refit surface un instant plus tard avec une mine insensément éclatante et sa tête chauve tout humide, tandis que sur le divan, Tamara s'était simplement étendue, comme secouée par les douleurs de l'enfantement, tandis que Fiodor qui était sans protection versait des torrents de larmes, torturé par le silence obligatoire de ce qui se passait à l'intérieur de lui. D'une manière inattendue, Vassiliev fit tourner sa chaise si laborieusement qu'un pied s'écroula avec un craquement et il fit une embardée en avant avec une expression changée mais ne tomba pas, et cet événement qui, en soi, n'était pas drôle, servit de prétexte pour qu'une explosion élémentaire et orgiaque vienne interrompre la lecture, et tandis que Vassiliev transportait sa masse vers une autre chaise, Herman Ivanovitch Busch, fronçant son front magnifique mais assez infécond, nota quelque chose sur le manuscrit avec un bout de crayon, et dans le calme soulagé, une femme non identifiée fit entendre quelque chose dans un gémissement final séparé, mais Busch avait déjà repris sa lecture :

FEMME AUX LIS

Vous êtes bien troublée aujourd'hui, ma sœur.

FEMME AUX FLEURS DIVERSES

Oui, le devin m'a dit que ma fille épouserait le passant d'hier.

FILLE

Oh, je ne l'ai même pas remarqué.

FEMME AUX LIS

Et il ne l'a pas remarquée.

« Oyez, oyez ! » fit le Chœur en venant placer son mot, comme au Parlement britannique. Il y eut encore une légère commotion : un paquet de cigarettes vide sur lequel le gros avocat avait écrit quelque chose commença un périple à travers toute la pièce, et tout le monde suivit les étapes de son voyage ; il devait y avoir quelque chose d'extrêmement drôle écrit dessus, mais personne ne le lisait et il passait avec soumission d'une main à l'autre ; il était destiné à Fiodor et lorsqu'il l'atteignit finalement, il lut : *Tout à l'heure, je veux parler d'une certaine petite chose avec vous.*

Le dernier acte approchait de son terme. Le dieu du rire abandonna imperceptiblement Fiodor et il regarda méditativement l'éclat de son soulier. De la barque sur la rive froide. Celui de droite le gênait plus que celui de gauche. La bouche entrouverte, Kontchéiev feuilletait les dernières pages de l'album. « *Zanavesse* (rideau) », s'exclama Busch, mettant l'accent sur la dernière syllabe au lieu de la première.

Vassiliev annonça qu'il y aurait un entracte. La majeure partie de l'auditoire avait une mine alanguie et froissée comme après une nuit dans un wagon de troisième classe. Busch avait roulé sa tragédie en un tube épais et se tenait debout dans un coin éloigné, et il lui semblait que dans le tumulte des voix se formaient et s'étendaient de constants murmures d'admiration ; Lioubov Markovna lui offrit du thé et alors son visage puissant prit subitement une expression gentille et sans défense, et, se léchant les lèvres d'un air serein, il se pencha sur le verre qu'on venait de lui tendre. Fiodor observa la scène à distance avec un certain sentiment de respect, tandis qu'il entendait derrière lui la conversation suivante :

« Je vous prie de me donner des explications ! » (La voix courroucée de Mme Tchernychevski.)

« Bien, vous savez, ces choses-là arrivent » (le débonnaire et coupable Vassiliev).

« Je vous demande une explication. »

« Mais, ma chère madame, que puis-je faire maintenant ? »

« Eh bien, ne l'aviez-vous pas lue auparavant ? Ne vous l'a-t-il pas apportée au bureau ? Je croyais que vous aviez dit que c'était un travail sérieux et intéressant. Une œuvre significative. »

« Oui, c'est vrai, une première impression vous savez, quand je l'ai parcourue – je n'ai pas pris en considération ce que ça donnerait à l'oreille – je me suis fait avoir ! C'est vraiment déconcertant. Mais allez vers lui, Alexandra Iakovlevna, allez lui dire quelque chose. »

L'avocat empoigna Fiodor au-dessus du coude. « Vous êtes justement la personne que je cherche. Je me suis subitement aperçu que j'ai quelque chose pour vous ici. Un de mes clients est venu me voir, il réclame une traduction allemande de quelques-uns de ses papiers, pour un divorce, vous voyez ? Les Allemands qui s'occupent de l'affaire pour lui ont une jeune Russe dans leur bureau, mais, apparemment elle ne pourra le faire qu'en partie, et ils ont besoin de quelqu'un pour l'aider à terminer le reste. Voudriez-vous vous en charger ? Voici, donnez-moi votre numéro de téléphone. *Gemacht.* »

« Mesdames et messieurs, asseyez-vous je vous prie », résonna la voix de Vassiliev. « Nous aurons maintenant un débat sur l'œuvre qui a été lue. Ceux qui désirent y participer sont priés de s'inscrire. »

Juste à ce moment, Fiodor s'aperçut que Kontchéiev, penché et une main derrière le revers de son veston, se frayait un chemin serpentin vers la sortie. Fiodor le suivit, et faillit oublier son magazine dans sa précipitation. Le vieux Stoupichine les rejoignit dans le vestibule ; il passait fréquemment d'une chambre louée à une autre mais il vivait toujours si loin du centre de la ville que ces changements, qui étaient importants et compliqués pour lui, semblaient, aux autres, prendre place dans un monde éthéré, au-delà de l'horizon des soucis humains. Drapant un cache-col étriqué à bandes grises autour de son cou, il le tint en place avec son menton à la manière russe, et, toujours à la russe, il se glissa dans son manteau en se donnant plusieurs secousses dorsales.

« En tout cas, il nous a certainement régalés », dit-il comme ils descendaient accompagnés de la servante avec la clé de la porte d'entrée.

« Je dois avouer que je n'ai pas écouté très attentivement », commenta Kontchéiev.

Stoupichine s'en alla attendre un tramway rare, presque légendaire, tandis que Godounov-Tcherdyntsev et Kontchéiev prenaient la direction opposée ; ils marchèrent jusqu'au coin.

« Quel temps détestable », dit Godounov-Tcherdyntsev.

« Oui, il fait assez froid », opina Kontchéiev.

« Un temps pourri. Et dans quelle partie de la ville demeurez-vous ? »

« Charlottenburg. »

« Oui, je vois, c'est assez loin. Vous y allez à pied ? »

« Oui, à pied. Je crois que je dois tourner ici... »

« Oui, vous tournez à droite, je file tout droit. »

Ils se dirent au revoir. « Brr, quel vent ! »

« Attendez, attendez donc une minute, je vais vous accompagner chez vous. Vous êtes certainement un oiseau de nuit comme moi et je n'ai pas à vous exposer le noir enchantement des promenades de pierre. Ainsi, vous n'avez pas écouté notre pauvre conférencier ? »

« Au début seulement, et alors à peine de la moitié d'une oreille. Cependant, je ne crois pas que c'était si mauvais. »

« Vous étiez en train d'examiner des miniatures persanes dans un livre. N'en avez-vous pas remarqué une – une étonnante ressemblance ! – de la collection de la Bibliothèque publique de Saint-Pétersbourg – faite, je crois, par Riza Abbasi, il y a environ trois cents ans : cet homme agenouillé, luttant avec des bébés dragons, avec un gros nez et une moustache – Staline ! »

« Oui, je crois que c'est le plus fort des successeurs d'Ilitch. A propos, j'ai lu votre très remarquable recueil de poèmes. En fait, bien sûr, ce ne sont que les modèles de vos futurs romans. »

« Oui, un de ces jours je vais me mettre à écrire une prose où "la pensée et la musique seront unies comme le sont les plis de la vie dans le sommeil". »

« Merci pour la gracieuse citation. Vous avez un véritable amour de la littérature, n'est-ce pas ? »

« Je le crois. Vous voyez, la façon dont j'envisage les choses, c'est qu'il n'y a que deux genres de livres : de chevet et de corbeille à papier. Ou bien j'aime un écrivain avec ferveur, ou bien je le rejette entièrement. »

« C'est un peu sévère tout de même. Et un peu dangereux. N'oubliez pas que l'ensemble de la littérature russe est la littérature d'un siècle et, après les plus indulgentes éliminations, elle n'occupe plus que trois mille à trois mille cinq cents feuilles imprimées, et il n'y a guère plus que la moitié de ça qui soit digne de nos rayons de bibliothèque sans parler de notre table de chevet. Avec une telle insuffisance quantitative, nous devons nous résigner au fait que notre Pégase est un cheval pie, que chez un mauvais écrivain, tout n'est pas mauvais, et que tout n'est pas bon chez un bon écrivain. »

« Peut-être me donnerez-vous quelques exemples, que je puisse les réfuter. »

« Certainement, si vous ouvrez Gontcharov ou... »

« Arrêtez-vous immédiatement ! Ne me dites pas que vous avez un mot gentil pour Oblomov – ce premier "Ilitch" qui fut la ruine de la Russie – et la joie des critiques sociaux ? Ou peut-être voulez-vous discuter des misérables conditions hygiéniques des séductions victoriennes ? Crinoline et banc de jardin humide ? Ou peut-être le style ? Que penser de son *Précipice* où l'on voit Raïski dans ses moments pensifs "une buée vermeille miroitant entre les lèvres" ? – ce qui me rappelle étrangement les protagonistes de Pissemski dont chacun, sous le coup d'une émotion violente, "se masse le cœur de la main !". »

« C'est ici que je vous prends au piège. N'y a-t-il pas de bonnes choses dans ce même Pissemski ? Par exemple, ces valets dans le vestibule, durant un bal, qui jouent au ballon avec la botte de velours d'une dame, horriblement crottée et usée. Ha, ha ! Et puisque nous parlons d'auteurs de deuxième ordre, que pensez-vous de Leskov ? »

« Rien, laissez-moi voir... D'amusants anglicismes jaillissent dans son style, par exemple *eto byla dournaya vechtch* (c'était une mauvaise chose) au lieu d'employer tout simplement *plokho diélo*. Quant à ses contorsions de calembours forcés... Non, ayez pitié de moi, je ne les trouve pas drôles. Et sa verbosité. Grand Dieu ! Son *Soboryane* pourrait facilement être ramené à deux feuilletons de journal. Et je ne sais pas ce qui est le pire – ses vertueux Britanniques ou ses vertueux pasteurs. »

« Et pourtant... prenez son image de Jésus "le fantomatique Galiléen, calme et doux, vêtu d'une robe couleur de prune mûrissante" ? Ou sa description de la bouche d'un chien qui bâille avec "son palais bleuâtre comme s'il avait été enduit de pommade" ? Ou son fameux éclair qui la nuit illumine la chambre dans ses moindres détails, même jusqu'au vert-de-gris d'une cuiller d'argent ? »

« Oui, je vous accorde qu'il a une sensibilité toute latine pour le bleu : *lividus*. Lev Tolstoï, d'autre part, préférait les tons violets et la félicité de marcher pieds nus avec les corneilles sur la riche terre obscure des champs labourés ! Bien sûr, je n'aurais jamais dû les acheter. »

« Vous avez raison, ils me gênent énormément. Mais nous voici chez les auteurs de premier ordre. Ne me dites pas que vous ne sauriez trouver de points faibles ici également ? Dans des histoires comme "La Tempête de neige". »

« Laissez Pouchkine tranquille : c'est la réserve d'or de notre littérature. Et là-bas, c'est la manne de Tchekhov qui contient assez de nourriture pour les années à venir, et un chiot qui pousse de petits cris plaintifs, et une bouteille de vin de Crimée. »

« Attendez, remontons jusqu'aux prédécesseurs. Gogol ? Je crois que nous pouvons accepter son "organisme tout entier". Tourguéniev ? Dostoïevski ? »

« Bedlam qui redevient Bethléem – voilà votre Dostoïevski. "Avec une seule réserve", comme le dit notre ami Mortus. Dans *Les Frères Karamazov*, il y a quelque part une marque circulaire laissée par un verre de vin sur une table de jardin. Ça vaut la peine d'être conservé si l'on s'en tient à votre méthode. »

« Mais ne me dites pas que tout est bien dans Tourguéniev ? Ces ineptes tête-à-tête sous des tonnelles d'acacias ? Le grognement et le frissonnement de Bazarov ? Toutes ses histoires de grenouilles extrêmement peu convaincantes ? Et en général, je ne sais si vous pouvez supporter l'intonation particulière de la rangée de points de Tourguéniev à la fin d'une "phrase qui s'évanouit" et les fins maniérées de ses chapitres. Ou bien devrions-nous lui pardonner tous ses péchés à cause du chatoiement gris des robes de soie noire de Mme Odintsev et les pattes arrière étirées de ses phrases élégantes, ces postures de lapins que prennent ses chiens de chasse au repos ? »

« Mon père avait l'habitude de trouver toutes sortes de bourdes dans les scènes de chasse et les descriptions de la nature chez Tourguéniev et Tolstoï, et en ce qui concerne ce misérable Aksakov, ne discutons même pas de ses bévues honteuses dans ce domaine. »

« Maintenant que les cadavres ont été emportés, nous pourrions peut-être nous occuper des poètes ? Très bien. A propos, parlant de cadavres, vous êtes-vous déjà aperçu que dans le plus fameux court poème de Lermontov, le "cadavre familier" de la fin est extrêmement drôle ? Ce qu'il voulait dire en réalité, c'était "le cadavre de l'homme qu'elle avait connu autrefois". La connaissance posthume est injustifiée et n'a pas de sens. »

« Ces derniers temps, c'est Tioutchev qui partage mon habitat nocturne le plus souvent. »

« Estimable invité. Et que pensez-vous des vers iambiques de Nékrassov – ou peut-être ne le prisez-vous pas particulièrement ? »

« Oh, si. Il y a, dans ses meilleurs vers, un certain pincement de guitare, un sanglot et un hoquet qu'on ne saurait trouver chez un artiste plus raffiné tel que Fet par exemple. »

« J'ai le sentiment que la faiblesse secrète de Fet est sa rationalité et l'accent qu'il met sur les antithèses. Cela ne vous a pas échappé, n'est-ce pas ? »

« Nos lourdauds d'écrivains de l'école-d'intentions-sociales l'ont critiqué pour les mauvaises raisons. Non, je puis tout lui pardonner à cause de "résonna dans la prairie qui s'obscurcissait", pour "la nuit laissa tomber des larmes de rosée d'extase", pour le papillon "respirant" qui abaisse et relève ses ailes. »

« Nous passons donc au siècle suivant : attention à la marche. Vous et moi avons commencé à raffoler de poésie dès notre enfance, n'est-ce pas ? Rafraîchissez ma mémoire – comment était-ce ? – “comme l’orée des nuages palpite”... Pauvre vieux Balmont ! »

« Ou, illuminés du côté de Blok, “Nuages de douceur chimérique”. Oh, mais il eût été criminel de faire le délicat ici. A cette époque, mon esprit acceptait extatiquement, complètement, avec reconnaissance et sans critiques chicanières chacun des cinq poètes dont les noms commençaient par “B” – les cinq sens de la nouvelle poésie russe. »

« Ça m’intéresserait de savoir lequel des cinq représente le goût. Oui, oui, je sais, il y a des aphorismes qui – comme les avions – ne se maintiennent en l’air qu’en bougeant. Mais nous parlions de l’aube. Comment avez-vous commencé ? »

« Lorsque mes yeux s’ouvrirent sur l’alphabet. Pardon, ça semble prétentieux, mais il est un fait que depuis l’enfance j’ai été affligé d’une *audition colorée* des plus intenses et des plus compliquées. »

« De telle sorte que vous aussi, comme Rimbaud, vous auriez pu... »

« Écrire non seulement un sonnet mais une œuvre importante, avec des nuances auditives dont il n’a jamais rêvé. Par exemple les nombreux “a” différents des quatre langues que je parle ont pour moi des nuances différentes, allant du noir laqué au gris éclaté – comme diverses sortes de bois. Je vous recommande mon “m” de flanelle rose. Je ne sais si vous vous souvenez de l’ouate isolante que l’on enlevait avec les doubles fenêtres au printemps ? Eh bien, voilà mon “i” russe, ou plutôt “euh”, si crasseux et si terne que les mots n’osent pas commencer par cette lettre. Si j’avais des couleurs à la portée de la main, je vous mélangerais de la terre de Sienne brûlée et de la sépia pour les assortir à la couleur du son de gutta-percha “tch” ; et vous apprécieriez mon “s” radieux si je pouvais verser dans vos mains tendues en cornet quelques-uns de ces saphirs lumineux que je touchais enfant, tremblant et ne comprenant pas quand ma mère, vêtue pour un bal, sanglotant éperdument, laissait ses trésors parfaitement célestes couler de leur abîme dans la paume de sa main, de leur écrin sur le velours noir, et puis remettait subitement le tout sous clé et n'allait nulle part en fin de compte, en dépit des persuasions chaleureuses de son frère qui marchait de long en large dans les pièces en donnant des chiquenaudes aux meubles et haussant ses épaulettes, et si l'on tirait légèrement le rideau de la fenêtre latérale en saillie, on pouvait voir, tout le long du quai, les façades dans le bleu-noir de la nuit, la magie immobile d'une illumination impériale, le flamboiement lugubre des monogrammes de diamants, des ampoules colorées formant des dessins de couronnes... »

« *Buchstaben von Feuer*, bref... Oui, je connais la suite. Dois-je terminer ce conte banal qui vous déchire l'âme ? Comment vous faisiez vos délices du premier poème venu. Comment vous écriviez des drames à l'âge de dix ans, et des élégies à quinze – et toujours sur des couchers de soleil, des couchers de soleil... L'Inconnue de Blok qui "passait lentement parmi les ivrognes". A propos, qui était-elle ? »

« Une jeune femme mariée. Cela dura un peu moins de deux ans, jusqu'à mon évasion de Russie. Elle était adorable et douce – vous savez, avec de grands yeux et des mains légèrement osseuses – et en fait, je lui suis demeuré fidèle jusqu'à ce jour. En poésie, son goût s'arrêtait aux chants tziganes à la mode, elle adorait le poker et elle mourut du typhus – Dieu sait où, Dieu sait comment. »

« Et que devons-nous espérer maintenant ? Croyez-vous que ça vaille la peine de continuer à écrire des vers ? »

« Définitivement ! Jusqu'à la fin. Même en ce moment je suis heureux en dépit de l'avilissante douleur de mes orteils engoncés. A vrai dire, je sens encore cette turbulence, cette excitation... Je passerai une fois encore la nuit tout entière... »

« Montrez-moi. Voyons comment ça fonctionne : c'est ceci, c'est ceci que du bac noir et lent... Non, essayez encore : A travers la neige qui tombe sur une eau qui ne gèle jamais... Essayez toujours : Sous la neige qui tombe au-dessus de ce fleuve qui ne gèle jamais, au pays de la mort... Continuez : Sous une neige droite et lente, par un temps (ici l'enjambement) gris – climat du Léthé, saison de l'autre monde – c'est bien ce pâle orteil qui touchera le bord. C'est mieux, mais prenez garde de ne pas dissiper l'excitation. »

« Oh, je sais. Mais on ne peut s'empêcher d'être heureux avec ce picotement dans la peau du front... »

« ...comme une trop grande quantité de vinaigre dans des betteraves coupées en morceaux. Savez-vous ce dont je viens de me rendre compte ? Le fleuve n'est pas le Léthé mais le Styx. Aucune importance. Continuons : Et voici près du bord une branche qui s'arque, et dans l'obscurité Charon vers elle tend sa gaffe et s'en approche et l'attrape et la barque... »

« ...la barque de Charon tournoie doucement. Rentrons. Rentrons. Ce soir j'ai envie de composer la plume à la main. Quelle lune ! Quelle noire odeur de feuilles et de terre nous provient de derrière ces clôtures. »

« Et quel dommage que personne n'ait entendu le brillant dialogue que j'aurais tant aimé avoir avec vous. »

Sans importance, ce ne sera pas perdu. En fait, je suis content que ça se soit passé ainsi. Ça ne regarde personne si nous nous sommes effectivement séparés au premier coin de rue et si je me suis récité un dialogue fictif tel que suggéré par un manuel d'inspiration littéraire pour autodidacte ?

CHAPITRE DEUX

Il pleuvait encore légèrement, mais, avec l'insaisissable soudaineté d'un ange, un arc-en-ciel avait déjà fait son apparition. Il demeura suspendu au-dessus du champ moissonné en un langoureux étonnement de lui-même, rosâtre et vert avec une suffusion violacée le long de sa lèvre intérieure, dominant l'orée d'un bois lointain dont il laissait transparaître une partie frémissante. Des flèches de pluie égarées qui avaient perdu à la fois le rythme et le poids et la capacité de faire le moindre bruit, étincelaient à l'aventure, ici et là, dans le soleil. Là-haut, dans le ciel lavé par la pluie, de derrière un nuage noir comme un corbeau, se dégageait un nuage d'une ravissante blancheur qui brillait de tous les détails d'un moulage monstrueusement compliqué.

« Bien, bien, c'est fini », dit-il d'une voix basse en émergeant de dessous l'abri de trembles qui se pressaient les uns contre les autres là où la route dite *zemskaya* (de région rurale) – et quel cahot dans cette désignation ! – descendait, grasse et argileuse, dans un creux, y réunissant toutes ses ornières en une fosse oblongue débordant d'un épais café crème.

Ma chérie ! Dessin de nuances élyséennes ! Un

jour, dans l'Ordos, mon père qui gravissait une colline après une tempête pénétra par inadvertance dans la base d'un arc-en-ciel – événement des plus rares ! – et se retrouva dans un air coloré, dans un jeu de lumière comme s'il avait été au Paradis. Il fit un pas de plus, et quitta le Paradis.

L'arc-en-ciel disparaissait déjà. La pluie s'était à peu près arrêtée, il faisait une chaleur torride, un taon aux yeux satinés vint se poser sur sa manche. Un coucou se mit à lancer son cri dans un taillis, nonchalamment, presque interrogativement : le son s'enflait comme une cupule, et tout comme une cupule était incapable de trouver une solution. Le pauvre gros oiseau s'envola probablement plus loin, car tout se répéta à partir du commencement à la manière d'un reflet réduit (qu'en savons-nous, peut-être cherchait-il l'endroit pour l'effet le meilleur, le plus triste). Un immense papillon, les ailes déployées, d'un noir bleuâtre avec une bande blanche, décrivit un arc surnaturellement doux, se posa sur la terre humide, referma ses ailes et sur ce, disparut. C'est le genre de papillon qu'un jeune paysan essoufflé apporte de temps à autre, le fourrant à deux mains dans sa casquette. C'est le genre qui prend son essor sous les sabots mignards du petit poney discipliné du médecin, lorsque celui-ci, tenant les rênes presque superflues sur ses genoux ou bien alors les attachant au panneau avant, chemine pensivement sur la route ombragée qui mène à l'hôpital. Mais à l'occasion, vous découvrez quatre ailes noires et blanches, avec des dessous couleur de brique, éparpillées comme des cartes à jouer sur un sentier forestier : le reste, dévoré par un oiseau inconnu.

Il sauta par-dessus une flaque d'eau où deux bousiers s'étaient accrochés à un fétu de paille, se nuisant réciproquement, et il imprima sa semelle sur le bord de la route : une empreinte hautement significative, les yeux fixés vers le haut, et ne perdant pas de vue celui qui vient de disparaître. Marchant à travers un champ, seul, sous les nuages somptueusement impétueux, il se souvint comment, ses premières cigarettes dans son premier porte-cigarettes, il s'était approché d'un vieux moissonneur à cet endroit et lui avait demandé du feu ; le paysan avait tiré une boîte de sa poitrine décharnée et la lui avait donnée sans sourire, mais le vent soufflait et les allumettes s'éteignirent les unes après les autres avant même d'avoir flambé, et chaque fois il devenait plus honteux tandis que l'homme observait avec une sorte de curiosité détachée les doigts impatients du jeune châtelain prodigue.

Il s'enfonça plus avant dans les bois ; des planches avaient été jetées tout le long du sentier, noires et vaseuses, avec des feuilles et des iules d'un brun rougeâtre qui s'y étaient collés. Qui avait laissé tomber une russule, éventrant ses lames blanches ? Des cris d'interpellation apportèrent la réponse : des jeunes filles cueillaient des champignons et des myrtilles, ces dernières semblant tellement plus sombres dans le panier que sur leurs tiges ! Parmi les bouleaux, il y avait une vieille connaissance, avec un double tronc, un bouleau-lyre, et à côté, un vieux poteau avec un écriteau dessus ; on ne pouvait rien y distinguer à l'exception de traces de balles ; il avait servi de cible à un browning manié par son précepteur anglais – lui aussi un Browning – et puis son père avait pris le pistolet, insérant d'une main preste et adroite les cartouches dans le chargeur, et il avait gravé un K régulier avec sept balles.

Plus loin, un orchis de marais s'épanouissait en toute simplicité sur un bout de terrain tourbeux derrière lequel il dut traverser une petite route, et un peu plus loin, à droite, luisait une barrière blanche : l'entrée du parc. Garni de fougère à l'extérieur, bordé avec luxuriance de jasmin et de chèvrefeuille à l'intérieur, assombri à certains endroits par des aiguilles de sapin, illuminé en d'autres par des feuilles de bouleau, ce parc immense, dense et traversé de multiples sentiers se maintenait dans un équilibre de soleil et d'ombre qui formait, d'une nuit à l'autre, une harmonie variable, mais dans sa variabilité même, une harmonie uniquement caractéristique. Si des cercles de lumière chaude palpitaient sous les pieds sur la promenade bordée d'arbres, alors une épaisse bande de velours ne pouvait manquer de s'étendre au loin, et, derrière elle, venait encore ce tamis fauve, tandis que plus loin, au fond, s'approfondissait une riche noirceur qui, portée sur le papier, ne satisfaisait l'aquarelliste qu'aussi longtemps que la peinture restait humide, de telle sorte qu'il aurait dû ajouter couche sur couche pour en garder la beauté – qui se ternissait immédiatement. Tous les sentiers menaient à la maison, mais laissant de côté la géométrie, il semblait que le chemin le plus direct n'était pas l'allée droite mince et lisse avec une ombre sensible (qui se levait comme une aveugle pour venir à votre rencontre et vous toucher le visage) et avec un éclat de soleil émeraude au bout, mais bien n'importe lequel de ses voisins tortueux et envahis de mauvaises herbes. Il marchait le long de son sentier favori vers la maison encore invisible, passé le banc sur lequel – selon la tradition établie, – ses parents venaient s'asseoir la veille des départs réguliers de son père : son père, les genoux écartés, faisant tournoyer ses verres ou un œillet entre ses doigts, avait la tête penchée avec un canotier rabattu à l'arrière sur la nuque, et avec un sourire taciturne, presque moqueur, autour de ses yeux ridés et dans les coins doux de sa bouche, quelque part dans les racines mêmes de sa barbe taillée ; et sa mère lui disait quelque chose du côté, de dessous, et d'en dessous de son grand chapeau blanc frémissant ; ou bien elle creusait de petits trous crissants dans le sable muet avec le bout de son parasol. Il dépassa un gros bloc de pierre avec de jeunes sorbiers qui grimpaient dessus (l'un d'entre eux s'était retourné pour donner un coup de main au plus jeune), au-delà d'un petit carré d'herbe qui avait été un étang à l'époque de grand-père, et passé quelques sapins courtauds qui devenaient assez rondelets l'hiver sous leur fardeau de neige : la neige tombait habituellement en ligne droite et avec lenteur, elle pouvait tomber comme ça pendant trois jours, cinq mois, neuf ans – et déjà, en avant, dans une éclaircie traversée de petits points blancs, on apercevait une faible tache jaune qui s'approchait, qui entrait subitement dans votre champ de vision, frémissait, s'épaississait et se changeait en tramway, et la neige mouillée dérivait obliquement, enduisant la face gauche d'un pilier de verre, l'arrêt du tramway, tandis que l'asphalte demeurait noir et nu, comme s'il était, de par sa nature, incapable d'accepter quelque chose de blanc, et, parmi les écriteaux au-dessus des boutiques de pharmaciens, de papetiers et d'épiciers, qui nageaient devant ses yeux et qui étaient même incompréhensibles à prime abord, un seul pouvait encore sembler être écrit en russe : *Kakao.* Pendant ce temps, tout ce qu'il venait d'imaginer autour de lui avec une telle clarté picturale (ce qui, en soi, était suspect comme la vivacité des rêves au mauvais moment du jour ou après un soporifique) pâlissait, se corrodait, se désintégrait, et si l'on se retournait, alors (comme dans un conte de fées où les marches disparaissent derrière quiconque les gravit) tout s'écroulait et disparaissait ; une configuration d'adieu d'arbres debout comme des personnes qui viennent assister au départ d'une autre personne ; déjà balayé, un reste d'arc-en-ciel disparaissait dans le remous ; le sentier dont il ne restait que l'esquisse d'un tournant ; un papillon monté sur une épingle avec trois ailes seulement et pas d'abdomen ; un œillet dans le sable, près de l'ombre du banc ; les toutes dernières bagatelles les plus persistantes ; et un instant plus tard tout ceci ramena Fiodor sans heurt à son présent ; du cœur de ses souvenirs (doux et dénués de sens, le visitant comme l'attaque d'une maladie fatale à n'importe quelle heure du jour et n'importe où), du paradis de serre du passé, il monta dans un tramway berlinois.

Il se rendait à une leçon ; il était en retard comme d'habitude, et comme d'habitude montait en lui une haine vague, mauvaise et lourde à l'égard de la pesante lenteur de ce moyen de transport, le moins doué de tous, des rues désespérément familières et désespérément laides qui défilaient de l'autre côté de la fenêtre mouillée et par-dessus tout, une haine des pieds, des côtés et du cou des passagers indigènes. Sa raison savait qu'il pouvait aussi y avoir parmi eux des individus authentiques et complètement humains avec des passions désintéressées, des chagrins purs, même avec des souvenirs qui illuminaient leur vie, mais pour une raison ou une autre il eut l'impression que tous ces yeux froids et fuyants qui le regardaient comme s'il transportait quelque trésor illégal (ce que son don était essentiellement) n'appartenaient qu'à de vieilles sorcières malicieuses et à des trafiquants malhonnêtes. La conviction russe que l'Allemand est vulgaire en petite quantité et insupportablement vulgaire en grande quantité était, il le savait, une conviction indigne d'un artiste ; mais néanmoins il était agité d'un tremblement, et seul le mélancolique contrôleur avec ses yeux hallucinés et un sparadrap sur le doigt, se débattant éternellement et douloureusement pour garder son équilibre et se frayer un passage au milieu des secousses convulsives du tramway et du troupeau des passagers qui se tenaient debout, semblait être extérieurement, sinon humain, du moins le parent pauvre d'un être humain. Au deuxième arrêt, un homme efflanqué vêtu d'un manteau court avec un col de renard, portant un chapeau vert et des guêtres effilochées, s'assit en face de Fiodor. En s'asseyant, il le bouscula avec son genou et avec le coin d'un porte-documents à poignée de cuir plein à craquer, et cette chose triviale transforma son irritation en une espèce de pure furie de telle sorte que dévisageant le type qui venait de s'asseoir, lisant ses traits, il concentra instantanément sur lui toute sa haine coupable (de cette pauvre nation misérable et agonisante) et il savait les raisons très précises de sa haine ; à cause de ce front bas et de ces yeux pâles ; à cause de *Vollmilch* et d'*Extrastark*, qui impliquaient l'existence légale du dilué et de l'artificiel ; à cause du système de gestes à la polichinelle (menaçant les enfants non pas comme nous le faisons – avec un doigt dressé, un rappel érigé du Jugement divin – mais avec un doigt horizontal imitant un bâton agité) ; à cause d'un amour des clôtures, des rangées, de la médiocrité ; pour le culte du fonctionnariat ; à cause du fait que si l'on écoute leur voix intérieure (ou n'importe quelle conversation sur la rue) on entend inévitablement des chiffres, de l'argent ; à cause de l'humour de pissotières et du rire grossier ; à cause de l'ampleur des derrières des deux sexes, même si le reste du sujet n'est pas gras ; à cause du manque de délicatesse ; à cause de l'évidence de la propreté – l'éclat des fonds de casseroles dans la cuisine et la malpropreté barbare des salles de bains ; à cause de la faiblesse pour les sales petites blagues et du mal qu'on prend pour les faire ; à cause de l'abominable objet soigneusement collé sur les grilles des jardins publics ; à cause du chat vivant, transpercé d'un fil de fer habilement tordu à un bout, pour se venger du voisin ; à cause de la cruauté en toute chose, satisfaite d'elle-même, allant de soi ; à cause de l'aide inattendue, extatique que vous offrent cinq passants pour ramasser quelques sous échappés ; à cause... Il enfilait ainsi les perles de son réquisitoire partial, regardant l'homme qui était assis en face de lui – jusqu'à ce que ce dernier sorte de sa poche un exemplaire du journal de Vassiliev et tousse négligemment avec une intonation russe.

C'est merveilleux, pensa Fiodor, souriant presque de plaisir. Que la vie est habile, gracieusement rusée et essentiellement bonne ! Il distinguait à présent dans les traits du lecteur du journal une telle douceur de compatriote – dans le coin des yeux, les larges narines, une moustache coupée à la russe – que le fait que l'on ait pu s'y tromper devenait à la fois drôle et incompréhensible. Ses pensées furent égayées par ce sursis inattendu et elles avaient déjà pris une autre direction. L'élève à qui il allait rendre visite était un vieux Juif presque illettré mais curieux et qui, l'année précédente, avait été soudainement pris du désir d'apprendre à « bavarder en français », ce qui semblait au vieillard à la fois plus accessible et convenant mieux à son âge, à son caractère et à son expérience de la vie que l'étude aride de la grammaire d'une langue. Invariablement, au début de la leçon, gémissant et mélangeant une multitude de mots russes et allemands avec une pincée de français, il décrivait son épuisement après sa journée de travail (il était gérant d'une assez importante manufacture de papier) et passait de ces plaintes interminables à une discussion – en français ! – plongeant immédiatement jusqu'aux oreilles dans l'obscurité désespérée de la politique internationale, et en plus, il exigeait des miracles : que toute cette matière effrénée, visqueuse et lourde, comparable au transport des pierres sur une route après une inondation, se transforme subitement en un discours en filigrane. Entièrement dépourvu de la moindre capacité de se souvenir des mots (et aimant en parler non pas comme d'un point faible mais comme une caractéristique intéressante de sa nature), non seulement ne fit-il aucun progrès mais il réussit même en un an d'étude à oublier les quelques phrases de français qu'il savait lorsque Fiodor l'avait pris en main, et à partir desquelles le vieillard avait pensé construire en trois ou quatre soirées son propre Paris portatif, léger et animé. Hélas, le temps s'écoulait sans grand résultat, prouvant la futilité de l'effort et l'impossibilité du rêve – et puis l'instructeur s'avéra inexpérimenté, complètement perdu lorsque le malheureux gérant de manufacture avait subitement besoin d'un renseignement précis (comment dit-on *dandy roll* en français ?) auquel le questionneur renonçait immédiatement par délicatesse, et ils se trouvaient tous deux momentanément embarrassés, comme, dans une vieille idylle, un innocent adolescent et une jeune vierge qui se touchent par inadvertance. L'entreprise devint graduellement intolérable. Comme l'élève s'en référait d'un air de plus en plus découragé à la fatigue de son cerveau et remettait de plus en plus fréquemment ses leçons (la voix céleste de sa secrétaire au téléphone était la mélodie du bonheur !), il semblait à Fiodor que ce dernier s'était finalement convaincu de l'ineptie de son professeur, mais qu'il prolongeait le tourment mutuel par pitié pour ses pantalons usés, et qu'il continuerait à le faire jusqu'au tombeau.

Et maintenant, assis dans le tramway, il voyait avec une vivacité ineffable comment il pénétrerait, dans sept ou huit minutes, dans l'étude familière meublée avec un luxe animal berlinois, comment il s'installerait dans le profond fauteuil de cuir à côté de la table basse en métal avec son coffret à cigarettes en verre mis à sa disposition et sa lampe en forme de globe terrestre, comment il allumerait une cigarette, se croiserait les jambes avec une gaieté factice et se retrouverait face au regard angoissé et soumis de son désespérant élève, comment il entendrait avec une telle clarté son soupir et l'indéracinable « *Nou, vouï* » dont il entrelardait ses réponses ; mais subitement, le désagréable sentiment d'être en retard fut remplacé dans l'âme de Fiodor par la décision précise, et d'une certaine manière outrageusement joyeuse, de ne pas se montrer du tout pour la leçon – de descendre au prochain arrêt et de retourner à la maison, vers sa lecture inachevée, vers ses préoccupations immatérielles, vers la brume bienheureuse dans laquelle sa vie réelle flottait, vers l'œuvre compliquée, heureuse et fervente qui l'occupait depuis un an déjà. Il savait qu'il allait recevoir aujourd'hui le paiement de plusieurs leçons, il savait qu'autrement, il allait encore devoir fumer et manger à crédit, mais il se faisait assez bien à cette idée à cause de cette énergique indolence (tout est ici, dans cette combinaison), à cause de l'altière truanderie qu'il se permettait. Et ce n'était pas la première fois. Timide et exigeant, vivant toujours au sein de difficultés, dépensant toutes ses forces à la poursuite d'êtres innombrables qui passaient rapidement en lui comme des lueurs aurorales dans un bocage mythologique, il ne pouvait plus se forcer à se mêler aux gens soit pour l'argent, soit pour le plaisir, et, en conséquence, il était pauvre et solitaire. Et, comme pour contrarier le destin commun, il lui était agréable de se rappeler comment une fois, au cours de l'été, il n'était pas allé à une soirée dans une « villa de banlieue » pour la simple raison que les Tchernychevski l'avaient prévenu qu'il y aurait là un homme qui « pourrait peut-être l'aider » ; ou comment, l'automne précédent, il n'avait pas trouvé le temps de se mettre en rapport avec une agence de divorce qui avait besoin d'un traducteur – parce qu'il écrivait une pièce en vers, parce que l'avocat qui lui promettait cette rentrée d'argent était importun et stupide, parce que, finalement, il avait trop longtemps remis la chose à plus tard et qu'il était incapable de prendre une décision.

Il se fraya un chemin jusqu'à la plate-forme du tramway. Juste à ce moment, le vent vint le scruter cruellement après quoi Fiodor resserra la ceinture de son mackintosh et ajusta son écharpe, mais le peu de chaleur du tramway lui avait déjà été enlevée. La neige avait cessé de tomber, mais personne n'aurait pu dire où elle était allée ; il ne restait qu'une humidité ubiquiste rendue manifeste à la fois par le bruit sifflant des pneus et par l'acuité porcine du cri perçant et haché des klaxons, ce qui était une torture pour l'oreille, et par l'obscurité du jour, frémissant de froid, de tristesse, et d'aversion de lui-même, et par la nuance particulière du jaune des vitrines déjà illuminées, par les reflets et les réfractions, par les lumières liquides, par toute cette orgie maladive de lumière électrique. Le tramway s'avança sur le square et, freinant horriblement, s'arrêta, mais ce n'était qu'un arrêt préliminaire parce que juste devant, près du refuge de pierre bondé de gens qui s'apprêtaient à monter, deux autres tramways s'étaient immobilisés, chacun d'eux accouplé à un autre wagon, et cette agglomération inerte mettait d'une certaine façon en évidence la désastreuse imperfection du monde où Fiodor continuait encore à vivre. Il ne pouvait plus le supporter ; il descendit d'un bond et traversa à grands pas le square glissant jusqu'à une autre ligne de tramway ce qui, en trichant, lui permettait de regagner son propre quartier avec le même billet – bon pour une correspondance mais pas du tout pour un retour ; mais l'honnête calcul officiel qu'un passager ne voyagerait que dans un sens était sapé dans certains cas par le fait qu'en connaissant les lignes on pouvait changer imperceptiblement un trajet direct en un arc, se recourbant jusqu'au point de départ. Cet intelligent système (preuve agréable d'une certaine faille purement allemande dans la planification des lignes de tramway) était volontiers adopté par Fiodor ; par distraction cependant, par une incapacité à bénéficier d'un avantage matériel même pour une durée limitée, et pensant déjà à quelque chose d'autre, il paya automatiquement le nouveau billet sur lequel il avait eu l'intention de faire des économies. Et même à ce moment, la tricherie rapportait, même alors. Ce n'était pas lui mais l'entreprise de transport urbain qui en était de sa poche, et qui plus est, pour une somme beaucoup, beaucoup plus importante (le prix d'un billet sur le Nord-Express !) qu'on aurait pu s'y attendre : ayant traversé le square et tourné dans une rue latérale, il s'achemina vers l'arrêt du tramway à travers un bosquet de sapins, à première vue assez petit, qui avaient été assemblés ici pour la vente en vue de la proximité de Noël ; ils formaient entre eux une sorte de petite avenue ; balançant les bras en marchant, il frotta du bout des doigts les aiguilles mouillées ; mais bientôt, la minuscule avenue s'élargit, le soleil apparut dans tout son éclat et il déboucha sur la terrasse d'un jardin où, sur le doux sable rouge, pouvait être deviné le sigle d'un jour d'été : les empreintes des pattes d'un chien, les traces perlées d'un hoche-queue, la bande Dunlop laissée par la bicyclette de Tania, se divisant en deux ondulations dans la courbe, et la marque d'un talon à l'endroit où, d'un mouvement léger et amorti contenant peut-être le quart d'une pirouette, elle était descendue de sa bicyclette en glissant d'un côté et s'était mise à marcher en tenant le guidon. Une vieille maison en bois dans le soi-disant style d' « abiétinées », peinte vert pâle, avec des gouttières de la même couleur, des motifs sculptés sous le toit et un haut soubassement en pierre (où, dans le ciment gris, on pouvait s'imaginer voir les rondes croupes roses de chevaux emmurés), une grande maison robuste et extraordinairement expressive avec des balcons à la hauteur des branches de tilleul, et des vérandas décorées de verre précieux, vint à sa rencontre dans un nuage d'hirondelles, toutes voiles dehors, son conducteur éclair fendant le ciel bleu et les éclatants nuages blancs qui s'étendaient en une étreinte infinie. Assis sur les marches de pierre de la véranda la plus avancée, illuminés carrément par le soleil, on aperçoit son père, qui, de toute évidence, revient juste de la baignade, enturbanné d'une serviette pelucheuse de telle sorte qu'on ne peut voir – et comme nous aimerions le faire ! – ses cheveux courts et striés de gris qui s'amincissent en pointe sur le front ; sa mère, entièrement vêtue de blanc, regardant fixement droit devant elle et enlaçant ses genoux avec tant de jeunesse ; à côté d'elle – Tania, vêtue d'une ample blouse, le bout de sa tresse noire posé sur sa clavicule, sa raie lisse penchée, tenant entre ses bras un fox-terrier dont la bouche est plissée en un large sourire à cause de la chaleur ; plus haut – Ivonna Ivanovna, qui pour une raison ou une autre n'apparaît pas très clairement sur la photo : ses traits sont brouillés mais sa taille élancée, sa ceinture et sa chaîne de montre sont nettement visibles ; d'un côté, plus bas, étendu, la tête posée sur les genoux de la fille au visage rond (ruban de velours autour du cou, nœuds de soie) qui donnait des leçons de musique à Tania, le frère de son père, corpulent médecin militaire, farceur et bel homme ; plus bas encore, deux petits écoliers revêches et maussades, les cousins de Fiodor : l'un portait une casquette d'écolier et l'autre pas – celui qui n'en portait pas allait être tué sept ans plus tard à la bataille de Mélitopol ; tout en bas, sur le sable, exactement dans la même posture que sa mère, Fiodor lui-même, tel qu'il était alors, bien qu'il eût peu changé depuis ce temps, dents blanches, sourcils noirs, cheveux courts, portant une chemise ouverte. On oubliait qui l'avait prise, mais cette photo éphémère, défraîchie et en général insignifiante (il y avait tant d'autres photos bien meilleures), même pas d'une qualité suffisante pour être reproduite, avait été la seule à être sauvée par miracle et elle était devenue inestimable ; elle était parvenue à Paris parmi les effets personnels de sa mère qui la lui avait apportée à Berlin le Noël précédent ; car maintenant, en choisissant un présent pour son fils, elle était guidée non par ce qui était le plus coûteux mais par ce dont il était le plus difficile de se séparer.

Elle était venue passer deux semaines avec lui après une séparation de trois ans ; et dès le premier instant, lorsqu'elle eut descendu les marches de fer du wagon, poudrée jusqu'à en être mortellement pâle, portant des gants noirs et des bas noirs et un vieux manteau de loutre déboutonné, posant son regard avec une égale rapidité d'abord sur lui et ensuite sur ce qu'il y avait sous ses pas, et l'instant d'après, lorsque, le visage tordu par la douleur du bonheur, elle le tint étroitement enlacé, poussant des gémissements de félicité, l'embrassant n'importe où – oreille, cou – il lui avait semblé que la beauté dont il avait été si fier s'était fanée, mais comme sa vision s'ajustait au crépuscule du présent, si différent à prime abord de la lumière de la mémoire qui s'éloignait, il reconnut encore en elle tout ce qu'il avait aimé : le pur contour de son visage, s'amincissant jusqu'au menton, le jeu changeant de ces yeux enchanteurs, verts, bruns, jaunes, sous leurs sourcils de velours, la démarche longue et légère, l'avidité avec laquelle elle alluma une cigarette dans le taxi, l'attention avec laquelle elle regarda subitement – elle n'était donc pas aveuglée par l'émotion de la rencontre, comme toute autre personne l'eût été – la scène grotesque qu'ils remarquèrent tous deux : un imperturbable motocycliste transportant un buste de Wagner dans son side-car ; et déjà, comme ils arrivaient à la maison, la lumière du passé avait rattrapé le présent, l'avait imprégné jusqu'au point de saturation, et tout redevenait identique à ce que cela avait été dans ce même Berlin trois ans plus tôt, comme autrefois en Russie, comme cela avait été et serait pour toujours.

On dénicha une chambre libre chez Frau Stoboï et là, le premier soir (nécessaire de toilette ouvert, bagues enlevées et posées sur le marbre de la table de toilette), étendue sur le sofa et dévorant avec son habituelle rapidité ces raisins secs dont elle ne pouvait se passer une seule journée, elle parla d'un sujet auquel elle revenait constamment depuis presque neuf ans maintenant, répétant une fois de plus – d'une manière incohérente, mélancolique et honteuse, détournant les yeux comme si elle confessait quelque terrible secret – qu'elle croyait de plus en plus que le père de Fiodor était vivant, que son deuil était ridicule, que les vagues nouvelles de sa mort n'avaient jamais été confirmées par qui que ce soit, qu'il était quelque part au Tibet, en Chine, en captivité, en prison, dans quelque mauvaise passe, au sein de difficultés et de privations, qu'il était en convalescence après une longue, longue maladie – et que subitement, ouvrant la porte d'un mouvement brusque et bruyant, martelant le seuil de son pied, il allait entrer. Et plus que jamais auparavant, ces mots causèrent à Fiodor un bonheur et une crainte plus grande tout à la fois. Habitué bon gré mal gré à considérer que son père était mort depuis des années, il sentait qu'il y avait quelque chose de grotesque dans la possibilité de son retour. Était-il admissible que la vie puisse faire non seulement des miracles, mais des miracles nécessairement dépourvus (autrement ils seraient insupportables) du plus léger soupçon de surnaturel ? Le miracle de ce retour résiderait dans sa nature terre à terre, dans sa compatibilité avec la raison, dans l'introduction rapide d'un événement incroyable dans l'enchaînement accepté et compréhensible des jours ordinaires ; mais plus la nécessité d'un tel naturel croissait avec les années, plus il devenait difficile à la vie de le rencontrer, et maintenant, ce qui l'effrayait n'était pas simplement d'imaginer un fantôme, mais d'en imaginer un qui ne serait pas effrayant. Il y avait des jours où il semblait à Fiodor qu'il serait subitement approché dans la rue (à Berlin il y a de petits culs-de-sac où, entre chien et loup, l'âme semble se dissoudre) par un vieillard de soixante-dix ans, en haillons comme dans les contes de fées, couvert de barbe jusqu'aux yeux, qui clignerait de l'œil et lui dirait, comme il avait l'habitude de le faire autrefois : « Allô, fiston ! » Son père lui apparaissait souvent en rêve, comme s'il revenait juste de quelque monstrueuse prison cellulaire, ayant subi des tortures physiques qu'il était interdit de mentionner, vêtu maintenant de linge propre – il était impossible de penser au corps caché en dessous – et avec une expression complètement anonyme de renfrognement désagréable et capital, le front couvert de sueur et les dents légèrement découvertes, assis à table au milieu de sa famille silencieuse. Mais lorsque, surmontant le sentiment qu'il avait de la fausseté du style même qu'on avait imposé au destin, il se forçait néanmoins à imaginer et l'arrivée d'un père vivant, vieilli mais indubitablement sien, et l'explication la plus complète et la plus convaincante de son absence silencieuse, il était sous le coup, non pas du bonheur, mais d'une terreur à lui soulever le cœur – qui, cependant, disparaissait immédiatement et faisait place à un sentiment d'harmonie satisfaite lorsqu'il repoussait cette rencontre au-delà de la limite de la vie terrestre.

Mais, d'un autre côté... Il arrive qu'un grand

succès vous soit promis pendant une très longue période, succès auquel vous ne croyez pas dès le début tant il diffère du reste des offrandes du destin, et, si vous y pensez de temps à autre, vous le faites pour vous abandonner à une fantaisie si l'on peut dire – mais quand, à la fin, par une journée très ordinaire avec un vent d'ouest, arrive la nouvelle – détruisant simplement, instantanément, et décisivement tout espoir en ce succès – c'est alors que vous êtes soudainement étonné de découvrir que, tout en n'y croyant pas, vous aviez vécu avec cette idée durant tout ce temps, ne vous apercevant pas de la constante proximité du rêve qui était devenu depuis belle lurette corpulent et indépendant, de telle sorte que maintenant vous ne pouvez plus le faire sortir de votre vie sans faire un trou dans cette vie. C'est ainsi que Fiodor, à l'encontre de toute logique et n'osant envisager sa réalisation, avait vécu avec le rêve familier du retour de son père, un rêve qui avait mystérieusement embelli sa vie et qui l'avait, d'une certaine façon, élevée au-dessus du niveau des vies environnantes, de telle manière qu'il pouvait voir toutes sortes de choses distantes et intéressantes : ainsi, quand il était petit, son père avait l'habitude de le soulever par les coudes, lui permettant de voir ce qu'il y avait d'intéressant par-dessus une clôture.

Après cette première soirée, lorsqu'elle eut renouvelé son espoir et qu'elle se fut convaincue que le même espoir animait son fils, Elizaviéta Pavlovna ne s'y référa plus en paroles, mais comme d'habitude, cet espoir se mettait à aller de soi dans toutes leurs conversations, surtout parce qu'ils ne conversaient pas beaucoup à haute voix : fréquemment, après plusieurs minutes de silence animé, Fiodor remarquait subitement que durant tout ce temps ils savaient parfaitement tous deux quel était le propos de ce double langage presque souterrain qui émergeait en un flux unique, comme un mot qu'ils comprenaient tous les deux. Et il leur arrivait parfois de se livrer au jeu suivant : assis côte à côte et s'imaginant silencieusement que chacun faisait la même promenade à Léchino, ils sortaient du parc, prenaient le sentier qui longe le champ (à gauche, derrière les aunes, il y avait une rivière), à travers le cimetière ombragé où les croix tachetées de soleil mesuraient quelque chose de terriblement grand avec leurs bras et où on avait un peu honte de ramasser les framboises, de l'autre côté de la rivière, encore plus haut, à travers le bois jusqu'à un autre méandre de la rivière, jusqu'au pont des Vaches et plus loin, à travers les pins et le long du chemin du Pendu – surnoms familiers, qui n'écorchaient pas leurs oreilles russes mais qui avaient été inventés quand leurs grands-pères étaient encore enfants. Et soudainement, au milieu de cette promenade silencieuse faite par deux esprits, employant selon les règles du jeu le rythme d'un pas humain (bien qu'ils eussent pu survoler leur domaine tout entier en un seul instant), ils s'arrêtaient tous deux et disaient jusqu'où ils étaient allés, et quand il leur arrivait (assez fréquemment) de ne s'être distancés ni l'un ni l'autre, ayant fait halte dans le même taillis, le même sourire éclairait la mère et le fils, brillant à travers une larme commune.

Ils ne tardèrent pas à réintégrer leur rythme intérieur de rapports, car il y avait peu de nouvelles qu'ils ne savaient déjà par leurs lettres. Elle lui raconta en détail le récent mariage de Tania qui était en Belgique à présent jusqu'en janvier avec un époux encore inconnu de Fiodor, un monsieur agréable, calme, très poli et complètement insignifiant « qui travaillait dans le domaine de la radio » ; à leur retour, elle emménagerait avec eux dans un nouvel appartement dans une énorme maison près d'une des portes de Paris : elle était heureuse de quitter le petit hôtel avec son escalier raide et sombre où elle avait vécu avec Tania dans une petite chambre toute en coins, complètement dévorée par un miroir et que venaient visiter des punaises de divers calibres – des bébés roses et transparents jusqu'aux géantes brun cuir – qui s'étaient tout d'abord rassemblées derrière le calendrier mural avec un paysage russe peint par Levitan et puis plus près du champ d'action, dans la poche intérieure du papier peint déchiré, juste au-dessus du lit double ; mais la perspective agréable d'une nouvelle demeure n'allait pas sans une certaine appréhension : elle éprouvait de l'antipathie pour son gendre et il y avait quelque chose de forcé dans le bonheur plein d'entrain et tapageur de Tania. « Tu vois, il n'est pas tout à fait de notre monde », confessait-elle, accentuant ces mots d'un certain durcissement des mâchoires et en baissant les yeux ; mais il y avait autre chose ; Fiodor avait déjà entendu parler de cet autre homme que Tania aimait sans en être aimée.

Ils sortirent assez souvent ; comme toujours, Elizaviéta Pavlovna semblait être à la recherche de quelque chose, embrassant rapidement le monde d'un regard superficiel de ses yeux chatoyants. Les vacances allemandes s'avérèrent humides, des flaques d'eau donnaient l'impression que les trottoirs étaient pleins de trous, les bougies d'arbres de Noël brûlaient sans éclat dans les vitrines, et ici et là, à certains coins de rues, un Père Noël commercial aux yeux affamés et vêtu d'une capote rouge distribuait des prospectus. Dans les vitrines d'un grand magasin, un scélérat avait eu l'idée d'installer des mannequins skieurs sur de la neige artificielle sous l'étoile de Bethléem. Une fois, ils aperçurent un modeste défilé communiste pataugeant dans la neige à demi fondue – avec des drapeaux mouillés – la plupart des manifestants semblaient écrasés par la vie ; quelques-uns étaient bossus, d'autres estropiés ou maladifs ; il y avait un tas de femmes sans beauté et plusieurs petits bourgeois rassis. Fiodor et sa mère allèrent jeter un coup d'œil à la maison de rapport où ils avaient vécu tous les trois pendant deux ans, mais ce n'était déjà plus le même concierge, l'ancien propriétaire était mort, d'autres rideaux pendaient aux fenêtres familières et, de toute façon, il n'y avait rien que leurs cœurs pussent reconnaître. Ils entrèrent dans un cinéma où l'on donnait un film russe qui rendait avec un brio particulier les gouttelettes de sueur qui perlaient sur les visages luisants des ouvriers d'usine – tandis que le propriétaire de l'usine fumait continuellement un cigare. Et bien sûr, il l'amena voir Mme Tchernychevski.

La présentation ne fut pas une réussite. Mme Tchernychevski accueillit son invitée avec une tendresse dolente destinée à montrer que l'épreuve du chagrin les avait intimement unies depuis longtemps ; mais Elizaviéta Pavlovna s'intéressait surtout à ce que l'autre femme pensait des vers de Fiodor et voulait savoir pourquoi personne n'écrivait à leur sujet. « Puis-je vous embrasser avant que vous ne partiez ? » demanda Mme Tchernychevski, se dressant préalablement sur la pointe des pieds – elle avait une tête de moins qu'Elizaviéta Pavlovna qui se pencha vers elle avec un sourire innocent et radieux qui réussit à peu près à détruire le sens de l'étreinte. « C'est très bien, il faut être brave », dit la dame en les reconduisant à l'escalier et se couvrant le menton avec le bout du châle duveteux qui l'enveloppait. « Il faut être brave ; j'ai appris à être si brave que je pourrais donner des leçons d'endurance, mais je crois que vous aussi, vous avez très bien réussi à cette école. »

« Tu sais », dit Elizaviéta Pavlovna, descendant légèrement mais avec précaution les marches de l'escalier et sans tourner vers son fils sa tête inclinée, « je crois que je vais simplement acheter du papier à cigarette et du tabac, autrement ça revient tellement cher », et elle ajouta immédiatement sur le même ton : « Mon Dieu, que j'ai pitié d'elle. » Et en effet, il était impossible de ne pas avoir pitié de Mme Tchernychevski. Depuis trois mois déjà, son mari était interné dans un asile d'aliénés, dans le « casier des demi-cinglés » comme il le disait gaiement lui-même dans ses moments de lucidité. Depuis le mois d'octobre, Fiodor lui avait rendu visite une fois. Dans la salle meublée avec bon sens était assis un Tchernychevski plus gras, plus rose, merveilleusement rasé et complètement fou, en pantoufles de caoutchouc et vêtu d'un manteau imperméable avec un capuchon. « Comment, vous êtes mort ? » fut la première chose qu'il demanda, plutôt mécontent que surpris. En sa qualité de « Président de la Société de Lutte avec l'Autre Monde », il inventait continuellement des méthodes pour empêcher l'infiltration des fantômes (son médecin, employant un nouveau système de « complicité logique », ne s'y opposait pas) et maintenant, probablement en raison de sa qualité de non-conductivité dans une autre sphère, il essayait le caoutchouc, mais selon toute évidence, les résultats atteints jusqu'à ce jour étaient en grande partie négatifs puisque, lorsque Fiodor fut sur le point de prendre une chaise qui était à côté de lui, Tchernychevski dit d'un ton irrité : « Laissez cette chaise, vous voyez bien qu'il y a déjà deux personnes assises dessus », et ce « deux », et le frou-frou du manteau qui bruissait à chaque instant, et la présence muette du surveillant comme si ceci avait été une visite en prison, et l'ensemble de la conversation du patient semblaient à Fiodor une vulgarisation caricaturale et insupportable de cet état d'esprit complexe, transparent et pourtant noble, bien qu'à moitié fou, dans lequel Tchernychevski avait si récemment communiqué avec son fils défunt. Avec les inflexions de grosse comédie qu'il avait autrefois réservées pour ses blagues – mais qu'il employait maintenant pour de bon – il se lança dans d'interminables lamentations, pour une raison ou une autre toutes en allemand, sur le fait que les gens gaspillaient de l'argent pour inventer des canons antiaériens et des gaz empoisonnés et ne se souciaient pas du tout de la conduite d'une autre lutte, un million de fois plus importante. Fiodor avait une éraflure cicatrisée sur la tempe – ce matin-là, il s'était frappé contre une des lames du radiateur en rattrapant à la hâte le bouchon d'un tube de pâte dentifrice qui avait roulé dessous. Interrompant subitement son discours, Tchernychevski montra sa tempe du doigt, d'un air dégoûté et inquiet. « *Was haben Sie da ?* » demanda-t-il avec une grimace de douleur, et puis, souriant désagréablement, et devenant de plus en plus agité et coléreux, il commença à dire qu'on ne pouvait le tromper – il avait reconnu tout de suite, dit-il, un suicide récent. Le surveillant s'approcha de Fiodor et lui demanda de partir. Traversant le jardin funèbrement luxuriant, le long d'onctueuses plates-bandes où s'épanouissaient des dahlias pourpre foncé d'un ton de basse en un sommeil béni et en un repos éternel, en direction du banc où l'attendait Mme Tchernychevski (qui n'entrait jamais voir son mari mais qui passait des journées entières dans le voisinage immédiat de sa chambre, préoccupée, pleine d'entrain, toujours chargée de colis), marchant sur le gravier diapré entre des massifs de myrte qui avaient l'air de meubles et prenant les visiteurs qu'il croisait pour des paranoïaques, Fiodor, troublé, ne cessait de réfléchir au fait que le malheur des Tchernychevski semblait être une sorte de variation moqueuse sur le thème de son propre chagrin baigné d'espoir, et ce n'est que beaucoup plus tard qu'il comprit le raffinement complet du corollaire et tout l'équilibre composite irréprochable avec lequel ces sons collatéraux avaient été inclus dans sa propre vie.

Trois jours avant le départ de sa mère, dans une grande salle qui était bien connue aux Russes de Berlin et qui appartenait à une association de dentistes à en juger par les portraits de vénérables praticiens suspendus aux murs, une soirée littéraire libre fut organisée et Fiodor Konstantinovitch y participa lui aussi. Peu de gens étaient venus, et il faisait froid ; près de l'entrée se tenaient les mêmes représentants de l'intelligentsia russe locale, mille fois aperçus, en train de fumer, et comme d'habitude, apercevant un visage amical, familier, Fiodor se précipitait vers lui avec un plaisir sincère qui se changeait vite en ennui après les premières bouffées de conversation. Elizaviéta Pavlovna fut rejointe au premier rang par Mme Tchernychevski ; et du fait que sa mère tournait occasionnellement la tête d'un côté et de l'autre, tout en retouchant sa coiffure par-derrière, Fiodor qui errait à travers la salle conclut qu'elle s'intéressait peu à la compagnie de sa voisine. Enfin, le programme débuta. Le premier à lire était un écrivain de renom qui, à son époque, avait publié dans toutes les revues russes, un vieillard grisonnant, rasé de près, qui avait plutôt l'air d'une huppe, avec des yeux d'un naturel trop bon pour les lettres ; il lut d'une voix sensible, et pour ainsi dire de tous les jours, un conte sur la vie de Saint-Pétersbourg à la veille de la révolution avec une vamp éthéromane, d'élégants espions, du champagne, Raspoutine et d'apocalyptiquement apoplectiques couchers de soleil sur la Néva. Après lui, un certain Kron, écrivant sous le pseudonyme de Rotislav Stranny (Rotislav l'Étrange), régala le public d'une longue histoire dont le sujet était une aventure romanesque dans la ville aux cent yeux, sous des cieux inconnus ; par souci de beauté, ses épithètes étaient placées après les noms, ses verbes s'étaient également envolés quelque part et pour une raison ou une autre le mot *storojko*, précautionneusement, était répété environ une douzaine de fois. (« Précautionneusement, elle esquissa un sourire » ; « Précautionneusement, les châtaigniers fleurirent. ») Après l'entracte, les poètes se mirent à pleuvoir dru : un grand jeune homme avec un petit visage rond, un autre, courtaud mais avec un grand nez, une femme d'un certain âge portant un pince-nez, une autre, plus jeune, et finalement Kontchéiev qui, en contraste avec la netteté et la précision triomphantes des autres, marmonna ses vers d'une voix faible et fatiguée ; mais une telle musique résidait indépendamment en eux, dans le vers apparemment obscur, un tel gouffre de sens s'ouvrait aux pieds de l'auditeur, les sons étaient tellement convaincants et, d'une façon si inattendue, des mêmes mots que chaque poète assemblait, s'élevait, jouait et s'échappait, sans jamais étancher la soif de l'auditeur, une perfection unique, ne ressemblant en rien aux mots et n'en ayant aucun besoin, que pour la première fois, ce soir-là, les applaudissements ne furent pas simulés. Godounov-Tcherdyntsev fut le dernier à réciter ses œuvres. Parmi les poèmes écrits durant l'été, il lut ceux qu'Elizaviéta Pavlovna aimait tant – sur la Russie :

Jaunes bouleaux, muets dans le ciel bleu...

et sur Berlin, commençant avec la strophe :

Les choses ici sont dans un triste état ;
Même la lune est beaucoup trop grossière
Quoiqu'on dise qu'elle vienne directement
De Hambourg où on fait ce truc-là...

et celui qui la toucha le plus, bien qu'elle ne pensât pas à l'associer au souvenir d'une jeune femme, morte depuis longtemps, que Fiodor avait aimée à seize ans :

Un soir d'été, je me rappelle
Sur un pont de bois, très ancien
Je dis : Tu vois cette hirondelle ?
Te souviendras-tu toujours d'elle ?
Et tu répondis : Je crois bien !

Et quels pleurs nous versâmes, quelle
Vie, vers quelle éternité
Vira, volant à tire-d'aile
Avec son cri dur d'hirondelle !
Sur un vieux pont, un soir d'été...

Mais il se faisait tard, beaucoup de personnes se dirigeaient vers la sortie, une dame mettait son manteau en tournant le dos à l'estrade, les applaudissements étaient clairsemés... La nuit humide jetait des lueurs noires dans la rue, avec un vent furieux : jamais, jamais nous n'atteindrons la maison. Mais un tramway arriva néanmoins, et se cramponnant à une courroie dans l'allée centrale au-dessus de la tête de sa mère qui était assise près de la fenêtre, Fiodor pensa avec irritation aux vers qu'il avait écrits ce jour-là, aux fissures des mots, aux fuites de la poésie, et en même temps, avec une fière et joyeuse énergie, avec une impatience passionnée, il était déjà à l'affût de la création de quelque chose de nouveau, quelque chose encore inconnu, authentique, correspondant pleinement au don qu'il ressentait comme un fardeau à l'intérieur de son être.

La veille de son départ, ils s'attardèrent tous deux dans sa chambre ; elle, dans le fauteuil, raccommodant et reprisant avec aisance et habileté (alors qu'autrefois elle ne pouvait coudre un bouton) ses pauvres choses, tandis que lui, sur le sofa, se rongeant les ongles, lisait un gros livre délabré ; autrefois, dans sa jeunesse, il avait sauté quelques-unes des pages – « Angelo », « Voyage à Arzrum » – mais récemment, c'était précisément dans ces pages qu'il avait trouvé un plaisir particulier. Il venait juste d'arriver aux mots : « La frontière avait quelque chose de mystérieux pour moi ; voyager avait été mon rêve préféré depuis l'enfance », lorsqu'il sentit soudainement un élancement, fort et doux, quelque part. Ne comprenant toujours pas, il mit le livre de côté et glissa ses doigts aveugles dans une boîte pleine de cigarettes roulées à la main. A ce moment, sa mère dit sans lever la tête : « Tu sais ce qui me revient en mémoire à l'instant ? Ces drôles de rimes sur les papillons que tu composais avec lui quand on sortait faire une promenade, tu te souviens.

Ton manteau gris, Catocalide,
Cache un ruban d'un bleu splendide. »

« Oui », répondit Fiodor. « Quelques-uns étaient de véritables poèmes épiques :

L'Arborea, pareille à la
Feuille morte, brune et lilas. »

(Quelle surprise cela avait été ! Son père venait juste d'en ramener le tout premier spécimen de ses voyages ; il l'avait trouvé au cours de sa première étape en traversant la Sibérie – il n'avait même pas encore eu le temps d'en faire la description – et, le premier jour qui suivit son retour, dans le parc de Léchino, à deux pas de la maison, sans même penser aux lépidoptères, tout en marchant avec sa femme et ses enfants, lançant une balle de tennis pour les fox-terriers, se réjouissant de son retour, de l'air embaumé, de la santé et de la gaieté de sa famille, mais remarquant inconsciemment de l'œil averti du chasseur chaque insecte qu'il rencontrait, il avait subitement montré à Fiodor du bout de sa canne une phalène d'un gris rougeâtre, avec des marges sinuées, du genre *Epicnaptera* qui imite les feuilles, suspendue dans son sommeil à une tige sous un buisson ; il avait été sur le point de continuer sa route (les membres de cette espèce se ressemblent beaucoup), mais il s'accroupit ensuite, plissa le front, examina sa trouvaille et dit subitement d'une voix animée « *Mais ça alors !* Je n'avais pas besoin d'aller si loin ! » « C'est ce que j'ai toujours dit », observa sa femme en éclatant de rire. Le petit monstre velu qu'il tenait dans sa main appartenait à la nouvelle espèce qu'il venait juste de rapporter – et voici qu'il était apparu ici, dans la province de Saint-Pétersbourg dont la faune avait été si bien étudiée ! Mais, comme il arrive souvent, l'impulsion de cette puissante coïncidence ne s'arrêta pas là, elle leur fit franchir un autre palier : à peine quelques jours plus tard, son père apprit que ce nouveau papillon venait juste d'être décrit d'après des spécimens de Saint-Pétersbourg par un collègue entomologiste, et Fiodor pleura toute la nuit : ils avaient devancé son père !)

Et à présent, Elizaviéta Pavlovna était sur le point de rentrer à Paris. Ils restèrent longtemps debout sur le quai étroit à attendre le train, près du monte-charge, tandis que sur les autres voies les tristes trains métropolitains s'arrêtaient un instant, faisant claquer leurs portes à la hâte. L'express de Paris arriva à toute vitesse. Sa mère y monta et passa immédiatement la tête par la fenêtre, souriante. Près de l'opulent sleeping-car voisin, se tenait un couple qui était venu reconduire une vieille dame sans prétentions : une pâle beauté aux lèvres rouges vêtue d'un manteau de soie noire avec un col montant en fourrure, et un célèbre as de voltige aérienne ; tout le monde le dévorait des yeux, ainsi que son cache-nez, son dos, comme si on s'attendait à y trouver des ailes.

« J'ai une proposition à te faire », dit sa mère gaiement comme ils allaient se séparer. « Il me reste environ soixante-dix marks qui me sont à peu près inutiles et il faut que tu manges mieux. Je peux à peine te regarder tellement tu es maigre. Tiens, prends-les. » « Avec joie », répondit-il, imaginant instantanément un laissez-passer d'un an à la Bibliothèque Nationale, du chocolat au lait et une petite Allemande vénale qu'il projetait continuellement de se procurer dans ses moments les plus bas.

Pensif, rêveur, vaguement tourmenté par l'idée que, d'une façon ou d'une autre, durant ses conversations avec sa mère il avait oublié de dire l'essentiel, Fiodor revint chez lui, enleva ses chaussures, cassa le coin d'une tablette de chocolat avec son emballage de papier argenté, rapprocha le livre qu'il avait laissé ouvert sur le sofa... « La moisson ondoyait dans l'attente de la faucille. » Encore cet élancement divin ! Et comme l'appelait, comme l'aiguillonnait la phrase sur le Terek (« qu'il était effroyable, ce torrent ! ») ou – d'une façon encore plus appropriée, plus intime – sur les femmes tartares : « Elles étaient assises sur leurs montures, enveloppées de leurs yachmaks : on ne pouvait voir rien d'autre que leurs yeux et les talons de leurs chaussures. »

C'est ainsi qu'il prêta l'oreille au son le plus pur du diapason de Pouchkine – et il savait déjà exactement ce que ce son attendait de lui. Deux semaines après le départ de sa mère, il lui écrivit à propos de ce qu'il avait conçu, ce que le rythme transparent d' « Arzrum » l'avait aidé à concevoir, et elle lui répondit aussitôt comme si elle l'avait déjà su :

« Il y a longtemps que je n'avais été aussi heureuse qu'avec toi à Berlin, mais attention, ce n'est pas une entreprise facile. Je sens dans mon cœur que tu l'accompliras merveilleusement, mais souviens-toi que tu as besoin de beaucoup de renseignements exacts et de très peu de sentimentalité familiale. Si tu as besoin de quelque chose, je te dirai tout ce qu'il m'est possible de te dire, mais occupe-toi des recherches spéciales là où tu es, et ceci est de la plus haute importance, prends tous ses livres et ceux de Grigori Efimovitch et ceux du Grand-Duc et beaucoup d'autres ; naturellement, tu sais comment te procurer tout ceci, et ne manque pas d'entrer en contact avec Vassili Hermanovitch Krüger, recherche-le s'il est encore à Berlin, ils ont déjà voyagé ensemble, je m'en souviens ; approche d'autres gens, tu sais qui mieux que moi, écris à Avinov, à Verity, écris à cet Allemand qui nous rendait visite avant la guerre, Benhaas ? Banhaas ? Écris à Stuttgart, à Londres, à Tring (Oxford), partout, débrouille-toi parce que je ne sais rien de ces choses et que tous ces noms ne font que me bourdonner dans les oreilles, mais je suis tellement certaine que tu te débrouilleras, mon chéri. »

Cependant, il continua à attendre – l'ouvrage projeté était un souffle de félicité, et il craignait de gâcher cette félicité par la hâte et, ce qui plus est, la responsabilité complexe de l'œuvre l'effrayait, il n'était pas encore prêt. Continuant son programme d'entraînement durant tout le printemps, il se nourrit de Pouchkine, il aspira Pouchkine (le volume des poumons du lecteur de Pouchkine s'agrandit). Il étudia la justesse des mots et la pureté absolue de leur conjonction ; il poussa la transparence de la prose jusqu'aux limites du vers blanc et puis la maîtrisa : il était aidé dans cette tâche par un exemple vivant dans la prose de *L'Histoire de la révolte de Pougatchov* de Pouchkine :

Dieu nous garde de jamais voir
Une émeute russe, insensée
Et sans merci.

Pour fortifier les muscles de sa muse, il emmena dans ses excursions des pages entières de *Pougatchov* apprises par cœur comme un homme qui se sert d'une barre de fer plutôt que d'une canne. Tout droit d'un conte de Pouchkine, Karolina Schmidt s'avança vers lui, « une fille aux lèvres lourdement peintes, d'apparence soumise et modeste », qui avait acquis le lit dans lequel mourut Schoning. Au-delà de la forêt de Grünewald, un receveur des postes qui ressemblait à Siméon Vyrine (d'un autre conte) allumait sa pipe près de la fenêtre, et il y avait aussi des pots de balsamines. Parmi les taillis d'aunes on pouvait apercevoir le *sarafane* bleu ciel de la Damoiselle changée en paysanne. Il était dans cet état d'esprit et de sensibilité « où la réalité, faisant place aux fantaisies, se mélange à elles dans les visions nébuleuses du premier sommeil ».

Pouchkine pénétra dans son sang. La voix de son père se confondait avec celle de Pouchkine. Il baisa la petite main chaude de Pouchkine, la prenant pour une autre, une grande main qui sentait le *kalatch* du petit déjeuner (un petit pain doré). Il se souvint que sa nurse qui était aussi celle de Tania venait du même endroit que l'Arina de Pouchkine – de Suyda, juste au-delà de Gatchina : ceci se trouvait à pas plus d'une heure de leur coin – et elle aussi parlait « d'une voix chantante ». Il entendit son père par une fraîche matinée d'été tandis qu'ils descendaient vers la cabine de bains de la rivière, sur le mur de planches de laquelle se miroitait le reflet doré de l'eau, son père qui répétait avec une ferveur classique ce qu'il considérait être les plus beaux vers, non seulement de Pouchkine, mais de tous ceux qui avaient jamais été écrits au monde : *Toute Apollone-ideal, tam Niobeia-petchal* (Voici Apollonl'Idéal, voilà Niobé-la-Douleur) et l'aile rousse et nacre d'une Argynnide Niobé étincelait au-dessus des scabieuses du pré au bord de l'eau, où, les premiers jours de juin, se montrait quelques rares fois le Semi-Apollon.

Infatigablement, en extase, il préparait réellement son œuvre maintenant (avec un ajustement de treize jours c'était aussi le début de juin à Berlin), il assemblait sa matière, lisait jusqu'à l'aube, étudiait des cartes, écrivait des lettres et rencontrait les personnes nécessaires. Il était passé de la prose de Pouchkine à sa vie, de telle sorte qu'au début, le rythme de l'époque de Pouchkine se mêlait au rythme de la vie de son père. Des livres scientifiques (avec le tampon de la Bibliothèque de Berlin toujours à la quatre-vingt-dix-neuvième page), tels que les tomes familiers des *Voyages d'un naturaliste* dans une reliure verte et noire peu courante, traînaient à côté des vieilles revues russes où il cherchait la lumière réfléchie de Pouchkine. C'est là qu'il tomba un jour sur le très remarquable *Mémoires du passé* d'A.N. Soukhochtchokov où il y avait entre autres deux ou trois pages concernant son grand-père Kiril Ilitch (son père s'était référé à ces pages un jour – avec déplaisir), et le fait que l'auteur de ces mémoires le mentionnait incidemment en relation avec ses pensées sur Pouchkine semblait maintenant avoir d'une certaine façon une signification particulière bien qu'il peignît Kiril Ilitch comme un rigolo et un bon à rien.

Soukhochtchokov écrivait :

« On dit qu'un homme dont la jambe est coupée à la hanche peut la sentir longtemps, faisant remuer des orteils inexistants et fléchir des muscles inexistants. C'est ainsi que la Russie continuera longtemps à sentir la présence vivante de Pouchkine. Il y a quelque chose de séduisant, comme un abîme, dans sa destinée fatale et, en effet, il sentait lui-même qu'il avait eu et qu'il aurait un règlement de compte spécial avec le destin. En plus du fait que le poète extrayait la poésie de son passé, il la trouvait aussi en des pensées tragiques sur l'avenir. La triple formule de l'existence humaine : irrévocabilité, irréalisabilité, inévitabilité, lui était bien connue. Mais comme il voulait vivre ! Dans l'album précité de mon "académique" tante, il écrivit personnellement un poème dont je puis me souvenir même aujourd'hui, à la fois mentalement et visuellement, de telle sorte que je puis même voir sa position sur la page :

Oh non, ma vie n'est pas devenue ennuyeuse,
Je la veux toujours, je l'aime toujours.
Mon âme, bien que sa jeunesse ait disparu,
N'est pas devenue complètement froide.
Le destin viendra encore me réconforter ;
Je pourrai encore goûter un roman de génie,
J'aurai le temps de voir un Mickiewicz mûr,
Et moi-même je trouverai de quoi m'occuper.

« Je ne crois pas qu'on puisse trouver un autre poète qui plongeât si souvent son regard – tantôt par plaisanterie, tantôt superstitieusement, ou avec un sérieux inspiré – dans l'avenir. Aujourd'hui même vit dans la province de Koursk, ayant dépassé la centaine, un vieillard dont je me souviens comme étant déjà d'un certain âge, stupide et méchant – mais Pouchkine n'est plus parmi nous. Ayant rencontré au cours de ma longue vie des talents remarquables et ayant vécu au sein d'événements remarquables, je me suis fréquemment demandé comment il aurait réagi à ceci et à cela : ma foi, il aurait pu voir l'émancipation des serfs et il aurait pu lire *Anna Karénine* !... Reprenant maintenant le fil de mes rêveries, je me souviens qu'une fois, dans ma jeunesse, j'eus quelque chose dans le genre d'une vision. Cet épisode psychologique est intimement lié au souvenir d'un personnage qui vit encore aujourd'hui et que j'appellerai Tch. J'espère qu'il ne me blâmera pas de ressusciter un passé lointain. Nous nous connaissions par nos familles – mon grand-père avait eu autrefois des relations amicales avec son père. En 1836, alors qu'il était à l'étranger, ce Tch. qui était assez jeune à l'époque – à peine dix-sept ans – se brouilla avec sa famille (et ce faisant hâta, dit-on, la mort de son père, héros de la guerre napoléonienne), et, en compagnie de quelques marchands de Hambourg, s'embarqua nonchalamment pour Boston, et de là finit par atterrir au Texas où il s'adonna avec succès à l'élevage du bétail. Vingt ans passèrent de cette façon. Il perdit la fortune qu'il avait amassée en jouant à l'écarté sur un bateau à aubes du Mississippi, la regagna dans les tripots de La Nouvelle-Orléans, la gaspilla entièrement encore une fois, et après un de ces fumeux duels en champ clos, bruyants et scandaleusement prolongés qui étaient alors à la mode en Louisiane – et après mainte autre aventure – il eut la nostalgie de la Russie où, commodément, l'attendait un domaine ; et, avec la même aisance insouciante, qui présida à son départ, il revint en Europe. Par un jour d'hiver en 1858, il vint nous rendre visite à l'improviste dans notre maison sur la Moïka à Saint-Pétersbourg ; mon père était absent et l'invité fut reçu par nous, les jeunes. Comme nous regardions cet étrange dandy avec son chapeau mou noir et ses vêtements noirs dont la mélancolie romantique faisait ressortir d'une façon particulièrement éblouissante sa chemise de soie avec ses plis somptueux, et son gilet bleu, lilas et rose, avec des boutons de diamants, nous pouvions à peine retenir notre rire, mon frère et moi, et nous décidâmes sur-le-champ de tirer parti du fait que durant toutes ces années il avait été absolument sans nouvelles de sa patrie, comme si elle était tombée dans quelque trappe, de telle sorte que maintenant, tel un Rip van Winkle de quarante ans s'éveillant dans un Saint-Pétersbourg transformé, Tch. était affamé de nouvelles, ce dont nous entreprîmes de le gaver, mélangées à nos outrageuses fabrications. Par exemple, à la question Pouchkine est-il vivant et qu'écrit-il ?, je répondis sur un mode blasphématoire : "Voyons, il a écrit un nouveau poème l'autre jour." Ce soir-là, nous invitâmes notre visiteur au théâtre. Cependant, ce ne fut pas une réussite. Au lieu de lui offrir une nouvelle comédie russe, nous l'amenâmes voir *Othello* avec le fameux tragédien noir Aldridge. Notre planteur américain sembla tout d'abord hautement amusé de l'apparition d'un Noir authentique sur la scène. Mais il demeura indifférent à la merveilleuse puissance de son jeu et il fut plus absorbé par l'examen de l'auditoire, spécialement des dames de Saint-Pétersbourg (il épousa l'une d'elles peu de temps après), qui étaient à ce moment dévorées d'envie pour Desdémone.

« "Regardez qui est assis à côté de nous", dit soudainement mon frère à Tch. à voix basse. "Là, à notre droite."

« Un vieillard était assis dans la loge voisine... De

petite stature, vêtu d'une queue-de-pie usée, d'un teint olivâtre et basané, avec des favoris gris cendre ébouriffés et des cheveux clairsemés, mal peignés et striés de gris, il tirait une délectation des plus excentriques du jeu de l'Africain : ses lèvres épaisses se contractaient, ses narines étaient dilatées et à certaines répliques il bondissait même sur son siège et frappait avec délices sur le garde-fou, ses bagues étincelant.

« "Qui est-ce ?" demanda Tch.

« "Quoi, vous ne le reconnaissez pas ? Regardez de plus près."

« "Je ne le reconnais pas."

« Mon frère fit alors les gros yeux et murmura : "Voyons, c'est Pouchkine !"

« Tch. regarda encore une fois... et, une minute plus tard, il s'intéressa à autre chose. Il semble comique maintenant de rappeler quel étrange état d'âme m'envahit alors : comme il arrive de temps à autre, la plaisanterie rebondit, et ce fantôme frivolement convoqué ne voulait pas disparaître, j'étais tout à fait incapable de me détacher de la loge voisine ; je regardais ces âpres rides, ce nez épaté, ces grandes oreilles... des frissons me parcouraient le dos, et toute la jalousie d'Othello n'arrivait pas à m'entraîner. Et si c'était Pouchkine en effet, rêvais-je, Pouchkine à soixante ans, Pouchkine épargné deux décades plus tôt par la balle du fatal petit-maître, Pouchkine dans le riche automne de son génie... C'est lui ; cette main jaune qui étreint ces jumelles de dame a écrit *Anchar, Graf Nouline, Les Nuits égyptiennes*... L'acte se termina ; les applaudissements fusèrent. Mon Pouchkine aux cheveux grisonnants se leva brusquement et, toujours souriant, un éclat brillant dans ses yeux pleins de jeunesse, il quitta rapidement sa loge. »

Soukhochtchokov est dans l'erreur lorsqu'il dépeint mon grand-père comme un noceur à la tête vide. C'est tout simplement que les intérêts de ce dernier étaient situés sur un plan différent de l'habitus intellectuel du jeune dilettante, membre des milieux littéraires de Saint-Pétersbourg, qu'était alors notre mémorialiste. Même si Kiril Ilitch avait été assez déchaîné dans sa jeunesse, une fois marié non seulement il se rangea mais il entra également au service du gouvernement, doublant du même coup par des opérations couronnées de succès la fortune dont il avait hérité ; et plus tard, lorsqu'il se retira dans sa maison de campagne où il manifesta une extraordinaire habileté dans l'agriculture, il produisit une nouvelle sorte de pomme par-dessus le marché ; il laissa un curieux *Discours* (le fruit des loisirs de l'hiver) sur *L'égalité devant la loi dans le royaume des animaux* en plus d'une proposition pour une habile réforme sous le genre de titre compliqué qui était alors à la mode, *Visions d'un bureaucrate égyptien* et, dans son vieil âge, il accepta un important poste consulaire à Londres. Il était bon, brave et sincère, et il avait ses caprices et ses passions – de quoi d'autre aurait-il pu avoir besoin ? La tradition a subsisté dans la famille que, ayant fait serment de ne pas jouer, il était physiquement incapable de rester dans une pièce où il y avait un paquet de cartes. Un ancien colt qui lui avait rendu bien des services et un médaillon avec le portrait d'une mystérieuse dame fascinèrent indescriptiblement mes rêves d'enfant. Sa vie qui avait gardé jusqu'à la fin la fraîcheur de ses débuts tumultueux se termina paisiblement. Il revint en Russie en 1883, non plus en duelliste de la Louisiane, mais en tant que dignitaire russe, et par un jour de juillet, sur le divan de cuir dans la petite chambre bleue où je gardai plus tard ma collection de papillons, il expira sans souffrir, parlant continuellement d'un grand fleuve, de musique et de lumières, dans son délire sur son lit de mort.

Mon père naquit en 1860. L'amour des lépidoptères lui fut inculqué par son précepteur allemand. (A propos : que sont devenus ces originaux qui enseignaient l'histoire naturelle aux enfants russes – filet vert, boîte de fer-blanc en bandoulière, chapeau garni de papillons épinglés, long nez savant, yeux candides derrière des lunettes – où sont-ils tous, où sont leurs frêles squelettes – ou était-ce une race spéciale d'Allemands, pour exportation en Russie, ou bien, est-ce que je ne regarde pas comme il le faut ?) Après avoir terminé assez tôt (en 1876) son éducation à Saint-Pétersbourg, il fit ses études universitaires en Angleterre, à Cambridge, où il étudia la biologie avec le professeur Bright. Il fit son premier voyage autour du monde alors que mon grand-père vivait encore, et à partir de ce moment jusqu'en 1918 sa vie entière se passa à voyager et à écrire des ouvrages scientifiques. Les plus importants sont : *Lepidoptera Asiatica* (8 tomes publiés séparément de 1890 à 1917), *Les Papillons diurnes et nocturnes de l'Empire russe* (les quatre premiers des six volumes projetés parurent de 1912 à 1916) et, le mieux connu du grand public, *Les Voyages d'un naturaliste* (7 volumes, 1892-1912). Ces ouvrages étaient unanimement reconnus comme des classiques et il était jeune encore lorsque son nom se mit à occuper une des toutes premières places dans l'étude de la faune russo-asiatique, à côté des noms de ses pionniers, Fischer von Waldheim, Menetriés, Eversmann.

Il travailla en contact étroit avec ses remarquables contemporains russes. Kholodkovski l'appelle « le conquistador de l'entomologie russe ». Il collabora avec Charles Oberthur, le grand-duc Nikolaï Mikhaïlovitch, Leech et Seitz. Des centaines de ses communications sont éparpillées parmi les revues d'entomologie, dont la première – « Sur les particularités de l'occurrence de certains papillons dans la province de Saint-Pétersbourg » (Horae Soc. Ent. Ross.) – est datée de 1877, et la dernière – « *Austautia simonoides* n. sp., Géomètre imitant un Petit Parnassien » (trans. Soc. Ent., Londres) – de 1916. Il échangea une polémique importante et acrimonieuse avec Staudinger, auteur du notoire *Katalog*. Il fut vice-président de la Société Entomologique Russe, membre titulaire de la Société des Investigateurs de la Nature de Moscou, membre de la Société Géographique Impériale Russe, et membre honoraire d'une multitude de sociétés savantes à l'étranger.

Entre 1885 et 1918, il parcourut une incroyable étendue de territoire, faisant un relevé de son itinéraire à une échelle de trois miles au pouce sur une distance de plusieurs milliers de miles et rassemblant d'étonnantes collections. Au cours de ces années, il accomplit huit expéditions majeures qui durèrent dix-huit ans en tout ; mais entre ces expéditions il y eut aussi une multitude de voyages mineurs, de « divertissements » comme il les appelait, considérant que faisaient partie de ces bagatelles non seulement ses voyages dans les pays d'Europe les moins bien étudiés, mais aussi le tour du monde qu'il avait fait dans sa jeunesse. Entreprenant sérieusement l'Asie, il étudia la Sibérie orientale, l'Altaï, la Ferghana, les Pamirs, la Chine occidentale, « les îles de la mer de Gobi et ses côtes », la Mongolie, et l' « incorrigible continent » du Tibet – et il décrivit ses voyages en une langue précise et puissante.

Telles sont les grandes lignes de la vie de mon père, copiées dans une encyclopédie. Ça ne chante pas encore, mais je puis déjà entendre une voix vivante à l'intérieur. Il reste à dire qu'en 1898, à l'âge de trente-huit ans, il épousa Elizaviéta Pavlovna Véjine, la fille âgée de vingt ans d'un homme d'État bien connu ; que deux enfants naquirent de ce mariage ; que les intervalles entre ses voyages...

Une question atroce, quasi sacrilège, à peine exprimable par des mots : lorsqu'ils étaient ensemble et lorsqu'ils étaient séparés, sa vie avec lui fut-elle heureuse ? Allons-nous troubler ce monde intérieur ou nous contenter d'une simple description d'itinéraires – *arida quaedam viarum descripto ?* « Chère Maman, j'ai maintenant une grande faveur à te demander. Aujourd'hui, le 8 juillet, c'est son anniversaire. En tout autre jour, je ne pourrais jamais me résoudre à te demander ça. Dis-moi quelque chose au sujet de toi et de lui. Pas le genre de choses que je puis trouver dans les souvenirs que nous partageons, mais le genre de choses que toi seule a vécues et dont tu es la seule à te souvenir. » Et voici une partie de sa réponse :

« ...imagine – un voyage de noces, les Pyrénées, la divine félicité de toutes choses, du soleil, des ruisseaux, des fleurs, des cimes enneigées, même des mouches dans les hôtels – et d'être ensemble à chaque instant. Et puis un matin, j'eus un mal de tête ou quelque chose, ou peut-être la chaleur était-elle trop forte pour moi. Il dit qu'il allait faire une balade d'une demi-heure avant le déjeuner. Je me souviens avec une étrange clarté que j'étais assise sur un balcon d'hôtel (autour de moi la paix, les montagnes, les merveilleux rochers de Gavarnie) et que je lisais pour la première fois un livre qui n'était pas destiné aux jeunes filles, *Une vie* de Maupassant. Je me souviens l'avoir beaucoup apprécié à l'époque. Je jette un coup d'œil à ma petite montre et je vois qu'il est déjà l'heure de déjeuner, il s'est passé plus d'une heure depuis son départ. J'attends. Tout d'abord, je suis un peu contrariée, puis je commence à m'inquiéter. Le déjeuner est servi sur la terrasse et je suis incapable de manger. Je sors sur la pelouse devant l'hôtel, je retourne à ma chambre, je sors encore une fois. Une heure plus tard j'étais dans un indescriptible état de terreur et d'agitation, Dieu m'en est témoin. Je voyageais pour la première fois, je n'avais aucune expérience et je m'effrayais facilement, et puis, il y avait *Une vie*... je conclus qu'il m'avait abandonnée, les pensées les plus idiotes et les plus terribles assaillaient mon cerveau, le jour s'écoulait, il me semblait que les domestiques me regardaient avec un plaisir mauvais – oh, je ne puis te donner une idée de ce que c'était ! J'avais même commencé à jeter quelques robes dans une valise pour retourner en Russie sur-le-champ et, subitement, je conclus qu'il était mort, je sortis en courant et je commençai à débiter des sottises et à demander qu'on appelle la police. Soudain, je l'aperçus qui traversait la pelouse, le visage plus riant que je ne l'avais jamais vu jusqu'alors bien qu'il eût été de bonne humeur tout le temps ; le voici qui arrivait, me faisant signe de la main, comme s'il ne s'était rien passé, et ses pantalons clairs avaient des taches vertes et humides, son panama avait disparu, sa veste était déchirée d'un côté... J'imagine que tu as déjà deviné ce qui s'était passé. Dieu merci, au moins il l'attrapa malgré tout – dans son mouchoir, sur un rocher escarpé – sinon, il eût passé la nuit dans la montagne, comme il me l'expliqua froidement... Mais je veux maintenant te raconter quelque chose d'autre, d'une période légèrement ultérieure, lorsque j'avais déjà appris ce que pouvait être une vraie bonne séparation. Tu étais tout petit à cette époque, tu allais avoir trois ans, tu ne peux te souvenir. Ce printemps-là, il se mit en route pour Tachkent d'où il devait partir en expédition le 1er juin et s'absenter pour au moins deux ans. C'était déjà la seconde longue absence de notre vie commune. Je pense souvent, aujourd'hui, que si l'on devait additionner toutes les années qu'il passa loin de moi depuis le jour de notre mariage, on arriverait, en tout, à pas plus que son absence actuelle. Et je pense aussi au fait qu'il me semblait alors, quelquefois, que je n'étais pas heureuse, mais je sais maintenant que je fus toujours heureuse, que ce malheur était une des couleurs du bonheur. Bref, je ne sais ce qui m'arriva ce printemps-là, j'avais toujours été un peu toquée au moment de ses départs, mais cette fois-là, je le fus d'une manière assez honteuse. Je décidai que je le rattraperais et que je voyagerais avec lui au moins jusqu'à l'automne. J'assemblai en secret mille choses ; je n'avais pas la moindre idée de ce dont j'avais besoin, mais j'avais l'impression de stocker le tout bien comme il le faut. Je me souviens de jumelles, et d'un alpenstock, et d'un lit de camp, et d'un casque colonial, et d'un manteau en peau de lièvre sorti tout droit de *La Fille du capitaine*, et d'un petit revolver à crosse de nacre, et d'un grand truc en toile goudronnée dont j'avais peur, et d'une gourde compliquée que je ne pouvais dévisser. Bref, pense à l'équipement de Tartarin de Tarascon : comment pus-je vous abandonner, mes petits, comment pus-je vous faire mes adieux – tout cela est dans une sorte de brume, et je ne m'en souviens pas plus que de la façon dont j'échappai à la surveillance d'oncle Oleg, comment je me rendis à la gare. Mais j'étais à la fois allègre et effrayée, je me sentais comme une héroïne, et dans les gares tout le monde regardait mon costume de voyage anglais avec sa courte jupe (entendons-nous : jusqu'à la cheville) à carreaux, les jumelles en bandoulière d'un côté et une espèce de sac de l'autre. C'est ce dont j'avais l'air quand je descendis du tarantass dans un camp juste à l'extérieur de Tachkent lorsque, dans l'éclatante lumière du soleil, je ne l'oublierai jamais, mes yeux rencontrèrent ton père à moins de cent mètres de la route : il était debout, un pied posé sur une pierre blanche, un coude sur une clôture, et il parlait à deux cosaques. Je traversai le gravier en courant, criant et riant ; il se retourna lentement, et lorsque je m'arrêtai subitement devant lui comme une idiote, il me regarda des pieds à la tête, ses yeux s'étrécirent et il prononça d'une voix horriblement inattendue trois mots : "File à la maison." Et je fis immédiatement demi-tour et revins à ma voiture et j'y montai et je vis qu'il avait remis le pied exactement dans la même position et s'était accoudé à nouveau, continuant sa conversation avec les cosaques. Et maintenant j'étais sur le chemin du retour, en transe, pétrifiée, et seulement, quelque part au plus profond de mon être, commençaient les préparatifs d'une tempête de larmes. Mais alors, après quelques miles (et ici, un sourire perce à travers la ligne écrite), il me rattrapa, dans un nuage de poussière, sur un cheval blanc, et cette fois nous nous séparâmes assez différemment de sorte que je me remis en route vers Saint-Pétersbourg presque aussi gaiement que j'en étais partie, sauf que je ne cessais de m'inquiéter de vous deux, me demandant comment vous vous portiez, mais peu importe, vous étiez en bonne santé. »

Non – il me semble d'une certaine façon que je me souviens effectivement de tout ceci, peut-être parce qu'on mentionna souvent l'événement par la suite. En général, notre vie quotidienne tout entière était pénétrée d'histoires ayant trait à mon père, d'inquiétudes à son sujet, d'attentes de son retour, du chagrin caché des adieux et de la joie frénétique des accueils. Sa passion se réfléchissait en nous tous, colorée de diverses manières, saisie de façons différentes, mais elle était permanente et habituelle. Son musée personnel [où se trouvaient des rangées de cabinets en chêne avec des tiroirs en verre pleins de papillons crucifiés (le reste – les plantes, coléoptères, oiseaux, rongeurs, et reptiles – il le donnait à ses collègues pour analyse), où flottait probablement la même odeur qu'au Paradis, et où les assistants de laboratoire travaillaient à des tables face aux fenêtres qui étaient d'une pièce], était une sorte de mystérieux foyer central qui illuminait de l'intérieur la totalité de notre maison de Saint-Pétersbourg – et seul le grondement de midi du canon de Pétropavlosk pouvait troubler sa quiétude. Nos parents, les amis non entomologistes, les domestiques et l'humblement ombrageuse Ivonna Ivanovna parlaient des papillons non pas comme d'une chose qui existe réellement mais comme d'un certain attribut de mon père, qui existait en autant qu'il existait, ou comme d'une maladie à laquelle tout le monde s'était habitué à faire face depuis longtemps, de telle sorte que chez nous, l'entomologie se transforma en une sorte d'hallucination routinière, comme un fantôme domestique inoffensif qui s'assied, ne surprenant plus personne, chaque soir auprès du feu. En même temps, aucun de nos innombrables oncles et tantes ne s'intéressait le moindrement à sa science, et même c'était à peine s'ils avaient lu son ouvrage populaire, lu et relu par des douzaines de milliers de Russes cultivés. Bien sûr, Tania et moi, nous apprîmes à apprécier notre père dès la plus tendre enfance et il nous semblait encore plus ensorcelant que, par exemple, cet Harold dont il nous racontait les aventures, Harold qui combattit les lions dans l'arène de Byzance, qui poursuivit des brigands en Syrie, qui se baigna dans le Jourdain, prit d'assaut quatre-vingts forteresses en Afrique, « La Terre Bleue », sauva les Islandais de la famine – et qui était célèbre de la Norvège à la Sicile, du Yorkshire à Novgorod. Puis, lorsque je tombai sous le charme des papillons, quelque chose se déploya dans mon âme et je revécus tous les voyages de mon père comme si je les avais faits moi-même : dans mes rêves, je voyais la route en lacet, la caravane, les montagnes aux nombreuses nuances, et j'enviais follement mon père, atrocement, jusqu'aux larmes – des larmes chaudes et violentes qui m'échappaient subitement à table tandis que nous parlions des lettres qu'il nous envoyait en cours de route, ou même à la simple mention d'un endroit très très éloigné. Chaque année, à l'approche du printemps, avant le départ pour la campagne, je sentais en moi une fraction pitoyable de ce que j'aurais ressenti avant de partir pour le Tibet. Sur l'avenue Nevski, dans les derniers jours de mars, alors que les pièces de bois du pavé spacieux des rues luisaient d'un bleu profond sous l'effet de l'humidité et du soleil, on pouvait voir, survolant de haut les voitures, le long des façades des maisons, passé l'hôtel de ville, après les tilleuls du square, au-delà de la statue de Catherine, le premier papillon jaune. Dans la classe, la grande fenêtre était ouverte, des moineaux étaient perchés sur le rebord et les professeurs laissaient passer les leçons, les remplaçant par des carrés de ciel bleu, avec des ballons qui retombaient de l'azur. Je ne sais trop pourquoi, mais j'avais toujours de mauvaises notes en géographie et quelle mine faisait le professeur lorsqu'il mentionnait le nom de mon père, comme les yeux inquisiteurs de mes camarades se tournaient vers moi à ce moment, et comme mon sang palpitait à l'intérieur de mon être à force de dissimuler mon ravissement et de peur d'exprimer ce ravissement – et maintenant je pense au peu que je sais, comme il m'est facile de faire quelque stupide erreur en décrivant les recherches de mon père.

Au début d'avril, pour ouvrir la saison, les membres de la Société Entomologique de Russie avaient l'habitude d'entreprendre une randonnée traditionnelle de l'autre côté de la Rivière Noire, dans une banlieue de Saint-Pétersbourg où, dans un bocage de bouleaux qui était encore nu et humide, laissant encore voir des flaques de neige trouée, se trouvait sur les troncs, ses faibles ailes transparentes pressées contre l'écorce mince comme du papier, notre rareté favorite, une spécialité de la province. Ils m'emmenèrent avec eux une ou deux fois. Parmi ces pères de famille d'un certain âge qui s'abandonnaient à la pratique de la sorcellerie, les nerfs tendus, dans un bois d'avril, il y avait un vieux critique théâtral, un gynécologue, un professeur de droit international et un général – pour une raison ou une autre je puis me souvenir avec une clarté particulière des traits de ce général (X. B. Lambovski – il y avait en lui quelque chose de pascal), un bras placé derrière son immense dos incliné, près de la silhouette de mon père qui s'était laissé tomber sur les hanches avec une sorte d'aisance orientale – tous deux examinaient soigneusement une poignée de terre rougeâtre retournée avec une houe, à la recherche de chrysalides – et je me demande encore aujourd'hui comment les cochers qui attendaient sur la route interprétaient la scène.

Quelquefois, à la campagne, grand-mère entrait avec majesté dans notre chambre d'études, Olga Ivanovna Véjine, rebondie, teint frais, portant des mitaines et des dentelles : « *Bonjour les enfants* », disait-elle d'une voix sonore et chantante, et puis, accentuant lourdement les prépositions, elle annonçait en français : « *Je viens de voir* DANS *le jardin,* PRÈS *du cèdre,* SUR *une rose un papillon de toute beauté : il était bleu, vert, pourpre, doré – et grand comme ça. Prends vite ton filet* », continuait-elle, se tournant vers moi, « et va dans le jardin. Peut-être pourras-tu encore l'attraper. » Et elle sortait dignement, complètement oublieuse du fait que si jamais un insecte si fabuleux s'était dirigé vers moi (ça ne valait même pas la peine de deviner quel banal visiteur de notre jardin son imagination avait embelli de la sorte), j'aurais eu une syncope. Quelquefois, pour me faire une faveur, notre gouvernante française choisissait une certaine fable de Florian pour que je l'apprenne par cœur, sur un autre *petit-maître* de papillon aux couleurs ridiculement voyantes. Quelquefois, une tante ou une autre me donnait un livre de Fabre dont les ouvrages populaires, pleins de bavardage, d'observations inexactes et d'éclatantes erreurs, étaient traités avec mépris par mon père. Je me souviens aussi de ceci : un jour, m'étant aperçu de la disparition de mon filet, je sortis à sa recherche sur la véranda et je rencontrai l'ordonnance de mon oncle qui revenait de quelque part, mon filet sur l'épaule, le visage congestionné, un sourire bienveillant et timide sur ses lèvres vermeilles : « Regardez donc ce que je vous ai attrapé », proclama-t-il d'une voix satisfaite, tout en laissant tomber le filet sur le plancher ; le filet était retenu au cadre par un bout de corde de telle sorte qu'une poche s'était formée où fourmillait et bruissait un assortiment de matière vivante – et grand Dieu, quel déchet n'y avait-il pas : quelque trente sauterelles, la tête d'une marguerite, une couple de libellules, des épis de blé, du sable, une piéride impossible à reconnaître tellement elle était écrasée et, finalement, un agaric comestible remarqué en passant et ajouté juste en cas. En Russie, les gens du peuple connaissent et aiment la nature de leur pays. Que de railleries, que de conjectures et de questions n'eus-je pas l'occasion d'entendre lorsque, surmontant mon embarras, je traversai le village avec mon filet ! « Ce n'est rien », disait mon père, « tu aurais dû voir la mine des Chinois alors que je recueillais un jour des insectes au flanc d'une montagne sacrée, ou le regard que me lança la maîtresse d'école progressiste d'une ville de la Volga quand je lui expliquai ce que je faisais dans ce ravin. »

Comment décrire la félicité des promenades avec mon père à travers les bois, les champs et les tourbières, ou sa constante présence au sein de mes pensées, l'été, s'il était au loin, l'éternel rêve de faire quelque découverte et d'aller à sa rencontre avec cette découverte. Comment décrire ce que je ressentis lorsqu'il me montra tous les endroits où, dans sa propre enfance, il avait attrapé ceci et cela – la poutre d'un petit pont à moitié pourri où il avait attrapé son premier paon de jour en 71, la pente de la route qui descendait à la rivière où il s'était un jour laissé tomber sur les genoux, pleurant et implorant (il avait raté son coup, le papillon s'était envolé pour toujours !). Et quelle fascination il y avait dans ses mots, dans la fluidité particulière et la grâce de son style quand il abordait son sujet ; quelle affectueuse précision dans les mouvements de ses doigts quand il tournait la vis de réglage d'un étaloir ou d'un microscope ; quel monde véritablement enchanteur se déployait dans ses leçons ! Oui, je sais que ce n'est pas la façon d'écrire – ces exclamations ne m'entraîneront pas très loin – mais ma plume n'est pas encore habituée à suivre les contours de son image, et ces enjolivures accessoires me font horreur à moi-même. Oh, mon enfance, ne me regarde pas avec de si gros yeux effrayés.

Le charme de ses leçons ! Par une chaude soirée, il me conduisit à un certain petit étang pour observer le sphinx du tremble qui se balançait au-dessus de l'eau même tout en y trempant le bout de son corps. Il m'apprit à préparer des armatures génitales pour déterminer des espèces qui étaient extérieurement indiscernables. Avec un sourire particulier, il attira mon attention sur les nègres dans notre parc, papillons noirs qui, avec une mystérieuse et élégante soudaineté, n'apparaissaient qu'aux années paires. Il me mélangea de la bière et de la mélasse par une nuit d'automne affreusement froide et affreusement pluvieuse pour attraper sur les troncs d'arbres enduits qui luisaient à la lumière d'une lampe à essence une multitude de grandes lichénées fasciées qui plongeaient silencieusement et se précipitaient vers l'appât. Il réchauffait ou refroidissait de diverses manières les chrysalides dorées de mes vanesses – petites tortues – de telle sorte que je pouvais en tirer des variétés pareilles à celles de la Corse, de l'Arctique ou entièrement insolites, qui semblaient avoir été plongées dans du goudron et roulées dans de la peluche soyeuse. Il m'apprit à démonter une fourmilière et à trouver la chenille d'un certain bleu qui avait conclu un pacte barbare avec ses habitants, et je vis comment une fourmi, chatouillant avidement un segment arrière du petit corps de limace et maladroit de cette chenille, la força à excréter une goutte de jus enivrant qu'elle avala immédiatement. Les fourmis offraient en compensation leurs propres larves comme nourriture ; c'était comme si les vaches donnaient de la chartreuse et que nous leur donnions nos nourrissons à manger. Mais la forte chenille d'une espèce exotique de papillon bleu ne s'abaissera pas à cet échange, dévorant impudemment les larves des fourmis et se transformant alors en une impénétrable chrysalide qui finalement, au moment de l'éclosion, est entourée de fourmis (ces ratées de l'école de l'expérience) qui attendent l'apparition du papillon recroquevillé et réduit à l'impuissance pour l'attaquer ; elles attaquent – et néanmoins il ne périt pas : « Je n'ai jamais autant ri », dit mon père, « que lorsque je me suis aperçu que la nature l'avait doté d'une substance gluante qui faisait se coller ensemble les antennes et les pattes de ces fourmis zélées, de telle sorte qu'elles roulaient et se tordaient tout autour de lui tandis que, calme et invulnérable, il laissait ses ailes se consolider et sécher. »

Il me parla des odeurs des papillons – musc et vanille ; des voix des papillons ; du son perçant poussé par la monstrueuse chenille d'un sphinx malais, une amélioration du cri de souris de notre sphinx atropos ; du petit tympan résonnant de certaines arcties ; de l'astucieux papillon de la forêt du Brésil qui imite le cri râpeux d'un oiseau de la région. Il me parla de l'incroyable invention artistique de travestissement mimétique qui ne s'expliquait pas par la lutte pour la vie (la hâte grossière des forces non qualifiées de l'évolution), qui était trop raffinée pour servir simplement à tromper d'accidentels pillards à plumes, squameux ou autres (pas très difficiles, mais alors ne raffolant pas trop de papillons), et semblait avoir été inventée par quelque artiste facétieux précisément pour les yeux intelligents de l'homme (une hypothèse qui peut mener loin un évolutionniste qui observe des singes qui se nourrissent de papillons) ; il me parla de ces masques magiques de mimétisme ; de l'énorme papillon nocturne qui, au repos, prend l'apparence d'un serpent qui vous regarde ; du géomètre tropical dont le coloris imite à la perfection une espèce de papillon infiniment éloigné de lui dans le système de la nature, l'illusion du ventre orange qui caractérise l'un étant reproduite avec humour chez l'autre par les marges intérieures d'une couleur orange des secondaires ; et du curieux harem de ce célèbre porte-queue africain dont les femelles diversement déguisées copient la couleur, la forme et même le vol d'une demi-douzaine d'espèces différentes (apparemment non comestibles) qui sont aussi les modèles de nombreux autres imitateurs. Il me parla des migrations, du long nuage qui consiste en des myriades de piérides blanches et qui se meut à travers le ciel, indifférent à la direction du vent, toujours au même niveau au-dessus du sol, s'élevant doucement et sans heurts au-dessus des collines et replongeant dans les vallées, rencontrant peut-être un autre nuage de papillons, jaune celui-là, s'y faufilant sans s'arrêter et sans souiller sa propre blancheur – flottant plus loin pour venir se poser sur les arbres à l'approche de la nuit, et jusqu'au matin ces arbres demeurent comme jonchés de neige – s'envolant encore pour continuer son voyage – vers quelle destination ? Pourquoi ? Un conte inachevé par la nature ou alors, oublié. « Notre Vanesse des chardons », dit-il, « la "dame peinte" des Anglais, la *Belle-Dame* des Français, n'hiverne pas en Europe comme le font des espèces apparentées ; elle naît sur les plaines d'Afrique ; là, à l'aube, le voyageur qui a de la veine peut entendre la steppe tout entière, étincelant dans les premiers rayons du soleil, crépiter d'un nombre incalculable de chrysalides qui éclosent. » A partir de là, sans délai, elles commencent leur voyage vers le nord, atteignant les côtes de l'Europe au début du printemps, animant subitement les jardins de la Crimée et les terrasses de la Côte d'Azur ; sans s'attarder mais abandonnant partout des individus pour la reproduction estivale, elles poussent plus loin au nord, et, à la fin de mai, cette fois en spécimens isolés, elles atteignent l'Écosse, l'Heligoland, notre pays, et même le nord extrême de la terre : on en a attrapé en Islande ! Dans un étrange vol fou semblable à aucun autre, le papillon décoloré, presque méconnaissable, choisissant une clairière sèche, tournoie parmi les sapins de Léchino, et à la fin de l'été son ravissant rejeton nuancé de rose s'enivre déjà de vie sur les têtes des chardons, sur les asters. « Le plus émouvant de tout », ajouta mon père, « est qu'aux premiers jours froids, on observe un phénomène inverse, le reflux : le papillon se hâte vers le sud, pour l'hiver, mais bien sûr il périt avant d'avoir atteint les pays chauds. »

En même temps que l'Anglais Tutt qui observa dans les Alpes suisses la même chose que lui dans les Pamirs, mon père découvrit la véritable nature de la formation cornéenne qui apparaît sous l'abdomen des femelles fécondées des parnassiens, et il expliqua comment son mâle, travaillant avec une paire d'appendices spatulés, lui place et lui moule sur le corps une ceinture de chasteté de sa fabrication, de forme différente pour chaque espèce de ce genre, quelquefois un onglet, quelquefois une petite volute, quelquefois – comme dans le cas de l'exceptionnellement rare *orpheus* Godounov d'un gris cendre foncé – la réplique d'une lyre minuscule. Et comme frontispice de mon présent ouvrage, je crois que j'aimerais montrer ce papillon précisément – car je puis l'entendre en parler, voir la façon dont il sortit de leurs six enveloppes triangulaires les six spécimens qu'il avait rapportés, la façon dont il se pencha avec la loupe sur l'abdomen de l'unique femelle – et avec quelle révérence son assistant de laboratoire relâcha dans un bocal humide les ailes sèches, glacées et soigneusement repliées afin de passer doucement plus tard, une épingle à travers le thorax de l'insecte, le piquer sur la rainure de liège de l'étaloir, y assujettir à plat au moyen de larges bandes de papier semi-transparent sa beauté ouverte, sans défense et gracieusement déployée, puis glisser un bout d'ouate sous son abdomen et redresser ses antennes noires – pour qu'il sèche ainsi à tout jamais. A tout jamais ? Au musée de Berlin, il y a plusieurs des captures de mon père et elles sont aussi fraîches aujourd'hui qu'elles l'étaient dans les années 80 et 90. Les papillons de la collection de Linné, aujourd'hui à Londres, ont survécu depuis le XVIIIe siècle. Au musée de Prague, on peut voir le spécimen même de l'Atlas, grande saturnie chamarrée qu'admira Catherine la Grande. Alors, pourquoi me sentir si triste ?

Ses captures, ses observations, le son de sa voix dans des mots scientifiques, tout ceci, je crois que je le garderai. Mais c'est encore si peu. J'aimerais garder avec la même permanence relative ce que j'aimais peut-être le plus en lui : sa vivante virilité, son inflexibilité et son indépendance, le froid et la chaleur de sa personnalité, le pouvoir qu'il avait sur tout ce qu'il entreprenait. Comme s'il se livrait à un jeu, comme s'il désirait laisser en passant l'empreinte de sa force sur tout, il choisissait ici et là quelque chose dans un domaine étranger à l'entomologie et il laissa ainsi sa marque dans presque toutes les branches de l'histoire naturelle : parmi toutes les plantes qu'il recueillit, il n'y en a qu'une qu'il ait décrite, mais c'est une espèce spectaculaire de bouleau ; un oiseau – un faisan des plus fabuleux ; une chauve-souris, mais la plus grande du monde. Et notre nom retentit un nombre incalculable de fois dans toutes les parties de la nature car d'autres naturalistes ont donné son nom soit à une araignée, ou à un rhododendron ou à une crête de montagne – à propos, cette dernière le rendit furieux : « Vérifier et conserver l'ancien nom indigène d'un col », écrivit-il, « est toujours à la fois plus scientifique et plus noble que de le gratifier du nom d'une bonne connaissance. »

J'aimais – ce n'est que maintenant que je comprends à quel point – ce talent particulier et naturel qu'il montrait en s'occupant d'un cheval, d'un chien, d'un fusil, d'un oiseau ou d'un petit paysan avec une écharde de deux pouces dans le dos – on lui amenait constamment des gens qui étaient blessés, estropiés, même des infirmes, même des femmes enceintes, qui prenaient probablement ses mystérieuses occupations pour la pratique du vaudou. J'aimais le fait qu'à l'encontre de la majorité des voyageurs non russes, Sven Hedin par exemple, il ne troquait jamais son costume pour un accoutrement chinois dans ses pérégrinations ; en général, il se tenait sur la réserve, il était sévère et résolu à l'extrême dans ses contacts avec les indigènes, ne montrant aucune indulgence pour les mandarins et les lamas ; et au camp, il s'exerçait au tir, ce qui était une excellente précaution contre toute importunité. Il se désintéressait entièrement de l'ethnographie, fait qui, pour une raison ou une autre, irritait au plus haut point certains géographes, et son grand ami, l'orientaliste Krivtsov, était presque en larmes lorsqu'il lui fit le reproche suivant : « Si seulement vous aviez rapporté une chanson de mariage, Konstantin Kirillovitch, si seulement vous aviez décrit un costume du pays ! » Il y avait à Kazan un professeur qui l'attaquait particulièrement ; à partir de vagues prémices humanitaires et libérales, il le déclara coupable d'aristocratisme scientifique, d'un arrogant mépris de l'Homme, de dédain pour les intérêts du lecteur, de dangereuse excentricité – et de beaucoup d'autres choses. Et une fois, lors d'un banquet international à Londres (cet épisode me plaît au plus haut point), Sven Hedin qui était assis à côté de mon père lui demanda comment il se faisait que voyageant avec une liberté sans précédent à travers les parties interdites du Tibet, dans le voisinage immédiat de Lhassa, il n'était pas allé visiter cette ville, ce à quoi mon père répondit qu'il n'avait pas voulu sacrifier n'était-ce qu'une heure de ses recherches pour visiter « une infecte petite ville de plus » – et je vois avec une extraordinaire clarté comment ses yeux durent se plisser alors qu'il parlait.

Il était doué d'une humeur égale, d'une maîtrise

de soi, d'une puissante volonté et d'un vif sens de l'humour ; mais lorsqu'il se mettait en colère, son courroux était comme un coup de gel subit (grand-mère disait dans son dos : « Toutes les horloges de la maison se sont arrêtées »), et je me souviens assez bien de ces brusques silences à table et de la sorte d'air distrait qui apparaissait immédiatement sur le visage de ma mère (parmi notre parenté féminine, celles qui étaient malveillantes soutenaient qu'elle « tremblait devant Kostya »), et comment une de nos gouvernantes au bout de la table posait à la hâte la paume de sa main sur un verre qui était sur le point de tinter. La cause de son courroux pouvait être une bévue commise par quelqu'un, un mécompte de la part de l'intendant (mon père était très versé dans les questions d'intendance), une remarque irrévérencieuse faite à propos d'un de ses intimes, des sentiments politiques triviaux dans le genre patriotisme d'orateur de carrefour affichés par un malheureux invité, ou finalement un écart de conduite de ma part. Lui qui avait au cours de sa vie massacré d'innombrables multitudes d'oiseaux, lui qui avait un jour rapporté au botaniste Berg qui venait de se marier la couverture végétale *complète* d'un petit pré alpin bigarré, en un seul morceau, de la dimension d'une pièce en étendue (je l'imaginais enroulée dans une caisse comme un tapis persan), dénichée quelque part à une hauteur fantastique, à flanc de montagne, dans la neige – il ne pouvait me pardonner d'avoir abattu gratuitement un moineau de Léchino avec une carabine Montecristo ou d'avoir frappé d'un coup de sabre le jeune tremble près de l'étang. Il ne pouvait supporter la lanternerie, l'hésitation, les yeux clignotants d'un mensonge, il ne pouvait supporter l'hypocrisie ou les paroles mielleuses – et je suis certain que s'il m'avait surpris en train de manquer de courage physique, il m'aurait maudit.

Je n'ai pas encore tout dit ; j'arrive à ce qui est peut-être le plus important. Il y avait en mon père et autour de lui, autour de cette force claire et directe, quelque chose de difficile à rendre par des mots, une brume, un mystère, une réserve énigmatique qui se faisait sentir, des fois plus, des fois moins. C'était comme si cet homme authentique, très authentique, possédait le rayonnement de quelque chose d'encore inconnu mais qui était peut-être le plus authentique de tout. Cela n'avait aucun lien direct avec l'un de nous, ou avec ma mère, ou avec les choses extérieures de la vie, ou même avec les papillons (qui étaient le plus près de lui, oserais-je dire) ; ce n'était ni un air pensif ni de la mélancolie – et il m'est impossible d'expliquer l'impression que me faisait son visage quand je regardais par la fenêtre de son bureau et que je voyais comment, ayant subitement oublié son travail (je pouvais sentir à l'intérieur de moi comment il l'avait oublié – comme si quelque chose avait échoué ou dévié), sa majestueuse tête sage légèrement écartée du bureau et reposant sur son poing, de telle sorte qu'un large pli se formait de sa joue à sa tempe, il demeurait assis une minute sans bouger. Aujourd'hui, il me semble parfois – qui sait – qu'il partait peut-être en voyage pas tellement pour chercher quelque chose que pour échapper à quelque chose, et qu'au retour il s'apercevait que cette chose était encore avec lui, à l'intérieur de lui, inexhaustible, qu'il était impossible de s'en défaire. Je ne puis trouver un nom pour son secret, mais je sais seulement que c'était la source de cette solitude particulière – ni heureuse ni morose, n'ayant en effet aucun rapport avec l'apparence extérieure des émotions humaines – à laquelle ni ma mère ni moi ni aucun entomologiste au monde n'avait accès. Et voici qui est étrange : peut-être que le gardien du domaine, un vieil homme difforme qui avait été frappé par la foudre nocturne deux fois, la seule personne parmi nos gens à la campagne qui avait appris sans l'aide de mon père (qui l'avait enseigné à tout un régiment de chasseurs asiatiques) à attraper et à tuer un papillon sans le mutiler (ce qui, bien sûr, ne l'empêchait pas de me conseiller d'un air sérieux de ne pas me presser d'attraper de petits papillons, « de la petite friture », comme il le disait, au printemps, mais d'attendre l'été au moment où ils auraient grandi), peut-être que ce gardien qui considérait franchement et sans crainte de surprise que mon père savait une ou deux choses que personne d'autre ne savait, avait raison à sa façon.

Quoi qu'il en soit, je suis convaincu à présent que notre vie était alors imprégnée d'une magie inconnue des autres familles. Grâce aux conversations avec mon père, aux rêves en son absence, au voisinage de milliers de livres pleins de dessins d'animaux, aux reflets précieux de ses collections, aux cartes, au blason de la nature et au cabalisme des noms latins, ma vie revêtit une légèreté ensorcelante qui me donnait le sentiment que mes propres voyages allaient commencer. C'est à cela que j'emprunte mes ailes aujourd'hui. Parmi les vieilles photographies de famille tranquilles et encadrées de velours qui se trouvaient dans le bureau de mon père, il y avait une reproduction du tableau : *Marco Polo quittant Venise.* Elle était empourprée, cette Venise, et l'eau de sa lagune était d'azur, avec des cygnes deux fois plus grands que les barques, dans l'une desquelles de minuscules hommes violets descendaient le long d'une planche afin de monter à bord d'un navire qui attendait un peu plus loin, les voiles ferlées – et je ne puis me détacher de cette beauté mystérieuse, de ces couleurs anciennes qui nagent devant l'œil comme à la recherche de formes nouvelles, quand j'imagine aujourd'hui l'équipement de la caravane de mon père à Prjevalsk où il allait habituellement de Tachkent avec des chevaux de poste, ayant expédié à l'avance par un convoi lent une réserve de provisions pour trois ans. Ses cosaques faisaient le tour des villages avoisinants pour acheter des chevaux, des mulets et des chameaux ; ils préparaient les colis pour les bâts et les sacs (que n'y avait-il pas dans ces *yagtans* du Turkestan et dans ces sacs de cuir mis à l'épreuve par les siècles, du cognac aux pois pulvérisés, des lingots d'argent aux clous de fers à cheval) ; et après un *requiem* sur la rive du lac près du tumulus de l'explorateur Prjevalski, couronné d'un aigle de bronze – autour duquel les intrépides faisans locaux venaient habituellement se percher – la caravane se mettait en route.

Ensuite, je vois la caravane avant qu'elle ne s'engage dans les montagnes, serpentant parmi des collines d'une teinte d'un vert paradisiaque, tenant à la fois à leur revêtement herbeux et au silicate des rochers d'un brillant de pomme dont elles sont composées. Les robustes poneys trapus de Kalmuk marchent en une file unique, par échelons : les charges couplées des bâts d'un poids égal sont doublement assujetties avec des lassos de telle sorte que rien ne peut bouger, et un cosaque conduit chaque échelon par la bride. En tête de la caravane, une carabine Berdan en bandoulière et un filet à papillons prêt à servir; portant des lunettes et une vareuse de nankin, mon père monte son trotteur blanc accompagné d'un cavalier du pays. A l'autre bout du détachement vient le géodésiste Kounitsyne (c'est ainsi que je vois la scène), vieillard majestueux ayant passé la moitié de sa vie en d'imperturbables pérégrinations, avec ses instruments dans des caisses – chronomètres, compas de réduction, un horizon gyroscopique – et lorsqu'il s'arrête pour faire un relèvement ou pour inscrire des azimuts dans son journal, son cheval est maintenu par un assistant, un petit Allemand anémique, Ivan Ivanovitch Viskott, anciennement chimiste à Gatchina et à qui mon père avait un jour appris à préparer des peaux d'oiseaux et qui, de ce jour, prit part à toutes les expéditions, jusqu'à ce qu'il meure de gangrène durant l'été de 1903 à Dyn-Kou.

Plus loin, j'aperçois les montagnes : la chaîne des Tian-Chan. A la recherche de cols (inscrits sur la carte d'après des indications orales mais explorés pour la première fois par mon père), la caravane s'élevait sur des pentes prononcées et sur des corniches étroites, se laissait couler vers le nord, vers la steppe foisonnant de saïgas, s'élevait encore au sud, traversant ici des torrents, essayant plus loin de passer à gué des eaux profondes – et toujours plus haut le long de pistes presque impraticables. Comme la lumière du soleil jouait ! La sécheresse de l'air produisait un étonnant contraste entre la lumière et l'ombre : dans la lumière il y avait de tels éclats, une telle richesse de luminosité qu'il devenait parfois impossible de regarder un rocher, un cours d'eau ; et dans l'ombre une obscurité qui absorbait tous les détails, de telle sorte que chaque couleur vivait une vie magiquement multipliée et la robe des chevaux changeait quand ils pénétraient dans la fraîcheur des peupliers.

Le grondement de l'eau dans le défilé suffisait à

étourdir un homme ; la tête et la poitrine se remplissaient d'une agitation électrique ; l'eau se précipitait avec une force terrifiante – aussi lisse cependant que du plomb en fusion – puis, soudainement, elle se gonflait monstrueusement lorsqu'elle atteignait les rapides, ses vagues versicolores s'amoncelant et retombant sur les fronts lustrés des pierres avec un grondement furieux ; et puis, s'écrasant d'une hauteur de six mètres, d'un arc-en-ciel jusque dans l'obscurité, elle poursuivait sa course, changée à présent : bouillonnante, d'un bleu de fumée, l'écume lui donnant l'apparence de la neige, elle frappait d'abord un côté du cañon congloméré, et puis l'autre, de telle sorte qu'il semblait que le repaire réverbérant ne pourrait jamais lui résister ; pendant ce temps, sur ses rives, dans une heureuse tranquillité, les iris étaient en fleur – et subitement, un troupeau de wapitis s'élança d'un bois de sapins noirs dans une aveuglante prairie de montagne et s'arrêta, frémissant. Non, ce n'était que l'air qui frémissait... ils avaient déjà disparu.

Je puis évoquer avec une clarté particulière – dans ce décor transparent et changeant – l'occupation principale et constante de mon père, occupation qui fut l'unique raison de ces formidables voyages. Je le vois se pencher de la selle, au milieu d'un fracas de pierres qui roulent, pour attraper d'un mouvement de son filet au bout de son long manche (un tour de poignet fait passer le sac de mousseline, plein de bruissement et de palpitation, par-dessus l'anneau, interdisant ainsi toute échappée) quelque royal cousin de nos apollons, qui avait glissé légèrement en un vol plané sur les dangereux éboulis ; et mon père n'est pas seul ; les autres cavaliers (le caporal de cosaques

Sémione Jakoï par exemple, ou Bouyantouïev le Bouriate, ou bien le représentant de ma personne que j'envoyais sur les traces de mon père durant toute mon enfance) se fraient aussi un chemin avec intrépidité en haut des rochers, à la poursuite du papillon blanc, richement ocellé, qu'ils attrapent enfin ; et le voici mort entre les doigts de mon père, son corps incurvé, jaunâtre et velu, ressemblant à un chaton de saule, et le dessous glacé de ses ailes pliées laissant voir la maculation rouge sang à leurs racines.

Il évitait de s'attarder dans les auberges chinoises, particulièrement la nuit, car il les avait en horreur à cause de leur « animation dépourvue de sensibilité » qui consistait essentiellement en des cris sans la moindre trace d'un éclat de rire ; mais, assez étrangement, plus tard, dans sa mémoire, l'odeur de ces auberges, cet air particulier à tout endroit où habitent les Chinois – un mélange rance d'odeurs de cuisine, de fumier brûlé, d'opium et d'écurie – était plus évocatrice de ses chasses bien-aimées que la fragrance remémorée des prés alpins.

Cheminant à travers le Tian-Chan avec la caravane, j'aperçois à présent le soir qui s'approche, tirant une ombre sur les versants des montagnes. Repoussant jusqu'au matin une traversée difficile (un pont de fortune fait de dalles de pierre posées sur de la broussaille a été lancé entre les deux rives du torrent, mais de l'autre côté la montée est assez raide et, en plus, lisse comme du verre), la caravane s'installe pour la nuit. Tandis que les couleurs du coucher de soleil s'attardent encore sur les gradins aériens du ciel, et que l'on prépare le dîner, les cosaques qui ont tout d'abord enlevé les tapis de selle et les couvertures de feutre des animaux lavent les blessures causées par les bâts. Le son métallique du ferrage des chevaux résonne dans l'air sombre, à travers le bruit considérable de l'eau. La nuit est devenue assez obscure. Mon père a grimpé sur un rocher à la recherche d'un endroit convenable où installer sa lampe à calcium pour attraper des phalènes. De là, on peut apercevoir en perspective chinoise (d'en haut), au creux d'un ravin profond, le rougeoiement du feu de camp, transparent dans l'obscurité ; à travers les arêtes de sa flamme vive semblent flotter les ombres aux larges épaules des hommes, silhouettes changeant sans arrêt, et une lueur rouge se reflète en vacillant, mais tout en demeurant sur place, dans les eaux tourmentées de la rivière. Là-haut, tout est calme et sombre, et ce n'est que rarement que tinte une clochette : les chevaux, qui ont déjà reçu leur ration de fourrage sec, flânent à présent parmi les éboulis de granite. Au-dessus, d'une terrifiante et extatique proximité, les étoiles ont fait leur apparition, chacune d'elles en évidence, chacune d'elles une sphère vivante, révélant nettement son essence globulaire. Les phalènes commencent à s'approcher du piège de la lampe : elles décrivent tout alentour des cercles fous, frappant le réflecteur avec un bruit de fouet ; elles tombent, elles rampent sur le drap étendu jusque dans le cercle de lumière, grises, avec des yeux comme des charbons ardents, trépidantes, s'envolant et retombant encore – et une grande main brillamment illuminée, d'une habileté sans hâte, avec des ongles en forme d'amandes, ratisse les noctuelles les unes après les autres dans le flacon de cyanure.

Il lui arrivait d'être assez seul, sans même cette proximité des hommes qui dorment sous les tentes, sur des matelas de feutre, autour du chameau couché sur les cendres du feu de camp. Profitant des longues haltes dans les endroits où l'on trouvait une abondante nourriture pour les animaux de la caravane, mon père partait en reconnaissance durant plusieurs jours, et, ce faisant, entraîné par quelque nouvelle piéride, il outrepassa plus d'une fois la règle de la chasse en montagne : ne jamais suivre un sentier qui ne revient pas à son point de départ. Et maintenant, je ne cesse de me demander à quoi il pouvait bien penser dans la nuit solitaire : j'essaie ardemment, dans l'obscurité, de deviner le fil de ses pensées, et j'y arrive beaucoup plus difficilement qu'avec mes visites mentales à des endroits que je n'ai jamais vus. A quoi pensait-il ? A une prise récente ? A ma mère, à nous ? A l'étrangeté innée de la vie humaine dont il me transmit mystérieusement le sentiment ? Ou peut-être suis-je dans l'erreur en lui imposant rétrospectivement le secret qu'il porte à présent – lorsque, sous le coup d'une affliction récente, et l'esprit préoccupé, dissimulant la douleur d'une blessure inconnue, dissimulant la mort comme une chose honteuse, il apparaît dans mes rêves –, mais qu'il n'avait pas à l'époque où il était simplement heureux dans ce monde incomplètement nommé et dans lequel, à chaque pas, il nommait ce qui n'avait pas de nom.

Après avoir passé tout l'été dans les montagnes (pas un été mais plusieurs, au cours d'années différentes, qui sont superposés en couches translucides), notre caravane se transporta à l'est, à travers un ravin, dans un désert pierreux. Nous vîmes graduellement disparaître à la fois le lit du cours d'eau à mesure qu'il se divisait et s'étalait, et ces plantes qui demeurent fidèles au voyageur jusqu'au dernier instant : ammodendrons, éphèdres et lasiagrostis rabougris. Après avoir chargé d'eau nos chameaux, nous plongeâmes dans de spectrales régions désertiques où, ici et là, de gros cailloux couvraient complètement l'argile molle d'un brun rougeâtre du désert tacheté, par endroits, de croûtes de neige sale et d'affleurements de sel que nous prenions, de loin, pour les murs de la ville que nous cherchions. Le chemin était dangereux par suite de terribles tempêtes durant lesquelles, à midi, tout était enveloppé dans un brouillard brun et salé ; le vent hurlait, des granules de gravier nous lacéraient le visage, les chameaux se couchaient et notre tente de toile goudronnée se déchirait en lambeaux. A cause de ces tempêtes, la surface de la terre changeait incroyablement, offrant des silhouettes fantastiques de châteaux, de colonnades et d'escaliers ; ou bien, l'ouragan creusait une cuvette – comme si les forces élémentaires qui ont façonné le monde étaient encore furieusement actives ici dans ce désert. Mais il y avait aussi des jours d'un calme merveilleux, lorsque des alouettes hausse-col (mon père les appelait à bon escient « rieuses ») déversaient leurs trilles mimétiques et que des volées de moineaux ordinaires accompagnaient nos animaux émaciés. Il nous arrivait de passer la journée dans des villages isolés composés de deux ou trois fermes et d'un temple en ruine. D'autres fois, nous étions attaqués par des Tangoutes vêtus de manteaux en peau de mouton et de bottes de laine rouges et bleues : bref épisode pittoresque en cours de route. Et puis, il y avait les mirages – les mirages où la nature, cette exquise tricheuse, accomplissait de véritables miracles : les visions d'eau étaient si nettes qu'elles réfléchissaient les rochers *réels* qui se trouvaient tout près !

Plus loin vinrent les sables calmes du Gobi ; les

dunes se succédaient comme des vagues, révélant de courts horizons ocres, et tout ce qui était audible dans l'air velouté était le souffle rapide et laborieux des chameaux et le raclement de leurs larges pieds. La caravane allait de l'avant, s'élevant parfois jusqu'à la crête d'une dune et puis plongeant dans une cuvette et le soir, son ombre atteignait des proportions gigantesques. Le diamant de cinq carats de Vénus disparaissait à l'ouest avec la lueur du coucher de soleil qui déformait tout dans sa lumière blanchie, orange et violette. Et mon père aimait rappeler comment un jour, lors d'un coucher de soleil semblable, en 1893, au beau milieu du désert de Gobi, il avait rencontré – les prenant d'abord pour deux fantômes projetés par les rayons prismatiques – deux cyclistes en sandales chinoises et chapeaux ronds en feutre, les Américains Sachtleben et Allen qui traversaient toute l'Asie jusqu'à Pékin pour s'amuser.

Le printemps nous attendait dans les montagnes de Nan-Chan. Tout l'annonçait : le murmure de l'eau dans les ruisseaux, le tonnerre lointain des rivières, le sifflement des grimpereaux qui vivaient dans des trous sur les flancs mouillés et glissants des collines, le chant ravissant des alouettes du pays, et « un tas de bruits dont les origines sont difficiles à expliquer » (phrase tirée des notes d'un ami de mon père, Grigori Efimovitch Groum-Grjimaïlo, et qui est gravée dans mon esprit pour toujours, pleine de l'étonnante musique de la vérité parce qu'elle fut écrite par un naturaliste de génie et non par un poète ignare). Sur les pentes méridionales, nous avions déjà rencontré notre premier papillon intéressant – la sous-espèce de Potanine de la piéride de Butler – et dans la vallée dans laquelle nous descendîmes par le lit d'un torrent, nous trouvâmes le véritable été. Tous les versants étaient parsemés d'anémones et de primevères. La gazelle de Prjevalski et le faisan de Strauch tentaient les chasseurs. Et quels levers de soleil il y avait ! Ce n'est qu'en Chine que la brume du matin est aussi enchanteresse, faisant vibrer toutes choses, les contours fantastiques des masures, les rochers qui commencent à se dessiner aux premières lueurs du jour. Comme dans un abîme, la rivière court dans les ténèbres du crépuscule matutinal qui reste encore accroché dans les gorges, tandis que plus haut, le long des eaux qui coulent, tout miroite et scintille, et une compagnie assez importante de pies bleues est déjà éveillée dans les saules près du moulin.

Escortés de quinze fantassins chinois armés de hallebardes et portant d'énormes étendards absurdement éclatants, nous franchîmes des cols à travers la chaîne de montagnes un certain nombre de fois. Bien que ce fût le milieu de l'été, les gels nocturnes étaient si forts que le matin les fleurs étaient couvertes d'une pellicule de givre et devenaient si fragiles qu'elles se cassaient sous le pied avec un tintement délicat et surprenant ; mais deux heures plus tard, juste après que le soleil eut commencé à chauffer, la merveilleuse flore alpine resplendissait à nouveau, se remettait à parfumer l'air de résine et de miel. Nous cramponnant à des parois escarpées, nous progressions sous le chaud ciel bleu ; les sauterelles partaient comme des traits sous nos pas, les chiens couraient la langue pendante, cherchant un abri contre la chaleur dans les ombres courtes projetées par les chevaux. Dans les puits, l'eau avait une odeur de poudre. Les arbres semblaient être un délire de botaniste : un sorbier aux baies d'une blancheur d'albâtre ou un bouleau à l'écorce rouge !

Posant un pied sur un fragment de rocher et s'appuyant légèrement sur le manche de son filet, mon père contemple, du haut d'un contrefort élevé, des blocs glaciaires de Tanegma, le lac Koukounor – immense étendue d'eau d'un bleu profond. Là, en bas, sur les steppes dorées, un troupeau de kiangs passe en trombe, et l'ombre d'un aigle glisse sur les rochers ; au-dessus de nos têtes, une paix, un silence, une transparence parfaite... et je me demande encore à quoi pense mon père quand il n'est pas occupé à chasser les papillons et qu'il reste là debout, immobile... apparaissant pour ainsi dire sur la crête de ma mémoire, me torturant, me ravissant – jusqu'à en souffrir, jusqu'à une folie de tendresse, d'envie et d'amour, tourmentant mon âme avec son inscrutable solitude.

Des fois, en remontant le Fleuve Jaune et ses tributaires, par quelque splendide matinée de septembre, dans les ravins et les fourrés de lis sur les berges, il nous arrivait d'attraper le grand porte-queue d'Elwes – une merveille noire avec des queues en forme de sabots de cheval. Les soirs de tempête, avant de s'endormir, mon père lisait Horace, Montaigne et Pouchkine – les trois livres qu'il avait apportés avec lui. Un hiver, en traversant la glace d'un fleuve, je remarquai au loin une ligne d'objets sombres qui faisaient barrage, les grandes cornes de vingt yaks sauvages qui avaient été saisis dans leur traversée par la glace qui s'était formée subitement ; l'immobilisation de leurs corps dans une attitude de nage était nettement visible à travers l'épais cristal ; les belles têtes dressées au-dessus de la glace auraient semblé vivantes si les oiseaux n'avaient déjà crevé leurs yeux à coups de bec ; et je me souvins du tyran Chiusin qui, par curiosité, faisait ouvrir le ventre des femmes enceintes, et qui, par une froide matinée, apercevant quelques porteurs qui traversaient un cours d'eau, ordonna qu'on leur ampute les jambes jusqu'au jarret afin d'examiner l'état de la moelle de leurs os.

A Tchang, lors d'un incendie (un tas de bois préparé pour la construction d'une mission catholique flambait), je vis un Chinois d'un âge mûr, à une bonne distance du feu, jetant de l'eau avec diligence et détermination, mais sans se fatiguer, sur le *reflet* des flammes contre les murs de son habitation ; convaincus de l'impossibilité de lui prouver que sa maison ne brûlait pas, nous l'abandonnâmes à sa vaine occupation.

Il nous arrivait fréquemment d'avoir à nous frayer un chemin, ne tenant aucun compte de l'intimidation et des interdictions chinoises : une grande adresse au tir est le meilleur des passeports. A Tatsien-Lou, des lamas aux têtes rasées parcouraient les rues tortueuses et étroites répandant le bruit que j'attrapais les enfants afin de faire mijoter leurs yeux dans une potion pour le ventre de mon Kodak. Là, sur les pentes neigeuses d'une chaîne de montagnes, noyées dans la riche écume rosâtre de grands rhododendrons (nous utilisions leurs branches pour nos feux de camp la nuit), je cherchais en mai les larves gris ardoise et tachetées d'orange de l'apollon impérial et ses chrysalides, attachées par un fil de soie sous une pierre. Ce même jour, je me souviens, nous entrevîmes un ours blanc du Tibet et nous découvrîmes un nouveau serpent : il se nourrissait de souris, et la souris que je retirai de son estomac s'avéra être, elle aussi, d'une espèce non encore décrite. Une violente odeur de résine se dégageait des rhododendrons et des pins drapés de dentelle de lichen. A proximité de moi, quelques sorciers guérisseurs récoltaient, avec des airs circonspects et sournois de rivaux, pour leurs besoins mercenaires, de la rhubarbe chinoise dont la racine ressemble extraordinairement à une chenille, jusqu'à ses pattes membraneuses et à ses stigmates, tandis que je découvrais, dans l'intervalle, la chenille d'un papillon inconnu sous une pierre et qui représentait, non pas d'une façon générale mais absolument concrète, une copie de cette racine, de telle sorte qu'il n'était pas très facile de savoir qui se faisait passer pour qui – ou pourquoi.

Tout le monde ment au Tibet : il était diaboliquement difficile d'obtenir les noms exacts des endroits ou la direction à prendre ; moi aussi je les trompai involontairement : comme ils étaient incapables de distinguer un Européen aux cheveux blonds d'un Européen aux cheveux blancs, ils me prirent, moi, un jeune garçon aux cheveux blanchis par le soleil, pour un vieillard très âgé. Partout sur les masses de granite on pouvait lire la « formule mystique », un enchevêtrement chamanique de mots que certains voyageurs poétiques « traduisent » joliment par : Oh, joyau dans le lotus, oh ! Quelques vagues personnages officiels me furent envoyés de Lhassa me conjurant de ne pas faire une certaine chose et me menaçant de m'en faire une autre – je n'en fis pas grand cas ; cependant, je me souviens d'un idiot particulièrement lassant, vêtu de soie jaune et portant un parasol rouge ; il était assis à califourchon sur un mulet dont la tristesse naturelle était doublée par la présence, sous ses yeux, des épaisses stalactites que formaient ses larmes gelées.

De très haut, je vis une sombre dépression marécageuse toute frémissante des reflets d'innombrables sources qui rappelait le ciel nocturne parsemé d'étoiles – et c'était là son nom : la Steppe Étoilée. Les cols montaient au-delà des nuages, les marches étaient ardues. Nous frottions les blessures des bêtes de somme avec un mélange d'iodoforme et de vaseline. De temps à autre, ayant campé dans un endroit complètement désert, le matin je m'apercevais subitement que tout autour de nous, durant la nuit, un grand cercle de tentes de brigands avaient poussé comme de noirs champignons vénéneux – qui, cependant, disparaissaient très rapidement.

Après avoir exploré les régions montagneuses du Tibet, je me dirigeai vers le Lob-Nor afin de retourner en Russie. Le Tarym, maîtrisé par le désert, épuisé, forme avec ses dernières eaux un vaste marais couvert de roseaux, le Kara-Kochouk-Koul d'aujourd'hui, le Lob-Nor de Prjevalski et Lob-Nor au temps des Khans, quoi qu'en dise Ritthofen. Il est bordé de salanques, mais son eau n'est salée qu'au bord car ces joncs ne pousseraient pas autour d'un lac salé. Un printemps, je mis cinq jours à le contourner. Là, parmi des roseaux de vingt pieds de hauteur, j'eus la chance de découvrir un lépidoptère semi-aquatique avec un système veineux rudimentaire. Le marais salant gibbeux était jonché d'écailles de mollusques. Le soir, les sons mélodieux et harmonieux des vols de cygnes se répercutaient à travers le silence ; le jaune des roseaux faisait nettement ressortir le blanc mat des oiseaux. En 1862, soixante Vieux-Croyants russes avec leurs épouses et leurs enfants vécurent dans cette région pendant six mois, après quoi ils se rendirent à Turfan et, de là, nul ne sait où ils allèrent.

Plus loin se trouve le désert de Lob : une plaine pierreuse, des rangées de précipices d'argile, des étangs salins unis comme des miroirs ; cette petite tache pâle dans l'air gris est un spécimen solitaire de la piéride de Roborovski, emporté par le vent. Dans ce désert on trouve encore les traces d'une ancienne route qu'emprunta Marco Polo six siècles avant que je ne le fasse : des amoncellements de pierres en guise de jalons. Tout comme j'avais entendu dans un défilé au Tibet l'intéressant grondement de tambours qui avait effrayé nos premiers pèlerins, je vis également et j'entendis dans le désert durant les tempêtes de sable la même chose que Marco Polo : « le chuchotement des esprits qui vous prennent à part » et l'étrange tremblotement de l'air, une interminable progression de tourbillons de vent, des caravanes et des armées de fantômes qui viennent à votre rencontre, des milliers de visages spectraux qui, de leur façon incorporelle, se pressent contre vous, vous traversent et puis subitement se dispersent. Dans les années 20 du XIVe siècle, alors que le grand explorateur allait mourir, ses amis se réunirent à son chevet et l'implorèrent de rejeter ce qui, dans son livre, leur avait semblé incroyable – d'en atténuer les miracles au moyen de judicieuses suppressions ; mais il répondit qu'il n'avait même pas raconté la moitié de ce qu'il avait vu en réalité.

Toute cette scène se poursuivait d'une façon envoûtante, pleine de couleurs et d'espace, avec un mouvement animé à l'avant-plan et un arrière-plan convaincant. Puis, comme de la fumée au vent, tout se déplaça et se dispersa – et Fiodor revit les tulipes invraisemblables et mortes de son papier peint, le monceau croulant de mégots de cigarettes dans le cendrier et le reflet de la lampe sur le carreau noir de la fenêtre. Il l'ouvrit brusquement. Les feuilles de papier laissées sur son bureau se soulevèrent ; l'une d'elles se replia, une autre glissa sur le plancher. La chambre devint immédiatement humide et froide. En bas, une automobile roulait lentement dans la rue obscure et déserte – et, assez étrangement, cette lenteur même rappela à Fiodor une foule de petites choses déplaisantes – le jour qui venait de s'achever, la leçon manquée – et lorsqu'il pensa qu'il allait devoir téléphoner le lendemain matin au vieillard dont il avait abusé, il se sentit abominablement abattu. Mais une fois qu'il eut refermé la fenêtre, sentant déjà le vide entre ses doigts incurvés, il se tourna vers la lampe qui attendait patiemment, vers les brouillons éparpillés, vers la plume encore chaude qui lui glissait calmement entre les doigts à présent (expliquant le vide et le remplissant) et il revint tout de suite au monde qui lui était aussi naturel que la neige au lièvre blanc et l'eau à Ophélie.

Il se souvenait avec une incroyable vivacité, comme s'il avait conservé ce jour ensoleillé dans un coffret de velours, du dernier retour de son père, en juillet 1912. Elizaviéta Pavlovna avait déjà fait les deux lieues jusqu'à la gare pour aller à la rencontre de son mari : elle y allait toujours seule, et il arrivait immanquablement que personne ne savait très bien par quel côté ils reviendraient, à gauche ou à droite de la maison, puisqu'il y avait deux routes, l'une plus longue et mieux aplanie – longeant la grand-route et passant à travers le village – l'autre, plus courte et plus cahoteuse – traversant Pechtchanka. Fiodor revêtit ses culottes de cheval et fit seller sa monture juste en cas, mais néanmoins, il ne put se résoudre à partir à la rencontre de son père car il avait peur de le manquer. Il essaya vainement de transiger avec le temps exagéré et gonflé. Un papillon rare, attrapé un jour ou deux auparavant parmi les myrtilles d'une tourbière, n'avait pas encore séché sur l'étaloir : Fiodor ne cessait de lui toucher l'abdomen avec le bout d'une épingle – hélas, il était encore mou, et cela voulait dire qu'il était impossible d'enlever les bandes de papier recouvrant complètement les ailes qu'il avait une telle envie de montrer à son père dans toute leur beauté. Il flâna aux alentours du manoir, ressentant le poids et la douleur de son agitation, enviant la façon dont les autres traversaient ces grosses minutes vides. De la rivière parvenaient les cris aigus et désespérément extatiques des garçons du village qui se baignaient, et cette clameur qui folâtrait constamment dans les profondeurs du jour d'été retentissait comme de lointaines ovations. Tania se balançait puissamment et avec enthousiasme sur l'escarpolette dans le jardin, debout sur le siège ; l'ombre violette du feuillage passait sur sa jupe blanche en plein vol avec une diversité de couleurs qui faisait clignoter des yeux, et son chemisier se gonflait et se creusait alternativement dans son dos, dessinant la cavité entre ses épaules rejetées en arrière ; au sol, un fox-terrier aboyait après elle, tandis qu'un autre pourchassait un hochequeue ; les cordes craquaient joyeusement et on aurait dit que Tania s'élevait dans les airs de la sorte pour voir la route par-dessus les arbres. Notre gouvernante française, sous son parasol moiré, partageait avec une rare politesse ses pressentiments (« le train avait deux heures de retard, ou alors il ne viendrait pas du tout ») avec M. Browning qu'elle détestait, tandis que ce dernier demeurait debout en faisant claquer sa cravache sur ses guêtres – ce n'était pas un polyglotte. Ivonna Ivanovna ne cessait de passer d'une véranda à l'autre, avec une expression de mécontentement sur son petit visage, expression qu'elle prenait pour accueillir tous les événements heureux. Autour des dépendances régnait une animation particulière : les domestiques pompaient de l'eau, coupaient du bois pour le feu, et le jardinier arriva en portant deux paniers oblongs, tachés de rouge et pleins de fraises. Jaksybaï, un Kirghizistanais d'un certain âge, trapu, avec un gros visage et des rides compliquées autour des yeux, qui avait sauvé la vie de Konstantin Kirillovitch en 92 (il avait tué une ourse qui était en train de l'écharper) et qui vivait maintenant en paix, soignant sa hernie, dans leur maison de Léchino, avait revêtu son *bechmet* bleu avec ses poches en demi-lune, ses bottes vernies, sa calotte rouge avec des paillettes et sa ceinture à glands de soie, et il s'était installé sur un banc près du porche de la cuisine, où il était assis depuis un bon moment à présent, se chauffant au soleil, une chaîne de montre en argent sur la poitrine, dans une attente calme et joyeuse.

Soudainement, remontant lourdement au pas de course le sentier sinueux qui descendait à la rivière, Casimir, le vieux laquais à favoris, grisonnant, émergea de l'ombre profonde, une lueur sauvage dans les yeux et la bouche déjà en forme de cri bien qu'il fût encore silencieux : il courait, apportant la nouvelle qu'au-delà du tournant le plus proche, le bruit des sabots avait été entendu sur le pont (un tambourinage rapide sur le bois ; il disparut immédiatement) – preuve que la victoria allait s'amener la minute suivante sur la route de terre battue parallèle au parc. Fiodor s'élança dans cette direction – entre les troncs d'arbres, par-dessus la mousse et les airelles – et là, au-delà du sentier marginal, on pouvait apercevoir, planant au-dessus du niveau des jeunes sapins, la tête du cocher et ses manches indigo qui passaient en vitesse avec l'impétuosité d'une vision. Il revint au grand galop

– et l'escarpolette abandonnée frémissait encore dans le jardin, tandis que près du porche se trouvait la victoria vide avec un plaid chiffonné ; sa mère gravissait l'escalier, laissant traîner derrière elle une écharpe couleur de fumée – et Tania se pendait au cou de son père qui avait sorti de sa main libre une montre de sa poche, et il la regarda car il aimait toujours savoir combien de temps il avait mis pour revenir de la gare à la maison.

L'année suivante, occupé par des travaux scientifiques, il n'alla nulle part, mais au printemps de 1914 il avait déjà commencé à se préparer pour une nouvelle expédition au Tibet avec l'ornithologue Petrov et le botaniste anglais Ross. La guerre avec l'Allemagne annula subitement tout ça.

Il regardait la guerre comme un obstacle d'un ennui qui ne faisait que croître avec le temps. Ses proches étaient certains que Konstantin Kirillovitch se porterait volontaire et partirait tout de suite à la tête d'un détachement : ils le considéraient comme un excentrique, mais comme un excentrique viril. A vrai dire, Konstantin Kirillovitch qui avait plus de cinquante ans maintenant, mais qui avait conservé des réserves inutilisées de santé, d'agilité, de fraîcheur et de force – et qui était peut-être plus disposé que jamais à affronter les montagnes, les Tangoutes, les intempéries et mille autres dangers dont ne peuvent rêver les sédentaires – ne se contentait pas de rester à la maison mais essayait de ne pas remarquer la guerre, et si jamais il en parlait, il le faisait avec un mépris courroucé. « Mon père », écrivit Fiodor, rappelant cette époque, « m'apprit non seulement beaucoup de choses, mais il forma mes idées, comme on forme une voix ou une main, selon les règles de son école. C'est ainsi que je devins assez indifférent à la cruauté de la guerre ; je concédais même qu'on pouvait tirer un certain plaisir de la précision d'un coup de fusil, du danger d'une mission de reconnaissance ou de la délicatesse d'une manœuvre ; mais ces petits plaisirs (qui, par-dessus le marché, sont mieux représentés dans d'autres branches spéciales des sports, telles que : chasse au tigre, boxe professionnelle) ne compensaient nullement cette pointe de sombre idiotie inhérente à toute guerre. »

Cependant, en dépit de « l'attitude antipatriotique de Kostia », comme le disait tante Ksenia (utilisant sérieusement et habilement de « hautes relations » pour cacher son officier de mari dans les ombres de l'arrière), la maison était imprégnée des soucis de la guerre. Elizaviéta Pavlovna fut amenée à travailler pour la Croix-Rouge, ce qui faisait dire aux gens que son énergie « rachetait l'inactivité de son mari » qui « s'intéressait plus aux insectes de l'Asie qu'à la gloire des armes russes » comme on le signala, à propos, dans un journal éhonté. Les disques tournaient avec les mots de la chanson d'amour *La Mouette* rhabillée en kaki (voici un jeune porte-drapeau avec une section d'infanterie...) ; de prétentieuses infirmières apparurent à la maison avec de petites boucles qui ressortaient de dessous leurs coiffures réglementaires et une manière preste de taper le bout de leurs cigarettes sur leurs porte-cigarettes avant d'allumer ; le fils du concierge se sauva au front et on demanda à Konstantin Kirillovitch d'aider à le faire revenir ; Tania commença à visiter l'hôpital militaire de sa mère pour donner des leçons de grammaire russe à un Oriental barbu et placide dont on coupait la jambe de plus en plus haut pour essayer de devancer la gangrène ; Ivonna Ivanovna tricotait des manchons de laine ; les jours de fête, l'artiste de music-hall

Féona divertissait les soldats avec des chansons de vaudeville ; le personnel de l'hôpital mit en scène *Vova en prend son parti*, une pièce sur ceux qui ne répondaient pas à l'appel ; et les journaux publiaient des versets consacrés à la guerre :

Aujourd'hui tu es le fléau du Destin sur notre chère patrie,
Mais avec une joie éclatante le regard du Russe brillera
Quand il verra le Temps marquer avec impartialité
L'Attila allemand du signe même de la honte !

Au printemps de 1915, au lieu de se préparer à partir de Saint-Pétersbourg pour Léchino, ce qui semblait toujours aussi naturel et immuable que la succession des mois sur le calendrier, nous allâmes passer l'été dans notre propriété en Crimée – sur la côte entre Yalta et Alupka. Sur les pelouses en pente du jardin paradisiaquement vert, le visage déformé par l'angoisse, les mains tremblantes de bonheur, Fiodor attrapait des papillons méridionaux ; cependant, les véritables raretés criméennes ne se trouvaient pas ici parmi les myrtes, les ciriers et les magnolias, mais beaucoup plus haut, dans les montagnes, parmi les rochers d'Ai-Petri et sur le plateau herbeux du Yaïla ; plus d'une fois cet été-là, son père l'accompagna sur une piste qui traversait des bois de pins pour lui montrer, avec un sourire de condescendance pour cette bagatelle européenne, le satyre récemment décrit par Kouznetsov, voletant d'une pierre à l'autre à l'endroit même où quelque casse-cou vulgaire avait gravé son nom sur le rocher à pic. Ces promenades étaient l'unique divertissement de Konstantin Kirillovitch. Non pas qu'il fût sombre ou irritable (ces épithètes limitées ne correspondaient pas à son genre d'esprit), mais disons simplement qu'il rongeait son frein – Elizaviéta Pavlovna et les enfants savaient parfaitement bien ce qu'il désirait. Soudain, en août, il s'absenta pour une courte période ; à l'exception de ses intimes, personne ne sut où il se rendit ; il dissimula son voyage assez totalement pour exciter l'envie de tout terroriste itinérant ; il était amusant et effrayant d'imaginer comment l'opinion publique russe aurait tordu ses petites mains si elle avait appris qu'au plus fort de la guerre Godounov-Tcherdyntsev s'était rendu à Genève pour rencontrer un professeur allemand, gras, chauve et extraordinairement jovial (un troisième conspirateur était également présent, un vieil Anglais portant des lunettes à fine monture et un ample complet gris), qu'ils s'étaient réunis là dans la petite chambre d'un modeste hôtel pour une consultation scientifique, et qu'après avoir parlé de ce qui était nécessaire (le sujet était un ouvrage en plusieurs volumes dont la publication se poursuivait obstinément à Stuttgart avec la coopération de longue date de spécialistes étrangers sur des groupes séparés de papillons), ils se quittèrent pacifiquement – chacun dans sa propre direction. Mais ce voyage ne chassa pas son ennui ; au contraire, le rêve constant qui l'oppressait augmenta même sa pression secrète. A l'automne, ils retournèrent à Saint-Pétersbourg ; il travailla d'arrache-pied au cinquième tome de *Papillons diurnes et nocturnes de l'Empire russe*, sortit rarement et – s'exaspérant plus des bévues de son adversaire que des siennes propres – il joua aux échecs avec le botaniste Berg qui venait de perdre sa femme. Il parcourait les quotidiens avec un sourire ironique ; il prenait Tania sur ses genoux, puis il se laissait aller à ses rêveries, et sa main sur l'épaule ronde de Tania se faisait rêveuse elle aussi. Un jour, en novembre, on lui remit un télégramme à table ; il le décacheta, il le lut tout bas, le relut à en juger par un second mouvement des yeux, le mit de côté, prit une petite gorgée de porto d'un gobelet en or en forme de puisoir et continua imperturbablement sa conversation avec un de nos parents moins fortuné, un petit vieillard au crâne couvert de taches de rousseur qui venait déjeuner deux fois par mois et qui apportait invariablement à Tania des caramels collants et mous – *tianouchki.* Quand les invités furent partis, il se coula dans un fauteuil, enleva ses verres, passa la paume de sa main de haut en bas sur son visage et il annonça d'une voix uniforme que l'oncle Oleg avait été grièvement blessé à l'estomac par un éclat de grenade (alors qu'il travaillait à un poste de premiers soins sous le feu) – et l'un de ces innombrables dialogues délibérément grotesques que les deux frères avaient encore si récemment échangés à table se détacha immédiatement dans l'âme de Fiodor, la déchirant de ses arêtes vives :

ONCLE OLEG (*d'un ton railleur*)

Eh bien, dis-moi, Kostia, t'est-il déjà arrivé de voir dans la réserve *comment* le petit oiseau *alors quoi ?*

MON PÈRE (*d'un ton cassant*)

Je crains bien que non.

ONCLE OLEG (*s'échauffant*)

Et Kostia, n'as-tu jamais vu le cheval de Popovski piqué par la mouche de Popov ?

MON PÈRE (*d'un ton encore plus cassant*)

Jamais.

ONCLE OLEG (*complètement extatique*)

Et tu n'as jamais eu l'occasion par exemple

d'observer le mouvement diagonal des pullulements entoptiques ?

MON PÈRE (*le regardant droit dans l'œil*)

Cela m'est arrivé.

Ce même soir il se mit en route pour la Galicie afin d'aller le chercher, le ramena extrêmement rapidement et confortablement, obtint les meilleurs des meilleurs médecins, Gerchenzon, Yejov, Miller-Melnitski, et il assista lui-même à deux opérations prolongées. A Noël, son frère allait bien. Et alors, quelque chose changea soudainement dans l'état d'âme de Konstantin Kirillovitch : ses yeux s'animèrent et s'adoucirent, on réentendit ce fredonnement musical qu'il avait l'habitude d'émettre en marchant lorsqu'il était particulièrement satisfait de quelque chose ; il s'en alla quelque part, certaines boîtes arrivèrent et partirent, et dans la maison, autour de toute cette mystérieuse gaieté du maître, on pouvait sentir une croissante sensation de perplexité indéfinie, expectante – et une fois, comme Fiodor passait par hasard dans le salon doré et baigné de soleil printanier, il remarqua soudainement la poignée de cuivre de la porte blanche qui conduisait au bureau de son père bouger par petites secousses mais sans tourner, comme si quelqu'un la tripotait mollement sans ouvrir la porte ; mais ensuite, elle s'ouvrit tranquillement et sa mère sortit avec un vague sourire résigné sur son visage souillé de larmes, faisant un étrange geste d'impuissance en passant devant Fiodor. Il frappa à la porte de son père et entra dans le bureau. « Que veux-tu ? » demanda Konstantin Kirillovitch sans lever les yeux ou cesser d'écrire. « Emmenez-moi avec vous », dit Fiodor.

Le fait qu'au moment le plus alarmant, alors que les frontières de la Russie s'écroulaient et que l'on dévorait sa chair intérieure, Konstantin Kirillovitch projetait soudainement d'abandonner sa famille pour deux ans dans le but d'entreprendre une expédition scientifique dans un pays lointain, frappa la plupart des gens comme un caprice délirant, une monstrueuse frivolité. On disait même que le gouvernement « n'autoriserait pas l'achat de provisions », que « le fou » n'obtiendrait ni compagnons de voyage ni bêtes de somme. Mais, pas plus loin qu'au Turkestan, l'odeur spécifique de l'époque était à peine perceptible ; le seul rappel en était pour ainsi dire la réception organisée par quelques administrateurs régionaux à laquelle les invités apportaient des dons pour aider à la guerre (un peu plus tard, une rébellion éclata parmi les Kirghizistanais et les cosaques à propos de sommations de participer à l'effort de guerre). Juste avant son départ en juin 1916, Godounov-Tcherdyntsev vint à Léchino, de la ville, pour faire ses adieux à sa famille. Jusqu'à la toute dernière minute, Fiodor rêva que son père l'emmènerait avec lui – il avait dit un jour qu'il le ferait dès que son fils aurait quinze ans. « En tout autre temps, je t'emmènerais », disait-il à présent comme s'il oubliait que pour lui le temps était toujours un *autre*.

En soi, ce dernier adieu ne différait en rien des précédents. Après la succession méthodique d'embrassades développée par l'usage familial, les deux parents, chaussant d'identiques lunettes ambre à œillères de suède, s'installèrent dans une torpédo rouge ; tout autour se tenaient les domestiques ; appuyé sur son bâton, le vieux gardien demeura à distance près du peuplier fendu par la foudre ; le chauffeur, un petit homme court sur pattes, gras et rond, en livrée de velours et guêtres orange – avec une nuque rouge carotte et une topaze à sa main potelée – peinant horriblement, donna une secousse, une autre, démarra le moteur (ma mère et mon père se mirent à vibrer sur leurs sièges), se plaça rapidement derrière le volant, y bougea un levier, enfila ses gants et tourna la tête. Konstantin Kirillovitch lui fit un signe pensif de la tête et la voiture démarra ; le fox-terrier s'étouffait à force d'aboyer tout en se débattant sauvagement dans les bras de Tania, se renversant sur le dos et tournant la tête par-dessus l'épaule de Tania ; l'arrière rouge de la voiture disparut dans le tournant et puis, de derrière les sapins, dominant un gémissement croissant, parvint le bruit perçant du changement de vitesses, suivi d'un murmure qui s'éloignait confortablement ; tout était calme, mais quelques instants plus tard, du village au-delà de la rivière, on entendit encore le ronflement triomphant du moteur qui s'évanouit graduellement – pour toujours. Ivonna Ivanovna, pleurant à chaudes larmes, alla chercher du lait pour le chat. Tania qui affectait de chanter retourna à la maison vide, résonnante et fraîche. Le fantôme de Jaksybaï qui était mort l'automne précédent glissa du banc du porche et retourna à son beau paradis calme, riche de roses et de moutons.

Fiodor traversa le parc, ouvrit la grille mélodieuse et franchit la route où les larges pneus venaient juste d'imprimer leurs traces. Une beauté familière, noire et blanche, s'éleva doucement du sol et décrivit un grand cercle, prenant part elle aussi aux adieux. Il s'engagea sous les arbres et il arriva par un sentier ombragé et traversé de rayons de soleil où des mouches dorées étaient suspendues, frémissantes, à sa clairière favorite, marécageuse, fleurie, étincelante d'humidité dans le soleil chaud. Le sens divin de cette éclaircie était exprimé par ses papillons. Tout le monde aurait pu trouver quelque chose ici. Le villégiateur aurait pu se reposer sur une souche d'arbre. L'artiste aurait pu plisser les yeux. Mais sa vérité aurait pu être sondée un peu plus profondément par l'amour amplifié par la connaissance : par ses « orbites grandes ouvertes » – pour paraphraser Pouchkine.

Fraîchement émergées, et à cause de leur coloration fraîche, presque orange, empreintes de gaieté, des sélènes, petites fritillaires, flottaient avec une sorte de gravité enchanteresse sur des ailes déployées, ne battant que rarement, comme les nageoires d'un poisson rouge. Un machaon assez dépenaillé déjà, mais encore puissant, privé d'un éperon et faisant battre sa panoplie, vint se poser sur une camomille, en décolla comme s'il faisait marche arrière, et la fleur qu'il quitta se redressa en oscillant. Quelques gazés veinés de noir voltigeaient paresseusement ; un ou deux étaient éclaboussés de gouttes rouges, résidu provenant de la nymphose (dont les taches sanglantes sur les murs des cités prédirent à nos ancêtres la chute de Troie, les pestes, les tremblements de terre). Les premiers tristans chocolat voletaient déjà en un mouvement instable et sautillant sur l'herbe, et de pâles microlépidoptères s'en élevaient et retombaient immédiatement. Une zygène bleue et rouge avec des antennes bleues, ressemblant à un escarbot en travesti, s'était posée sur une scabieuse en compagnie d'un moucheron. Abandonnant précipitamment la clairière pour se poser sur une feuille d'aune, une femelle de la piéride du chou informa son poursuiveur aux ailes abîmées qu'elle était déjà imprégnée et elle le fit au moyen d'un étrange renversement de l'abdomen et en étendant ses ailes à plat (quelque peu réminiscentes d'oreilles aplaties vers l'arrière). Deux lycènes cuivrées à reflets violacés (*leurs* femelles n'étaient pas encore sorties) s'emmêlèrent en un vol rapide comme l'éclair en plein air, montèrent en chandelle, tournoyant l'une autour de l'autre, se colletant avec fureur, montant de plus en plus haut – et elles se séparèrent brusquement, retournant aux fleurs. Un amandus bleu importuna une abeille en passant. Une sombre fritillaire Freya voleta rapidement parmi les sélènes. Un petit sphinx avec un corps de bourdon et des ailes de verre qui battaient invisiblement goûta une fleur avec sa longue proboscide tout en demeurant en l'air, et fila vers une autre et puis vers une troisième. Toute cette vie fascinante dont l'actuelle composition permettait à n'importe qui de dire infailliblement à la fois l'âge de l'été (presque à un jour près), la situation géographique de la région et la composition végétale de l'éclaircie – tout ceci qui lui était vivant, authentique, éternellement cher, Fiodor le perçut dans un éclair, d'un coup d'œil pénétrant et expérimenté. Il plaça soudainement un poing contre le tronc d'un bouleau, et s'y appuyant, il éclata en sanglots.

Bien que son père n'eût aucun goût pour le folklore, il avait l'habitude de raconter un remarquable conte de fées kirghizistanais. Le fils unique d'un grand khan s'étant égaré au cours d'une chasse (c'est ainsi que commencent les meilleurs contes de fées et que se terminent les meilleures vies) aperçut à travers les arbres quelque chose de brillant. S'approchant, il vit que c'était une jeune fille qui ramassait des brindilles, vêtue d'une robe faite d'écailles de poisson ; cependant il ne put dire ce qui, précisément, étincelait tellement, le visage de la fille ou son vêtement. L'accompagnant chez sa vieille mère, le jeune prince offrit de lui donner en dot une pépite d'or de la dimension de la tête d'un cheval. « Non », dit la fille, « mais voici, prenez ce petit sac – il est à peine plus grand qu'un dé à coudre comme vous pouvez voir – allez le remplir. » Tout en riant, le prince y jeta une pièce de monnaie (« Il n'y aura même pas de place pour une », dit-il), en jeta une autre, une troisième, et puis tout ce qu'il avait sur lui. Extrêmement perplexe, il partit consulter son père.

Rassemblant tous ses trésors,
les fonds publics et le reste,
le bon Khan les jeta dans le sac !
il le secoua, tendit l'oreille, le secoua de nouveau !
il y jeta encore deux fois plus :
rien qu'un tintement dans le puits !

Ils convoquèrent la vieille femme. « Ceci », dit-elle, « est un œil humain, il veut embrasser toutes les choses du monde » ; puis elle prit une pincée de terre et remplit le sac immédiatement.

Je découvris le dernier témoignage digne de foi en ce qui concerne mon père (sans compter ses propres lettres) dans quelques notes du missionnaire français (et savant botaniste) Barraud qui, au cours de l'été 1917, le rencontra par hasard dans les montagnes du Tibet, près du village de Tchetou. « Je fus étonné de voir », écrit Barraud (*Exploration catholique* pour 1923), « un cheval blanc, sellé, broutant dans un pré de montagne. Un homme en vêtements européens apparut tout de suite, descendant des rochers ; il me salua en français et il s'avéra être le fameux voyageur russe Godounov. Je n'avais pas vu un Européen depuis plus de huit ans. Nous passâmes plusieurs minutes délicieuses sur le gazor à l'ombre d'un rocher, débattant un subtil détail de nomenclature à propos du nom scientifique d'un iris minuscule d'un bleu léger qui poussait dans les parages, et puis, échangeant un au revoir amical, nous poursuivîmes notre route, lui vers ses compagnons qui l'appelaient d'un ravin, et moi vers le Père Martin qui se mourait dans une lointaine hôtellerie. »

Au-delà de cette rencontre, c'est le brouillard. A en juger par la dernière lettre de mon père, brève comme à l'habitude mais inhabituellement alarmée, qui nous fut remise par miracle au commencement de 1918, il se préparait, peu de temps après avoir rencontré Barraud, à entreprendre le voyage du retour. Ayant entendu parler de la révolution, il nous demandait dans sa lettre de nous rendre en Finlande où notre tante avait une maison de campagne, et il écrivit que d'après ses calculs, il serait à la maison « avec la plus grande diligence » pour l'été. Nous l'attendîmes deux étés, jusqu'à l'hiver de 1919. Nous vécûmes quelque temps en Finlande et quelque temps à Saint-Pétersbourg. Notre maison avait été pillée depuis longtemps, mais le musée de mon père, le cœur de la maison, comme s'il avait gardé l'invulnérabilité inhérente aux objets sacrés, survécut tout entier (tombant plus tard sous la juridiction de l'Académie des sciences) et cette joie compensa complètement la perte de chaises et de tables familières depuis l'enfance. Nous vécûmes à Saint-Pétersbourg dans deux des pièces de l'appartement de grand-mère. Pour une raison ou une autre, elle fut emmenée deux fois pour être interrogée. Elle prit froid et mourut. Quelques jours plus tard, par une de ces terribles soirées d'hiver, affamées et désespérées, qui jouèrent un rôle si étroitement et sinistrement lié au désordre civil, un jeune homme, inconnu, d'allure peu engageante, renfermé, portant un pince-nez, me rendit visite et me demanda d'aller immédiatement chez son oncle le géographe Berezovski. Il ne savait pas ou ne voulait pas dire pourquoi, mais soudainement tout s'écroula en moi et je me mis à vivre mécaniquement. Aujourd'hui, de nombreuses années plus tard, je rencontre quelquefois ce Micha à la Librairie russe de Berlin où il travaille – et chaque fois que je le vois, bien que nous échangions peu de paroles, je sens un frisson chaud qui descend le long de ma colonne vertébrale et mon être tout entier revit le bref chemin que nous parcourûmes ensemble. Ma mère était absente quand ce Micha vint (je me souviendrai toujours de ce nom aussi), mais nous la croisâmes dans l'escalier ; ne connaissant pas mon compagnon, elle demanda avec anxiété où j'allais. Je répondis que j'allais chercher une tondeuse à cheveux dont il se trouvait que nous avions parlé quelques jours plus tôt. Par la suite, je la revis souvent en songe cette tondeuse inexistante qui prenait les formes les plus inattendues – montagnes, paliers d'escalier, cercueils, orgues de Barbarie – mais je savais toujours avec l'instinct de celui qui rêve que c'était une tondeuse. « Attends », cria ma mère, mais nous étions déjà en bas de l'escalier. Nous marchâmes rapidement et en silence le long de la rue ; il me précédait légèrement. Je regardai les masques des maisons, les bosses des bancs de neige, et j'essayai de déjouer le destin en imaginant en moi-même (et en détruisant par avance la possibilité) le chagrin nouveau, sombre et encore incompris que j'allais ramener à la maison. Nous pénétrâmes dans une chambre dont je me souviens comme étant entièrement jaune, et là un vieillard avec une barbe pointue, portant une vareuse et des bottes de cavalier, m'informa sans préambule que, selon des renseignements encore invérifiés, mon père avait cessé de vivre. Ma mère m'attendait en bas, dans la rue.

Au cours des six mois suivants (jusqu'à ce qu'oncle Oleg nous emmène presque de force à l'étranger), nous essayâmes de découvrir comment et où il avait péri – et, à vrai dire, s'il avait réellement péri. Mis à part le fait que cela s'était passé en Sibérie (la Sibérie est vaste !), lors du voyage de retour de l'Asie centrale, nous ne découvrîmes rien du tout. Se peut-il qu'ils nous aient caché l'endroit et les circonstances de sa mort mystérieuse et qu'ils aient continué à le faire jusqu'à ce jour ? (Dans l'*Encyclopédie soviétique*, sa biographie se termine simplement avec les mots : *Il mourut en 1919.*) Ou bien, la nature contradictoire des vagues preuves écarta-t-elle vraiment toute clarté de leurs réponses ? Une fois, à Berlin, nous apprîmes une ou deux choses supplémentaires de sources diverses et de diverses personnes, mais ces suppléments s'avérèrent n'être rien d'autre que de nouvelles couches d'incertitude plutôt que des ouvertures dans cette incertitude. Deux versions boiteuses, toutes deux plus ou moins d'une nature déductive (et en plus, ne nous disant rien quant au point le plus important : comment mourut-il exactement – s'il mourut), étaient embrouillées l'une dans l'autre et mutuellement contradictoires. Selon l'une d'elles, la nouvelle de sa mort fut apportée à Semipalatinsk par un Kirghizistanais ; d'après l'autre, elle fut apportée par un cosaque à Ak-Bulat. Quel était l'itinéraire de mon père ? Allait-il de Semiretchie à Omsk (en passant par la steppe herbeuse, avec le guide sur un poney pie) ou des Pamirs à Orenburg à travers la région de Turgaï (en passant par la steppe sableuse, avec le guide sur un chameau, lui-même à cheval, avec des étriers en écorce de bouleau, d'un puits à l'autre, évitant les villages et les voies ferrées) ? Comment traversa-t-il l'orage de la guerre des paysans, comment évita-t-il les Rouges ? Je n'arrive pas à comprendre. Et puis, quelle sorte de *chapka-nevidimka,* « casquette qui rend invisible », aurait bien pu lui aller, lui qui aurait porté même ça avec désinvolture sur l'oreille ? Se cacha-t-il dans des cabanes de pêcheurs (comme Krüger le suppose) au poste « Aralskoyemore » parmi les flegmatiques Vieux-Croyants de l'Oural ? Et s'il mourut, comment mourut-il ? « Quelle est votre profession ? », demanda Pougatchov à l'astronome Lowitz. « Compter les étoiles. » Sur quoi, ils le pendirent pour qu'il puisse être plus près des étoiles. Oh, comment mourut-il ? De maladie ? De froid ? De soif ? De la main d'un homme ? Et si ce fut de la main d'un homme, cette main peut-elle encore être vivante, prendre du pain, lever un verre, chasser les mouches, remuer, montrer quelque chose du doigt, faire signe, rester immobile, serrer d'autres mains ? Répondit-il à leur feu longtemps ? Garda-t-il la dernière balle pour lui ? Fut-il pris vivant ? Le menèrent-ils au wagon-salon du quartier général de quelque détachement punitif (je peux voir sa hideuse locomotive chargée de poisson séché), l'ayant soupçonné d'être un espion blanc (et non sans raison : il connaissait bien le général blanc Lavr Kornilov avec lequel il avait un jour, au cours de sa jeunesse, voyagé à travers la steppe du Désespoir et qu'il avait vu en Chine des années plus tard) ? Le fusillèrent-ils dans le cabinet de toilette des dames de quelque gare abandonnée de Dieu (miroir cassé, peluche en lambeaux), ou le conduisirent-ils dans quelque potager par une nuit noire et attendirent-ils que la lune fasse son apparition ?

Comment attendit-il avec eux dans le noir ? Avec un sourire de mépris ? Et si une phalène blanchâtre s'était attardée parmi les bardanes ténébreuses, même à ce moment-là, je le sais, il l'aurait suivie du même regard d'encouragement avec lequel, de temps à autre, après le thé du soir, fumant sa pipe dans notre jardin de Léchino, il accueillait habituellement les sphinx roses qui dégustaient nos lilas.

Mais quelquefois j'ai l'impression que tout ceci est une rumeur de pacotille, une légende fatiguée, qu'elle a été créée à partir de ces mêmes granules suspectes de connaissance approximative dont je fais moi-même usage quand mes rêves se tirent d'affaire tant bien que mal dans des régions qui ne me sont connues que par ouï-dire ou par des lectures, de telle sorte que la première personne bien informée qui a réellement vu à l'époque les endroits auxquels je me réfère refusera de les reconnaître, tournera en dérision l'exotisme de mes pensées, les collines de ma peine, les précipices de mon imagination, et trouvera dans mes conjectures tout autant d'erreurs topographiques que d'anachronismes. Tant mieux. Une fois la rumeur de la mort de mon père devenue fiction, ne doit-on pas alors concéder que ce même retour d'Asie est simplement attaché comme une queue à cette fiction (comme ce cerf-volant que le jeune Grinev fabriqua avec une carte géographique dans la nouvelle de Pouchkine), et que peut-être, même si mon père entreprit ce voyage de retour (et ne fut pas déchiqueté dans un gouffre ni retenu en captivité par des moines bouddhistes) il choisit une route complètement différente ? J'ai même eu l'occasion d'entendre la supposition (résonnant comme un conseil tardif) qu'il aurait bien pu se diriger à l'ouest vers Ladakh afin d'aller en Inde par le sud, ou pourquoi n'aurait-il pas pu pousser jusqu'en Chine et de là sur n'importe quel bateau jusqu'à n'importe quel port du monde ?

« Quoi qu'il en soit, maman, tous les matériaux relatifs à sa vie sont maintenant rassemblés chez moi. Avec des légions d'ébauches, de longs extraits manuscrits de livres, d'indéchiffrables notes sur diverses feuilles de papier, des remarques écrites au crayon éparpillées dans les marges d'autres de mes écrits ; avec des phrases à demi rayées, des mots inachevés et des noms abrégés de manière imprévoyante, déjà oubliés, échappant à une vue complète parmi mes papiers ; avec l'immobilisme fragile de renseignements irrécupérables, déjà détruits à certains endroits par un mouvement trop vif de la pensée qui, à son tour, s'est dissoute en néant ; avec tout ceci, je dois maintenant faire un livre lucide et ordonné. Il m'arrive de sentir que je l'ai déjà écrit quelque part, qu'il est ici, caché dans cette jungle tachée d'encre, que je n'ai qu'à le libérer des ténèbres morceau par morceau et les morceaux prendront leur place d'eux-mêmes... Mais de quelle utilité cela me peut-il bien être alors que ce travail de libération me semble à présent si difficile et si compliqué et que j'ai tellement peur de le souiller par une phrase pleine de clinquant ou de l'user durant le transfert sur papier, que je ne sais déjà plus si le livre sera jamais écrit. Vous m'avez parlé vous-même des exigences qui, dans une tâche semblable, devraient être acquises dès le départ. Mais à présent, je crois que je les remplirais mal. Ne me tancez pas pour ma faiblesse et ma lâcheté. Un de ces jours, je vous lirai au hasard des extraits épars et incomplets de ce que j'ai écrit : comme cela ressemble peu à mon rêve sculptural ! Durant tous ces mois où je faisais mes recherches, prenais des notes, me recueillais et pensais, j'étais dans un bonheur extrême : j'étais certain qu'une chose d'une beauté sans précédent allait naître, que mes notes étaient simplement de petits étançons pour l'œuvre, des signes de piste, des fiches, et que la chose la plus importante se développait et se créait d'elle-même, mais je vois maintenant, comme lorsqu'on s'éveille sur le plancher, qu'à côté de ces pitoyables notes il n'y a rien. Que dois-je faire ? Vous savez, quand je lis ses livres ou ceux de Groum et que j'entends leur rythme enchanteur, quand j'étudie la position des mots qui ne peuvent être ni remplacés ni arrangés d'une autre façon, il me semble que ce serait un sacrilège de prendre tout ceci et de le diluer avec moi-même. Si vous voulez, voici ce que je suis prêt à admettre : je ne suis moi-même rien d'autre qu'un chercheur d'aventures verbales, et pardonnez-moi si je refuse de traquer mes fantaisies sur le propre terrain de chasse de mon père. Je me suis rendu compte, voyez-vous, de l'impossibilité de faire germer les images de ses voyages sans les contaminer par une sorte d'art poétique secondaire qui ne cesse de s'écarter de plus en plus de la poésie réelle avec laquelle l'expérience vivante de ces naturalistes réceptifs, bien informés et sévères, imprégnait leurs recherches. »

« Bien sûr, je comprends et je sympathise », répondit sa mère. « Dommage que tu ne puisses en venir à bout, mais bien sûr tu ne dois pas te forcer. D'un autre côté, je suis convaincue que tu exagères un peu. Je suis convaincue que si tu pensais moins au style, aux difficultés, au cliché de poétereau "qu'avec un baiser commence la mort de l'idylle", etc., tu produirais quelque chose de très bon, de très vrai et de très intéressant. Seulement, si tu l'imagines lisant ton livre et si tu sens que ça l'irrite et que ça te fait honte, alors bien sûr, abandonne-le, abandonne-le. Mais je sais que cela ne se peut, je sais qu'il te dirait : bien fait. Mieux encore : je suis convaincue que tu écriras tout de même ce livre un jour. »

Le stimulant extérieur pour l'annulation de son œuvre fut fourni à Fiodor par son emménagement dans un autre logement. On doit dire à la décharge de sa propriétaire qu'elle l'avait supporté très longtemps, pendant deux ans. Mais lorsque l'occasion lui fut offerte d'obtenir un pensionnaire idéal en avril – une vieille fille d'un certain âge, qui se levait à sept heures trente, travaillait dans un bureau jusqu'à six heures, dînait chez sa sœur et se retirait à dix heures – Frau Stoboï pria Fiodor de se trouver une autre chambre dans un délai d'un mois. Il ajournait continuellement ses recherches non seulement par paresse et par une tendance optimiste à nimber un laps de temps accordé de la forme arrondie de l'éternité, mais aussi parce qu'il trouvait insupportablement désagréable d'envahir des mondes étrangers dans le but de se dénicher une place. Cependant, Mme Tchernychevski lui promit son assistance. Le mois de mars tirait à sa fin lorsqu'elle lui dit un soir :

« Je pense que j'ai quelque chose pour vous. Vous avez déjà vu ici Tamara Grigorievna, une dame arménienne. Elle a eu une chambre dans l'appartement d'une famille russe, mais maintenant elle veut la remettre à quelqu'un. »

« Ce qui signifie que c'est une mauvaise chambre si elle veut s'en débarrasser », remarqua Fiodor à la légère.

« Non, c'est simplement qu'elle retourne chez son

mari. Cependant, si la chambre vous déplaît à l'avance, alors je ne ferai rien. »

« Je ne voulais pas vous blesser », dit Fiodor. « L'idée me plaît beaucoup, vraiment beaucoup. »

« Naturellement, il n'y a aucune garantie que la chambre n'ait pas déjà été prise, mais tout de même je vous conseillerais de lui donner un coup de fil. »

« Oh, bien sûr », dit Fiodor.

« Tel que je vous connais », continua Mme Tchernychevski feuilletant déjà un carnet noir, « et comme je sais que vous ne téléphonerez jamais vous-même... »

« C'est la première chose que je ferai demain », dit Fiodor.

« Comme vous ne le ferez jamais – Uhland 48-31 – je vais le faire moi-même. Je vais l'appeler tout de suite et vous pourrez lui demander tous les renseignements. »

« Arrêtez, attendez un instant », dit Fiodor avec inquiétude. « Je n'ai aucune idée de ce qu'il faut demander. »

« Ne vous en faites pas, elle vous le dira d'elle-même. » Et Mme Tchernychevski répétant rapidement le numéro à voix basse tendit la main vers la petite table avec le téléphone.

Dès qu'elle eut porté l'écouteur à l'oreille, son corps prit sa pose téléphonique habituelle sur le sofa ; d'une pose assise elle se glissa en une posture étendue, ajusta sa jupe sans regarder, et ses yeux bleus se promenèrent ici et là tandis qu'elle attendait la communication. « Ce serait gentil », commença-t-elle, mais à ce moment la téléphoniste répondit et Mme Tchernychevski dit le numéro avec une sorte d'exhortation abstraite dans la voix et un rythme spécial dans sa prononciation des chiffres

– comme si par exemple 48 était la thèse et 31 l'antithèse – ajoutant en guise de synthèse : « *Jawohl.* »

« Ce serait gentil », répéta-t-elle en s'adressant à Fiodor, « si elle vous accompagnait là-bas. Je suis assurée que jamais de votre vie... » Soudainement, avec un sourire, baissant les yeux, bougeant une épaule rondelette et croisant légèrement ses jambes étendues : « Tamara Grigorievna ? » demanda-t-elle d'une voix neuve, suave et engageante. Elle rit doucement en écoutant, gravant un pli dans sa jupe. « Oui, c'est moi, vous avez raison. Je croyais que vous ne me reconnaîtriez pas comme d'habitude. Très bien – disons souvent. » Baissant le ton d'une manière encore plus confortable : « Alors, quoi de neuf ? » Elle écouta ce qui était neuf, battant des paupières ; comme si cela était entre parenthèses, elle poussa une boîte de pâtes de fruits dans la direction de Fiodor ; puis les orteils de ses petits pieds dans leurs pantoufles de velours complètement usées commencèrent à se frotter doucement les uns contre les autres ; ils s'arrêtèrent. « Oui, c'est ce que j'ai appris, mais je pensais qu'il avait une clientèle permanente. » Elle continua à écouter. On pouvait distinguer dans le silence le bourdonnement infiniment petit de la voix d'un autre monde. « Ça alors, c'est ridicule », dit Alexandra Iakoulevna, « oh, c'est ridicule. » «... Alors, vous n'avez pas d'autres nouvelles à me raconter. » Après un certain moment elle se mit à parler d'une voix traînante, et puis, à une question rapide qui résonna à l'oreille de Fiodor comme un aboiement microscopique, elle répondit avec un soupir : « Oui, plus ou moins, rien de neuf. Alexandre Iakovlevitch se porte bien, il s'occupe, il est à un concert en ce moment, et je n'ai rien à signaler, rien de particulier. A l'instant même, j'ai ici... Oui, bien sûr, ça l'amuse, mais vous ne pouvez imaginer combien je rêve des fois de partir quelque part avec lui, même si ce n'était que pour un mois. Pardon ? Oh, n'importe où. En général, les choses deviennent un peu déprimantes de temps à autre, mais autrement il n'y a rien de neuf. » Elle inspecta lentement sa paume et demeura comme ça, la main devant elle. « Tamara Grigorievna, j'ai ici Godounov-Tcherdyntsev. A propos, il cherche une chambre. Est-ce que ces gens... Oh, c'est merveilleux. Attendez un instant, je lui passe le récepteur. »

« Bonjour, madame », dit Fiodor, faisant ses révérences au téléphone. « Alexandra Iakovlevna m'a dit... »

Une voix extraordinairement déliée et distincte s'empara de la conversation si bruyamment qu'elle lui chatouilla même le creux de l'oreille. « La chambre n'est pas encore louée », commença Tamara Grigorievna qu'il connaissait à peine, « et il se trouve qu'ils aimeraient beaucoup avoir un pensionnaire russe. Je vais vous dire immédiatement qui ils sont. Le nom est Chtchegolev, ça ne vous dit rien, mais en Russie il était procureur, un monsieur très très cultivé et charmant... Puis il y a sa femme qui est aussi extrêmement gentille, et une fille issue du premier mariage. Maintenant, écoutez : ils demeurent au 15, rue Agamemnon, un quartier merveilleux, dans un appartement petit mais ultra-moderne, chauffage central, bain, bref, tout ce que vous pourriez désirer. La chambre que vous habiterez est ravissante, mais (avec une intonation rétractive) elle donne sur la cour, ce qui est, bien sûr, un léger inconvénient. Je vais vous dire ce que je payais pour la chambre, je payais trente-cinq marks par mois. C'est calme et il y a un bon canapé. Bien, voilà. Que puis-je vous dire d'autre ? J'y prenais mes repas et je dois avouer que la nourriture était excellente, excellente, mais vous devez leur demander le prix vous-même. Je suivais un régime. Voici ce que nous allons faire maintenant. Il faut que j'y sois demain matin de toute façon, vers onze heures trente, je suis très ponctuelle, alors vous y venez aussi. »

« Attendez une seconde », dit Fiodor (pour qui se lever à dix heures était l'équivalent de cinq heures pour toute autre personne). « Attendez une seconde. Je crains que demain... Peut-être vaudrait-il mieux que je... »

Il voulait dire « vous donne un coup de fil », mais Mme Tchernychevski, qui était assise tout près, fit de tels yeux qu'il se corrigea à l'instant en avalant sa salive : « Oui, je crois que c'est possible après tout », dit-il sans chaleur, « merci, je viendrai. »

« Bien (d'un ton narratif), c'est 15, rue Agamemnon, troisième étage, avec ascenseur. C'est donc ce que nous ferons. A demain alors, je serai très heureuse de vous voir. »

« Au revoir », dit Fiodor Konstantinovitch.

« Attendez », lança Alexandra Iakovlevna, « je vous en prie, ne raccrochez pas. »

Le lendemain matin lorsqu'il arriva à l'adresse convenue – de mauvaise humeur, l'esprit vaseux et avec seulement la moitié de lui-même qui fonctionnait (comme si l'autre moitié n'était pas encore ouverte en raison de l'heure peu avancée) – il se trouva non seulement que Tamara Grigorievna n'était pas là, mais qu'elle avait téléphoné pour dire qu'elle ne pouvait pas venir. Il fut reçu par Chtchegolev lui-même (il n'y avait personne d'autre à la maison), qui s'avéra être un homme grassouillet, d'une masse imposante, dont la silhouette faisait penser à une carpe, âgé d'à peu près cinquante ans, avec un de ces visages russes ouverts dont la candeur est presque indécente. C'était un visage assez plein, de forme ovale, avec une petite barbiche noire juste sous la lèvre inférieure. Il avait aussi une remarquable coupe de cheveux qui était également d'une certaine façon indécente : cheveux noirs clairsemés, régulièrement lissés et divisés par une raie qui n'était pas tout à fait au milieu de la tête et cependant, pas tout à fait sur le côté non plus. De grosses oreilles, de simples yeux mâles, un gros nez jaunâtre et un sourire moite complétaient l'impression générale agréable. « Godounov-Tcherdyntsev », répéta-t-il, « bien sûr, bien sûr, un nom extrêmement bien connu. J'ai connu autrefois... voyons... votre père n'est-il pas Oleg Kirillovitch ? Ah, votre oncle. Où demeure-t-il à présent ? A Philadelphie ? Hum, c'est assez loin. Voyez donc où nous nous retrouvons, nous les émigrés ! Étonnant. Et vous êtes en contact avec lui ? Je vois, je vois. Bien, ne remettez jamais à demain ce que vous avez déjà fait... ah-ah ! Venez. Je vais vous montrer votre coin. »

A droite du vestibule, il y avait un court passage qui tournait immédiatement à droite encore une fois à angle droit et qui devenait un autre embryon de corridor qui se terminait à la porte à demi ouverte de la cuisine. Le mur de gauche avait deux portes ; Chtchegolev poussa la première avec une énergique aspiration. Tournant la tête, une petite chambre oblongue avec des murs ocreux se gela devant le visiteur, une table près de la fenêtre, un canapé le long d'un mur et une armoire contre l'autre. Elle sembla repoussante à Fiodor, hostile, complètement « incommode » en ce qui concernait sa vie, comme si elle était située de nombreux degrés fatidiques hors d'aplomb (avec un rayon de soleil poussiéreux représentant la ligne pointillée qui marque le biais d'une figure géométrique quand elle est retournée) par rapport à ce rectangle imaginaire dans les limites duquel il lui serait possible de dormir, lire et penser ; mais, même s'il lui avait été possible par miracle d'adapter sa vie à l'angle de cette boîte déviative, son mobilier, sa couleur, sa vue sur la cour macadamisée, tout en elle était néanmoins insupportable, et il décida sur-le-champ qu'il ne la prendrait pas.

« Et voici », fit cavalièrement Chtchegolev, « et voici la salle de bains, la porte d'à côté. Il faudrait un peu de nettoyage ici. Maintenant, si vous n'avez pas d'objection... » Il heurta violemment Fiodor en faisant demi-tour dans le corridor étroit et, marmonnant un « Oh ! » d'excuse, il le saisit par l'épaule. Ils revinrent au vestibule. « Voici la chambre de ma fille, voici la nôtre », dit-il en montrant du doigt deux portes à gauche et à droite. « Et voici la salle à manger », et ouvrant une porte dans les profondeurs, il la maintint dans cette position pendant plusieurs secondes, comme s'il prenait une photo d'intérieur. Fiodor effleura la table des yeux, une coupe de noix, une panetière... A côté de la fenêtre la plus éloignée, près d'une petite table en bambou, se trouvait un fauteuil à haut dossier : en travers des bras reposait légèrement une robe de gaze, d'un bleu pâle et très courte (comme on les portait alors pour aller au bal), et sur la petite table luisaient une fleur d'argent et une paire de ciseaux.

« C'est tout », dit Chtchegolev, refermant soigneusement la porte, « vous voyez... confortable, simple ; tout ce que nous avons est petit, mais nous avons vraiment tout. Si vous voulez casser la croûte avec nous, vous êtes le bienvenu, nous en parlerons à ma bourgeoise ; entre nous, elle est plutôt bonne cuisinière. Puisque vous êtes l'ami de Mme Abramov, nous vous demanderons le même prix qu'à elle, nous ne vous maltraiterons pas, vous serez comme un coquin en pâte », et Chtchegolev éclata d'un rire gras.

« Oui, je crois que la chambre me conviendra », dit Fiodor en essayant de ne pas le regarder. « En fait, j'aimerais emménager mercredi. »

« A votre convenance », dit Chtchegolev.

Cher lecteur, vous est-il déjà arrivé de ressentir ce chagrin subtil en vous séparant d'une demeure que vous n'aimiez pas ? Le cœur ne se brise pas comme cela arrive en se séparant d'objets chéris. Le regard humide ne se promène pas ici et là, retenant une larme comme s'il désirait emporter en elle un reflet tremblant de l'endroit abandonné ; mais dans le meilleur coin de nos cœurs, nous ressentons de la pitié pour les choses que nous n'avons pas animées de notre souffle, que nous avons à peine remarquées et que nous quittons maintenant pour toujours. Cet inventaire déjà mort ne sera pas ressuscité plus tard dans notre mémoire : le grabat ne nous suivra pas, chargé sur sa propre épaule ; le reflet dans le miroir de la commode ne se lèvera pas de son cercueil ; seule la vue de la fenêtre subsistera quelque temps, comme la photographie jaunie, placée sur une croix de cimetière, d'un monsieur aux cheveux soignés, aux yeux fixes et portant un col amidonné. J'aimerais vous dire au revoir, mais vous n'entendriez même pas mes adieux. Néanmoins, adieu. J'ai vécu ici exactement deux ans, j'ai pensé à beaucoup de choses ici, les ombres de ma caravane ont traversé ce papier peint, des lis ont poussé dans la cendre de cigarette sur le tapis – mais à présent, le voyage est terminé. Les torrents de livres sont retournés à l'océan de la bibliothèque. Je ne sais si je lirai jamais les plans et les extraits fourrés sous le linge dans ma valise, mais je sais que je ne viendrai plus jamais faire un saut ici en passant.

Fiodor s'assit sur sa valise et la ferma à clé ; il fit le tour de la chambre ; il vérifia une dernière fois les tiroirs et ne trouva rien : les cadavres ne volent pas. Une mouche escaladait le carreau de la fenêtre ; elle glissa impatiemment, tomba à moitié ou descendit à moitié en volant, comme si elle secouait quelque chose, et elle se remit à marcher. La maison d'en face qu'il avait trouvée entourée d'échafaudages l'avant-dernier avril avait évidemment encore besoin de réparations maintenant : des planches étaient empilées à côté du trottoir. Il porta ses choses dehors, vint dire adieu à la propriétaire, lui serrant la main pour la première et la dernière fois, une main qui se trouva être sèche, forte et froide, lui remit les clés et partit. La distance entre l'ancienne résidence et la nouvelle était à peu près la même que celle qui sépare, quelque part en Russie, l'avenue Pouchkine de la rue Gogol.

CHAPITRE TROIS

Tous les matins, juste après huit heures, il était tiré de son sommeil par le même bruit derrière la mince cloison à deux pieds de sa tempe. C'était le son net et arrondi d'un gobelet que l'on replaçait sur une tablette de verre ; après quoi, la fille du propriétaire se raclait la gorge. Venait ensuite le *trk trk* spasmodique d'un rouleau, puis le bruit de la chasse d'eau, étouffant, gémissant et cessant brusquement, puis la bizarre plainte interne d'un robinet de baignoire qui se changeait finalement en bruissement de douche. Un verrou claquait et des bruits de pas s'éloignaient au-delà de sa porte. D'une direction opposée venaient d'autres bruits de pas, sombres et lourds, avec un léger traînement : c'était Marianna Nikolavna se précipitant à la cuisine pour préparer le café de sa fille. On pouvait entendre le gaz qui refusait tout d'abord de s'enflammer avec de bruyantes explosions ; subjugué, il vacillait et chuintait régulièrement. Les premiers bruits de pas revenaient, sur des talons cette fois ; une conversation rapide et envenimée commençait dans la cuisine. Tout comme certaines personnes parlent avec une prononciation de Moscou ou du Midi, la mère et la fille se parlaient invariablement avec des accents de querelle. Leurs voix étaient semblables, toutes deux égales et cuivrées, mais l'une d'elles était plus commune et d'une certaine manière, contrainte ; l'autre était plus libre et plus pure. Dans le grondement de la mère il y avait un plaidoyer, un plaidoyer coupable même : il y avait une intonation d'hostilité dans les réponses de plus en plus brèves de la fille. Fiodor Konstantinovitch se rendormait paisiblement à l'accompagnement de cette tempête matinale indistincte. A travers son sommeil qui s'amincissait ici et là, il distinguait les bruits du ménage ; le mur s'écroulait subitement sur lui : cela signifiait qu'on avait posé précairement un manche de balai contre sa porte. Une fois par semaine la volumineuse épouse du concierge, qui respirait lourdement et exhalait une âcre odeur de sueur, venait avec un aspirateur et alors c'était vraiment infernal, le monde éclatait en morceaux, un grincement d'enfer s'infiltrait dans l'âme même, la détruisant, et chassait Fiodor de son lit, hors de sa chambre et hors de la maison. Mais d'habitude, vers dix heures, Marianna Nikolavna venait à la salle de bains à son tour et elle était suivie par Ivan Borisovitch qui graillonnait en s'amenant. Il tirait la chasse d'eau au moins cinq fois mais n'utilisait pas la baignoire, se contentant du murmure du petit lavabo. A dix heures trente, tout était calme dans la maison : Marianna Nikolavna était partie faire ses courses, Chtchegolev à ses ténébreuses affaires. Fiodor Konstantinovitch plongeait dans un abîme de félicité où les restes chauds de son sommeil se mêlaient à un sentiment de bonheur, tous deux du jour précédent et du jour qui était encore à venir.

Assez souvent maintenant, il commençait la journée par un poème. Étendu sur le dos, la première cigarette, d'un goût satisfaisant et assez grosse pour durer longtemps, entre ses lèvres desséchées, il se remettait après un arrêt de presque dix ans, à composer ce genre particulier de poèmes dont on fait présent le soir pour qu'ils se réfléchissent dans la vague qui les a fait sortir. Il comparait la structure de ces vers avec celle des autres. Les mots des autres avaient été oubliés. Ce n'est qu'ici et là parmi les lettres effacées que des rimes avaient été conservées, rimes riches entremêlées de rimes pauvres : amour-jour, vent-rêvant, érable-misérable. Au cours de ce seizième été de sa vie, il s'était mis sérieusement à écrire de la poésie pour la première fois ; auparavant, à l'exception de quelques mauvais vers entomologiques, il n'y avait rien eu. Mais une certaine atmosphère de composition lui était familière et flottait dans l'air depuis longtemps : à la maison, tout le monde maniait la plume – Tania écrivait dans un petit album à fermoir ; ma mère écrivait avec une touchante absence de prétention des poèmes en prose sur la beauté de sa campagne natale ; mon père et oncle Oleg faisaient des vers d'occasion – et ces occasions n'étaient pas trop rares ; et tante Xenia écrivait des poèmes en français seulement, des poèmes « musicaux » et pleins de caractère, avec un mépris complet pour les subtilités du vers syllabique ; ses épanchements étaient très populaires dans la société de Saint-Pétersbourg, tout particulièrement le long poème « La Femme et la Panthère », ainsi qu'une traduction du poème d'Apoukhtine, « Une paire d'alezans », dont une strophe disait :

Le gros Grec d'Odessa, le Juif de Varsovie,
Le jeune lieutenant, le général âgé,
Tous cherchaient en elle un peu de folle vie,
Et sur son sein rêvait leur amour passager.

En fin de compte, il y avait eu un « vrai » poète, le cousin de ma mère, le prince Volkhovskoï qui avait publié sur papier velouté un coûteux et volumineux recueil de poèmes exquisément imprimés, *Étoiles et Aurores,* tout en vignetures italiennes, avec une photographie de l'auteur sur la couverture et une monstrueuse liste de coquilles au dos. Les vers étaient divisés en sections : Nocturnes, Motifs d'automne, les Accords de l'amour. La plupart portaient une devise en blason, et au-dessous de tout ça il y avait la date exacte et l'endroit : *Sorrento, Ai-Todor* ou *Dans le train.* J'ai tout oublié de ces poèmes sauf le mot fréquemment répété « transport », qui, même alors, signifiait pour moi un moyen pour aller d'un endroit à un autre.

Mon père s'intéressait peu à la poésie, ne faisant exception que pour Pouchkine : il le connaissait comme certaines personnes connaissent la liturgie, et il aimait le déclamer tout en marchant. Il m'arrive de penser qu'un écho du « Prophète » de Pouchkine vibre encore à ce jour dans quelque ravin asiatique résonnant et réceptif. Il citait également, je m'en souviens, l'incomparable « Papillon » de Fet, et « Les ombres bleuâtres se sont mélangées » de Tioutchev ; mais il se désintéressait tout à fait de ce que nos parents aimaient : la poésie délayée, et facile à apprendre par cœur, de la fin du siècle dernier, attendant avidement d'être mise en musique comme traitement pour anémie verbale. Quant aux vers d'avant-garde, il considérait que c'étaient des déchets – et je ne claironnais pas trop mon propre enthousiasme dans ce domaine en sa présence. Un jour qu'il feuilletait avec un sourire ironique les livres de poètes, éparpillés sur mon bureau, le hasard voulut qu'il tombât sur les plus mauvaises pièces des meilleurs d'entre eux (le célèbre poème de Blok où apparaît un impossible, un insupportable *djentlmen* représentant Edgar Poe, et dans lequel *kovyor,* tapis, rime avec le mot anglais « Sir » transcrit par *syor)* ; je fus si contrarié que je lui fourrai rapidement dans les mains « La Coupe débordante de tonnerre » de Severyanine afin qu'il puisse y soulager son âme plus facilement. En général, je considérais que s'il avait voulu oublier pour la circonstance le genre de poésie que j'étais assez sot pour appeler « classicisme » et s'il avait essayé sans parti pris de saisir ce que j'aimais tellement, il aurait compris le charme nouveau qui était apparu dans la physionomie de la poésie russe, un charme que je sentais intuitivement même dans ses plus absurdes manifestations. Mais aujourd'hui, quand j'additionne ce qui m'est resté de cette nouvelle poésie, je vois qu'il en a survécu très peu, et ce qui a survécu est précisément la continuation naturelle de Pouchkine, tandis que l'enveloppe bariolée, le pitoyable chiqué, les masques de la médiocrité et les échasses du talent – tout ce que mon amour pardonnait à une certaine époque ou entrevoyait dans une lumière spéciale (et cela semblait à mon père être le véritable visage de l'innovation – « le mufle du modernisme » comme il le disait) est maintenant si vieux jeu, tellement oublié qu'en comparaison les vers de Karamzine ne le sont pas ; et quand j'aperçois sur le rayon de la bibliothèque d'une autre personne tel ou tel recueil de poèmes qui avait autrefois vécu avec moi comme un frère, je ne sens en ces recueils que ce que mon père ressentait alors sans les connaître en fait. Son erreur n'était pas de dénigrer, sans faire de distinction, toute « poésie moderne », mais de refuser d'y détecter le long rayon vivifiant de son poète favori.

Je la rencontrai en juin 1916. Elle avait vingt-trois ans. Son mari, un de nos parents éloignés, était au front. Elle habitait une petite villa à l'intérieur des limites de notre domaine et elle nous rendait fréquemment visite. A cause d'elle j'oubliai presque les papillons et je négligeai complètement la révolution. Elle partit pour Novorossisk au cours de l'hiver 1917 – et ce n'est qu'à Berlin que j'appris accidentellement sa mort terrible. C'était une fragile petite chose, avec des cheveux châtains haut coiffés, un regard gai dans ses grands yeux noirs, des fossettes sur ses joues pâles et une bouche tendre qu'elle maquillait avec un flacon d'un fragrant liquide rouge rubis en passant le bouchon de verre sur ses lèvres. Il y avait dans chacun de ses gestes quelque chose que je trouvais adorable à en pleurer, quelque chose d'indéfinissable à l'époque, mais qui m'apparaît maintenant comme une sorte d'insouciance pathétique. Elle n'était pas intelligente, elle était banale et d'une assez pauvre éducation, en fait, exactement l'opposé de toi... non, non, je ne veux pas dire du tout que je l'aimais plus que toi, ou que ces rendez-vous étaient plus heureux que mes rencontres du soir avec toi... mais toutes ses imperfections étaient dissimulées dans une telle marée de fascination, de tendresse et de grâce, un tel enchantement jaillissait de ses paroles les plus fugaces, les plus irresponsables, que j'étais prêt à la regarder et à l'écouter pour l'éternité – mais que se passerait-il maintenant si elle ressuscitait – je ne le sais pas, tu ne devrais pas poser de questions idiotes. Le soir, je la reconduisais chez elle. Ces promenades me seront utiles un jour ou l'autre. Dans sa chambre à coucher, il y avait un petit tableau représentant la famille du Tsar, et une odeur tourguénievienne d'héliotrope. J'étais de retour bien après minuit (mon précepteur était heureusement retourné en Angleterre) et je n'oublierai jamais cette sensation de légèreté, d'orgueil, d'ivresse et de furieux appétit nocturne (j'avais particulièrement envie de lait caillé sucré et de pain noir) comme je marchais vers la maison obscure (seule la lumière de maman était allumée) le long de notre avenue qui frémissait fidèlement et même d'une manière caressante et que j'entendais les aboiements des chiens de garde. C'est à cette époque aussi que ma maladie versificatrice commença.

Il m'arrivait d'être assis lors du déjeuner, de ne rien voir, de remuer les lèvres – et je passais à mon voisin qui m'avait demandé le sucrier mon verre ou un rond de serviette. En dépit de mon désir inexpérimenté de transposer en vers le murmure d'amour qui me remplissait (comme je me souviens d'oncle Oleg disant que s'il publiait jamais un recueil de poèmes il l'appellerait certainement *Murmure cardiaque*), j'avais déjà monté ma propre forge verbale, toute pauvre et primitive qu'elle fût ; c'est ainsi qu'en choisissant des adjectifs, je me laissais aller aux délices faciles de la phrase consacrée, de l'accouplement traditionnel du genre « inoubliable » et « tendre » qui remplit si bien l'hémistiche et de toutes les formules mélodiques qui ont eu un effet tellement désastreux sur la poésie russe ainsi que sur la poésie française.

A mesure que je me lançais à leur poursuite, les rimes se fixaient en un système pratique un peu dans l'ordre d'un fichier. Elles étaient réparties en petites familles – bouquets et paysages de rimes. *Letoutchi* (volant) rassemblait immédiatement *toutchi* (nuages) sur les *kroutchi* (escarpements) du *jgoutcheï* (brûlant) désert et de *nieminoutcheï* (l'inévitable) destin. *Niébosklone* (le ciel) déposait la muse sur un *balkone* (balcon) et lui montrait un *klyone* (érable). *Tsviéty* (les fleurs) et *ty* (toi) convoquaient les *miétchty* (chimères) au sein des *tiémnoty* (ténèbres). *Sviétchi, pliétchi, vstriétchi* et *riétchi* (les bougies, les épaules, les rencontres et les discours) recréaient l'atmosphère d'ancien régime d'un bal au Congrès de Vienne ou lors de l'anniversaire du gouverneur de la ville. *Glaza* (les yeux) lançaient des éclats bleus en compagnie de *biriouza* (turquoise), *groza* (orage) et *striékoza* (libellule), et il valait mieux ne pas s'empêtrer dans cette série. *Diériévya* (les arbres) se trouvaient platement accouplés avec *kotchévya* (camps de nomades) comme il arrive dans ce jeu où l'on doit amasser des cartes avec des noms de villes, la Suède n'étant représentée que par deux cartes (mais une douzaine dans le cas de la France !). *Viéter* (le vent) n'avait pas de compagnon à l'exception d'un setter assez peu séduisant qui courait çà et là au loin, mais en passant au génitif on pouvait s'arranger pour que les mots se terminant en « metre » fassent leur numéro *(viétra-geometra).* Il y avait aussi certaines monstruosités favorites dont les rimes étaient représentées par des espaces blancs comme les timbres rares dans un album. C'est ainsi qu'il me fallut beaucoup de temps pour découvrir que l'on pouvait faire rimer *ametistovy* (d'améthyste) avec *perelistyvaï* (tourner les pages), avec *neistovy* (furieux), et avec le génitif d'un *pristav* (gardien de la paix) tout à fait déplacé. Bref, c'était une collection merveilleusement étiquetée que j'avais toujours à la portée de la main.

Je n'ai aucun doute que même alors, à l'époque de cette vilaine école paralysante (dont je ne me serais nullement soucié si j'eusse été un poète typique qui ne se laisse pas prendre aux blandices d'une prose harmonieuse), je connus néanmoins une véritable inspiration. L'agitation qui s'emparait de moi me couvrait rapidement d'un voile glacial, me crispait les jointures et me tirait les doigts d'un coup sec. Le vagabondage lunatique de ma pensée qui trouvait par des moyens inconnus la porte entre mille qui débouchait sur la nuit pleine de rumeurs du jardin, l'expansion et la contraction du cœur, un moment aussi vaste que le ciel étoilé et l'instant d'après aussi petit qu'une gouttelette de mercure, les bras ouverts d'une sorte d'étreinte intérieure, le tressaillement sacré du classicisme, les sourdes rumeurs et les larmes – tout cela était authentique. Mais à ce moment, dans une tentative précipitée et maladroite pour dissiper l'agitation, je me cramponnais aux premiers mots usés disponibles, à leurs raccords tout faits, de telle sorte qu'aussitôt que je m'étais embarqué dans ce que je croyais être la création, dans ce qui aurait dû être l'expression, la relation vivante entre mon excitation divine et mon monde humain, tout expirait en une fatale bourrasque de mots, tandis que je continuais à faire tourner des épithètes et à régler des rimes sans remarquer la fissure, la dégradation et la trahison – comme un homme qui raconte son rêve (comme tout rêve, infiniment libre et complexe, mais se figeant comme le sang au réveil) et qui l'arrondit sans que lui-même ou ses auditeurs s'en rendent compte, le nettoie et l'habille selon le goût d'une réalité banale, et s'il commence ainsi : « Je rêvais que j'étais assis dans ma chambre », il vulgarise monstrueusement les inventions du rêve en présupposant que la chambre avait été meublée exactement de la même façon que sa chambre dans la vie réelle.

Adieu à tout jamais : par un jour d'hiver, avec de gros flocons de neige qui tombaient depuis le matin, dans tous les sens, à la verticale, de biais, même de bas en haut. Ses gros snow-boots et son minuscule manchon. Elle emportait absolument tout avec elle – y compris le parc où ils se rencontraient l'été. Il ne restait à Fiodor que son inventaire rimé en plus de la serviette sous son bras, la serviette fatiguée d'un élève des classes supérieures qui n'était pas allé à l'école. Une étrange contrainte, le désir de dire quelque chose d'important, le silence, de vagues paroles insignifiantes. En un mot, l'amour répète lors de l'ultime séparation le thème musical de la timidité qui précède son premier aveu. Le contact réticulé de ses lèvres salées à travers le voile. A la gare, il y avait une vile cohue animale : c'était l'époque où l'on semait libéralement les graines noires et blanches de la fleur du bonheur, du soleil et de la liberté. Elle a poussé maintenant. La Russie est peuplée de tournesols. C'est de toutes les fleurs la plus grande, la plus stupide et celle qui a la figure la plus plate.

Poèmes : sur la séparation, sur la mort, sur le passé. Il est impossible de définir (mais il semble que cela se soit passé à l'étranger) la période exacte de mon changement d'attitude à l'égard de la poésie, lorsque j'en eus assez du laboratoire, de la classification des mots et de l'assemblage des rimes. Mais qu'il fut atrocement difficile de rompre, d'éparpiller et d'oublier tout ça : les mauvaises habitudes s'accrochaient fermement, les mots habitués à aller ensemble ne voulaient pas être séparés. En eux-mêmes ils n'étaient ni bons ni mauvais, mais leur combinaison en groupes, la garantie mutuelle des rimes, les rythmes luxuriants – tout ceci les rendait repoussants, hideux et morts. Le fait de se considérer médiocre était à peine mieux que de se croire un génie : Fiodor doutait de la première hypothèse et concédait la seconde, mais, ce qui est plus important, il s'efforçait de ne pas s'abandonner au désespoir infernal de la page blanche. Puisqu'il y avait des choses qu'il voulait exprimer tout aussi naturellement et librement que les poumons veulent se développer, il en résultait que des mots convenables pour la respiration devaient exister. Les lamentations, maintes fois répétées, des poètes qu'hélas il n'y a pas de mots disponibles, que les mots sont de pâles dépouilles, que les mots sont incapables d'exprimer nos sentiments quelconques (et pour le prouver on libère un torrent d'hexamètres trochaïques) lui semblaient tout aussi dénuées de sens que la conviction sérieuse du plus vieil habitant d'un hameau de montagne que cette montagne-là n'a jamais été escaladée par qui que ce soit et ne le sera jamais ; par un beau matin froid, apparaît un grand Anglais décharné – et il grimpe joyeusement jusqu'au sommet.

Le premier sentiment de libération remua en lui alors qu'il travaillait au petit volume *Poèmes* qui était publié depuis deux ans maintenant. Il était demeuré dans sa conscience comme un agréable exercice. Il est vrai qu'il avait honte à présent d'une ou deux de ses cinquante pièces de vers – par exemple celle sur la bicyclette, ou le dentiste – mais d'un autre côté, il y avait quelques morceaux vivants et authentiques : « La Balle perdue et retrouvée » par exemple était joliment réussi, et le rythme de ses deux derniers vers continuait à chanter dans son oreille avec la même force d'expression inspirée qu'auparavant. Il avait publié le livre à compte d'auteur (après avoir vendu un survivant accidentel de son ancienne richesse, un porte-cigarettes plat, en or, avec la date d'une lointaine nuit d'été gravée dessus – oh, ce grincement de sa barrière humide de rosée !) et de cinq cents exemplaires imprimés au total, il en restait encore quatre cent vingt-neuf, poussiéreux et non découpés, formant une mesa bien ordonnée dans l'entrepôt du distributeur. Dix-neuf avaient été offerts à diverses personnes, et il en avait gardé un pour lui-même. Il lui arrivait de s'interroger sur l'identité exacte des cinquante et une personnes qui avaient acheté son livre. Il imaginait une chambrée de ces gens (comme une assemblée d'actionnaires – « lecteurs de Godounov-Tcherdyntsev ») et ils étaient tous semblables, avec des yeux rêveurs et un petit volume blanc dans leurs mains affectueuses. Il apprit avec certitude le sort d'un seul exemplaire : il avait été acheté deux ans plus tôt par Zina Mertz.

Il demeura étendu et fuma, et composa doucement, faisant ses délices de la chaleur matricielle du lit, du calme de l'appartement et du flot paresseux du temps : Marianna Nikolavna ne reviendrait pas avant un moment et le déjeuner ne serait pas prêt avant treize heures quinze. Au cours des trois derniers mois, la chambre avait été complètement domestiquée et son mouvement dans l'espace coïncidait exactement avec celui de sa vie maintenant. Le bruit d'un marteau, le sifflement d'une pompe, le ronflement d'un moteur qu'on essayait, des éclats allemands de voix allemandes – tout ce monotone complexe de bruits qui parvenaient tous les matins du côté gauche de la cour, où se trouvaient des garages et des ateliers de réparation, lui était devenu familier et inoffensif – un motif à peine remarquable dans le calme, et non pas une violation de ce calme. Il pouvait toucher la petite table près de la fenêtre avec son orteil s'il le tendait de dessous la couverture militaire, et s'il étirait le bras de côté il pouvait atteindre l'armoire contre le mur de gauche (qui, à propos, s'ouvrait parfois subitement sans raison, avec l'air officieux d'un idiot d'acteur qui a fait son entrée en scène au mauvais moment). Il y avait sur la table la photographie de Léchino, une bouteille d'encre, une lampe sous un verre dépoli et une soucoupe avec des traces de confiture ; des revues y traînaient, la *Krasnaya Nov* soviétique et la revue d'émigrés *Sovremennye Zapiski*, et un petit recueil de poèmes par Kontchéiev, *Communication*, qui venait juste de paraître. Jetés en vrac sur le tapis près de son lit, le journal de la veille et une édition d'émigrés des *Ames mortes*. Il ne voyait rien de tout ça pour l'instant, mais tout était là : une petite société d'objets entraînés à devenir invisibles et trouvant en ceci leur fin qu'ils ne pouvaient accomplir qu'à travers la constance de leur diversité. Son euphorie était pleine de ramifications – une buée palpitante qui se mettait subitement à parler avec une voix humaine. Rien au monde ne pourrait surpasser ces moments. N'aime que l'irréel et le rare ; l'extase de l'abstrait ; ne chéris que ce qui est à part ; ce qui blesse le sot, ce que la foule écrase, et comme à ton pays, sois fidèle à ton art. Voici notre heure. Seul dans la nature, l'aveugle avec son chien reste encore à veiller. La nuit est douce. Au loin, la dernière voiture emmène à tout jamais le dernier usurier. Un banc, un réverbère, un rayon qui traverse la feuille d'un tilleul au cœur vert de la nuit. Cette grille là-bas, c'est l'ombre de la Perse, et c'est sur Poulkovo que cette étoile luit. Jure-moi, jure-moi...

La sonnerie discordante du téléphone parvint du vestibule. D'un accord tacite, Fiodor répondait lorsque les autres étaient absents. Et si je ne me levais pas maintenant ? La sonnerie retentissait de plus belle avec de brèves pauses pour reprendre son souffle. Elle ne voulait pas mourir ; il allait falloir la tuer. Incapable de résister, Fiodor gagna le vestibule à une vitesse spectrale avec un juron. Une voix russe demanda d'un ton irascible qui était à l'appareil. Fiodor la reconnut à l'instant : c'était un inconnu – par un caprice du hasard, un compatriote – qui, déjà la veille, avait obtenu le mauvais numéro, et encore une fois maintenant, à cause de la similarité des numéros, s'était maladroitement introduit sur la mauvaise ligne. « Pour l'amour de Dieu, fichez-moi la paix », dit Fiodor, et il raccrocha avec une précipitation indignée. Il fit un saut à la salle de bains, but une tasse de café froid dans la cuisine et revint se jeter au lit. Qu'est-ce, demi-chimère ou demi-Mnémosyne, que je vois dans ton nom aux reflets satinés ? Demi-spectre étrange avec qui je chemine dans la nuit, parcourant les rues de Berlin. Voici le banc. Tu es en pleurs. Ton corps frissonne. Tu t'animes pourtant sous l'arbre merveilleux. Et je vois ton regard que cette terre étonne, et le rayonnement pâle de tes cheveux. Je crois que ton baiser vaut une métaphore. Vois donc ce qu'aujourd'hui pour toi j'ai préparé ; la neige brûlante du Tibet, ou bien encore : près d'une source chaude, un pétale engivré. Tout notre pauvre bien, ce banc, ce tilleul tendre, ce réverbère et cet asphalte tacheté, misons sur l'as du rêve afin de pouvoir prendre à la nuit de Berlin un monde de beauté. Qu'est-ce ? Un store éclairé ? Non ! Reflet sur la tente d'un feu de camp. Nuage ? Oui ! mais cachant Nagar. Jure-moi que toujours, jusqu'à l'ultime pente, tu resteras fidèle aux inventions de l'art.

Tac. A midi une clé becqueta la serrure (nous nous branchons maintenant sur la prose rythmée de Biély), et la serrure réagit en claquant : c'était

Marianna (tac) Nikolavna de retour du marché ; d'un pas lourd et avec un infect bruissement de son mackintosh, elle porta un filet de trente livres (au moins) de provisions au-delà de la porte de Fiodor et jusque dans la cuisine. Muse de la prose rythmée russe ! Dis à tout jamais adieu aux dactyles fleurant le chou de l'auteur de *Moscou*. Tout sentiment de confort avait disparu à présent. Il ne restait rien des amples proportions du matin. Le lit s'était changé en parodie de lit. Il y avait un reproche désagréable dans les bruits du déjeuner que l'on préparait à la cuisine, et la perspective de se laver et de se raser semblait aussi plate et impossible que la perspective des primitifs italiens. Et il faudra que tu te sépares de ceci un jour aussi.

Midi quinze, midi vingt, trente... Il se permit une dernière cigarette dans la chaleur tenace quoique déjà ennuyeuse du lit. L'anachronisme de son oreiller devint de plus en plus évident. Il se leva sans terminer sa cigarette et il passa immédiatement d'un monde aux multiples dimensions intéressantes à un monde exigu et exigeant, avec une pression différente qui fit instantanément que son corps se fatigua et qu'il eut mal à la tête ; dans un monde d'eau froide : l'eau chaude ne fonctionnait pas aujourd'hui.

Un cafard, une gueule de bois poétique, le « triste animal »... La veille il avait oublié de rincer son rasoir de sûreté, il y avait de la mousse durcie entre ses dents, la lame s'était rouillée – et il n'en avait pas d'autre. Un pâle autoportrait se détachait du miroir avec les yeux sérieux de tous les autoportraits. Sur un endroit sensible de son menton, parmi les poils qui avaient poussé durant la nuit (combien de mètres en couperai-je dans ma vie ?), était apparu un bouton à tête jaune qui devint instantanément le centre de la vie de Fiodor, un point de ralliement pour tous les sentiments désagréables qui convergeaient maintenant des différentes parties de son être. Il le pressa – bien qu'il sût que le bouton enflerait plus tard et deviendrait trois fois plus gros. Comme tout ceci était affreux. Le petit œil rouge transperça le savon à barbe froid : *L'œil regardait Caïn.* Pendant ce temps, la lame n'avait aucun effet sur les poils, et le toucher des poils raides produisit une sensation de désespoir infernal quand il les vérifia avec ses doigts. Des gouttes de rosée de sang apparurent dans la vicinité de sa pomme d'Adam, mais les poils y étaient toujours. La steppe du Désespoir. Pour combler le tout, la salle de bains était plutôt sombre et même s'il avait allumé, le jaune d'immortelle de l'électricité diurne n'aurait été d'aucun secours. Achevant de se raser n'importe comment, il grimpa dans la baignoire avec dégoût et gémit sous l'impact glacial de la douche ; puis il se trompa de serviette et pensa piteusement qu'il traînerait toute la journée l'odeur de Marianna Nikolavna. La peau du visage lui cuisait, écorchée d'une façon révoltante, avec une petite braise particulièrement ardente sur le menton. Soudain, la poignée de la porte de la salle de bains fut vigoureusement secouée (c'était Chtchegolev qui était de retour). Fiodor Konstantinovitch attendit que les bruits de pas s'éloignent, et puis il bondit dans sa chambre.

Quelques instants plus tard, il pénétra dans la salle à manger. Marianna Nikolavna servait le potage. Il baisa sa main rude. Sa fille qui revenait tout juste du travail arriva à table d'un pas lent, épuisée et apparemment hébétée par son bureau ; elle s'assit avec une langueur pleine de grâce – une cigarette entre ses longs doigts, de la poudre sur les cils, un cardigan en soie turquoise, des cheveux blonds coupés court et repoussés vers l'arrière à partir de la tempe, maussaderie, silence, cendre. Chtchegolev avala d'un trait un petit verre de vodka, rentra sa serviette de table dans son col et commença à ingurgiter son potage, regardant par-dessus sa cuiller sa belle-fille d'un air affable mais circonspect. Elle mélangeait lentement un point d'exclamation blanc de crème sure dans son bortsch, mais ensuite, haussant les épaules, elle écarta son assiette. Marianna Nikolavna, qui l'avait regardée d'un air sombre pendant tout ce temps, jeta sa serviette sur la table et quitta la salle à manger.

« Allons, mange, Aïda », dit Chtchegolev, agitant ses lèvres humides. Sans un mot de réponse, comme s'il n'était pas là – seules les narines de son nez étroit frémirent – elle se tourna sur sa chaise, tordit avec aisance et naturel son long corps, attrapa un cendrier sur le buffet derrière elle, le plaça près de son assiette et y fit tomber un peu de cendre. Marianna Nikolavna revint de la cuisine avec un air blessé qui assombrissait son ample visage grossièrement maquillé. La fille posa son coude gauche sur la table, et s'y appuyant légèrement elle entama lentement son potage.

« Alors, Fiodor Konstantinovitch », commença par dire Chtchegolev, ayant rassasié sa faim initiale, « il semble que les choses soient sur le point d'aboutir ! Une rupture complète avec l'Angleterre, et Kintchouk battu à plate couture ! Vous savez, ça commence déjà à devenir sérieux. Vous vous souvenez, seulement l'autre jour je disais que le coup de feu de Koverda était le premier signal ! La guerre ! Il faut être très très naïf pour nier qu'elle soit inévitable. Jugez par vous-même, en Extrême-Orient le Japon ne peut supporter... »

Et Chtchegolev se lança dans une discussion politique. Comme beaucoup de moulins à paroles non rémunérés, il croyait pouvoir combiner les rapports de moulins à paroles rémunérés qu'il lisait dans les journaux en un plan bien ordonné, à la suite de quoi un esprit logique et sobre (dans ce cas son esprit) pouvait sans effort expliquer et prévoir une multitude d'événements mondiaux. Les noms de pays et ceux de leurs principaux représentants devenaient dans ses mains quelque chose dans le genre d'étiquettes pour des récipients plus ou moins pleins mais essentiellement identiques dont il versait les contenus d'un côté et de l'autre. La France CRAIGNAIT telle ou telle chose et en conséquence ne PERMETTRAIT jamais. L'Angleterre avait quelque chose EN VUE. Tel homme d'État RÉCLAMAIT un rapprochement, tandis que celui-ci voulait augmenter son PRESTIGE. Quelqu'un COMPLOTAIT et quelqu'un s'EFFORÇAIT d'atteindre quelque chose. Bref, le monde que Chtchegolev créait apparaissait comme un attroupement de brutes abstraites, sans intelligence, sans humour, sans visages, et plus il trouvait de cervelle, de ruse et de circonspection dans leurs activités mutuelles, plus son monde devenait stupide, vulgaire et simple. Ça devenait assez impressionnant quand il rencontrait un autre amateur semblable de pronostics politiques. Par exemple, il y avait un certain colonel Kassatkine qui venait de temps à autre dîner, et alors l'Angleterre de Chtchegolev n'entrait pas en conflit avec un autre pays de Chtchegolev mais avec l'Angleterre de Kassatkine, également inexistante, de telle sorte qu'en un certain sens les guerres internationales se changeaient en guerres civiles, bien que les belligérants existassent à des niveaux différents qui ne pouvaient jamais entrer en contact les uns avec les autres. A présent, tout en écoutant son propriétaire, Fiodor était étonné de l'air de famille entre les pays mentionnés par Chtchegolev et les diverses parties du propre corps de Chtchegolev : c'est ainsi que la « France » correspondait à ses sourcils froncés en guise d'avertissement ; les pays « limitrophes » aux poils de ses narines, le « corridor polonais » descendait le long de son œsophage ; « Dantzig » était le claquement de ses dents et la Russie était le derrière de Chtchegolev.

Il parla durant les deux plats suivants (goulasch, kissel) et après ça, se curant les dents avec un bout d'allumette, il alla faire un somme. Marianna Nikolavna s'occupa de la vaisselle avant d'aller en faire autant. Sa fille retourna à son bureau – sans avoir prononcé un seul mot.

Fiodor avait à peine eu le temps de faire disparaître les couvertures et les draps du canapé avant que n'arrive un élève, le fils d'un dentiste émigré, un pâle et gros jeune homme aux lunettes à monture d'écaille, un stylo dans la poche à mouchoir de sa veste. Comme il étudiait dans un lycée berlinois, le pauvre garçon était tellement imbibé de l'habitus local que même en anglais, il faisait les mêmes fautes indéracinables qu'aurait faites n'importe quel Allemand à tête de quille. Par exemple, aucune force sur cette terre n'eût pu l'empêcher d'employer le passé composé au lieu du passé simple, et ceci nimbait d'un genre de permanence idiote chacune de ses activités accidentelles du jour précédent. Il traitait avec un entêtement semblable le mot anglais *also* (aussi) comme l'allemand *also* (ainsi), et en triomphant de l'épineuse terminaison du mot *clothes*, il ajoutait immanquablement une syllabe sifflante superflue *(clothes-zes)*, comme s'il dérapait après avoir franchi un obstacle. En même temps, il s'exprimait assez librement en anglais et il ne cherchait l'aide d'un répétiteur que parce qu'il voulait obtenir la note la plus élevée à l'examen final. Il était content de lui-même, discursif, obtus et d'une ignorance typiquement allemande ; i. e., il traitait avec scepticisme tout ce qu'il ne connaissait pas. Fermement convaincu que l'aspect humoristique des choses avait trouvé depuis longtemps la place qui lui convenait (la dernière page d'un hebdomadaire illustré berlinois), il ne riait jamais, ou se bornait à un ricanement condescendant. La seule chose qui parvenait à l'amuser était une histoire ayant trait à quelque opération financière ingénieuse. Sa philosophie de la vie tout entière avait été réduite à la proposition la plus simple : le pauvre est malheureux, le riche est heureux. Ce bonheur légalisé était gaiement rassemblé avec accompagnement de musique de danse de première qualité, parmi divers articles de luxe technique. Pour la leçon, il essayait toujours d'arriver un peu avant l'heure, et il essayait de partir un peu après.

Se précipitant vers son épreuve suivante, Fiodor partit avec lui, et ce dernier, l'accompagnant jusqu'au coin, fit de son mieux pour récolter gratuitement quelques expressions anglaises de plus, mais Fiodor, avec une gaieté sèche, passa au russe. Ils se séparèrent au carrefour. C'était un carrefour pauvre et venteux, pas encore promu au rang de square bien qu'il y eût une église, et un jardin public, et une pharmacie au coin, et un lavatory entouré de thuyas, et même un refuge triangulaire avec un kiosque où les conducteurs de tramway se gavaient de lait. Une multitude de rues divergeaient dans toutes les directions, bondissant de derrière les coins et longeant les endroits de prière et de rafraîchissement précités, faisant de l'ensemble une de ces petites gravures schématiques où sont représentés tous les éléments de la ville pour l'édification des conducteurs débutants, toutes les possibilités d'entrer en collision les uns avec les autres. A droite, on voyait les portes d'un dépôt de tramways avec trois beaux bouleaux qui se détachaient contre l'arrière-plan de béton, et disons que si un conducteur distrait avait oublié de faire une pause près du kiosque, trois mètres avant l'arrêt légal (une femme avec des paquets faisant immanquablement un tas d'histoires pour descendre tout en étant retenue par tout le monde) pour aiguiller son véhicule avec le bout de sa perche (hélas, une telle distraction n'arrivait presque jamais), le tramway aurait solennellement bifurqué sous le dôme de verre où il passait la nuit et où on l'entretenait. L'église qui s'élevait à gauche était encerclée d'une basse ceinture de lierre ; dans le parterre qui l'entourait poussaient plusieurs sombres buissons de rhododendrons avec des fleurs violacées, et le soir on voyait habituellement à cet endroit un homme mystérieux avec une mystérieuse lanterne cherchant des vers de terre sur le gazon – pour ses oiseaux ? pour aller à la pêche ? En face de l'église, de l'autre côté de la rue, sous l'auréole d'une arroseuse rotative qui valsait sur place, un fantôme d'arc-en-ciel entre ses bras humides de rosée, se trouvait la pelouse oblongue et verte du petit jardin public, bordée de jeunes arbres des deux côtés (parmi lesquels il y avait un sapin argenté) et d'un trottoir en forme de π ; dans le coin le plus ombragé, il y avait un carré de sable pour les enfants ; mais *nous* ne touchons ce genre de riche sable que lorsque nous enterrons une connaissance. Derrière le jardin, il y avait un terrain de football abandonné, le long duquel Fiodor marchait en direction de la Kurfürstendamm. Le vert des tilleuls, le noir de l'asphalte, les pneus de camion appuyés contre la clôture en fer près de la boutique d'accessoires d'automobile, la radieuse jeune épouse sur un panneau-réclame exhibant une tablette de margarine, le bleu de l'enseigne de la taverne, le gris des façades de maisons qui devenaient de plus en plus vieilles à mesure qu'elles se rapprochaient de l'avenue – tout ceci fila devant lui pour la centième fois. Comme toujours, lorsqu'il était à quelques pas de la Kurfürstendamm, il vit son bus traverser la perspective devant lui : l'arrêt était immédiatement après le coin, mais Fiodor n'y arriva pas à temps et fut obligé d'attendre le suivant. Au-dessus de l'entrée d'un cinéma, un géant noir découpé dans du carton avait été érigé, les pieds tournés en dehors, l'éclaboussure d'une moustache sur son visage blanc surmonté d'un melon et une canne recourbée dans la main. Des hommes d'affaires étaient vautrés en des poses identiques dans des fauteuils en osier à la terrasse d'un café voisin, leurs mains identiquement en forme de pignons devant eux, tous très semblables les uns aux autres pour ce qui est du mufle et de la cravate, mais probablement très variés quant à l'étendue de leur solvabilité ; et contre le trottoir se trouvait une petite voiture avec une aile sérieusement endommagée, des vitres cassées et un mouchoir taché de sang sur le marchepied ; une demi-douzaine de personnes s'attardaient encore, observant la voiture bouche bée. Tout était tacheté de soleil ; un petit vieillard avec une petite barbiche teinte et portant des guêtres en tissu était assis sur un banc vert et prenait le soleil, le dos tourné à la circulation, tandis qu'en face de lui, de l'autre côté du trottoir, une mendiante d'un certain âge au visage rose, et dont les jambes étaient coupées au bassin, était posée comme un buste au pied d'un mur et vendait de paradoxaux lacets de souliers. On pouvait voir entre les maisons un terrain vague, et quelque chose y fleurissait modestement et mystérieusement ; derrière ce terrain se dressaient sans interruption les dos noirs des maisons qui semblaient s'être retournés pour partir, avec d'étranges et séduisants dessins blanchâtres apparemment complètement autonomes, n'évoquant pas tout à fait les canaux de Mars et pas tout à fait quelque chose de distant et d'à moitié oublié comme une expression accidentelle dans un conte de fées qu'on a entendu une fois, ou comme un vieux décor pour une pièce inconnue.

Une paire de charmantes jambes de soie descendit l'escalier en spirale de l'autobus qui s'arrêta : bien sûr nous savons que ceci a été usé jusqu'à la corde par les efforts de mille écrivains mâles, mais néanmoins elles descendirent ces jambes – et elles déçurent : le visage était révoltant. Fiodor monta, et le receveur, sur l'impériale ouverte, frappa de la paume la paroi métallique pour dire au conducteur qu'il pouvait se remettre en route. De molles ramilles d'érables vinrent froufrouter le long de cette paroi et sur la réclame pour dentifrice fixée dessus, – et il aurait été agréable de regarder d'en haut la rue qui passait, ennoblie par la perspective, n'eût-ce été de l'éternelle pensée glaciale : le voilà, une variante spéciale d'homme rare, encore indécrite et innommée, et il est occupé à Dieu sait quoi, se précipitant d'une leçon à l'autre, gaspillant sa jeunesse à une tâche ennuyeuse et vide, à l'enseignement médiocre de langues étrangères – alors qu'il a sa propre langue dont il peut faire tout ce qui lui plaît – un moucheron, un mammouth, mille nuages différents. Ce qu'il aurait vraiment dû enseigner, c'était cette chose mystérieuse et raffinée que lui seul – parmi dix mille, cent mille, peut-être même un million d'hommes – savait enseigner : par exemple, comment penser à de multiples niveaux : vous regardez une personne et vous la voyez aussi clairement que si elle était faite de verre et que si vous étiez le souffleur, tandis qu'en même temps, sans empiéter le moins du monde sur cette clarté, vous remarquez parallèlement quelque vétille – telle que la ressemblance entre l'ombre du récepteur téléphonique et une immense fourmi légèrement écrasée, et (tout ceci simultanément) la convergence est rejointe par une troisième pensée – le souvenir d'une soirée ensoleillée dans une petite gare de chemin de fer russe ; i. e., images n'ayant aucun rapport rationnel avec la conversation que vous poursuivez tandis que votre esprit vagabonde à l'extérieur de vos propres paroles et à l'intérieur de celles de votre interlocuteur. Ou bien : une pitié aiguë – pour la boîte en fer-blanc dans un terrain vague, pour la prime du paquet de cigarettes de la série *Costumes nationaux* piétinée dans la boue, pour le pauvre mot perdu répété par la faible créature aimante et bienveillante qui vient juste d'être réprimandée sans raison, pour tous les déchets de la vie qui, au moyen d'une distillation alchimique momentanée – « l'expérience royale » – sont changés en quelque chose de précieux et d'éternel. Ou alors : le sentiment constant que nos jours ici ne sont que de l'argent de poche, de la petite monnaie cliquetant dans l'obscurité, et que la véritable richesse est entreposée quelque part, richesse dont la vie devrait tirer des dividendes sous forme de rêves, de larmes de bonheurs, de lointaines montagnes. Tout ceci et beaucoup plus (à commencer par le très rare et douloureux « sens du ciel étoilé » qui n'est mentionné il semble que dans un seul traité *(Les Voyages de l'esprit de Parker)* et jusqu'aux subtilités professionnelles dans la sphère de la littérature sérieuse), il aurait pu l'enseigner, et l'enseigner très bien, à quiconque le désirait, mais personne ne le désirait – et nul ne le pouvait, mais c'était dommage, il aurait demandé cent marks l'heure tout comme certains professeurs de musique. Et en même temps, il trouvait amusant de se réfuter lui-même : tout ceci était absurde, les ombres de l'absurdité, des rêves présomptueux. Je ne suis qu'un pauvre jeune Russe qui vend le surplus d'une éducation de fils de bonne famille, tout en griffonnant des vers à ses moments perdus, voilà la totalité de ma petite immortalité. Mais même cette nuance de pensée à multiples facettes, ce jeu de l'esprit avec sa propre substance n'avait pas d'élèves en perspective.

L'autobus continuait de rouler – et il arriva bientôt à sa destination – la demeure d'une jeune femme seule et solitaire, très séduisante en dépit de ses taches de rousseur, portant toujours une robe noire décolletée, et ses lèvres étaient comme la cire à cacheter d'une enveloppe dans laquelle il n'y avait rien. Elle regardait continuellement Fiodor avec une curiosité pensive, ne se contentant pas de ne s'intéresser nullement au remarquable roman de Stevenson qu'il lisait avec elle depuis trois mois (et ils avaient lu Kipling au même rythme auparavant), mais ne comprenant pas une seule phrase, et prenant note de mots comme on note l'adresse de quelqu'un à qui nous savons que nous ne rendrons jamais visite. Même maintenant – ou plus exactement, précisément maintenant et avec une agitation plus grande qu'avant – Fiodor (quoique amoureux d'une autre femme qui était d'une intelligence et d'un charme incomparables) se demandait ce qui se passerait s'il plaçait sa paume sur cette petite main aux ongles pointus, légèrement tremblante et reposant tout près, d'une manière si engageante – et parce qu'il savait ce qui se passerait alors, son cœur commença soudainement à battre, à se rompre et ses lèvres devinrent immédiatement sèches ; à ce moment cependant, il fut involontairement dégrisé par une certaine intonation, son petit rire, l'odeur d'un certain parfum qu'utilisaient, on ne sait trop pourquoi, les femmes mêmes qui l'aimaient, bien que cette odeur un peu lourde et d'un brun douceâtre lui fût insupportable. C'était une femme rusée et sans mérite, à l'âme inerte ; mais même alors, quand la leçon fut terminée et qu'il se retrouva dans la rue, il fut envahi par un vague sentiment de contrariété ; il pouvait imaginer beaucoup mieux qu'il n'avait pu le faire en sa présence, la gaieté et la complaisance avec lesquelles son petit corps compact aurait probablement répondu à tout, et il vit avec une douloureuse clarté dans un miroir imaginaire sa main sur le dos de la jeune femme et la douce tête aux reflets cuivrés qu'elle rejetait en arrière, puis le miroir se vida significativement et il éprouva la plus triviale de toutes les sensations sur terre : la déchirure d'une occasion ratée.

Non, il n'en était pas ainsi – il n'avait rien manqué. La seule joie de ces étreintes irréalisables était leur facilité d'évocation. Durant les dix dernières années d'une jeunesse solitaire et contenue, vivant sur une falaise où il y avait toujours un peu de neige et d'où la descente était longue jusqu'à la petite ville de brasserie au pied de la montagne, il s'était habitué à la pensée qu'entre la déception d'un amour facile et la douceur de sa tentation il y avait un vide, un trou dans la vie, une absence de toute action réelle de sa part, de telle sorte que lorsqu'il lui arrivait de regarder une jeune passante, il imaginait à la fois la prodigieuse possibilité de bonheur et la répugnance due à son inévitable imperfection – chargeant cet instant même d'une image romantique, mais en diminuant le triptyque par le panneau central. Il savait par conséquent que leur lecture de Stevenson ne serait jamais interrompue par une pause dantesque, il savait que si une telle halte devait se produire, il ne ressentirait rien d'autre qu'un frisson dévastateur parce que les exigences de l'imagination étaient impossibles à remplir, et parce que le vide d'un regard, pardonné par égard pour de beaux yeux humides, correspondait inévitablement à un défaut jusqu'alors dissimulé – l'expression insipide de seins impardonnables. Mais il lui arrivait d'envier la vie amoureuse simple des autres hommes et la façon qu'ils avaient probablement de siffloter en enlevant leurs chaussures.

Traversant la place Wittenberg où, comme dans un film en couleurs, des roses frémissaient sous la brise autour d'un antique escalier qui descendait dans une station de métro, il se dirigea vers la Librairie russe : entre ses leçons, il y avait un intervalle de temps libre. Comme cela était inévitable chaque fois qu'il arrivait à cette rue (commençant sous les auspices d'un magasin immense offrant toutes les formes du mauvais goût local et se terminant après plusieurs carrefours dans un calme de bourgade, avec des ombres de peupliers sur l'asphalte tout marqué à la craie par les joueuses de marelle), il rencontra un écrivain de Saint-Pétersbourg d'un certain âge, morbidement aigri, qui portait un pardessus l'été pour cacher l'état élimé de son complet, un homme affreusement décharné avec des yeux en boule de loto d'un brun profond, des rides d'un dégoût blasé autour de sa bouche simiesque, et un grand poil courbé qui croissait dans un pore sur son ample nez – un détail qui fascinait Fiodor Konstantinovitch beaucoup plus que la conversation de cet habile intrigant qui s'embarquait, dès qu'il rencontrait quelqu'un, dans une histoire qui ressemblait à une fable, une longue anecdote d'antan tirée par les cheveux et qui se trouvait n'être que le prélude à quelque racontar amusant au sujet d'une connaissance mutuelle. Fiodor s'était à peine débarrassé de lui lorsqu'il aperçut deux autres écrivains, un Moscovite aimablement lugubre dont la démarche et l'aspect étaient quelque peu réminiscents du Napoléon de la période insulaire, et un poète satirique appartenant au journal d'émigrés russes de Berlin, frêle petit homme à l'esprit bienveillant et à la voix rauque et calme. Ces deux-là, comme leur prédécesseur, faisaient invariablement leur apparition dans cette région fertile en rencontres, qu'ils utilisaient pour flâner, de telle sorte que tout se passait comme si le fantôme vagabond d'un boulevard russe avait empiété sur cette rue allemande, ou comme si, au contraire, une rue en Russie, avec plusieurs indigènes qui prenaient l'air, fourmillait des pâles fantômes d'innombrables étrangers qui papillonnaient parmi ces indigènes comme une hallucination familière et à peine remarquable. Ils parlèrent de l'écrivain qu'ils venaient de rencontrer, et Fiodor mit les voiles. Après avoir fait quelques pas, il aperçut Kontchéiev qui lisait en se baladant un article en bas de page du journal d'émigrés russes de Paris, avec un merveilleux sourire angélique sur son visage rond. L'ingénieur Kern sortit d'un magasin d'alimentation russe, fourrant avec précaution un petit paquet dans la serviette pressée contre sa poitrine, et dans une rue transversale (comme la confluence des gens dans un rêve ou dans le dernier chapitre de *Fumée* de Tourguéniev), il entrevit Marianna Nikolavna Chtchegolev avec une grosse dame moustachue qui était peut-être Mme Abramov. Immédiatement après ça, Alexandre Iakovlévitch Tchernychevski traversa la rue – non, erreur – un étranger qui ne lui ressemblait même pas tellement.

Fiodor Konstantinovitch atteignit la librairie. Dans la vitrine, parmi les zigzags, les dents et les chiffres des couvertures de livres soviétiques (c'était l'époque où la mode là-bas était d'avoir des titres comme *Troisième Amour, Le Sixième Sens* et *Point Dix-Sept*), il pouvait voir nombre de nouvelles publications d'émigrés : un nouveau roman corpulent par le général Xatchourine, *La Princesse rouge, Communication* de Kontchéiev, les livres brochés d'un blanc pur de deux vénérables romanciers, une anthologie de poésie récitable publiée à Riga, le minuscule volume, grand comme la paume de la main, d'une jeune poétesse, un manuel *Ce qu'un automobiliste devrait savoir*, et le dernier ouvrage du Dr Outine *Les Fondements d'un mariage heureux*. Il y avait aussi plusieurs vieilles eaux-fortes de Saint-Pétersbourg, dans l'une desquelles une transposition comme dans un miroir avait placé la colonne rostrale du mauvais côté des immeubles voisins.

Le propriétaire de la boutique n'était pas là : il

était allé chez le dentiste et il était remplacé par une jeune femme plutôt accessoire qui lisait une traduction russe du *Tunnel* de Kellerman dans une posture assez inconfortable dans le coin. Fiodor Konstantinovitch s'approcha de la table où les périodiques d'émigrés russes étaient étalés. Il déplia le numéro littéraire du journal russe *Nouvelles* de Paris et il vit avec un frisson d'excitation subite que le feuilleton de Christophe Mortus était consacré à *Communication.* « Oh, s'il le descendait ! » eut le temps de penser Fiodor avec un espoir fou, entendant déjà, cependant, dans ses oreilles, non pas la mélodie du dénigrement, mais le grondement impétueux d'un éloge assourdissant. Il se mit avidement à lire.

« Je ne me rappelle plus qui a dit, il se peut que ce soit Rozanov », commençait Mortus à la dérobée ; donnant d'abord cette fausse citation et ensuite une pensée exprimée par quelqu'un dans un café parisien à la suite de la lecture d'un certain auteur, il commença à rétrécir ces cercles artificiels autour du *Communication* de Kontchéiev ; mais même ainsi, il ne toucha pas le centre jusqu'à la fin ; y dirigeant seulement de temps à autre un geste mesmérien à partir de la circonférence, il se remettait à graviter. Le résultat faisait penser à ces spirales noires sur des cercles de carton qui tournent éternellement dans les vitrines des glaciers berlinois en un effort désespéré pour se changer en mouches de cibles.

C'était un éreintement venimeusement dédaigneux sans une seule remarque juste, sans une seule citation – et ce n'étaient pas tellement les mots du critique que son attitude tout entière qui faisaient un pâle et douteux fantôme d'un livre que Mortus ne pouvait manquer d'avoir lu avec plaisir et dont il évitait de faire la moindre citation afin de ne pas se nuire par la disparité entre ce qu'il écrivait et ce sur quoi il écrivait ; l'article tout entier semblait être la séance d'évocation d'un esprit dont on annonçait à l'avance qu'il serait, sinon une supercherie, du moins une illusion des sens. « Ces poèmes », disait Mortus en terminant, « font naître chez le lecteur une répulsion indéfinie mais insurmontable. Les gens qui ont une attitude amicale à l'égard du talent de Kontchéiev les trouveront probablement ravissants. Nous ne nous querellerons pas – peut-être en est-il vraiment ainsi. Mais en nos temps difficiles avec leurs nouvelles responsabilités, quand l'air même est imprégné d'une subtile angoisse morale (dont la conscience est l'infaillible marque de l'authenticité chez un poète contemporain), d'abstraits petits poèmes mélodieux sur des visions de rêve sont incapables de séduire qui que ce soit. Et en vérité c'est avec une sorte de joyeux soulagement qu'on passe de ces derniers à n'importe quelle sorte de "document humain", à ce qu'on peut lire "entre les mots" chez certains écrivains soviétiques (même sans talent je vous l'accorde), à une confession sans art et douloureuse, à une lettre personnelle dictée par l'émotion et le désespoir. »

Tout d'abord, cet article causa un vif plaisir, presque physique, à Fiodor Konstantinovitch, mais ce plaisir fut immédiatement dissipé et remplacé par une étrange sensation, comme s'il avait trempé dans une affaire louche et sinistre. Il se souvint du sourire de Kontchéiev quelques instants plus tôt – à la lecture de ces lignes mêmes, bien sûr – et il lui vint à l'esprit qu'un sourire semblable pourrait s'appliquer à lui, Godounov-Tcherdyntsev, que l'envie avait fait se liguer avec le critique. Il se souvint à ce moment que Kontchéiev lui-même avait plus d'une fois dans ses articles critiques – de très haut et en fait avec aussi peu de scrupules – piqué Mortus (qui était, à propos, dans la vie privée, une femme d'âge moyen, mère de famille, qui avait publié d'excellents poèmes durant sa jeunesse dans la revue *Apollon* de Saint-Pétersbourg et qui vivait aujourd'hui modestement à deux pas de la tombe de Marie Bachkirtsev, souffrant d'une incurable maladie des yeux, ce qui revêtait chacune de ses lignes d'une sorte de valeur tragique). Et quand Fiodor se rendit compte de l'hostilité infiniment flatteuse de cet article, il se sentit déçu que nul n'écrivît de cette façon sur *lui*.

Il feuilleta aussi un petit hebdomadaire illustré publié par des Russes émigrés de Varsovie et il trouva un article sur le même sujet, mais d'une veine complètement différente. C'était une critique-bouffe. Le Valentin Linev local qui déversait habituellement d'un numéro à l'autre ses impressions littéraires, informes, irréfléchies, et pas tout à fait grammaticales, était célèbre non seulement pour son impuissance à comprendre le livre qu'il critiquait mais aussi pour ne pas l'avoir lu jusqu'à la fin. Utilisant cavalièrement l'auteur comme un tremplin, entraîné par ses propres paraphrases, extrayant des phrases isolées pour appuyer ses conclusions erronées, comprenant de travers les premières pages et poursuivant par la suite une fausse piste, il se frayait un chemin jusqu'à l'avant-dernier chapitre dans l'état bienheureux d'un passager qui ne sait pas encore (et, dans son cas, qui ne le découvrirait jamais) qu'il a pris le mauvais train. Il lui arrivait invariablement, après avoir parcouru aveuglément un long roman ou une nouvelle (la dimension ne jouait aucun rôle), de fournir au livre sa propre conclusion – habituellement tout à fait à l'opposé de l'intention de l'auteur. En d'autres mots, disons que si Gogol avait été un contemporain et que si Linev avait écrit sur lui, il aurait fermement gardé l'innocente conviction que Hlestakov était en effet l'inspecteur général. Mais lorsqu'il écrivait sur la poésie, comme dans le cas présent, il employait sans art l'expédient des soi-disant « passerelles entre les citations ». Son débat autour du livre de Kontchéiev revenait à répondre pour l'auteur à une sorte d'implicite questionnaire d'album (Votre fleur favorite ? Héros favori ? Quelle est la vertu que vous mettez le plus haut ?) : « Le poète », écrivait Linev de Kontchéiev, « aime (suivait un chapelet de citations, forcément déformées par leur combinaison et par les exigences de l'accusatif). Il redoute (encore d'autres tronçons sanglants de vers). Il trouve sa consolation dans... (même jeu) ; mais d'un autre côté... (trois quarts d'un vers changés en une plate déclaration entre guillemets) ; il lui semble parfois que... » – et à ce point Linev dégageait par inadvertance quelque chose de plus ou moins complet :

Le raisin mûrissait. Les statues du parc étaient bleues.
Le beau ciel s'appuyait sur les blanches épaules du monde.

– et c'était comme si la voix d'un violon avait subitement noyé le ronflement d'un crétin patriarcal.

Sur une autre table, un peu plus loin, des éditions soviétiques étaient étalées, et l'on pouvait se pencher sur le bourbier des magazines de Moscou, sur un enfer d'ennui, et même essayer de déchiffrer l'atroce resserrement des abréviations en lettres majuscules, traînées comme du bétail condamné par toute la Russie et rappelant horriblement les caractères des wagons de marchandises (le claquement de leurs tampons, le cliquetis, le graisseur bossu avec une lanterne, la pénétrante mélancolie des gares du bout du monde, le frémissement des voies ferrées russes, trains au parcours infiniment long). Une édition de la revue d'échecs soviétique *8 × 8* était posée entre *L'Étoile* et *La Lanterne rouge* (tremblant dans la fumée de locomotives). Comme Fiodor la feuilletait, se réjouissant du langage humain des schémas de problèmes d'échecs, il remarqua un petit article avec la photo d'un vieillard à la barbe rare qui regardait d'un air bourru par-dessus ses lunettes ; l'article était intitulé « Tchernychevski et les échecs ». Il pensa que cela pourrait amuser Alexandre Iakovlévitch ; un peu pour cette raison et un peu parce qu'il aimait les problèmes d'échecs en général, il prit la revue ; la fille, s'arrachant à Kellerman, « ne pouvait dire » combien elle coûtait, mais sachant que Fiodor devait de l'argent à la boutique de toute façon, elle le laissa partir indifféremment. Il s'éloigna avec le sentiment agréable qu'il allait s'amuser à la maison. Excellant non seulement à trouver la solution des problèmes, mais possédant également au plus haut point l'art de les composer, il trouvait en ceci non seulement un repos après ses labeurs littéraires mais certaines mystérieuses leçons. En tant qu'écrivain, il tirait quelque chose de la stérilité même de ces exercices.

Un inventeur de problèmes d'échecs n'a pas nécessairement besoin d'être bon joueur. Fiodor jouait assez médiocrement et ne le faisait qu'à contrecœur. Il était las et furieux du désaccord entre le manque de vigueur de sa pensée aux échecs durant la partie et cet éclat estimé en points d'exclamation qu'elle s'efforçait d'atteindre. Pour lui, la construction d'un problème différait du jeu à peu près de la même façon qu'un sonnet vérifié diffère des polémiques de publicistes. L'élaboration d'un tel problème commençait loin de l'échiquier (comme l'élaboration des vers commençait loin du papier), le corps dans une position horizontale sur le sofa (i.e., lorsque le corps devient une lointaine ligne d'un bleu sombre : son propre horizon), lorsque soudainement, à partir d'une impulsion qu'on ne pouvait distinguer de l'inspiration poétique, il entrevoyait une méthode bizarre d'incorporer telle ou telle idée raffinée dans un problème (disons la combinaison de deux thèmes, l'Indien et le Bristol – ou quelque chose de complètement nouveau). Pendant quelques instants, les yeux fermés, il se délectait de la pureté abstraite d'un plan qui n'était réalisé que dans l'œil de son esprit ; puis il ouvrait précipitamment son échiquier en maroquin et la boîte de lourdes pièces, les disposait approximativement, à la hâte, et il devenait immédiatement évident que l'idée réalisée dans son cerveau avec une telle pureté exigerait, ici sur l'échiquier – afin de la libérer de son épaisse coquille sculptée – un labeur inconcevable, un maximum de tension mentale, d'interminables essais et soucis et, par-dessus tout, cette conséquente ingéniosité dont la vérité, au sens des échecs, est construite. Considérant les alternatives, excluant de telle ou telle façon des constructions lourdes, bouchant les trous par des pions de soutien, luttant contre les solutions doubles, il atteignait la plus extrême exactitude d'expression, une ultime économie de forces harmonieuses. S'il n'avait été assuré (comme il l'était aussi dans le cas de la création littéraire) que la réalisation du plan existait déjà dans un autre monde, d'où il la transférait en celui-ci, alors, le travail compliqué et prolongé sur l'échiquier aurait été un intolérable fardeau pour l'esprit, puisqu'il lui aurait fallu concéder, avec la possibilité de sa réalisation, la possibilité de son impossibilité. Peu à peu les pièces et les cases commençaient à s'animer et à échanger des impressions. La puissance brutale de la reine était transformée en force raffinée, contenue et dirigée par un système de leviers étincelants ; les pions devenaient plus habiles ; les cavaliers s'avançaient en faisant la caracole espagnole. Tout avait acquis une signification et, en même temps, tout était dissimulé. Chaque créateur est un comploteur ; et toutes les pièces personnifiant ses idées sur l'échiquier y étaient en tant que conspirateurs et magiciens. Leur secret n'était spectaculairement révélé qu'au dernier moment.

Quelques dernières touches, une ultime vérification – et le problème était prêt. La clé du problème, le premier coup, était voilée par son apparente absurdité – mais c'était précisément par la distance entre ceci et l'éblouissant dénouement qu'un des plus grands mérites du problème pouvait être mesuré ; et la façon dont une pièce, comme graissée à l'huile, venait se placer en douceur derrière une autre après avoir filé à travers le champ tout entier et s'être approchée en rampant jusque sous son bras, constituait un plaisir presque physique, l'émoustillante sensation d'un ajustement idéal. Maintenant, sur l'échiquier, luisait comme une constellation une ravissante œuvre d'art, un planétarium de pensée. Ici, tout réjouissait l'œil du joueur d'échecs : l'intelligence des menaces et des défenses, la grâce de leur mouvement emboîté, la pureté des échec et mat (tant de balles pour exactement tant de cœurs) ; chaque pièce polie semblait être faite spécialement pour sa case ; mais peut-être que le plus fascinant de tout était le subtil édifice de tromperie, l'abondance de tentatives insidieuses (dont la réfutation avait sa propre beauté accessoire) et de fausses pistes soigneusement préparées pour le lecteur.

Ce vendredi-là, la troisième leçon était avec Vassiliev. Le rédacteur du quotidien d'émigrés de Berlin avait établi des contacts avec un obscur périodique anglais et il y publiait maintenant un article hebdomadaire sur la situation en Russie soviétique. Ayant quelques notions de la langue, il écrivait un brouillon de son article, avec des vides et parsemé de phrases russes ; il attendait de Fiodor une traduction littérale des phrases qu'on trouve habituellement dans les éditoriaux : on n'est jeune qu'une fois, les prodiges ne s'arrêtent jamais, c'est un lion et non pas un chien (Krylov), les difficultés ne viennent jamais seules, saint Paul a été habillé sans déshabiller saint Pierre, qui est propre à tout n'est propre à rien, on ne peut tirer de la farine d'un sac de son, nécessité est mère d'industrie, ce n'est qu'une querelle d'amoureux, la pelle se moque du fourgon, qui se ressemble s'assemble, le faible a toujours tort, à chose faite point de remède, nous avons besoin de Réforme et non de réformes. Et l'expression « cela produisit l'impression d'une bombe qui explose » revenait très souvent. La tâche de Fiodor consistait à dicter directement à la dactylo, à partir du brouillon, l'article de Vassiliev dans sa version corrigée – cela semblait extraordinairement pratique à Vassiliev, mais à vrai dire, la dictée traînait monstrueusement par suite de pauses atroces. Mais, chose curieuse, la méthode d'employer de vieux dictons et des fables s'avéra une façon condensée de rendre quelque chose des

« moralités » caractéristiques de toutes les manifestations conscientes des autorités soviétiques : relisant l'article terminé qui lui avait semblé être un déchet en le dictant, Fiodor détectait, sous la traduction maladroite et sous les effets journalistiques de l'auteur, le mouvement d'une idée logique et pleine de force qui progressait régulièrement vers son but – et provoquait calmement un échec et mat dans le coin.

L'accompagnant ensuite à la porte, Vassiliev dit rapidement en fronçant subitement, d'un air féroce, ses sourcils hérissés :

« Dites donc, avez-vous vu ce qu'ils ont fait à Kontchéiev ? J'imagine à quel point cela l'a affecté, quel coup, quelle dégringolade. »

« Il s'en fout, j'en suis certain », répondit Fiodor, et une expression de déception momentanée apparut sur le visage de Vassiliev.

« Oh, il se donne simplement des airs », répliqua-t-il ingénieusement, reprenant sa gaieté. « En fait, il est certainement abasourdi. »

« Je ne crois pas », dit Fiodor.

« En tout cas, je suis sincèrement peiné pour lui », dit Vassiliev en terminant, avec l'air de quelqu'un qui n'a pas le moindre désir de se séparer de sa peine.

Un peu las mais content du fait que sa journée de travail était achevée, Fiodor Konstantinovitch prit un tram et ouvrit son magazine (encore cette vision furtive du visage incliné de Tchernychevski – tout ce que je sais de lui, c'est qu'il était une « seringue d'acide sulfurique », comme Rozanov le dit quelque part, je crois, et qu'il écrivit le roman *Que faire ?*, qui se mêle en mon esprit avec le *La faute à qui ?* d'un autre écrivain socialisant. Il s'absorba dans l'examen des problèmes et fut bientôt convaincu que si ce n'eût été de deux fins de parties de génie par un vieux maître russe, plus de nombreuses réimpressions intéressantes de publications étrangères, il n'aurait pas valu la peine d'acheter ce *8 × 8*. Les consciencieux exercices d'étudiant des jeunes compositeurs soviétiques n'étaient pas tellement des problèmes que des « pensums » : ils traitaient lourdement tel ou tel thème mécanique (un genre « d'épinglage » et de « désépinglage ») sans le moindre soupçon de poésie ; c'étaient là des bandes dessinées d'échecs, rien de plus, et les pièces qui se poussaient et se bousculaient faisaient leur travail maladroit avec un sérieux de prolétaires, se résignant à la présence de solutions doubles dans les variantes ternes et à l'agglomération de pions policiers.

Ayant manqué son arrêt, il put néanmoins sauter du tramway au jardin public, tournant immédiatement sur ses talons comme on le fait habituellement en sautant brusquement d'un tram, et il passa devant l'église de la rue Agamemnon. La soirée ne faisait que commencer, le ciel était sans nuages ; le soleil immobile et calme revêtait chaque objet d'un air de festivité paisible et lyrique. Une bicyclette appuyée contre un mur baigné de jaune était légèrement infléchie vers l'extérieur, comme un des bricoliers d'une troïka, mais son ombre transparente sur le mur était d'une perfection formelle encore plus grande. Un monsieur d'un certain âge, assez replet, trémoussant son derrière, se rendait à la hâte au tennis, vêtu d'une chemise de fantaisie et d'un pantalon de ville, portant trois balles grises dans un filet ; une jeune Allemande du type sportif marchait rapidement à côté de lui sur des semelles caoutchoutées, avec un visage orange et des cheveux d'or. Un poste de radio chantait dans une station-service derrière les pompes à essence aux couleurs éclatantes, tandis qu'au-dessus de son pavillon des lettres jaunes verticales tranchaient sur le bleu léger du ciel – le nom d'une marque de voitures – et sur la seconde lettre, sur le « E » (dommage que ce n'était pas sur la première, sur le « M », ça aurait fait une vignette alphabétique), un merle bien vivant avec un bec jaune – pour l'économie – était perché et chantait plus fort que le poste. La demeure de Fiodor était au coin de la rue et faisait saillie comme un immense navire rouge, portant une structure garnie de tourelles, complexe et transparente, sur sa proue, comme si un architecte cafardeux et rassis était subitement devenu fou et avait fait une escapade dans le ciel. Sur chacun des petits balcons qui ceinturaient la maison, étage par étage, il y avait quelque chose de vert qui s'épanouissait, et seul le balcon de Chtchegolev était désordonné et vide, avec un pot orphelin sur le parapet et un cadavre suspendu au grand air dans des fourrures mangées par les mites.

Au tout début de son séjour dans cet appartement, Fiodor qui avait pensé qu'il lui faudrait une paix complète le soir s'était réservé le droit de prendre son dîner dans sa chambre. Sur la table parmi ses livres l'attendaient à présent deux sandwiches gris avec une mosaïque lustrée de saucisson, une tasse de thé éventé et une assiette de kissel rose (du matin). Mâchant et buvant à petites gorgées, il ouvrit encore une fois *8 × 8* (il fut à nouveau dévisagé par le regard sournois de N. G. Tch. qui apparut à l'improviste) et il commença à savourer calmement une étude dans laquelle les quelques pièces blanches semblaient être suspendues au-dessus d'un abîme et remportaient néanmoins la victoire. Puis il découvrit un charmant quatre coups par un maître américain dont la beauté ne résidait pas seulement dans le dispositif d'échec et mat habilement dissimulé, mais aussi dans le fait qu'en réponse à une attaque séduisante mais incorrecte, les Noirs, repliant et bloquant leurs propres pièces, s'arrangeaient pour construire juste à temps un pat hermétique. Puis dans une des productions soviétiques (P. Mitrofanov, Tver) apparut un bel exemple de culbute ridicule. Les Noirs avaient neuf pions – le neuvième ayant évidemment été ajouté à la dernière minute afin d'éliminer une solution alternative, comme si un écrivain avait changé à la hâte sur les épreuves « on lui parlera sûrement » par la forme plus correcte « on lui parlera sans doute » sans remarquer que cela était immédiatement suivi par : « de sa réputation douteuse ».

Il ressentit subitement une pointe d'amertume – pourquoi tout était-il devenu de si mauvaise qualité, si maussade et si gris en Russie, comment avait-on pu la berner et la soûler à ce point ? La vieille poussée « vers la lumière » avait-elle dissimulé un vice fatal qui, durant la progression vers l'objectif, était devenu de plus en plus évident, jusqu'à ce qu'il apparaisse que cette « lumière » brûlait à la fenêtre d'un garde-chiourme et que c'était tout ? Quand cette étrange dépendance s'était-elle dressée entre l'aggravation de la soif et l'embourbement de la source ? En 1840 ? En 1860 ? et « que faire » maintenant ? Ne devrait-on pas rejeter toute nostalgie de sa patrie, de toute patrie à l'exception de celle qui est avec moi, en moi, celle qui est collée comme le sable argenté de la mer à la peau de la plante de mes pieds, celle qui vit dans mes yeux, dans mon sang, celle qui donne de la profondeur et du recul à l'arrière-plan de chacun des espoirs de la vie ? Un jour, m'interrompant dans l'acte d'écrire, je regarderai par la fenêtre et je verrai un automne russe.

Des amis des Chtchegolev qui étaient partis au Danemark pour l'été avaient récemment laissé un poste de radio à Boris Ivanovitch. On pouvait l'entendre le manipuler, étrangler les grincements et les craquements, bouger des meubles fantômes. Étrange passe-temps !

Pendant ce temps, la chambre s'était assombrie ; au-dessus des silhouettes noircies des maisons au-delà de la cour, où les fenêtres étaient déjà illuminées, le ciel avait une teinte outremer ; dans les fils noirs, entre les cheminées, étincelait une étoile – qui, comme toute étoile, ne pouvait être vue comme il faut qu'en la mettant au point de telle sorte que le reste se brouillait. Il appuya sa joue sur son poing et s'assit à la table, regardant par la fenêtre. Au loin, une grande horloge (dont il se promettait toujours de définir la position, ce qu'il oubliait de faire, d'autant plus qu'elle n'était jamais audible sous la couche des sons diurnes) carillonna neuf heures. Il était temps de sortir et d'aller à la rencontre de Zina.

Ils se rencontraient habituellement de l'autre côté du pont de chemin de fer, dans une rue tranquille près du Grünewald où les massifs des maisons (sombres grilles de mots croisés où tout n'était pas encore rempli de lumière jaune) étaient interrompus par des terrains vagues, des jardins potagers et des entrepôts de charbon (« les affres et les chiffres des ténèbres » – un vers de Kontchéiev), où il y avait, soit dit en passant, une remarquable clôture faite avec une autre qui avait été démontée quelque part ailleurs (peut-être dans une autre ville) et qui avait entouré auparavant le camp d'un cirque ambulant ;

mais à présent, les planches avaient été placées n'importe comment, comme si elles avaient été clouées ensemble par un aveugle, de telle sorte que les animaux de cirque qui avaient été peints sur ces planches autrefois, et qui avaient été entremêlés en cours de route, s'étaient désintégrés en leurs parties composantes – ici, une jambe de zèbre, là, le dos d'un tigre ; et l'arrière-train d'un animal apparaissait à côté de la patte renversée d'une autre créature : la promesse d'une vie à venir, faite en ce monde, avait été tenue en ce qui concernait la clôture, mais la rupture des images terrestres qui s'y trouvaient détruisait la valeur terrestre de l'immortalité ; la nuit, cependant, on ne pouvait distinguer que peu de chose mais d'autre part les ombres démesurément grandes des feuilles (il y avait un réverbère à proximité) reposaient assez logiquement sur les planches, en ordre parfait – c'était là une sorte de compensation, d'autant plus qu'il était impossible de les transférer en un autre endroit, avec les planches, après avoir fragmenté et mélangé les éléments du dessin : elles ne pouvaient être transférées qu'ensemble, *in toto*, avec la nuit tout entière.

Dans l'attente de son arrivée. Elle était toujours en retard – et elle venait toujours par un autre chemin que lui. De cette façon, même Berlin pouvait être mystérieux. Sous un tilleul en fleur, un réverbère morne clignote dans la nuit. Quel parfum lourd et chaud ! L'ombre d'un passant vient glisser sur une borne : la martre coule ainsi par-dessus un chicot. Un ciel de velours brun sur la Spree s'incline. Vois ce miroitement : c'est Venise là-bas. Cette ruelle va directement en Chine et cette étoile luit sur l'eau de la Volga. Jure-moi, jure-moi que tu seras fidèle à l'imagination, à l'art austère et pur, que tu refuseras d'emprisonner ton aile et d'étendre le bras pour ne toucher qu'un mur !

Elle émergeait toujours des ténèbres d'une façon inattendue, comme une ombre abandonnant son élément naturel. Ses chevilles recevaient d'abord la lumière : elle les tenait rapprochées comme si elle marchait sur un fil ténu. Sa robe d'été était courte, de la couleur même de la nuit, la couleur des réverbères et des ombres, des troncs d'arbres et du pavé luisant – plus pâle que ses bras nus et plus sombre que son visage. Fiodor l'embrassait sur ses lèvres douces, elle appuyait la tête un instant sur sa clavicule et puis, se libérant rapidement, elle marchait à ses côtés, d'abord avec une telle tristesse sur le visage, comme s'il s'était passé un désastre inouï durant les vingt-quatre heures de leur séparation, mais ensuite, peu à peu, elle revenait à elle et souriait – souriait comme elle ne le faisait jamais durant le jour. Qu'est-ce qui le fascinait le plus en elle ? Sa compréhension parfaite, le diapason absolu de son instinct pour tout ce qu'il aimait lui-même ? En parlant avec elle, on pouvait se passer de ponts, et il avait à peine le temps de remarquer quelque trait amusant de la nuit avant qu'elle ne le montre du doigt. Et non seulement Zina avait été habilement et élégamment faite à sa mesure par un destin très appliqué, mais, formant une seule ombre, ils étaient faits tous les deux à la mesure de quelque chose qui n'était pas tout à fait compréhensible, mais merveilleux et bienveillant, et qui les entourait continuellement.

Dès qu'il eut emménagé chez les Chtchegolev, lorsqu'il l'eut vue pour la première fois, il avait eu le sentiment qu'il savait déjà beaucoup de choses à son sujet, que son nom même lui était familier depuis longtemps, ainsi que certaines caractéristiques de sa vie, mais jusqu'à ce qu'il lui eût parlé, il fut incapable de comprendre par qui et comment il le savait. Au début, il ne la voyait qu'au déjeuner et l'observait attentivement, étudiant chacun de ses gestes. Elle lui parlait à peine, bien que par certains signes – pas tellement par les pupilles de ses yeux que par leur éclat qui semblait dardé sur lui – il sentit qu'elle remarquait chacun de ses regards et que tous ses mouvements étaient restreints par les voiles les plus légers de cette impression même qu'elle produisait sur lui ; et parce qu'il lui semblait complètement impossible qu'il puisse avoir la moindre part dans sa vie, il souffrait lorsqu'il décelait quelque chose de particulièrement ravissant en elle, et il était content et soulagé lorsqu'il entrevoyait quelque imperfection dans sa beauté. Ses cheveux pâles qui se fondaient imperceptiblement et d'une manière radieuse dans l'air ensoleillé autour de sa tête, la veine bleu pâle sur sa tempe, une autre sur son long cou délicat, sa main fine, son coude anguleux, l'étroitesse de ses hanches, la faiblesse de ses épaules et la singulière inclinaison en avant de son corps gracieux, comme si le plancher sur lequel elle pressait le pas, prenant de la vitesse comme une patineuse, était toujours en pente douce dans la direction du havre de la chaise ou de la table où se trouvait l'objet qu'elle cherchait – tout cela était perçu par lui avec une clarté déchirante et puis, au cours de la journée, se répétait un nombre infini de fois dans sa mémoire, revenant de plus en plus paresseusement, par à-coups, perdant ses couleurs et sa vie, s'affaiblissant par suite des répétitions automatiques de l'image qui se désintégrait jusqu'à n'être plus qu'une simple esquisse atténuée et floue dans laquelle rien ne subsistait de la vie originale ; mais aussitôt qu'il la revoyait, tout ce travail subconscient ayant pour but la destruction de son image dont il craignait de plus en plus la puissance était emporté par-dessus bord, et la beauté flamboyait à nouveau – sa proximité, son effrayante accessibilité à ses regards, l'union reconstituée de tous les détails. Si, durant ce jour, il avait eu à répondre devant quelque tribunal « situé au-delà des sens humains » (souvenez-vous comment Goethe disait en montrant du bout de sa canne le ciel étoilé : « Voilà ma conscience ! »), il se serait à peine décidé à dire qu'il l'aimait – car il s'était depuis longtemps rendu compte qu'il était incapable de donner son âme entière à qui que ce soit ou à quoi que ce soit : son capital d'exploitation lui était trop nécessaire pour ses propres affaires personnelles ; mais, d'un autre côté, quand il la regardait, il atteignait immédiatement (pour retomber quelques instants plus tard) des sommets de tendresse, de passion et de pitié que peu d'amours atteignent. Et la nuit, surtout après de longues périodes de labeur mental, sortant à demi de son sommeil, non pas par la voie de la raison pour ainsi dire, mais par la porte arrière du délire, avec une ivresse folle et longuement prolongée, il sentait sa présence dans la chambre sur un lit de camp préparé à la hâte et négligemment par un accessoiriste, à deux pas de lui, mais tandis qu'il cultivait son agitation et qu'il se délectait dans la tentation, dans le peu de distance, dans les possibilités célestes qui, incidemment, n'avaient rien de charnel (ou, plutôt, qui avaient une sorte de substitution heureuse pour la chair, exprimée en termes de demi-rêve), il était attiré à nouveau dans l'oubli du sommeil d'où il battait désespérément en retraite, pendant qu'il continuait encore à retenir sa prise. A vrai dire, elle n'apparaissait jamais dans ses rêves, se contentant de déléguer diverses représentantes et confidentes qui ne lui ressemblaient nullement mais qui produisaient des sensations qui bernaient Fiodor – ce dont l'aube bleuâtre était témoin.

Et puis, s'éveillant complètement aux bruits du matin, il atterrissait immédiatement au beau milieu du bonheur qui aspirait son cœur, et il faisait bon de vivre, et un événement exquis tout à fait imminent filtrait à travers la brume. Mais en essayant de se représenter Zina, tout ce qu'il voyait était une vague esquisse à laquelle sa voix derrière le mur était incapable de donner vie. Une heure ou deux plus tard, il la rencontrait à table et tout se renouvelait, et il comprenait une fois de plus que sans elle il n'y aurait pas de buée de bonheur le matin.

Un soir, quinze jours après qu'il eut emménagé, elle frappa à sa porte et elle entra d'un pas altièrement résolu, une expression presque dédaigneuse sur le visage, tenant à la main un petit volume caché sous une couverture rose. « J'ai une demande à formuler », dit-elle sèchement et vivement. « Voulez-vous signer ceci pour moi ? » Fiodor prit le livre, et reconnut un exemplaire de son recueil de poèmes, agréablement usé, agréablement assoupli par deux ans d'emploi. Il commença très lentement à déboucher sa bouteille d'encre – bien qu'à d'autres moments, quand il voulait écrire, le bouchon sautât comme celui d'une bouteille de champagne ; pendant ce temps, Zina, qui surveillait ses doigts tripotant le bouchon, ajouta précipitamment : « Seulement votre nom, je vous en prie, rien que votre nom. » F. Godounov-Tcherdyntsev signa son nom et s'apprêtait à mettre la date, mais il se ravisa, craignant qu'elle n'y détecte quelque emphase vulgaire. « C'est très bien, merci », dit-elle ; elle sortit en soufflant sur la page.

Deux jours plus tard, c'était un dimanche, et vers seize heures il devint subitement clair qu'elle était seule à la maison ; il lisait dans sa chambre ; elle était dans la salle à manger et faisait constamment de courtes expéditions par intervalles dans sa chambre de l'autre côté du vestibule, sifflant en chemin, et il y avait une énigme topographique dans le bruit léger et nerveux de ses pas puisqu'il y avait dans la salle à manger une porte qui donnait directement dans sa chambre. Mais nous lisons et nous continuerons à lire. « Longtemps, longtemps, et aussi longtemps que possible, je serai dans un pays étranger. Et bien que mes pensées, mon nom, mes œuvres appartiennent à la Russie, moi-même, mon organisme mortel en serons éloignés » (et en même temps, au cours de ses promenades en Suisse, l'homme qui pouvait écrire *ainsi* avait l'habitude de tuer avec sa canne les lézards qui traversaient son chemin – « les enfants du diable » – comme il le disait avec le dégoût d'un Ukrainien et la haine d'un fanatique). Un retour inimaginable ! Le régime ; ce que je m'en fous ! Sous une monarchie – des drapeaux et des tambours ; sous une république – des drapeaux et des élections... Elle repassa. Non, pas question de lire – trop excité, trop rempli du sentiment qu'un autre à sa place serait sorti tout doucement et lui aurait parlé avec un savoir-faire désinvolte ; mais quand il s'imaginait sortant et faisant irruption dans la salle à manger et ne sachant que dire, il commençait à désirer qu'elle fût sur le point de sortir ou que les Chtchegolev reviennent à la maison. Et au moment même où il décida de cesser de prêter l'oreille et de donner toute son attention à Gogol, Fiodor se leva rapidement et se rendit dans la salle à manger.

Elle était assise près de la porte qui donnait sur le balcon, et, ses lèvres luisantes entrouvertes, elle pointait un fil dans la direction d'une aiguille. Par la porte ouverte, on pouvait voir le petit balcon stérile et entendre le tintement grêle de gouttes de pluie sautillantes – c'était une grosse averse chaude d'avril.

« Pardon, je ne savais pas que vous étiez ici », dit mensongèrement Fiodor. « Je voulais simplement dire quelque chose au sujet de mon livre : ce n'est pas vraiment ça, les poèmes sont mauvais, je veux dire qu'ils ne sont pas tous mauvais, mais en général. Ceux que j'ai publiés au cours de ces deux dernières années dans la *Gazeta* sont bien meilleurs. »

« J'aimais beaucoup celui que vous avez récité lors de cette soirée poétique », dit-elle. « Celui sur l'hirondelle qui poussait des cris. »

« Oh, vous étiez là ? Oui. Mais j'en ai qui sont encore meilleurs, je vous assure. »

Elle bondit subitement de sa chaise, jeta sur le siège ce qu'elle était en train de repriser et, les bras ballants, penchée en avant, glissant à petits pas rapides, elle fila à toute vitesse dans sa chambre et revint avec des coupures de journaux – ses poèmes et ceux de Kontchéiev.

« Mais je ne pense pas tout avoir ici », remarqua-t-elle.

« Je ne savais pas que des choses semblables arrivaient », dit Fiodor et il ajouta maladroitement : « A présent, je vais leur demander de faire des petits trous autour des poèmes avec un perforateur – vous savez, comme des bons, pour que vous puissiez les découper plus facilement. »

Elle continua à s'affairer avec un bas tendu sur un œuf à repriser en bois, et sans lever les yeux mais souriant rapidement et malicieusement, elle dit :

« Je sais aussi que vous habitiez au 7, rue Tannenberg, j'y allais souvent. »

« Vraiment ? » dit Fiodor étonné.

« J'ai connu la femme de Lorentz à Saint-Pétersbourg, elle me donnait des leçons de dessin. »

« Comme c'est bizarre », dit Fiodor.

« Romanov est à Munich à présent », continua-t-elle. « Un très vilain personnage, mais j'ai toujours aimé ce qu'il fait. »

Ils parlèrent de Romanov et de ses toiles. Il avait atteint une maturité complète. Les musées achetaient ses trucs. Ayant tout traversé, chargé d'une riche expérience, il était revenu à une expressive harmonie de ligne. « Vous connaissez son *Joueur de football* ? Il y a une reproduction dans ce magazine, la voici. » Le visage pâle, couvert de sueur, déformé par la tension, d'un joueur représenté de la tête aux pieds se préparant à toute vitesse à shooter dans la direction du but avec une force terrible. Cheveux rouges en broussaille, un jet de boue sur la tempe, les muscles tendus de son cou dénudé. Un maillot violet trempé à tordre et tout froissé, lui collant au corps par endroits, descend assez bas par-dessus sa culotte éclaboussée, et il est traversé par la merveilleuse diagonale d'un pli puissant. Il est en train de s'emparer du ballon de côté ; une main élevée avec des doigts largement écartés participe à la tension et à la vague générales. Mais le plus important de tout, bien sûr, ce sont les jambes : une cuisse blanche luisante, un énorme genou couvert de cicatrices, des chaussures gonflées de boue sombre, épaisse et informe, mais néanmoins marquées d'une grâce extraordinairement précise et puissante. Le bas a glissé sur un mollet vigoureusement tordu, un pied est enfoui dans la boue grasse, l'autre est sur le point de frapper – et comment ! – le hideux ballon noir comme du goudron – et tout ceci contre un arrière-plan gris foncé saturé de pluie et de neige. En regardant cette toile, on pouvait déjà entendre le sifflement de la fusée de cuir, déjà voir le plongeon désespéré du gardien de but.

« Et je sais quelque chose d'autre », dit Zina. « Vous deviez m'aider à faire une traduction, Tcharski vous en avait parlé, mais pour une raison ou une autre vous n'êtes pas venu. »

« Comme c'est bizarre », répéta Fiodor.

Il y eut un claquement de porte dans le vestibule – c'était Marianna Nikolavna qui était de retour – et Zina se leva posément, rassembla les coupures et fila à sa chambre – ce n'est que plus tard que Fiodor comprit pourquoi elle trouvait nécessaire de se conduire de cette façon, mais sur le moment cela lui apparut un manque de courtoisie – et quand Mme Chtchegolev entra dans la salle à manger le résultat fut comme s'il avait été en train de voler du sucre dans le buffet.

Un soir, quelques jours plus tard, il surprit de sa chambre une conversation violente – des invités allaient arriver et il était temps pour Zina de descendre avec la clé. Il l'entendit partir et, après un bref débat intérieur, il s'inventa une promenade – disons jusqu'au distributeur automatique de timbres près du jardin public. Pour compléter l'illusion, il mit un chapeau bien qu'il n'en portât presque jamais. La minuterie s'éteignit pendant qu'il descendait, mais il y eut immédiatement un déclic et la minuterie se ralluma : c'était elle qui avait pressé le bouton en bas de l'escalier. Il l'aperçut près de la porte vitrée, jouant avec la clé passée autour de son doigt, tout son être illuminé, tout scintillait – son tricot turquoise, ses ongles et même les petits poils sur son avant-bras.

« C'est ouvert », dit-elle, mais il s'arrêta et ils commencèrent tous deux à regarder à travers la vitre la nuit sombre et mobile, le bec de gaz, l'ombre de la grille.

« Ils n'ont pas l'air d'arriver », murmura-t-elle en faisant doucement tinter les clés.

« Vous attendez depuis longtemps ? » demanda-t-il. « Si vous voulez, je vais vous remplacer », et à ce moment la lumière s'éteignit. « Si vous voulez, je vais rester ici toute la nuit », ajouta-t-il dans l'obscurité.

Elle éclata de rire, et puis elle poussa brusquement un soupir comme si elle en avait assez d'attendre. A travers la porte vitrée la lumière blafarde de la rue tombait sur eux deux et l'ombre du motif de fer de la porte ondulait sur elle et continuait obliquement sur lui, comme une bandoulière, tandis qu'un arc-en-ciel prismatique s'étendait sur le mur. Et comme cela lui arrivait souvent – bien que ce fût plus profond cette fois que jamais auparavant – Fiodor ressentit subitement – dans cette obscurité transparente – l'étrangeté de la vie, l'étrangeté de sa magie, comme si un coin en avait été tourné pendant un instant et qu'il en eût entrevu la doublure insolite. Sa douce joue cendrée traversée par une ombre était près de son visage et quand Zina, avec un trouble mystérieux et un scintillement mercuriel dans les yeux, se tourna vers lui et que l'ombre vint traverser ses lèvres, la changeant singulièrement, il profita de la liberté absolue de ce monde d'ombres pour la prendre par ses coudes spectraux ; mais elle s'échappa du motif et un coup rapide de son doigt rétablit la lumière.

« Pourquoi ? » demanda-t-il.

« Je vous expliquerai ça une autre fois », répondit Zina sans le quitter des yeux.

« Demain », dit Fiodor.

« D'accord, demain. Seulement, je veux vous avertir qu'il n'y aura jamais de conversation entre vous et moi à la maison. C'est tout à fait définitif. »

« Alors... » commença-t-il à dire, mais à ce moment la silhouette trapue du colonel Kassatkine et sa filiforme épouse défraîchie surgirent de l'autre côté de la porte.

« Bonsoir, ma jolie », dit le colonel, fendant la nuit d'un seul coup. Fiodor sortit dans la rue.

Le lendemain il parvint à l'attraper au coin de la rue comme elle revenait du travail. Ils convinrent de se rencontrer après dîner près d'un banc qu'il avait remarqué la nuit précédente.

« Alors, pourquoi ? » demanda-t-il lorsqu'ils se furent assis.

« Pour cinq raisons », dit-elle. « En premier lieu parce que je ne suis pas Allemande, en second lieu parce que je n'ai rompu avec mon fiancé que mercredi dernier, en troisième lieu parce que ce serait – disons, inutile, en quatrième lieu parce que vous ne me connaissez pas du tout, et en cinquième lieu... » Elle se tut, et Fiodor embrassa prudemment ses lèvres brûlantes, fondantes, douloureuses. « C'est pour ça », dit-elle, ses doigts parcourant les siens et les pressant avec force.

Par la suite ils se rencontrèrent tous les soirs. Marianna Nikolavna, qui n'osait jamais lui demander quoi que ce soit (le soupçon même d'une question soulevait la tempête familière), devina que sa fille rencontrait quelqu'un, d'autant plus qu'elle était au courant du mystérieux fiancé. C'était un individu étrange, maladif, déséquilibré (c'est du moins la façon dont Fiodor l'imaginait d'après la description de Zina – et, bien sûr, ces gens *décrits* sont habituellement doués d'une caractéristique fondamentale : ils ne sourient jamais) que Zina avait rencontré à l'âge de seize ans, trois ans auparavant ; il était de douze ans son aîné, et dans cette supériorité d'âge, il y avait aussi quelque chose de sombre, de désagréable et d'amer. Et là encore, à l'en croire, leurs rencontres avaient eu lieu sans que s'exprime le moindre sentiment d'amour, et parce qu'elle n'avait jamais mentionné ne fût-ce qu'un seul baiser, il avait l'impression que cela n'avait été qu'une interminable succession de conversations fastidieuses. Elle refusait résolument de révéler son nom ou même son genre de travail (bien qu'elle lui fît comprendre qu'il avait été, en un sens, un homme de génie) et Fiodor lui en était secrètement reconnaissant, se rendant compte qu'un fantôme sans nom et sans milieu ambiant se volatiliserait plus facilement – mais néanmoins il éprouvait les tourments d'une dégoûtante jalousie qu'il s'efforçait de ne pas approfondir, mais la jalousie était toujours présente au tournant, et la pensée que quelque part, un de ces jours, pour tout ce qu'il en savait, il pourrait rencontrer les yeux anxieux et mélancoliques de ce monsieur, faisait que tout ce qui entourait Fiodor prenait des habitudes de vie nocturnes, comme la nature durant une éclipse. Zina lui jura qu'elle ne l'avait jamais aimé, qu'elle avait laissé traîner par manque de volonté une aventure usée et qu'elle aurait continué à le faire si Fiodor n'était survenu ; mais il était incapable de discerner un manque particulier de volonté en elle, il remarquait plutôt un mélange de timidité féminine et de fermeté non féminine en tout. En dépit de la complexité de son esprit, une simplicité des plus convaincantes lui était naturelle, de telle sorte qu'elle pouvait se permettre beaucoup de choses que l'on n'aurait pu pardonner à d'autres personnes, et la rapidité même de leur rencontre semblait complètement naturelle à Fiodor à la lumière vive de sa franchise.

A la maison, elle se conduisait d'une façon telle qu'il était monstrueux d'imaginer un rendez-vous le soir avec cette jeune étrangère maussade ; mais ce n'était pas un simulacre, c'était plutôt, là encore, une forme idiosyncrasique de franchise. Un jour qu'il l'avait arrêtée pour rire dans le petit corridor, elle blêmit de colère et ne vint pas à sa rencontre ce soir-là, et plus tard elle lui fit prêter serment qu'il ne répéterait jamais ce geste. Il en comprit bien vite la raison : la situation domestique était d'une variété de si basse qualité que sur cet arrière-plan, un contact fugitif de mains entre un pensionnaire et la fille du propriétaire se serait simplement transformé en « intrigue ».

Le père de Zina, Oskar Grigoriévitch Mertz, était mort d'une angine de poitrine quatre ans auparavant à Berlin, et immédiatement après sa mort Marianna Nikolavna avait épousé un homme à qui Mertz n'aurait pas permis de franchir le pas de sa porte, un de ces Russes arrogants et vulgaires qui savourent le mot « youpin », quand l'occasion se présente, comme une grosse figue. Mais chaque fois que ce brave Chtchegolev s'absentait, un de ses véreux amis d'affaires faisait tout simplement son apparition à la maison, un baron balte décharné avec qui Marianna Nikolavna le trompait – et Fiodor qui avait vu le baron une fois ou deux par hasard ne pouvait s'empêcher de se demander avec un frisson de dégoût ce qu'ils pouvaient bien se trouver mutuellement, et, s'ils trouvaient quelque chose, quelle procédure pouvaient bien adopter cette femme empâtée d'un certain âge, au visage de crapaud, et ce vieux squelette aux dents pourries.

S'il était parfois atroce de savoir que Zina était seule dans l'appartement et que leur arrangement l'empêchait de lui parler, c'était atroce d'une façon totalement différente quand Chtchegolev demeurait seul à la maison. Comme il n'aimait pas la solitude, Boris Ivanovitch ne tardait pas à s'ennuyer, et de sa chambre Fiodor pouvait entendre l'accroissement bruissant de son ennui, comme si l'appartement se couvrait lentement de bardanes – qui poussaient jusqu'à sa porte. Il implorait le destin qu'une chose vienne distraire Chtchegolev, mais (jusqu'à ce qu'il ait la radio) le salut n'était pas en vue. Le coup à la porte, plein de tact et de mauvais augure, venait inévitablement, et Boris Ivanovitch, souriant horriblement, se faufilait de côté dans la chambre. « Dormiez-vous ? Je vous dérange ? » demandait-il en voyant Fiodor étendu sur le dos sur le sofa, et puis, entrant entièrement, il fermait hermétiquement la porte derrière lui et venait s'asseoir aux pieds de Fiodor, en poussant des soupirs. « Je m'ennuie, je m'ennuie mortellement », disait-il, et il se lançait dans quelque sujet favori. Dans le domaine de la littérature, il avait une haute opinion de *L'Homme qui assassina* de Claude Farrère, et dans le domaine de la philosophie il avait étudié *Le Protocole des Sages de Sion.* Il pouvait parler de ces deux livres des heures durant et il semblait qu'il n'avait jamais rien lu d'autre dans sa vie. Il était prodigue d'histoires de pratique judiciaire provinciale et d'anecdotes antisémites. Au lieu de « Nous avions du champagne et nous nous mîmes en route », il s'exprimait de la façon suivante : « On s'est tapé une bouteille de mousseux – et hop ! » Comme chez la plupart des bavards, ses réminiscences contenaient toujours quelque causeur extraordinaire qui lui avait dit un nombre incalculable de choses intéressantes (« Je n'ai jamais rencontré quelqu'un d'aussi intelligent que lui dans toute ma vie », remarquait-il d'une façon un peu impolie) – et puisqu'il était impossible d'imaginer Boris Ivanovitch dans le rôle d'un auditeur silencieux, il fallait convenir que c'était là une forme particulière de dédoublement de la personnalité.

Une fois, alors qu'il avait remarqué quelques feuilles de papier couvertes d'écriture sur le bureau de Fiodor, il dit en adoptant un nouveau ton de voix venant du cœur : « Ah, si seulement j'avais un peu de temps, quel roman je ferais en cinq sec ! Tiré de la vraie vie. Imaginez ce genre de chose : un vieux type – mais encore vert, fougueux, assoiffé de bonheur – vient à connaître une veuve, et elle a une fille, presque encore une enfant – vous voyez ce que je veux dire – quand rien n'est encore formé, mais qui a déjà une façon de marcher qui vous fait perdre la tête. Un joli tendron, très blonde, pâle, avec du bleu sous les yeux – et bien sûr elle ne regarde même pas le vieux bouc. Que faire ? Bien, sans penser trop longtemps, il s'amène et épouse la veuve. D'accord. Ils s'installent tous les trois. Ici vous pouvez continuer indéfiniment – la tentation, l'éternel tourment, la démangeaison, les espoirs insensés. Et le résultat – un faux calcul. Le temps passe rapidement, il vieillit, elle s'épanouit – et toujours rien. Elle passe et elle vous brûle d'un regard de mépris. Qu'en dites-vous ? Sentez-vous là une sorte de tragédie dostoïevskienne ? Cette histoire, voyez-vous, est arrivée à un de mes grands amis, un jour, au pays des fées quand le vieux roi Dagobert était encore vert » et Boris Ivanovitch, détournant ses yeux sombres, pinça les lèvres et laissa entendre un soupir mélancolique.

« Ma douce moitié », dit-il à une autre occasion, « fut pendant vingt ans l'épouse d'un youpin et fut mêlée à toute une racaille de parenté juive. J'ai dû me démener drôlement pour la débarrasser de cette puanteur. Zinka (il appelait tour à tour sa belle-fille comme ça ou bien Aïda, selon son humeur), Dieu merci, n'a rien de caractéristique – vous devriez voir sa cousine, une de ces petites brunettes grasses, vous savez, avec du duvet sur la lèvre supérieure. En fait, il m'est arrivé de penser que ma Marianna, quand elle était Mme Mertz, aurait bien pu s'intéresser à quelqu'un d'autre – on ne peut pas s'empêcher d'être attiré par les gens de sa race, vous savez. Laissez-la vous raconter elle-même combien elle suffoquait dans cette atmosphère, quelle parenté elle y a gagné – oh, mon Dieu – jacassant tous à table, et elle en train de verser le thé. Et penser que sa mère était dame de compagnie de l'Impératrice et qu'elle-même était allée au pensionnat de jeunes filles Smolni – et puis elle est allée épouser un youpin – même aujourd'hui, elle est incapable d'expliquer comment ça s'est passé : il était riche, dit-elle, et elle était stupide, ils se rencontrèrent à Nice, elle s'enfuit à Rome avec lui – en plein air, vous savez, tout semblait différent – admettons, mais quand par la suite le petit clan se referma sur elle, elle vit qu'elle était coincée. »

La version de Zina était assez différente. De la façon dont elle en parlait, l'image de son père revêtait quelque chose du Swann de Proust. Son mariage avec sa mère et leur vie subséquente étaient teintés d'une brume romantique. A en juger par ses paroles et aussi par des photos de lui, ç'avait été un homme raffiné, noble, intelligent et bienveillant – même sur ces rigides photographies d'album de Saint-Pétersbourg avec une signature dorée sur le carton épais, qu'elle montra à Fiodor un soir sous un réverbère, la luxuriance démodée de ses moustaches blondes et la hauteur de ses faux cols ne gâchaient en rien ses traits délicats et son regard franc et riant. Elle lui parla de son mouchoir parfumé, de sa passion des courses attelées et de la musique, et de cette fois dans sa jeunesse quand il avait mis en déroute un grand maître d'échecs en visite, et de la façon dont il récitait Homère par cœur : en parlant de lui, elle choisissait les choses qui pourraient frapper l'imagination de Fiodor, puisqu'il lui semblait détecter quelque chose d'inerte et d'ennuyé dans sa réaction à ses réminiscences de son père, c'est-à-dire à la chose la plus précieuse qu'elle avait à lui raconter. Il remarquait lui-même sa réaction étrangement retenue. Zina avait une qualité qui le gênait : sa vie familiale avait développé en elle un orgueil morbidement intense, de telle sorte que même en parlant à Fiodor elle faisait allusion à la race de son père avec une emphase provocatrice, comme pour souligner le fait qu'elle était convaincue (un fait que son insistance déniait) qu'il considérait les Juifs non seulement sans l'hostilité présente à un degré plus ou moins grand chez la majorité des Russes, mais qu'il le faisait sans le sourire glacial d'une bienveillance forcée. Au début, elle tira tellement sur ces cordes que lui, qui en général n'attachait aucune importance à la classification des gens selon leur race ou leurs relations inter-raciales, il commença à se sentir un peu gêné à son égard, et d'un autre côté, sous l'influence de son orgueil brûlant et vigilant, il commença à avoir conscience d'une honte personnelle à écouter silencieusement les bêtises répugnantes de Chtchegolev et la manie qu'il avait de mutiler le russe pour imiter un accent juif grotesque comme, lorsqu'il disait par exemple à un invité trempé qui avait laissé des traces sur le tapis : « *Oy, vat a mudnik !* »

Pendant un certain temps après la mort de son père, leurs anciens parents et amis, de son côté à lui, avaient automatiquement continué à leur rendre visite à elle et à sa mère ; mais peu à peu ils se firent rares et désertèrent, et seul un vieux couple continua à venir longtemps, plaignant Marianna Nikolavna, regrettant le passé et essayant de ne pas tenir compte de Chtchegolev qui se retirait dans sa chambre avec une tasse de thé et un journal. Mais Zina avait continué à maintenir des liens avec le monde que sa mère avait trahi, et lors des visites à ces anciens amis de famille elle changeait extraordinairement, elle devenait plus douce et plus aimable (elle en faisait elle-même l'observation), en s'asseyant autour de la table à thé au milieu des conversations de personnes âgées sur les maladies, les mariages et la littérature russe.

Elle était malheureuse à la maison et elle méprisait ce malheur. Elle méprisait aussi son travail bien que son patron fût Juif – Juif allemand cependant, i.e., tout d'abord un Allemand, de telle sorte qu'elle n'avait aucun scrupule à le dénigrer en présence de Fiodor. Elle lui parlait de cette étude d'avocat où elle travaillait depuis deux ans déjà, avec une telle précision, une telle amertume et avec une telle répulsion, qu'il voyait tout et sentait tout comme s'il y était lui-même tous les jours. L'atmosphère du bureau de Zina lui rappelait Dickens d'une certaine façon (dans une paraphrase allemande, il est vrai) – un monde à moitié fou, composé de personnages lugubres, décharnés, répugnants et grassouillets, de subterfuges, d'ombres noires, de mufles, de cauchemars, de poussière, de puanteur et de pleurs de femmes. Ce bureau débutait par un escalier sombre, raide, incroyablement délabré, qui était pleinement assorti à la sinistre décrépitude des locaux de l'étude, état de choses qui ne s'appliquait pas seulement au bureau du premier avocat, avec ses fauteuils rembourrés et sa gigantesque table couverte de verre. Le bureau principal, grand, simple, avec de frissonnantes fenêtres nues, était obstrué par une accumulation de meubles sales et poussiéreux, le sofa était tout particulièrement épouvantable, d'un pourpre terne avec des ressorts en saillie, un horrible objet obscène déposé ici après avoir passé graduellement par les bureaux de chacun des trois directeurs – Traum, Baum et Käsebier. Les innombrables rayons qui encombraient chaque centimètre de mur étaient bourrés de sinistres chemises bleues qui bombaient leurs longues étiquettes le long desquelles rampait de temps à autre une punaise litigieuse et affamée. Quatre dactylos travaillaient près des fenêtres : l'une était une bossue qui dépensait son salaire en vêtements ; la deuxième était une petite chose élancée et frivole dont le père, un boucher, avait été tué avec un crochet à viande par un fils coléreux ; la troisième était une jeune fille sans défense qui rassemblait lentement son trousseau, et la quatrième était une femme mariée, blonde plantureuse dont l'âme était à peine plus que la réplique de son appartement et qui racontait de façon émouvante comment, après une journée de LABEUR SPIRITUEL, elle ressentait une telle soif de se délasser en faisant un travail physique, qu'elle ouvrait toutes les fenêtres dès son arrivée chez elle et se mettait joyeusement à faire la lessive. Le gérant du bureau, Hamekke (un gros animal vulgaire qui sentait des pieds et qui avait un furoncle qui lui suintait perpétuellement sur la nuque, et qui aimait rappeler comment, lorsqu'il était sergent, il avait forcé de maladroites recrues à nettoyer le plancher de la chambrée avec des brosses à dents), avait l'habitude de persécuter les deux dernières avec un plaisir particulier – l'une parce que la perte de son travail l'aurait empêchée de se marier, l'autre parce qu'elle se mettait à pleurer sur-le-champ – ces larmes bruyantes et abondantes qui étaient si faciles à provoquer lui fournissaient un plaisir salutaire. Sachant à peine lire et écrire, mais doué d'une poigne de fer, capable de saisir immédiatement l'aspect le plus répugnant de n'importe quel cas, il était hautement apprécié de ses employeurs, Traum, Baum et Käsebier (une idylle allemande au grand complet, avec des petites tables dans la verdure et une vue magnifique). On voyait rarement Baum ; les jeunes filles du bureau trouvaient qu'il s'habillait merveilleusement, et en vérité son costume était aussi rigide que sur une statue de marbre, avec des pantalons éternellement impeccables et un col blanc fixé à une chemise de couleur. Käsebier se faisait tout petit devant ses clients prospères (quant à cela, tous les trois se faisaient petits), mais quand il se fâchait contre Zina, il l'accusait de se donner des airs. Le patron, Traum, était un courtaud avec des cheveux répartis de manière à dissimuler une plaque chauve, avec un profil comme l'extérieur d'une demi-lune, des mains minuscules et un corps informe, plus large que gras. Il s'aimait d'un amour passionné et complètement réciproque, avait épousé une riche veuve d'un certain âge, et, ayant quelque chose d'un acteur dans sa nature, il s'efforçait de tout faire en grand, dépensant des billets de mille pour faire de l'effet et chipotant pour vingt sous avec sa secrétaire ; il exigeait de ses employés qu'ils disent en parlant de sa femme « *die gnädige Frau* » (« La dame a téléphoné », « La dame a laissé un message ») et se flattait d'un sublime désintéressement pour ce qui se passait au bureau bien qu'il fût au courant de tout en fait par l'intermédiaire de Hamekke, jusqu'à la dernière tache d'encre. Étant un des conseillers juridiques de l'ambassade de France, il allait souvent à Paris, et comme un de ses traits saillants était une effronterie démesurément mielleuse dans la poursuite du moindre avantage, il nouait énergiquement des contacts utiles tandis qu'il était là-bas, demandant sans vergogne des recommandations, importunant tout le monde, s'imposant aux gens sans ressentir les rebuffades – il avait la peau comme l'armure d'un tatou. Pour se rendre populaire en France, il écrivait de petits livres en allemand sur des thèmes français (*Trois Portraits,* par exemple, l'impératrice Eugénie, Briand et Sarah Bernhardt), et durant leur préparation, l'accumulation des matériaux se changeait en accumulation de relations. Ces ouvrages hâtivement compilés, dans le terrible *style moderne* de la République allemande (et quant au fond, le cédant de peu aux ouvrages de Ludwig et de Zweig), il les dictait à sa secrétaire entre deux affaires, quand il simulait subitement un flot d'inspiration, flot qui, incidemment, coïncidait toujours avec un moment de loisir. Un certain professeur français dans l'amitié duquel il s'était insinué répondit un jour à une très tendre épître que Traum lui avait envoyée, par une critique extrêmement brutale (pour un Français) : « Il vous arrive d'écrire le nom *Deschanel* avec un accent aigu, et d'autres fois de l'omettre. Puisqu'une certaine uniformité est nécessaire ici, il serait bon que vous preniez une décision ferme quant au système auquel vous désirez adhérer, et que vous n'en démordiez pas. Si pour une raison ou une autre vous désiriez écrire ce nom correctement, alors écrivez-le sans accent. » Traum répondit sur-le-champ par une lettre frénétiquement reconnaissante, continuant à demander des faveurs en même temps. Oh, avec quelle science il pouvait arrondir et adoucir ses lettres, quel ramage et quels sifflements teutoniques n'y avait-il pas dans l'interminable modulation de ses débuts et de ses fins, quelles courtoisies : « Vous avez bien voulu bien vouloir... »

Sa secrétaire, Dora Wittgenstein, qui avait travaillé pour lui pendant quatorze ans, partageait avec Zina un petit bureau qui sentait le renfermé. Cette femme vieillissante avec des poches sous les yeux, à l'odeur de charogne que laissait transparaître son eau de Cologne bon marché, cette femme, qui travaillait pendant un nombre d'heures indéfini et qui s'était desséchée au service de Traum, ressemblait à un malheureux cheval épuisé dont le système musculaire tout entier aurait été déplacé, ne laissant que quelques tendons de fer. Elle était peu instruite, elle organisait sa vie selon deux ou trois concepts généralement acceptés, et dans ses rapports avec le français elle était guidée par certaines règles particulières qui lui étaient propres. Lorsque Traum écrivait son « livre » périodique, il la faisait venir chez lui les dimanches, marchandait son salaire et la gardait des heures supplémentaires ; et quelquefois elle informait Zina que la voiture de Traum l'avait ramenée à la maison – ou au moins jusqu'à l'arrêt du tramway

Le travail de Zina ne se limitait pas aux traductions mais, comme le faisaient toutes les autres dactylos, elle devait également transcrire les longues requêtes présentées à la cour. Fréquemment, elle devait aussi sténographier, en présence d'un client, les circonstances de son cas, se rapportant très souvent à un divorce. Ces cas étaient tous assez sordides – conglomérats de toutes sortes d'ordures et de stupidité. Une personne de Kottbus, divorçant d'avec une épouse qui selon lui était anormale, l'accusait de frayer avec un chien danois ; le témoin principal était la concierge qui avait prétendument entendu à travers la porte l'épouse qui parlait au chien et qui manifestait son plaisir relativement à certains détails de son orgasme.

« Pour toi ce n'est que drôle », disait Zina avec humeur, « mais honnêtement je n'en peux plus, je suis à bout et j'abandonnerais immédiatement toute cette saleté si je n'étais certaine de trouver la même chose ou pire dans un autre bureau. Cette sensation d'épuisement le soir est quelque chose de phénoménal, ça échappe à toute description. A quoi suis-je bonne maintenant ? J'ai tellement mal au dos à force de taper à la machine que j'ai envie de hurler. Et l'essentiel est que ça ne finira jamais, parce que si ça finissait il n'y aurait rien à manger. Maman ne peut rien faire, elle ne peut même pas travailler comme cuisinière parce qu'elle ne ferait que sangloter dans la cuisine de son employeur et casser les assiettes, et son salaud de mari ne sait rien d'autre que faire banqueroute – mon opinion c'est qu'il était déjà en faillite quand il est né. Tu n'as pas idée comme je le hais, c'est un pourceau, un pourceau, un pourceau... »

« On pourrait toujours en faire un jambon », dit Fiodor. « J'ai eu une journée assez difficile moi aussi.

Je voulais écrire un poème pour toi, mais, je ne sais pourquoi, ça ne s'est pas encore éclairci. »

« Mon chéri, ma joie », s'exclama-t-elle, « tout ceci peut-il être vrai – cette clôture et cette étoile estompée ? Quand j'étais petite, je n'aimais pas dessiner une chose qui ne finissait pas ; donc, je ne dessinais pas de clôtures parce qu'elles ne finissent pas sur le papier ; tu ne peux imaginer une clôture qui se termine, mais je faisais toujours quelque chose de complet, une pyramide ou une maison sur une colline. »

« Moi, j'aimais les horizons plus que tout, soulignés de traits qui allaient en diminuant – pour représenter le sillage du soleil qui se couchait au-delà de la mer. Et le plus grand de tous les tourments de l'enfance était un crayon épointé ou cassé. »

« Mais alors les crayons aiguisés... Te souviens-tu du blanc ? Toujours le plus long – pas comme le rouge et le bleu – parce qu'il ne travaillait pas beaucoup, t'en souviens-tu ? »

« Mais comme il voulait plaire ! Le drame de l'albinos. L'inutile beauté. De toute façon, plus tard, je lui ai laissé avoir son content. Précisément parce qu'il dessinait l'invisible et qu'on pouvait imaginer un tas de choses. En général, des possibilités illimitées nous attendent. Seulement, pas d'anges ; ou, s'il doit y avoir un ange, avec une immense cage thoracique et des ailes, comme un croisement entre un oiseau du paradis et un condor, et des serres pour enlever la jeune âme – pas "étreinte" comme le dit Lermontov. »

« Oui, je crois aussi que nous ne pouvons pas finir nos jours ici. Je ne puis imaginer que nous puissions cesser d'exister. De toute façon, je n'aimerais pas être changée en quoi que ce soit. »

« En lumière diffuse ? Que penses-tu de ça ? Pas

grand bien, à mon avis. Je suis convaincu que des surprises extraordinaires nous attendent. Dommage qu'on ne puisse imaginer ce qu'on ne peut comparer à quelque chose. Le génie, c'est un Africain qui rêve de neige. Sais-tu ce qui a étonné le plus les tout premiers pèlerins russes quand ils ont traversé l'Europe ? »

« La musique ? »

« Non, les fontaines dans les villes, les statues mouillées. »

« Des fois ça m'ennuie que tu n'aies pas le sens de la musique. Mon père avait une oreille si musicale qu'il lui arrivait de s'étendre sur le sofa et de fredonner tout un opéra, du début à la fin. Une fois, il était étendu comme ça et quelqu'un entra dans la pièce voisine et commença à parler à ma mère, et il me dit : "Cette voix appartient à un tel, je l'ai vu à Karlsbad il y a vingt ans, et il m'a promis de venir me voir un jour." Voilà ce qu'était son oreille. »

« Et j'ai rencontré Lichnievski aujourd'hui et il m'a parlé d'un de ses amis qui se plaignait que Karlsbad ne soit plus comme autrefois. C'était la belle époque ! disait-il : "Vous êtes là avec votre gobelet d'eau, et juste à côté de vous se trouve le roi Edouard... un homme imposant, élégant... complet de véritable tissu anglais..." Voyons, pourquoi es-tu fâchée ? Qu'est-ce qu'il y a ? »

« C'est sans importance. Il y a des choses que tu ne comprendras jamais. »

« Ne dis pas ça. Pourquoi es-tu chaude ici et froide là ? Tu n'as pas froid ? Tu ferais mieux de jeter un coup d'œil à ce papillon près de la lampe. »

« Il y a longtemps que je le regarde. »

« Veux-tu que je te dise pourquoi les phalènes volent vers la lumière ? Personne ne sait ça. »

« Et tu le sais ? »

« Il me semble toujours que je le devinerai dans une minute si je me concentre assez fort. Mon père disait que ça ressemblait surtout à une perte d'équilibre, comme quand on apprend à rouler en vélo et qu'on est attiré par un fossé. Comparée aux ténèbres, la lumière est un vide. Regarde-la tournoyer ! Mais il y a quelque chose de plus profond ici – dans un instant je le saurai. »

« Dommage que tu n'aies pas écrit ton livre après tout. Oh, j'ai mille projets pour toi. J'ai un sentiment si net qu'un jour tu vas vraiment décocher une ruade. Écrire quelque chose d'immense pour couper le souffle à tout le monde. »

« Je vais écrire », dit Fiodor Konstantinovitch en plaisantant, « une biographie de Tchernychevski. »

« Tout ce qui te plaira. Mais ça doit être tout à fait, tout à fait authentique. Je n'ai pas besoin de te dire à quel point j'aime tes poèmes, mais ils ne sont jamais complètement à ta mesure, tous les mots sont une pointure en dessous de tes mots réels. »

« Ou un roman. C'est étrange, il me semble que je me souviens de mes futurs ouvrages, bien que je ne sache même pas de quoi ils traiteront. Je m'en souviendrai tout à fait et je les écrirai. Dis-moi, à propos, comment as-tu tendance à voir les choses : allons-nous nous rencontrer comme ça toute notre vie, côte à côte sur un banc ? »

« Oh non », répondit-elle d'une voix mélodieusement rêveuse. « L'hiver nous irons danser, et cet été, pour mes vacances, j'irai passer deux semaines à la mer et je t'enverrai une carte postale des brisants. »

« Moi aussi je vais aller à la mer pour deux semaines. »

« Je ne crois pas. Et puis n'oublie pas que nous devons nous rencontrer un jour au Tiergarten dans la roseraie, là où il y a la statue de la princesse avec l'éventail de pierre. »

« Agréable perspective », dit Fiodor.

Mais quelques jours plus tard, il tomba par hasard sur ce même exemplaire de *8 × 8*! Il le feuilleta à la recherche de problèmes inachevés et lorsqu'il s'avéra qu'ils étaient tous résolus, il promena ses regards sur l'extrait de deux colonnes du journal de jeunesse de Tchernychevski ; il le parcourut, sourit et commença à le relire avec intérêt. Le style drôlement circonstanciel, les adverbes méticuleusement insérés, la passion des points et virgules, l'enlisement de la pensée au milieu de la phrase et les efforts maladroits pour la désembourber (sur quoi elle s'enlisait immédiatement ailleurs et l'auteur devait recommencer à l'extraire de nouveau), la signification insérée à coups de trique de chaque mot, la marche de cavalier du sens dans le commentaire trivial de ses moindres actions, l'ineptie visqueuse de ces actions (comme si notre homme s'était mis les mains dans quelque colle forte, et comme si toutes deux étaient des mains gauches), le sérieux, la mollesse, l'honnêteté, la pauvreté – tout ceci plut tellement à Fiodor, il était si étonné et amusé par le fait qu'un auteur d'un tel style verbal et mental soit considéré comme ayant influencé le destin littéraire de la Russie, que dès le lendemain matin il emprunta les œuvres complètes de Tchernychevski à la Bibliothèque Nationale. Et tout en lisant, son étonnement allait croissant, et ce sentiment contenait une sorte de félicité particulière.

Une semaine plus tard, quand il accepta une invitation téléphonée d'Alexandra Iakovlevna (« Pourquoi ne vous voit-on jamais ? Dites-moi, êtes-vous libre ce soir ? »), il n'apporta pas *8 × 8* avec lui pour le montrer à ses amis : ce petit magazine avait maintenant pour lui une valeur sentimentale, le souvenir d'une rencontre. Parmi les invités, il trouva l'ingénieur Kern et un monsieur de stature imposante, aux joues rasées de très près, taciturne, avec un gros visage démodé, du nom de Gorianov, qui était bien connu pour le fait que, pouvant imiter à la perfection (en se fendant la bouche jusqu'aux oreilles, en émettant des sons humides de ruminant et en prenant une voix de fausset) un malheureux journaliste d'humeur difficile qui avait une piètre réputation, il s'était tellement habitué à cette image (qui prit ainsi sa revanche sur lui) qu'il ne se contentait pas seulement d'abaisser les coins de la bouche lorsqu'il imitait d'autres connaissances, mais qu'il se mettait à prendre cet air lui-même dans une conversation normale. Alexandre Tchernychevski, amaigri et plus calme depuis sa maladie – ceci étant le prix de rachat de sa santé pour un moment –, semblait assez enjoué ce soir-là à nouveau, et son tic habituel était même revenu ; mais le fantôme de Iacha ne s'asseyait plus dans le coin, accoudé sur les livres en désordre.

« Êtes-vous toujours satisfait de votre logement ? » demanda Alexandra Iakovlevna. « J'en suis très heureuse. Vous ne flirtez pas avec la fille ? Non ? A propos, je me suis souvenue l'autre jour qu'à une époque Mertz et moi avions des connaissances communes – c'était un homme merveilleux, un gentilhomme dans toute l'acception du mot – mais je ne crois pas qu'elle tienne vraiment à admettre ses origines. Elle les admet vraiment ? Enfin, je ne sais pas. Je soupçonne que vous ne comprenez pas tout à fait ces problèmes. »

« De toute façon, c'est une fille qui a du

caractère », dit l'ingénieur Kern. « Je l'ai vue une fois à une réunion du comité de danse. Elle faisait un de ces nez devant tout. »

« Et comment est son nez ? » demanda Alexandra Iakovlevna.

« Vous savez, pour dire la vérité, je ne l'ai pas regardé très attentivement, et en dernière analyse toutes les filles aspirent à être des beautés. Ne soyons pas rosses. »

Gorianov qui était assis les mains jointes sur le ventre demeurait silencieux, sauf qu'il redressait occasionnellement son menton charnu avec une secousse bizarre et se raclait la gorge avec un bruit strident, comme s'il voulait attirer l'attention de quelqu'un. « Oui, merci, j'en prendrai en effet », disait-il en s'inclinant, chaque fois qu'on lui offrait de la confiture ou un verre de thé, et s'il désirait faire part de quelque chose à son voisin, il ne se tournait pas vers lui mais il rapprochait la tête, regardant toujours devant lui, et, ayant confié cette chose ou posé une question, il s'éloignait lentement à nouveau. Dans une conversation avec lui, il y avait toujours d'étranges vides, car il n'appuyait en aucune façon les propos de son interlocuteur et ne le regardait pas, mais il laissait vagabonder autour de la pièce le regard brun de ses petits yeux d'éléphant et se raclait convulsivement la gorge. Quand il parlait de lui-même, c'était toujours dans un esprit lugubrement humoristique. Son apparence tout entière évoquait des associations obsolètes telles que, par exemple : ministère des affaires intérieures, potage aux légumes froid, caoutchoucs brillants, neige stylisée tombant à la fenêtre, stabilité, Stolypine, statisticien.

« Alors, cher ami », dit Tchernychevski d'un air vague, venant s'installer dans un fauteuil près de

Fiodor, « qu'avez-vous de bon à raconter ? Vous ne semblez pas en grande forme. »

« Vous vous souvenez », dit Fiodor, « un jour, il y a à peu près trois ans, vous m'avez conseillé heureusement de décrire la vie de votre célèbre homonyme ? »

« Absolument pas », dit Alexandre Iakovlévitch.

« Dommage, car maintenant je pense m'y mettre. »

« Oh, vraiment ? Êtes-vous sérieux ? »

« Tout à fait », dit Fiodor.

« Mais comment une idée aussi insensée vous est-elle entrée dans la tête ? » intervint Mme Tchernychevski. « Mais voyons, vous devriez écrire – je ne sais pas – disons la vie de Batiouchkov ou de Delvig, quelque chose dans l'orbite de Pouchkine – mais à quoi bon Tchernychevski ? »

« Exercice de tir », dit Fiodor.

« Réponse énigmatique, pour ne rien dire de plus », remarqua l'ingénieur Kern, et le verre sans monture de son pince-nez jeta un éclair tandis qu'il essayait de casser une noix entre les paumes de ses mains. Le tirant par une patte, Gorianov lui passa le casse-noix.

« Pourquoi pas », dit Alexandre Iakovlévitch, émergeant d'une brève période de rêverie, « cette idée commence à me plaire. A notre terrible époque, alors que l'individualisme est piétiné et que la pensée est étouffée, ce doit être une grande joie pour un écrivain de se plonger dans la brillante époque des années 60. J'accueille cette idée avec plaisir. »

« Oui, mais c'est tellement loin de lui ! » dit Mme Tchernychevski. « Il n'y a pas de continuité, pas de tradition. A vrai dire, moi-même je ne m'intéresserais pas tellement à ressusciter tout ce que j'ai senti dans cet ordre d'idées quand j'étais étudiante en Russie. »

« Mon oncle », dit Kern en cassant une noix, « fut renvoyé de l'école pour avoir lu *Que faire ?* »

« Et quelle est votre opinion ? » dit Alexandra Iakovlevna en s'adressant à Gorianov.

Gorianov étendit les mains. « Je n'en ai pas de particulière », dit-il d'une voix ténue, comme s'il imitait quelqu'un. « Je n'ai jamais lu Tchernychevski, mais quand il m'arrive d'y penser... Un personnage, Dieu me pardonne, des plus ennuyeux ! »

Alexandre Iakovlévitch s'enfonça légèrement dans son fauteuil, clignant des paupières, se contractant, son visage s'illuminant alternativement d'un sourire et puis s'éteignant, et il dit :

« Néanmoins j'accueille avec plaisir l'idée de Fiodor Konstantinovitch. Bien sûr, beaucoup de choses nous paraissent aujourd'hui à la fois comiques et ennuyeuses. Mais il y a dans cette époque quelque chose de sacré, quelque chose d'éternel. L'utilitarisme, la négation de l'art, etc. – tout ceci n'est guère qu'une couverture accidentelle sous laquelle il est impossible de ne pas distinguer ses traits fondamentaux : révérence pour la race humaine tout entière, le culte de la liberté, les idées égalitaires –, l'égalité des droits. C'était une époque de grandes émancipations, les paysans des propriétaires terriens, le citoyen de l'État, les femmes de l'esclavage domestique. Et n'oubliez pas que non seulement les meilleurs principes du mouvement de libération russe naquirent alors – soif de la connaissance, fermeté de l'esprit, sacrifice héroïque de sa personne – mais c'est aussi à cette époque, nourris par elle d'une façon ou d'une autre, que des géants tels que Tourguéniev, Nékrassov, Tolstoï et Dostoïevski se développèrent. Du reste, il va sans dire que Nikolaï Gavrilovitch Tchernychevski lui-même était un homme d'un esprit vaste et varié, avec une énorme volonté de puissance créatrice, et le fait qu'il endura d'atroces souffrances pour son idéologie, pour la Russie, pour l'humanité, rachète amplement certaine sévérité et rigidité de ses opinions critiques. D'ailleurs, je maintiens qu'il était un critique superbe – pénétrant, honnête, brave... Non, non, c'est merveilleux, vous devez certainement l'écrire ! »

L'ingénieur Kern était déjà debout depuis un moment, circulant à travers la pièce, secouant la tête et mourant d'envie de parler.

« De quoi bavardons-nous ? » s'exclama-t-il soudainement, saisissant le dossier d'une chaise. « Qui s'intéresse à ce que Tchernychevski pensait de Pouchkine ? Rousseau était un botaniste lamentable, et je n'aurais pas voulu être soigné par le Dr Tchekhov pour rien au monde. Tchernychevski était tout d'abord un savant économiste et on devrait le considérer comme tel – et malgré tout le respect que j'ai pour les talents poétiques de Fiodor Konstantinovitch, je doute fort qu'il soit capable d'apprécier les mérites et démérites des *Commentaires sur John Stuart Mill* de notre homme. »

« Votre comparaison est absolument fausse », dit Alexandra Iakovlevna. « C'est ridicule ! Tchekhov n'a pas laissé la moindre trace en médecine, les compositions musicales de Rousseau ne sont que de simples curiosités, mais dans ce cas précis, nulle histoire de la littérature russe ne peut omettre Tchernychevski. Mais il y a autre chose que je ne comprends pas », continua-t-elle d'un trait. « Quel intérêt Fiodor Konstantinovitch peut-il bien avoir à écrire sur des gens et une époque auxquels sa mentalité tout entière est complètement étrangère ? Bien sûr, je ne sais pas quelle sera sa façon d'aborder le sujet. Mais, parlons ouvertement, s'il veut démasquer les critiques progressistes, ça ne vaut pas le coup : il y a longtemps que Volynski et Eichenwald l'ont fait. »

« Allons, allons », dit Alexandre Iakovlévitch, « telle n'est pas la question. Un jeune écrivain s'est pris d'intérêt pour une des époques les plus importantes de l'histoire russe et il est sur le point d'écrire une biographie littéraire de l'une de ses personnalités majeures. Je ne vois rien d'étrange à tout ça. Il n'est pas très difficile d'arriver à connaître le sujet, il trouvera plus de livres qu'il n'en faut, et le reste dépend entièrement du talent. Tu parles de façon d'aborder le sujet. Mais présupposant une façon talentueuse d'aborder un sujet donné, le sarcasme est exclus a priori, hors de propos. C'est comme ça que les choses m'apparaissent du moins. »

« Avez-vous vu comment Kontchéiev a été attaqué la semaine dernière ? » demanda l'ingénieur Kern, et la conversation prit une autre direction.

Dans la rue, alors que Fiodor disait au revoir à Gorianov, ce dernier retint la main de Fiodor dans sa propre main immense et douce, et, plissant les yeux, dit : « Laissez-moi vous dire, mon garçon, que vous êtes un vrai farceur. Le social-démocrate Bielinski est mort récemment – un genre d'émigré perpétuel pour ainsi dire : il fut exilé par le Tsar et par le prolétariat, de telle sorte que chaque fois qu'il se laissait aller à ses souvenirs, il commençait par dire : "*Ou nas v Jeniévié,* chez nous à Genève..."

« Je ne comprends pas ? » dit Fiodor d'un ton à demi interrogatif.

« Non, mais d'un autre côté je comprends parfaitement. Vous êtes tout autant sur le point d'écrire sur Tchernychevski que moi sur Bielinski, mais, en fait, vous vous êtes moqué de votre auditoire et vous avez soulevé une discussion intéressante. Tous mes vœux, bonne nuit », et il partit d'un pas lent et lourd, s'appuyant sur une canne, une épaule légèrement plus haute que l'autre.

Fiodor reprit le genre de vie auquel il s'était laissé aller en étudiant les activités de son père. C'était une de ces répétitions, une de ces « voix » thématiques dont, selon toutes les règles de l'harmonie, le destin enrichit la vie des hommes qui savent observer. Mais à présent, instruit par l'expérience, il ne se permettait plus son ancienne négligence dans l'utilisation des sources et il nantissait la moindre petite note d'une étiquette d'origine exacte. Des pigeons se promenaient en roucoulant parmi les marguerites sur la pelouse, devant la Bibliothèque Nationale, près d'un bassin de pierre. Les livres qui devaient être sortis arrivaient dans un petit wagon le long de rails en pente au fond des locaux apparemment restreints, où ils attendaient d'être distribués et où il ne semblait y avoir que quelques livres disposés çà et là sur les rayons alors qu'en fait des milliers de livres étaient accumulés.

Fiodor embrassait sa portion, luttait avec son poids qui se désintégrait, et marchait jusqu'à l'arrêt d'autobus. Dès le début, l'image du livre qu'il projetait lui était apparue, ton et grandes lignes, d'une façon extraordinairement distincte ; il avait le sentiment que pour chaque détail qu'il dépistait il y avait déjà une place préparée, et que même le travail de déterrement des matériaux était déjà baigné dans la lumière du livre à venir, tout comme la mer jette une lueur bleue sur une barque de pêche, et la barque elle-même ainsi que cette lueur sont réfléchies dans l'eau. « Tu vois », expliquait-il à Zina, « je veux garder le tout au bord même de la parodie pour ainsi dire. Tu connais ces idiotes "biographies romancées" où l'on refile froidement à Byron un rêve extrait d'un de ses propres poèmes ? Et d'un autre côté, il doit y avoir un abîme de sérieux, et je dois me frayer un chemin le long de cette arête étroite qui sépare ma propre vérité de sa caricature. Et, chose tout à fait capitale, il doit y avoir une seule progression de pensée ininterrompue. Je dois peler ma pomme en une seule bande, sans lever le couteau. »

Il s'aperçut en étudiant son sujet que pour s'en imprégner complètement il lui faudrait étendre son champ d'activité de deux décades dans chaque direction. C'est ainsi qu'une amusante caractéristique de l'époque lui fut révélée – essentiellement futile, mais qui s'avéra un fil conducteur précieux : pendant cinquante ans de critique utilitaire, de Bielinski à Mikhaïlovski, il n'y eut pas un seul modeleur d'opinions qui n'ait sauté sur l'occasion de se moquer des poèmes de Fet. Et en quels monstres métaphysiques se transformaient parfois les jugements les plus sobres de ces matérialistes sur tel ou tel sujet, comme si le Verbe, le Logos se vengeaient sur eux d'avoir été négligés ! Biélinski, cette aimable bourrique qui aimait les lis et les lauriers-roses, qui décorait sa fenêtre de cactus (comme le faisait Emma Bovary), qui gardait cinq kopecks, un bouchon de liège et un bouton dans la boîte vide rejetée par Hegel, et qui mourut poitrinaire – un discours au peuple russe sur ses lèvres tachées de sang – fit sursauter l'imagination de Fiodor par des perles de pensée réaliste telles que : « Tout est beau dans la nature, à la seule exception de ces vilains phénomènes que la nature elle-même a laissés inachevés et cachés dans les ténèbres de la terre ou de l'eau (mollusques, vers, infusoires, etc.). » Pareillement, il était facile de découvrir dans Mikhaïlovski une métaphore flottant le ventre en l'air, comme par exemple : « (Dostoïevski) luttait comme un poisson contre la glace, aboutissant parfois dans les positions les plus humiliantes » ; *ce poisson humilié* vous récompensait d'avoir frayé votre chemin à travers tous les écrits du « reporter des questions contemporaines ». A partir d'ici, il y avait une transition directe au lexique de combat d'aujourd'hui, au style de Steklov parlant de l'époque de Tchernychevski (« L'auteur plébéien qui se nichait dans les pores de la vie russe... marquait du bélier de ses idées les opinions routinières »), ou à l'idiome de Lénine qui dans son ardeur polémique atteignait au sommet de l'absurdité (« Ici, il n'y a pas de feuille de vigne... et l'idéaliste tend la main directement à l'agnostique »). Prose russe, que de crimes ne commet-on pas en ton nom ! Un critique contemporain écrivait de Gogol : « Ses gens sont des caricatures difformes, ses personnages, des ombres de lanterne chinoise, les événements qu'il dépeint, impossibles et ridicules », et ceci correspondait pleinement aux opinions que Skabitchevski et Mikhaïlovski avaient de Tchekhov – opinions qui, telle une mèche mise à feu à l'époque, ont fait éclater en mille morceaux ces critiques.

Il lut Pomialovski (l'honnêteté dans le rôle de la passion tragique) et il y trouva cette salade de fruits lexicale : « des petites lèvres rouge framboise comme des cerises. » Il lut Nékrassov, et sentant une certaine imperfection de journaliste cosmopolite dans sa poésie (fréquemment ravissante), il trouva une explication apparente aux platitudes de son poème *Femmes russes* (« Et puis, comme il est bon quand même De partager tout en commun Avec la personne qu'on aime ») en découvrant qu'en dépit de ses promenades à la campagne il confondait les taons avec les bourdons et les guêpes ([au-dessus du troupeau] « un essaim agité de bourdons » et dix lignes plus bas : sous la fumée d'un feu de bois, les chevaux « cherchent à s'abriter des guêpes »). Il lut Herzen et fut encore une fois mieux à même de comprendre la faille (un faux éclat spécieux) de ses généralisations quand il remarqua que cet auteur, ayant une connaissance rudimentaire de l'anglais (ce dont témoigne sa référence autobiographique passée à la postérité, et qui commence par l'amusant gallicisme *I am born* – Je suis né), avait confondu les sons de deux mots anglais *beggar* (mendiant) et *bugger* (sodomite) et en avait tiré une brillante conclusion concernant le respect des Anglais pour la richesse.

Une telle méthode d'évaluation, prise à son extrême, serait encore plus sotte que d'aborder écrivains et critiques comme des interprètes d'idées générales. Importe-t-il que le Pouchkine de Soukhochtchokov n'aime pas Baudelaire, et serait-il juste de condamner la prose de Lermontov parce qu'il s'en réfère par deux fois à quelque ridicule « crocodile » (une fois dans une comparaison sérieuse, et l'autre par plaisanterie) ? Fiodor s'arrêta à temps, évitant ainsi que l'agréable sentiment d'avoir découvert un critère facilement applicable soit altéré par l'abus.

Il lut énormément – plus que jamais dans le passé. En étudiant les nouvelles et les romans des hommes des années 60, il fut surpris de leur insistance sur les diverses façons qu'avaient leurs personnages de se saluer les uns les autres. Méditant sur l'asservissement de la pensée russe, cette éternelle tributaire de telle ou telle Horde d'Or, il fut entraîné par d'étranges comparaisons. Ainsi, dans le paragraphe 146 du Code de censure de 1826 où l'on enjoignait aux auteurs de « maintenir une morale chaste et de ne pas la remplacer uniquement par la beauté de l'imagination », on n'avait qu'à remplacer « chaste » par « civique » ou un mot dans cet ordre d'idées pour obtenir le Code de censure particulier des critiques radicaux ; et pareillement, quand le réactionnaire Boulgarine informa le gouvernement dans une lettre confidentielle qu'il était prêt à dénaturer les personnages du roman qu'il écrivait, pour accommoder le censeur, on ne pouvait s'empêcher de penser à la servilité ultérieure que même des auteurs tels que Tourguéniev montrèrent devant la Cour de l'Opinion Publique Progressiste ; et le radical Chtchedrine, employant un limon de charrette pour se battre, et ridiculisant la maladie de Dostoïevski, ou Antonovitch qui appelait cet auteur « un animal fouetté et mourant », différaient peu de l'écrivain de droite Bourénine qui persécuta le malheureux poète Nadson. Dans les écrits d'un autre critique radical, Zaïtsev, il était comique de trouver, quarante ans avant Freud, la théorie que « tous ces sentiments esthétiques et autres illusions "qui nous élèvent" ne sont que des modifications de l'instinct sexuel... » ; c'était ce même Zaïtsev qui appelait Lermontov « un idiot désillusionné » ; il fit l'élevage des vers à soie dans un exil désœuvré à Locarno (ils ne coconnèrent jamais), et sa myopie le fit souvent dégringoler en bas l'escalier.

Fiodor essaya de classifier le micmac des idées philosophiques de l'époque, et il lui sembla que dans l'appel même des noms, dans leur consonance burlesque, se manifestaient une sorte de péché contre la pensée, une moquerie, une tare de l'époque, quand certains louangeaient excessivement Kant, d'autres *Kont* (Comte), et d'autres encore, Hegel ou Schlegel. Et d'autre part, il commença à comprendre graduellement que des radicaux aussi intransigeants qu'un Tchernychevski, avec toutes leurs épouvantables et risibles bévues, étaient, de quelque façon qu'on les envisage, de véritables héros dans leur lutte contre l'ordre gouvernemental des choses (qui était encore plus nocif et plus vulgaire que ne l'était leur propre fatuité dans le domaine de la critique littéraire), et que d'autres opposants, libéraux ou slavophiles, qui risquaient moins, valaient d'autant moins que ces bagarreurs de fer.

Il admirait sincèrement la façon dont Tchernychevski, un ennemi de la peine de mort, ridiculisait implacablement la proposition bassement sublime et abominablement bénigne du poète Joukovski que l'on entoure les exécutions d'un secret mystique (puisqu'en public, disait-il, le condamné devenait cyniquement effronté, discréditant ainsi la loi), de telle sorte que ceux qui assisteraient à la pendaison ne verraient rien et n'entendraient que des chants d'église solennels derrière un rideau, car une exécution devrait être émouvante. Et en lisant ceci, Fiodor se souvint que son père disait qu'il y a dans chaque homme le sentiment inné que la peine de mort a quelque chose d'insurmontablement anormal, quelque chose comme l'inquiétant renversement des gestes dans un miroir qui nous change tous en gauchers : ce n'est pas pour rien que tout est inverti pour le bourreau : le collier du cheval est mis la tête en bas lorsque le voleur Razine est amené à l'échafaud ; on verse le vin de l'exécuteur des hautes œuvres non pas avec un tour de poignet normal, mais du revers de la main ; et si, selon le code souabe, l'on permettait à un acteur insulté de demander satisfaction en frappant l'ombre de l'offenseur, en Chine c'était précisément un acteur – une ombre – qui remplissait les devoirs du bourreau, toute responsabilité étant pour ainsi dire enlevée au monde des hommes et métamorphosée dans le monde renversé des miroirs.

Il saisit nettement une supercherie à l'échelle gouvernementale dans les actions du « Tsar libérateur », qui en eut bientôt par-dessus la tête de toute cette histoire d'accorder des libertés ; car ce fut l'ennui du Tsar qui donna à la réaction sa nuance dominante. Après le manifeste, la police ouvrit le feu sur les gens à la station de Bezdna – et la veine épigrammatique de Fiodor fut chatouillée par la tentation de mauvais goût de considérer le destin ultérieur des souverains de la Russie comme le parcours entre les stations *Biézdna* (sans fond) et *Dno* (fond).

Graduellement, à la suite de tous ces raids sur le passé de la pensée russe, il contracta un nouveau désir de la Russie qui était moins physique qu'auparavant, une envie dangereuse (contre laquelle il lutta avec succès) de se confesser à elle et de la convaincre. Et tout en accumulant les connaissances, tandis qu'il extrayait sa création achevée de cette montagne, il se souvint d'une autre chose : un amas de pierres sur un col en Asie ; chacun des guerriers qui partaient en campagne y plaçait une pierre ; au retour, chacun prenait une pierre sur le tas ; ce qui restait représentait à jamais le nombre de ceux qui étaient tombés au combat. C'est ainsi que Tamerlan entrevoyait un monument dans un amas de pierres.

Avant l'hiver, il s'était déjà mis à l'œuvre, ayant passé imperceptiblement de l'accumulation à la création. L'hiver, comme des hivers des plus mémorables et comme tous les hivers introduits dans le but de faire une phrase narrative, s'avéra (comme ils « s'avèrent » toujours dans de tels cas) assez froid. Lors de ses rendez-vous du soir avec Zina dans un petit café désert où le comptoir était peint d'une couleur indigo et où de minuscules lampes d'un bleu profond affectant des airs d'intimité luisaient sur six ou sept petites tables, il lui lisait ce qu'il avait écrit au cours de la journée et elle écoutait, ses cils peints abaissés, appuyée sur un coude, jouant avec un gant ou un étui à cigarettes. Parfois le chien du propriétaire s'approchait, une grosse chienne bâtarde avec des tétines pendantes, et venait placer sa tête sur le genou de Zina, et sous la main caressante et souriante qui lissait à rebrousse-poil la peau de son front rond et soyeux, les yeux de la chienne se fendaient à la chinoise, et quand on lui donnait un morceau de sucre, elle le prenait, se dandinait sans se presser jusqu'à un coin, s'y mettait en boule et commençait à le croquer très bruyamment. « Merveilleux, mais je ne suis pas certaine que ça se dise comme ça en russe », disait parfois Zina, et après en avoir discuté il corrigeait l'expression qu'elle avait mise en doute. Elle abrégeait Tchernychevski en Tchernych et elle s'habitua tellement à le considérer comme appartenant à Fiodor, et partiellement à elle, que sa vie réelle dans le passé lui apparaissait comme une sorte de plagiat. L'idée qu'eut Fiodor de composer la biographie de Tchernychevski en forme de cercle terminé par l'agrafe d'un sonnet apocryphe (de telle sorte que le résultat n'aurait pas la forme d'un livre, ce qui par son côté achevé est opposé à la nature circulaire de toute chose dans l'existence, mais d'une phrase suivant une courbe continuelle et qui serait ainsi infinie), lui sembla tout d'abord impossible à réaliser sur du papier rectangulaire et plat – et elle en fut d'autant plus transportée de joie quand elle remarqua qu'un cercle se formait néanmoins. Elle ne se préoccupait nullement de savoir si l'auteur s'en tenait assidûment à la vérité historique ou non – cela allait de soi, car s'il n'en avait pas été ainsi il n'aurait simplement pas valu la peine d'écrire le livre. D'un autre côté, une vérité plus profonde dont il était seul responsable et que lui seul pouvait trouver était pour elle d'une telle importance que la moindre maladresse ou imprécision dans ses mots semblait être le germe de l'erreur qui devait être exterminé immédiatement. Douée d'une mémoire des plus souples qui s'enroulait comme du lierre autour de ce qu'elle percevait, Zina ennoblissait de sa propre circonvolution secrète, en les répétant, ces combinaisons de mots qu'elle aimait particulièrement, et chaque fois que Fiodor, pour une raison ou une autre, changeait une tournure de phrase dont elle s'était souvenue, les ruines du portique s'attardaient longuement sur l'horizon doré, hésitant à disparaître. Il y avait une grâce extraordinaire dans sa sensibilité qui servait imperceptiblement à Fiodor de régulateur sinon de guide. Et quelquefois, lorsque au moins trois clients s'étaient rassemblés, une vieille pianiste avec un pince-nez venait s'asseoir au piano droit dans le coin et jouait la *Barcarolle* d'Offenbach comme on joue une marche.

Il approchait déjà de la fin de son travail (la naissance du héros, pour plus de précision) quand Zina dit que ça ne lui ferait pas de mal de se reposer et que par conséquent ils iraient ensemble le samedi suivant à un bal travesti chez un de ses amis artistes. Fiodor était mauvais danseur, ne pouvait supporter les bohèmes allemands et refusait d'ailleurs tout net de *mettre la fantaisie en uniforme* ce que font en effet les bals masqués. Il fut entendu qu'il porterait un loup et un smoking qui avait été taillé environ quatre ans plus tôt et qui n'avait pas été porté plus de quatre fois entre-temps. « Et je vais y aller en... », commença-t-elle d'un air rêveur, mais elle s'arrêta brusquement. « Je t'en prie », dit Fiodor, « n'importe quoi mais pas en jeune boyarde ni en Colombine. » « Ce serait bien mon genre », dit-elle d'un air dédaigneux. « Oh, je t'assure que ce sera terriblement amusant », ajouta-t-elle tendrement, pour dissiper son pessimisme. « Pourquoi, après tout, nous serons tout seuls dans la foule. C'est pourquoi je veux y aller ! Nous serons ensemble toute la nuit et personne ne saura qui tu es, et je me suis inventé un costume spécialement pour toi. » Il l'imaginait consciencieusement avec un dos nu et délicat, et de pâles bras bleuâtres – mais à ce point toutes sortes de visages bestiaux excités s'infiltraient illégalement, la vulgaire racaille des bruyantes orgies allemandes ; la boisson avait-elle enflammé son gosier, il éructa après avoir mangé des sandwiches aux œufs hachés ; mais il se remit à concentrer ses pensées, emportées par la musique, sur la veine transparente de la tempe de Zina. « Bien sûr, ce sera amusant, bien sûr nous irons », dit-il avec conviction.

Il fut convenu qu'elle partirait à neuf heures et qu'il la suivrait une heure plus tard. Gêné par la limite de temps, il ne se mit pas au travail après dîner, mais s'amusa avec une nouvelle revue d'émigrés où Kontchéiev était mentionné deux fois à la hâte, et ces références fortuites qui impliquaient que le poète était reconnu de tous étaient plus précieuses encore que l'article le plus favorable : six mois plus tôt ceci aurait provoqué en lui ce que ressentait l'envieux Salieri de Pouchkine, mais maintenant il s'étonnait lui-même de sa propre indifférence à la célébrité d'une autre personne. Il jeta un coup d'œil à sa montre et il commença lentement à se changer. Il déterra son smoking à l'apparence somnolente, et se laissa aller à penser. Tout en réfléchissant, il sortit une chemise empesée, y glissa ses évasifs boutons de col, y grimpa, frissonnant sous sa rigide froideur. Il demeura encore immobile un moment, puis il enfila automatiquement son pantalon noir à bande de satin, et se souvenant qu'il s'était décidé ce matin-là à éliminer la dernière des phrases qu'il avait écrites le jour précédent, il se pencha sur la page qui était déjà noire de corrections. En relisant la phrase, il se demanda : devrait-il la laisser intacte après tout ; il fit un renvoi, écrivit un adjectif additionnel, demeura figé sur la phrase et la raya rapidement tout entière. Mais laisser le paragraphe dans cette condition, i.e., avec sa structure qui pendait au bord d'un précipice avec une fenêtre bouchée par des planches et une véranda qui s'écroulait, était une impossibilité physique. Il examina ses notes pour cette partie et soudainement sa plume se mit en branle et s'envola. Quand il regarda de nouveau sa montre, il était trois heures du matin, il avait le frisson, et dans la chambre tout s'estompait dans la fumée de cigarette. Il entendit au même moment le bruit sec de la serrure américaine. Sa porte était entrebâillée, et comme elle passait devant dans le couloir, Zina l'aperçut, pâle, la bouche grande ouverte, vêtu d'une chemise empesée qui n'était pas boutonnée et avec des bretelles traînant sur le plancher, la plume à la main ; le loup sur son bureau était d'un noir éclatant sur la blancheur du papier. Elle s'enferma dans sa chambre en faisant claquer la porte et tout redevint calme. « En voilà du propre », dit Fiodor à voix basse. « Qu'ai-je fait ? » Ainsi, il ne sut jamais quelle robe Zina avait mise pour aller au bal ; mais le livre était achevé.

Un mois plus tard, un lundi, il apporta la copie au net à Vassiliev qui, dès l'automne précédent, étant au courant des recherches de Fiodor, lui avait plus ou moins offert de faire publier la *Vie de Tchernychevski* par la maison d'éditions affiliée à la *Gazeta*. Le mercredi suivant, Fiodor était encore là, bavardant tranquillement avec le vieux Stupishine qui avait l'habitude de porter des pantoufles en feutre au bureau. La porte de l'étude s'ouvrit subitement et se remplit de la masse de Vassiliev qui jeta un regard noir à Fiodor pendant un instant, et puis il dit impassiblement : « Ayez l'amabilité d'entrer », et il s'écarta d'un côté pour que Fiodor puisse se faufiler.

« Alors, vous l'avez lu ? » demanda Fiodor en prenant un siège de l'autre côté de la table.

« Je l'ai lu », répondit Vassiliev d'une morne voix basse.

« Personnellement », dit Fiodor avec entrain, « j'aimerais qu'il paraisse au printemps. »

« Voici votre manuscrit », dit subitement Vassiliev, fronçant les sourcils et lui remettant la chemise. « Prenez-le. Il ne saurait être question que je participe à sa publication. Je supposais que c'était un travail sérieux, et il se trouve que ce n'est qu'une improvisation téméraire, antisociale et malveillante. Vous m'étonnez. »

« Mais, c'est absurde vous savez », dit Fiodor.

« Non, mon cher monsieur, ce n'est pas absurde », rugit Vassiliev palpant avec colère les objets sur son bureau, faisant rouler un tampon de caoutchouc, changeant la position des livres résignés « à rendre compte », accidentellement rassemblés, sans espoir d'un bonheur permanent. « Non, mon cher monsieur ! Il y a certaines traditions de la vie publique russe qu'un écrivain honorable n'ose pas ridiculiser. Il m'est absolument indifférent que vous ayez du talent ou pas ; tout ce que je sais, c'est que brocarder un homme dont les œuvres et les souffrances ont été une nourriture pour des millions d'intellectuels russes est indigne de tout talent. Je sais que vous ne m'écouterez pas, mais néanmoins (et Vassiliev, grimaçant de douleur, porta la main à son cœur) je vous supplie en tant qu'ami de ne pas essayer de publier cette chose, vous allez ruiner votre carrière littéraire, souvenez-vous de mes paroles, tout le monde s'éloignera de vous. »

« Je préfère les voir de dos », dit Fiodor.

Ce soir-là il était invité chez les Tchernychevski, mais Alexandra Iakovlevna le décommanda à la dernière minute : son mari était « au lit avec la grippe » et « avait une forte température ». Zina était allée au cinéma avec quelqu'un, de telle sorte qu'il ne la rencontra que le soir suivant. « "*Kaput* au premier essai", comme le dirait ton beau-père », dit-il en réponse à sa question au sujet du manuscrit et (et comme on l'écrivait dans le vieux temps) il raconta brièvement sa conversation au bureau de rédaction. Son indignation, sa tendresse, son désir de l'aider immédiatement trouvèrent chez elle leur expression dans une explosion d'énergie résolue. « Oh, *c'est* donc comme ça ! » s'exclama-t-elle. « Très bien. Je vais trouver l'argent pour la publication, c'est ce que je vais faire. »

« Pour le bébé un repas, pour le père un cercueil », dit-il (transposant les mots d'un vers d'un poème de Nékrassov sur l'héroïque épouse qui vend son corps pour faire manger son mari), et à un autre moment, elle se serait offusquée de cette audacieuse plaisanterie.

Elle emprunta quelque part cent cinquante marks et elle en ajouta soixante-dix de sa poche qu'elle avait mis de côté au cours de l'hiver – mais cette somme était insuffisante, et Fiodor décida d'écrire à l'oncle Oleg en Amérique qui aidait régulièrement sa mère et qui lui envoyait aussi quelques dollars à l'occasion. La composition de cette lettre fut remise d'un jour à l'autre cependant, tout comme il remettait, en dépit des exhortations de Zina, une tentative de faire publier son livre en feuilleton par une revue littéraire d'émigrés à Paris ou d'attirer l'attention de la maison d'éditions qui avait publié les vers de Kontchéiev. Durant son temps libre, elle entreprit de dactylographier le manuscrit dans le bureau d'une de ses connaissances et elle obtint de lui cinquante autres marks. L'inertie de Fiodor la rendait furieuse – une conséquence de sa haine de toutes les affaires pratiques. Pendant ce temps, il s'occupait gaiement à composer des problèmes d'échecs, il allait à ses leçons comme dans un rêve, et il téléphonait quotidiennement à Mme Tchernychevski : la grippe d'Alexandre Iakovlévitch s'était transformée en une inflammation aiguë des reins. Un jour il remarqua dans la librairie russe un grand homme majestueux avec un visage aux traits amples, portant un chapeau de feutre noir (avec une mèche de cheveux châtains qui dépassait) qui lui lançait un regard affable et même empreint d'une sorte d'encouragement. « Où l'ai-je rencontré ? » se demanda Fiodor rapidement, essayant de ne pas regarder. L'autre s'approcha et tendit la main, généreusement, naïvement, l'ouvrant largement, sans défense, il parla... et Fiodor se souvint : c'était Busch qui deux ans et demi plus tôt avait lu sa pièce à ce cercle littéraire. Il l'avait publiée récemment et maintenant, poussant Fiodor de la hanche, lui donnant des coups de coude, un sourire enfantin tremblant sur son noble visage toujours légèrement couvert de sueur, il sortit un portefeuille, du portefeuille une enveloppe et de l'enveloppe une coupure – un misérable petit article qui avait paru dans le journal émigré de Riga.

« Maintenant », dit-il avec une pesanteur imposante, « cette chose va paraître en allemand aussi. Et en plus, je travaille à un roman. »

Fiodor essaya de lui échapper, mais ce dernier quitta la boutique avec lui et suggéra qu'ils fassent route commune ; comme Fiodor se rendait à une leçon et qu'il était conséquemment tenu d'emprunter un chemin défini, tout ce qu'il pouvait faire pour essayer de se sauver de Busch était de presser le pas, mais ceci accélérait tellement le débit de son compagnon qu'il ralentit de nouveau, horrifié.

« Mon roman », dit Busch en regardant au loin et en étendant la main de côté, avec une manchette bruyante débordant de la manche de son pardessus noir, afin d'arrêter Fiodor Konstantinovitch (le pardessus, le chapeau noir et la mèche de cheveux lui donnaient l'apparence d'un hypnotiseur, d'un champion d'échecs ou d'un musicien), « mon roman est la tragédie d'un philosophe qui a découvert la formule absolue. Il se met à parler et parle ainsi (comme un prestidigitateur, Busch cueillit un carnet en l'air et commença à lire en marchant) : "Il faut être un âne parfait pour ne pas déduire du fait de l'atome le fait que l'univers lui-même n'est qu'un atome, ou, il serait plus vrai de dire, un genre de trillionième d'atome. Ceci fut perçu intuitivement déjà par ce génie de Blaise Pascal. Mais poursuivons, Louise ! (Au son de ce nom, Fiodor sursauta et entendit clairement la marche du grenadier allemand : « A-a-dieu, Louisa ! essuie tes yeux et ne pleure pas ; ce n'est pas chaque balle qui tue un bon gars », et ceci continua subséquemment à résonner comme sous la fenêtre des mots subséquents de Busch.) Déploie, ma chère, toute ton attention. D'abord, laisse-moi donner un exemple fantaisiste. Supposons qu'un certain physicien se soit arrangé pour dépister, de la somme absolument impensable d'atomes dont le Tout est composé, cet atome fatal auquel s'intéresse notre raisonnement. Nous supposons qu'il a amené son fractionnement jusqu'à la toute dernière essence de ce même atome, moment auquel l'Ombre d'une Main (la main du physicien !) s'abat sur notre univers avec des résultats catastrophiques, parce que l'univers n'est, je crois, que la fraction finale d'un atome central parmi ceux qui le constituent. Ce n'est pas facile à comprendre, mais si tu comprends ça tu comprendras tout. Hors de la prison des mathématiques ! Le tout est égal à la plus petite partie du tout, la somme des parties est égale à une partie de la somme. C'est le secret du monde, la formule de l'infini absolu, mais après avoir fait une telle découverte, la personnalité humaine ne peut plus continuer à parler et à marcher. Tais-toi, Louise !" C'est lui qui parle à une mignonne, son amie », ajouta Busch avec une indulgence bienveillante, haussant une épaule puissante.

« Si ça vous intéresse, je puis vous le lire à partir du début un de ces jours », continua-t-il. « Le thème est colossal. Et vous, si je puis me permettre de vous le demander, que faites-vous ? »

« Moi ? » dit Fiodor avec un léger sourire. « J'ai

écrit un livre moi aussi, un livre sur le critique Tchernychevski, seulement je ne puis trouver un éditeur. »

« Ah ! Le vulgarisateur du matérialisme allemand – des traîtres traducteurs de Hegel, les philosophes rustauds ! Très honorable. Je suis de plus en plus convaincu que mon éditeur prendra votre œuvre avec plaisir. C'est une personnalité comique, et pour lui la littérature est un livre fermé. Mais j'occupe la position de conseiller auprès de lui, et il m'écoutera. Donnez-moi votre numéro de téléphone. Je le vois demain – et s'il est d'accord en principe, alors je feuilletterai votre manuscrit, et j'ose espérer que je le recommanderai de la manière la plus flatteuse. »

Quelle bêtise, pensa Fiodor et par conséquent il fut extrêmement surpris lorsque la bonne âme appela en effet le lendemain. L'éditeur était un homme grassouillet avec un nez triste, lui rappelant quelque peu Alexandre Iakovlévitch, avec les mêmes oreilles rouges et un pointillé de poils noirs de chaque côté de sa tête chauve polie. Sa liste de livres publiés était restreinte, mais remarquablement éclectique : traductions de quelques romans psychanalytiques allemands faites par un oncle de Busch ; *L'Empoisonneuse* par Adelaïde Svetozarov ; une collection d'histoires drôles ; un poème anonyme portant le titre de « Je » ; mais parmi ces déchets il y avait deux ou trois livres authentiques tels que par exemple le merveilleux *Escalier qui monte aux nues* d'Hermann Lande ainsi que sa *Métamorphoses de la pensée*. Busch réagit à la *Vie de Tchernychevski* comme à une bonne gifle au marxisme (chose à laquelle Fiodor n'avait pas donné la moindre pensée en écrivant son ouvrage) et, lors de la seconde rencontre, l'éditeur, évidemment le plus aimable des hommes, promit de publier le livre pour Pâques ; i.e., dans un mois. Il ne donna pas d'avances et il offrit cinq pour cent sur les mille premiers exemplaires, mais d'un autre côté il éleva le pourcentage de l'auteur à trente sur le deuxième mille, ce qui sembla à Fiodor à la fois juste et généreux. Cependant, il était complètement indifférent à cet aspect de l'affaire (et au fait que les ventes d'écrivains émigrés atteignaient rarement cinq cents exemplaires). D'autres émotions le submergeaient. Ayant serré la main humide d'un Busch radieux, il émergea dans la rue comme une ballerine s'envolant sur la scène fluorescente. Le crachin semblait une éblouissante rosée, le bonheur lui serrait la gorge, des nimbes irisés tremblaient autour des réverbères, et le livre qu'il avait écrit lui parlait de toute la force de sa voix, l'accompagnant tout le temps comme un torrent de l'autre côté d'un mur. Il se dirigea vers le bureau où Zina travaillait ; en face de cet édifice noir, avec des fenêtres à l'apparence bienveillante inclinées vers lui, il trouva le bar où ils devaient se rencontrer.

« Alors, quelle nouvelle ? » demanda-t-elle en entrant précipitamment.

« Non, il n'en veut pas », dit Fiodor, observant avec une attention ravie son visage se rembrunir, s'amusant du pouvoir qu'il avait sur ce visage et anticipant l'exquise lumière qu'il était sur le point de provoquer.

CHAPITRE QUATRE

L'Histoire n'en sait rien mais n'en veut point démordre ;
Le même ouragan souffle, et, sa robe en désordre,
La vérité se penche, observe et se tait.

Son sourire de femme est mêlé d'enfantine
Attention ; elle tient dans sa paume un objet
A nos regards cachés par son épaule fine.

Sonnet qui se met apparemment en travers de la route mais qui, peut-être, au contraire, fournit un lien secret qui expliquerait tout – si seulement l'esprit de l'homme pouvait supporter cette explication. L'âme sombre dans un rêve momentané – et voici qu'avec la singulière réalité théâtrale des ressuscités, ils viennent à notre rencontre : le Père Gavril, un long bâton à la main, portant une chasuble de soie grenat, une écharpe brodée en travers de son gros ventre ; et, avec lui, déjà illuminé par le soleil, un petit garçon extrêmement séduisant, rose, gauche et délicat. Ils s'approchent. Enlève ton chapeau, Nikolaï. Un reflet roux dans les cheveux, des taches de rousseur sur son petit front et dans ses yeux la clarté angélique des enfants myopes. Plus tard (dans le calme de leurs pauvres et lointaines paroisses), des prêtres aux noms dérivés de Cyprès, Paradis, et Toison d'Or – Kiparissov, Paradizov, Zlatorounny – évoqueront avec quelque surprise sa beauté timide : hélas, le chérubin était collé sur un pain d'épice résistant, trop dur pour que beaucoup y puissent mordre.

Après nous avoir salués, Nikolaï remet son chapeau, un haut-de-forme gris, peluché, et se retire calmement, très charmant dans son petit manteau fait à la maison et ses pantalons de nankin, tandis que son père, un ecclésiastique bienveillant qui s'occupe d'horticulture, nous parle des cerises, des prunes et des poires de Saratov. Un tourbillon de poussière torride voile l'image.

Comme on le souligne invariablement au début de positivement toutes les biographies littéraires, le petit garçon était un dévoreur de livres. Il excellait dans ses études. Pour son premier exercice d'écriture, il reproduisit avec application : « Obéis à ton souverain, honore-le et soumets-toi à ses lois », et c'est ainsi que le bout écrasé de son index demeura à jamais taché d'encre. A présent, les années 30 sont passées et les années 40 ont débuté.

A l'âge de seize ans, il avait une connaissance des langues suffisante pour lire Byron, Eugène Sue et Goethe (ayant honte jusqu'à la fin de ses jours de sa prononciation barbare) et il maîtrisait déjà le latin de séminaire, parce que son père était un homme instruit. A part ça, il apprit le polonais avec un certain Sokolovski, tandis qu'un marchand d'oranges du pays lui enseignait le persan – et le poussait aussi à l'usage du tabac.

A son entrée au séminaire de Saratov, il se montra un élève soumis et pas une seule fois ne fut flagellé. On le surnomma le « petit aristo » bien qu'il ne fût pas opposé aux jeux et au plaisir en général. L'été, il jouait aux osselets et il aimait se baigner ; cependant, il n'apprit jamais à nager, ni à façonner des moineaux d'argile ni à faire des filets pour attraper des épinoches : les trous étaient inégaux et les fils s'emmêlaient – les poissons sont plus difficiles à pêcher que les âmes humaines (mais plus tard, même les âmes s'échappèrent par les déchirures). L'hiver, dans les ténèbres enneigées, une bande chahuteuse dévalait à flanc de colline dans un immense traîneau plat, tiré par un cheval, tout en braillant des hexamètres dactyliques – et le commissaire de police, coiffé de son bonnet de nuit, écartait son rideau et grimaçait d'une manière encourageante, heureux que les fredaines des séminaristes fassent décamper tout cambrioleur nocturne.

N'eût-ce été du regrettable incident avec le commandant Protopopov, il serait devenu prêtre, comme son père, et il aurait très probablement atteint un haut rang. Protopopov était un propriétaire terrien de la région, bon vivant, amateur de filles et de chiens : c'était son fils que le Père Gavril porta trop hâtivement sur les registres comme illégitime ; entre-temps, il apparut que le mariage avait été célébré – sans cérémonies il est vrai, mais honorablement – quarante jours avant la naissance de l'enfant. Destitué de son poste de membre du consistoire, le Père Gavril tomba dans une telle dépression que ses cheveux devinrent gris. « Voilà comment ils récompensent le labeur des pauvres prêtres », répétait sa femme avec colère – et l'on décida de donner une instruction laïque à Nikolaï. Qu'advint-il par la suite du jeune Protopopov – découvrit-il un jour qu'à cause de lui ?... Fut-il saisi d'un frisson sacré ?... Ou se lassant rapidement des plaisirs d'une jeunesse bouillante... se retirant ?...

A propos : le paysage qui s'était déployé peu de temps auparavant avec une étonnante langueur sur le passage de l'immortelle *briska* ; toute cette tradition viatique russe si naturelle qu'elle vous fait fondre en larmes ; toute cette simplicité qui vous regarde fixement d'un champ, d'une petite colline, entre deux nuages oblongs ; cette beauté suppliante, expectante, prête à s'élancer vers vous au plus léger soupir et à partager vos larmes ; bref, le paysage chanté par Gogol passa inaperçu devant les yeux d'un Nikolaï Gavrilovitch âgé de dix-huit ans qui voyageait avec sa mère, de Saratov à Saint-Pétersbourg, dans une voiture tirée par leurs propres chevaux. Il ne leva pas les yeux d'un livre tout le long du chemin. Il va sans dire qu'il préférait sa « guerre de mots » aux « épis de blés s'inclinant dans la poussière ».

Ici l'auteur remarqua qu'une fermentation se poursuivait à son insu dans quelques-unes des lignes qu'il avait déjà composées, une croissance, un gonflement du pois, ou, plus précisément à un certain point, le développement ultérieur d'un thème donné devenait manifeste – le thème des « exercices d'écriture » par exemple : déjà, au cours de ses années d'étude, Nikolaï Gavrilovitch copiait pour son propre bénéfice la phrase de Feuerbach « L'homme est ce qu'il mange » (ça sonne mieux en allemand, et encore mieux à l'aide de l'épellation acceptée de nos jours en russe : *tchevolek est' te trhto est*). Remarquons également que le thème de la « myopie » se développe lui aussi ; déjà dans son enfance, il n'arrivait à reconnaître que les visages qu'il embrassait et ne pouvait voir que quatre des sept étoiles de la Grande Ourse. Il chaussa ses premières lunettes – en cuivre – à l'âge de vingt ans. Puis vinrent les lunettes de l'instituteur – en argent – payées six roubles, pour distinguer ses étudiants à l'École militaire. Plus tard, les lunettes en or du modeleur d'opinion publique qu'il utilisait à l'époque où *Le Contemporain* pénétrait les plus fabuleuses profondeurs de la campagne russe. Encore une fois, des lunettes en cuivre achetées dans un petit magasin de l'autre côté du lac Baïkal où l'on vendait aussi des bottes de feutre et de la vodka. Le vif désir qu'il manifesta d'avoir des lunettes dans une lettre expédiée à ses fils du territoire de Yakoutsk, demandant des verres adaptés à telle ou telle vue (avec une ligne marquant la distance à laquelle il pouvait distinguer l'écriture). Ici, le thème des lunettes se voile un instant... Suivons un autre thème, celui de la « clarté angélique ». Voici la façon dont il se développe subséquemment : le Christ est mort pour l'humanité parce qu'il aimait l'humanité que j'aime moi aussi et pour laquelle je mourrai également. « Soyez un deuxième Sauveur », lui conseille son meilleur ami – et, comme il rougit – Oh, timide ! Oh, faible ! (un point d'exclamation presque gogolien fait une fugace apparition dans son journal d'étudiant). Mais, le « Saint-Esprit » doit être remplacé par le « bon sens ». La pauvreté n'est-elle pas la mère de tous les vices ? Le Christ aurait dû commencer par chausser tout le monde, nous couronner de fleurs et ne prêcher la morale qu'ensuite. Le second Christ commencerait par mettre un terme aux besoins matériels (aidé en ceci par la machine que nous avons inventée). Et pour étrange que cela puisse paraître... quelque chose prenait forme – oui, on aurait dit que quelque chose se réalisait. Ses biographes jalonnent son sentier épineux de poteaux évangéliques (il est bien connu que plus le commentateur russe se trouve à gauche plus grande est sa faiblesse pour des expressions telles que « le Golgotha de la révolution »). Les passions de Tchernychevski commencèrent lorsqu'il eut atteint l'âge du Christ. Ici le rôle de Judas fut tenu par Vsevolod Kostomarov ; le rôle de Pierre par le célèbre poète Nékrassov qui refusa de rendre visite au prisonnier. Réfugié à Londres, l'obèse Herzen appela le pilori de Tchernychevski « le pendant de la Croix ». Et dans un célèbre poème de Nékrassov, on revenait à la crucifixion, au fait que Tchernychevski avait été « envoyé pour remettre le Christ dans la mémoire des rois de ce monde ». Finalement, lorsqu'il fut complètement mort et qu'ils furent en train de laver son corps, cette maigreur, cette saillie des côtes, cette *sombre pâleur* de la peau et ces longs orteils rappelèrent vaguement à l'un de ses intimes *La Descente de Croix* –, de Rembrandt si je ne m'abuse. Mais cela même n'est pas la fin du thème : il y a encore l'outrage posthume sans lequel nulle vie de saint n'est complète ; c'est ainsi que la couronne d'argent portant sur son ruban l'inscription À L'APÔTRE DE LA VÉRITÉ DE LA PART DES INSTITUTIONS D'ENSEIGNEMENT SUPÉRIEUR DE LA CITÉ DE KHARKOV fut volée cinq ans plus tard de la chapelle ; en outre, le joyeux sacrilège cassa le verre grenat et en utilisa un éclat pour graver son nom et la date sur l'armature de la couronne. Et puis, un troisième thème s'apprête à se développer – et à se développer d'une manière assez fantastique si nous ne le surveillons pas de très près : le thème des « voyages », qui peut nous amener à Dieu sait quoi... à un tarantass avec un gendarme en uniforme bleu ciel, et même plus, à un traîneau de Yakoutsk attelé à une demi-douzaine de chiens. Grand Dieu, ce commissaire de police de Viliouïsk se nomme aussi Protopopov ! Mais pour l'instant tout est très calme. La confortable voiture continue de rouler, Eugénia Egorovna, la mère de Nikolaï, est assoupie, un mouchoir étendu sur le visage, tandis que son fils repose près d'elle en lisant un livre – et un trou dans la route perd sa signification de trou pour devenir une simple inégalité typographique, un saut dans la ligne – et maintenant, les mots filent également à nouveau, les arbres défilent et leur ombre passe sur les pages. Et voici enfin Saint-Pétersbourg.

Il aimait le bleu et la transparence de la Néva – quelle abondance d'eau dans la capitale, que cette eau était pure (il s'abîma rapidement l'estomac à en boire) ; mais il aimait particulièrement la distribution ordonnée de l'eau, les canaux rationnels : comme il est agréable de pouvoir allier ceci à cela et cela à ceci ; dériver l'idée du bien de celle de conjonction. Le matin il ouvrait sa fenêtre et, avec une révérence encore accrue par l'aspect culturel du spectacle, il se signait face au miroitement des coupoles : Saint-Isaac qui était en construction était tout entourée d'échafaudages – nous allons écrire une lettre au Père Gavril sur « la feuille d'or cuite » des dômes, et une à grand-mère sur la locomotive... Oui, il avait effectivement vu un train – que le pauvre Biélinski (le prédécesseur de notre héros) avait peu de temps auparavant attendu avec tant d'impatience lorsque, les poumons malades, spectral, grelottant, il venait contempler des heures durant, à travers des larmes de joie civique, la construction de la première gare – cette même gare, toujours la même, sur le quai de laquelle, quelques années plus tard, un Pisarev à moitié fou (le successeur de notre héros), portant un masque noir et des gants verts, allait cravacher le visage d'un élégant rival.

Dans mon œuvre (dit l'auteur), les idées et les thèmes continuent à croître à mon insu ou sans mon consentement – certains assez tortueusement – et je sais ce qui ne va pas : la « machine » s'en mêle ; je dois pêcher ce jonchet peu commode dans une phrase déjà composée. Un grand soulagement. Le sujet est le mouvement perpétuel.

Il perdit environ cinq ans avec le mouvement perpétuel, jusqu'en 1853, quand, déjà maître d'école et fiancé, il brûla la lettre avec des diagrammes, préparée un jour qu'il craignait de mourir (de cette maladie à la mode, l'anévrisme), avant de laisser au monde la bénédiction d'un mouvement éternel et extrêmement bon marché. Dans les descriptions de ses expériences absurdes et dans les commentaires qu'il en fit, dans ce mélange d'ignorance et de ratiocination, on peut déjà détecter cette faille à peine perceptible mais fatale qui revêtit ses propos ultérieurs d'un soupçon de charlatanisme ; soupçon imaginaire car nous devons nous rappeler que l'homme était aussi droit et ferme que le tronc d'un chêne, « le plus honnête parmi les honnêtes » (l'expression est de sa femme) ; mais le destin de Tchernychevski était ainsi fait que tout se retournait contre lui : peu importe le sujet qu'il touchait, il apparaissait toujours – insidieusement et avec la plus provocante infaillibilité – quelque chose de complètement opposé à la conception qu'il en avait. Par exemple, il était pour la synthèse, pour la force d'attraction, pour le lien vivant (en lisant un roman, il embrassait la page où l'auteur faisait appel au lecteur) et qu'obtint-il en retour ? Désintégration, solitude, aliénation. Il prêcha la solidité et le bon sens en toute chose – et comme pour répondre à quelque ironique convocation, sa destinée fut encombrée de sots, de têtes fêlées et de fous. En toute chose, il reçut un « centuple négatif » pour employer la phrase heureuse de Strannolioubski, en toute chose il reçut le retour de manivelle de sa propre dialectique, en toute chose les dieux se vengèrent sur lui ; pour son refus des roses irréelles des poètes, pour le bien qu'il fit en écrivant des romans, parce qu'il croyait à la connaissance : quelles formes inattendues et astucieuses cette revanche n'assuma-t-elle pas ! Qu'arriverait-il, se demande Tchernychevski en 1848, si l'on attachait un crayon à un thermomètre au mercure, de telle sorte qu'il bouge selon les changements de température ? Partant du principe que la température est quelque chose d'éternel... Mais pardonnez-moi, qui est en train de prendre de laborieuses notes chiffrées de ses laborieuses spéculations ? Un jeune inventeur à l'œil infaillible sans doute, doué d'une habileté innée pour lier, attacher, souder des parties inertes, leur ayant donné vie par suite du miracle du mouvement – et voyez ! un métier à tisser se met déjà à chantonner ou bien une locomotive avec une longue cheminée et un conducteur en haut-de-forme dépasse un trotteur pur sang. C'est ici précisément que se trouve la lézarde avec le foyer de la revanche, puisque ce jeune homme sensible qui – ne l'oublions pas n'a rien d'autre en vue que le bien de toute l'humanité – a les yeux d'une taupe, tandis que ses mains blanches et aveugles se meuvent à un niveau différent de celui de son esprit fautif mais obstiné et musclé. Tout ce qu'il touche tombe en morceaux. Il est triste de lire dans son journal les passages sur les instruments dont il essaie de faire usage – bras de balance, plombs, bouchons de liège, bassins – et rien ne tourne, ou alors si ça tourne, c'est selon des lois fâcheuses, dans la direction opposée à celle qu'il désire : un éternel moteur en marche arrière – comment, c'est un cauchemar absolu, l'abstraction qui met un terme à toutes les abstractions, l'infini avec un signe moins, avec une cruche brisée par-dessus le marché.

Consciemment, nous avons anticipé sur les événements ; revenons maintenant à ce train-train, à ce rythme de la vie de Nikolaï auquel notre oreille s'était déjà accordée.

Il choisit la faculté de philologie. Sa mère alla présenter ses respects aux professeurs pour les embobiner : sa voix acquérait des harmoniques flatteurs et, petit à petit, elle se faisait larmoyante et se mettait à se moucher. De tous les produits de Saint-Pétersbourg, les articles de cristal la frappèrent le plus. Finalement, « elles » (le respectueux pronom qu'il employait en parlant de sa mère – ce merveilleux pluriel russe qui, comme allait le faire plus tard sa propre esthétique, « essaie d'exprimer la qualité par la quantité ») retournèrent à Saratov. Elle s'acheta un énorme navet pour manger en route.

Au début, Nikolaï alla vivre chez un ami, mais il partagea par la suite un appartement avec une cousine et son mari. Il dessina dans ses lettres les plans de ces appartements comme ceux de tous ses autres domiciles. La définition exacte des relations entre les objets le fascina toujours et par conséquent, il aimait les plans, les colonnes de chiffres et les représentations visuelles de choses, d'autant plus que son style atrocement circonstanciel ne pouvait en aucune façon compenser l'art de la description littéraire qui lui était inaccessible. Ses lettres à ses parents sont celles d'un garçon modèle :

ce n'était pas l'imagination mais son bon naturel obligeant qui lui suggérait ce qu'une autre personne apprécierait. Le révérend aimait toutes sortes d'événements – des incidents humoristiques ou horribles – et son fils l'en nourrit avec soin durant une période de plusieurs années. Nous y trouvons mentionnés les divertissements d'Izler, ses répliques de Karlsbad – *minerachki* (villes d'eau miniatures) où d'aventureuses dames de Saint-Pétersbourg montaient en ballon captif ; le cas tragique d'un bateau à rames coulé par un vapeur sur la Néva, l'une des victimes étant un colonel, père d'une famille nombreuse ; l'arsenic destiné aux souris qui tomba dans la farine et empoisonna plus de cent personnes ; et bien sûr, bien sûr, le nouveau dada, les tables tournantes – rien d'autre que crédulité et supercherie dans l'opinion des deux correspondants.

Tout comme dans les sombres années sibériennes, alors que l'une de ses principales cordes épistolaires était l'assurance adressée à sa femme et à ses enfants – toujours sur la même note haute mais pas tout à fait juste – qu'il avait amplement d'argent, je vous en prie n'envoyez pas d'argent, durant sa jeunesse il supplie ses parents de ne pas s'en faire à son sujet et il s'arrange pour vivre avec vingt roubles par mois ; de cette somme, environ deux roubles et demi partaient en pain blanc et en pâtisseries (il ne pouvait supporter de boire du thé seul, tout comme il ne pouvait supporter de lire seul ; i.e., il mâchait invariablement quelque chose avec un livre : il lut avec des biscuits au gingembre *Monsieur Pickwick*, avec des biscottes *Le Journal des Débats*), tandis que les bougies et les plumes, le cirage et le savon faisaient un rouble : remarquons qu'il était malpropre dans ses habitudes, peu soigneux, et qu'il avait eu des crises de croissance ; ajoutez à cela un mauvais régime, des coliques perpétuelles, une lutte inégale avec les tentations de la chair, se terminant en un compromis secret – et il en résultait qu'il avait l'air maladif, que sa vue avait baissé et qu'il ne restait rien de sa beauté juvénile, sauf peut-être cette expression d'une sorte de merveilleuse impuissance qui éclairait fugitivement son visage quand un homme qu'il respectait l'avait bien traité (« Il était bon pour moi – jeune homme timoré et soumis », écrivit-il plus tard du savant Irinarkh Vvedenski, avec une pathétique intonation latine : *animula vagula, blandula...*) ; il n'eut jamais lui-même d'illusions sur ses charmes ; il acceptait la chose mais fuyait les miroirs : cependant, quelquefois, lorsqu'il se préparait à rendre une visite, spécialement à ses meilleurs amis, les Lobodovski, ou lorsqu'il désirait s'assurer de la cause d'un regard insolent, il scrutait son reflet d'un air sombre, apercevait le duvet roussâtre qui semblait collé sur ses joues, comptait les boutons mûrs, et commençait alors à les presser, et cela, si brutalement qu'il n'osait se montrer par la suite.

Les Lobodovski ! Le mariage de ses amis avait fait à notre héros de vingt ans une de ces extraordinaires impressions qui poussent un jeune homme à s'asseoir à sa table au milieu de la nuit, en sous-vêtements, pour écrire dans son journal. Cet excitant mariage fut célébré le 19 mai 1848 ; le jour même où, seize ans plus tard, eut lieu l'exécution civile de Tchernychevski. Coïncidence d'anniversaires, fichier de dates. C'est ainsi que le destin les assortit en prévision des besoins du chercheur ; louable économie d'efforts.

Il se sentait joyeux à ce mariage. Mieux encore, il tira une joie secondaire de cette joie fondamentale

(« Cela veut dire que je suis capable de nourrir un attachement pur pour une femme ») – oui il faisait toujours tout son possible pour tourner son cœur de telle sorte qu'un côté se réfléchisse dans le miroir de la raison, ou comme Strannolioubski, son meilleur biographe, le dit : « Il distillait ses sentiments dans les alambics de la logique. » Mais qui aurait pu dire qu'il était préoccupé par des pensées d'amour à ce moment-là ? De nombreuses années plus tard, ce même Vassili Lobodovski commit une erreur dans son livre plein de fleurs de rhétorique, *Croquis de la vie*, lorsqu'il dit que le garçon d'honneur à son mariage, l'étudiant « Krushedoline », avait l'air aussi sérieux « que s'il avait été en train de soumettre mentalement à une analyse approfondie quelque savant ouvrage anglais qu'il venait juste de lire ».

Le romantisme français nous a donné la poésie de l'amour, le romantisme allemand celle de l'amitié. La sentimentalité du jeune Tchernychevski était une concession à une époque où l'amitié était magnanime et moite. Tchernychevski pleurait volontiers et fréquemment. « Trois larmes m'échappèrent », constate-t-il avec une précision caractéristique dans son journal – et le lecteur est momentanément tourmenté par la pensée involontaire, peut-on avoir un nombre impair de larmes, ou bien est-ce seulement la nature double de la source qui nous fait exiger un nombre pair ? « Ne me reproche pas les sottes larmes que je versai si souvent, hélas, quand mon loisir m'oppressait », écrit Nikolaï Gavrilovitch dans son journal, évoquant sa jeunesse misérable, et au son des rimes plébéiennes de Nékrassov il verse effectivement une larme : « A cet endroit du manuscrit, on trouve la trace d'une larme », commente son fils Mikhaïl dans une note en bas de page. La trace d'une autre larme, beaucoup plus chaude, plus amère et plus précieuse, a été conservée sur la fameuse lettre de la forteresse ; mais la description de cette seconde larme par Steklov contient – selon Strannolioubski – certaines inexactitudes – que nous discuterons plus tard. Puis, à l'époque de son exil et tout spécialement dans le donjon de Viliouïsk –. Mais halte-là ! le thème des larmes se développe démesurément... revenons à son point de départ. En ce moment par exemple, où ont lieu les funérailles d'un étudiant. Un jeune homme au teint cireux repose dans le cercueil bleu pâle. Un autre étudiant, Tatarinov (qui prit soin de lui lors de sa maladie mais qui l'avait à peine connu avant ça), lui fait ses adieux : « Il le regarde longuement, l'embrasse et regarde encore, interminablement... » L'étudiant Tchernychevski lui-même défaille de tendresse en jetant ceci sur le papier ; et Strannolioubski suggère en commentant ces lignes un parallèle entre ces dernières et le fragment plein de tristesse de Gogol, « Nuits dans une villa ».

Mais à vrai dire... les rêves d'amour et d'amitié du jeune Tchernychevski ne se distinguent guère par leur raffinement, et plus il s'y abandonne, plus évidente apparaît leur faille – leur rationalité ; il pouvait courber la plus insignifiante rêverie en un fer à cheval de logique. Réfléchissant en détail au fait que Lobodovski, qu'il admire sincèrement, est atteint de tuberculose, et que par conséquent Nadiéjda Iégorovna deviendra une jeune veuve, désemparée et sans ressources, il poursuit un but particulier. Il a besoin d'une fausse image pour justifier le fait qu'il tombe amoureux d'elle ; il y substitue donc le désir d'aider une pauvre femme, ou, en d'autres mots, il fonde son amour sur une base utilitaire. Car autrement, les palpitations d'un cœur affectueux ne sauraient être expliquées par les moyens limités de ce matérialisme mal dégrossi aux charmes duquel il avait déjà désespérément succombé. Et puis, hier seulement, lorsque Nadiéjda Iégorovna « était assise sans fichu et bien sûr "sa robe de missionnaire" (une robe simple) était légèrement échancrée en avant et l'on pouvait voir une certaine partie juste sous le cou » (tour de phrase ressemblant étrangement à l'idiome des personnages littéraires dans les incarnations de niais philistins engendrés par les Soviets tels ceux décrits par Zochtchenko), il se demanda avec une inquiétude honnête s'il aurait regardé « cette partie » dans les premiers jours qui suivirent le mariage de son ami. Et c'est ainsi que l'enterrant graduellement dans ses rêves, avec un soupir, avec un air de mauvaise grâce comme s'il se soumettait à un pénible devoir, il se voit décidant d'épouser la jeune veuve – union mélancolique, chaste (et toutes ces fausses images se répètent encore plus complètement dans son journal quand il obtient par la suite la main d'Olga Sokratovna). La beauté actuelle de la pauvre femme était encore incertaine, et la méthode que Tchernychevski choisit pour vérifier ses charmes prédétermina toute son attitude ultérieure à l'égard du concept de la beauté.

Il situa tout d'abord en Nadiéjda Iégorovna le spécimen le plus élevé de la grâce : le hasard lui fournit une image vivante dans une veine idyllique, quoiqu'un peu embarrassante. « Vassili Petrovitch s'agenouilla sur une chaise, face au dossier ; elle s'approcha et se mit à faire basculer la chaise ; elle la renversa un peu et puis elle posa son visage sur sa poitrine... Il y avait une bougie sur la table à thé... et la lumière tombait assez bien sur elle ; i.e., un demi-jour, car elle était dans l'ombre de son mari, mais clair. » Nikolaï Gavrilovitch regardait de près, essayant de trouver quelque chose qui cloche ; il ne trouvait aucun trait grossier, mais il hésitait toujours.

Que faire ensuite ? Il comparait constamment les traits de Nadiéjda Iégorovna à ceux d'autres femmes, mais la défectuosité de sa vue interdisait l'accumulation de spécimens vivants essentiels à une comparaison. Bon gré mal gré, il était forcé d'avoir recours à la beauté appréhendée et enregistrée par d'autres ; i.e., à des portraits de femmes. C'est ainsi que dès le début, le concept de l'art devint pour lui – matérialiste myope (ce qui est une combinaison absurde en soi) – quelque chose d'accessoire et d'appliqué, et il était en mesure maintenant de contrôler par des moyens expérimentaux une chose que lui avait suggérée l'amour : la supériorité de la beauté de Nadiéjda Iégorovna (son mari l'appelait « trésor » et « poupée »), c'est-à-dire la Vie, sur la beauté de toutes les autres « têtes de femmes », c'est-à-dire l'Art (« l'Art » !).

Avenue Nevski, des tableaux poétiques étaient exposés dans les vitrines de Junker et Daziaro. Après les avoir étudiés à fond, il revint chez lui et prit note de ses observations. Oh, quel miracle ! La méthode comparative fournissait toujours le résultat nécessaire. Le nez de la séductrice calabraise sur la gravure était quelconque : « La glabelle ainsi que les parties voisines du nez, des deux côtés de son arête, étaient particulièrement ratées. » Une semaine plus tard, toujours incertain que la vérité avait été suffisamment expérimentée, ou bien désirant se délecter à nouveau de la complaisance familière de l'expérience, il se rendit une fois de plus avenue Nevski pour voir s'il n'y avait pas quelque nouvelle beauté dans une vitrine. A genoux dans une grotte, Marie-Madeleine priait devant un crâne et une croix et, bien sûr, son visage éclairé par la lampe était très agréable, mais comme le visage à demi éclairé de Nadiéjda Iégorovna était supérieur ! Deux jeunes filles se trouvaient sur une terrasse blanche dominant la mer : une élégante blonde était assise sur un banc de pierre avec un jeune homme ; ils s'embrassaient pendant qu'une gracieuse brunette faisait le guet, écartant un rideau cramoisi « qui séparait la terrasse des autres parties de la maison », comme nous le remarquons dans notre journal, car nous aimons toujours établir les rapports entre un détail donné et son environnement spéculatif. Naturellement, le petit cou de Nadiéjda Iégorovna est beaucoup plus agréable. D'où ressort une conclusion importante : la vie est plus agréable (et par conséquent meilleure) que la peinture, car qu'est-ce que la peinture, la poésie, en fait tout art dans sa forme la plus pure ? C'est « un soleil cramoisi se noyant dans une mer azur » ; les plis pittoresques d'une robe ; « les nuances roses que l'écrivain superficiel gaspille pour enluminer ses chapitres glacés » ; les guirlandes de fleurs, les fées, les faunes, Phryné... Plus on s'avance, plus ça devient nuageux : l'idée saugrenue germe. La luxure des formes féminines implique maintenant le luxe dans un sens économique. Le concept de « fantaisie » apparaît à Nikolaï Gavrilovitch sous la forme d'une sylphide transparente mais néanmoins dotée d'une belle poitrine, sans corset et pratiquement nue, qui, jouant avec un voile léger, descend vers le poète qui poétise poétiquement. Quelques colonnes, quelques arbres – pas tout à fait des cyprès et pas tout à fait des peupliers – une sorte d'urne qui contient peu d'attrait pour Nikolaï Gavrilovitch – et le partisan de l'art pur est assuré d'applaudir. Méprisable personnage ! Oisif ! Et en effet, à tous ces déchets, comment pourrait-on ne pas préférer une honnête description de mœurs contemporaines, d'indignation civique, de confidences à cœur ouvert ?

L'on peut sans risque présumer que c'est au cours de ces moments où il avait le nez collé aux vitrines, que sa naïve dissertation de licence « Les rapports esthétiques de l'art et de la réalité » fut composée dans sa totalité (pas étonnant qu'il l'ait écrite par la suite, d'un seul jet, en trois nuits ; mais il est encore plus étonnant que, même après une attente de six ans, il ait obtenu une licence pour une chose semblable).

Il y avait des soirées langoureuses et obscures où il demeurait étendu sur son affreux divan de cuir – une chose pleine de bosses et de trous avec un approvisionnement presque inépuisable de crin de cheval (tirez simplement) – et « mon cœur battait singulièrement, ému par la première page de Michelet, par les vues de Guizot, par des pensées de Nadiéjda Iégorovna et par tout cela à la fois », et puis il se mettait à chanter faux, d'une voix ululante – il chantait *La Chanson de Marguerite*, pensant simultanément aux relations qu'avaient entre eux les Lobodovski et « de douces larmes coulaient de mes yeux ». Il se levait subitement de son divan avec la décision d'aller la voir sur-le-champ ; imaginons que c'était un soir d'octobre, des nuages volaient au-dessus de sa tête, une odeur âcre parvenait des ateliers de sellerie et de carrosserie au rez-de-chaussée des maisons peintes d'un jaune lugubre, et des marchands vêtus de blouses et de manteaux en peau de mouton, clés en main, étaient déjà en train de fermer leurs magasins. L'un d'entre eux le heurta, mais Nikolaï passa rapidement son chemin. Un allumeur de réverbères vêtu en haillons, sa voiture à bras roulant bruyamment sur les cailloux, apportait du pétrole à une lanterne blafarde fixée sur un poteau de bois ; il essuya le verre avec un chiffon huileux et il se dirigea dans un concert de grincements vers la suivante – à une bonne distance. Il commençait à bruiner. Nikolaï Gavrilovitch avançait rapidement au pas d'un pauvre personnage gogolien.

La nuit, il ne pouvait dormir longtemps, tourmenté par les questions suivantes : Vassili Petrovitch Lobodovski s'arrangerait-il pour donner à sa femme une instruction suffisante pour qu'elle puisse l'aider dans son travail ; et pour stimuler les sentiments de son ami, ne devrait-il pas envoyer une lettre anonyme, par exemple, qui enflammerait la jalousie du mari ? Ceci annonce déjà les méthodes employées par les héros des romans de Tchernychevski. Des plans semblables, très soigneusement calculés mais puérilement absurdes, étaient inventés par Tchernychevski en exil, le vieux Tchernychevski, pour atteindre les objectifs les plus touchants. Voyez comment ce thème profite d'un moment d'inattention pour s'épanouir. Halte, revenons en arrière. En fait, nul besoin d'aller si loin. Dans le journal d'étudiant, on peut trouver l'exemple de calcul suivant : imprimer un faux manifeste (proclamant l'abolition de la conscription) afin de remuer les paysans par ruse ; mais ensuite, il rejeta cette idée lui-même, sachant en tant que dialecticien et que chrétien qu'une pourriture intérieure érode fatalement la totalité d'une structure créée, et qu'un but noble justifiant de mauvais moyens ne fera que révéler sa parenté avec eux. C'est ainsi que la politique, la littérature, la peinture, même l'art vocal, étaient agréablement entrelacés aux émotions amoureuses de Nikolaï Gavrilovitch (nous sommes revenus au point de départ).

Comme il était pauvre, comme il était sale et négligé, comme il était éloigné des appâts du luxe... Attention ! Ce n'était pas tellement une chasteté de prolétaire que le mépris naturel avec lequel un ascète traite l'aiguillon d'un cilice permanent ou la morsure de puces sédentaires. Cependant, même un cilice a besoin d'être réparé de temps à autre. Nous sommes là lorsque l'inventif Nikolaï Gavrilovitch envisage de repriser son vieux pantalon : il n'avait pas de fil noir ; il entreprit donc de tremper ce qu'il avait dans de l'encre ; une anthologie de poésie allemande était là tout près, ouverte au début de Guillaume Tell. A force de secouer le fil dans tous les sens (pour le sécher), plusieurs gouttes d'encre tombèrent sur la page ; le livre ne lui appartenait pas. Il trouva un citron dans un sac de papier derrière la fenêtre et il essaya d'enlever les taches, mais il ne réussit qu'à salir le citron en plus du rebord de la fenêtre où il avait laissé le fil pernicieux. Puis il chercha l'aide d'un couteau et il se mit à gratter (ce livre aux poèmes perforés se trouve maintenant à la bibliothèque de l'Université de Leipzig ; il a malheureusement été impossible de s'assurer comment il est parvenu là). L'encre, en effet, était l'élément naturel de Tchernychevski (il s'y baignait littéralement), qui avait coutume d'en enduire les craquelures de ses souliers quand il était à court de cirage ; ou encore, il s'enveloppait le pied dans une cravate noire pour masquer un trou dans sa chaussure. Il cassait la vaisselle, souillait et abîmait tout. Son amour du matérialisme n'était pas réciproque. Par la suite, lorsqu'il était aux travaux forcés, il s'avéra non seulement incapable de faire la moindre des tâches particulières d'un forçat, mais il était également réputé pour son inaptitude à faire quoi que ce soit de ses mains (en même temps, il intervenait constamment pour aider son prochain : « Tes oignons, pilier de vertu », disaient d'un ton bourru les autres forçats). Nous avons déjà aperçu le jeune homme qui se hâtait confusément se faire bousculer dans la rue. Il se mettait rarement en colère ; une fois, cependant, il mentionne non sans orgueil comment il s'était vengé d'un jeune cocher qui l'avait accroché avec son brancard : plongeant sans un mot en travers du traîneau, entre les jambes de deux marchands interloqués, il lui arracha une touffe de cheveux. En général, cependant, il était doux et indifférent aux insultes, mais il se sentait secrètement capable des actions « les plus désespérées, les plus folles ». En outre, il se mêlait de faire de la propagande en causant avec des moujiks, avec un occasionnel passeur de la Néva ou un pâtissier plus dégourdi que les autres.

Abordons le thème des pâtisseries. Elles en ont vu dans le temps. C'était là que Pouchkine avala un verre de limonade avant son duel ; là que Sophie Perovski et ses compagnons prirent chacun une portion (de quoi ? l'histoire n'a pas tout à fait réussi à...) avant de se rendre au quai du Canal pour assassiner Alexandre II. La jeunesse de notre héros fut ensorcelée par les pâtisseries, de telle sorte que plus tard, alors qu'il faisait la grève de la faim dans la forteresse, il remplit tel ou tel discours – dans *Que faire ?* – d'un cri involontaire de lyrisme gastrique : « Avez-vous une pâtisserie dans le voisinage ? Je me demande s'ils ont des tartes aux noix – à mon avis ce sont les meilleures, Maria Alexéievna. » Mais contrairement à ses souvenirs ultérieurs, ce ne fut pas du tout avec leurs victuailles que pâtisseries et cafés le séduisirent, pas avec leur pâte feuilletée au beurre rance, même pas avec leurs beignets aux cerises ; les journaux, messieurs, les journaux ; c'est avec ça qu'ils le séduisirent ! Il essaya divers cafés – choisissant ceux où l'on trouvait le plus de journaux, les endroits où l'on se sentait plus à l'aise et plus libre. C'est ainsi que chez Wolf « les deux dernières fois, au lieu d'un pain blanc (lisez celui de Wolf), je pris du café avec une (lisez : la sienne) brioche de cinq kopecks, la dernière fois sans me cacher » – i.e., la première fois (le détail pointilleux de son journal nous donne une démangeaison au cerveau), il se cache ne sachant pas si on le laissera consommer une pâtisserie achetée à l'extérieur. L'endroit était chaud et calme, et ce n'est que de temps à autre qu'un petit vent sud-ouest suscité par les feuilles du journal faisait vaciller la flamme des bougies (« des perturbations atteignent déjà la Russie qui nous a été confiée », comme le disait le Tsar). « Puis-je avoir *L'Indépendance belge* ? Merci. » La flamme des bougies se redresse, tout est calme (mais des coups de feu retentissent sur le boulevard des Capucines, la *révolution* approche des Tuileries et Louis-Philippe s'enfuit à présent : en fiacre, par l'avenue de Neuilly).

Par la suite, il eut l'existence empoisonnée par des brûlures d'estomac. En général, il mangeait toutes sortes de restes, étant pauvre et ne sachant trop comment se débrouiller. La ritournelle de Nékrassov convient parfaitement ici :

Comme je mangeais presque du fer-blanc (jestiou)
J'éprouvais souvent une telle indigestion (indijestiou)
Que la mort elle-même semblait douce.
Et puis les longues marches à pied,
Le bourrage de crâne nocturne pour les examens.

Ma chambre était basse de plafond
Et grand Dieu, ce que je fumais !

Incidemment, Nikolaï Gavrilovitch ne fumait pas sans raison – il fumait justement des cigarettes Joukov pour soulager sa mauvaise digestion (et aussi un mal de dents). Son journal, tout particulièrement durant l'été et l'automne de l'année 1849, contient une multitude de références des plus exactes quant à la façon et aux endroits où il a vomi. En plus du tabac, il se soignait au rhum à l'eau, à l'huile chaude, aux sels anglais, à la centaurée avec des feuilles d'oranges amères et, constamment, consciencieusement, avec une sorte d'étrange délectation, il employait la méthode romaine – et à la fin il en serait probablement mort d'épuisement s'il n'était allé à Saratov (reçu candidat et retenu à l'Université de Saint-Pétersbourg pour des études supérieures).

Et alors à Saratov... Mais peu importe à quel point nous aimerions sortir sans plus tarder de cette ruelle où nous ont entraînés ces histoires de pâtisseries, et passer du côté ensoleillé de la vie de Nikolaï Gavrilovitch, nous devons néanmoins (pour maintenir une certaine continuité cachée) nous attarder ici un peu plus longtemps. Un jour, poussé par un besoin pressant, il se précipita dans une maison de rapport sur la rue Gorohovaya (suit une verbeuse description – avec arrière-pensées – de l'emplacement de la maison) et il était déjà en train d'ajuster ses vêtements quand « une fille en rouge » ouvrit la porte. Ayant aperçu sa main – il avait voulu retenir la porte – elle poussa un cri, « comme c'est généralement le cas ». Le lourd grincement de la porte, ses gonds rouillés et desserrés, la puanteur, le froid glacial – tout ceci est affreux... et pourtant l'étrange personnage est assez enclin à discuter avec lui-même de l'essence de la pureté, remarquant avec satisfaction que « je n'essayai même pas de découvrir si elle était jolie ». D'un autre côté, dans ses rêves, il avait un œil plus perçant, et la contingence du sommeil lui fut plus tendre que sa destinée publique – mais même ici, comme il est heureux, lorsqu'il embrasse par trois fois dans son rêve la main gantée d'une dame « aux cheveux extrêmement blonds » (la mère d'un élève fictif qui lui donne asile dans son rêve, tout ceci dans le style de Jean-Jacques), de ne pouvoir se reprocher la moindre pensée charnelle. Sa mémoire avait également l'œil vif lorsqu'il décrivait sa jeune et sinueuse aspiration vers la beauté. A l'âge de cinquante ans, dans une lettre de Sibérie, il évoque l'image angélique d'une jeune fille qu'il avait remarquée durant sa jeunesse lors d'une exposition industrielle et agricole : « Une certaine famille aristocratique s'avançait », raconte-t-il dans son style ultérieur, bibliquement lent. « Elle m'attirait cette jeune fille, en vérité, elle m'attirait ; je marchais à côté d'elle, à une distance d'environ trois pas, et je l'admirais. Ils appartenaient évidemment à la plus haute société. Tout le monde le voyait à leurs manières extraordinairement recherchées (il y a une petite mouche dickensienne dans ce pathos gluant, comme le remarquerait Strannolioubski, mais nous ne devons cependant pas oublier que ceci est écrit par un vieillard à moitié brisé par les travaux forcés, comme le dirait avec justesse Steklov). La foule s'écartait devant eux. J'eus la possibilité de marcher à une distance d'environ trois pas sans détacher mon regard de cette jeune fille (pauvre satellite !). Et ceci dura pendant une heure ou plus. » (Assez étrangement, les expositions en général, par exemple celle de Londres en 1862 et celle de Paris en

1889, eurent un effet puissant sur son destin ; c'est ainsi que Bouvard et Pécuchet, lorsqu'ils entreprirent la description de la vie du duc d'Angoulême, furent étonnés du rôle qu'y jouaient... les ponts.)

Il découle de tout ceci qu'à son arrivée à Saratov, il ne put s'empêcher de tomber amoureux de la fille âgée de vingt ans du Dr Sokrat Vassiliev, jeune femme aux airs de gitane avec des anneaux qui pendaient des longs lobes de ses oreilles à demi dissimulées par ses bandeaux noirs. Créature affectée, taquine, « le point de mire et l'ornement des bals de province » (selon les mots d'un contemporain anonyme), elle séduisit et stupéfia notre maladroit puceau par le frou-frou de ses choux bleu ciel et par le caractère mélodieux de son débit. « Regardez, quel charmant petit bras », disait-elle, l'étirant dans la direction de ses lunettes embuées – un bras nu de brune, couvert d'un duvet chatoyant. Il se frictionnait avec de l'essence de roses et il s'écorchait en se rasant. Et quels compliments sérieux il imagina ! « Vous devriez vivre à Paris », dit-il d'un ton convaincu, ayant entendu dire que c'était une « démocrate » ; pour elle, cependant, Paris n'était pas le foyer de la science mais le royaume des catins, de telle sorte qu'elle fut offusquée.

Nous avons devant nous le *Journal de mes Relations avec Celle qui Constitue maintenant mon Bonheur.* Steklov qui se laisse facilement emporter se réfère à cette production unique (nous rappelant surtout un rapport d'affaires extrêmement consciencieux) comme à « un hymne d'amour triomphant ». L'auteur du rapport établit un projet pour déclarer son amour (ce qui fut mis en pratique, avec exactitude en février 1853 et approuvé sans délai) avec des points pour et contre le mariage (il craignait par exemple que son indocile épouse ne se mette en tête de porter des vêtements d'homme – à la manière de George Sand) et avec une évaluation des dépenses lorsqu'ils seraient mariés, qui contient absolument tout – deux bougies stéariques pour les soirées d'hiver, dix kopecks de lait, le théâtre ; et en même temps, il avertit son épouse qu'en raison de sa façon de penser (« Je ne crains ni la boue ni le déchaînement des paysans ivres armés de gourdins, ni les tueries »), tôt ou tard il est « sûr d'être pris », et pour plus de franchise il lui parle de la femme d'Iskander (Herzen) qui, étant enceinte (« pardonnez-moi d'entrer dans de tels détails »), « tomba raide morte » en apprenant que son mari avait été arrêté en Italie et envoyé en Russie. Olga Sokratovna, comme Aldanov aurait pu l'ajouter à cet endroit, ne serait pas tombée raide morte.

« Si jamais », écrivit-il en outre, « votre nom est entaché par la rumeur publique, de telle sorte que vous ne puissiez espérer trouver un mari... je serai prêt à devenir votre époux à votre premier mot. » Position chevaleresque mais fondée sur des prémisses qui sont loin d'être chevaleresques, et ce procédé caractéristique nous ramène sur-le-champ au sentier familier de ces quasi-visions fantastiques d'amour plus précoces, avec sa soif détaillée de sacrifice de soi et la coloration protectrice de sa compassion ; ce qui n'empêcha pas son orgueil de souffrir quand sa fiancée l'avertit qu'elle n'était pas amoureuse de lui. La période de ses fiançailles avait quelque chose d'allemand, avec des chansons à la Schiller, avec un service de comptabilité des caresses : « Je défis d'abord deux et puis trois boutons de sa mantille... » Il voulait instamment qu'elle place son pied (dans son brodequin gris au bout carré, cousu de soie de couleur) sur sa tête : sa sensualité se nourrissait de symboles. De temps à autre, il lui lisait du Lermontov ou du Koltsov ; il lisait la poésie de la voie uniforme d'un lecteur de psautier.

Mais ce qui occupe la place d'honneur dans le journal et qui est particulièrement important pour une compréhension d'une grande partie du destin de Nikolaï Gavrilovitch, c'est son récit détaillé des plaisanteries qui paraient richement les soirées de Saratov. Il ne savait pas danser la polka avec souplesse, et c'était un mauvais danseur de *Grossvater*, mais d'un autre côté il aimait faire le pitre, car le pingouin lui-même n'est pas au-dessus d'un certain enjouement lorsqu'il entoure la femelle qu'il courtise d'un cercle de cailloux. Les jeunes gens, comme on dit, se rassemblaient et Olga Sokratovna, mettant en mouvement un mécanisme de coquetterie à la mode dans ce temps-là et dans ce milieu, nourrissait l'un ou l'autre des invités à table à la cuiller, comme un enfant, pendant que Nikolaï Gavrilovitch, faisant le jaloux, pressait une serviette de table contre son cœur et menaçait de se transpercer la poitrine avec une fourchette. A son tour, elle prétendait lui en vouloir. Il implorait alors son pardon (tout ceci est horriblement peu drôle) et il embrassait « les parties découvertes de ses bras qu'elle essayait de cacher » en disant : « Comment osez-vous ! » Le pingouin prenait « une mine sérieuse et triste car il était possible en effet que j'aie dit quelque chose qui ait pu offenser quelqu'un d'autre à sa place » (i.e., une jeune fille moins hardie). Les jours de fête, il faisait des pitreries dans le temple de Dieu, amusant sa future épouse – mais le commentateur marxiste (i.e., Steklov) se trompe en y voyant « une saine impiété ». En tant que fils de prêtre, Nikolaï se sentait assez à l'aise à l'église (tout comme le jeune prince qui ceint un chat de la couronne de son père n'exprime décidément pas sa sympathie pour un gouvernement populaire). On peut encore plus difficilement l'accuser d'avoir tourné les croisés en dérision parce qu'il traçait à la craie une croix dans le dos de tous ses invités à tour de rôle : la marque des admirateurs transis d'Olga Sokratovna. Et après d'autres amusements du genre – n'oublions pas ceci – vient un simulacre de duel avec des bâtons).

Or, lorsqu'il fut arrêté quelques années plus tard, la police confisqua ce vieux journal écrit d'une main uniforme avec de petites queues et le tout dans un code-maison fait d'abréviations telles que *faibls! stupdté!* (faiblesse, stupidité), *lbrté* + *té* (liberté, égalité) et *tch-k* (*tchelovek*, homme, et non pas *tcheka*, la police de Lénine).

Ce journal fut déchiffré par des gens apparemment incompétents puisqu'ils commirent un certain nombre d'erreurs : par exemple, ils prirent *dzrya* pour *drouzya* (amis) au lieu de *podozreniya* (soupçons) ce qui changeait la phrase « j'éveillerai de grands soupçons » en « j'ai de puissants amis ». Tchernychevski sauta sur l'occasion et se mit à prétendre que le journal tout entier était l'ébauche d'un roman, l'invention d'un écrivain, puisque, disait-il, « il n'avait à l'époque aucun ami influent, tandis qu'il s'agissait là d'un personnage ayant des amis puissants dans le gouvernement ». Peu importe (bien que la question soit intéressante en soi) s'il se souvenait exactement des mots réels de son journal. L'important, c'est que ces mots bénéficient par la suite d'un curieux alibi dans *Que faire ?* où leur rythme intérieur « d'ébauche » est complètement développé (par exemple dans la chanson de l'une des jeunes filles au pique-nique :

Oh tu ne seras pas heureuse
Avec moi sous mes noirs sapins :
Ma vie sera périlleuse,
Et bien triste sera ma fin).

En prison, sachant que l'on était en train de déchiffrer le dangereux journal, il se hâta d'envoyer au Sénat des « exemples de mes ébauches manuscrites »; i.e., des choses qu'il avait écrites dans l'unique but de justifier son journal, le changeant rétroactivement en ébauche de roman. (Strannolioubski émet franchement l'hypothèse que ce fut toute cette affaire qui le poussa à écrire en prison *Que faire ?* dédicacé, soit dit en passant, à sa femme, et commencé le jour de sainte Olga.) Par conséquent, il pouvait s'indigner du fait qu'un sens judiciaire était donné à des scènes qu'il avait inventées. « Je me place, ainsi que d'autres, dans diverses situations, et je les développe d'une manière assez fantaisiste... Un "je" parle de la possibilité d'arrestation, un autre "je" est frappé à coups de bâton devant sa fiancée. » Il espérait en rappelant cette partie de son vieux journal que le récit détaillé de toutes sortes de petits jeux serait considéré en lui-même comme « fantaisiste », puisqu'une personne sensée oserait à peine... Le malheur est que dans les milieux officiels il n'était pas considéré comme une personne sensée mais précisément comme un bouffon, et c'était dans la bouffonnerie même de ses trucs journalistiques dans *Le Contemporain* qu'ils détectèrent une diabolique infiltration d'idées pernicieuses. Et pour une conclusion complète du thème des petits-jeux de Saratov, poussons encore plus loin, jusqu'aux travaux forcés, où leur écho retentit encore dans les saynètes qu'il compose pour ses camarades et tout particulièrement dans le roman *Le Prologue* (écrit aux ateliers Alexandrov en 1866), où il y a à la fois un étudiant qui fait l'idiot sans drôlerie et une jeune beauté qui donne à manger à ses admirateurs. Si nous ajoutons à ceci que le protagoniste (Volguine), faisant part à sa femme du danger qui le menace, se réfère à un avertissement qu'il lui a donné avant leur mariage, alors il est impossible de ne pas conclure que nous avons enfin ici un tardif fragment de vérité inséré par Tchernychevski pour étayer son ancienne assertion que son journal n'était qu'une ébauche d'auteur... car la chair même du *Prologue*, à travers toutes les scories et la faiblesse de l'invention, semble aujourd'hui en effet être la continuation des notes de Saratov sous forme de roman.

Il fut engagé pour enseigner la grammaire et la littérature au lycée de l'endroit et il se révéla être un professeur extrêmement populaire : dans la classification non écrite que les garçons appliquaient rapidement et exactement à tous les instituteurs, il fut versé dans la catégorie du bon type nerveux, distrait, qui s'emportait facilement mais qui se laissait également entraîner loin du sujet – pour tomber immédiatement entre les pattes de velours du virtuose de la classe (en l'occurrence Fioletov fils) : au moment critique, quand le désastre semblait inévitable pour ceux qui ne savaient pas la leçon et qu'il restait peu de temps avant que le concierge sonne sa cloche, il posait une question retardatrice et salvatrice : « Nikolaï Gavrilovitch, il y a quelque chose ici, au sujet de la Convention... » et Nikolaï Gavrilovitch s'enflammait séance tenante, allait au tableau et traçait, en écrasant la craie, un plan de la salle où la Convention de 1792-1795 tenait ses réunions (comme nous le savons, c'était un grand expert en plans), et puis, s'échauffant de plus en plus, il montrait également du doigt les places où les membres de chaque parti s'étaient assis.

Au cours de ces années, en province, il se conduisit évidemment assez imprudemment, effrayant les gens modérés et les jeunes gens élevés dans la crainte de Dieu par la dureté de ses vues et l'impudence de ses manières. On a conservé une histoire légèrement retouchée rapportant qu'aux funérailles de sa mère, le cercueil était à peine descendu dans sa fosse qu'il alluma une cigarette, et partit bras dessus, bras dessous avec Olga Sokratovna qu'il épousa dix jours plus tard. Mais les élèves des classes supérieures étaient éblouis par lui ; par la suite, certains d'entre eux s'attachèrent à lui avec cette ardeur frénétique avec laquelle les gens de cette époque didactique se cramponnaient au professeur qui était sur le point de devenir un meneur d'hommes ; en ce qui concerne la « grammaire », on doit dire en toute conscience que ceux dont il avait la charge n'apprirent jamais à manier les virgules. Y eut-il beaucoup d'entre eux, quarante ans plus tard, à ses funérailles ? Selon certaines sources, il y en eut deux, selon d'autres, pas un seul. Et lorsque le cortège funéraire fut sur le point de s'arrêter près de l'immeuble de l'école de Saratov pour chanter les litanies, le directeur fit dire au prêtre que ceci, vous savez, était indésirable, et la procession s'éloigna accompagnée d'un vent d'octobre qui trébuchait dans ses longues jupes.

Sa carrière d'instituteur, après son transfert à Saint-Pétersbourg, où il enseigna pendant plusieurs mois de l'année 1854 au Deuxième Corps de Cadets, fut beaucoup moins heureuse que celle de Saratov. Les cadets chahutaient durant ses cours. Hurler après ces indisciplinés ne servait qu'à augmenter la confusion. Ici, il était impossible de parler des Montagnards avec une bien grande animation ! Un jour, durant une pause, il y eut du bruit dans une des classes ; l'officier de garde s'y rendit, aboya et laissa derrière lui un ordre relatif ; entre-temps le vacarme éclata dans une autre classe (la pause était maintenant terminée) où Tchernychevski venait juste d'entrer, sa serviette sous le bras. Se tournant vers l'officier, il l'arrêta en le touchant de la main et lui dit avec une irritation contenue, en regardant par-dessus ses verres : « Non, monsieur, vous ne pouvez pas entrer ici maintenant. » L'officier se sentit insulté ; le professeur refusa de s'excuser et partit. C'est ainsi que commença le thème des « officiers ».

Cependant, la préoccupation de la recherche des lumières s'était désormais formée en lui pour le restant de ses jours et, de 1853 à 1862, ses activités journalistiques furent entièrement pénétrées d'un désir ardent de fournir au maigre lecteur russe un régime d'informations des plus variées : les portions étaient immenses, l'approvisionnement de pain inépuisable, et le dimanche on fournissait des noix ; car tout en insistant sur l'importance des plats de viande en politique et en philosophie, Nikolaï Gavrilovitch n'oubliait jamais les entremets non plus. A en juger d'après son article sur *La Magie chez soi* d'Armantov, il est évident qu'il avait essayé à fond cette amusante pratique chez lui, et il ajouta sa propre modification à l'un des meilleurs tours,

« comment porter de l'eau dans un tamis » : comme tous les vulgarisateurs, il avait une faiblesse pour de tels tours de force ; il ne faut pas oublier non plus qu'il s'était à peine passé un an depuis qu'il avait finalement abandonné son idée de mouvement perpétuel, avec l'accord de son père.

Il adorait lire des almanachs, prenant note pour l'information générale des souscripteurs du *Contemporain* (1855) : « Une guinée vaut 6 roubles et 47 ½ kopecks ; le dollar nord-américain vaut 1 rouble d'argent et 31 kopecks » ; ou bien, il leur apprenait que « les tours télégraphiques entre Odessa et Ochakov ont été construites grâce à des donations ». Authentique encyclopédiste, une sorte de Voltaire – avec l'accent sur la première syllabe il est vrai – il copia généreusement des milliers de pages (il était toujours prêt à embrasser le tapis roulé du premier sujet venu et à le dérouler tout entier devant le lecteur), il traduisit toute une bibliothèque, il cultiva tous les genres y compris la poésie et il rêva jusqu'à la fin de sa vie de composer « un dictionnaire critique de faits et d'idées » (qui évoque ce *Dictionnaire des idées reçues* de Flaubert dont l'ironique épigraphe – « la majorité a toujours raison » – aurait été prise au sérieux par Tchernychevski). De la forteresse, il écrit à sa femme sur ce sujet, lui parlant avec passion, tristesse et amertume de tous les travaux titanesques qu'il complétera encore. Plus tard, durant la totalité des vingt années de son isolation sibérienne, il chercha la consolation dans ce rêve ; mais ensuite, un an avant sa mort, lorsqu'il entendit parler du dictionnaire de Brockhaus, il y vit la réalisation de son projet. Puis il brûla de le traduire (autrement « ils y fourreraient toutes sortes de déchets, tels que des artistes allemands de deuxième plan »), estimant qu'une telle œuvre serait le couronnement de sa vie entière ; il se trouva que cela aussi avait déjà été entrepris.

Au début de sa carrière journalistique, écrivant sur Lessing (qui était né exactement un siècle avant lui, et à qui Tchernychevski lui-même admettait ressembler), il dit : « Pour de telles natures, il existe un service plus doux que le service d'une science favorite – et c'est de se consacrer au développement de son peuple. » Comme Lessing, il avait l'habitude de développer des idées générales à partir de cas particuliers. Et se souvenant que la femme de Lessing était morte en couches, il craignit pour Olga Sokratovna ; il écrivit en latin à son père sur la première grossesse de sa femme, tout comme l'avait fait Lessing cent ans plus tôt.

Jetons ici quelques lueurs : le 21 décembre 1853, Nikolaï Gavrilovitch laissa entendre que selon des femmes bien informées son épouse était devenue enceinte. Son accouchement fut difficile. C'était un garçon. « Mon mignon-mignonnet », roucoula Olga Sokratovna devant son premier-né ; elle fut très rapidement désenchantée du petit Sacha cependant. Les médecins les avertirent qu'un deuxième enfant la tuerait. Néanmoins, elle retomba enceinte « pour expier nos péchés, contre ma volonté », écrivit-il plaintivement, en proie à une sourde angoisse, à Nékrassov... Non, c'était quelque chose d'autre, plus fort qu'une inquiétude pour sa femme, qui l'oppressait. Selon certaines sources, Tchernychevski songea au suicide dans les années 50 ; il semble même s'être mis à boire – quelle vision terrifiante : un Tchernychevski ivre ! Il était inutile de le cacher – le mariage était une faillite, triple faillite, et même plus tard, quand il eut réussi à l'aide de ses réminiscences « à figer son passé en un état de bonheur statique » (Strannolioubski), il portait néanmoins les marques de cette fatidique et mortelle peine de cœur – faite de pitié, de jalousie et d'orgueil blessé – qu'un époux d'une trempe assez différente avait éprouvée et traitée d'une façon assez différente : Pouchkine.

La mère et l'enfant, Victor, survécurent ; et en décembre 1858, elle faillit mourir encore une fois en donnant naissance à un troisième fils, Micha. Étrange époque – héroïque, prolifique, vêtue d'une crinoline – ce symbole de fertilité.

« Elles sont intelligentes, instruites, bonnes, je le sais, tandis que je suis stupide, ignorante, mauvaise », disait Olga Sokratovna (non sans ce spasme de l'âme que l'on appelle *nadryv*) en se référant aux parentes de son mari, les sœurs Pypine qui, malgré toute leur bonté, n'épargnèrent pas « cette traînée hystérique, déséquilibrée, avec son insupportable caractère ». Elle avait l'habitude de lancer des assiettes dans tous les azimuts ! Quel biographe pourrait bien recoller les morceaux ? Et cette passion des déménagements... Ces étranges malaises... Dans ses vieux jours, elle aimait rappeler comment elle avait dépassé le grand duc Constantin à Pavlosk, par une soirée poussiéreuse et ensoleillée, dans un phaéton avec trotteur, écartant soudainement son voile bleu et le cinglant au visage d'un regard de feu, ou comment elle avait trompé son mari avec l'émigré polonais Ivan Fiodorovitch Savitski, personnage célèbre pour la longueur de ses moustaches : « Mon petit fripon (*Kanachka*, un surnom vulgaire) était au courant... Ivan Fiodorovitch et moi, nous étions dans l'alcôve tandis qu'il continuait à écrire à son bureau près de la fenêtre. » On se sent très désolé pour le petit fripon ; il dut être grandement tourmenté par les jeunes hommes qui entouraient sa femme et qui étaient à des phases différentes d'intimité amoureuse avec elle. Les réceptions de Mme Tchernychevski étaient particulièrement animées par une bande d'étudiants caucasiens. Nikolaï Gavrilovitch ne venait que très rarement se joindre à eux dans le salon. Une fois, un soir du nouvel an, les Géorgiens, menés par un certain Gogoberidze goguenard, firent irruption dans son bureau, le firent sortir de force, et Olga Sokratovna lui jeta une mantille sur les épaules et l'obligea à danser.

Oui, on a pitié de lui – et pourtant... Eh bien, il aurait pu lui donner une bonne raclée avec une courroie, l'envoyer au diable ; ou bien il aurait même pu la peindre avec tous ses péchés, ses lamentations, ses divagations et ses trahisons innombrables dans un de ces romans qui occupaient son temps libre en prison. Mais non ! Dans *Le Prologue* (et partiellement dans *Que faire ?*) nous sommes touchés par ses tentatives de réhabilitation de sa femme. Il n'y a pas d'amants autour d'elle, seulement des admirateurs déférents ; on n'y trouve point cette coquetterie bon marché non plus qui faisait croire aux hommes (qu'elle appelait *mushchinki*, un effroyable diminutif) qu'elle était encore plus facile d'accès qu'elle ne l'était en réalité, et tout ce qu'on trouve c'est la vitalité d'une jolie femme pleine d'esprit. La dissipation se change en émancipation, et le respect pour son combattant de mari (elle le respectait en effet, mais en vain) y domine tous ses autres sentiments. Dans *Le Prologue* l'étudiant Mironov dit à un ami, pour le mystifier, que la femme de Volguine est veuve. Ceci bouleverse Mme Volguine à un tel point qu'elle fond en larmes – et d'une façon identique, l'héroïne de *Que faire ?*, représentant la même femme, soupire, avec d'innombrables clichés frivoles, après son mari qui a été arrêté. Volguine quitte l'imprimerie et se précipite à l'Opéra où il scrute attentivement à travers une paire de jumelles un côté de la salle, et puis l'autre ; sur ce, des larmes de tendresse jaillissent de dessous ses verres. Il venait vérifier que sa femme, assise dans sa loge, était plus séduisante et plus élégante que toute autre – exactement de la même façon que Tchernychevski lui-même dans sa jeunesse avait comparé Nadiéjda Lobodovski avec des « têtes de femmes ».

Et ici nous nous trouvons encore entourés des voix de son esthétique – car les motifs de la vie de Tchernychevski m'obéissent à présent – j'en ai dressé les thèmes, ils se sont habitués à ma plume ; je les laisse aller avec un sourire au cours du développement, ils ne font que décrire un cercle, comme un boomerang ou un faucon, pour finalement revenir à ma main ; et même s'il s'en trouve un pour s'envoler au loin, au-delà de l'horizon de ma page, je ne m'en fais pas ; il reviendra, tout comme celui-ci l'a fait.

Donc, le 10 mai 1855, Tchernychevski défendait à l'Université de Saint-Pétersbourg la thèse qui nous est déjà familière, *Les Rapports esthétiques de l'Art et de la Réalité*, écrite durant trois nuits d'août 1853 ; i.e., précisément à cette époque où « les vagues émotions lyriques de sa jeunesse, qui lui avaient suggéré de considérer l'art dans les termes d'un portrait de jolie fille, avaient finalement mûri et produisaient maintenant ce fruit pulpeux en corrélation naturelle avec l'apothéose de sa passion maritale » (Strannolioubski). Ce fut à ce débat public que « le courant intellectuel des années 60 » fut proclamé pour la première fois comme le rappelait plus tard le vieux Chelgounov qui remarquait avec une décourageante naïveté que le président de l'Université, Pletnyov, ne fut pas ému par le discours du jeune lettré dont il ne sut percevoir le génie... D'autre part, l'audience était en extase. Un public si nombreux s'était empilé que quelques-uns durent se tenir debout dans l'embrasure des fenêtres. « Ils s'abattirent comme des mouches sur une charogne », grogna Tourguéniev qui dut se sentir blessé en sa qualité d'esthète professionnel, bien qu'il ne lui répugnât pas de plaire aux mouches lui-même.

Comme il arrive souvent des idées fausses qui ne se sont pas libérées de la chair ou qui se sont laissées envahir par elle, on peut détecter dans les notions esthétiques du « jeune érudit » son propre style physique, le son même de sa voix criarde et didactique. « La beauté est la vie. Ce qui nous plaît est beau ; la vie nous plaît dans ses bonnes manifestations... Parlez de la vie, ne parlez que de ça (c'est ainsi que se répercute ce son accepté si volontiers par l'acoustique du siècle), et si les humains ne vivent pas humainement – mais voyons donc ! enseignez-leur à vivre, brossez-leur le portrait d'hommes exemplaires et de sociétés bien organisées. » L'art est donc un substitut ou un verdict, mais en aucune façon l'égal de la vie, tout comme « une eau-forte est artistiquement très inférieure au tableau » d'où elle a été tirée (pensée particulièrement charmante). « Cependant, la seule chose », prononça clairement le discoureur, « dans laquelle la poésie peut se situer plus haut que la réalité est dans l'embellissement d'événements par l'addition d'effets accessoires et en faisant correspondre le caractère des personnages décrits avec les événements auxquels ils participent. »

C'est ainsi qu'en dénonçant l' « art pur », les hommes des années 60 et, après eux, les Russes bien-pensants dénonçaient, jusqu'aux années 90 – par suite de renseignements erronés – la conception fausse qu'ils en avaient eux-mêmes, car tout comme l'écrivain social Garchine voyait, vingt ans plus tard, une forme d' « art pur » dans les toiles de Semiradski (un parfait académicien) – ou comme un ascète peut rêver d'une fête qui rendrait un épicurien malade – Tchernychevski, qui n'avait pas la moindre notion de la véritable nature de l'art, voyait son sommet dans un art conventionnel et habile (i.e., le contraire de l'art), qu'il combattait, donnant des coups d'épée dans l'eau. En même temps, il ne faut pas oublier que l'autre camp, le camp des « esthètes » – le critique Drujinine avec son vernis de mauvais goût et son pédantisme, ou Tourguéniev avec ses « visions » beaucoup trop élégantes et son emploi abusif de l'Italie – fournissait souvent à l'ennemi les mièvreries qu'il était si facile de condamner.

En quelque endroit qu'il la trouvât – dans les chemins détournés les plus inattendus – Nikolaï Gavrilovitch était très sévère pour la « poésie pure ». Critiquant un livre de référence dans les pages du *Contemporain* (1854), il cita une liste de sujets qui, selon lui, étaient traités trop longuement : Labyrinthe, Laurier, Lenclos (Ninon de) – et une liste de sujets qui étaient trop courts : Laboratoire, Lafayette, Lin, Lessing. Quel élégant ergotage ! Une devise qui convient à la totalité de sa vie intellectuelle ! Les flots oléographiques de la « poésie » ont donné naissance (comme nous l'avons vu) à un « luxe » à la gorge plantureuse ; le « fantastique » prit une tournure économique menaçante. « Des illuminations... Des confettis qui tombaient en voletant des ballons jusqu'à la rue », il détaille (il s'agit des réjouissances et des cadeaux faits à l'occasion du baptême du fils de Louis-Napoléon), « de colossales bonbonnières descendant en parachute... » Et ce que possèdent les riches : « Des lits en bois de rose... Des armoires à linge avec des gonds et des glaces coulissantes... des tentures de damas... Et là-bas, le pauvre travailleur... » Le lien a été découvert, l'antithèse trouvée ; avec une terrible force accusatrice et une abondance d'articles d'ameublement, Nikolaï Gavrilovitch expose toute leur immoralité. « Est-il surprenant que la midinette physiquement avantagée relâche peu à peu ses principes moraux... Est-il surprenant qu'ayant changé sa robe de mousseline bon marché, cent fois lavée, pour du point d'Alençon, et ses nuits blanches passées à travailler à la lueur d'un bout de chandelle pour d'autres nuits blanches à un bal masqué ou dans une orgie des faubourgs, elle... tournoyant... », etc. (et après mûre réflexion, il démolit le poète Nikitine, non pas parce que ce dernier faisait de mauvais vers mais parce que, étant un habitant des forêts de Voroneje, il n'avait aucun droit de parler de colonnades de marbre et de voiliers).

Le pédagogue allemand Kampe, joignant ses petites mains sur son ventre, disait un jour « Filer une lifre de laine est plus utile que d'écrire un folume de fers. » Nous aussi, avec un sérieux également impassible, nous sommes agacés par les poètes, par les types en bonne santé qui se porteraient encore mieux s'ils ne faisaient rien, mais qui s'occupent à découper des bagatelles dans « du très joli papier de couleur ». Mettez-vous bien ça dans la tête, tricheurs, ne l'oubliez pas, faiseurs d'arabesques, « la puissance de l'art n'est que la puissance de ses lieux communs » et rien de plus. Ce qui devrait intéresser un critique par-dessus tout, c'est la conviction exprimée dans l'ouvrage d'un écrivain. Volynski et Strannolioubski remarquent tous deux ici une inconséquence étrange (une de ces fatales contradictions intérieures qui apparaissent tout le long du sentier de notre héros) : le dualisme de l'esthétique moniste de Tchernychevski – où « forme » et « contenu » sont distincts, avec une prééminence du « contenu » – ou, plus exactement, avec « forme » jouant le rôle de l'âme et « contenu » celui du corps ; et la confusion est augmentée par le fait que cette « âme » est faite de parties mécaniques, puisque Tchernychevski croyait que la valeur d'une œuvre n'était pas un concept qualitatif mais quantitatif, et que « si l'on prenait quelque misérable roman oublié et si l'on recueillait soigneusement tous les éclairs d'observation, on récolterait un assez bon nombre de phrases d'une valeur égale à celles qui constituent les pages des œuvres que nous admirons ». Mieux encore : « Il suffit de jeter un coup d'œil aux bibelots fabriqués à Paris, à ces élégants articles en bronze, en porcelaine et en bois, pour comprendre à quel point il est impossible aujourd'hui de tracer une ligne entre un produit artistique et un autre qui ne l'est pas » (ce bronze élégant explique bien des choses).

Comme les mots, les objets aussi ont leurs cas. Tchernychevski voyait tout au nominatif. De fait, toute tendance véritablement neuve, bien sûr, est un coup du cavalier, un changement d'ombres, un mouvement qui déplace le miroir. Un homme sérieux, modéré, respectant l'instruction, l'art et l'artisanat, un homme qui a accumulé à profusion des valeurs dans la sphère de la pensée – qui a peut-être montré un discernement pleinement progressif durant la période de leur accumulation mais qui n'a maintenant aucun désir de les voir subitement contestées – un tel homme est beaucoup plus courroucé par une innovation irrationnelle que par les ténèbres d'une ignorance démodée. C'est ainsi que Tchernychevski, qui comme la majorité des révolutionnaires était un parfait bourgeois dans ses goûts artistiques et scientifiques, était exaspéré par « l'équarrissage des bottes » ou « l'extraction des racines cubiques des revers de bottes ». « Tout Kazan connaissait Lobatchevski », écrivit-il de Sibérie à ses fils dans les années 70, « Kazan était de l'opinion unanime que l'homme était un parfait imbécile... Mais que diable peut bien être la "courbure d'un rayon" ou l' " espace courbe" ? Qu'est-ce que la "géométrie sans l'axiome des lignes parallèles" ? Est-il possible d'écrire en russe sans verbes ? Oui, bien sûr, pour s'amuser. » Murmures, soupirs timides, trilles de rossignol. Écrit par un certain Fet, un poète célèbre à son époque. Un idiot dont on ne saurait trouver l'égal. Il écrivait ça sérieusement et les gens riaient de lui à en avoir mal aux côtes. (Il détestait Fet tout comme il détestait Tolstoï ; en 1856, flattant Tourguéniev qu'il voulait pour *Le Contemporain,* il lui écrivit « que nulle jeunesse (*Enfance et Adolescence* de Tolstoï) ou même la poésie de Fet... ne peut abrutir suffisamment le public pour qu'il ne puisse distinguer... » – suit un compliment bien plat.)

Une fois en 1855, alors qu'il dissertait sur Pouchkine et qu'il désirait donner un exemple « d'une combinaison de mots sans signification », il cita à la hâte un « son bleu » de son invention – appelant prophétiquement sur sa propre tête l'« heure au tintement bleu » de Blok qui allait carillonner un demi-siècle plus tard. « Une analyse scientifique démontre l'absurdité de telles combinaisons », écrivait-il, ignorant le fait physiologique de l'« audition colorée ». « Quelle différence y a-t-il », demandait-il (au lecteur de Bakhmochansk ou de Novomirgorod qui était joyeusement d'accord avec lui), « entre avoir un brochet bleu de nageoires (comme dans un poème de Derjavine) et un brochet avec une nageoire bleue (bien sûr le deuxième, *nous* serions-nous écrié, c'est beaucoup mieux de cette façon, de profil !), car le penseur véridique n'a pas le temps de se préoccuper de tels problèmes, particulièrement s'il passe plus de temps sur la place que dans son bureau ? » Les « grandes lignes » sont un autre problème. Ce fut un amour des généralités (encyclopédies) et une haine méprisante des particularités (monographies) qui l'amenèrent à reprocher à Darwin sa puérilité et à Wallace son ineptie («...toutes ces spécialités érudites, de l'étude des ailes de papillons à l'étude des dialectes cafres »). Au contraire, Tchernychevski avait un champ dangereusement étendu, une sorte d'attitude intrépide et présomptueuse – « n'importe quoi fera l'affaire » – qui jette une ombre suspecte sur ses propres travaux spécialisés. L'« intérêt général », cependant, reçut sa propre interprétation : ses prémisses étaient que l'aspect « productif » des choses intéresse le lecteur avant toute autre chose. Faisant la critique d'un magazine (en 1855), il fait l'éloge d'articles tels que « La Condition thermométrique de la terre » et « Les Charbonnages russes », tout en rejetant d'un ton tranchant comme étant trop spécial le seul article qu'on aurait voulu lire « La Distribution géographique du chameau ».

La tentative de Tchernychevski de prouver (*Le Contemporain,* 1856) que le mètre ternaire (anapeste, dactyle) est plus naturel en russe que le mètre binaire (iambe, trochée) est extrêmement révélatrice. Le premier (sauf quand il est employé dans la fabrication de l'hexamètre dactylique noble, « sacré » – et par conséquent détestable –) semble plus naturel à Tchernychevski, « plus sain », tout comme un mauvais cavalier croit que le galop est plus « simple » que le trot. Cependant, il ne s'agissait pas tellement de ça que de la « règle générale » à laquelle il soumettait tout et tout le monde. Embrouillé dans l'émancipation rythmique du vers aux amples roulements de Nékrassov et dans les anapestes élémentaires de Koltsov (« Quoi, tu dors, *moujïtchok ?* »), Tchernychevski flairait quelque chose de démocratique dans le mètre ternaire, quelque chose qui charmait le cœur, quelque chose de « libre » mais de didactique à la fois, en opposition aux airs aristocratiques de l'iambe : il croyait que les poètes qui cherchent à convaincre se devaient d'employer l'anapeste. Cependant, ce n'était pas tout : dans le vers ternaire de Nékrassov, il arrive particulièrement souvent que des mots d'une ou de deux syllabes se présentent dans les parties inaccentuées des pieds et perdent leur individualité tonique tandis que leur rythme collectif est accru par ailleurs : les parties sont sacrifiées à l'ensemble (par exemple dans le vers anapestique « Volga, Vólga, débórde au príntemps » où le premier « Volga » occupe les deux dépressions du premier pied : Volga Vól). Bien sûr tout ce que je viens de dire n'est nulle part examiné par Tchernychevski lui-même, mais il est curieux que dans ses propres vers, écrits au cours des nuits sibériennes, dans ce terrible mètre ternaire dont la mauvaise qualité même avait un accent de folie, Tchernychevski parodie inconsciemment le truc de Nékrassov et le porte jusqu'à l'absurdité en fourrant dans les dépressions du mètre des mots de deux syllabes normalement accentués sur la seconde au lieu de la première (comme « Volga ») et en le faisant trois fois dans un seul vers – certainement un record : « Lointains monts, lointains champs, adieu, fille du nórd » (vers à sa femme, 1875). Répétons-le : toute cette aspiration à un vers créé à l'image et à la ressemblance de dieux socio-économiques bien déterminés était inconsciente chez Tchernychevski, mais ce n'est qu'en révélant cette tendance que l'on peut comprendre l'arrière-plan véritable de son étrange théorie. Et qui plus est, il n'avait aucune compréhension de l'essence violonistique, réelle, de l'anapeste ; il ne comprenait pas l'iambe non plus, la plus flexible de toutes les mesures quand il s'agit de transformer des accents en demi-accents, en ces déviations rythmiques du mètre qui, d'après les souvenirs de séminaire de Tchernychevski, lui semblaient illégales ; finalement, il ne comprenait pas le rythme de la prose russe ; il n'est que naturel par conséquent, que la méthode même qu'il appliquait pour prouver sa théorie prenne sa revanche sur lui : dans les passages de prose qu'il citait, il divisait le nombre de syllabes par le nombre d'accents et il obtenait le résultat de trois, non pas celui de deux qu'il aurait obtenu disait-il, si le mètre binaire avait été plus propre à la langue russe ; mais il ne tenait pas compte de la chose principale : les péons ! Car dans les passages mêmes qu'il cite, des membres entiers de phrases suivent le rythme plein de demi-accents du vers blanc, de tous les mètres le plus aristocratique ; i.e., l'iambe précisément !

Je crains bien que le savetier qui visita l'atelier d'Apelle et qui critiqua ce qu'il ne comprenait pas n'ait été un mauvais savetier. Tout est-il vraiment exact du point de vue mathématique dans ses savants ouvrages économiques dont l'analyse demande une curiosité presque surhumaine de la part de l'enquêteur ? Sont-ils vraiment profonds ses commentaires sur Mill (dans lesquels il s'efforça de reconstruire certaines théories « en accord avec le nouvel élément plébéien dans la pensée et dans la vie ») ? Toutes les bottes qu'il fabriqua sont-elles vraiment bien ajustées ? Ou bien est-ce simplement une coquetterie de vieillard qui le pousse vingt ans plus tard à rappeler avec complaisance les erreurs dans ses calculs logarithmiques concernant l'effet de certaines améliorations agricoles sur la récolte du grain ? Tout ceci est triste, bien triste. Notre impression d'ensemble est que les matérialistes de ce type tombèrent dans une erreur fatale : négligeant la nature même de la chose, ils s'acharnèrent à appliquer leur très matérialiste méthode aux relations entre les objets tout simplement, au vide entre les objets et non pas aux objets eux-mêmes ; i.e., ils furent les plus naïfs des métaphysiciens là précisément où ils désiraient particulièrement avoir les pieds sur terre.

Une fois, dans sa jeunesse, il y eut un matin de malheur : il reçut la visite d'un marchand de livres ambulant qu'il connaissait, le vieux Vassili Trofimovitch au long nez, fléchissant comme une sorcière sous le poids d'un immense sac de toile plein de livres interdits ou semi-interdits. Ignorant les langues étrangères, à peine capable de déchiffrer les caractères romains et prononçant étrangement les titres comme un paysan, il devinait instinctivement le degré de sédition de tel ou tel Allemand. Ce matin-là il vendit à Nikolaï Gavrilovitch (tous deux accroupis près d'une pile de livres) un volume de Feuerbach dont les pages n'étaient pas encore coupées.

En ce temps-là, on préférait Andreï Ivanovitch Feuerbach à Egor Fiodorovitch Hegel. *L'Homo feuerbachi* est un muscle cogitant. Andreï Ivanovitch trouvait que l'homme ne diffère du singe que de son point de vue ; cependant, il pouvait difficilement avoir étudié les singes. Un demi-siècle plus tard, Lénine réfuta la théorie que « la terre est la somme des sensations humaines » par « la terre existait avant l'homme » ; et il ajouta assez sérieusement à son slogan commercial : « Nous changeons maintenant l'inconnaissable "chose en soi" de Kant en une "chose pour nous" au moyen de la chimie organique », et « puisque l'alizarine a existé dans le charbon à notre insu, les choses doivent donc exister indépendamment de notre connaissance ». De la même façon, Tchernychevski expliquait : « Nous voyons un arbre ; un autre homme regarde le même objet. Nous voyons par le reflet dans ses yeux que son image de l'arbre ressemble tout à fait à notre arbre. Donc, nous voyons tous les objets tels qu'ils existent en réalité. » Toutes ces bêtises extravagantes ont leur propre tournure époustouflante : le recours constant des « matérialistes » aux arbres est spécialement amusant car ils sont tous si peu familiers de la nature, particulièrement des arbres. Cet objet tangible qui selon Tchernychevski « agit beaucoup plus fortement que son concept abstrait » (*Le Principe anthropologique dans la philosophie*) est simplement hors de leur portée. En fin de compte, voyez quelle terrible abstraction résulta du « matérialisme » ! Tchernychevski ne connaissait pas la différence entre une charrue et la *soha* en bois ; il confondait la bière et le madère ; il était incapable de nommer une seule fleur sauvage à l'exception de l'églantine ; et il est significatif que ce manque de connaissance botanique ait été immédiatement compensé par une « généralisation » lorsqu'il soutint avec la conviction d'un ignorant « qu'elles (les fleurs de la taïga sibérienne) sont toutes exactement les mêmes que celles qui fleurissent partout ailleurs en Russie ! » Un châtiment secret se cache dans le fait que lui qui avait élaboré sa philosophie sur une base de la connaissance du monde se trouvait à présent, nu et seul, au milieu de la nature ensorcelée, étrangement luxuriante et encore incomplètement décrite du nord-est de la Sibérie : une punition élémentaire, mythologique, dont ses juges humains n'avaient pas tenu compte.

Seulement quelques années plus tôt le parfum du Pétrouchka de Gogol avait été expliqué par le fait que tout ce qui existe est rationnel. Mais l'époque du robuste hégélianisme russe était maintenant passée. Les modeleurs d'opinion étaient incapables de comprendre la vérité dynamique de Hegel : une vérité qui n'était pas stagnante comme une eau peu profonde mais qui coulait comme du sang, à travers le processus même de la connaissance. Ce niais de Feuerbach plaisait beaucoup plus à Tchernychevski. Cependant, il y a toujours le danger qu'une lettre ne tombe du cosmique, et ce danger ne fut pas évité par Tchernychevski dans son article « Propriété communautaire », lorsqu'il se mit à jouer avec l'alléchante triade de Hegel, donnant des exemples tels que la gazéiformité du monde est la thèse, tandis que la mollesse du cerveau est la synthèse ; ou, même plus stupide : un bâton qui se change en carabine. « Il y a, dissimulée dans la triade », dit Strannolioubski, « une vague image de la circonférence contrôlant toute vie de l'esprit, et l'esprit y est enfermé sans pouvoir s'en échapper. C'est le manège de la vérité car la vérité est toujours ronde ; par conséquent, dans le développement des formes de la vie une certaine courbure est possible : la bosse de la vérité ; mais pas plus. »

A travers Feuerbach, la « philosophie » de Tchernychevski retourne aux Encyclopédistes. D'un autre côté, l'hégélianisme appliqué, se dirigeant graduellement vers la gauche, traversa ce même Feuerbach pour rejoindre Marx qui s'exprime ainsi dans sa *Sainte Famille* :

... une grande intelligence
N'est pas nécessaire pour distinguer un lien
Entre l'enseignement du matérialisme
En ce qui concerne une tendance innée au bien ;
L'égalité des capacités de l'homme –
Capacités que l'on appelle généralement
Mentales ; la grande influence que les
Circonstances extérieures ont sur l'homme ;
La toute-puissante expérience ; l'empire de
L'habitude et de l'éducation ; l'extrême importance
De l'industrie ; le droit moral au plaisir,
Et le communisme.

J'ai mis ça en vers blancs pour que ce soit moins ennuyeux.

Steklov estime qu'en dépit de tout son génie, Tchernychevski ne peut se comparer à Marx à l'égard duquel il est ce que Polzounov, l'artisan de Barnaoul, était à Watt. Marx lui-même (« ce petit-bourgeois jusqu'à la moelle des os » selon le témoignage de Bakounine qui ne pouvait supporter les Allemands) mentionna une ou deux fois les « remarquables » écrits de Tchernychevski, mais il laissa plus d'une note pleine de mépris dans les marges du capital ouvrage économique *des grossen russischen Gelehrten* (Marx détestait les Russes en général). Tchernychevski lui rendit la monnaie de sa pièce. Dans les années 70, il traitait déjà avec négligence, avec malveillance, tout ce qui était neuf. Il était particulièrement dégoûté de l'économie qui avait cessé de lui servir d'arme et qui d'ailleurs prenait dans son esprit l'aspect d'un jouet vide, de « science pure ». Lyatski a complètement tort quand – avec une passion pour les analogies de navigation communes à plusieurs auteurs – il compare Tchernychevski durant son exil à un homme « qui observe d'un rivage désert le passage d'un bateau gigantesque (le bateau de Marx), qui s'en va à la découverte de terres nouvelles » ; l'expression est d'autant plus malheureuse que Tchernychevski lui-même, comme s'il avait anticipé l'analogie et désiré la réfuter à l'avance, dit de *Das Kapital* (qui lui fut envoyé en 1872) : « Je le feuilletai mais je ne le lus pas ; j'en déchirai les pages une à une et j'en fis de petits *bateaux* (mes italiques), et je les lançai sur le Vilioui. »

Lénine considérait Tchernychevski comme « le seul écrivain vraiment grand qui réussit à demeurer à un niveau de matérialisme philosophique ininterrompu des années 50 jusqu'à 1888 (il fit sauter un an). Une fois, par un jour de grand vent, Kroupskaïa se tourna vers Lounatcharski et lui dit avec une douce tristesse : « Il n'y avait pratiquement personne que Vladimir Ilitch aimait autant... Je crois qu'il avait beaucoup de choses en commun avec Tchernychevski. » « Oui, ils avaient incontestablement beaucoup de choses en commun », ajouta Lounatcharski porté à prime abord à traiter cette remarque avec scepticisme. « Ils avaient en commun et la clarté de style et la souplesse du langage... l'ampleur et la profondeur du jugement, le feu révolutionnaire... cette combinaison d'un contenu énorme et d'un extérieur modeste, et finalement leur formation morale commune. » Steklov appelle l'article de Tchernychevski *Le Principe anthropologique en philosophie* le « premier manifeste philosophique du communisme russe » ; il est significatif que ce premier manifeste ait été une interprétation d'écolier, une évaluation enfantine des questions morales les plus difficiles. « La théorie européenne du matérialisme », dit Strannolioubski, paraphrasant quelque peu Volynski, « revêtit avec Tchernychevski une forme simplifiée, confuse et grotesque. Portant des jugements dédaigneux et impertinents sur Schopenhauer, sous l'ongle critique duquel sa propre pensée sauteuse n'aurait pas survécu une seconde, il ne reconnaissait de tous les penseurs du passé, par une étrange association d'idées et d'après ses souvenirs fautifs, que Spinoza et Aristote dont il s'imaginait être le prolongement ». Tchernychevski rassemblait à coups de marteau des syllogismes erronés ; dès qu'il disparaissait, les syllogismes s'écroulaient et les clous ressortaient de tous les côtés. En éliminant le dualisme métaphysique, il tomba dans le dualisme gnoséologique, et ayant pris d'un cœur léger la matière comme principe premier, il s'égara irrémédiablement parmi des concepts qui présupposent quelque chose qui crée notre perception du monde extérieur lui-même. Le philosophe professionnel Iourkevitch n'eut aucune difficulté à le mettre en pièces. Iourkevitch ne cessait de se demander comment Tchernychevski explique le fait que le mouvement spatial des nerfs est transformé en sensation non spatiale ? Au lieu de répondre à l'article détaillé du pauvre professeur, Tchernychevski en réimprima un tiers dans *Le Contemporain* (i.e., autant que le permettait la loi) et l'interrompit au milieu d'un mot sans commentaires. Très nettement, il se fichait des opinions des spécialistes, et il ne voyait aucun mal dans le fait d'ignorer les détails du sujet à l'examen : pour lui, les détails n'étaient que l'élément aristocratique dans la nation de nos idées générales.

« Sa tête pense aux problèmes de l'humanité... tandis que sa main exécute un travail non spécialisé », écrivit-il de son « ouvrier conscient des problèmes sociaux » (et l'on ne peut s'empêcher de penser à ces anciennes planches anatomiques où un jeune homme au visage agréable est représenté nonchalamment appuyé contre une colonne, montrant tous ses viscères au monde cultivé). Mais le régime politique qui était censé apparaître comme la synthèse dans le syllogisme dont la thèse était la commune ressemblait plus aux utopies de son temps qu'à la Russie soviétique. Le monde de Fourier, l'harmonie des douze passions, la félicité de la vie collective, les ouvriers parés de guirlandes de roses, tout ceci ne pouvait manquer de plaire à Tchernychevski qui était toujours à la recherche de « cohérence ». Rêvons de la vie de phalanstère dans un palais : dix-huit cents âmes – et toutes heureuses ! Musique, drapeaux, gâteaux. Le monde est gouverné par les mathématiques et bien gouverné quant à ça ; la correspondance établie par Fourier entre nos désirs et la loi de la gravité de Newton était particulièrement captivante ; elle définissait l'attitude que Tchernychevski eut à l'égard de Newton durant toute sa vie, et il est amusant de comparer la pomme de ce dernier avec celle de Fourier qui coûtait au voyageur de commerce quatorze sous bien sonnants dans un restaurant de Paris, fait qui amena Fourier à réfléchir au désordre fondamental du mécanisme industriel, tout comme Marx fut amené à se familiariser avec les problèmes économiques par la question des gnomes viticulteurs (« petits paysans ») de la vallée de la Moselle : gracieuse origine d'idées grandioses.

Tout en défendant la propriété communautaire de la terre parce qu'elle simplifiait l'organisation des associations en Russie, Tchernychevski était prêt à accepter l'émancipation des paysans sans terre, dont la propriété aurait conduit à de nouveaux embarras à la longue. C'est ici que des étincelles jaillissent de notre plume. La libération des serfs ! L'ère des grandes réformes ! Il ne faut pas s'étonner que dans une explosion de prescience éclatante le jeune Tchernychevski se soit demandé dans son journal en 1848 (l'année que quelqu'un qualifia d' « exutoire du siècle ») : « Et si nous vivions en effet à l'époque de Cicéron et de César, quand *seculorum novus nascitur ordo,* et s'il venait un nouveau Messie, et une nouvelle religion, et un nouveau monde ?... »

Les années 50 battent leur plein maintenant. Il est permis de fumer dans la rue. Le port de la barbe est autorisé. L'ouverture de *Guillaume Tell* tonne à chaque occasion musicale. Les rumeurs se propagent que la capitale sera transférée à Moscou ; que le vieux calendrier sera remplacé par le nouveau Sous ce couvert, la Russie amasse activement des éléments pour la satire assez primaire mais savoureuse de Saltykov. « J'aimerais bien savoir quel est ce nouvel esprit dont on parle tellement », disait le général Zoubatov, « en dehors du fait que les valets sont devenus grossiers, tout est resté comme avant. » Les propriétaires terriens et spécialement leurs femmes commencèrent à faire de terribles rêves qui ne sont pas énumérés dans les livres de rêves. Une nouvelle hérésie apparut : le nihilisme. « Une doctrine scandaleuse et immorale, rejetant tout ce qui ne peut être palpé », dit Dal avec un frisson, dans sa définition de ce mot étrange (dans lequel *nihil*, « rien », correspond en quelque sorte à « matériel »). Certaines personnes dans les ordres religieux eurent une vision : un énorme Tchernychevski avance à grands pas sur la Perspective Nevski coiffé d'un chapeau à larges bords et portant un gourdin.

Et ce premier rescrit au nom du gouverneur de Vilno, Nazimov ! Et la signature du Tsar, si élégante, si robuste, avec deux puissants et vigoureux parafes qui allaient être arrachés plus tard par une bombe ! Et le transport de joie de Nikolaï Gavrilovitch : « La bénédiction promise aux humbles et aux pacificateurs récompense Alexandre II d'un bonheur qu'aucun autre souverain d'Europe n'a encore connu... »

Mais peu de temps après que les comités provinciaux furent formés, l'ardeur de Tchernychevski se refroidit : il était exaspéré par l'égoïsme des nobles dans la plupart de ces comités. Sa désillusion finale survint durant la seconde moitié de 1858. L'ampleur de la compensation ! La petitesse des lots ! Le ton du *Contemporain* devint tranchant et franc ; les expressions « infâme » et « infamie » commencèrent à animer agréablement les pages de cette revue par ailleurs assez morne.

La vie de son directeur n'était pas riche en événements. Le public ignora longtemps son visage. On ne le voyait nulle part. Déjà célèbre, il demeurait pour ainsi dire dans les coulisses de sa pensée volubile et affairée.

Toujours vêtu d'une robe de chambre comme c'était la coutume alors (tachée de suif de bougie même dans le dos), il demeurait assis toute la journée dans son petit cabinet de travail avec son papier peint bleu – bon pour les yeux – et sa fenêtre surplombant la cour (une vue sur le tas de bois couvert de neige), face à un grand bureau où s'empilaient les livres, les coupures et les épreuves de l'imprimeur. Il travaillait si fiévreusement, fumait tellement et dormait si peu que l'impression qu'il produisait était presque terrifiante : décharné, énervé, le regard à la fois trouble et perçant, les mains tremblantes, le discours saccadé et distrait (d'autre part, il ne souffrit jamais d'un mal de tête et il s'en vantait naïvement comme de la marque d'un esprit sain). Sa capacité de travail était monstrueuse comme l'était, sous ce rapport, celle de la plupart des critiques russes du siècle dernier. Il dictait à son secrétaire Stoudentski, un ancien séminariste de Saratov, une traduction de l'histoire de Schlosser et entre-temps, pendant que ce dernier la transcrivait, il continuait à écrire un article pour *Le Contemporain* ou il lisait quelque chose, prenant des notes dans la marge. Il était harcelé par les visiteurs. Ne sachant comment échapper à un invité importun, il se laissait entraîner de plus en plus loin dans une conversation, à son grand déplaisir. S'accoudant sur la cheminée et tripotant quelque chose, il parlait d'une petite voix aiguë, mais chaque fois que ses pensées se perdaient, il laissait traîner ses paroles et mâchonnait d'une façon monotone, avec une abondance d' « alors ». Il avait un genre de ricanement tranquille (qui mettait Léon Tolstoï en rage) mais quand il riait à haute voix, il éclatait littéralement et il s'esclaffait d'une manière assourdissante (lorsqu'il entendait ces roulades de loin, Tourguéniev prenait ses jambes à son cou).

Les méthodes de connaissance telles que le matérialisme dialectique ressemblent curieusement aux peu scrupuleuses réclames de spécialités médicales qui guérissent toutes les maladies à la fois. Encore qu'un tel expédient puisse agir occasionnellement sur un rhume. Il y avait très nettement une teinte d'arrogance de classe dans l'attitude des écrivains contemporains bien nés à l'égard du plébéien qu'était Tchernychevski. Tourguéniev, Grigorovitch et Tolstoï l'appelaient « le monsieur qui sent la punaise » et se moquaient de lui, entre eux, de mille façons. Une fois, dans la propriété de campagne de Tourguéniev, les deux premiers, aidés par Botkine et Droujinine, composèrent et jouèrent une saynète. Dans une scène où un divan était censé prendre feu, Tourguéniev devait entrer en scène en criant... ici les efforts communs de ses amis l'avaient persuadé de prononcer les mots malheureux qu'il avait prétendument adressés à un marin durant un incendie sur un bateau : « Sauvez-moi, sauvez-moi, je suis le fils unique de ma mère. » Avec cette saynète, Grigorovitch qui n'avait aucun talent confectionna sa parfaitement médiocre *École de l'hospitalité* dans laquelle il dota l'un des personnages, l'écrivain splénétique Tchernoutchine, des traits de Nikolaï Gavrilovitch : des yeux de taupe au regard étrangement oblique, des lèvres minces, un visage écrasé et froissé, des cheveux roussâtres rejetés en désordre sur la tempe gauche et une euphémique puanteur de rhum brûlé. Il est curieux que la célèbre lamentation (« Sauvez-moi », etc.) soit attribuée ici à Tchernoutchine, ce qui rend vraisemblable l'idée énoncée par Strannolioubski qu'il y avait un genre de lien mystique entre Tourguéniev et Tchernychevski. « J'ai lu son livre dégoûtant (la dissertation) », écrit Tourguéniev dans une lettre à ses compagnons d'armes. « *Raca ! Raca ! Raca !* Vous savez qu'il n'y a au monde rien de plus terrible que cette malédiction juive. »

« Ce *raca* ou *raka* », remarque superstitieusement le biographe, « aboutit sept ans plus tard à Rakéiev (le colonel de police qui arrêta l'homme anathématisé), et la lettre elle-même avait été écrite par Tourguéniev très précisément le 12 juillet, l'*anniversaire* de Tchernychevski... » (il nous semble que Strannolioubski y va un peu fort).

Cette même année, le *Roudine* de Tourguéniev parut, mais Tchernychevski ne l'attaqua (à cause de sa caricature de Bakounine) qu'en 1860 lorsque Tourguéniev n'était plus nécessaire au *Contemporain* qu'il avait quitté à la suite du sifflement de serpent que Dobroljoubov avait dirigé contre son « La Veille ». Tolstoï ne pouvait tolérer notre héros : « On ne cesse de l'entendre », écrivit-il, « d'entendre sa voix grêle et désagréable prononcer des choses hargneuses et obtuses... tandis qu'il continue de s'indigner dans son coin jusqu'à ce que quelqu'un dise "Taisez-vous" et le regarde bien droit dans les yeux. » « Les aristocrates se changeaient en brutes vulgaires », remarque Steklov à ce propos, « lorsqu'ils parlaient avec des inférieurs ou de gens qui leur étaient socialement inférieurs. » L' « inférieur », cependant, ne demeura pas leur débiteur ; sachant à quel point Tourguéniev prisait chaque parole proférée contre Tolstoï, Tchernychevski s'étendit longuement et librement, dans les années 50, sur la *pochlost* (vulgarité) et la *khvastovstvo* (vantardise) de Tolstoï – « la vantardise d'un paon stupide à propos d'une queue qui ne couvre même pas son vulgaire derrière », etc. « Vous n'êtes pas un quelconque Ostrovski ou un Tolstoï », ajoutait Nikolaï Gavrilovitch, « vous nous faites honneur » (Et *Roudine* avait déjà paru – avait paru depuis deux ans).

Les autres revues littéraires lui cherchaient noise

dans la mesure du possible. Le critique Doudychkine (dans *Le Commentateur national*) brandit avec mauvaise humeur sa flûte dans sa direction : « Pour vous, la poésie n'est qu'un chapitre d'économie politique transposé en vers. » Dans le camp des mystiques, ceux qui lui voulaient du mal parlaient de l'« attrait maléfique » de Tchernychevski, de sa ressemblance physique avec le Démon (par exemple, le professeur Kostomarov). D'autres journalistes d'une trempe plus ordinaire comme Blagosvetlov (qui se considérait comme un dandy et qui, en dépit de son radicalisme, avait comme valet de pied un véritable négrillon grand teint) parlait des caoutchoucs sales de Tchernychevski et du style fossoyeur allemand de ses vêtements. Nékrassov défendit « l'homme qui avait la tête sur les épaules » (qu'il avait eu pour *Le Contemporain*) avec un sourire indécis, admettant qu'il avait réussi à jeter l'empreinte de la monotonie sur la revue en la bourrant de potins médiocres dénonçant les pots-de-vin et la police ; mais il faisait l'éloge de son collègue pour ses travaux fructueux : grâce à lui la revue avait 4700 abonnés en 1858 et trois ans plus tard – 7000. Les relations entre Nikolaï Gavrilovitch et Nékrassov étaient amicales, sans plus ; il y a une allusion concernant quelques arrangements financiers qui lui déplurent. En 1883, son cousin Pypine, afin de divertir le vieillard, suggéra qu'il écrive quelques « portraits du passé ». Tchernychevski décrivit sa première rencontre avec Nékrassov avec la méticulosité et la peine qui nous sont déjà familières (donnant un plan complexe de tous leurs mouvements mutuels dans la pièce, y compris pratiquement le nombre de pas), une manie du détail qui semblait une insulte infligée au Temps et à son honnête labeur, si l'on se souvient que trente années s'étaient passées depuis que ces manœuvres avaient pris place. Il mettait le poète Nékrassov au-dessus de tous les autres (au-dessus de Pouchkine, au-dessus de Lermontov et de Koltsov). *La Traviata* faisait pleurer Lénine ; de même, Tchernychevski qui admettait que la poésie du cœur lui était plus chère que la poésie d'idées fondait en larmes à la lecture des vers où Nékrassov (même les iambiques !) exprimait tout ce qu'avait vécu Tchernychevski lui-même, tous les tourments de sa jeunesse, toutes les phases de son amour pour sa femme. Et il n'y a rien d'étonnant à cela : le pentamètre iambique de Nékrassov nous enchante particulièrement par sa puissance exhortative, supplicatoire et prophétique et par une césure très personnelle après le deuxième pied, césure qui est chez Pouchkine, par exemple, un organe rudimentaire en autant qu'elle contrôle la mélodie du vers, mais qui devient chez Nékrassov un authentique organe de respiration, comme si de cloison elle s'était transformée en cavité, ou comme si la partie de deux pieds et celle de trois pieds s'étaient déplacées séparément, laissant un intervalle plein de musique après le deuxième pied. Tout en écoutant ces vers à la poitrine creuse, cette articulation pleine de sanglots, gutturale...

Oh, ne dis pas « Ma vie est morne et sombre »
Un demi-mort n'est pas un geôlier !
Devant mes yeux la tombe étend son ombre.
Et devant toi, l'Amour est déployé.

Tchernychevski ne pouvait s'empêcher de penser que sa femme – tout comme la maîtresse de Nékrassov le supplie « d'attendre encore un peu » – ne devrait pas se hâter de le tromper ; il ne pouvait s'empêcher d'identifier la proximité de la fin avec l'ombre de la prison qui s'étendait déjà vers lui. Et ce n'était pas tout : cette connexion fut également ressentie évidemment – au sens orphique et non au sens rationnel – par le poète qui écrivit ces vers car c'est précisément leur rythme (« Oh, ne dis pas ») dont l'écho se répercute avec une étrange qualité obsessionnelle dans le poème qu'il écrivit sur Tchernychevski par la suite :

Oh, ne dis pas « Il cherche l'imprudence,
Pour son Destin c'est lui qu'on doit blâmer... »

Ainsi, les sons de Nékrassov étaient *agréables* à Tchernychevski ; i.e., ils satisfaisaient cette esthétique élémentaire qu'il confondit constamment avec sa propre sentimentalité circonstancielle. Après avoir décrit un grand cercle, après avoir embrassé de nombreux sujets concernant l'attitude de Tchernychevski à l'égard de diverses branches de la connaissance, et tout en n'ayant pas altéré un seul instant notre courbe régulière, nous sommes revenus maintenant avec de nouvelles forces à sa philosophie de l'art. Il est temps, à présent, de la résumer.

Ayant, comme le reste de nos critiques radicaux, un faible pour les victoires faciles, il s'abstint de faire de serviles compliments aux femmes de lettres et il démolit énergiquement Evdokia Rastoptchine ou Avdotia Glinka. « Un babil incorrect, insouciant » (comme le dit Pouchkine) le laissait froid. Tchernychevski et Dobrolioubov éreintèrent tous deux les coquettes littéraires avec entrain – mais dans la vie... Bien, regardez ce que les filles du Dr Vassiliev leur firent, voyez comme elles les torturaient, tout en mourant de rire (c'est ainsi que les naïades rient le long des cours d'eau qui coulent près des ermitages et d'autres lieux de salut).

Ses goûts étaient éminemment solides. Il était *épaté* par Hugo. Swinburne l'impressionnait (ce qui n'est pas étrange du tout quand on y pense). Sur la liste des livres qu'il lut dans la forteresse, le nom de Flaubert est écrit avec un « o » – et, en effet, il le plaçait au-dessous de Sacher-Masoch et de Spielhagen. Il aimait Béranger comme l'aime le Français moyen. « Pour l'amour de Dieu », s'exclame Steklov, « vous dites que cet homme n'était pas poétique ? Allons, ne savez-vous pas qu'il était capable de déclamer Béranger et Ryléiev avec des larmes de ravissement ? ! » Ses goûts ne se congelèrent qu'en Sibérie – et par une étrange délicatesse de destin historique, la Russie ne produisit pas, durant les vingt années de son bannissement, un seul écrivain authentique (jusqu'à Tchekhov) dont il n'avait vu les débuts de ses propres yeux lors de la période active de sa vie. Il ressort de conversations avec lui à Astrakhan au cours des années 80 que : « Oui, monsieur, c'est le titre de comte qui fit considérer Tolstoï comme "un grand écrivain de la terre russe" » ; et quand des visiteurs importuns lui demandaient qui il croyait être le meilleur écrivain vivant, il nommait une nullité parfaite : Maxim Bielinski.

Au cours de sa jeunesse, il nota dans son journal : « La littérature politique est la plus grande. » Dans les années 50, lorsqu'il discutait à fond de Bielinski (Vissarion, bien sûr), chose que le gouvernement désapprouvait, il l'approuvait en disant que « la littérature ne pouvait manquer d'être la servante d'une tendance idéologique ou d'une autre », et que les écrivains « incapables de ressentir une sympathie pour ce qui s'accomplit autour de nous par la force du mouvement historique... ne produiront jamais, en aucune circonstance, quelque chose de grand », car « l'histoire ne connaît pas d'œuvre d'art créée exclusivement à partir de l'idée de beauté ». Dans les années 40, Bielinski maintenait que « George Sand peut être inclue inconditionnellement sur la liste des poètes européens (dans le sens allemand de *Dichter*), tandis que la juxtaposition du nom de Gogol avec ceux d'Homère et de Shakespeare offense la bienséance et le bon sens » et que « non seulement Cervantès, Walter Scott et Cooper, en tant qu'artistes avant tout, mais aussi Swift, Sterne, Voltaire et Rousseau ont une signification incomparablement et infiniment plus grande dans toute l'histoire de la littérature que Gogol ». Bielinski fut secondé trois décades plus tard par Tchernychevski (lorsque George Sand, il est vrai, avait déjà grimpé au grenier et que Cooper était descendu à la nursery), qui dit que « Gogol est une figure très mineure en comparaison, par exemple, de Dickens ou Fielding ou Sterne ».

Pauvre Gogol ! Son exclamation (comme celle de Pouchkine) « *Rous !* » est volontiers répétée par les hommes des années 60, mais maintenant, la troïka a besoin de routes pavées, car la *toska* (« mélancolie ») même de la Russie est devenue utilitaire. Pauvre Gogol ! Ayant de l'estime pour l'ancien séminariste qu'était le critique Nadejdine, Tchernychevski trouvait que son influence sur Gogol aurait été plus bénéfique que celle de Pouchkine, et il regrettait que Gogol n'ait pas eu de principes. Pauvre Gogol ! Mais comment donc, ce lugubre bouffon de Père Matveï l'avait aussi supplié de renoncer à Pouchkine...

Lermontov eut plus de veine. Sa prose arracha à Bielinski (qui avait un faible pour les conquêtes de la technologie) la surprenante et très charmante comparaison de Petchorine avec une machine à vapeur, écrasant tous ceux qui étaient assez étourdis pour se mettre sous ses roues. Dans sa poésie, les intellectuels de classe moyenne ressentaient quelque chose de l'accent socio-lyrique que l'on appela par la suite « nadsonisme ». En ce sens, Lermontov était le premier Nadson de la littérature russe. Le rythme, le ton, le pâle idiome dilué de larmes du vers « civique » jusqu'à et y compris « vous êtes tombés victimes du combat fatidique » (la célèbre chanson révolutionnaire des premières années de notre siècle), tout cela remonte à des vers de Lermontov tels que :

Adieu, camarade ! Ton séjour ici-bas fut bref
Poète aux yeux bleus !
Tu n'as gagné qu'une croix de bois
Et notre souvenir éternel...

La véritable magie de Lermontov, les fondantes éclaircies de sa poésie, son paradisiaque pittoresque et l'accent transparent du céleste dans le ruissellement de ses vers – tout cela, bien sûr, était complètement inaccessible à la compréhension d'hommes de la trempe de Tchernychevski.

Et voici que nous approchons de son point le plus vulnérable ; car il est bien établi depuis longtemps que l'on mesure le degré de flair, d'intelligence et de talent d'un critique russe par son attitude à l'égard de Pouchkine. Et il en demeurera ainsi jusqu'à ce que la critique littéraire russe rejette ses manuels sociologiques, religieux, philosophiques et autres manuels scolaires qui ne font qu'aider la médiocrité à s'admirer. Ce n'est qu'alors que vous serez libre de dire ce qui vous plaira : alors, vous pourrez critiquer Pouchkine pour toute trahison de son exigeante muse et conserver en même temps et votre talent et votre honneur. Grondez-le pour avoir laissé un hexamètre se glisser parmi les pentamètres de *Boris Godounov* (neuvième scène), pour une erreur métrique dans le vingt et unième vers du « Festin durant la peste », pour avoir répété la phrase « chaque minute » (*pominutno*) cinq fois dans seize lignes de *La Tourmente de neige*, mais pour l'amour de Dieu, cessez ce bavardage inconséquent.

Strannolioubski compare avec sagacité les propos critiques des années 60 concernant Pouchkine à l'attitude qu'eut à son égard, trois décades plus tôt, le préfet de police, le comte Benckendorff, ou celle du directeur du troisième bureau, von Fock. En vérité, la louange la plus poussée de Tchernychevski pour un écrivain était, comme celle du souverain Nicolas 1er, ou du radical Bielinski : sensée. Lorsque Tchernychevski ou Pissarev appelaient la poésie de Pouchkine « déchet et luxe », ils ne faisaient que répéter Tolmatchev, auteur de *L'Éloquence militaire*, qui, dans les années 30 avait qualifié le même sujet de « bagatelles et babioles ». Quand Tchernychevski disait que Pouchkine n'était qu'un « pauvre imitateur de Byron », il reproduisait avec une monstrueuse précision la définition donnée par le comte Vorontsov (le patron de Pouchkine à Odessa) : « Un pauvre imitateur de Lord Byron. » L'idée favorite de Dobrolioubov « qu'une profonde et solide éducation faisait défaut à Pouchkine » s'harmonise amicalement avec la remarque de Vorontsov : « On ne peut être un véritable poète sans travailler constamment à étendre ses connaissances, et les siennes sont insuffisantes. » « Pour être un génie, il ne suffit pas d'avoir manufacturé *Eugène Onié-*

guine », écrivit l'auteur progressiste Nadejdine en comparant Pouchkine à un tailleur, un inventeur de coupes de gilets, et concluant ainsi un pacte intellectuel avec le réactionnaire ministre de l'Instruction publique, le comte Ouvarov, qui dit, lors de la mort de Pouchkine : « Rimailler ne signifie pas encore que l'on a accompli une grande carrière. »

Tchernychevski donne le génie comme l'équivalent du bon sens. Si Pouchkine était un génie, plaide-t-il avec perplexité, alors comment interpréter l'abondance des corrections sur ses brouillons ? On peut comprendre un peu de « polissage » sur une copie au net, mais c'était là le brouillon même. Cela aurait dû couler sans effort puisque le bon sens dit sa pensée immédiatement, car il *sait* ce qu'il veut dire. En outre, comme une personne ridiculement étrangère à la création artistique, il supposait que le « polissage » prenait place sur le papier tandis que le « véritable travail » – i.e., « la tâche de former le plan général » – se passait « dans l'esprit » – un autre signe de ce dangereux dualisme, cette faille de son « matérialisme », d'où plus d'un serpent allait se glisser et venir le mordre durant sa vie. L'originalité de Pouchkine le remplissait de frayeur. « Les ouvrages poétiques sont bons lorsque *tout le monde* (mes italiques) dit après les avoir lus : "Oui, non seulement est-ce vraisemblable, mais il ne pourrait en être autrement, car c'est toujours comme ça." »

Pouchkine n'apparaît pas sur la liste de livres envoyés à Tchernychevski à la forteresse, et rien d'étonnant à cela : en dépit des services de Pouchkine (« Il inventa la poésie russe et il enseigna à la société à la lire », deux affirmations complètement fausses), il était néanmoins par-dessus tout l'auteur de piquants petits vers sur les petits pieds des femmes – et « petits pieds » avec l'intonation des années 60 – alors que la totalité de la nature avait été philistinisée en *travka* (diminutif d'« herbe ») et en *ptitchoujki* (diminutif d' « oiseaux ») – signifiait déjà quelque chose d'assez différent des *petits pieds* de Pouchkine, quelque chose qui était plus près maintenant de l'insipide *Füsschen.* Il lui semblait particulièrement étonnant (ainsi qu'à Bielinski) que Pouchkine se soit tellement tenu « à l'écart » vers la fin de sa vie. « Un terme fut mis à ces relations amicales dont le monument est demeuré le poème "Arion" », explique en passant Tchernychevski, mais comme cette référence fortuite au sujet interdit du décembrisme était pleine de sens sacré pour le lecteur du *Contemporain* (que nous nous imaginons tout à coup mordant avidement et distraitement dans une pomme, transférant sa faim de lecture à la pomme et se remettant à manger les mots des yeux). Par conséquent, Nikolaï Gavrilovitch dut être plus que légèrement irrité par une indication scénique dans l'avant-dernière scène de *Boris Godounov,* indication qui ressemblait à une allusion malicieuse et à un empiétement sur les lauriers civiques guère mérités par l'auteur de « vulgaires sottises » (voir les remarques de Tchernychevski sur le poème « Stamboul est maintenant louangé par les giaours ») : « Pouchkine arrive entouré par le peuple. »

« Relisant les plus injurieux critiques », écrivit Pouchkine au cours d'un automne à Boldino, « je les trouve tellement amusants que je ne comprends pas comment j'aurais pu en être fâché ; il me semble que si j'avais voulu en rire, je n'aurais pu penser à rien de mieux que de les réimprimer sans aucun commentaire. » Assez curieusement, c'est ce que

Tchernychevski fit de l'article du professeur Iourkevitch : grotesque répétition ! Et maintenant « un grain de poussière tourbillonnant s'est fait prendre dans un rayon de la lumière de Pouchkine qui a pénétré entre les stores de la pensée critique russe », pour employer la métaphore caustique de Strannolioubski. Nous pensons à la gamme magique du destin que voici : dans son journal de Saratov, Tchernychevski appliqua deux vers du poème de Pouchkine « Les Nuits égyptiennes » à la cour qu'il faisait à sa femme, citant de façon tout à fait erronée le deuxième, avec une altération caractéristique (pour lui qui n'avait pas d'oreille) : « Je relevai le défi du plaisir / Comme j'aurais relevé le défi de la guerre » (au lieu de « Il releva le défi du plaisir / Comme il aurait relevé en temps de guerre / Le défi d'un combat féroce »). A cause de cette fausse citation, le destin – l'allié des muses – prit sa revanche sur lui – et avec quel biais raffiné dans le développement de la punition !

Quel rapport, à ce qu'il semble, peut-il bien y avoir entre cette malheureuse erreur et la remarque de Tchernychevski dix ans plus tard (1862) : « Si les gens étaient capables d'annoncer toutes leurs idées concernant les affaires publiques lors... de réunions politiques, il n'y aurait aucune nécessité d'en faire des articles de revue » ? Cependant, à cet endroit, Némésis s'éveille déjà. « Au lieu d'écrire, on parlerait », continue Tchernychevski, « et si ces idées devaient atteindre tous ceux qui n'étaient pas à la réunion, elles pourraient être inscrites par un sténographe ». Et la vengeance se déroule : en Sibérie où ses seuls auditeurs étaient les mélèzes et les Yakoutes, il était hanté par l'image d'une « tribune » et d'une « salle de conférences » où il était tellement commode pour le public de se réunir et où ce dernier aurait pu vibrer avec une telle sympathie, car, tout compte fait, Tchernychevski, comme l'Improvisateur de Pouchkine (« Nuits égyptiennes ») mais plus piètre versificateur, avait choisi comme profession – et plus tard comme idéal irréalisable – des variations sur un thème donné ; au crépuscule même de sa vie, il compose un ouvrage où il insère son rêve : peu de temps avant sa mort, il envoie d'Astrakhan à Lavrov ses « Soirées chez la princesse Starobielski » pour la revue littéraire *Pensée russe* (qui les trouva impubliables), et il fait suivre ceci d'une « Insertion », adressée directement à l'imprimeur : « Dans cette partie où il est dit que les gens sont passés du salon-salle à manger au salon proprement dit qui a été apprêté pour qu'ils écoutent le conte de fées de Viazovski, et là où il y a une description de la disposition de l'auditorium... la distribution des sténographes – hommes et femmes – en deux sections à deux tables a été soit oubliée, soit indiquée de façon insatisfaisante. Sur ma copie, cette partie se lit comme suit : « Des deux côtés de l'estrade se trouvaient deux tables pour les sténographes... Viazovski se dirigea vers eux, leur serra la main, et resta à bavarder avec eux tandis que l'auditoire prenait place. » Les lignes de la copie au net, dont le sens correspond au passage cité d'après ma copie, devraient être remplacées maintenant par les lignes suivantes : « Les hommes, formant un groupe compact, se tenaient près du plateau et le long des murs derrière les dernières chaises ; les musiciens occupaient les deux côtés du plateau avec leurs pupitres... L'improvisateur, accueilli par des applaudissements étourdissants qui s'élevaient de tous les côtés... »

Pardon, pardon, nous avons tout mélangé – nous nous sommes emparés d'un extrait des « Nuits égyptiennes » de Pouchkine. Rétablissons la situation : « Entre l'estrade et l'hémicycle le plus avancé de l'auditorium (écrit Tchernychevski à un imprimeur inexistant), un peu à droite et à gauche de l'estrade se trouvaient deux tables ; à celle qui était à gauche devant l'estrade, si vous regardiez du milieu des hémicycles vers l'estrade... », etc. – avec beaucoup d'autres mots du même genre, dont nul n'exprime vraiment quoi que ce soit.

« Voici un thème pour vous », dit Tcharski à l'improvisateur. « Le poète lui-même choisit les sujets de ses poèmes ; la multitude n'a aucun droit de diriger son inspiration. »

Nous avons été entraînés très loin par l'élan et la révolution du thème de Pouchkine dans la vie de Tchernychevski ; pendant ce temps-là, un nouveau personnage – dont le nom a déjà fait irruption impatiemment une ou deux fois dans notre discours – attend de faire son entrée. C'est juste le temps pour lui d'apparaître maintenant – et le voici qui arrive dans la tenue réglementaire, au col bleu, étroitement boutonnée, d'un étudiant d'université, exhalant passablement le *chesnost* (« principe progressif »), dégingandé, avec de tout petits yeux myopes et un collier de barbe rare (cette barbe en collier qui semblait tellement symptomatique à Flaubert) ; il offre la main comme s'il allait donner un coup sec ; i.e., il la pousse en avant d'une manière étrange, le pouce tourné vers l'extérieur, et il se présente d'une petite voix de basse catarrheusement confidentielle : Dobrolioubov.

Leur première rencontre (été de 1856) fut évoquée presque trente ans plus tard par Tchernychevski (à l'époque où il écrivit également sur Nékrassov) avec sa richesse de détails habituelle, essentiellement débile et impuissante, mais censée mettre en relief l'irréprochabilité de la pensée dans ses transactions avec le temps. L'amitié lia ces deux hommes en une union monogrammatique que cent siècles ne pourraient dénouer (au contraire : elle se resserre même dans la conscience de la postérité). Ce n'est pas l'endroit de s'étendre sur les activités littéraires du plus jeune des deux hommes. Disons simplement qu'il était grossièrement sommaire et grossièrement naïf ; que dans la revue satirique *Le Sifflet* il se moqua de l'éminent Dr Pirogov tout en parodiant Lermontov (l'utilisation de quelques poèmes lyriques de Lermontov comme toile de fond pour des blagues journalistiques sur des gens et des événements était en général si répandue qu'elle devenait à la longue une caricature de l'art même de la parodie) ; disons aussi, selon les mots de Strannolioubski, qu'avec « la poussée donnée par Dobrolioubov, la littérature déboula sur un plan incliné, avec l'inévitable résultat qu'une fois qu'elle eut roulé jusqu'à zéro, elle fut mise entre guillemets : l'étudiant amena de la "littérature" » (signifiant imprimés de propagande). Que peut-on ajouter d'autre ? L'humour de Dobrolioubov ? Oh, jours heureux où même un « moustique » était amusant en soi ; un moustique qui se posait sur le nez d'une personne deux fois plus drôle ; un moustique volant dans un bureau gouvernemental et piquant un fonctionnaire, faisait gémir et se tordre de rire les auditeurs !

Beaucoup plus engageant que la critique obtuse et laborieuse de Dobrolioubov (toute cette pléiade de critiques radicaux écrivait en fait avec ses pieds) nous semble le côté frivole de sa vie, ce badinage fiévreux et romantique qui fournit ultérieurement à Tchernychevski la matière des « intrigues amoureuses » de Levitski (dans *Le Prologue*). Dobrolioubov était extraordinairement enclin à tomber amoureux (nous l'apercevons ici en train de jouer assidûment au *dourachki*, un jeu de cartes assez simple, avec un général très décoré dont il courtise la fille). Il avait une jeune Allemande à Staraya Russa, un lien puissant et onéreux. Tchernychevski l'empêchait, dans l'acception la plus totale du mot, de lui rendre des visites immorales : ils luttaient longuement, tous deux sans énergie, décharnés et couverts de sueur – s'écroulant sur le plancher, entrant en collision avec les meubles – sans un mot, tout ce qu'on pouvait entendre était leur respiration bruyante ; puis, se heurtant l'un contre l'autre, ils se mettaient tous deux à la recherche de leurs lunettes sous les chaises renversées. Au début de 1859, des racontars parvinrent à Tchernychevski disant que Dobroliou-bov (tout comme d'Anthès), afin de cacher son « intrigue » avec Olga Sokratovna, voulait épouser sa sœur (qui avait déjà un fiancé). Les deux jeunes femmes jouèrent des tours pendables à Dobroliou-bov ; elles l'emmenèrent à des bals masqués, vêtu en capucin ou en marchand de glaces, et elles lui confièrent tous leurs secrets. Les promenades avec Olga Sokratovna le « stupéfiaient complètement ». « Je sais qu'il n'y a rien à attendre de ce côté », écrivit-il à un ami, « parce qu'il ne se trouve pas une seule conversation où elle ne mentionne que tout en étant un homme de bien, je suis néanmoins trop maladroit et presque répugnant. Je comprends que je ne devrais pas essayer de gagner quoi que ce soit, puisque de toute façon je suis plus attaché à Nikolaï Gavrilovitch qu'à elle. Mais en même temps, je suis incapable de la laisser tranquille. » Lorsqu'il entendit ces racontars, Nikolaï Gavrilo-vitch qui n'avait plus d'illusions sur les mœurs de sa femme ressentit néanmoins quelque dépit : la trahison était double ; il s'expliqua franchement avec Dobrolioubov et, peu de temps après, il prit le bateau pour Londres pour « houspiller Herzen » (comme il le dit par la suite) ; i.e., pour le gronder sévèrement à cause de ses attaques contre ce même Dobrolioubov dans *Kolokol* (La Cloche), périodique libéral publié à l'étranger mais dont les vues étaient moins radicales que celles de l'endémique *Contemporain*.

Cependant, l'objet de cette rencontre n'était peut-être pas seulement d'intercéder en faveur de son ami : Tchernychevski se servit très habilement du nom de Dobrolioubov (particulièrement plus tard, à propos de sa mort) « comme d'un problème de tactique révolutionnaire ». Selon certains rapports du passé, son but principal en rendant visite à Herzen était de discuter la publication du *Contemporain* à l'étranger : tout le monde avait le pressentiment qu'il cesserait bientôt de paraître. Mais dans l'ensemble, son voyage est entouré d'une telle obscurité et il a laissé si peu de traces dans les écrits de Tchernychevski que l'on préférerait presque le considérer comme apocryphe, en dépit des faits. Lui qui avait toujours été fasciné par l'Angleterre, lui qui avait nourri son âme de Dickens et son esprit du *Times* – avec quelle avidité il aurait dû l'engloutir, que d'impressions il aurait dû amasser, avec quelle insistance il n'aurait dû cesser d'y revenir en pensée ! En fait, Tchernychevski ne parla jamais de son voyage et chaque fois qu'on le mettait au pied du mur, il répondait brièvement : « Eh bien, que peut-on en dire – il y avait du brouillard, le bateau roulait, que pourrait-il y avoir d'autre ? » Ainsi, la vie elle-même (combien de fois à présent) réfutait son axiome : « L'objet tangible agit beaucoup plus fortement que son concept abstrait. »

Quoi qu'il en soit, le 26 juin (nouveau style ?) 1859, Tchernychevski arrivait à Londres (tout le monde croyait qu'il était à Saratov) et y demeurait jusqu'au 30. Un rayon oblique transperce le brouillard de ces quatre jours : Mme Toutchkov-Ogarev traverse un salon et pénètre dans un jardin ensoleillé, portant au bras sa fillette d'un an vêtue d'une petite pèlerine de dentelle. Dans le salon (l'action se situe à Putney, dans la demeure de Herzen), Alexandre Ivanovitch marche de long en large (ces promenades d'intérieur étaient tout à fait de mise dans ce temps-là) avec un monsieur de taille moyenne dont le visage est sans attrait « mais illuminé d'une merveilleuse expression d'abnégation et de soumission au destin » (ce qui n'était vraisemblablement qu'une supercherie de la mémoire du mémorialiste évoquant ce visage à travers le prisme d'un destin qui s'était déjà accompli). Herzen présenta son compagnon à Mme Toutchkov-Ogarev. Tchernychevski caressa les cheveux du bébé et dit de sa voix tranquille : « J'en ai aussi comme ça, mais je ne les vois presque jamais. » (Il avait l'habitude de confondre les noms de ses enfants : le petit Victor était à Saratov où il ne tarda pas à mourir, car le destin des enfants ne pardonne pas de tels *lapsus calami*, mais il envoya un baiser au « petit Sacha » qui avait déjà été ramené à Saint-Pétersbourg.) « Dis : Comment allez-vous ? et donne la main », fit rapidement Herzen et puis il commença immédiatement à répondre à un propos de Tchernychevski : « Oui, exactement, c'est pourquoi on les envoie aux mines en Sibérie. » Pendant ce temps-là, Mme

Toutchkov passa dans le jardin et le rayon oblique s'éteignit à jamais.

Le diabète et la néphrite ajoutés à la tuberculose mirent vite un terme à Dobrolioubov. Il était mourant à la fin de l'automne 1861 ; Tchernychevski lui rendait une visite quotidienne, puis s'en allait à ses occupations de conspirateur qui étaient étonnamment bien cachées aux espions de la police. On considère généralement qu'il fut l'auteur de la proclamation *Aux Serfs des propriétaires terriens.* « On ne parlait pas beaucoup », rappelle Chelgounov (qui écrivit la proclamation *Aux Soldats*) ; et bien sûr même Vladislav Kostomarov qui imprima ces appels n'avait pas la moindre certitude quant à la paternité de Tchernychevski. Leur style est très réminiscent des petites affiches « populaires » du comte Rastopchine contre l'invasion de Napoléon : « Donc, c'est vraiment là le résultat de cette liberté parfaite... Et que les cours soient justes et que nous soyons tous égaux devant la loi... Et à quoi bon faire du grabuge dans un seul village ? » Si ceci fut écrit par Tchernychevski (incidemment, *boulga,* « grabuge », est un mot d'argot de la Volga), quelqu'un d'autre le retoucha de toute façon.

Selon les renseignements émanant de l'Organisation pour la Liberté des Peuples, Tchernychevski suggéra à Sleptsov et à ses amis en juillet 1861 la formation d'une cellule de base de cinq – le noyau d'une société « secrète ». Le système consistait dans le fait que chaque membre, formant par ailleurs sa propre cellule, ne connaissait que huit personnes. Seul le centre connaissait tous les membres. La totalité des membres n'était connue que de Tchernychevski. Ce compte rendu ne semble pas avoir échappé à une légère stylisation.

Mais, répétons-le, il était idéalement prudent. Après les troubles causés par les étudiants en octobre 1861, il fut placé sous surveillance permanente, mais le travail des agents ne se distingua pas par sa subtilité : Nikolaï Gavrilovitch avait comme cuisinière l'épouse du concierge de l'immeuble, une grande vieille aux joues rouges avec un nom assez inattendu : Musa. Elle fut soudoyée sans difficulté – cinq roubles pour le café dont elle ne pouvait se passer. En retour, Musa fournissait à la police les contenus de la corbeille à papier de son employeur.

Pendant ce temps, le 17 novembre 1861, Dobrolioubov mourait à l'âge de vingt-cinq ans. Il fut enterré dans le cimetière de Volkov « dans un simple cercueil de chêne » (dans ces cas-là, le cercueil est toujours simple) à côté de Biélinski. « Soudainement un homme énergique et rasé de près s'avança », rappelle un témoin (l'apparence de Tchernychevski n'était pas encore familière), et comme peu de personnes s'étaient rassemblées et que cela l'irritait, il se mit à en parler avec une ironie détaillée. Tandis qu'il parlait, Olga Sokratovna, secouée de sanglots, s'appuyait au bras de l'un de ces étudiants dévoués qui étaient toujours en sa compagnie : un autre, en plus de sa casquette réglementaire, tenait le bonnet de raton laveur du « patron », qui, le manteau de fourrure déboutonné – en dépit du gel – sortit un cahier et commença à lire d'une voix didactique et courroucée les lourds poèmes gris de Dobrolioubov sur les principes honnêtes et sur la mort imminente ; le givre brillait sur les bouleaux ; et un peu à l'écart, près de la mère gâteuse de l'un des fossoyeurs, vêtu de bottes de feutre neuves et plein d'humilité, se tenait un agent de la police secrète. « Oui », conclut Tchernychevski, « nous ne sommes pas touchés ici par le fait que la censure, en rognant ses articles, ait provoqué chez Dobrolioubov une maladie des reins. Il en a fait assez pour sa propre gloire. Pour lui-même, il n'avait pas de raisons de vivre plus longtemps. Pour des hommes d'une telle trempe et de pareilles aspirations, la vie n'a rien d'autre à offrir qu'un chagrin cuisant. Les principes honnêtes – c'était là sa « maladie fatale », et montrant avec son cahier enroulé une place vide adjacente, de l'autre côté, Tchernychevski s'exclama : « Il n'y a pas un homme en Russie digne d'occuper cette fosse ! » (Il y en avait : elle fut occupée peu de temps après par Pissarev.)

On échappe difficilement à l'impression que Tchernychevski, qui dans sa jeunesse avait rêvé d'être le chef d'une insurrection nationale, se complaisait maintenant dans l'air raréfié de danger qui l'entourait. La place importante que Tchernychevski occupait dans la vie clandestine de son pays fut acquise inévitablement avec le consentement de son époque, à laquelle il ressemblait selon son propre aveu. Maintenant, semblait-il, il n'avait besoin que d'un jour, que d'une heure de chance dans le jeu de l'histoire, d'un moment d'union passionnée entre le hasard et le destin, pour prendre son essor. On attendait une révolution en 1863, et il était porté comme Premier ministre dans le cabinet du futur gouvernement constitutionnel. Comme il cultivait cette précieuse ardeur intérieure ! Ce mystérieux « quelque chose » dont parle Steklov en dépit de son marxisme, et qui s'éteignit en Sibérie (quoique le « savoir » et la « logique » et même l' « implacabilité » demeurent), existait indubitablement en Tchernychevski et se manifesta avec une force inhabituelle juste avant son exil en Sibérie. Magnétique et dangereux, c'est cela qui effraya le gouvernement beaucoup plus que toute proclamation. « Cette clique démente est assoiffée de sang, de violences », disaient avec émoi les rapports. « Délivrez-nous de Tchernychevski... »

« Désolation... Solitaires chaînes de montagnes... Une myriade de lacs et de marais... Une pénurie des choses les plus essentielles... Service postal inefficace... (Tout ceci) épuise même la patience d'un génie. » (C'est ce qu'il avait copié dans *Le Contemporain* du livre du géographe Selski sur la province de Yakoutsk – pensant à certaines choses, faisant des suppositions – ayant peut-être un pressentiment.)

En Russie, le bureau de censure naquit avant la littérature ; sa fatidique ancienneté a toujours été bien évidente : et quelle démangeaison de la piquer ! Les activités de Tchernychevski dans *Le Contemporain* se transformaient en une voluptueuse moquerie de la censure qui était sans conteste l'une des plus remarquables institutions de notre pays. Et c'est alors, à une époque où les autorités craignaient par exemple « que les notes de musique ne dissimulassent des écrits antigouvernementaux chiffrés » (et commissionnaient par conséquent des spécialistes grassement payés pour les déchiffrer) que Tchernychevski, sous le couvert de pitreries compliquées, répandait avec frénésie dans sa revue les idées de Feuerbach. A tout bout de champ, dans des articles sur Garibaldi ou Cavour (on se refuse à computer les kilomètres de petits caractères que cet homme infatigable traduisit du *Times*), dans ses commentaires sur les événements d'Italie, il ne cessait d'ajouter entre parenthèses, avec une insistance de foreuse, à la suite de pratiquement toutes les deux phrases : « Italie », « en Italie », « je parle de l'Italie » – le lecteur déjà corrompu savait qu'il voulait dire qu'il parlait de la Russie et du problème paysan. Ou bien : Tchernychevski prétendait qu'il bavardait de tout ce qui lui venait à l'esprit, rien que pour papoter de façon incohérente et vide – mais soudainement, striée et tachetée de mots, vêtue d'un camouflage verbal, l'idée importante qu'il désirait communiquer perçait au grand jour. Par la suite, toute la gamme de cette « bouffonnerie » fut soigneusement réunie par Vladislav Kostomarov pour l'information de la police secrète ; c'était un travail méprisable mais qui donna une image véridique des « ruses spéciales de Tchernychevski ».

Un autre Kostomarov, un professeur, dit quelque part que Tchernychevski était un joueur d'échecs de première force. En fait, ni Kostomarov ni Tchernychevski ne connaissaient grand-chose aux échecs. Dans sa jeunesse, il est vrai, Nikolaï Gavrilovitch acheta un jour un échiquier, essaya même de se familiariser avec un manuel, réussit plus ou moins à apprendre les mouvements, tripatouilla le jeu assez longtemps (prenant des notes détaillées de ce tripatouillage) ; finalement, se fatiguant de ce passe-temps vide, il remit le tout à un ami. Quinze ans plus tard (se souvenant que Lessing avait fait la connaissance de Mendelssohn en jouant aux échecs avec lui), il fonda le Club d'Échecs de Saint-Pétersbourg qui fut ouvert en janvier 1862, survécut au printemps, déclina peu à peu et se serait éteint de lui-même s'il n'avait été fermé à la suite des « incendies de Saint-Pétersbourg ». Ce n'était qu'un cercle littéraire et politique situé dans l'immeuble d'un certain Rouadze. Tchernychevski venait s'asseoir à une table et tout en la frappant légèrement avec une tour, il racontait des anecdotes inoffensives. Le radical Serno-Solovievitch arrivait – (c'est un tiret tourguéniévien) et entamait une conversation avec quelqu'un à l'écart. L'endroit était assez vide. La confrérie des buveurs – les écrivains de deuxième ordre Pomialovski, Kourotchkine, Krol, – vociférait au bar. Le premier, à propos, prêchait un peu en faveur de l'idée de travail littéraire en commun. « Organisons », disait-il, « une société d'écrivains-travailleurs pour examiner divers aspects de notre vie sociale, tels que : mendiants, merciers, allumeurs de réverbères, pompiers, et mettons en commun dans une revue spéciale toute la matière que nous obtiendrons. » Tchernychevski le tourna en dérision et une rumeur stupide se répandit que Pomialovski « lui avait cassé la gueule ». « Tout ça c'est des mensonges, je vous respecte trop pour ça », lui écrivit Pomialovski.

Dans un vaste auditorium situé dans cette même maison Rouadze eut lieu le 2 mars 1862 le premier discours public de Tchernychevski (si l'on met de côté sa soutenance de thèse et l'allocution au cimetière dans le froid glacial). Officiellement, la recette de la soirée devait être versée aux étudiants nécessiteux ; mais en fait, c'était pour venir en aide aux prisonniers politiques Mikhaïlov et Obroutchev qui venaient juste d'être arrêtés. Rubinstein exécuta brillamment une marche extrêmement entraînante, le professeur Pavlov parla du règne millénaire de la Russie et il ajouta de façon ambiguë que « si le gouvernement s'arrêtait au premier pas (l'émancipation des paysans), il s'arrêterait au bord d'un abîme – que ceux qui ont des oreilles pour entendre entendent ». (Ils l'entendirent ; il fut immédiatement expulsé.) Nékrassov lut quelques vers pauvres mais « puissants », dédiés à la mémoire de Dobrolioubov, et Kourotchkine lut une traduction de *L'Oiseau* de Béranger (l'abattement du prisonnier et la griserie de la liberté soudaine) ; le discours de Tchernychevski était également consacré à Dobrolioubov.

Accueilli par des applaudissements nourris (la jeunesse de ce temps avait une façon de creuser les paumes en applaudissant, de telle sorte que le résultat ressemblait à une salve de canons), il demeura debout un moment, battant des paupières et souriant. Hélas, son apparence ne plut pas aux femmes qui attendaient avidement le *tribun* – dont le portrait était impossible à se procurer. Un visage inintéressant, disaient-elles, une coupe de cheveux *à la moujik*, et portant non pas une queue-de-pie mais une jaquette à passepoil et une horrible cravate – « une catastrophe de couleurs » (Olga Ryjkov, *Une femme des années 60. Mémoires*). En plus, il arriva sans être très préparé, l'art oratoire était une nouveauté pour lui, et en essayant de dissimuler son agitation il adopta un ton de conversation qui sembla trop modeste à ses amis et trop familier à ceux qui le détestaient. Il commença par parler de sa serviette (d'où il sortit un cahier), expliquant que la partie la plus remarquable en était la fermeture avec une petite roue dentée : « Regardez, vous donnez un tour et la serviette est fermée à clé, et si vous voulez la fermer encore plus sûrement, elle tourne dans un autre sens, s'enlève et va dans votre poche ; et à l'endroit où elle était, ici sur cette plaque, il y a des arabesques ciselées : très, très joli. » Puis, d'une voix haute, édifiante, il commença à lire un article de Dobrolioubov que tout le monde connaissait, mais il s'arrêta subitement et (comme dans les digressions d'auteur dans *Que faire ?*) mettant amicalement l'auditoire dans son secret, il se mit à expliquer en grands détails qu'il n'avait pas été le guide de

Dobrolioubov ; tout en parlant, il ne cessait de jouer avec sa chaîne de montre – chose qui resta gravée dans l'esprit de tous les mémorialistes et qui allait fournir un thème aux sarcasmes des journalistes ; mais, à bien y penser, peut-être jouait-il avec sa montre parce qu'il lui restait en effet très peu de temps de liberté (quatre mois en tout !). Le ton de sa voix, « négligé mais spirituel » comme on le disait au séminaire, et l'absence totale d'insinuations révolutionnaires ennuyèrent son auditoire ; il n'eut pas le moindre succès alors que Pavlov fut presque porté en triomphe. Le mémorialiste Nikoladze remarque qu'aussitôt que Pavlov eut été banni de Saint-Pétersbourg, les gens comprirent et apprécièrent la circonspection de Tchernychevski ; par la suite, dans son désert sibérien, où un auditorium vivant et avide ne lui apparaissait qu'en des rêves fiévreux de temps à autre – il regretta vivement ce discours boiteux, ce fiasco, se faisant du mauvais sang de ne pas avoir saisi cette occasion unique (puisqu'il était condamné au désastre de toute façon) de ne pas avoir fait du haut de cette tribune de la salle Rouadze un discours de fer et de feu, ce même discours que le héros de son roman se préparait à faire, très vraisemblablement quand, après avoir été libéré, il prit un *drojki* et cria au cocher : « Les Galeries ! »

Les événements se déroulèrent très rapidement lors de ce printemps venteux. Des incendies se déclarèrent ici et là. Et soudainement – sur cet arrière-plan orange et noir – une vision. Courant et tenant son chapeau à deux mains, Dostoïevski passe en coup de vent : où se dirige-t-il ?

Le lundi de la Pentecôte (28 mai 1862), un fort vent souffle ; une conflagration a débuté sur le Ligovka et, ensuite, les malfaiteurs mettent le feu au palais Apraxine. Dostoïevski court, les pompiers galopent « et comme ils passent, ils sont réfléchis la tête en bas dans les éclatants bocaux de verre d'une vitrine de pharmacie » (tels qu'aperçus par Nékrassov). Et là-bas, une fumée épaisse se soulève au-dessus du canal Fontanka dans la direction de la rue Tchernychyov où s'élève bientôt une nouvelle colonne noire... Pendant ce temps, Dostoïevski est arrivé. Il est arrivé au cœur de la *noirceur,* chez Tchernychevski, et il se met à le supplier comme un hystérique de mettre un terme à tout cela. Il y a ici deux aspects intéressants : la croyance aux pouvoirs sataniques de Nikolaï Gavrilovitch, et la rumeur que l'incendie criminel était perpétré selon le plan même que les Petrachevskiens avaient dressé dès 1849.

Des agents secrets rapportèrent, d'un ton qui n'était pas sans horreur mystique lui non plus, que durant la nuit, au plus fort du désastre, « on entendit des éclats de rire venant de la fenêtre de Tchernychevski ». La police lui attribuait une ingéniosité diabolique et flairait une ruse dans chacun de ses gestes. La famille de Nikolaï Gavrilovitch alla passer l'été à Pavlovsk, à quelques kilomètres de Saint-Pétersbourg, et là, quelques jours après les incendies, le 10 juin pour plus de précision (crépuscule, moustiques, musique), un certain Lioubetski, adjudant-chef du régiment uhlan de la garde, un type plein d'allant, avec un nom doux comme un baiser, remarqua en quittant le Vauxhall deux dames qui cabriolaient comme des déchaînées, et dans la simplicité de son cœur, les prenant pour de jeunes Camélias (femmes de mauvaise vie), il « fit une tentative pour les prendre toutes les deux par la taille ». Les quatre étudiants qui étaient avec elles l'entourèrent et le menacèrent de se venger, annonçant que l'une des dames était l'épouse de l'écrivain Tchernychevski et que l'autre était la sœur de cette dernière. Selon l'opinion de la police, quel était le dessein du mari ? Il essaie de faire soumettre le cas devant la cour de l'association des officiers – pas tellement pour des considérations d'honneur que dans le but inavoué de réunir militaires et étudiants d'université. Le 5 juillet, il dut rendre visite au Bureau de la Police secrète au sujet de sa plainte. Potapov, le chef de la police, rejeta sa demande, disant que selon ses renseignements, l'uhlan était prêt à faire des excuses. Tchernychevski renonça brusquement à toute revendication et changeant de sujet il demanda : « Dites-moi, l'autre jour, j'ai envoyé ma famille à Saratov et je me prépare à m'y rendre moi-même pour me reposer (*Le Contemporain* avait déjà cessé de paraître) ; mais si j'avais besoin de conduire ma femme à l'étranger, à une station thermale – vous savez, elle souffre de douleurs nerveuses – pourrais-je partir sans entrave ? » « Bien sûr que vous le pourriez », répondit Potapov d'un ton de bonne humeur ; et deux jours plus tard, l'arrestation eut lieu.

Tout ceci fut précédé de l'événement suivant : une « exposition universelle » venait juste de s'ouvrir à Londres (le XIXe siècle était exceptionnellement porté à exhiber ses richesses – une abondante dot de mauvais goût, que ce siècle-ci a dilapidée) ; touristes et marchands, correspondants et espions y étaient rassemblés ; un jour, lors d'un énorme banquet, Herzen, dans un accès d'imprudence, remit à la vue de tout le monde à un certain Vetochnikov qui se préparait à retourner en Russie, une lettre pour le journaliste radical Serno-Solovievitch à qui l'on demandait d'attirer l'attention de Tchernychevski sur l'annonce faite dans *La*

Cloche concernant sa volonté de publier *Le Contemporain* à l'étranger. Le pied léger du messager avait à peine eu le temps de se poser sur les dunes russes qu'il fut arrêté.

Tchernychevski vivait alors près de l'église Saint-Vladimir (plus tard, ses adresses en Astrakhan étaient aussi définies par leur proximité de tel ou tel saint édifice) dans une maison où, avant lui, avait vécu Mouraviev (qui devint par la suite ministre du cabinet) qu'il allait dépeindre avec une telle aversion réduite à l'impuissance dans *Le Prologue.* Le 7 juillet, deux amis étaient venus le voir : le Dr Bokov (qui envoya par la suite des conseils médicaux à l'exilé) et Antonovitch (un membre de « Terre et Liberté », qui, bien qu'il fût un ami intime de Tchernychevski ne soupçonnait pas que ce dernier eût des liens avec cette société). Ils étaient assis dans le salon où ils furent bientôt rejoints par le colonel Rakéiev, un officier de police trapu, vêtu d'un uniforme noir et avec un désagréable profil de loup. Il s'assit comme s'il avait été un invité ; en fait, il était venu arrêter Tchernychevski. Encore une fois, les motifs historiques entrent dans cet étrange rapport « qui fait vibrer le joueur dans l'historien » (Strannolioubski) : c'était le même Rakéiev qui, en tant qu'incarnation de la méprisable précipitation du gouvernement, avait escamoté le cercueil de Pouchkine de la capitale dans un exil posthume. Après avoir bavardé quelques minutes pour la forme, Rakéiev informa Tchernychevski avec un sourire poli (qui « glaça l'intérieur » du Dr Bokov) qu'il aimerait lui parler seul à seul. « Alors, passons dans mon bureau », répondit ce dernier et il s'y dirigea si précipitamment que Rakéiev – bien qu'il ne fût pas exactement déconcerté, il avait trop d'expérience pour ça – considéra qu'il était incompatible avec son rôle d'invité de le suivre à la même vitesse. Mais Tchernychevski revint immédiatement, sa pomme d'Adam s'agitant convulsivement de haut en bas tandis qu'il faisait descendre quelque chose avec du thé froid (des papiers avalés selon l'impression lugubre d'Antonovitch), et, regardant par-dessus ses verres, il laissa son invité entrer le premier. N'ayant rien de mieux à faire, ses amis (attendre dans le salon où la plupart des meubles étaient ensevelis sous des housses semblait anormalement triste) sortirent faire une promenade (« C'est impossible, je ne puis y croire », ne cessait de répéter Bokov), et quand ils revinrent à la maison, la quatrième dans la rue Bolchoï Moskovski, ils s'alarmèrent de voir qu'il y avait maintenant à la porte – dans une sorte d'attente résignée et par conséquent d'autant plus répugnante – une voiture pénitentiaire. Bokov entra le premier pour dire au revoir à Tchernychevski, puis Antonovitch. Nikolaï Gavrilovitch était assis à son bureau, jouant avec une paire de ciseaux ; le colonel était assis près du bureau, les jambes croisées ; ils discutaient – toujours pour la forme – des avantages de Pavlovsk sur les autres régions de villégiature. « Et puis, la compagnie est excellente là-bas », dit le colonel en toussant légèrement.

« Quoi, vous partez vous aussi sans m'attendre ? » dit Tchernychevski en se tournant vers son apôtre. « Malheureusement, je dois... » répondit Antonovitch en plein désarroi. « Bon, au revoir alors », dit Nikolaï Gavrilovitch d'un ton badin, et levant la main très haut, il l'abaissa brusquement dans celle d'Antonovitch : type d'adieu entre camarades qui devint par la suite très répandu parmi les révolutionnaires russes.

« Ainsi », s'exclame Strannolioubski au début du

meilleur chapitre de son incomparable monographie, « Tchernychevski a été arrêté ! » Cette nuit-là, les nouvelles de l'arrestation se répandent à travers toute la ville. Plus d'un sein se gonfle d'indignation. Plus d'une main se crispe... Mais il ne manque pas de sarcasmes de satisfaction méchante : « Ah, ils ont coffré le chenapan, ils ont éloigné le rustre qui hurlait impudemment », comme l'exprima la romancière Kokhanovski (légèrement timbrée de toute façon). Ensuite, Strannolioubski donne une description frappante du travail compliqué que les autorités eurent à exécuter afin de créer les preuves « qui auraient dû être là mais qui n'y étaient pas », car une très étrange situation s'était produite : juridiquement parlant, on ne pouvait s'accrocher à rien et on dut ériger un échafaudage pour que la loi y grimpe et se mette au travail. Ils procédèrent donc avec des « quantités truquées », comptant enlever soigneusement tout le truquage lorsque le vide enserré par la loi serait rempli par quelque chose de concret. Le procès monté contre Tchernychevski était un fantôme ; mais c'était le fantôme d'une culpabilité authentique ; et alors, de l'extérieur, artificiellement, par un chemin détourné, on réussit à trouver une certaine solution au problème qui coïncidait presque avec la véritable.

Nous avons trois points : T, K, P. On tire un trait, TK. Pour contrebalancer Tchernychevski, les autorités choisirent un cornette des uhlans à la retraite, Vladislav Dmitrievitch Kostomarov qui avait été dégradé à Moscou au mois d'août précédent pour avoir imprimé des publications séditieuses – un homme avec une pointe de folie et une pincée de péchorinisme, et un faiseur de vers également : il laissa une trace de scolopendre dans la littérature comme traducteur de poètes étrangers. Un autre trait est tiré, KP. Dans le périodique *La Parole russe*, le critique Pissarev parle de ces traductions, grondant l'auteur pour « La coruscation de phare de la magnifique tiare » (de Hugo), louangeant sa traduction « simple et bien sentie » de quelques vers de Burns (qui donnaient « Et tout d'abord, et tout d'abord / Que tous les hommes soient honnêtes / Prions que chaque homme soit à chaque homme / Un frère avant tout..., etc.), et quant aux racontars de Kostomarov – disant à ses lecteurs que Heine était mort en pécheur impénitent –, le critique conseille malicieusement au « sinistre dénonciateur » de « jeter un bon coup d'œil à ses propres activités publiques ». Le dérangement mental de Kostomarov était mis en évidence par sa graphomanie fleurie, par la composition insensée et somnambule (quoique faite sur commande) de fausses lettres parsemées de phrases en français ; et finalement dans sa gaieté macabre : il signait ses rapports à Putiline (un détective) : *Feofane Otchenachenko* (Théophanus Paternoster) ou *Ventseslav Lioutoï* (Venceslas le Diabolique). Et en effet, il était diabolique dans sa taciturnité, funeste et fourbe, vantard et servile. Doué de talents étranges, il pouvait écrire d'une main de femme – expliquant ceci lui-même par le fait que « l'esprit de la reine Tamara lui rendait visite à la pleine lune ». La multiplicité d'écritures qu'il pouvait imiter en plus du fait (encore un tour du destin) que son écriture normale rappelait celle de Tchernychevski, rehaussait considérablement la valeur de ce traître hypnotique. Pour apporter une preuve indirecte que la proclamation *Aux Serfs des propriétaires terriens* avait été écrite par Tchernychevski, on confia à Kostomarov tout d'abord la tâche de fabriquer une lettre, prétendument de Tchernychevski, contenant la demande d'altérer un mot dans l'appel ; et deuxièmement, de préparer une lettre (à « Alexis Nikolaiévitch ») qui fournirait la preuve de la participation active de Tchernychevski au mouvement révolutionnaire. L'une et l'autre furent forgées par Kostomarov séance tenante. La contrefaçon de l'écriture est assez évidente : au début, le faussaire se donnait encore du mal, mais il semble s'être fatigué du travail et avoir eu hâte d'en finir : pour ne prendre que le mot « je », *ya* (qui, écrit en russe, a un peu la forme d'un deleatur de correcteur d'épreuves). Dans les manuscrits authentiques de Tchernychevski, il se termine par un trait sortant droit et fort – et qui se courbe même un peu à droite –, tandis qu'ici, sur le faux, ce trait se courbe avec une sorte de désinvolture étrange à gauche, vers la tête, comme si le *ya* faisait le salut militaire.

Tandis que ces préparatifs se poursuivaient, Nikolaï Gavrilovitch était détenu au Ravelin Alexéievski de la forteresse Pierre-et-Paul, à proximité immédiate de Pissarev, alors âgé de vingt-deux ans, et qui avait été emprisonné là quatre jours avant Tchernychevski : l'hypoténuse est dessinée, TP, et le triangle fatidique TPK est consolidé. Au début, la vie en prison n'accabla pas Tchernychevski : l'absence de visiteurs importuns semblait même rafraîchissante... mais le silence de l'inconnu commença bientôt à l'énerver. Un « profond » tapis avalait sans laisser la moindre trace les pas des sentinelles qui parcouraient les couloirs... Le seul bruit qui parvenait de l'extérieur était la classique sonnerie d'une horloge qui vibrait longtemps dans l'oreille... C'était une vie dont la description exige d'un écrivain une abondance de points de suspension... Ce fut de cette impitoyable solitude russe que naquit le rêve russe d'une multitude pleine de bonté. En soulevant un coin du rideau de serge verte, la sentinelle pouvait regarder à travers le judas de la porte le prisonnier assis sur son lit de bois peint en vert ou sur une chaise verte, portant une robe de chambre de ratine et une casquette à visière – il était permis de garder sa propre coiffure pour autant que ce n'était pas un haut-de-forme – ce qui est tout à l'honneur du sens de l'harmonie du gouvernement mais qui crée par la loi des négations une image assez tenace (quant à Pissarev, il arborait un fez). On lui permit une plume d'oie, et il pouvait écrire sur une petite table verte avec un tiroir à coulisse, « dont le fond, comme le tendon d'Achille, était demeuré sans peinture » (Strannolioubski).

L'automne s'écoula. Un petit sorbier poussait dans la cour de la prison. Le prisonnier numéro neuf n'aimait pas la promenade ; au début, cependant, il sortit tous les jours, faisant le raisonnement (trait de pensée extrêmement caractéristique chez lui) que durant ce temps on fouillait sa cellule – et que par conséquent un refus de sortir pour la promenade amènerait l'administration à soupçonner qu'il y cachait quelque chose ; mais lorsqu'il se fut convaincu qu'il n'en était rien (en laissant des fils ici et là comme repères), il s'installa pour écrire d'un cœur léger : avant l'hiver il avait terminé sa traduction de Schlosser et il avait commencé à traduire Gervinus et T. B. MacCaulay. Il écrivit aussi une ou deux choses de son cru. Rappelons le *Journal* – et de l'un de nos paragraphes très antérieurs ramassons les bouts pendants de quelques phrases traitant à l'avance de ses écrits de la forteresse... ou plutôt remontons, s'il vous plaît, même plus loin en arrière, au « thème lacrymatoire », qui commença à pivoter dans les premières pages de notre histoire mystérieusement rotatoire.

Nous avons devant nous la célèbre lettre de Tchernychevski à sa femme, datée du 5 décembre 1862 : un diamant jaune dans la grisaille de ses nombreux ouvrages. Nous examinons cette vilaine écriture, à l'aspect rébarbatif, mais qui est étonnamment lisible avec ses traits fermes en fin de mot, avec des R et des P sinueux, et les larges croix ferventes des « signes durs » – et nos poumons se dilatent sous le coup d'une émotion pure comme nous n'en avions pas connue depuis longtemps. Strannolioubski désigne à juste titre cette lettre comme le début de la brève floraison de Tchernychevski. Tout le feu, toute la puissance de volonté et d'esprit qu'il possédait, tout ce qui devait jaillir à l'heure d'une insurrection nationale, jaillir et éteindre, ne fût-ce que pour un court instant, le pouvoir suprême... donner une violente secousse à la bride et peut-être empourprer de sang la lèvre de la Russie – ce destrier cabré – tout ceci trouvait maintenant une issue maladive dans sa correspondance. On peut dire, en fait, que c'était là le but et le couronnement de toute la dialectique de sa vie, accumulée depuis longtemps dans des profondeurs feutrées – ces épîtres de fer, animées par la fureur, adressées à la commission qui examinait son cas, qu'il incluait dans des lettres à sa femme, la rage exultante de ses arguments et cette mégalomanie au cliquetis de chaînes. « Les hommes se souviendront de nous avec gratitude », écrivait-il à Olga Sokratovna, et il s'avéra qu'il avait raison : c'était précisément ce bruit dont l'écho se répandit dans l'espace ultérieur du siècle, faisant battre le cœur de millions d'intellectuels provinciaux d'une tendresse sincère et noble. Nous nous sommes déja référés à cette partie de la lettre où il parle de ses projets de compilation de dictionnaires. Après les mots « comme l'était Aristote » suivent les mots : « J'ai commencé, cependant, à parler de mes pensées : elles sont secrètes ; tu ne dois parler à personne de ce que je te dis à toi seule. » « Ici », commente Steklov, « sur ces deux lignes, une larme est tombée et Tchernychevski dut répéter les lettres brouillées. » Ce n'est pas tout à fait juste. La larme tomba (près du pli de la feuille) *avant* l'écriture de ces deux lignes ; Tchernychevski dut récrire deux mots, « secrètes » et « de » (l'un au début de la première ligne, l'autre au début de la deuxième), mots qu'il avait commencé à tracer chaque fois sur l'endroit mouillé et qui demeurèrent par conséquent inachevés.

Deux jours plus tard, de plus en plus furieux et croyant de plus en plus à son invulnérabilité, il se mit à « houspiller » ses juges. Cette seconde lettre à sa femme peut être divisée en huit points : « 1° Je t'ai dit à propos des rumeurs concernant mon arrestation possible que je n'étais mêlé à aucune affaire et que le gouvernement serait forcé de s'excuser s'il m'arrêtait. 2° J'ai déduit ceci du fait qu'ils me suivaient – ils se sont vantés de le faire très bien, et j'ai misé sur leur prétention, car mon calcul était que, connaissant mon mode de vie et ce que je faisais, ils sauraient que leurs soupçons étaient sans fondements. 3° C'était un calcul stupide. Car je savais aussi que dans notre pays, les gens sont incapables de faire quoi que ce soit correctement. 4° C'est ainsi que par mon arrestation ils ont compromis le gouvernement. 5° Que pouvons-“nous” faire ? Nous excuser ? Mais que faire s'“il” n'accepte pas d'excuses et dit : “Vous avez compromis le gouvernement, il est de mon devoir d'expliquer ceci au gouvernement." 6° Par conséquent, "nous" allons repousser cet événement désagréable. 7° Mais le gouvernement demande de temps à autre si Tchernychevski est coupable – et en fin de compte, le gouvernement obtiendra une réponse. 8° C'est cette réponse que j'attends. »

« Copie d'une lettre plutôt curieuse de Tchernychevski », ajouta Potapov au crayon. « Mais il se trompe : personne n'aura à s'excuser. »

Quelques jours après, il commença à écrire son roman, *Que faire ?* – et dès le 15 janvier il avait envoyé le premier extrait à Pypine, une semaine plus tard, il en envoya un deuxième et Pypine les remit tous deux à Nékrassov pour *Le Contemporain* qui avait été autorisé à paraître à nouveau (depuis février). Au même moment, *La Parole russe* fut également autorisée après une suspension similaire de huit mois ; et dans l'attente impatiente d'un profit journalistique, le dangereux voisin à fez avait déjà trempé sa plume.

Il est agréable d'être à même de dire qu'en cette occasion, des forces mystérieuses se décidèrent à essayer de tirer Tchernychevski de *ce* mauvais pas au moins. Il en voyait de particulièrement dures – comment pouvait-on ne pas avoir pitié. Le 28, parce que le gouvernement, exaspéré par ses attaques, lui avait refusé la permission de voir sa femme, il commença une grève de la faim : les grèves de la faim étaient à cette époque une nouveauté en Russie et le vulgarisateur qu'elles trouvèrent était maladroit. Les gardiens remarquèrent qu'il dépérissait, mais la nourriture semblait être mangée... Quatre jours plus tard cependant, lorsque, frappés par l'odeur putride de sa cellule, les geôliers la fouillèrent, ils constatèrent que la nourriture solide avait été cachée parmi les livres alors que la soupe aux choux avait été versée dans les fissures. Le dimanche 3 février, vers une heure p.m., le médecin militaire affecté à la forteresse examina le prisonnier et trouva qu'il était pâle, que sa langue était assez nette, son pouls un peu faible, et ce même jour, à la même heure, Nékrassov, se rendant chez lui (au coin des rues Liteïnaïa et Basseïnaïa) dans un traîneau de louage, perdit le paquet de papier rose contenant deux manuscrits, tous deux retenus dans le coin par un fil et portant le titre *Que faire ?* Bien qu'il se souvînt avec la lucidité du désespoir de la totalité de son trajet, il ne se rappelait pas le fait qu'en approchant de chez lui, il avait posé le paquet pour sortir son porte-monnaie – et juste à ce moment le traîneau avait tourné... avec un grincement et en dérapant... *Que faire ?* roula inaperçu : c'était la tentative de la mystérieuse force – dans ce cas centrifuge – pour confisquer le livre dont le succès était destiné à avoir un effet si désastreux sur le sort de son auteur. Mais la tentative échoua : sur la neige près de l'hôpital Maryinski, le paquet rose fut ramassé par un pauvre employé de bureau accablé d'une famille nombreuse. Une fois chez lui, il chaussa ses lunettes et examina sa découverte... il vit que c'était le début d'une sorte d'œuvre littéraire et, sans un tremblement, sans brûler ses doigts engourdis, il le mit de côté. « Détruis-le ! » supplia une voix désespérée : en vain. Un avis de sa perte fut publié dans la *Gazette judiciaire* de Saint-Pétersbourg. Le commis porta le paquet à l'adresse indiquée, sur quoi il reçut la récompense promise : cinquante roubles d'argent.

Entre-temps les geôliers de Nikolaï Gavrilovitch avaient commencé à lui donner des gouttes pour stimuler son appétit ; il les prit par deux fois, et puis, souffrant considérablement, il annonça qu'il n'en prendrait plus car il refusait de manger non par absence d'appétit mais par caprice. Le matin du 6, « dû au manque d'expérience dans le discernement des symptômes de la souffrance », il mit un terme à sa grève de la faim et il prit son petit déjeuner. Le 12, Potapov informa le commandant que la commission ne pouvait permettre à Tchernychevski de voir sa femme tant qu'il ne serait pas entièrement rétabli. Le jour suivant, le commandant rapporta que Tchernychevski était bien et qu'il écrivait à toute vapeur. Olga Sokratovna vint se plaindre à hauts cris – de sa santé, des Pypine, du manque d'argent, et puis, à travers ses larmes, elle se mit à rire de la barbiche que son mari avait laissé pousser ; enfin, elle devint encore plus bouleversée et elle commença à l'embrasser.

« Ça suffit, ma chérie, ça suffit », ne cessait-il de dire assez calmement – employant le ton tiède qu'il gardait invariablement dans ses relations avec elle : en fait, il l'aimait passionnément, désespérément. « Ni toi ni personne d'autre ne peut avoir la moindre raison de penser que je ne serai pas libéré », lui dit-il avec une insistance particulière en se séparant d'elle.

Un autre mois s'écoula. Le 23 mars eut lieu la confrontation avec Kostomarov. Vladislav Dmitrievitch, l'air renfrogné et menaçant, s'embrouilla manifestement dans ses propres mensonges. Avec un léger sourire de dégoût, Tchernychevski répondit brusquement et avec mépris. Sa supériorité était frappante. « Et penser », s'exclame Steklov, « qu'il écrivait à ce moment-là l'optimiste *Que faire ?* »

Hélas ! Écrire *Que faire ?* à la forteresse n'était pas tellement surprenant que téméraire – ne fût-ce que pour la simple raison que les autorités liaient la chose à son cas. En général, l'histoire de la parution de ce roman est extrêmement intéressante. La censure en permit la publication dans *Le Contemporain*, estimant qu'un roman qui était « quelque chose d'antiartistique au plus haut degré » ne manquerait pas de démolir l'autorité de Tchernychevski, et qu'il ne lui attirerait que des sarcasmes. Et en effet, quelle est la valeur des scènes « légères » du roman par exemple ? « Verochika était censée boire la moitié d'un verre pour son mariage, la moitié d'un verre pour sa boutique et la moitié d'un verre pour la santé de Julie (une prostituée parisienne repentie qui est devenue l'amie de l'un des personnages !). Elle commença à gambader avec Julie, à faire du bruit et à vociférer. Elles se mirent à lutter et tombèrent toutes les deux sur le sofa... et elles ne voulaient plus se lever, mais elles continuèrent de plus belle à pousser des cris et à rire et elles s'endormirent toutes les deux. » Quelquefois, les tournures de phrases ont un arrière-goût de folklore de caserne et quelquefois de... Zochtchenko : « Après le thé... elle alla dans sa chambre et s'étendit. La voilà donc en train de lire sur son petit lit, mais le livre lui tombe des mains et Vera Pavlovna pense : Comment se fait-il que je me sente un peu triste parfois ces derniers temps ? » On trouve aussi de nombreux solécismes charmants – en voici un spécimen : lorsque l'un des personnages, un médecin, a une pneumonie et qu'il fait appel à un collègue : « Longtemps, ils palpèrent les côtés de l'un d'entre eux. »

Mais personne ne rit. Même pas les grands écrivains russes. Même Herzen, qui trouva ça « exécrablement écrit », atténua immédiatement ce jugement par : « D'un autre côté, on y trouve tellement de choses qui sont bonnes et saines. » Tout de même, il ne put s'empêcher de remarquer que le roman ne se termine pas par un simple phalanstère mais « par un phalanstère dans un bordel ». Car naturellement, l'inévitable se produisit : l'éminemment pur Tchernychevski (qui n'avait jamais mis les pieds dans un bordel), dans son aspiration prosaïque à parer l'amour communal d'atours particulièrement séduisants, s'était involontairement et inconsciemment acheminé, en raison de la simplicité de son imagination, vers ces mêmes idéaux que la tradition et la routine ont développés dans les maisons de tolérance ; sa joyeuse « soirée dansante », fondée sur la liberté et l'égalité dans les relations entre les sexes (un couple et puis un deuxième disparaissent et reviennent), rappelle tout à fait le bal à la fin de *La Maison Tellier.*

Et il est néanmoins impossible de manier cette vieille revue (mars 1863), contenant la première livraison du roman, sans un certain frémissement ; le poème de Nékrassov « Bruissement vert » s'y trouve aussi (« Supporte tant que tu le peux... »), et l'éreintement railleur du conte romanesque d'Alexis Tolstoï *Le Prince Serebryany...* Au lieu des sarcasmes attendus, une atmosphère de dévotion générale et pieuse se créa autour de *Que faire ?* On le lisait comme on lit un livre liturgique – pas un seul mot de Tourguéniev ou de Tolstoï ne produisit jamais une si puissante impression. Le lecteur russe inspiré comprit le bien que le romancier sans talent avait vainement tenté d'exprimer. Il semblerait que, s'étant rendu compte de son faux calcul, le gouvernement aurait dû interrompre la publication en feuilleton de *Que faire ?* Il se conduisit beaucoup plus habilement.

Le voisin de Tchernychevski avait produit quelques écrits à présent. Il avait reçu *Le Contemporain,* et le 8 octobre, il envoya de la forteresse un article à *La Parole russe,* « Pensées sur les romans russes », sur quoi le Sénat informa le gouverneur général que ce n'était rien d'autre qu'une analyse du roman de Tchernychevski avec des louanges de cet ouvrage et une exposition détaillée des idées matérialistes qu'il contenait. Pour dépeindre Pissarev, on indiqua qu'il était sujet à la « démence mélancolique » pour laquelle il avait été soigné : en 1859, il avait passé quatre mois dans un asile d'aliénés.

De même que dans son enfance il avait décoré tous ses cahiers de couvertures arc-en-ciel, Pissarev, à l'âge adulte, abandonnait soudainement un travail urgent pour colorier avec application les gravures des livres, ou, lorsqu'il se rendait à la campagne, il commandait à son tailleur un costume d'été en toile rouge et bleu. La maladie mentale de cet utilitaire avéré se distinguait par une sorte d'esthétisme dépravé. Un jour, lors d'une réunion d'étudiants, il se dressa soudainement, éleva gracieusement un bras recourbé, comme pour demander la permission de parler, et il s'évanouit dans cette pose sculpturale. Une autre fois, à la grande inquiétude de son hôtesse et des autres invités, il commença à se déshabiller, se défaisant avec une joyeuse alacrité de sa veste de velours, de son gilet bigarré, de son pantalon à carreaux. – A ce point, on le maîtrisa. Il est assez amusant de voir que certains commentateurs appellent Pissarev un « épicurien » se référant par exemple aux lettres à sa mère – d'insupportables phrases bilieuses à vous faire serrer les dents sur la beauté de la vie ; ou bien : pour illustrer son « sobre réalisme », ils citent la lettre apparemment sensée et claire – mais en fait complètement démente – qu'il envoya de la forteresse à une jeune fille inconnue, avec une demande en mariage : « La femme qui acceptera d'adoucir et de réchauffer ma vie recevra de moi tout l'amour qui fut repoussé avec mépris par Raïssa quand elle se jeta au cou de son bel aigle. »

Maintenant, condamné à quatre ans de prison pour le petit rôle qu'il joua dans les troubles généraux de l'époque (qui en un sens étaient fondés sur une croyance aveugle dans le mot imprimé, particulièrement le mot imprimé secrètement), Pissarev écrivait sur *Que faire ?*, en faisant un compte rendu progressif pour *La Parole russe* au fur et à mesure que les livraisons paraissaient dans *Le Contemporain*. Bien que le Sénat eût été déconcerté au début par le fait que le roman était louangé pour ses idées au lieu d'être ridiculisé à cause de son style, et qu'il eût exprimé la crainte que les éloges puissent avoir un effet nuisible sur la jeune génération, les autorités se rendirent bientôt compte à quel point il était important dans le cas présent d'obtenir par cette méthode une image complète de la perniciosité de Tchernychevski que Kostomarov n'avait fait qu'indiquer dans la liste de ses « ruses particulières ». « D'un côté », dit Strannolioubski, « en permettant à Tchernychevski de faire un roman dans la forteresse, et de l'autre, en permettant à son compagnon de captivité, Pissarev, de faire des articles expliquant les intentions de ce roman, le gouvernement se conduisit en complète connaissance de cause, attendant curieusement que Tchernychevski se trahisse par ses bavardages et surveillant ce qui en sortirait – particulièrement les abondants épanchements de son voisin d'incubateur. »

L'affaire allait comme sur des roulettes et promettait beaucoup, mais on dut faire pression sur Kostomarov puisqu'on avait besoin d'une ou deux preuves de culpabilité bien établies, tandis que

Tchernychevski continuait à bouillir et à se moquer, point par point, qualifiant la commission de « farce » et « d'incohérent bourbier complètement stupide ». Par conséquent, Kostomarov fut amené à Moscou et là, le citoyen Iakovlev, son ancien copiste, ivrogne et chahuteur, fit un témoignage important (en échange duquel il reçut un manteau qu'il but si bruyamment à Tver qu'on lui enfila une camisole de force) : pendant qu'il faisait son travail de copiste « dans un pavillon en raison de la température estivale », il prétendit avoir entendu Nikolaï Gavrilovitch et Vladislav Dmitrievitch qui se promenaient bras dessus, bras dessous (détail assez plausible) parler de salutations envoyées aux serfs par des partisans (il est difficile de trouver son chemin dans ce mélange de vérité et d'instigations). Lors d'un deuxième interrogatoire en présence d'un Kostomarov requinqué, Tchernychevski dit d'une façon quelque peu malheureuse qu'il ne lui avait rendu visite qu'une seule fois et qu'il était absent ; puis, il ajouta avec force : « Mes cheveux blanchiront, je mourrai, mais je ne changerai pas ma déposition. » L'attestation qu'il n'est pas l'auteur de la proclamation est écrite par lui d'une main tremblante – tremblante de rage plutôt que de peur.

Peu importe, le procès tirait à sa fin. La « définition » du Sénat vint ensuite : très noblement, le Sénat déclara que les tractations illégales de Tchernychevski avec Herzen étaient sans preuves (pour la « définition » du Sénat par Herzen, voir plus bas, à la fin de ce paragraphe). Quant à la proclamation *Aux Serfs des propriétaires terriens*... ici le fruit avait déjà mûri sur les espaliers de la falsification et des pots-de-vin : la conviction morale absolue des sénateurs que Tchernychevski en était l'auteur fut transformée en preuve judiciaire par la lettre à « Alexis Nikolaiévitch » (signifiant apparemment A. N. Plechtchéiev, poète pacifique qualifié par Dostoïevski de « blondin complet » – mais, on ne sait pourquoi, personne n'insista trop sur le rôle joué par Plechtchéiev, s'il en joua un, dans l'affaire). Donc, ils condamnèrent dans la personne de Tchernychevski une illusion qui lui ressemblait de très près ; une culpabilité inventée fut merveilleusement arrangée pour avoir l'apparence de la culpabilité réelle. La sentence fut relativement légère – comparée à ce que l'on est généralement en mesure d'inventer dans ce domaine : il devait être exilé aux travaux forcés pour une période de quatorze ans et puis passer le reste de sa vie en Sibérie. La « définition » passa des « sauvages ignares » du Sénat aux « sombres scélérats » du Conseil d'État qui y souscrivirent complètement, et puis au souverain qui la confirma mais qui réduisit de moitié la peine de travaux forcés. La sentence fut annoncée à Tchernychevski le 4 mai 1864, et le 19, à huit heures du matin, il fut exécuté sur la place Mytninski.

Il bruinait, les parapluies ondulaient, la place était couverte de neige à demi fondue, et tout était trempé ; les uniformes des gendarmes, le bois assombri de l'échafaud, la colonne noire et lisse avec des chaînes lustrées par la pluie. La voiture pénitentiaire apparut soudainement. Tchernychevski vêtu d'un paletot et deux bourreaux à l'allure de paysans en émergèrent avec une extraordinaire célérité, comme s'ils en étaient sortis en roulant ; ils se dirigèrent tous trois d'un pas rapide – devant une rangée de soldats – vers l'échafaud. La foule se pencha en avant et les gendarmes repoussèrent les premiers rangs ; des cris retenus retentirent ici et là : « Fermez les parapluies ! »

Pendant qu'un officiel lisait la sentence, Tchernychevski qui la connaissait déjà regardait autour de lui d'un air maussade ; il caressa sa barbe avec ses doigts, ajusta ses verres et cracha plusieurs fois. Lorsque le lecteur trébucha et se tira à grand-peine d'« idées sochilistes », Tchernychevski sourit, et puis, reconnaissant quelqu'un dans la foule, il fit un signe de la tête, toussa, changea la position de ses pieds : de dessous le paletot, le pantalon noir tombait en accordéon sur ses caoutchoucs. Les gens qui se tenaient assez près pouvaient voir sur sa poitrine une plaque oblongue avec une inscription blanche : CRIMINEL D'ÉT (il ne restait plus de place pour la dernière syllabe). A la fin de la lecture, les bourreaux le firent mettre à genoux : le plus âgé fit tomber du revers de la main la casquette de Tchernychevski de ses longs cheveux châtain clair rejetés en arrière. Le visage qui s'amincissait au menton, son ample front luisant était incliné vers le sol à présent, et, avec un craquement sonore, ils réussirent à rompre au-dessus de lui une épée insuffisamment incisée. Puis ils prirent ses mains qui semblaient singulièrement blanches et faibles, et les enfermèrent dans des fers noirs assujettis à la colonne : il dut se tenir debout de cette façon pendant un quart d'heure. La pluie augmentait : le plus jeune des deux bourreaux ramassa la casquette de Tchernychevski et l'enfonça sur sa tête inclinée – et lentement, avec difficulté, les chaînes le gênaient – Tchernychevski la redressa. Derrière une palissade à gauche on pouvait voir les échafaudages d'une maison en construction ; de l'autre côté, les ouvriers grimpèrent sur la palissade ; on entendit le raclement de leurs bottes ; ils grimpèrent, ils se cramponnèrent là-haut et ils injurièrent le criminel de loin. La pluie tombait ; l'aîné des bourreaux consulta sa montre en argent. Tchernychevski ne cessait de tourner légèrement ses poignets sans lever les yeux. Soudainement, de la partie la plus élégante de la foule, des bouquets commencèrent à s'envoler. Les gendarmes essayaient de les intercepter en plein vol en sautant. Des roses explosaient en l'air ; on put apercevoir fugitivement une combinaison rare : un policier enguirlandé. Des dames coiffées à la Jeanne d'Arc et vêtues de burnous noirs lançaient des grappes de lilas. Pendant ce temps, Tchernychevski était hâtivement libéré de ses chaînes et son corps sans vie emporté. Non – un *lapsus calami* ; hélas, il était vivant, il était même de bonne humeur ! Des étudiants couraient à côté de la voiture en criant : « Adieu, Tchernychevski ! Au revoir ! » Il pencha la tête à la portière, rit et menaça du doigt les coureurs les plus zélés.

« Hélas, vivant ! » nous sommes-nous exclamés, car comment pourrait-on ne pas préférer la peine de mort, les convulsions du pendu dans son hideux cocon, à ces funérailles qui échurent à Tchernychevski vingt-cinq insipides années plus tard. La griffe de l'oubli commença lentement à rassembler son image vivante dès qu'il eut été emmené en Sibérie. Bien sûr, bien sûr, les étudiants chantèrent des années durant la chanson : *Buvons à celui qui a écrit « Que faire ? »*... Mais c'était au passé qu'ils buvaient, à un prestige et à un scandale passés, à une grande ombre... mais qui aurait bu à la santé d'un petit vieillard tremblotant, agité d'un tic, fabriquant de maladroits bateaux en papier pour de petits Yakoutes quelque part dans ces fabuleuses forêts ? Nous affirmons que ce livre fit ressortir et ramassa en lui toute la chaleur de sa personnalité – une chaleur que l'on ne saurait trouver dans ses structures désespérément rationnelles mais qui est dissimulée, pour ainsi dire, entre les mots (de cette chaleur qui n'appartient qu'au pain) et il était inévitablement condamné à être éparpillé avec le temps (comme le pain seul sait devenir rassis et dur). Aujourd'hui, il semble que seuls les marxistes soient encore capables de s'intéresser à l'éthique fantomatique contenue dans ce petit livre mort. Suivre aisément et librement l'impératif catégorique du bien général, voici l'« égoïsme rationnel » que les chercheurs ont trouvé dans *Que faire ?* Rappelons, pour apporter une note comique, l'hypothèse de Kautski que l'idée d'égoïsme est liée au développement de la production de la marchandise, et la conclusion de Plekhanov que Tchernychevski était néanmoins un « idéaliste », puisqu'il ressort de son livre que les masses doivent rattraper l'intelligentsia par calcul – et le calcul est une opinion. Mais la question est plus simple que ça : l'idée que le calcul est le fondement de toute action (ou l'accomplissement héroïque) conduit à l'absurde : le calcul en soi peut être héroïque ! Tout ce qui entre dans le champ de la pensée humaine est spiritualisé. C'est ainsi que le « calcul » des matérialistes fut anobli ; c'est ainsi que, pour les initiés, la matière se transforme en un jeu incorporel de forces mystérieuses. Les structures éthiques de Tchernychevski sont à leur façon une tentative de construire la même vieille machine « à mouvement perpétuel » où la matière met en mouvement d'autre matière. Nous aimerions beaucoup que ceci se mette à tourner : égoïsme-altruisme-égoïsme-altruisme... mais la roue est arrêtée par le frottement. Que faire ? Vivre, lire, penser. Que faire ? Travailler à son propre développement afin d'atteindre le but de la vie qui est le bonheur. Que faire ? (Mais le destin même de Tchernychevski a changé la question sérieuse en exclamation ironique.)

Tchernychevski eût été transféré à un domicile privé beaucoup plus tôt n'eût-ce été de l'affaire des karakozovites (adhérents de Karakozov qui essayèrent d'assassiner Alexandre II en 1866) : il devint manifeste à leur procès qu'ils avaient voulu donner à Tchernychevski l'occasion de s'évader de Sibérie et de se mettre à la tête d'un mouvement révolutionnaire – ou au moins, de publier une revue politique à Genève ; et en vérifiant les dates, les juges trouvèrent dans *Que faire ?* une prévision de la date de l'attentat à la vie du Tsar. Le protagoniste Rakhmetov, en route pour l'étranger, « disait entre autres choses qu'il reviendrait en Russie trois ans plus tard, car, semblait-il, on aurait besoin de lui en Russie, non pas maintenant, mais trois ans plus tard (répétition typique et hautement significative de notre auteur) ». Or, la dernière partie du roman fut signée le 4 avril 1863 et, exactement trois ans plus tard, jour pour jour, l'attentat eut lieu. C'est ainsi que même les chiffres, les poissons rouges de Tchernychevski le trahirent.

Rakhmetov est oublié aujourd'hui ; mais dans ces années-là, il fit vraiment école. Avec quelle piété ses lecteurs absorbaient l'élément sportif, révolutionnaire du roman : Rakhmetov qui « adopta un régime de boxeur », suivait aussi un régime dialectique : « Par conséquent, si l'on servait des fruits, il lui fallait absolument manger des pommes et absolument pas des abricots (puisque les pauvres n'en mangeaient pas) ; il mangeait des oranges à Saint-Pétersbourg mais pas en province puisqu'on voit le peuple en manger à Saint-Pétersbourg tandis qu'en province il n'en mange pas. »

D'où sortit subitement ce petit visage jeune et rond avec son beau front puérilement bombé et ses joues comme deux coupes ? Qui est cette jeune fille qui ressemble à une infirmière, portant une robe noire avec un col blanc rabattu et une petite montre retenue par un cordon ? C'est Sophie Perovski que l'on pendra en 1881 pour l'assassinat du Tsar. Venant à Sébastopol en 1872, elle fit à pied le tour des villages environnants afin de se familiariser avec la vie des paysans : elle était dans sa période de rakhmétovisme – dormant sur la paille, se nourrissant de lait et de gruau. Et revenant à notre position initiale, nous répétons : le sort instantané de Sophie Perovski est cent fois plus enviable que la gloire décroissante d'un réformateur ! Car, tout comme les exemplaires du *Contemporain* dans lesquels était paru le roman se transformaient graduellement en torchons en passant d'une main à l'autre, la fascination qu'avait exercée Tchernychevski s'évanouissait ; et l'estime qu'on avait eue pour lui, qui était devenue depuis longtemps une convention sentimentale, était impuissante à enflammer les cœurs lorsqu'il mourut en 1889. Les funérailles se déroulèrent calmement. Il y eut peu de commentaires dans les journaux. Lors du *requiem* que l'on célébra pour lui à Saint-Pétersbourg, les ouvriers endimanchés que les amis du défunt avaient emmenés pour donner de la couleur furent pris pour des policiers en civil et insultés par un groupe d'étudiants – ce qui rétablit un certain équilibre : n'étaient-ce pas les pères de ces ouvriers qui avaient injurié, de l'autre côté de la palissade, Tchernychevski agenouillé ?

Le lendemain de ce simulacre d'exécution, à la nuit tombante, « des fers aux pieds et la tête pleine de pensées », Tchernychevski quitta pour toujours

Saint-Pétersbourg. Il voyagea en tarantass, et puisque « lire des livres en cours de route » n'était permis qu'à partir d'Irkoutsk, il s'ennuya ferme durant le premier mois et demi du voyage. Le 23 juillet, ils l'emmenèrent enfin aux mines de la région montagneuse de Nertchine à Kadaïa : quinze kilomètres de la Chine et sept mille kilomètres de Saint-Pétersbourg. On ne le fit pas beaucoup travailler. Il vivait dans une chaumière mal calfeutrée et il souffrit de rhumatismes. Deux ans s'écoulèrent. Soudainement, un miracle se produisit : Olga Sokratovna se prépara à le rejoindre en Sibérie.

On raconte que durant la plus grande partie de l'emprisonnement de Tchernychevski à la forteresse, elle avait beaucoup voyagé en province et s'était si peu préoccupée du sort de son époux que sa famille se demandait même si elle n'avait pas perdu la raison. La veille de la disgrâce publique, elle était revenue à la hâte à Saint-Pétersbourg, et le matin du 20 elle était repartie à toute vitesse. Nous ne l'aurions jamais crue capable de faire le voyage jusqu'à Kadaïa si nous n'avions connu sa faculté de se mouvoir facilement et fiévreusement d'un endroit à l'autre. Comme il l'attendait ! Se mettant en route au début de l'été 1866 avec son fils de sept ans Micha et un certain Dr Pavlinov (Dr Paon – nous pénétrons à nouveau dans la sphère des beaux noms), elle se rendit jusqu'à Irkoutsk où elle fut retenue pendant deux mois ; là, ils descendirent dans un hôtel au nom adorablement idiot (qui fut peut-être déformé par les biographes mais qui fut très probablement choisi avec un soin particulier par un destin ironique) d'« Hôtel d'Amour et Co. » On ne permit pas au Dr Paon de pousser plus loin : il fut remplacé par un capitaine de gendarmerie, Khmelevski (une réplique parfaite du beau héros de Pavlovsk), passionné, ivrogne et effronté. Ils arrivèrent le 23 août. Pour célébrer la rencontre des deux époux, un des exilés polonais, ancien cuisinier du comte de Cavour, l'homme d'État italien sur qui Tchernychevski avait un jour écrit si abondamment et avec un tel mordant, cuisit une de ces pâtisseries dont son défunt maître avait l'habitude de se gaver. Mais la rencontre ne fut pas une réussite : il est étonnant de voir comment toutes les choses amères et héroïques que la vie fabriquait pour Tchernychevski étaient immanquablement accompagnées d'un assaisonnement de farce de bas étage. Khmelevski rôdait autour d'Olga Sokratovna et ne lui laissait pas de répit ; quelque chose de la bête aux abois, mais aussi d'aguichant, se dissimulait dans ses yeux de gitane – contre sa volonté, peut-être. On prétend même qu'il offrit d'organiser l'évasion de son mari en échange de ses faveurs, mais ce dernier refusa fermement. Bref, la présence constante de cet homme éhonté rendit les choses si difficiles (et quels projets n'avait-il pas échafaudés !) que Tchernychevski lui-même persuada sa femme de prendre le chemin du retour, ce qu'elle fit le 27 août, n'étant donc restée – après un voyage de trois mois, que quatre jours, quatre jours, lecteur ! – avec l'époux qu'elle quittait maintenant pour quelque dix-sept ans. Nékrassov lui dédia ses *Petits Paysans.* Dommage qu'il ne lui ait pas dédié ses *Femmes russes.*

Au cours des derniers jours de septembre, Tchernychevski fut transféré à Alexandrovski Zavod, une colonie pénitentiaire à trente kilomètres de Kadaïa. Il y passa l'hiver en prison avec quelques karakozovites et Polonais rebelles. Le donjon était équipé d'une spécialité mongolienne – des piquets plantés verticalement dans le sol et entourant la prison d'un cercle solide. Au mois de juin de l'année suivante, après avoir complété son temps de probation, Tchernychevski fut relâché sur parole et il prit une chambre dans la maison d'un sacristain, un homme qui lui ressemblait beaucoup : yeux gris presque aveugles, barbe rare, longs cheveux emmêlés... Toujours un peu ivre, toujours à pousser des soupirs, il répondait tristement aux questions des curieux par « Le cher homme écrit continuellement ! » Mais Tchernychevski ne demeura là que deux mois. Son nom fut prononcé en vain lors de nombreux procès politiques. Rozanov, l'artisan à moitié fou, témoigna que les révolutionnaires voulaient attraper et mettre en cage « un oiseau de sang royal » pour racheter Tchernychevski. Le comte Chouvalov envoya un télégramme au gouverneur général d'Irkoutsk : LE BUT DES ÉMIGRÉS EST DE LIBÉRER TCHERNYCHEVSKI (STOP) PRIÈRE PRENDRE TOUTES MESURES POSSIBLES A SON ÉGARD. Entre-temps, l'exilé Krassovski qui avait été transféré au même moment s'était échappé (et avait péri dans la taïga après avoir été dévalisé), de telle sorte qu'on avait toutes les raisons du monde d'emprisonner une fois de plus le dangereux Tchernychevski et de le priver durant un mois du droit de correspondance.

Souffrant intolérablement des courants d'air, il n'enleva jamais sa robe de chambre fourrée ni sa chapka en peau d'agneau. Il se déplaçait comme une feuille poussée au vent, d'un pas nerveux et trébuchant, et l'on pouvait entendre sa voix perçante ici et là. Sa manie du raisonnement logique s'intensifia – « à la manière de l'homonyme de son beau-père », comme le dit si bizarrement Strannolioubski. Il vivait dans le « bureau » : une pièce spacieuse divisée par une cloison ; tout le long du mur, dans le sens de la largeur, se trouvait un

« rayon pour dormir » peu élevé sous forme d'estrade ; là, comme sur une scène (ou de la manière dont on exhibe dans les zoos une mélancolique bête de proie parmi les rochers de son pays natal), se dressaient un lit et une table qui étaient au fond l'ameublement naturel de toute sa vie. Il se levait habituellement après midi ; il buvait du thé toute la journée et lisait couché tout le temps ; il ne s'asseyait pour écrire vraiment qu'à minuit puisque, durant le jour, ses voisins immédiats, quelques Polonais nationalistes qui lui étaient complètement indifférents, s'adonnaient au violon et torturaient Tchernychevski avec leur musique non lubrifiée : ils étaient charrons de métier. Les soirs d'hiver, il avait l'habitude de faire la lecture aux autres exilés. Ils remarquèrent un jour, bien qu'il fût en train de lire calmement et régulièrement un conte compliqué, avec un tas de digressions « scientifiques », qu'il regardait un cahier vierge. Symbole affreux !

Ce fut alors qu'il écrivit un nouveau roman. Encore plein du succès de *Que Faire ?*, il en attendait beaucoup – par-dessus tout il attendait l'argent que le roman, imprimé à l'étranger, était censé rapporter à sa famille. *Le Prologue* est extrêmement autobiographique. Lorsque nous nous y sommes référés plus haut, nous avons parlé de sa singulière tentative pour réhabiliter Olga Sokratovna ; selon Strannolioubski, ce roman dissimule une tentative semblable pour réhabiliter la propre personne de l'auteur, car, soulignant d'une part l'influence de Volguine, influence qui atteint le point où « de hauts dignitaires cherchaient ses faveurs à travers sa femme » (parce qu'on imaginait qu'il avait « des liens avec Londres » i.e., avec Herzen dont les nouveaux libéraux avaient une crainte mortelle), d'autre part l'auteur insiste obstinément sur la méfiance, la timidité et l'inactivité de Volguine : « Attendre et attendre aussi longtemps que possible, attendre aussi calmement que possible. » On a l'impression que cet entêté de Tchernychevski veut avoir le dernier mot de la querelle, consignant avec fermeté ce qu'il avait maintes fois répété à ses juges : « On doit me juger sur mes actes et il n'y eut pas d'actes et il ne pouvait y en avoir. »

Quant aux scènes « légères » du *Prologue*, nous ferions mieux de les passer sous silence. A travers leur érotisme morbidement circonstanciel, on peut deviner une telle tendresse frémissante pour sa femme que la moindre citation de ces scènes pourrait apparaître comme une dérision exagérée. Prêtons plutôt l'oreille à ce son pur – dans les lettres qu'il lui envoya durant ces années : « Très chère chérie, je te remercie d'être la lumière de ma vie... » « Je serais, même ici, un des hommes les plus heureux du monde s'il ne me venait à l'esprit que ce destin, qui m'avantage beaucoup personnellement, est trop dur dans ses effets sur ta vie, ma chère amie... » « Me pardonneras-tu le chagrin auquel je t'ai exposée ? »

Les espoirs de profits littéraires de Tchernychevski ne se réalisèrent pas : non seulement les émigrés abusèrent de son nom, mais ils contrefirent également ses œuvres. Et les tentatives pour le libérer lui furent entièrement fatales, tentatives qui en elles-mêmes étaient courageuses mais qui nous semblent dépourvues de sens, nous qui pouvons voir du sommet de la colline du temps la disparité entre l'image d'un « géant enchaîné » et le véritable Tchernychevski que les efforts de ceux qui voulaient le sauver ne faisaient qu'exaspérer : « Ces messieurs », dit-il plus tard, « ne savaient même pas que je suis incapable de monter à cheval. » Cette contradiction interne aboutit à un non-sens (une nuance particulière de non-sens qui nous est déjà familière depuis longtemps). On raconte qu'Hippolyte Mychkine, déguisé en officier de gendarmerie, se rendit à Viliouïsk où il exigea du commissaire de police régional qu'on lui remette le prisonnier ; mais il sabota toute l'affaire en mettant son aiguillette du côté gauche au lieu du côté droit. Avant ça, c'est-à-dire en 1871, il y eut la tentative de Lopatine dans laquelle tout était absurde : la façon dont il abandonna subitement la traduction russe de *Das Kapital* qu'il faisait à Londres, afin d'obtenir pour Marx qui avait appris à lire le russe, *den grossen russischen Gelehrten*, son voyage à Irkoutsk au cours duquel il se déguisa en membre de la Société géographique (alors que les résidents de Sibérie le prenaient pour un *revizor* – inspecteur du gouvernement – voyageant incognito) ; son arrestation à la suite d'un tuyau venant de Suisse ; sa fuite et sa capture ; et sa lettre au gouverneur général de Sibérie orientale dans laquelle il lui raconta tout son projet avec une franchise inexplicable. Tout ceci ne fit qu'aggraver la situation de Tchernychevski. Légalement, son établissement devait commencer le 10 août 1870. Mais ce n'est que le 2 décembre qu'on l'envoya dans un autre endroit, endroit qui s'avéra être bien pire que les travaux forcés – à Viliouïsk.

« Au bout du monde, dans un cul-de-sac d'Asie », dit Strannolioubski, « dans le fin fond de la région de Yakoutsk, loin au nord-est, Viliouïsk n'était rien d'autre qu'un hameau dressé sur un immense tas de sable amoncelé près du fleuve et entouré d'un marécage sans fin couvert de brousse de taïga. » Les habitants (cinq cents personnes) étaient : des

Cosaques, des Yakoutes à moitié sauvages et un petit nombre de citoyens appartenant au dernier échelon de la classe moyenne (que Steklov décrit très pittoresquement : « La société locale consistait en un couple de fonctionnaires, un couple d'ecclésiastiques, un couple de marchands » – comme s'il avait parlé de l'Arche). Là, Tchernychevski fut logé dans la meilleure maison, et il se trouva que la meilleure maison était la prison. La porte de sa cellule était doublée de toile cirée noire ; les deux fenêtres qui de toute façon ouvraient tout contre la palissade étaient garnies de barreaux. En l'absence d'autres exilés, il se trouva dans une solitude complète. Le désespoir, le délaissement, la conscience d'avoir été trompé, un sentiment étourdissant d'injustice, les affreuses imperfections de la vie arctique, tout ceci faillit lui faire perdre la raison. Le matin du 10 juillet 1872, il se mit subitement à démolir le cadenas de sa porte avec une paire de tenailles, tremblant des pieds à la tête, marmonnant et criant : « Le souverain ou un ministre sont-ils venus pour que le brigadier ose cadenasser la porte la nuit ? » L'hiver venu, il s'était un peu calmé, mais de temps à autre il y avait certains rapports... et ici, une de ces rares corrélations qui constituent l'orgueil d'un chercheur nous est accordée.

Un jour (en 1853), son père lui avait écrit (à propos de son *Essai de lexique de la chronique hypatienne*) : « Tu ferais mieux d'écrire quelque conte... les contes sont toujours en vogue dans la bonne société. » Plusieurs années plus tard, Tchernychevski informe son épouse qu'il a médité dans sa prison et qu'il veut coucher par écrit « un ingénieux petit conte » où il la peindra sous les traits de deux jeunes filles : « Ce sera un très bon petit conte (répétant le rythme de son père). Si seulement tu savais comme j'ai ri en moi-même en décrivant les divers ébats bruyants de la plus jeune, comme j'ai pleuré de tendresse en peignant les pathétiques méditations de l'aînée ! » « La nuit » signalèrent ses geôliers, « il chante parfois, danse de temps à autre et il lui arrive aussi de pleurer et de sangloter. »

Le courrier ne partait de Yakoutsk qu'une fois par mois. Le numéro de janvier d'une revue de Saint-Pétersbourg n'était reçu qu'en mai. Il essaya de guérir la maladie qu'il avait contractée (un goitre) à l'aide d'un manuel de médecine. L'épuisant catarrhe de l'estomac qu'il avait connu alors qu'il était étudiant revint avec de nouvelles particularités. « Le sujet des "paysans" et de la "propriété paysanne de la terre" me donne la nausée », écrivit-il à son fils qui avait cru l'intéresser en lui envoyant quelque revue d'économie politique. La nourriture était répugnante. Il ne mangeait pratiquement que du gruau : tout droit de la marmite – avec une cuiller à soupe en argent dont presque un quart s'usa contre les flancs de terre cuite de la marmite durant les vingt années au cours desquelles il s'usa lui-même. Par les jours chauds de l'été, il se tenait debout, ses pantalons roulés, dans un ruisseau peu profond (ce qui aurait difficilement pu être bénéfique) ; ou bien, la tête enveloppée d'une serviette de bain pour se protéger des moustiques – ce qui le faisait ressembler à une paysanne russe – il déambulait le long de sentiers forestiers avec son panier de champignons en osier tressé, ne s'enfonçant jamais dans les bois plus denses. Il oublia son étui à cigarettes sous un mélèze qu'il mit quelque temps à distinguer d'un pin. Il enveloppait dans du papier à cigarette les fleurs qu'il ramassait (dont les noms lui étaient inconnus) et il les envoyait à son fils Micha qui acquit de la sorte « un petit herbier de la flore de Vilioüisk » : c'est ainsi que la princesse Volkonski, dans le poème que Nékrassov écrivit sur les épouses des décembristes, lègue à ses petits-enfants « une collection de papillons, des plantes de Tchita ». Une fois, un aigle apparut dans sa cour... « il était venu lui dévorer le foie », remarque Strannolioubski, « mais il ne reconnut pas en lui Prométhée ».

Le plaisir qu'il avait éprouvé dans sa jeunesse à la vue de la disposition ordonnée des eaux de Saint-Pétersbourg recevait maintenant un écho tardif : n'ayant rien à faire, il creusa des canaux – et il faillit inonder une des routes préférées des résidents de Vilioüisk. Il étancha sa soif de répandre la culture en enseignant les bonnes manières aux Yakoutes, mais tout comme avant, l'indigène enlevait sa casquette à une distance de vingt pas et se figeait humblement dans cette position. Le bon sens et l'esprit pratique qu'il avait préconisés se réduisaient maintenant à conseiller au porteur d'eau de substituer au crochet de crin qui lui coupait la paume des mains une palanche ordinaire en bois ; mais le Yakoute ne changea pas sa routine. Dans la petite ville où tout ce que l'on faisait était de jouer aux cartes et d'échanger des débats passionnés sur le prix du coton chinois, son désir d'agir dans les affaires publiques le poussa vers les Vieux-Croyants, dont la condition lui inspira un mémoire extraordinairement long et détaillé (comportant même des ragots de Vilioüisk) qu'il envoya froidement au Tsar, avec la suggestion amicale de leur pardonner car ils le « considèrent comme un saint ».

Il écrivit considérablement, mais il brûla presque tout. Il informa ses parents que les résultats de ses « savants ouvrages » seraient sans doute reçus avec sympathie ; ces travaux n'étaient que cendres et mirages. De toute la masse d'écrits qu'il produisit en Sibérie, à côté du *Prologue*, seuls deux ou trois contes et un « cycle » de « nouvelles » inachevées ont été conservés... Il écrivit aussi des poèmes. Dans leur texture, ils ne diffèrent pas de ces devoirs de versification qu'on lui avait donnés un jour au séminaire, lorsqu'il avait recomposé un psaume de David :

Un seul devoir m'est imposé,
Veiller sur le troupeau de mon père.

En 1875 (à Pypine) et encore une fois en 1888 (à Lavrov), il envoie « un ancien poème persan » : une chose épouvantable ! Dans une des strophes le pronom « leur » est répété *sept* fois (« Leur pays est aride, Leurs corps sont décharnés, Et on peut voir leurs côtes à travers leurs haillons. Leurs visages sont larges, leurs traits sont aplatis ; sur leurs traits aplatis, pas le moindre signe d'esprit »), tandis que dans les monstrueuses chaînes de génitifs (« De hurlements des tourments de leur soif de sang ») maintenant, au moment de se séparer de la littérature, sous un soleil très bas, il y a une preuve du penchant familier de l'auteur pour la concordance, pour les liens. Il écrit à Pypine des lettres à fendre l'âme exprimant son désir obstiné de déjouer les menées de l'administration et de s'occuper de littérature : « Cette chose (*L'Académie des montagnes d'azur*, signée Denzil Elliot – censée être traduite de l'anglais) est d'un grand mérite littéraire... je suis patient mais... j'espère que personne n'a l'intention de m'empêcher de travailler pour ma famille... Je suis célèbre dans la littérature russe pour le débraillé de mon style... Quand je veux, je puis aussi écrire dans toutes sortes de bons styles. »

Oh ! pleurez pour Lilybaeum ;
Oh ! pleurez pour Agrigentum ;

« Quel est (cet) hymne à la Servante des Cieux ? Un épisode de l'histoire en prose du petit-fils d'Empédocle... Et quelle est l'histoire du petit-fils d'Empédocle ? Une des innombrables histoires de *L'Académie des montagnes d'azur.* La duchesse de Cantershire est partie en yacht, accompagnée d'amis de la bonne société, pour les Indes Orientales en passant par le canal de Suez afin de visiter son minuscule royaume au pied des montagnes d'azur, près de Golconde. Une fois là, ils font ce que les personnes intelligentes et de condition font : ils racontent des histoires... des histoires qui suivront dans les prochains envois de Denzil Elliot à l'éditeur du *Messager de l'Europe* » (Stassioulevitch – qui ne publia rien de tout ça).

On est pris de vertige, les lettres nagent et s'estompent devant nos yeux – et nous recueillons encore ici le thème des vers de Tchernychevski. Il demanda à sa famille de lui en envoyer de nouveaux, mais en dépit de ses efforts pour s'expliquer, d'une façon particulièrement graphique, il réussit néanmoins à tout embrouiller, et six mois plus tard il reçut des « numéros quatre et demi au lieu de cinq ou cinq et un quart ».

Il trouva un exutoire à sa passion pour l'instruction en écrivant à Sacha sur le mathématicien Fermat, à Micha sur la lutte qui opposa les papes et les empereurs, à sa femme sur la médecine, Karlsbad et l'Italie... Ça se termina comme ça ne pouvait manquer de le faire : les autorités lui demandèrent de cesser d'écrire des « lettres savantes ». Ceci le blessa et le secoua à un tel point qu'il n'écrivit pas une seule lettre pendant six mois (les autorités ne virent jamais le jour où ils recevraient de lui ces humbles pétitions que Dostoïevski, par exemple, expédiait de Semipalatinsk aux puissants de ce monde). « Il n'y a pas de nouvelles de papa », écrivit Olga Sokratovna à son fils en 1879. « Je me demande si mon chéri est toujours vivant », et on peut lui pardonner beaucoup de choses pour cette intonation.

Néanmoins, un autre impertinent de plus, avec un nom se terminant en « ski », apparaît subitement comme figurant : le 15 mars 1881, « votre élève inconnu Vitevski », comme il se recommande lui-même, mais selon les renseignements de la police, un ivrogne, médecin de l'hôpital régional de Stavropol, lui envoie un télégramme à Viliouïsk pour s'élever, avec une chaleur complètement superflue, contre une opinion anonyme que Tchernychevski était responsable de l'assassinat du Tsar : « Vos œuvres sont remplies de paix et d'amour. Vous n'avez jamais désiré ça (i.e., l'assassinat). » Soit à cause de ces paroles naïves ou pour quelque autre raison, le gouvernement s'adoucit et, à la mi-juin, montra un peu de prévenance au locataire de sa prison : les murs de son domicile furent tapissés de papier peint « *gris perle* avec une bordure », et le plafond fut couvert de calicot, ce qui, au total, coûta 40 roubles 88 kopecks au trésor public ; i.e., un peu plus que le pardessus de Iakovlev et le café de Musa. Et déjà l'année suivante, le marchandage du fantôme de Tchernychevski fut conclu, après des négociations entre les gardes volontaires du Corps de Sécurité (la police secrète) et le comité exécutif du mouvement clandestin « Liberté du Peuple » concernant le maintien de l'ordre durant le couronnement d'Alexandre III, avec la promesse que si tout se passait calmement, Tchernychevski serait libéré : il fut donc troqué contre un tsar – et vice versa (procédé qui trouva par la suite son expression matérielle quand les autorités soviétiques substituèrent à Saratov sa statue à celle d'Alexandre II). Un an plus tard, en mai, on soumit au nom de ses fils une pétition (lui, naturellement, n'en savait rien) dans le style le plus fleuri et le plus larmoyant que l'on puisse imaginer. Nabokov, le ministre de la Justice, fit un rapport approprié et « Sa Majesté daigna permettre le transfert de Tchernychevski à Astrakhan ».

A la fin de février 1883 (le temps surchargé avait déjà du mal à traîner le destin de Tchernychevski), les gendarmes le conduisirent subitement à Irkoutsk sans souffler mot de la décision. Peu importe – quitter Viliouïsk était un événement heureux en soi, et plus d'une fois au cours du voyage d'été en remontant le long fleuve Léna (révélant une telle parenté avec la Volga dans ses méandres) le vieillard se mit à danser en chantant des hexamètres dactyliques. Mais en septembre, le voyage se termina et, avec lui, la sensation de liberté. Dès le premier soir, lrkoutsk apparut comme le même genre de casemate au fin fond d'une province. Le matin, il reçut la visite du commandant de la gendarmerie, Keller. Nikolaï Gavrilovitch était assis, le coude sur la table, et ne répondit pas tout de suite. « L'Empereur vous a pardonné », dit Keller, et il le répéta encore plus fort voyant que l'autre était apparemment à moitié endormi ou dans la lune. « Moi ? » dit subitement le vieillard ; puis il se leva, posa les mains sur les épaules du héraut, et, secouant la tête, il éclata en sanglots. Le soir, se sentant comme s'il avait été en convalescence après une longue maladie, mais encore faible, avec une brume délicieuse qui filtrait à travers son corps, il prit le thé chez les Keller, parla sans arrêt et raconta aux enfants de ces derniers « des contes de fées plus ou moins persans – pleins d'ânes, de roses et de voleurs... » comme le rappela un de ses auditeurs. Cinq jours plus tard, il fut conduit à Krasnoiarsk, de là à Orenbourg – et tard en automne, entre six et sept heures du soir, il traversa Saratov entraîné par des chevaux de poste ; là, dans la cour d'une auberge près de la gendarmerie, dans l'obscurité mouvante, une misérable petite lampe était tellement secouée par le vent qu'on ne pouvait absolument pas distinguer nettement le jeune, vieux, jeune visage changeant d'Olga Sokratovna enveloppé dans une fanchon de laine – elle était accourue à bride abattue à ce rendez-vous inespéré ; et cette même nuit, Tchernychevski (qui pouvait deviner ses pensées ?) fut expédié plus loin.

Avec une grande maîtrise et avec la plus grande vivacité d'exposition (que l'on pourrait presque prendre pour de la compassion), Strannolioubski décrit son installation dans sa résidence d'Astrakhan. Personne ne vint à sa rencontre les bras ouverts, personne ne l'invita et il ne mit pas de temps à comprendre que tous les projets grandioses qui avaient été son seul support durant son exil devaient maintenant se dissiper dans un calme absurdement lucide et assez imperturbable.

Astrakhan ajouta la fièvre jaune à ses maladies sibériennes. Il prenait fréquemment froid. Il souffrait de palpitations aiguës. Il fumait énormément et salement. Mais qui pis est, il était extrêmement nerveux. Il avait une étrange façon de bondir au milieu d'une conversation – un mouvement brusque remontant pour ainsi dire au jour de son arrestation, lorsqu'il s'était élancé dans son bureau, devançant le funeste Rakéiev. Dans la rue, on pouvait le prendre pour un petit artisan âgé : le dos voûté, portant un costume d'été bon marché et une casquette froissée. « Mais dites-moi... » « Mais ne croyez-vous pas... » « Mais... » : des casse-pieds venaient l'ennuyer avec des questions absurdes. L'acteur Syroboiarski lui demandait sans cesse : « Dois-je me marier ou non ? » Il y eut deux ou trois petites dénonciations qui fusèrent comme des pièces de feu d'artifice humides. Son entourage se composait de quelques Arméniens du pays – épiciers et chemisiers. Les gens instruits étaient surpris par le fait qu'il ne s'intéressait pas beaucoup aux affaires publiques. « Eh bien, que voulez-vous », répondait-il tristement, « que puis-je y comprendre ? Voyons, je n'ai jamais fait partie d'un jury, je ne suis pas allé une seule fois à une réunion du zemtsvo... »

Ses cheveux lisses séparés par une raie, ses oreilles dégagées et trop grandes, un « nid d'oiseaux » juste sous le sommet de la tête – la voici encore une fois avec nous (elle a apporté de Saratov des bonbons et des chatons) ; le même demi-sourire moqueur sur les lèvres, la ligne martyrisée des sourcils encore plus aiguë, et les manches de sa robe ballonnées au-dessus des épaules. Elle a déjà plus de cinquante ans (1833-1918), mais son caractère n'a pas changé, névrotiquement méchant ; ses crises d'hystérie se terminent parfois en convulsions.

Au cours de ces six dernières années de sa vie, le pauvre vieux Nikolaï Gavrilovitch traduit avec une régularité mécanique l'*Histoire universelle* de Georges Weber, volume sur volume, pour l'éditeur Soldatenkov – et en même temps, mû par son ancien et irrépressible besoin d'afficher ses opinions, il essaie graduellement de faire percer quelques-unes de ses propres idées à travers Weber. Il signe sa traduction « Andréiev » ; et dans son article sur le premier volume (dans *L'Examinateur*, février 1884), un critique remarque que c'est « une sorte de pseudonyme puisqu'en Russie il y a autant d'Andréiev que d'Ivanov et de Petrov » ; ceci est suivi d'allusions mordantes sur la lourdeur du style et d'une petite réprimande : « M. Andréiev n'avait nul besoin de s'étendre dans sa Préface sur les mérites et démérites de Weber qui est connu du lecteur russe depuis longtemps. Son manuel parut dès les années 50 et, simultanément, trois volumes de son *Cours d'Histoire universelle* dans la traduction d'E. et V. Korch... Il serait bien avisé de ne pas ignorer les travaux de ses prédécesseurs. »

E. Korch, un amateur de terminologie archirusse au lieu de celle qui était acceptée par les philosophes allemands, était à présent un vieillard de quatre-vingts ans, assistant de Soldatenkov, et en tant que tel il lisait les épreuves du « traducteur d'Astrakhan », faisant des corrections qui mettaient Tchernychevski hors de lui ; ce dernier, dans des lettres à l'éditeur, se mit à « houspiller » Evguéni Fiodorovitch au sujet de son vieux système, demandant d'abord avec acharnement que la lecture des épreuves soit confiée à quelqu'un d'autre « qui soit plus conscient qu'il n'y a pas un autre homme en Russie qui connaisse la langue littéraire russe aussi bien que moi », et, quand il eut obtenu gain de cause, employant un autre moyen : « Puis-je réellement m'intéresser à de telles bagatelles ? Cependant, si Korch désire continuer à lire les épreuves, demandez-lui de ne pas faire de corrections, car elles sont ridicules. » C'est avec un plaisir non moins amer qu'il malmena aussi Zakharine qui, par pure bonté, avait parlé à Soldatenkov d'un salaire mensuel (de 200 roubles) pour Tchernychevski en raison de l'extravagance d'Olga Sokratovna. « Vous avez été berné par l'effronterie d'un homme dont l'esprit a été enfumé par l'ivrognerie », écrivit Tchernychevski à Soldatenkov, et mettant en branle l'appareil de sa logique au grand complet – rouillé, grinçant, mais plus tortueux que jamais –, il justifia d'abord son courroux par le fait qu'on le prenait pour un voleur qui désirait acquérir un capital, et puis il expliqua que sa colère n'était en fait qu'une feinte par égard pour Olga Sokratovna : « Grâce au fait qu'elle a entendu parler de son extravagance dans la lettre que je vous envoie – et je n'ai pas cédé lorsqu'elle m'a demandé d'atténuer mon expression, – il n'y a pas eu de convulsions. » A ce point (la fin de 1888), un autre bref article parut – il en était à ce moment au dixième volume de Weber. Le terrible état d'esprit, l'orgueil blessé, l'humeur difficile d'un vieillard, et les dernières tentatives désespérées pour faire taire le silence (un exploit encore plus difficile que la tentative de Lear pour faire taire la tempête), vous devez vous souvenir de tout ça en lisant à travers ses lunettes l'article à l'intérieur de la couverture rose pâle du *Messager de l'Europe* :

...Malheureusement, dès la Préface, il apparaît que le traducteur russe s'est contenté de demeurer fidèle à ses simples devoirs de traducteur dans les six premiers volumes, mais, dès le septième volume, il s'est imposé une nouvelle tâche... « nettoyer » Weber. On peut difficilement lui être reconnaissant d'une traduction où l'auteur est « refourbi », et soit dit en passant, un auteur d'une aussi grande autorité que Weber.

« Il semblerait », remarque Strannolioubski ici

(mélangeant un peu ses métaphores), « qu'avec cet insouciant coup de pied le destin avait donné la dernière touche appropriée à la chaîne de châtiments qu'il lui avait forgée. » Mais il n'en est rien. Il reste, pour notre inspection, une punition de plus, des plus terribles, des plus complètes.

De tous les forcenés qui mirent la vie de Tchernychevski en lambeaux, le pire fut son fils ; pas le plus jeune, naturellement, Mikhail (Micha) qui vivait paisiblement, travaillant sans relâche avec amour à des problèmes de tarifs (il était employé dans l'administration des chemins de fer) : il était issu du « nombre positif » de son père et c'était un bon fils, car à l'époque (1896-1898) où son frère prodigue (ce qui fait un tableau moral) publiait ses *Contes fantastiques* et un recueil de poèmes futiles, il commençait pieusement l'édition monumentale des œuvres de feu son père qu'il avait pratiquement menée à son terme lorsqu'il mourut en 1924, entouré de l'estime générale – dix ans après qu'Alexandre (Sacha) eut subitement trépassé dans la ville de péché qu'était Rome, dans une petite chambre au carrelage de pierre, déclarant son amour surhumain pour l'art italien et criant dans le feu d'une folle inspiration que si seulement les gens voulaient l'écouter, la vie serait différente, différente ! Apparemment issu de tout ce que son père ne pouvait pas supporter, Sacha, à peine sorti de l'enfance, manifesta une passion pour tout ce qui était étrange, chimérique et incompréhensible à ses contemporains – il se perdit dans E. T. A. Hoffmann et Edgar Poe, fut séduit par les mathématiques pures et, un peu plus tard, il fut un des premiers en Russie à apprécier les « poètes maudits » français. Le père, végétant en Sibérie, fut incapable de surveiller le développement de son fils (qui fut élevé par les Pypine) et ce qu'il apprit, il l'interpréta à sa façon, d'autant plus qu'ils lui avaient caché la maladie mentale de Sacha. Graduellement, cependant, la pureté de ces mathématiques commença à irriter Tchernychevski – et l'on peut facilement imaginer avec quels sentiments le jeune homme lisait ces longues lettres de son père, commençant par une blague délibérément joviale et puis (comme les conversations de ce personnage de Tchekhov qui commencent habituellement si bien – « un vieil étudiant, vous savez, un incurable idéaliste... ») se terminant par de furieuses injures ; cette passion pour les mathématiques mettait Tchernychevski hors de lui non seulement comme la manifestation de quelque chose qui n'était pas utilitaire : en se raillant de tout ce qui était moderne, Tchernychevski, que la vie avait distancé, se soulageait sur tous les innovateurs, les excentriques et les ratés de ce monde.

Son bienveillant cousin Pypine lui avait envoyé à Viliouïsk, en janvier 1875, une description enjolivée de son étudiant de fils, l'informant de ce qui pourrait plaire au créateur de Rakhmetov (Sacha, écrivait-il, avait commandé une boule en métal de dix-huit livres pour la gymnastique) et de ce qui devait être flatteur pour n'importe quel père : avec une tendresse retenue, Pypine, évoquant son amitié de jeunesse avec Nikolaï Gavrilovitch (envers qui il était très endetté), racontait que Sacha était tout aussi maladroit, aussi décharné que l'était son père, et qu'il riait également aussi fort et de la même voix aiguë... Subitement, à l'automne de 1877, Sacha rejoignit les rangs du régiment d'infanterie Nevski, mais avant d'atteindre l'armée au combat (la guerre russo-turque battait son plein), il attrapa le typhus (dans ses malheurs constants, on sent un héritage de son père qui avait coutume de tout casser et de tout laisser tomber). Retournant à Saint-Pétersbourg il vécut seul, donnant des leçons et publiant des articles sur la théorie de la probabilité. Sa maladie mentale s'aggrava après 1882, et il dut plus d'une fois être placé en clinique. Il avait peur de l'espace, ou plus exactement, il craignait de glisser dans une dimension différente – et pour éviter de périr, il s'accrocha continuellement à la jupe sûre, solide – aux plis euclidiens – de Pélaguéïa Nikolaievna Fanderflit (née Pypine).

Ils continuèrent à cacher cela à Tchernychevski qui vivait à Astrakhan maintenant. Avec un genre d'obstination sadique, avec une pédantesque dureté de cœur comparable à celle de n'importe quel bourgeois prospère dans Dickens ou Balzac, il traitait dans ses lettres son fils de « gros phénomène risible » et d' « indigent excentrique » et il l'accusa de vouloir « demeurer un mendiant ». Finalement Pypine ne put supporter la chose plus longtemps et il expliqua à son cousin avec un certain emportement que bien que Sacha ne soit pas devenu un « homme d'affaires froid et calculateur », il avait par contre « acquis une âme pure et honorable ».

Et puis Sacha vint à Astrakhan. Nikolaï Gavrilovitch vit ces yeux rayonnants, protubérants, entendit ces propos étranges et fuyants... Étant entré au service du propriétaire de puits de pétrole Nobel, et ayant reçu la mission d'accompagner une péniche chargée sur la Volga, Sacha, en cours de route, par un début d'après-midi étouffant, satanique et imbibé de pétrole, arracha la casquette de la tête du comptable, lança les clés dans l'eau irisée, et fila chez lui à Astrakhan. Ce même été, quatre de ses poèmes parurent dans *Le Messager de l'Europe* ; ils dénotent une lueur de talent :

Si les heures de la vie vous paraissent amères,
Ne vous en prenez pas à la vie, car il vaut mieux
Admettre que c'est de votre faute si vous êtes né
Un cœur affectueux dans la poitrine.
Et si vous ne voulez même pas admettre
Une faute si évidente en soi...

(Incidemment, remarquons le fantôme d'une syllabe additionnelle dans le mot russe *jizn,* qui veut dire vie et qu'il prononce *ji-zen,* ce qui est extrêmement caractéristique des poètes russes déséquilibrés du genre inconsolable : une faille correspondant, dirait-on, à une chose qui fait défaut à leur vie, une chose qui aurait pu changer leur vie en chanson. Cependant, le dernier vers cité a une auréole poétique véritable.)

Le domicile commun du père et du fils fut un enfer commun. Tchernychevski réduisit Sacha à une atroce insomnie avec ses interminables admonitions (en tant que « matérialiste », il eut l'effronterie fanatique de supposer que la cause principale du désordre de Sacha était « sa pitoyable condition matérielle »), et il souffrit lui-même comme ça ne lui était jamais arrivé, même pas en Sibérie. Ils respirèrent plus librement tous les deux lorsque Sacha s'en alla cet hiver-là – d'abord à Heidelberg avec la famille qui l'avait engagé comme précepteur, et puis à Saint-Pétersbourg « parce qu'il avait besoin de consulter un médecin ». De petits malheurs, faussement comiques, continuèrent à l'éclabousser. C'est ainsi que nous apprenons par une lettre de sa mère (1888) que tandis que « Sacha s'amusait à se promener, la maison où il vivait fut rasée par un incendie », et tout ce qu'il possédait brûla avec la maison ; et, désormais complètement dépourvu de tout, il alla vivre dans la maison de campagne de Strannolioubski (le père du critique ?).

En 1889, Tchernychevski obtint la permission d'aller à Saratov. Quelles qu'aient été les émotions que ce voyage suscita en lui, elles furent de toute façon empoisonnées par un intolérable souci de famille : Sacha, qui avait toujours eu une passion pathologique pour les expositions, entreprit subitement un voyage des plus extravagants et des plus heureux à la célèbre *Exposition universelle* de Paris – étant d'abord resté en carafe à Berlin où il fut nécessaire de lui envoyer de l'argent au nom du consul avec la requête de le ré-expédier en Russie ; mais non : quand il reçut l'argent, Sacha continua sa route jusqu'à Paris, se rassasia « de la merveilleuse roue, de la gigantesque tour en filigrane » et se retrouva sans le sou une fois de plus.

Le fiévreux labeur de Tchernychevski sur d'immenses masses de Weber (ce qui transforma son cerveau en une usine de travaux forcés et qui en fait représenta le plus grand sujet de dérision de la pensée humaine) ne couvrait pas ces dépenses imprévues – et jour après jour, dictant, dictant, dictant, il sentait qu'il n'avait pas la force de continuer, de continuer à transformer l'histoire du monde en roubles – et pendant ce temps il était tourmenté également par la crainte panique de voir Sacha revenir de Paris pour fondre sur Saratov. Le 11 octobre, il écrivit à Sacha que sa mère lui envoyait l'argent pour retourner à Saint-Pétersbourg, et – pour la millionième fois – lui conseilla d'accepter n'importe quel travail et de faire tout ce que ses supérieurs pourraient lui demander : « Tes ridicules sermons ignorants à tes supérieurs ne peuvent être tolérés par des supérieurs » (ainsi se termine le « thème des exercices d'écriture »). Continuant à tiquer et à marmonner, il cacheta l'enveloppe et se rendit lui-même à la gare poster la lettre. Un vent cruel tourbillonnait à travers la ville, et dès le premier coin il glaça le petit vieillard en colère qui se hâtait dans son pardessus léger. Le jour suivant, en dépit de la fièvre, il traduisit *dix-huit* pages de texte serré ; le 13, il voulait continuer mais on le persuada d'abandonner ; le délire commença le 14 : « *Inga, inc* (mots qui n'ont aucun sens, puis un soupir), je suis assez inquiet... A la ligne... Si quelque trente mille soldats suédois pouvaient être envoyés à Schleswig-Holstein, ils mettraient facilement en déroute toutes les forces danoises et envahiraient... toutes les îles sauf peut-être Copenhague qui résistera avec acharnement, mais en novembre, entre parenthèses mettez le 9, Copenhague se rendit aussi, point et virgule ; les Suédois transformèrent la population de la capitale danoise tout entière en argent brillant, exilèrent en Égypte les hommes énergiques des partis patriotiques... Oui, oui, où en étais-je... A la ligne... » Il divagua de la sorte pendant longtemps, sautant d'un Weber imaginaire à quelques mémoires imaginaires de son cru, dissertant laborieusement sur le fait que « le plus petit sort de cet homme a été décidé, il n'y a pas de salut pour lui... Bien que microscopique, une minuscule particule de pus a été découverte dans son sang, son sort a été décidé... » Parlait-il de lui-même, était-ce en lui-même qu'il sentait cette minuscule particule qui, mystérieusement, n'avait cessé de compromettre tout ce qu'il avait entrepris et ressenti dans sa vie ? Penseur, travailleur, esprit lucide, peuplant ses utopies d'une armée de sténographes – il avait maintenant vécu assez longtemps pour voir son délire consigné par écrit par un secrétaire. La nuit du 16, il eut une attaque – il sentit que sa langue était un peu épaisse ; il mourut peu après. Ses derniers mots (à 3 heures du matin, le 17) furent : « Chose étrange : dans ce livre il n'y a pas une seule mention de Dieu. » Dommage que nous ne sachions pas précisément quel livre il lisait.

Maintenant, il reposait entouré des tomes morts de Weber ; une paire de lunettes dans leur étui se mettait continuellement dans le chemin de tout le monde.

Soixante et un ans s'étaient écoulés depuis l'année 1828 où les premiers omnibus firent leur apparition dans Paris et où un prêtre de Saratov nota dans son livre de prières : « 12 juillet, à la troisième heure du matin, un fils né, Nikolaï.. Baptisé le matin du 13 avant la messe. Parrain : archiprêtre Féd. Stef. Viazovski.. » Ce nom fut donné plus tard par Tchernychevski au protagoniste et narrateur de ses nouvelles sibériennes – et, par une étrange coïncidence, ce fut ainsi, ou presque (F. V.....ski), qu'un poète inconnu signa dans la revue *Le Siècle* (1909, novembre) huit vers dédiés, selon les renseignements dont nous disposons, à la mémoire de N. G. Tchernychevski – sonnet médiocre mais étrange et que nous donnons ici intégralement :

Qu'est-ce que nos neveux de ta vie diront,
flétrissant, glorifiant, plaignant ta destinée ?
Qu'elle fut un enfer ? Qu'une autre, fortunée,
T'attendait ? Que tu fus ton propre forgeron ?

Qu'il ne fut pas en vain, ton labeur ? Qu'un profond
Sens du bien est plus beau qu'une grandeur innée
Et que de ce forçat la tête est couronnée
D'un nimbe illuminant la blancheur de son front ?

CHAPITRE CINQ

Environ une quinzaine après sa parution, *La Vie de Tchernychevski* fut accueillie par le premier écho sans art. Valentin Linev (dans un journal émigré russe publié à Varsovie) écrivit comme suit :

« Le livre de Boris Tcherdyntsev commence par six vers que l'auteur, pour une raison ou une autre, appelle un sonnet (?) et cela est suivi d'une description prétentieusement capricieuse de la vie bien connue de Tchernychevski.

« Tchernychevski, dit l'auteur, était le fils "d'un ecclésiastique bienveillant" (mais il ne mentionne pas où et quand il est né) ; il termina ses études au séminaire et quand son père mourut après une vie sainte qui inspira même Nékrassov, sa mère l'envoya étudier à Saint-Pétersbourg où il devint immédiatement, pratiquement à la gare, l'intime des "modeleurs d'opinion" de l'époque, comme on les appelait, Pissarev et Bielinski. Le jeune homme entra à l'Université et se consacra à des inventions techniques, travaillant très dur et ayant sa première aventure romanesque avec Lioubov Iégorovna Lobatchevski, qui lui communiqua l'amour de l'art. Cependant, à la suite d'une querelle avec un officier à Pavlovsk pour des raisons romantiques, il fut obligé de retourner à Saratov où il offrit son nom à sa future femme, et l'épousa peu de temps après.

« Il retourna à Moscou, se consacra à la philosophie, écrivit abondamment (le roman *Que devons-nous faire ?*) et se lia d'amitié avec les écrivains importants de son époque. Il fut graduellement entraîné dans des tâches révolutionnaires et après une certaine réunion turbulente où il prit la parole avec Dobrolioubov et le célèbre professeur Pavlov qui était encore assez jeune à cette époque, Tchernychevski dut partir à l'étranger. Pendant un certain temps, il vécut à Londres, collaborant avec Herzen, mais il retourna ensuite en Russie et il fut immédiatement arrêté. Accusé d'avoir tramé un complot pour assassiner Alexandre II, Tchernychevski fut condamné à mort et exécuté en public.

« Telle est en raccourci l'histoire de la vie de Tchernychevski, et tout aurait été parfait si l'auteur n'avait cru nécessaire de munir son compte rendu d'une multitude de détails superflus qui obscurcissent le sens, et de toutes sortes d'interminables digressions sur les thèmes les plus divers. Et qui pis est, après avoir décrit la scène de la pendaison et mis fin à son héros, il n'est pas satisfait de ça ; tout au long de nombreuses autres pages illisibles, il médite sur ce qui serait arrivé "si" – si Tchernychevski, par exemple, n'avait pas été exécuté mais exilé en Sibérie comme Dostoïevski.

« L'auteur écrit dans une langue ayant peu de chose en commun avec le russe. Il adore inventer des mots. Il aime les phrases longues et embrouillées, comme par exemple : "Le Destin les classifie (?) en anticipation (?) des besoins du chercheur (?)", ou alors il met dans la bouche de ses personnages des maximes solennelles mais pas tout à fait grammaticales, comme "Le poète choisit lui-même les sujets de ses poèmes, la multitude n'a aucun droit de diriger son inspiration". »

Presque en même temps que ce divertissant article parut celui de Christophe Mortus (Paris) – qui indigna Zina à un tel point qu'à partir de ce jour ses yeux lançaient des éclairs et ses narines se dilataient à la moindre mention de son nom.

« Quand on parle d'un jeune et nouvel auteur, écrivait posément Mortus, on éprouve habituellement un certain embarras : ne va-t-on pas le bouleverser, ne va-t-on pas le blesser par une remarque trop "désobligeante" ? Il me semble qu'il n'y ait, dans le cas présent, aucun motif pour de telles craintes. Godounov-Tcherdyntsev est un novice, il est vrai, mais un novice doté d'un aplomb extrême, et le bouleverser n'est probablement pas une petite affaire. Je ne sais si son livre présage un "accomplissement" futur ou non, mais si ceci est un début, on ne peut dire que c'en soit un particulièrement rassurant.

« Qu'on me permette de tempérer ceci. A proprement parler, que l'effort de Godounov-Tcherdyntsev soit digne d'éloges ou non est sans aucune importance. Un homme écrit bien, un autre mal, et au bout de la route l'attend le thème "auquel nul ne peut échapper". Je crois qu'il s'agit de quelque chose d'assez différent. Elle est passée à tout jamais cette époque précieuse où le critique et le lecteur pouvaient s'intéresser avant tout à la qualité "artistique" ou au degré exact de talent d'un livre. Notre littérature d'émigrés – je parle de littérature authentique "incontestable", les gens d'un goût irréprochable me comprendront – est devenue plus simple, plus sérieuse, plus sèche – au détriment de l'art, peut-être, mais créant en compensation (dans certains poèmes de Tsypovitch et de Boris Barski, dans la prose de Koridonov...) des accents d'une telle tristesse, d'une telle musique et un charme céleste si "désespéré" qu'en vérité ça ne vaut pas la peine de regretter ce que Lermontov appelait les "chants mornes de la terre".

« En soi, l'idée d'écrire un livre sur un personnage public marquant des années 60 n'a rien de répréhensible. On s'assied et on l'écrit – bien ; ça paraît – très bien ; on a publié des livres plus mauvais que ça. Mais l'humeur générale de l'auteur, l'"atmosphère" de sa pensée nous remplit de pressentiments étranges et désagréables. Je m'abstiendrai de discuter la question : quel est le degré d'opportunité de la parution d'un tel livre en ce moment ? Après tout, personne ne peut interdire à qui que ce soit d'écrire ce qu'il lui plaît ! Mais il me semble – et je ne suis pas le seul à le sentir – qu'au fond du livre de Godounov-Tcherdyntsev il y a quelque chose qui est dans son essence profondément dénué de tact, quelque chose qui détonne et qui choque... C'est son droit, bien sûr (quoique même ceci puisse être contesté), de prendre telle ou telle attitude à l'égard "des hommes des années 60" mais en les "faisant descendre de leurs piédestaux" il ne peut éviter de faire naître chez un lecteur sensible la surprise et le dégoût. Comme tout ceci est hors de propos ! Que c'est inopportun ! Qu'on me laisse expliquer ce que je veux dire. Le fait que ce soit précisément maintenant, précisément aujourd'hui, que cette opération de mauvais goût s'accomplit, est en soi un affront à cette chose pleine de sens, amère, et palpitante qui mûrit dans les catacombes de notre époque. Oh, bien sûr, les "hommes des années 60", et en particulier Tchernychevski, formulèrent dans leurs jugements littéraires beaucoup de choses qui étaient erronées et peut-être ridicules. Qui n'est coupable de ce péché ? Et après tout, est-ce un si grand péché ? Mais dans le "ton" général de leur critique, une certaine sorte de vérité se faisait jour – vérité qui, peu importe à quel point cela semble paradoxal, nous est devenue proche et compréhensible précisément aujourd'hui, précisément maintenant. Je ne parle pas de leurs attaques contre la corruption des fonctionnaires ni de l'émancipation des femmes... Ceci, bien sûr, est en dehors de la question ! Je crois que je serai correctement compris (pour autant qu'un autre puisse être compris) si je dis que dans un certain sens final et infaillible leurs besoins et les nôtres coïncident. Oh, je sais, nous sommes plus sensibles, plus spirituels, plus "musicaux" qu'ils ne l'étaient, et notre but final – en dessous de ce resplendissant ciel noir sous lequel la vie continue à couler – n'est pas simplement la "commune" ou la "chute du despote". Mais Nékrassov et Lermontov, particulièrement le dernier, sont plus près de nous, comme d'eux, que Pouchkine. Je ne prendrai que cet exemple des plus simples parce qu'il clarifie immédiatement notre affinité – sinon notre parenté – avec eux. Cette froideur, cette élégance affectée, cette qualité "irresponsable" qu'ils sentirent dans une certaine partie de la poésie de Pouchkine nous est perceptible à nous aussi. On pourra objecter que nous sommes plus intelligents, plus réceptifs... Très bien, je suis d'accord ; mais dans le fond, il ne s'agit pas du "rationalisme" de Tchernychevski (ou de Biélinski ou de Dobrolioubov, les noms et les dates sont sans importance), mais du fait qu'alors, comme maintenant, les gens spirituellement progressifs comprirent que l'"art" et la "lyre" seulement n'étaient pas une nourriture suffisante. Nous, leurs petits-enfants délicats et fatigués, nous désirons aussi quelque chose qui soit avant tout humain ; nous exigeons les valeurs qui sont essentielles à l'âme. Cet "utilitarisme" est peut-être plus élevé que le leur, mais sous certains rapports, il est plus pressant encore que celui qu'ils prônaient.

« Je me suis écarté du thème premier de mon article. Mais alors, parfois, on peut exprimer son opinion avec beaucoup plus d'exactitude et d'authenticité en se promenant "autour du thème" – dans son voisinage fertile... En fait, l'analyse de n'importe quel livre est peu commode et ne rime à rien, et, du reste, nous ne nous intéressons pas à la façon dont un auteur a exécuté sa "tâche" ni même à la tâche en soi, mais seulement à l'attitude de l'auteur à son égard.

« Et qu'on me permette d'ajouter ceci : sont-elles tellement nécessaires ces incursions dans le royaume du passé, avec leurs querelles stylisées et leur mode de vie artificiellement animé ? Qui veut connaître les relations de Tchernychevski avec les femmes ? Dans notre temps amer, tendre et ascétique, il n'y a pas de place pour ce genre de recherche malveillante, pour cette littérature futile – qui, de toute façon, n'est pas dépourvue d'une certaine audace arrogante qui ne peut manquer de repousser même le mieux disposé des lecteurs. »

Après ça, les articles affluèrent. Le professeur Anoutchine de l'Université de Prague (personnage bien connu, homme d'une éclatante pureté morale et d'un grand courage personnel – ce même professeur Anoutchine qui, en 1922, peu de temps avant sa déportation de Russie, lorsque des agents de la Tchéka armés de revolvers vinrent l'arrêter mais commencèrent à s'intéresser à sa collection de monnaies anciennes et tardèrent à l'emmener, avait dit calmement en désignant sa montre : « Messieurs, l'histoire n'attend pas ») publia une étude détaillée de *La Vie de Tchernychevski* dans une revue d'émigrés qui paraissait à Paris.

« L'an dernier (écrivait-il) parut un livre remarquable par le professeur Otto Lederer de l'Université de Bonn, *Trois Despotes* (Alexandre le Brumeux, Nicolas le Glacial et Nicolas le Morne). Motivé par un amour passionné pour la liberté de l'esprit humain et par une haine brûlante de ceux qui l'étouffent, le Dr Lederer était injuste dans certaines de ses appréciations – ne tenant aucun compte, par exemple, de cette ferveur nationale russe qui donna si puissamment corps au symbole du trône ; mais un zèle excessif, et même un aveuglement dans le processus de dénonciation du mal, est toujours plus compréhensible et pardonnable que la moindre raillerie – qu'elle soit pleine d'esprit ou non – de ce que l'opinion publique sent être objectivement bon. Cependant, c'est précisément cette deuxième route, la voie de la causticité éclectique, qui a été choisie par M. Godounov-Tcherdyntsev dans son interprétation de la vie et des œuvres de N. G. Tchernychevski.

« L'auteur s'est sans doute familiarisé à fond, et, à sa façon, consciencieusement, avec son sujet ; nul doute aussi qu'il ait une plume douée – certaines idées qu'il avance, et juxtapositions d'idées, sont indubitablement perspicaces ; mais, malgré tout, le livre est repoussant. Essayons d'examiner calmement cette impression.

« On a pris une certaine époque et on a choisi un de ses représentants. Mais l'auteur a-t-il assimilé le concept "d'époque" ? Non. Tout d'abord, on ne sent en lui absolument aucune conscience de cette *classification du temps,* sans laquelle l'histoire se change en une giration arbitraire de points multicolores, en un genre de tableau impressionniste où un personnage marche la tête en bas avec, en arrière-plan, un ciel vert qui n'existe pas dans la nature. Mais ce stratagème (qui, à propos, détruit toute la valeur intellectuelle du livre dont il est question, en dépit de son insolente érudition) ne constitue pas, néanmoins, la faute principale de l'auteur. Sa faute principale réside dans la manière dont il brosse le portrait de Tchernychevski.

« Cela n'importe en aucune façon que Tchernychevski ait moins bien compris certaines questions de poésie qu'un jeune esthète d'aujourd'hui. Il est sans aucune importance que dans ses conceptions philosophiques Tchernychevski se soit tenu à l'écart des subtilités transcendantales qui plaisent à M. Godounov-Tcherdyntsev. Ce qui est important, c'est que, quels qu'aient été les points de vue de Tchernychevski sur l'art et la science, ils représentaient le *Weltanschaung* des hommes les plus progressistes de l'époque, et ils étaient, de surcroît, indissolublement liés au développement des idées sociales, avec leur force ardente, salutaire et activante. C'est sous cet aspect, sous cette seule lumière véritable, que le système de pensée de Tchernychevski acquiert une signification qui l'emporte de loin sur le sens de ces arguments sans fondements – sans lien aucun avec l'époque des années 60 – que M. Godounov-Tcherdyntsev utilise pour ridiculiser son héros d'une manière venimeuse.

« Mais il ne se moque pas seulement de son héros : il se moque également de son lecteur. De quelle autre façon pourrait-on qualifier le fait que parmi les spécialistes bien connus de Tchernychevski, on cite un expert inexistant auquel l'auteur prétend faire appel ? En un certain sens il serait possible, sinon de pardonner, au moins de comprendre scientifiquement que l'auteur se gausse de Tchernychevski si M. Godounov-Tcherdyntsev était un ardent défenseur de ceux que Tchernychevski attaqua. Ce serait au moins un point de vue, et en lisant le livre, le lecteur apporterait une correction constante à la façon partisane avec laquelle l'auteur aborde le sujet, atteignant ainsi la vérité. Mais le malheur est qu'avec M. Godounov-Tcherdyntsev, on ne sait à quoi s'en tenir et le point de vue se trouve "partout et nulle part" ; non seulement ça, mais dès que le lecteur, suivant le cours d'une phrase, croit avoir finalement manœuvré jusque dans des eaux calmes, dans un royaume d'idées qui peuvent être contraires à celles de Tchernychevski mais qui sont apparemment partagées par l'auteur – et qui peuvent par conséquent servir de base à la gouverne et au jugement du lecteur – l'auteur lui donne une chiquenaude inattendue et fait tomber le support imaginaire sous ses pieds, de telle sorte qu'une fois de plus il ne sait de quel bord se trouve M. Godounov-Tcherdyntsev dans sa campagne contre Tchernychevski – s'il est du côté des défenseurs de l'art pour l'art, ou de celui du gouvernement, ou de celui de quelques autres ennemis de Tchernychevski inconnus du lecteur. Pour ce qui est de se moquer du héros lui-même, ici l'auteur dépasse toutes les bornes. Il n'y a pas de détail assez répugnant pour qu'il le dédaigne. Il répondra probablement que tous ces détails se trouvent dans le *Journal* de jeunesse de Tchernychevski ; mais ils y sont à leur place, dans leur milieu proprc, dans l'ordre et dans la perspective qui conviennent, parmi d'autres pensées et sentiments qui ont beaucoup plus de valeur. Mais l'auteur a relevé et réuni précisément ceux-ci, comme si quelqu'un avait essayé de rendre l'image d'un être en faisant une collection minutieuse de ses peignures, de ses rognures d'ongles et excréments corporels.

« En d'autres mots, tout au long de son livre, l'auteur dénigre la personnalité de l'un des fils les plus purs et les plus valeureux de la Russie libérale – pour ne rien dire des coups qu'il donne en passant pour récompenser d'autres penseurs progressistes russes ; le respect que nous leur portons demeure dans notre conscience une part immanente de leur essence historique. Dans son livre qui se trouve absolument hors de la tradition humanitaire de la littérature russe et par conséquent hors de la littérature en général, il n'y a pas de mensonges réels (si l'on ne tient pas compte du "Strannolioubski" fictif déjà mentionné, de deux ou trois détails douteux, et de quelques *lapsus calami*), mais cette "vérité" qu'il contient est pire que le mensonge le plus partial, car une telle vérité va directement à l'encontre de cette noble et chaste vérité (dont l'absence prive l'histoire de ce que le grand Grec appelait *tropotos*) qui est un des trésors inaliénables de la pensée sociale russe. De nos jours, Dieu merci, on ne fait plus d'autodafé de livres, mais je dois avouer que si une telle coutume existait encore, le livre de M. Godounov-Tcherdyntsev pourrait légitimement être considéré comme le premier candidat pour alimenter en combustible une place publique. »

Après ça, Kontchéiev plaça son mot dans la publication littéraire annuelle *La Tour*. Il commença par brosser le tableau d'un sauve-qui-peut au cours d'une invasion ou d'un tremblement de terre, quand les fuyards emportent avec eux tout ce sur quoi ils peuvent mettre la main, l'un d'eux ne manquant pas de s'alourdir du grand portrait encadré d'un parent oublié depuis longtemps. « Pour l'intelligentsia russe », écrivait Kontchéiev, « c'est justement le genre de portrait qu'est l'image de Tchernychevski, que les émigrés apportèrent spontanément mais accidentellement à l'étranger, avec quelques autres choses plus utiles », et voici comment Kontchéiev expliquait la stupéfaction occasionnée par la parution du livre de Fiodor Konstantinovitch : « Quelqu'un avait subitement confisqué le portrait. » Plus loin, en ayant fini une fois pour toutes avec des considérations d'une nature idéologique et s'étant lancé dans un examen du livre en tant qu'œuvre d'art, Kontchéiev commença à en faire un tel éloge qu'en lisant l'article Fiodor sentit une auréole brûlante se former autour de son visage et du vif-argent lui parcourir les veines. L'article se terminait de la façon suivante : « Hélas ! parmi les émigrés, on trouvera à peine une douzaine de personnes capables d'apprécier le feu et le charme de cette composition fabuleusement spirituelle ; et je soutiendrais que dans la Russie d'aujourd'hui on ne pourrait même pas trouver une personne pour l'apprécier, si je ne connaissais par hasard l'existence de deux tels êtres, l'un vivant sur la rive nord de la Néva et l'autre – quelque part dans un lointain exil sibérien. »

Le porte-parole de la monarchie, *Le Trône*, consacra quelques lignes à *La Vie de Tchernychevski* dans lesquelles il signalait que toute signification ou valeur inhérente au fait de démasquer « l'un des mentors idéologiques du bolchevisme » était complètement sapée par « le libéralisme bon marché de l'auteur qui se range tout à fait du côté de son héros misérable mais pernicieux aussitôt que l'indulgent Tsar russe le fait mettre en lieu sûr... Et en général », ajoutait le critique, Piotr Levchenko, « il est grand temps que l'on cesse d'écrire sur les prétendues cruautés du "régime tsariste" à l'égard "d'âmes pures" qui n'intéressent personne. La franc-maçonnerie rouge ne pourra que se réjouir de l'œuvre du comte Godounov-Tcherdyntsev. Il est lamentable de voir le porteur d'un tel nom se mettre à chanter les louanges "d'idéaux sociaux" qui se sont depuis longtemps transformés en idoles bon marché ».

Le quotidien procommuniste publié en langue russe à Berlin, *Debout !* (c'était celui que la *Gazeta* de Vassiliev nommait invariablement le « reptile »), consacra un article à la célébration du centenaire de la naissance de Tchernychevski et termina de la sorte : « Nos chers émigrés eux aussi se sont remués : un certain Godounov-Tcherdyntsev s'est empressé de composer un opuscule avec une témérité de fanfaron – dans lequel il a fait entrer des matériaux venant de tous les côtés – et il a intitulé cette vile calomnie *Vie de Tchernychevski*. Un certain professeur de Prague s'est hâté de trouver ce travail "talentueux et consciencieux" et tout le monde a fait chorus amicalement. C'est tapageusement écrit et ne diffère en rien, dans son style interne, des éditoriaux de Vassiliev sur "La Fin imminente du bolchevisme". »

Le dernier coup de patte était particulièrement amusant du fait que dans sa *Gazeta*, Vassiliev s'était résolument opposé à la moindre référence au livre de Fiodor, lui disant honnêtement (bien que l'autre ne l'eût pas demandé) que s'il n'avait pas été en termes si amicaux avec lui, il aurait publié un article dévastateur – « il ne serait même pas resté l'ombre d'une trace » de l'auteur de *La Vie de Tchernychevski*.

Bref, le livre se trouva entouré d'une bonne atmosphère orageuse de scandale qui favorisa les ventes ; en même temps, en dépit des attaques, le nom de Godounov-Tcherdyntsev commençait à être connu, s'élevant au-dessus de la tempête mélangée de l'opinion critique, bien à la vue de tous, nettement et fermement. Mais il y avait un homme dont l'opinion ne pouvait plus être vérifiée par Fiodor. Alexandre Iakovlévitch Tchernychevski était mort peu de temps avant que le livre ne paraisse.

Quand on demanda au penseur français Delalande, aux funérailles d'une certaine personne, pourquoi il ne se découvrait pas, il répondit : « J'attends que la mort se découvre la première. » Il y a dans ceci un manque de galanterie métaphysique, mais la mort ne mérite pas plus. La crainte engendre une terreur sacrée, la terreur sacrée érige un autel sacrificatoire, sa fumée s'élève au ciel et, une fois là-haut, elle prend la forme d'ailes, et la crainte, s'inclinant, lui adresse une prière. La religion a le même rapport avec la condition céleste de l'homme que les mathématiques ont avec son état terrestre : l'une et l'autre ne sont que les règles du jeu. La croyance en Dieu et la croyance aux nombres : vérité locale et vérité de location. Je sais que la mort en soi n'est en aucune façon apparentée à la topographie de l'au-delà, car une porte n'est rien d'autre que la sortie d'une maison et nullement une partie des environs de cette dernière, comme un arbre ou une colline. Il faut sortir d'une façon ou de l'autre, « mais je refuse de voir dans une porte plus qu'un trou et l'ouvrage d'un charpentier » (Delalande, *Discours sur les ombres*, p. 45). Et puis encore : la malheureuse image de la « route » à laquelle l'esprit humain s'est fait (la vie comme une sorte de voyage) est une illusion stupide : nous n'allons nulle part, nous restons assis à la maison. L'autre monde nous entoure constamment et n'est pas du tout la fin de quelque pèlerinage. Dans notre maison terrestre, les fenêtres sont remplacées par des miroirs ; jusqu'à un certain moment, la porte est fermée ; mais l'air pénètre par les fentes. « Car notre casanier pressent que l'image la plus accessible de notre compréhension future de ces environs, qui doivent nous être révélés avec la désintégration du corps, est la libération de l'âme des orbites de la chair et notre transformation en un œil libre et complet qui peut voir dans toutes les directions à la fois, ou en d'autres termes : une hypersensorielle pénétration du monde accompagnée de notre participation intérieure » (*ibid.*, p. 64). Mais ce ne sont là que des symboles – symboles qui deviennent un fardeau pour l'esprit aussitôt qu'il les examine de près...

N'est-il pas possible de comprendre plus simplement, d'une façon plus satisfaisante pour l'esprit, sans l'aide de cet élégant athée et sans l'aide des croyances populaires non plus ? Car la religion sous-entend une suspecte facilité d'accès général qui détruit la valeur de ses révélations. Si le pauvre d'esprit peut entrer au royaume céleste, je puis m'imaginer comme cela doit être gai là-haut. J'en ai assez vu sur terre. Quels sont les autres habitants du ciel ? Une nuée de revivalistes hurlants, de moines crasseux, un tas d'âmes vermeilles et myopes, de facture plus ou moins protestante – quel ennui mortel ! J'ai une fièvre de cheval depuis quatre jours maintenant, et je suis incapable de lire. Étrange – j'avais coutume de penser auparavant que Iacha était toujours près de moi, que j'avais appris à communiquer avec les esprits, mais maintenant, alors que je suis peut-être mourant, cette croyance aux esprits me semble quelque chose de terre à terre, liée aux plus basses des sensations terrestres et pas du tout la découverte d'une céleste Amérique.

D'une certaine façon, plus simple. Plus simple. D'une certaine façon tout de suite ! Un effort – et je comprendrai tout. La quête de Dieu : le désir que tout chien a d'un maître ; donnez-moi un patron et je vais m'agenouiller à ses énormes pieds. Tout cela est terrestre. Père, proviseur, recteur, président d'assemblée, tsar, Dieu. Nombres, nombres – et l'on veut tellement trouver le nombre le plus grand, pour que tout le reste puisse signifier quelque chose et grimper quelque part. Non, de cette façon-là, on finit dans des culs-de-sac matelassés – et tout cesse d'être intéressant.

Bien sûr, je suis mourant. Ces pincements dans le dos et cette douleur d'acier sont assez compréhensibles. La mort vient à pas de loup par-derrière et vous empoigne des deux côtés. Il est drôle que j'aie pensé à la mort toute ma vie, et si j'ai vécu, je n'ai vécu que dans la marge d'un livre que je n'ai jamais pu lire. Qui était-ce ? 0h, il y a des années, à Kiev... Mon Dieu, quel était son nom ? Il empruntait un livre à la bibliothèque, dans une langue qu'il ne connaissait pas, il y écrivait des notes et le laissait traîner pour que ses visiteurs pensent : Il sait le portugais, l'araméen. *Ich habe dasselbe getan.* Le bonheur, la tristesse – points d'exclamation dans la marge, alors que le contexte est absolument inconnu. La belle affaire.

Il est terriblement douloureux de quitter le sein de la vie. L'horreur mortelle de la naissance. *L'enfant qui naît ressent les affres de sa mère.* Mon pauvre petit Iacha ! Il est étrange qu'en mourant je m'éloigne encore plus de lui, alors que le contraire aurait dû être vrai – de plus en plus près... Son premier mot fut *moukha*, une mouche. Et tout de suite après, il y eut un coup de téléphone de la police : venir identifier le corps. Comment vais-je le laisser maintenant ? Dans ces pièces... Il n'aura personne à hanter... Parce qu'*elle* ne remarquerait pas... Pauvre fille. Combien ? Cinq mille huit cents... plus cet autre argent... ce qui fait, voyons... Et après ? David pourrait aider – mais alors il pourrait bien ne rien faire.

... En général, il n'y a rien eu dans la vie, sauf le fait de se préparer pour un examen – pour lequel, tout de même, personne n'arrive à se préparer. « La mort est également terrible pour l'homme et pour la mite. » Tous mes amis vont-ils y passer ? Incroyable ! *Eine alte Geschichte* : le titre d'un film que nous sommes allés voir, Sandra et moi, la veille de sa mort.

Oh, non. En aucune circonstance. Elle peut continuer à en parler tant qu'il lui plaira. Était-ce hier qu'elle en a parlé ? Ou bien il y a des années ? Non, ils ne m'emmèneront pas à l'hôpital. Je vais rester étendu ici. J'en ai assez des hôpitaux. Ça voudrait dire devenir fou encore juste avant la fin. Non, je vais rester ici. Comme il est difficile de renverser ses propres pensées : comme des troncs d'arbres. Je me sens beaucoup trop malade pour mourir.

« Quel est le sujet de son livre, Sandra ? Allons, dis-le-moi, tu devrais t'en souvenir ! Nous en avons parlé un jour. L'histoire d'un prêtre – non ? Oh, tu ne te souviens jamais de rien... Mauvais, difficile... »

Après ça, il parla à peine, étant tombé dans un état crépusculaire ; Fiodor fut admis auprès de lui, et il n'oublia jamais les poils blancs sur ses joues creuses, le teint terne de sa tête chauve et la main couverte d'une croûte d'eczéma gris, remuant comme une écrevisse sur le drap. Il mourut le lendemain, mais il avait eu un moment de lucidité juste avant, se plaignant de douleurs et puis disant (il faisait assez sombre dans la chambre à cause des stores baissés) : « Quelle absurdité. Bien sûr qu'il n'y a rien ensuite. » Il poussa un soupir, il prêta l'oreille aux gouttes d'eau qui dégoulinaient et tambourinaient de l'autre côté de la fenêtre et il répéta avec une extrême netteté : « Il n'y a rien. C'est aussi clair que le fait qu'il pleut. »

Et pendant ce temps, dehors, le soleil printanier frappait les tuiles des toits, le ciel était langoureux et sans nuages, la locataire de l'étage supérieur arrosait les fleurs sur le bord de son balcon, et l'eau dégouttait en tambourinant.

Dans la vitrine de l'entrepreneur de pompes funèbres au coin de la Kaiserallee, la maquette de l'intérieur d'un four crématoire était exposée pour allécher la clientèle (tout comme Cook's expose le modèle réduit d'un pullman) : des rangées de petites chaises devant une petite chaire, de petites poupées de la taille d'un auriculaire recourbé y étaient assises, et dans la première rangée, un peu à l'écart, on pouvait reconnaître la petite veuve au centimètre carré de mouchoir qu'elle avait porté à son visage. La séduction allemande de ce modèle réduit avait toujours amusé Fiodor, de telle sorte que maintenant c'était un peu dégoûtant de pénétrer dans un véritable four crématoire où, entouré de lauriers en pots, un véritable cercueil avec un vrai corps était descendu, aux sons d'une lourde musique d'orgue, dans un enfer exemplaire, tout droit dans l'incinérateur. Mme Tchernychevski ne tenait pas de mouchoir à la main, mais elle était assise, immobile et rigide, les yeux brillants à travers le voile de crêpe noir. Les visages des amis et des connaissances avaient les expressions réservées de mise en de telles occasions : une mobilité des pupilles, accompagnée d'une certaine tension des muscles du cou. L'avocat Tcharski se moucha avec sincérité ; Vassiliev qui avait eu, en tant que personnage public, une grande expérience des funérailles, suivait soigneusement les pauses du pasteur (à la dernière minute, on s'était aperçu qu'Alexandre Iakovlévitch était protestant). L'ingénieur Kern faisait étinceler impassiblement les verres de son pince-nez. Gorianov dégagea plusieurs fois son cou gras de son col, mais il n'alla pas jusqu'à se racler la gorge ; les dames qui venaient habituellement rendre visite aux Tchernychevski étaient toutes assises ensemble ; les écrivains étaient également assis ensemble – Lichnievski, Chakhmatov et Chirine ; il y avait de nombreuses personnes que Fiodor ne connaissait pas – par exemple, un monsieur affecté avec une petite barbe et des lèvres anormalement rouges (un cousin du défunt, semblait-il), et aussi quelques Allemands qui étaient assis avec tact dans la dernière rangée, des hauts-de-forme sur les genoux.

A la fin du service, les membres du cortège funèbre, selon le plan du maître de cérémonies du crématorium, étaient censés se rendre auprès de la veuve l'un après l'autre, et présenter leurs condoléances, mais Fiodor décida d'éviter cela et sortit dans la rue. Tout était humide, ensoleillé et, d'une certaine façon, d'une éclatante nudité ; des écolières en shorts faisaient de la gymnastique sur un terrain de football tout noir agrémenté d'herbe nouvelle. Derrière le dôme brillant en gutta-percha gris du crématorium, on pouvait voir les tourelles turquoise d'une mosquée, et de l'autre côté de la place luisaient les coupoles vertes d'une église blanche du genre de celles de Pskov, qui s'était élevée de la maison du coin et qui semblait presque détachée grâce à un camouflage architectural. Sur un terre-plein à l'entrée du parc deux boxeurs en bronze mal ouvragés, eux aussi récemment érigés, étaient figés dans des attitudes qui étaient en complet désaccord avec l'harmonie réciproque du pugilisme : au lieu de cette grâce ramassée, recueillie et aux muscles arrondis, on avait deux soldats nus qui se battaient dans un établissement de bains. Un cerf-volant que l'on dirigeait d'un espace ouvert derrière quelques arbres faisait un petit losange rouge, là-haut dans le ciel bleu. Fiodor remarqua avec surprise et contrariété qu'il était incapable de fixer ses pensées sur l'image de l'homme qui venait juste d'être réduit en cendres et de s'élever en fumée ; il essaya de se concentrer, d'imaginer en lui-même la chaleur récente de leurs rapports vivants ; mais son âme refusa de bouger et resta là, ses yeux ensommeillés fermés, satisfaite de sa cage. Le vers brisé du roi Lear, consistant entièrement en cinq « jamais » – c'était tout ce à quoi il pouvait penser. « Ainsi, je ne le reverrai plus jamais », se dit-il, sans originalité, mais ce faible aiguillon se cassa sans déranger son âme. Il essaya de penser à la mort, mais au lieu de cela, il se fit la réflexion que le ciel tendre, bordé d'un côté par un long nuage comme une couche de graisse pâle et molle, aurait ressemblé à une tranche de jambon si le bleu avait été rose. Il essaya d'imaginer une sorte de prolongement d'Alexandre Iakovlévitch au-delà du coin de la vie – mais en même temps il ne pouvait s'empêcher de remarquer, à travers la vitrine d'une teinturerie près de l'église orthodoxe, un ouvrier qui torturait une paire de pantalons posés à plat avec une énergie diabolique et un excédent de vapeur comme s'il avait été en enfer. Il essaya d'avouer quelque chose à Alexandre Iakovlévitch et de se repentir au moins des cruelles pensées malicieuses qu'il avait eues passagèrement (relativement à la désagréable surprise qu'il lui préparait avec son livre), et il se souvint subitement d'une vulgaire trivialité. Chtchegolev avait dit une fois : « Quand mes bons amis meurent, je pense toujours qu'une fois là-haut ils vont faire quelque chose pour améliorer ma destinée ici-bas, ah, ah, ah ! » Fiodor était dans un état d'esprit inquiet et sombre qui lui était incompréhensible, de même que tout était incompréhensible, du ciel à ce tramway jaune qui passait bruyamment sur le rail bien dégagé du Hohenzollerdamm (le long duquel Iacha était un jour allé à sa mort), mais graduellement, la contrariété qu'il avait éprouvée à son propre égard se dissipa – comme si la responsabilité de son âme ne lui appartenait pas en propre mais à quelqu'un qui connaissait le sens de tout ça – et il sentit avec une sorte de soulagement que tout ce dédale de pensées fortuites, comme tout le reste d'ailleurs – les coutures et la légèreté de ce jour printanier, la dentelle de l'air, les fils grossiers des sons confus qui s'entrecroisaient dans tous les sens – n'était que l'envers d'un tissu magnifique, sur l'endroit duquel se formaient graduellement et s'animaient des images qui lui demeuraient invisibles.

Il se retrouva près des boxeurs de bronze ; dans les plates-bandes qui les entouraient, ondulaient de pâles pensées éclaboussées de noir (ressemblant un peu à Charlie Chaplin de face) ; il s'assit sur un banc où il avait pris place avec Zina une ou deux fois le soir – car récemment, une sorte d'agitation les avait portés bien au-delà des limites de la sombre et calme ruelle où ils avaient cherché refuge au début. Une tricoteuse était assise tout près ; à côté d'elle un petit enfant, entièrement vêtu de lainage bleu pâle, se terminant en haut par le pompon d'un bonnet et en bas par des sous-pieds, repassait le banc avec un tank miniature ; des oiseaux gazouillaient dans les buissons et faisaient de temps à autre des incursions concertées sur le gazon, sur les statues ; une odeur miellée se dégageait des bourgeons de peupliers, et bien au-delà du square le crématorium surmonté d'un dôme avait maintenant un air repu, nettoyé à grands coups de langue. De loin, Fiodor pouvait voir de minuscules personnages se disperser... il pouvait même distinguer quelqu'un accompagnant Alexandra Iakovlevna à une voiture miniature (il allait devoir lui rendre visite le lendemain) et un groupe de ses amis se réunissant à l'arrêt du tramway ; il les vit, momentanément dissimulés par le tramway immobilisé et puis, comme en un tour de passe-passe, ils avaient disparu quand l'obturateur fut enlevé.

Fiodor allait se mettre en marche vers son domicile quand une voix zézayante l'appela par-derrière : elle appartenait à Chirine, l'auteur du roman *L'Abîme séculaire* (avec une épigramme tiré du Livre de Job) qui avait été accueilli avec une grande sympathie par la critique émigrée. (« Oh, Seigneur, notre Père ! Sur Broadway, dans un fiévreux bruissement de dollars, des courtisanes et des hommes d'affaires chaussés de guêtres se poussant, tombant, à bout de souffle, couraient après le veau d'or qui se frayait un chemin, se frottant contre les murs entre les gratte-ciel, puis il tourna son visage émacié vers le ciel électrique et il hurla. A Paris, dans un bouge de la plus basse catégorie, le vieillard Lachaise, qui fut autrefois un pionnier de l'aviation mais aujourd'hui un clochard décrépit, foulait aux pieds une ancienne prostituée, Boule de Suif. Oh Seigneur, pourquoi ? Un tueur sortit d'un sous-sol moscovite, s'accroupit près d'un chenil et se mit à cajoler un chiot à longs poils : "Petit, petit...", répétait-il. A Londres des lords et des ladies dansaient le jimmie et ingurgitaient des cocktails, jetant de temps à autre un regard à l'estrade où, au bout du dix-huitième coup de cloche, un immense nègre coucha au tapis par knock-out son adversaire aux cheveux blonds. Au milieu des neiges arctiques, l'explorateur Ericson était assis sur une boîte de savon vide et pensait d'un air sombre : Pôle ou pas pôle ?... Ivan Tchervyakov égalisait la frange de son unique pantalon. Oh Seigneur, pourquoi permets-tu tout ceci ? ») Chirine lui-même était un homme trapu aux cheveux roussâtres coupés en brosse, toujours mal rasé et portant de grosses lunettes derrière lesquelles, comme dans deux aquariums, nageaient deux minuscules yeux transparents – qui étaient complètement imperméables aux impressions visuelles. Il était aveugle comme Milton, sourd comme Beethoven, et en plus de ça, il avait une tête de bois. Une bienheureuse impuissance à observer (et par conséquent un manque absolu de renseignements sur le monde environnant – et une incapacité totale à mettre un nom sur quoi que ce soit) est une qualité que l'on rencontre fréquemment chez les littérateurs russes moyens, comme si un destin bienfaisant se mettait à l'œuvre, refusant la bénédiction de la connaissance sensorielle à ceux qui manquent de talent pour qu'ils ne viennent pas gâcher le matériel inutilement. Il arrive, bien sûr, qu'une telle personne, plongée dans les ténèbres de l'ignorance, ait une petite lampe personnelle qui jette une faible lueur à l'intérieur d'elle – pour ne rien dire de ces cas connus où, grâce au caprice d'une nature fertile en ressources et qui aime les ajustements et les substitutions saisissantes, une telle lumière intérieure est étonnamment brillante – assez pour rendre envieux le talent le plus rouge de santé. Mais Dostoïevski lui-même évoque toujours une chambre où brûle une lampe en plein jour.

Maintenant, tout en marchant à travers le parc avec Chirine, Fiodor tirait un plaisir désintéressé de l'amusante pensée qu'il avait pour compagnon un homme sourd et aveugle, aux narines bouchées, qui considérait cet état avec une indifférence parfaite, bien qu'il ne lui répugnât pas de déplorer naïvement parfois l'aliénation de l'intellectuel à l'égard de la nature : Lichnievski avait récemment raconté que Chirine s'était arrangé pour lui donner rendez-vous au Jardin Zoologique pour discuter de leurs affaires et quand, après une conversation d'une heure, Lichnievski avait négligemment attiré son attention sur une hyène dans sa cage, il apparut que Chirine s'était à peine rendu compte que l'on gardait des animaux dans un jardin zoologique et, jetant un bref regard à la cage, il avait déclaré d'une façon automatique : « Oui, les gens comme nous ne connaissent pas grand-chose au monde animal », et il avait immédiatement continué à parler de ce qui, dans la vie, le troublait particulièrement : les activités et la composition du Comité de la Société des Écrivains russes en Allemagne. Et maintenant, il avait atteint un extrême degré d'agitation puisque « un certain événement venait d'aboutir ».

Le président du Comité était Guéorgui Ivanovitch Vassiliev, et il y avait de bonnes raisons à ça : sa réputation présoviétique, ses nombreuses années d'activités dans l'édition et, par-dessus tout, cette inexorable et presque terrifiante honnêteté qui avait rendu son nom célèbre. D'un autre côté, son mauvais caractère, sa sévérité polémique et (en dépit d'une grande expérience de la vie publique) un manque total de connaissance des êtres, non seulement ne nuisaient pas à cette honnêteté mais au contraire lui conféraient une certaine saveur. Le mécontentement de Chirine n'était pas dirigé contre lui mais contre les cinq autres membres du Comité, d'abord parce que pas un d'entre eux (comme les deux tiers de tous les membres de cette société, soit dit en passant) n'était un écrivain professionnel, et ensuite parce que trois d'entre eux (y compris le trésorier et le vice-président) étaient sinon des canailles comme le soutenait le partial Chirine, du moins des cachottiers en ce qui concernait leurs activités timides mais adroites. Depuis quelque temps maintenant, une certaine chose plutôt comique (dans l'opinion de Fiodor) et absolument révoltante (dans la terminologie de Chirine) s'était passée avec les fonds de l'Union. Chaque fois qu'un membre demandait un prêt ou une subvention (la différence entre les deux était à peu près la même que celle entre un bail de quatre-vingt-dix-neuf ans et une propriété à vie), il lui fallait traquer ces fonds qui à la moindre tentative pour s'en approcher, devenaient étonnamment fluides et impalpables, comme s'ils étaient toujours situés à une égale distance entre trois points représentés par le trésorier et deux membres du Comité. La chasse était compliquée par le fait que depuis longtemps maintenant Vassiliev n'adressait plus la parole à ces trois membres, refusant même de communiquer avec eux par écrit, et qu'il avait récemment distribué des prêts et des subventions de sa propre poche, laissant les autres obtenir l'argent de l'Union pour le repayer. A la fin, l'argent était arraché sou à sou, mais alors il s'avérait habituellement que le trésorier l'avait emprunté à un étranger de telle sorte que les transactions n'amenaient jamais le moindre changement dans l'état fantomatique du trésor. Ces derniers temps, des membres de la Société qui avaient demandé de l'aide particulièrement souvent avaient visiblement commencé à s'émouvoir. Une réunion générale avait été exigée pour le mois suivant et Chirine avait préparé pour cette occasion un plan d'action ferme.

« Il y avait une époque », dit-il, marchant à grandes enjambées le long d'un sentier dans le parc avec Fiodor et suivant automatiquement ses sinuosités astucieusement discrètes, « il y avait une époque où tous les gens qui étaient élus au Comité de notre Union étaient hautement respectables, comme Podtyaguine, Ivan Loujine, Zilanov, mais certains sont morts et les autres sont à Paris. On ne sait trop comment, Gurman s'y est infiltré et puis il y a introduit ses copains. Pour ce trio, la participation passive de Kern et Gorianov, qui sont extrêmement honnêtes – je ne dis pas le contraire – mais complètement inertes, est une couverture commode, une sorte de camouflage. Et les relations tendues entre Gurman et Guéorgui Ivanovitch sont une garantie d'inactivité de la part de ce dernier également. Ceux qui sont à blâmer pour tout cela ce sont nous, les membres de l'Union. N'était-ce de notre paresse, de notre insouciance, de notre manque d'organisation, de notre attitude indifférente à l'égard de l'Union et de notre flagrant manque d'esprit pratique dans les travaux d'ordre social, Gurman et ses copains n'auraient jamais élu, d'une année à l'autre, soit eux-mêmes, soit des gens faits pour s'entendre avec eux. Il est temps de mettre un terme à cela. Comme toujours, ils feront circuler leur liste aux prochaines élections... Mais nous sortirons alors la nôtre, cent pour cent professionnelle : président – Vassiliev, vice-président – Getz, membres du bureau : Lichnievski, Chakhmatov, Vladimirov, vous et moi – et nous reconstituerons alors le Comité d'Inspection, d'autant plus que Bielinski et Tchernychevski se sont retirés. »

« Oh non, je vous en prie », dit Fiodor (admirant en passant la définition de la mort donnée par Chirine), « ne comptez pas sur moi. Je n'ai jamais fait et ne ferai jamais partie d'un comité. »

« Ne dites pas ça ! » s'exclama Chirine, fronçant les sourcils. « Ce n'est pas juste. »

« Au contraire, très juste. Et de toute façon, si je suis membre de l'Union, ce n'est que par pure distraction. A vrai dire, Kontchéiev a raison de se tenir à l'écart de tout ceci. »

« Kontchéiev ! » dit Chirine d'un ton courroucé. « Kontchéiev est un artisan absolument inutile qui travaille pour lui seul et qui est absolument dépourvu d'intérêts généraux. Mais vous devriez vous intéresser au sort de l'Union ne serait-ce que parce que – pardonnez ma franchise – vous lui empruntez de l'argent. »

« C'est justement ça. Vous vous rendez bien compte que si je fais partie du Comité je ne serai plus en mesure de m'attribuer des fonds. »

« Ridicule. Pourquoi pas ? C'est une procédure complètement légale. Vous n'aurez qu'à vous lever et aller aux toilettes – et devenir pour un moment, pour ainsi dire, un membre ordinaire, tandis que vos collègues discutent votre requête. Ce ne sont que des excuses vides que vous venez juste d'inventer. »

« Comment va votre nouveau roman ? » demanda Fiodor. « Est-il terminé ? »

« Nous ne parlons pas de mon nouveau roman maintenant. Je vous demande très sérieusement de donner votre accord. Nous avons besoin de sang jeune. Nous avons longuement pensé à cette liste, Lichnievski et moi. »

« Il ne saurait en être question », dit Fiodor. « Je ne veux pas faire l'idiot. »

« Bien, si vous considérez que c'est faire l'idiot que de remplir vos devoirs publics... »

« Si je fais partie du Comité, je ferai certainement l'idiot, donc, je refuse précisément par respect pour le devoir. »

« Très navrant », dit Chirine. « Devrons-nous vraiment vous remplacer par Rotislav Stranny ? »

« Naturellement ! Merveilleux ! J'adore Rotislav. »

« En fait, je l'avais réservé pour le Comité d'Inspection. Il y a aussi Busch, bien sûr... Mais réfléchissez-y, je vous en prie. Ce n'est pas une petite affaire. Nous aurons une véritable bataille avec ces gangsters. Je prépare un discours qui va leur faire dresser l'oreille. Pensez-y bien, je vous en prie, vous avez encore tout un mois. »

Durant ce mois, le livre de Fiodor parut et deux ou trois articles avaient eu le temps d'être publiés, de telle sorte qu'il partit pour la réunion générale avec le sentiment agréable qu'il y trouverait plus d'un lecteur ennemi. La réunion avait lieu à l'étage supérieur d'un grand café comme d'habitude, et quand il arriva tout le monde était déjà là. Un garçon phénoménalement habile, au regard errant, servait de la bière et du café. Les membres de la Société avaient pris place à de petites tables. Les romanciers et les poètes formaient un groupe serré, et l'on pouvait déjà entendre l'énergique « Psst, psst » de Chakhmatov à qui on avait servi la commande d'un autre. Au fond, derrière une longue table, était assis le Comité : le volumineux et extrêmement sombre Vassiliev avec Gorianov et l'ingénieur Kern à sa droite et les trois autres à sa gauche. Kern qui s'intéressait surtout aux turbines mais qui avait été en relations amicales avec Alexandre Blok autrefois, et l'ancien officiel d'un ministère d'un ancien gouvernement, Gorianov, qui pouvait réciter merveilleusement « Malheurs de l'esprit » ainsi que le dialogue d'Ivan le Terrible avec l'ambassadeur lituanien (il faisait alors une splendide imitation d'un accent polonais), se comportaient avec une distinction calme : ils avaient trahi depuis longtemps leurs trois collègues iniques. Parmi ceux-ci, Gurman était un gros type avec une tête chauve dont la moitié était occupée par une tache de naissance couleur de café, de massives épaules tombantes et une expression dédaigneusement offensée sur ses épaisses lèvres violacées. Ses rapports avec la littérature s'étaient limités à une brève liaison entièrement commerciale avec un éditeur allemand de manuels techniques ; le thème principal de sa personnalité, la sève de son existence, était la spéculation – il s'intéressait particulièrement aux lettres de change soviétiques. A côté de lui était assis un avocat de petite taille mais vigoureux et plein d'allant, avec une mâchoire saillante, une lueur rapace dans l'œil droit (celui de gauche était à moitié fermé de nature) et toute une provision de métal dans la bouche – un homme alerte, impétueux, dans son genre il avait quelque chose d'un bretteur, toujours en train de sommer les gens de se soumettre à un arbitrage, et il pouvait en parler (je l'ai provoqué, il a refusé) avec la sévérité précise d'un duelliste endurci. L'autre ami de Gurman avait la chair flasque, la peau grise, un air languissant et il portait des lunettes à monture d'écaille ; son aspect tout entier rappelait un crapaud qui ne veut qu'une chose, être laissé en paix dans un endroit humide ; il avait écrit quelque part à un certain moment des notes sur des problèmes économiques bien que cette mauvaise langue de Lichnievski le frustrât même de cela, jurant que sa seule publication était une lettre écrite avant la révolution au directeur d'un journal d'Odessa dans laquelle il s'était dissocié avec indignation d'un homonyme qui s'avéra ultérieurement être son parent, puis son double et finalement lui-même, comme si l'irrévocable loi de l'attraction et de la fusion capillaire était entrée en action ici.

Fiodor s'assit entre les romanciers Chakhmatov et Vladimirov près d'une grande fenêtre derrière laquelle la nuit luisait d'un noir humide avec des enseignes lumineuses bicolores (l'imagination berlinoise n'allait pas plus loin) bleu ozone et rouge porto – et d'assourdissants trains électriques aux intérieurs rapidement et distinctement illuminés glissaient au-dessus du square sur un viaduc contre les archivoltes duquel, en bas, de lents tramways grinçants semblaient venir buter continuellement sans trouver une issue.

Entre-temps le président du bureau s'était levé et il avait proposé l'élection d'un président pour la réunion. De divers endroits s'élevèrent les cris : « Kraiévitch, prenons Kraiévitch... » et le professeur Kraiévitch (aucun lien avec l'auteur du manuel de physique – il était professeur de droit international), un agile vieillard décharné vêtu d'un gilet en tricot et d'une veste déboutonnée s'élança extraordinairement vite vers la table du praesidium, la main gauche dans la poche de son pantalon et faisant tournoyer son pince-nez au bout de sa corde de la main droite ; il prit place entre Vassiliev et Gurman (qui tortillait lentement et d'un air sombre une cigarette dans un fume-cigarette d'ambre), se releva immédiatement et déclara la réunion ouverte.

Je me demande, pensa Fiodor, jetant un coup d'œil de côté à Vladimirov, je me demande s'il a lu mon livre ? Vladimirov posa son verre et il regarda Fiodor, mais il ne dit rien. Sous son veston, il portait un chandail de sport anglais avec une bordure orange et noire le long de son encolure triangulaire ; ses cheveux qui se faisaient rares sur les tempes exagéraient les dimensions de son front, son grand nez était fortement structuré, ses dents d'un jaune grisâtre luisaient d'une manière déplaisante sous sa lèvre légèrement relevée et ses yeux s'ouvraient avec intelligence et indifférence – il avait étudié, semblait-il, dans une université anglaise et il affichait des manières prétendument britanniques. A vingt-neuf ans, il était déjà l'auteur de deux romans – remarquables par la force et la rapidité de leur style qui était comme un miroir, ce qui irritait Fiodor peut-être précisément parce qu'il ressentait une certaine affinité avec lui. Vladimirov était un causeur singulièrement peu séduisant. On l'accusait d'être ironique, hautain, froid, incapable de s'humaniser suffisamment pour avoir une discussion amicale – mais c'était aussi ce qu'on disait de Kontchéiev et de Fiodor lui-même, et de toute personne dont les pensées vivaient dans leur propre demeure et non pas dans une chambrée ou dans une taverne.

Lorsqu'on eut élu un secrétaire également, le professeur Kraiévitch suggéra que tous se lèvent pour honorer la mémoire des deux membres défunts de la Société ; et durant cette pétrification de cinq secondes, le garçon excommunié scruta attentivement les tables, ayant oublié qui avait commandé le sandwich au jambon qu'il venait juste d'apporter sur un plateau. Chacun se tenait comme il le pouvait. Gurman, par exemple, ayant baissé sa tête chauve avec sa grande tache de naissance, tenait sa main la paume en l'air sur la table, comme s'il venait juste de lancer les dés et qu'il était demeuré glacé d'étonnement face à sa perte.

« Hé ! Ici ! » lança Chakhmatov qui avait attendu avec anxiété le moment où, dans un brouhaha de soulagement, il serait permis à la vie de se rasseoir – et alors le garçon leva rapidement son index (il venait de se rappeler), glissa jusqu'à lui et posa l'assiette sur le simili marbre avec un tintement. Chakhmatov se mit immédiatement à couper le sandwich, tenant son couteau et sa fourchette croisés l'un sur l'autre ; sur le bord de l'assiette une tache de moutarde jaune se terminait, comme c'est généralement le cas, par une corne jaune. Le visage complaisamment napoléonien de Chakhmatov avec sa mèche de cheveux bleu acier s'inclinant vers la tempe séduisait particulièrement Fiodor dans ces moments gastronomiques. A côté de lui, buvant du thé au citron, et très citrique lui-même, les sourcils tristement arqués, était assis l'écrivain satirique de la *Gazeta* dont le pseudonyme, Foma Mour, contenait selon son assertion « un roman français au grand complet (*femme, amour*), une page de littérature anglaise (Thomas Moore), et une pointe de scepticisme juif (Thomas l'apôtre) ». Chirine aiguisait un crayon au-dessus d'un cendrier : il était très fâché contre Fiodor pour avoir refusé de « figurer » sur la liste électorale. Parmi les écrivains il y avait aussi : Rotislav Stranny – personnage plutôt affreux portant un bracelet à son poignet velu ; la poétesse d'une pâleur de parchemin et aux cheveux d'un noir de jais, Anna Aptekar ; un critique théâtral – jeune homme singulièrement calme, maigrichon, avec quelque chose d'insaisissable qui rappelait un daguerréotype des années 40 en Russie et bien sûr ce bon vieux Busch, les yeux fixés paternellement sur Fiodor qui, prêtant la moitié d'une oreille au rapport du président de la Société, avait maintenant transféré son regard de Busch, Lichnievski, Chirine et des autres écrivains à la masse générale de ceux qui étaient présents, parmi lesquels se trouvaient de nombreux journalistes, comme par exemple le vieux Stoupichine dont la cuiller se frayait un chemin à travers un morceau de gâteau au moka, plusieurs reporters, et, assise toute seule et admise ici Dieu sait pour quelle raison – Lioubov Markovna avec son pince-nez qui luisait timidement ; et en général il y avait un grand nombre de ceux que Chirine appelait sévèrement l'« élément extérieur » : l'imposant avocat Tcharski, tenant sa quatrième cigarette de la soirée dans sa main blanche qui tremblait constamment ; un petit tâcheron barbu qui avait un jour publié une notice nécrologique dans un journal du Bund ; un aimable vieillard pâle, au goût de pâte de pomme, qui s'acquittait avec enthousiasme de ses devoirs de premier chantre d'un chœur d'église ; un énorme type énigmatique qui vivait comme un ermite dans un bois de pins près de Berlin, certains disaient dans une grotte, et qui y avait compilé une collection d'anecdotes soviétiques ; un groupe de chahuteurs qui se tenaient à part, ratés prétentieux ; un agréable jeune homme dont les moyens et la condition étaient inconnus (« un agent soviétique », disait Chirine simplement et mystérieusement) ; une autre dame, l'ancienne secrétaire de quelqu'un ; son mari – le frère d'un éditeur bien connu ; et tous ces gens, du voyou illettré au lourd regard d'ivrogne qui écrivait de mystiques vers dénonciateurs qu'aucun journal n'avait encore accepté de publier, jusqu'à Pochkine qui était petit au point d'en être répugnant, presque portatif, qui disait lorsqu'il parlait aux gens « je porsuis » pour « je poursuis » et « possin » pour « poussin » comme s'il constituait un alibi pour son nom ; tous ceux-là, selon Chirine, nuisaient à la dignité de la Société et ils étaient susceptibles d'une expulsion immédiate.

« Et maintenant », dit Vassiliev, après avoir terminé son rapport, « je fais observer à l'assemblée que je me démets de mes fonctions de président de la Société et que je ne me présenterai pas de nouveau. »

Il s'assit. Un petit frisson glacial parcourut l'assemblée. Accablé sous le poids de la tristesse, Gurman abaissa ses lourdes paupières. Un train électrique glissa comme un archet sur une corde de contrebasse.

« Nous avons ensuite... », dit le professeur Kraiévitch, portant son pince-nez à ses yeux et jetant un coup d'œil à l'agenda, « le rapport du trésorier. Je vous en prie. »

Le voisin dynamique de Gurman, adoptant immédiatement un ton provocateur, jetant des éclairs de son bon œil et tordant avec puissance sa bouche bourrée de valeurs, commença à lire... les chiffres étaient lancés comme des étincelles, des mots métalliques rebondissaient... « débuté l'année présente... », « porté au débit... », « vérifié les comptes... », tandis que Chirine, entre-temps, se mit rapidement à inscrire quelque chose au dos d'un paquet de cigarettes, l'additionna, et il échangea des regards triomphants avec Lichnievski.

Après avoir lu jusqu'à la fin, le trésorier ferma la bouche avec un bruit sec, tandis qu'un peu plus loin un membre du Comité de la Vérification des Comptes s'était déjà levé, un socialiste géorgien avec un visage marqué de la petite vérole et des cheveux noirs comme une brosse à chaussure, et il énuméra brièvement ses impressions favorables. Après quoi Chirine demanda la parole et il y eut sur-le-champ une bouffée de quelque chose qui était enjoué, alarmant et déplacé.

Il commença par prendre le fait que les dépenses du bal de bienfaisance du nouvel an étaient inexplicablement élevées ; Gurman voulut répondre... le président pointa son crayon vers Chirine, lui demanda s'il avait fini... « Laissez-le parler, ne l'interrompez pas ! » cria Chakhmatov de son siège – et le crayon du président, tremblant comme une langue de serpent, se dirigea vers lui avant de revenir à Chirine qui, cependant, s'inclina et s'assit. Gurman se leva pesamment, portant son pénible fardeau avec dédain et résignation, et il se mit à parler... mais Chirine l'interrompit bientôt et Kraiévitch saisit sa cloche. Gurman termina, après quoi le trésorier demanda instantanément la parole, mais Chirine était déjà debout et enchaîna : « l'explication de l'honorable monsieur de la Bourse... » Le président agita sa cloche et demanda plus de modération, menaçant de refuser le droit à la parole. Chirine s'inclina encore une fois et dit qu'il n'avait qu'une question : d'après les paroles du trésorier, les fonds consistaient en trois mille soixante-seize marks quinze pfennigs – était-il possible de voir cet argent tout de suite ?

« Bravo », cria Chakhmatov – et le moins séduisant des membres de l'Union, le poète mystique, s'esclaffa, applaudit et faillit tomber de sa chaise. Le trésorier, pâlissant jusqu'à en prendre un éclat de neige, se mit à parler très rapidement... Pendant qu'il parlait et qu'il était interrompu par d'inadmissibles exclamations de l'auditoire, un certain Schuff, maigre, rasé de près, ressemblant un peu à un Peau-Rouge, quitta son coin, se rendit jusqu'à la table du Comité sur ses semelles de caoutchouc sans être remarqué, et il y abattit son poing rouge subitement et si fort que même la cloche sursauta. « Vous mentez », mugit-il et il retourna à sa place.

Le chahut éclatait de tous les côtés quand il apparut, au dam de Chirine, qu'il y avait encore une autre faction qui désirait s'emparer du pouvoir – à savoir, le groupe qui était toujours laissé de côté et dont faisaient partie le mystique et le Peau-Rouge ainsi que le petit type barbu et de nombreux individus déséquilibrés et minables ; un d'entre eux se mit soudainement à lire sur un bout de papier une liste de candidats pour l'élection au Comité, qui étaient tous complètement inacceptables. La bataille prit un nouvel aspect, suffisamment embrouillé maintenant qu'il y avait trois partis antagonistes. L'atmosphère était peuplée d'expressions telles que « trafiquant », « vous êtes incapable de vous battre en duel » et « vous avez déjà été rossé ». Même Busch parla, essayant de noyer d'insultantes éjaculations, mais en raison de l'obscurité naturelle de son style personne ne réussit à comprendre ce dont il parlait jusqu'à ce qu'il expliquât, en s'asseyant, qu'il était parfaitement d'accord avec l'orateur précédent. Gurman s'affairait avec son fume-cigarette, ses narines seules exprimant l'ironie. Vassiliev quitta son siège et se retira dans un coin, prétendant lire un journal. Lichnievski fit un discours écrasant dirigé surtout contre le membre du bureau qui ressemblait à un crapaud pacifique et qui se contentait d'écarter les mains et de diriger un regard impuissant vers Gurman et le trésorier qui essayaient tous deux de ne pas le regarder. Finalement, quand le poète mystique se leva, convulsé et chancelant, un regard hautement prometteur sur son visage qui semblait de cuir et qui était couvert de sueur, et lorsqu'il commença à parler en vers, le président agita furieusement sa cloche et annonça un intermède, après quoi les élections devaient avoir lieu. Chirine se précipita vers Vassiliev et commença à lui parler d'un ton persuasif tandis que Fiodor, en ayant subitement par-dessus la tête, dénicha son mackintosh et se fraya un chemin jusque dans la rue.

Il était furieux contre lui-même : songez donc qu'il avait sacrifié pour cet absurde divertissement l'étoile fixe de sa rencontre nocturne avec Zina ! Le désir de la voir sur-le-champ le torturait avec sa paradoxale impossibilité ; si elle n'avait pas dormi à six mètres de la tête de son lit à lui, il aurait été beaucoup plus facile de la rencontrer. Un train s'étendait sur le viaduc ; le bâillement commencé par une femme à travers la fenêtre illuminée du premier wagon était complété par une autre femme, dans le dernier. Fiodor Konstantinovitch se dirigea à pas lents jusqu'à l'arrêt du tramway le long d'une rue sonore d'un noir huileux. L'enseigne lumineuse d'un music-hall grimpait sur les degrés des lettres placées à la verticale qui s'éteignaient toutes ensemble, et la lumière se remettait à grimper : quel mot babylonien pourrait atteindre le ciel ?... un nom composé pour un trillion de teintes : diamantdelune-liliacéelilasenfeuviolentviolet et ainsi de suite – et combien d'autres ? Peut-être devrait-il essayer de téléphoner ? Il n'avait que dix sous en poche et il lui fallait se décider : téléphoner signifiait de toute façon qu'il ne pourrait pas prendre le tramway, mais téléphoner pour rien, pour ne pas avoir Zina elle-même au bout du fil (l'avoir par l'intermédiaire de sa mère n'était pas permis par le code) et puis revenir à pied serait un peu trop exaspérant. Je vais prendre ma chance. Il entra dans un bar, téléphona et tout fut terminé en un clin d'œil ! il avait composé le mauvais numéro, ce même numéro que le Russe anonyme essayait toujours d'obtenir mais qui aboutissait toujours chez les Chtchegolev. En fin de compte, il lui faudrait y aller à sabots comme le dirait Boris Ivanovitch.

Au coin suivant, son arrivée déclencha automatiquement le mécanisme de poupée des prostituées qui patrouillaient toujours là. L'une d'entre elles essaya même de prendre la contenance d'une personne qui s'attarde devant une vitrine, et il était triste de penser que ces corsets roses sur leurs mannequins dorés, elle les connaissait par cœur, par cœur... « Chéri », dit une autre avec un sourire interrogateur. La nuit était chaude et saupoudrée d'étoiles. Il marchait d'un pas rapide et il sentait sa tête nue toute légère grâce à l'air narcotique de la nuit – et plus loin, lorsqu'il passa devant des jardins, des fantômes de lilas, la noirceur du feuillage et de merveilleuses odeurs nues qui se répandaient sur les gazons flottèrent à sa rencontre.

Il avait chaud et il avait le front brûlant lorsque finalement, refermant doucement la porte derrière lui, il se trouva dans l'obscurité du vestibule. Le verre opaque dans la partie supérieure de la porte de Zina ressemblait à une mer radieuse : elle doit lire au lit, pensa-t-il, mais alors qu'il restait immobile à regarder ce verre mystérieux, elle toussa, fit un bruissement, et la lumière s'éteignit. Quelle torture absurde. Vas-y, entre... Qui le saurait ? Des gens comme sa mère et son beau-père dorment du sommeil insensible et total des paysans. Zina était si pointilleuse qu'elle n'ouvrirait jamais à un coup léger donné avec l'ongle. Mais elle sait que je suis debout, suffoquant dans les ténèbres du vestibule. Au cours des derniers mois cette chambre interdite était devenue une maladie, un fardeau, une partie de lui-même, mais enflée et obturée : le pneumothorax de la nuit.

Il demeura immobile un instant de plus – et il se glissa dans sa chambre sur la pointe des pieds. Somme toute, des émotions françaises. Fama Mour. Dormir, dormir – le côté céleste du printemps est tout à fait dénué de talent. Se prendre en main : un jeu de mots monastique. Ensuite ? Qu'attendons-nous exactement ? De toute façon, je ne trouverai pas de meilleure épouse. Mais, ai-je vraiment besoin d'une épouse ? « Range cette lyre, je n'ai pas assez d'espace pour bouger... » Non, jamais je ne l'entendrai dire ces mots – c'est là le problème.

Et quelques jours plus tard, simplement et même un peu bêtement, une solution fut trouvée au problème qui avait semblé si compliqué qu'on ne pouvait s'empêcher de se demander s'il n'y avait pas une faute dans sa construction. Une société berlinoise offrit d'une manière tout à fait inattendue une assez respectable situation de représentant à Copenhague à Boris Ivanovitch, dont les affaires n'avaient fait qu'empirer au cours des dernières années. Le 1er juillet, dans deux mois, il devait s'y installer pour un an au moins, et peut-être pour toujours si tout allait bien. Marianna Nikolavna qui, on ne sait trop pourquoi, aimait Berlin (lieux familiers, excellentes installations sanitaires – elle-même, cependant, était très peu soignée), se sentait triste à l'idée de partir, mais quand elle pensa à la vie meilleure qui l'attendait, son chagrin se dissipa. Il fut donc décidé qu'à partir de juillet, Zina resterait seule à Berlin, continuant à travailler pour Traum, jusqu'à ce que Chtchegolev « lui ait trouvé un boulot » à Copenhague, où Zina se rendrait « au premier appel » (i.e., c'est ce que les Chtchegolev pensaient – Zina avait pris une décision très très différente). Restait à régler la question de l'appartement. Les Chtchegolev ne voulaient pas le vendre ; ils se mirent donc à chercher un locataire. Ils en trouvèrent un. Un jeune Allemand avec un brillant avenir commercial, accompagné de sa fiancée – une jeune fille quelconque, pas maquillée, domestiquement robuste et vêtue d'un manteau vert – inspecta l'appartement – salle à manger, chambre à coucher, cuisine, Fiodor au lit – et fut satisfait. Cependant, il ne prenait l'appartement qu'à partir du mois d'août, de telle sorte que pendant un autre mois après le départ des Chtchegolev, Zina et le pensionnaire pourraient y vivre. Ils comptèrent les jours . cinquante, quarante-neuf, trente, vingt-cinq – chacun de ces chiffres avait son propre visage : une ruche, une pie dans un arbre, la silhouette d'un chevalier, un jeune homme. Depuis le printemps, leurs rencontres vespérales étaient allées bien au-delà des rivages de leur première rue (réverbère, tilleul, clôture) et maintenant leurs promenades fiévreuses les portaient, en cercles qui s'élargissaient toujours, dans des coins éloignés et toujours nouveaux de la ville. Un soir c'était un pont qui enjambait un canal, un autre soir un bosquet garni de treillis dans un parc derrière lequel passaient des phares, puis une rue non pavée entre de brumeux terrains vagues où se trouvaient de sombres fourgons, puis d'étranges arcades qu'il était impossible de trouver le jour. Changements d'habitudes avant la migration ; excitation ; une douleur langoureuse dans les épaules.

Les journaux pronostiquèrent que l'été encore jeune serait extrêmement chaud, et il y eut en effet une longue ligne pointillée de beaux jours, interrompue de temps à autre par l'interjection d'un orage. Le matin, tandis que Zina dépérissait dans la chaleur nauséabonde du bureau (les aisselles trempées de sueur de la veste de Hamekke suffisaient amplement... sans parler des cous des dactylos qui fondaient comme de la cire, la noirceur collante du papier carbone), Fiodor allait passer toute la journée dans le Grünewald, abandonnant ses leçons et tâchant de ne pas penser au paiement de sa chambre qui était dû depuis longtemps. Auparavant, il ne s'était jamais levé à sept heures, ça aurait semblé monstrueux, mais maintenant, dans la nouvelle lumière de la vie (dans laquelle se mélangeaient d'une certaine façon le mûrissement de son don, une prémonition de nouveaux labeurs et l'approche d'un bonheur complet avec Zina), il éprouvait un plaisir direct dans la rapidité et la légèreté de ces levers matinaux, dans cette explosion de mouvement, dans l'idéale simplicité de s'habiller en trois secondes : chemise, pantalon et espadrilles à ses pieds nus – après quoi il se mettait un plaid sous le bras, son maillot enroulé dedans, fourrait en passant dans le vestibule une orange et un sandwich dans ses poches et se précipitait déjà dans les escaliers.

Un paillasson replié maintenait la porte dans une position grande ouverte tandis que le concierge battait énergiquement un autre paillasson en le frappant contre le tronc d'un innocent tilleul : qu'ai-je fait pour mériter ça ? L'asphalte était toujours dans l'ombre d'un bleu profond des maisons. Les premiers excréments frais d'un chien luisaient sur le trottoir. Un corbillard noir qui était garé devant un atelier de réparations la veille, roula avec précaution au-delà d'une barrière et vira dans la rue vide, et à l'intérieur, derrière la vitre et parmi les roses blanches artificielles, au lieu d'un cercueil se trouvait une bicyclette : à qui appartenait-elle ? pourquoi était-elle là ? La laiterie était déjà ouverte, mais le paresseux marchand de tabac dormait encore. Le soleil jouait sur divers objets du côté droit de la rue, comme une pie repérant les petites choses étincelantes ; et au bout de la rue, là où elle était traversée par le large ravin du chemin de fer, un nuage de vapeur de locomotive apparut subitement à droite du pont, se désintégra contre les côtes de fer de ce dernier, surgit immédiatement dans sa blancheur une fois de plus de l'autre côté et s'échappa au loin en paquets ondoyants par les vides entre les arbres. Traversant ensuite le pont, Fiodor fut réjoui, comme d'habitude, par la merveilleuse poésie des talus de chemin de fer, par leur nature libre et variée : une végétation d'acacias et de saules, des herbes sauvages, des abeilles, des papillons – tout cela vivait dans l'isolement et l'indifférence, dans l'âpre voisinage de la poussière de charbon qui brasillait en bas entre les cinq coulées de rails et dans un bienheureux éloignement des coulisses de la ville en haut, des murs lépreux de vieilles maisons chauffant leurs dos tatoués au soleil du matin. Au-delà du pont, près du petit jardin public, deux vieux employés des postes, qui avaient terminé leur vérification d'un distributeur de timbres et qui s'étaient soudainement senti le cœur à jouer s'approchèrent à pas feutrés de derrière les jasmins, l'un derrière l'autre, imitant leurs gestes respectifs, vers un troisième – qui, les yeux fermés, se reposait humblement un petit moment sur un banc avant sa journée de travail – pour lui chatouiller le nez avec une fleur. Où mettrai-je tous ces dons que le matin d'été m'offre en récompense – à moi seul ? Les garder pour mes futurs livres ? Les employer immédiatement dans un manuel pratique : *Comment être heureux ?* Ou, en allant plus loin, au fond des choses : comprendre ce qui est dissimulé derrière tout ça, derrière le jeu, le miroitement, l'épais fard vert du feuillage ? Car il y a vraiment quelque chose, il y a quelque chose ! Et l'on veut offrir ses remerciements, mais il n'y a personne à remercier. La liste des donations déjà faites : dix mille jours – d'une personne inconnue.

Il continua à marcher, au-delà d'une grille, passé les profonds jardins des villas de banquiers avec leurs inévitables grottes, leurs buis, leurs lierres et leurs pelouses perlées d'eau d'arrosage – et là, parmi les ormes et les tilleuls, apparaissaient déjà les premiers pins envoyés bien en avant par les bois de pins du Grünewald (ou, au contraire, des traînards derrière le régiment ?). Sifflant tout haut et s'élevant (à flanc de colline) sur les pédales de sa bicyclette à trois roues, un livreur de pain passa ; une arroseuse rampa lentement avec un sifflement humide – une baleine sur roues irriguant généreusement l'asphalte. Une personne avec une serviette fit claquer une barrière de jardin peinte en vermillon et se mit en route vers quelque bureau inconnu. Lui emboîtant le pas, Fiodor déboucha sur le boulevard (toujours le même Hohenzollerdamm au début duquel ils brûlèrent ce pauvre Alexandre

Iakovlevitch), et là, sa fermeture étincelant, la serviette courut après un tram. Il n'était plus loin de la forêt à présent et il pressa le pas, sentant déjà le masque chaud du soleil sur son visage tourné vers le ciel. Les poteaux d'une clôture passèrent rapidement, tachetant sa vue. On construisait une petite villa sur le terrain vague d'hier, et comme le ciel jetait un coup d'œil à l'intérieur par les espaces vides des futures fenêtres, et comme les bardanes et la lumière du soleil avaient profité de la lenteur des travaux pour s'installer à leur aise à l'intérieur des murs blancs inachevés, ces derniers avaient acquis l'expression pensive des ruines, comme l'expression « une fois », qui peut être employée au passé aussi bien qu'au futur. Une jeune fille avec une bouteille de lait s'avança vers Fiodor ; elle ressemblait un peu à Zina – ou, plutôt, elle contenait une particule de cette fascination, à la fois spéciale et vague, qu'il trouvait en de nombreuses jeunes filles, mais avec une plénitude particulière en Zina, de telle sorte qu'elles avaient toutes une mystérieuse parenté avec Zina, dont lui seul était averti, bien qu'il fût complètement incapable de formuler les indices de cette parenté (les femmes qui ne l'avaient pas provoquaient en lui un pénible dégoût) – et maintenant, comme il se retournait pour la regarder et qu'il aperçut sa silhouette familière, précieuse, fugitive, qui disparut sur-le-champ à tout jamais, il ressentit pendant un moment le choc d'un désir sans espoir dont l'unique charme et l'unique richesse résidaient dans son inassouvissement. Oh ! démon trivial des frissons bon marché, ne me tente pas avec la rengaine « mon type ». Pas ça, pas ça, mais quelque chose de plus que ça. Toute définition est toujours bien circonscrite, mais je ne cesse de tendre vers le lointain ; je cherche l'infini au-delà des barricades (de mots, de sens, du monde), où toutes, toutes les lignes se rencontrent.

A la fin du boulevard, l'orée verte du bois de pins apparut, avec le portique aux couleurs vives d'un pavillon récemment construit (dans l'atrium duquel on pouvait trouver un assortiment de lieux d'aisance – messieurs, dames et enfants), que l'on devait traverser – d'après le plan des Le Nôtre locaux – pour pénétrer d'abord dans un jardin de rocaille récemment aménagé, avec des sentiers géométriques bordés de flore alpine qui formaient – toujours selon ce même plan – un seuil agréable à la forêt. Mais Fiodor bifurqua à gauche, évitant le seuil : c'était plus près ainsi. L'orée encore sauvage du bois de pins s'étendait interminablement le long d'une avenue, mais il fallait s'attendre au geste suivant de la part des pères de la ville : clôturer d'une grille de fer la totalité de cet accès libre, de telle sorte que le portique devenait l'entrée de *nécessité* (dans le sens le plus littéral, le plus élémentaire). J'ai construit pour vous cet objet décoratif, mais vous n'avez pas été séduits ; donc maintenant, s'il vous plaît, c'est décoratif et réglementaire. Mais (par un saut mental en arrière encore une fois : *f*3 – *g*1) ça ne pouvait être mieux quand cette forêt – qui, aujourd'hui, a battu en retraite, refoulée autour du lac (et comme nous, dans ce qui nous sépare de nos ancêtres velus, n'ayant conservé qu'une végétation marginale) – s'étendait jusqu'au cœur de la ville actuelle, et qu'une cohue bruyante et princière galopait dans ses fourrés sauvages avec des cors et des chiens et des rabatteurs.

La forêt, telle que je la découvris, était encore vivante, riche, pleine d'oiseaux. On y rencontrait des loriots, des pigeons et des geais ; une corneille passa très rapidement, les ailes palpitantes : *kchou, kchou, kchou ;* un pic à tête rouge donnait des coups de bec contre un tronc de pin – et parfois, j'imagine, il imitait vocalement son propre coup de bec, sur quoi il résonnait particulièrement fort et d'une manière convaincante (à l'intention de la femelle) ; car il n'y a dans la nature rien de plus divinement enchanteur que ses ingénieuses duperies qui surgissent dans des endroits inattendus : c'est ainsi qu'une sauterelle de forêt (essayant de mettre en marche son petit moteur mais ne pouvant jamais le faire fonctionner : *tsig-tsig-tsig* et s'arrêtant), ayant sauté et atterri, réajuste immédiatement la position de son corps en se tournant de telle façon que ses bandes sombres coïncident avec celles des aiguilles tombées (ou avec leurs ombres !). Mais attention, j'aime rappeler ce que mon père écrivit : « Observant de près, peu importe à quel point, les événements de la nature, nous devons, dans le processus même de l'observation, prendre garde de laisser notre raison – ce drogman loquace qui nous devance constamment – nous suggérer des explications qui commencent alors à influencer imperceptiblement le cours même de notre observation et à le déformer : c'est ainsi que l'ombre de l'instrument tombe sur la vérité. »

Donne-moi la main, cher lecteur, et pénétrons ensemble dans la forêt. Regarde : d'abord – ces clairières avec des touffes de chardons, d'orties ou d'épilobes parmi lesquelles tu trouveras toutes sortes de déchets : parfois même un matelas éventré avec des ressorts rouillés et cassés ; ne le dédaigne pas ! Voici un sombre fourré de petits sapins où je découvris un jour une fosse qui avait été soigneusement creusée avant sa mort par la créature qui y était couchée, un jeune chien au museau fin ayant quelque chose du loup, replié dans une courbe merveilleusement gracieuse, les pattes se rejoignant. Et voici de petites buttes nues sans broussailles – rien qu'un tapis d'aiguilles brunes sous des pins simplistes reliés par un hamac plein d'un corps peu exigeant – et le squelette de fil de fer d'un abat-jour mis au rebut se trouve là aussi, reposant sur le sol. Plus loin, nous avons un terrain vague entouré d'acacias – et là, sur les sables gris, brûlants et pâteux, une femme en sous-vêtements est assise, ses épouvantables jambes nues étendues, et reprise une chaussette tandis qu'à côté d'elle se traîne un enfant aux aines grises de poussière. D'ici vous pouvez encore apercevoir l'avenue et le miroitement des radiateurs d'automobiles qui passent légèrement – mais vous n'avez qu'à pénétrer un peu plus profondément et la forêt se réaffirme, les pins deviennent plus nobles, la mousse chante sous vos pieds et l'on y trouve immanquablement quelque clochard endormi, un journal sur le visage : le philosophe préfère la mousse aux roses. Voici l'endroit précis où un petit avion s'est abattu l'autre jour : un type qui emmenait son amie faire une balade matinale dans le ciel bleu ; il s'excita outre mesure, perdit le contrôle de son manche à balai et plongea avec un sifflement et un craquement tout droit dans les pins. Malheureusement, j'arrivai trop tard : on avait eu le temps d'enlever les débris, et deux policiers à cheval se dirigeaient au pas vers la route – mais on pouvait encore voir l'empreinte d'une mort audacieuse sous les pins dont l'un avait été rasé de haut en bas par une aile, et l'architecte Stockschmeisser qui promenait son chien expliquait à une nurse accompagnée d'un enfant ce qui était arrivé ; mais, quelques jours plus tard, toute trace avait disparu (il ne restait que la blessure jaune sur le pin) et, complètement ignorants de ce qui s'était passé, un vieillard et sa vieille épouse, face à face, elle dans son bustier et lui en caleçon – faisaient des exercices de gymnastique simplifiés à l'endroit même de l'accident.

Plus loin, ça devenait très joli : les pins s'étaient installés en maîtres et entre leurs troncs rosâtres et squameux, le feuillage pectiné des petits sorbiers et la vigoureuse verdure des chênes interrompaient de leur dessin vivant le soleil zébré de la pinède. Vu d'en bas, dans l'épaisse frondaison d'un chêne, le chevauchement des feuilles ombragées et des feuilles illuminées, vert foncé et émeraude vif, semblait être un assemblage chantourné de leurs bords sinueux, et sur ces feuilles, laissant un instant le soleil caresser sa soie fauve, et puis fermant les ailes, vint se poser un Robert-le-diable, avec une parenthèse blanche sur la marbrure du dessous de ses ailes ; s'envolant subitement, il atterrit sur ma poitrine nue, attiré par la transpiration humaine. Et, encore plus haut, au-dessus de mon visage tourné vers le ciel, les cimes et les troncs des pins participaient à un échange compliqué d'ombres, et leur feuillage me faisait penser à des algues se balançant dans une eau transparente. Et si je renversais la tête encore plus, de telle sorte que l'herbe derrière moi (indiciblement, virginalement verte de ce point de vue renversé) semblait pousser vers le sol dans une lumière vide et transparente, j'éprouvais quelque chose de semblable à ce qui doit frapper un homme qui s'est envolé dans une autre planète (avec une gravité différente, une densité différente et une tension sensorielle différente) – tout spécialement lorsqu'une famille sortie pour faire une promenade passait la tête en bas ; chaque pas qu'ils faisaient devenait un étrange bond élastique, et une balle semblait retomber en chandelle, – de plus en plus lentement – dans un abîme vertigineux.

Si l'on avançait encore plus loin – pas à gauche où le bois de pins s'étendait à n'en plus finir, et pas à droite où intervenait un taillis de jeunes bouleaux, apportant l'odeur fraîche et enfantine de la Russie, – la forêt s'éclaircissait à nouveau, se défaisait de ses broussailles et se dispersait sur des pentes sablonneuses au bas desquelles un grand lac s'élevait en colonnes de lumière. Le soleil éclairait capricieusement la rive opposée, et quand passait un nuage, l'air même semblait se refermer, comme un grand œil bleu, et puis s'ouvrir à nouveau ; une rive était toujours en retard sur l'autre dans ce processus de disparition et de retour progressif de la lumière. Il n'y avait pratiquement pas de bordure de sable de l'autre côté, et les arbres descendaient tous ensemble jusqu'aux joncs resserrés, alors que plus haut, on pouvait trouver des pentes chaudes et sèches envahies de trèfle, d'oseille et d'euphorbe, frangées du riche vert foncé des chênes et des hêtres, pentes qui descendaient en tremblant jusqu'aux fondrières humides où Iacha Tchernychevski s'était tiré une balle dans la tête.

Le matin, lorsque je pénétrais dans le monde de la forêt dont j'avais élevé l'image par mes propres efforts au-dessus du niveau de ces prosaïques impressions dominicales (papiers abandonnés, une foule de pique-niqueurs) qui forment la conception que les Berlinois se font du Grünewald ; quand par ces chaudes journées de semaine l'été je marchais jusqu'à son côté sud, dans ses profondeurs, dans ses coins sauvages et secrets, je ressentais autant de plaisir que si cela avait été un paradis vierge à deux kilomètres d'Agamemnonstrasse. Arrivant à un de mes recoins favoris qui combinait magiquement un libre flot de soleil avec la protection des arbrisseaux, je me mettais complètement à poil et m'étendais sur le dos sur la couverture, plaçant mon maillot inutile sous ma tête. Grâce au bronzage qui me couvrait entièrement le corps (de telle sorte que seuls mes talons, mes paumes et les lignes comme des rayons autour de mes yeux gardaient leur teinte naturelle), je me sentais un athlète, un Tarzan, un Adam, comme vous le voudrez, tout sauf un citadin nu. La gêne dont s'accompagne habituellement la nudité dépend de la conscience de notre blancheur sans défense qui a depuis longtemps perdu tout rapport avec les couleurs du monde environnant et qui se trouve pour cette raison en désaccord artificiel avec lui. Mais l'impact du soleil répare cette insuffisance, nous fait l'égal de la nature dans nos droits nus, et le corps d'airain n'éprouve plus de honte. Tout ceci fait penser à une brochure de nudistes – mais on ne saurait blâmer sa propre vérité si elle coïncide avec celle qu'un pauvre type a empruntée.

Le soleil était accablant. Le soleil me léchait partout avec sa grosse langue douce. Je me sentais graduellement devenir transparent, comme en fusion, transpercé par les flammes et je n'existais que pour autant qu'elles existaient. Tout comme un livre est traduit dans un idiome exotique, j'étais traduit en soleil. Le Fiodor Godounov-Tcherdyntsev décharné, froid, hivernal était aussi loin de moi à présent que si je l'avais exilé dans la province de Yakoutsk. C'était une pâle copie de moi tandis que ce Fiodor estival était sa reproduction magnifiée en bronze. Mon moi personnel, celui qui écrivait des livres, celui qui aimait les mots, les couleurs, les feux d'artifice de l'esprit, la Russie, le chocolat et Zina, s'était d'une certaine façon désintégré et dissous ; après avoir été rendu transparent par la force de la lumière, il était maintenant assimilé par le chatoiement de la forêt d'été avec ses aiguilles de pin satinées et ses feuilles d'un vert paradisiaque, avec ses fourmis qui passaient sur la laine transfigurée, et des plus radieuses, du plaid, avec ses oiseaux, ses parfums, le souffle chaud des orties et l'odeur de sperme de l'herbe réchauffée par le soleil, avec son ciel bleu où vrombissait un avion volant à haute altitude et qui semblait couvert d'une pellicule de poussière bleue, l'essence bleue du firmament : l'avion était bleuâtre comme un poisson est mouillé dans l'eau.

On pourrait se dissoudre complètement de cette façon. Fiodor se redressa et s'assit. Un filet de sueur coula sur sa poitrine rasée de près et tomba dans le réservoir de son nombril. Son ventre plat avait un reflet brun et nacré. Une fourmi égarée grimpait nerveusement sur les boucles noires et luisantes de ses poils pubiens. Ses tibias avaient un éclat lustré. Des aiguilles de pin s'étaient collées entre ses orteils. Avec son maillot de bain il essuya sa tête tondue de près, sa nuque collante et son cou. Un écureuil au dos arqué avançait à petits bonds sur l'herbe, d'arbre en arbre, dans une course onduleuse et presque maladroite. Les chênes rabougris, les sureaux, les troncs de pins – tout était tacheté d'une manière éblouissante, et un petit nuage, ne souillant en rien le visage du jour d'été, avança à tâtons, lentement, devant le soleil.

Il se leva – fit un pas – et immédiatement la patte légère d'une ombre feuillue se posa sur son épaule gauche ; elle glissa au pas suivant. Fiodor consulta la position du soleil et tira sa couverture à peu près un mètre plus loin pour empêcher l'ombre des feuilles d'empiéter sur lui. Se promener nu était d'une étonnante félicité – la liberté qu'il ressentait autour des reins lui plaisait particulièrement. Il marcha entre les buissons, écoutant la vibration des insectes et le bruissement des oiseaux. Un troglodyte rampa comme une souris à travers le feuillage d'un petit chêne ; une guêpe fouisseuse vola tout bas transportant une chenille engourdie. L'écureuil qu'il venait juste de voir grimpa sur l'écorce d'un arbre avec un bruit spasmodique comme un grattement. Quelque part dans les environs, résonnaient des voix de jeunes filles et il s'arrêta dans un motif d'ombre qui demeurait immobile sur son bras mais qui palpitait rythmiquement sur son côté gauche, entre ses côtes. Un petit papillon doré, trapu, équipé de deux virgules noires, se posa sur une feuille de chêne, ouvrant à moitié ses ailes inclinées, et partit subitement comme une mouche dorée. Et comme il arrivait souvent par ces journées sylvestres, particulièrement lorsqu'il apercevait des papillons connus, Fiodor imaginait l'isolement de son père dans d'autres forêts – gigantesques, infiniment lointaines, en comparaison desquelles celle-ci n'était que broussailles, une souche d'arbre, un amas de déchets. Et pourtant il éprouvait quelque chose approchant de cette liberté asiatique qui s'étendait sur les cartes, l'esprit des pérégrinations de son père – et à ce point il était très difficile de croire qu'en dépit de la liberté, en dépit de la verdure et de l'ombre heureuse, profonde, frappée par le soleil, son père était néanmoins mort.

Des voix résonnèrent plus près et puis s'éloignèrent. Un taon qui s'était posé inaperçu sur sa cuisse réussit à le piquer avec sa proboscide épointée. La mousse, le gazon, le sable, communiquaient chacun à leur façon avec la plante de ses pieds nus, et chacun à leur façon le soleil et l'ombre caressaient la soie chaude de son corps. Ses sens aiguisés par la chaleur sans entrave étaient tourmentés par la possibilité de rencontres sylvaines, d'enlèvements mythiques. *Le sanglot dont j'étais encore ivre.* Il aurait donné un an de sa vie, même une année bissextile, pour que Zina soit là – ou n'importe qui de son corps de ballet.

Il s'étendit sur le dos encore une fois puis il se releva ; le cœur battant il écouta de vagues sons espiègles, vaguement prometteurs ; puis, ne mettant que son maillot et cachant son plaid et ses vêtements sous des broussailles, il partit se promener à travers les bois autour du lac.

Ici et là, en petit nombre, les jours de semaine, apparaissaient des corps plus ou moins orange. Il évitait de les regarder de trop près de peur de sauter de Pan à Polichinelle. Mais parfois, à côté d'un sac d'écolière et près de sa brillante bicyclette posée contre un tronc d'arbre, une nymphe solitaire s'étalait, les jambes nues jusqu'à l'entrecuisse et douces comme du suède à l'œil, et les coudes rejetés en arrière, le poil de ses aisselles luisant au soleil ; la flèche de la tentation avait à peine eu le temps de siffler et de le transpercer avant qu'il ne remarque, tout près, à trois points équidistants, formant un triangle magique (autour du prix de qui ?) et étrangers les uns aux autres, trois chasseurs immobiles visibles entre les troncs des arbres : deux jeunes types (l'un couché sur le ventre, l'autre sur le côté) et un homme d'un certain âge, sans veste, avec des bandes pour retenir ses manches de chemise, assis solidement sur l'herbe, immobile et éternel, avec des yeux tristes mais patients ; et il semblait que ces trois paires d'yeux frappant le même endroit perceraient finalement, avec l'aide du soleil, un trou dans la culotte du maillot de bain noir de cette pauvre petite Allemande qui ne levait jamais ses paupières barbouillées d'huile.

Il descendit sur la rive sablonneuse du lac et là, dans les éclats de voix, l'étoffe enchantée qu'il avait si soigneusement tissée lui-même retomba en lambeaux, et il vit avec répugnance les corps effondrés, tordus, déformés par le vent du nord-est de la vie, plus ou moins nus ou plus ou moins vêtus – ces derniers étaient les plus horribles – des baigneurs (petits-bourgeois, chômeurs) remuant sur le sable gris sale. Au point où la route du rivage longeait la lèvre étroite du lac, cette dernière était clôturée par des poteaux supportant des bouts de fil de fer détendus à l'apparence torturée, et l'espace près de ces poteaux était particulièrement prisé des habitués de la plage – un peu parce qu'on pouvait commodément y suspendre des pantalons par leurs bretelles (tandis que les sous-vêtements étaient étendus sur les orties poussiéreuses) et un peu à cause du vague sentiment de sécurité que procure le fait d'être adossé à une clôture.

Des jambes grises de vieillards couvertes de tumeurs et de veines enflées ; des pieds plats ; la croûte tannée des cors ; des panses roses de porcs ; des adolescents mouillés, pâles, frissonnants, aux voix enrouées ; les globes des seins ; des postérieurs volumineux ; des cuisses flasques ; des varices bleuâtres ; la chair de poule ; les omoplates couvertes de boutons de jeunes filles aux jambes arquées ; les cous et les fesses robustes de voyous musclés ; le vide sans espoir et sans Dieu des visages satisfaits ; les jeux turbulents, les éclats de rire, les éclaboussements tapageurs – tout ceci formait l'apothéose de cette célèbre bonhomie allemande qui peut, à n'importe quel moment, se changer si facilement en huées frénétiques. Et sur tout cela, particulièrement le dimanche quand la foule était la plus sale, régnait une odeur inoubliable, l'odeur de la poussière, de la transpiration, du limon aquatique, des sous-vêtements malpropres, de la pauvreté étalée et séchée, l'odeur des âmes à quatre sous pièce, séchées, fumées et mises en pot. Mais le lac lui-même, avec des bouquets d'arbres d'un vert éclatant de l'autre côté et un sillage ondoyant de soleil au milieu, se comportait avec dignité.

S'étant choisi une petite anse privée parmi les joncs, Fiodor se mit à l'eau. Sa chaude opacité l'enveloppait, des étincelles de soleil dansaient devant ses yeux. Il nagea longtemps, une demi-heure, cinq heures, vingt-quatre, une semaine, une autre. Finalement, le 28 juin, vers trois heures de l'après-midi, il atteignit l'autre rive.

S'étant frayé un chemin à travers la bourbe verdâtre au bord du lac, il se trouva tout de suite dans un bosquet et, de là, il grimpa sur une pente chaude où il se sécha rapidement au soleil. A droite, il y avait un ravin couvert de broussailles et de ronces. Et ce jour-là, comme chaque fois qu'il venait ici, Fiodor descendit dans cette fondrière qui le fascinait toujours, comme si, en un sens, il avait été coupable de la mort du jeune inconnu qui s'était tué ici, – précisément ici. Il se fit la réflexion qu'Alexandre Iakovlevna était venue ici elle aussi, fouillant avec ténacité dans les buissons avec ses petites mains gantées de noir... Il ne la connaissait pas à cette époque et il ne pouvait avoir vu ça – mais d'après son récit de ses multiples pèlerinages, il sentait que ça avait été exactement comme ça : la recherche de quelque chose, le bruissement de feuilles, le parapluie qui s'enfonçait, les yeux brillants, les lèvres tremblantes de sanglots. Il se rappelait comment il l'avait vue au printemps – pour la dernière fois – après la mort de son mari, et l'étrange sensation qui l'avait accablé lorsqu'il avait regardé son visage baissé avec sa mine renfrognée, détachée du monde, comme s'il ne l'avait jamais vue vraiment auparavant, et qu'il distinguait maintenant sur son visage une ressemblance avec son défunt mari, dont la mort y était exprimée par quelque funèbre consanguinité jusqu'ici dissimulée. Le lendemain elle partit chez des parents à Riga, et déjà, son visage, tout ce qui avait trait à son fils, les soirées littéraires à la maison, et la maladie mentale d'Alexandre Iakovlévitch – tout ceci qui avait fait son temps – s'enroula de son plein gré et se termina, comme un paquet de vie ficelé de travers qui sera conservé longtemps mais qui ne sera plus jamais ouvert par nos mains paresseuses, temporisatrices et ingrates. Il fut saisi d'un désir panique de ne pas laisser tout ça se refermer et se perdre dans un coin de la chambre de débarras de son âme, un désir d'appliquer tout ça à lui-même, à son éternité, à sa vérité, pour lui permettre de repousser d'une nouvelle façon. Il y a une façon – la seule façon.

Il gravit une autre pente, et là, au sommet, près d'un sentier qui redescendait, assis sur un banc sous un chêne, faisant des traces du bout de sa canne dans le sable, lentement et pensivement, se trouvait un jeune homme aux épaules voûtées, vêtu d'un complet noir. Comme il doit avoir chaud, pensa Fiodor qui était nu. Le jeune homme assis leva la tête... Le soleil tourna et releva légèrement son visage avec le geste délicat d'un photographe, un visage exsangue aux yeux gris de myope et bien séparés. Entre les pointes de son col empesé (le genre qu'on appelait autrefois en Russie « délices du chien »), le bouton luisait au-dessus du nœud lâche de sa cravate.

« Comme vous êtes brûlé par le soleil », dit Kontchéiev, « ça ne peut guère vous faïre de bien. Et, de grâce, où sont vos vêtements ? »

« Là-bas », dit Fiodor, « de l'autre côté, dans les bois. »

« On pourrait les voler », remarqua Kontchéiev. « Ce n'est pas pour rien qu'il y a le proverbe : main russe est leste, main prussienne est preste. »

Fiodor s'assit et dit : « Ce proverbe n'existe pas. A propos, savez-vous où nous sommes tous les deux ? Derrière ces ronces, en bas, c'est là que le fils Tchernychevski, le poète, s'est tué. »

« Oh, c'était ici ! » dit Kontchéiev sans intérêt particulier. « Vous savez, son Olga a récemment épousé un fourreur et ils sont partis aux États-Unis. Pas tout à fait le lancier qu'épousa l'Olga de Pouchkine, mais tout de même... »

« Vous n'avez pas chaud ? » demanda Fiodor.

« Pas du tout. J'ai les poumons faibles et je suis toujours gelé. Mais bien sûr quand on est assis à côté d'un homme nu, on devient physiquement conscient qu'il existe des marchands de vêtements pour hommes, et le corps se sent aveugle. D'un autre côté, il me semble que tout labeur mental doit vous être impossible dans un tel état de nudité. »

« Un point pour vous », dit Fiodor en souriant. « On semble vivre plus superficiellement, – à la surface de sa peau... »

« C'est ça. Tout ce qui vous préoccupe, c'est de veiller sur votre corps et de suivre le soleil. Mais la pensée aime les rideaux et la chambre noire. La lumière du jour est bonne pour autant qu'elle met l'ombre en valeur. Une prison sans geôlier et un jardin sans jardinier – voilà, il me semble, la combinaison idéale. Dites-moi, avez-vous lu ce que j'ai écrit sur votre livre ? »

« Oui », répondit Fiodor, suivant de l'œil une chenille de géomètre qui vérifiait le nombre de pouces entre les deux écrivains. « En effet, je l'ai lu. Au début, je voulais vous écrire une lettre de remerciement – vous savez, avec une émouvante référence à mon peu de mérite et ainsi de suite – mais alors j'ai pensé que cela introduirait une insupportable odeur humaine dans le domaine de la liberté d'opinion. Et en plus – si j'ai fait un bon livre je devrais me remercier moi-même et non pas vous, tout comme vous devez vous remercier vous-même et non pas moi pour avoir compris ce qu'il y a de bon – n'est-ce pas ? Si nous commençons à nous faire des courbettes, dès que l'un de nous cessera d'en faire, l'autre se sentira blessé et s'en ira froissé. »

« Je n'attendais pas de vérités de La Palice de votre part », dit Kontchéiev en souriant. « Oui, tout ça est vrai. Une fois, une seule fois, j'ai remercié un critique et il a répondu : "Eh bien, ma foi, j'ai vraiment aimé votre livre !" et ça m'a "vraiment" dégrisé une fois pour toutes. Soit dit en passant, je n'ai pas écrit tout ce que j'aurais pu écrire à votre propos... On vous a tellement éreinté pour des défauts inexistants que je ne voulais pas insister trop lourdement sur ceux qui m'étaient évidents. En outre, dans votre prochain ouvrage, ou bien vous vous en débarrasserez ou bien ils se transformeront en vertus spéciales tout à fait personnelles, de la façon dont une tache sur un embryon se change en œil. Vous êtes zoologiste, n'est-ce pas ? »

« En un sens, en amateur. Mais quels sont ces

défauts ? Je me demande s'ils coïncident avec ceux que je connais. »

« D'abord, une confiance excessive dans les mots. Pour amener une vérité nécessaire, il arrive parfois à vos mots de la faire entrer en fraude. La phrase peut être excellente, mais c'est tout de même de la fraude, au reste une fraude inutile puisque la voie légale est ouverte. Mais sous le couvert d'un style obscur, avec toutes sortes de manigances compliquées, vos fraudeurs importent des marchandises qui sont exemptes de droit de toute façon. Deuxièmement, il y a une certaine maladresse dans votre manière de retravailler vos sources : vous semblez hésiter à imposer votre style à des événements et à des discours du passé, ou à faire ressortir le leur davantage. J'ai pris la peine de comparer un ou deux passages dans votre livre avec le contexte dans l'édition complète des œuvres de Tchernychevski, le même exemplaire que vous avez dû employer : j'ai trouvé la cendre de votre cigarette entre les pages. Troisièmement, il vous arrive d'élever la parodie à un tel degré de naturel qu'elle devient en fait une pensée sérieuse authentique, mais à ce niveau elle s'altère subitement, tombant dans un maniérisme qui est à vous et non pas une parodie d'un maniérisme, bien que ce soit précisément le genre de chose que vous tournez en ridicule – comme si une personne qui parodie la lecture négligée de Shakespeare faite par un comédien, se laissait emporter, se mettait à tonner pour de bon, mais faussait accidentellement un vers. Quatrièmement, on remarque dans une ou deux de vos transitions quelque chose de mécanique, pour ne pas dire automatique, ce qui laisse entendre que vous recherchez *votre propre* avantage et que vous prenez la voie que vous trouvez la plus facile. Dans un passage, par exemple, un simple jeu de mots sert à une telle transition. Cinquièmement et finalement, il vous arrive de dire des choses dans le seul but de piquer vos confrères, mais n'importe quelle femme vous dira que rien ne se perd si facilement qu'une épingle à cheveux – pour ne rien dire du fait que la moindre déviation de la mode peut faire tomber les épingles en désuétude : pensez au nombre de petits objets pointus qui ont été découverts et dont pas un seul archéologue ne peut dire l'emploi exact ! Le véritable écrivain devrait ignorer tous les lecteurs sauf un, celui de l'avenir qui, à son tour, n'est nul autre que l'auteur réfléchi dans le temps. Voilà, je crois, l'ensemble des reproches que j'ai à vous faire, et en général ils sont insignifiants. Ils s'éclipsent complètement devant l'éclat de vos réalisations dont je pourrais dire encore bien des choses. »

« Oh, c'est moins intéressant », dit Fiodor qui, *durant cette tirade* (comme l'écrivaient Tourguéniev, Gontcharov, le comte Salias, Grigorovitch et Boborykine), avait incliné la tête avec un air approbateur. « Vous avez très bien diagnostiqué mes points faibles », continua-t-il, « et ils correspondent aux reproches que je me fais à moi-même, bien que, naturellement, je les place dans un ordre différent – certains des points sont liés les uns aux autres tandis que d'autres sont encore plus divisés. Mais à côté des défauts que vous avez déjà remarqués dans mon livre, je suis conscient d'au moins trois autres – ils sont peut-être les plus importants. Seulement, je ne vous les dirai jamais – et ils ne seront pas dans mon prochain livre. Voulez-vous parler de votre poésie maintenant ? »

« Non, merci, j'aimerais mieux ne pas en parler », dit Kontchéiev craintivement. « J'ai de bonnes raisons de croire que vous aimez ce que je fais, mais il me répugne organiquement d'aborder le sujet. Quand j'étais jeune, avant de m'endormir je faisais une longue et obscure prière que feu ma mère – une femme pieuse et très malheureuse – m'avait apprise (bien sûr, elle aurait dit que ces deux choses sont incompatibles, mais il est néanmoins vrai que le bonheur ne prend pas le voile). Je me suis souvenu de cette prière et je l'ai répétée pendant des années, pratiquement jusqu'à l'adolescence, mais un jour j'en ai approfondi la signification, compris tous les mots – et aussitôt que j'ai eu compris, je l'ai oubliée immédiatement, comme si j'avais rompu un charme perdu à jamais. Il me semble que la même chose pourrait arriver à mes poèmes – que si j'essaie de les rationaliser je perdrai instantanément la faculté de les écrire. Vous, je sais, il y a longtemps que vous avez corrompu votre poésie avec des mots et un sens – et vous ne continuerez plus guère à écrire des vers maintenant. Vous êtes trop riche, trop avide. Le charme de la Muse réside dans sa pauvreté. »

« Vous savez, c'est étrange », dit Fiodor, « un jour, il y a environ trois ans, j'ai imaginé d'une manière extrêmement nette une conversation avec vous sur ces sujets – et vous savez, le résultat fut assez semblable ! Quoique, bien sûr, vous m'ayez donné la réplique avec une parfaite docilité. Le fait que je vous connaisse si bien sans vous connaître me rend incroyablement heureux, car cela signifie qu'il y a au monde des unions qui ne dépendent pas du tout d'amitiés massives, d'affinités asines, ou de l'“esprit de l'époque”, ni d'aucune organisation ou association mystique de poètes où une douzaine de médiocrités étroitement liées “rayonnent” par leurs efforts communs. »

« Quoi qu'il arrive, je désire vous avertir », dit Kontchéiev avec franchise, « de ne pas vous flatter de notre similarité : nous différons en beaucoup de choses vous et moi ; j'ai des goûts différents, des habitudes différentes ; je ne puis supporter votre Fet par exemple, et d'un autre côté je suis un fervent admirateur de l'auteur du *Double* et des *Démons* envers qui vous semblez disposé à manquer d'égard... Il y a beaucoup de choses en vous que je n'aime pas – votre style de Saint-Pétersbourg, votre tare gauloise, votre néovoltairisme et votre faiblesse pour Flaubert – et je trouve, pardonnez-moi, votre obscène nudité sportive simplement choquante. Mais alors, avec ces restrictions, il serait probablement vrai de dire que quelque part – pas ici mais sur un autre plan dont l'angle, à propos, vous est plus vaguement connu qu'à moi, – quelque part dans la périphérie de notre existence, très loin, très mystérieusement et inexprimablement, un lien plutôt divin se crée entre nous. Mais peut-être sentez-vous et dites-vous ces choses parce que j'ai fait l'éloge de votre livre par écrit – cela aussi arrive, vous savez. »

« Oui, je sais. J'y ai pensé. D'autant plus qu'auparavant j'enviais votre célébrité. Mais en toute conscience... »

« Célébrité ? » fit Kontchéiev en interrompant Fiodor. « Ne me faites pas rire. Qui connaît mes poèmes ? Mille, mille cinq cents ; au grand maximum deux mille expatriés intelligents, dont quatre-vingt-dix pour cent ne les comprennent pas. Deux mille sur trois millions de réfugiés ! C'est un succès provincial, mais pas la célébrité. Dans l'avenir, peut-être, je me rattraperai, mais il faudra beaucoup de temps avant que le Toungouze et le Kalmouk de l'*Exegi monumentum* de Pouchkine commencent à s'arracher des mains mon *Communication* sous les yeux envieux du Finlandais. »

« Mais il y a un sentiment réconfortant », dit Fiodor méditativement. « On peut emprunter sur la foi de l'héritage. Cela ne vous amuse-t-il pas d'imaginer qu'un jour, en cet endroit même, au bord de ce lac, sous ce chêne, un rêveur de passage viendra s'asseoir et imaginer à son tour que vous et moi nous sommes assis ici un jour ? »

« Et l'historien lui dira sèchement que nous n'avons jamais fait une promenade ensemble, que nous nous connaissions à peine et que si nous nous sommes rencontrés, nous n'avons parlé que de futilités de tous les jours. »

« Mais essayez néanmoins ! Essayez d'éprouver cet étrange frisson futur et rétrospectif... Tous les petits poils de l'âme se dressent ! En général, ce serait une bonne chose de mettre un terme à notre perception barbare du temps ; je trouve ça particulièrement charmant quand les gens parlent du fait que la terre gèlera dans un trillion d'années et que tout disparaîtra à moins que nos imprimeries ne soient transportées en temps voulu sur une étoile avoisinante. Ou le rabâchage à propos de l'éternité : une si grande quantité de temps a été accordée à l'univers que la date de sa fin aurait *déjà* dû arriver, tout comme il est impossible dans un unique segment de temps d'imaginer *entier* un œuf posé sur une route où marche sans fin une armée. Comme c'est stupide ! Notre sentiment erroné que le temps est une sorte de croissance est une conséquence de notre état limité qui, étant toujours au niveau du présent, implique sa constante remontée entre l'abîme aqueux du passé et l'abîme aérien de l'avenir. L'existence est donc une transformation éternelle du futur en passé – un processus essentiellement fantomatique – un simple reflet des métamorphoses matérielles qui ont lieu en nous. Dans ces circonstances toute tentative pour comprendre le monde est réduite à une tentative pour comprendre ce que nous avons délibérément rendu incompréhensible nous-mêmes. L'absurdité à laquelle aboutit la pensée pénétrante n'est qu'un signe naturel et générique de son appartenance à l'homme, et s'efforcer d'obtenir une réponse revient à demander à un bouillon de poule qu'il glousse. La théorie que je trouve la plus séduisante – que le temps n'existe pas, que tout n'est rien d'autre que le présent situé comme un rayonnement à l'extérieur de notre aveuglement – est une hypothèse limitée tout aussi désespérée que les autres. "Tu comprendras quand tu seras grand", ce sont là vraiment les mots les plus sages que je connaisse. Et si on ajoute à ça que la nature voyait double quand elle nous a créés (oh ! cet exécrable appariement auquel il est impossible d'échapper : cheval-vache, chien-chat, rat-souris, puce-punaise), que la symétrie dans la structure des corps vivants est une conséquence de la rotation des mondes (une toupie qui tournerait assez longtemps se mettrait peut-être à vivre, à croître et à se multiplier) et que dans notre tendance vers l'asymétrie, vers l'inégalité, je puis percevoir un hurlement réclamant une liberté authentique, un besoin de s'échapper du cercle... »

« *Herrliches Wetter – in der Zeitung steht es aber, dass es morgen bestimmt regnen wird* », dit finalement le jeune Allemand qui était assis à côté de Fiodor sur le banc et à qui il avait prêté une certaine ressemblance avec Kontchéiev.

Encore l'imagination – mais quel dommage ! Je lui avais même inventé une mère décédée pour prendre la vérité au piège... Comment se fait-il qu'une conversation avec lui ne s'épanouisse jamais dans la réalité, ne se fraie un passage jusqu'à la réalisation ? Ou est-ce là une réalisation, et rien d'autre n'est nécessaire... puisqu'une conversation réelle ne serait que désillusion – avec les souches du bégaiement, la paille des hum et des ah, les débris de mots misérables ?

« *Da kommen die Wolken schon* », continua l'Allemand kontchéievoide montrant du doigt un nuage aux formes gonflées qui s'élevait à l'ouest. (Un étudiant, très probablement. Peut-être avec une disposition philosophique ou musicale. Où est l'ami de Iacha à présent ? Ce ne serait guère dans son genre de venir ici.)

« *Halb fünf ungefähr* », ajouta-t-il en réponse à la question de Fiodor, et ramassant sa canne il quitta le banc. Sa silhouette noire et voûtée s'éloigna le long du sentier ombragé. (Peut-être un poète ? Après tout, il doit y avoir des poètes en Allemagne. De menus poètes, des poètes régionaux – mais tout de même pas des bouchers. Ou seulement pour garnir la viande ?)

Il était trop paresseux pour nager jusqu'à l'autre côté ; il suivit sans hâte la piste qui longeait le lac sur sa rive nord. A l'endroit où une large déclivité sablonneuse atteignait l'eau, avec des racines découvertes de pins craintifs soutenant la berge qui s'éboulait, il y avait d'autres personnes, et en bas, sur une bande herbeuse, trois corps nus étaient étendus, blanc, rose et brun, comme un triple échantillon de l'action du soleil. Plus loin, le long de la courbe du lac, il y avait un bout de terrain marécageux, et la terre du sentier, sombre, presque noire collait à ses talons nus d'une manière rafraîchissante. Il gravit encore une fois une pente jonchée d'aiguilles et il marcha à travers la forêt tachetée en direction de son repaire. Tout était enjoué, triste, ensoleillé, ombragé – il n'avait pas envie de retourner à la maison mais il était temps. Il s'étendit un instant près d'un vieil arbre qui avait semblé lui faire signe : « J'vais te montrer quelque chose d'intéressant. » Une petite chanson retentit parmi les arbres, et cinq nonnes – aux visages ronds, portant des robes noires et des cornettes blanches – apparurent bientôt, marchant d'un pas alerte, et la petite chanson, moitié écolière, moitié angélique, plana autour d'elles tout ce temps, tandis qu'une nonne puis une autre se penchèrent en marchant pour cueillir une fleur modeste (invisible à Fiodor bien qu'il fût couché tout près) et puis se redressèrent très légèrement, se remettant au niveau des autres en même temps, reprenant le rythme et ajoutant cette fleur-fantôme à un bouquet fantomatique avec un geste idyllique (le pouce et l'index se touchant un instant, les autres doigts délicatement arqués) – tout cela avait un air si théâtral ; que d'habileté en tout, quelle infinité de grâce et d'art, quel metteur en scène était tapi derrière les pins, comme tout était bien calculé – leur marche légèrement désorganisée puis égalisée à nouveau, trois devant, deux derrière, et le fait que l'une de celles qui fermaient la marche poussa un petit rire nerveux et rapide (sens de l'humour très claustral) parce que, soudainement, une de celles qui les précédaient avait fait un geste presque expansif sur une note particulièrement céleste, et la façon dont la chanson s'affaiblissait en s'éloignant, tandis qu'une épaule continuait à s'abaisser et que des doigts se tendaient vers une tige d'herbe (mais cette dernière, se balançant simplement, resta à luire au soleil... où cela s'était-il déjà produit – qu'est-ce qui s'était redressé et qui s'était mis à se balancer ?...), et elles disparurent toutes à travers les arbres, d'un pas rapide, chaussées de bottines à boutons ; un petit garçon à moitié nu qui faisait semblant de chercher une balle dans l'herbe répéta automatiquement et moqueusement un fragment de leur chanson (ce que les musiciens appellent un « refrain-bouffon »). Quelle mise en scène ! Que de travail dans cette scène légère et furtive, dans la prestesse de cette traversée, que de muscles cachés sous ce drap noir à l'apparence lourde que l'on échangerait, après l'intermède, pour des tutus de gaze !

Un nuage bloqua le soleil ; dans la forêt, la lumière partit à la dérive et s'éteignit graduellement. Fiodor marcha jusqu'à la clairière où il avait laissé ses vêtements. Dans le trou sous un buisson qui les abritait toujours d'une manière si obligeante, il ne trouva maintenant qu'une seule espadrille ; sa couverture, sa chemise et son pantalon avaient disparu. On raconte qu'un passager qui avait, par mégarde, laissé tomber son gant de la fenêtre d'un train jeta promptement l'autre afin que la personne qui les trouve ait la paire au moins. Dans ce cas, le voleur avait agi à l'inverse : les vieilles espadrilles usées jusqu'à la corde ne lui étaient probablement d'aucune utilité, mais pour se moquer de sa victime, il avait défait la paire. En plus, un bout de journal avait été laissé dans l'espadrille avec l'inscription au crayon : *Vielen Dank.*

Fiodor se promena aux alentours, ne trouvant rien et personne. La chemise était élimée et ça ne lui faisait pas grand-chose de l'avoir perdue, mais il était un peu attristé de la perte du plaid (apporté de Russie) et du bon pantalon de flanelle assez récemment acheté. En même temps que le pantalon avaient disparu vingt marks qu'il avait obtenus deux jours auparavant pour un paiement partiel de sa chambre au moins. Un petit crayon, un mouchoir et un trousseau de clés avaient également disparu. En un sens, la perte de ce dernier était pire que tout. Si personne ne se trouvait à la maison, ce qui pourrait bien être le cas, il lui serait impossible d'entrer dans l'appartement.

Le bord d'un nuage s'enflamma d'une manière éblouissante, et le soleil en sortit. Il émettait une force si chaude et si sereine que Fiodor, oubliant sa contrariété, se coucha sur la mousse et se mit à surveiller le colosse neigeux suivant qui s'approchait, dévorant le bleu en s'avançant : le soleil s'y faufila en douceur, son limbe de feu funèbre frémit et se défit en glissant à travers le cumulus blanc – et puis, trouvant une issue, il lança d'abord trois rayons et ensuite s'épanouit, remplissant les yeux de feu tacheté, les blackboulant (de telle sorte que dans quelque direction que vous regardiez, des motifs de dominos passaient légèrement) – et comme la lumière se faisait plus intense ou disparaissait, toutes les ombres de la forêt respiraient et faisaient des tractions.

Un léger soulagement accidentel lui fut fourni par le fait que grâce au départ des Chtchegolev pour le Danemark le lendemain, il y aurait un trousseau de clés en plus – ce qui voulait dire qu'il n'avait pas besoin de parler de la perte du sien. Départ, départ, départ ! Il imagina ce qu'il n'avait cessé d'imaginer au cours des deux derniers mois – le commencement (demain soir !) de sa vie complète avec Zina – la délivrance, l'apaisement – et pendant ce temps un nuage gorgé de soleil, faisant le plein, grandissant, aux veines turquoise gonflées avec une démangeaison brûlante dans son réservoir à tonnerre, s'éleva dans toute sa splendeur emphatique et lourde, l'embrassa ainsi que le ciel et la forêt, et résoudre cette tension semblait une joie monstrueuse que l'homme ne pouvait supporter. Un coup de vent lui passa sur la poitrine, son excitation s'apaisa lentement, l'air devint sombre et lourd, il fallait se dépêcher de rentrer. Une fois de plus il chercha sous les buissons, puis il haussa les épaules, resserra la ceinture élastique de son maillot et prit le chemin du retour.

Quand il quitta la forêt et commença à traverser une rue, la viscosité goudronneuse de l'asphalte sous ses pieds nus se révéla être une nouveauté agréable. Il était également intéressant de marcher sur le trottoir. Une légèreté de rêve. Un passant d'un certain âge coiffé d'un feutre noir s'arrêta, se retourna pour le regarder et fit une remarque grossière – mais immédiatement, compensation heureuse, un aveugle, assis contre un mur de pierre avec un concertina, marmotta sa petite demande d'aumône et fit sortir un polygone de musique comme s'il n'y avait rien d'exceptionnel (bizarre cependant, il a certainement entendu que j'étais pieds nus). Deux écoliers crièrent après le piéton nu en passant accrochés à l'arrière d'un tramway, et puis les moineaux revinrent se poser sur le gazon entre les rails d'où ils avaient été effarouchés par le vacarme du wagon jaune. Des gouttes de pluie s'étaient mises à tomber, et c'était comme si on avait posé des pièces d'argent sur diverses parties de son corps. Un jeune policier se détacha d'un kiosque à journaux et vint vers lui.

« C'est défendu de se promener en ville comme ça », dit-il en regardant le nombril de Fiodor.

« On m'a tout volé », expliqua brièvement Fiodor.

« Ça ne doit pas arriver », dit le policier

« Oui, mais c'est tout de même arrivé », dit Fiodor

en opinant de la tête (plusieurs personnes s'étaient déjà arrêtées près d'eux et suivaient le dialogue avec curiosité).

« Volé ou pas, vous pouvez pas vous promener dans les rues à poil », dit le policier en se mettant en colère.

« D'accord, mais il faut bien que je me rende à la station de taxis, vous comprenez ? »

« Oui, mais pas comme ça. »

« Malheureusement, je ne puis me transformer en fumée ou faire pousser un complet. »

« Et moi je vous répète que vous pouvez pas vous balader comme ça », dit le policier. (« Impudence inouïe », commenta une grosse voix à l'arrière.)

« Dans ce cas », dit Fiodor, « il ne vous reste plus qu'à aller me chercher un taxi pendant que j'attends ici. »

« Attendre nu est également impossible », dit le policier.

« Je vais enlever mon maillot et imiter une statue », suggéra Fiodor.

Le policier sortit son calepin et il arracha avec un tel emportement le crayon de son étui qu'il le fit tomber sur le trottoir. Un ouvrier le ramassa servilement.

« Nom et adresse », dit le policier bouillonnant de colère.

« Comte Fiodor Godounov-Tcherdyntsev », dit Fiodor.

« Cessez de faire le drôle et dites-moi votre nom », rugit le policier. Un autre s'amena ; il était d'un rang plus élevé et il s'enquit de la difficulté.

« Mes vêtements ont été volés dans la forêt », dit patiemment Fiodor et il sentit soudainement que la pluie l'avait trempé jusqu'aux os. Un ou deux badauds avaient couru à l'abri d'une marquise et une vieille femme qui était debout à côté de lui ouvrit son parapluie, lui faisant presque sauter l'œil.

« Qui les a volés ? » demanda le brigadier.

« Je ne sais pas et, en plus, je m'en fous », dit Fiodor. « Pour l'instant, je désire rentrer chez moi et vous me retenez. »

La pluie devint subitement plus dense et balaya l'asphalte ; la totalité de sa surface semblait être couverte de petites chandelles bondissantes. Le policier (complètement morfondu et noirci par l'humidité) considéra sans doute la rafale de pluie comme un élément dans lequel un maillot de bain était, sinon approprié, du moins tolérable. Le plus jeune essaya encore une fois d'obtenir l'adresse de Fiodor, mais son chef fit un signe de la main et pressant légèrement le pas ils battirent tous deux en retraite sous la marquise d'une épicerie. Fiodor qui était tout luisant courut sous le crépitement de la pluie, tourna un coin et s'engouffra dans une automobile.

Arrivé à la maison, il dit au chauffeur d'attendre ; il pressa le bouton, qui jusqu'à vingt heures ouvrait automatiquement la porte d'entrée, et il se rua dans les escaliers. Marianna Nikolavna vint lui ouvrir ; le vestibule était plein de gens et de choses : Chtchegolev en manches de chemise, deux types qui se débattaient avec une caisse (dans laquelle, il semble, se trouvait le poste de radio), une modiste accorte avec une boîte à chapeau, un rouleau de fil métallique, une pile de linge de retour de la blanchisserie...

« Vous êtes fou ! » s'écria Marianna Nikolavna.

« Pour l'amour de Dieu, payez le taxi », dit Fiodor, faufilant son corps glacé entre les gens et les choses, et finalement par-dessus une barricade de malles, il se fraya un chemin jusqu'à sa chambre.

Ils dînèrent tous ensemble ce soir-là, et plus tard on attendait les Kassatkine, le baron balte, une autre personne ou deux... A table, Fiodor fit un compte rendu embelli de sa mésaventure, et Chtchegolev rit de bon cœur tandis que Marianna Nikolavna voulait savoir (non sans raison) combien d'argent il y avait dans le pantalon. Zina se contenta de hausser les épaules et, avec une franchise inhabituelle, elle pria Fiodor de se servir de vodka, craignant selon toute évidence qu'il n'ait pris froid.

« Eh bien, notre dernière soirée ! » dit Boris Ivanovitch après avoir ri à cœur joie. « Tous mes vœux de prospérité, signor. On m'a dit l'autre jour que vous avez expédié un article assez rosse sur Petrachevski. Très louable. Écoute, maman, il y a là une autre bouteille, inutile de la prendre avec nous, donne-la aux Kassatkine. »

«... alors vous allez demeurer orphelin, continua-t-il en se jetant sur la salade italienne et la dévorant avec le plus grand laisser-aller. Je doute que notre Zinaïda Oskarovna s'occupe très bien de vous. Pas vrai, princesse ? »

«... Oui, c'est comme ça, mon vieux, dé jeté, roi maté. Je n'ai jamais pensé que la fortune allait me sourire – touchons du bois, touchons du bois. Tiens, l'hiver dernier seulement, je me demandais que faire : me serrer la ceinture ou vendre Marianna Nikolavna à la brocante ? Vous et moi, on a eu un an et demi de cohabitation, si vous me permettez l'expression, et demain on se sépare – probablement pour toujours. L'homme est le jouet du destin. Tel qui pleure vendredi, dimanche rira. »

Quand le dîner fut terminé et que Zina fut descendue pour faire entrer les invités, Fiodor se retira sans bruit dans sa chambre où tout était animé par la pluie et le vent. Il ferma à demi les battants de sa fenêtre, mais un instant plus tard la nuit dit : « Non », et avec une sorte d'insistance aux yeux écarquillés, des coups dédaigneux, elle entra à nouveau. « J'ai été transporté de joie en apprenant que Tania avait une petite fille, et je suis terriblement content pour elle et pour vous. L'autre jour j'ai écrit une longue lettre lyrique à Tania, mais j'ai le désagréable sentiment d'avoir mis la mauvaise adresse : j'ai écrit un autre chiffre au lieu de : "122", sans penser, juste comme je l'ai fait une fois auparavant, je ne sais pas pourquoi ça arrive – on écrit une adresse des tas de fois, automatiquement et correctement, et puis tout d'un coup on hésite, on regarde consciencieusement et on voit qu'on n'est pas très sûr, ça semble singulier – très étrange... Vous savez, c'est comme prendre un mot simple, mettons "pantin" et le répéter jusqu'à ce qu'il devienne complètement étrange et bizarre, quelque chose dans le genre de "paon teint" ou "tympan". Je crois qu'*un jour* ça arrivera à la totalité de la vie. De toute façon, souhaitez à Tania de ma part tout ce qu'il y a de joyeux, de vert et qui rappelle l'été de Léchino. Demain mes propriétaires s'en vont et je suis hors de moi de joie : *hors de moi* – situation très agréable, comme sur un toit la nuit. Je vais demeurer Agamemnonstrasse un autre mois et puis je déménagerai. Je ne sais pas comment les choses vont s'arranger. A propos, mon Tchernychevski se vend plutôt bien. De fait, qui vous a dit que Bounine en avait fait l'éloge ? Ça me semble déjà de l'histoire ancienne maintenant, les efforts que m'a coûtés le livre, et toutes ces petites tempêtes de la pensée, ces soucis de la plume – et à présent je suis complètement vide, propre et prêt à recevoir de nouveaux locataires. Vous savez, je suis noir comme un gitan à force de prendre le soleil du

Grünewald. Quelque chose commence à prendre forme – je crois que j'écrirai un roman classique, avec des personnages "typiques", l'amour, le destin, des conversations... »

La porte s'ouvrit soudainement, Zina entra à demi et sans lâcher la poignée elle lança quelque chose sur son bureau.

« Paie ça à maman », dit-elle ; elle le regarda en plissant les yeux et elle disparut.

Il déplia le billet. Deux cents marks. La somme semblait colossale, mais un bref calcul démontra que ça suffirait à peine pour les deux derniers mois – quatre-vingts plus quatre-vingts et trente-cinq pour le mois à venir, à partir de maintenant sans repas. Mais tout s'embrouilla quand il commença à songer qu'il n'avait pas pris le déjeuner au cours du mois précédent, mais d'un autre côté il avait reçu des dîners plus conséquents ; en plus de ça, il avait fait une contribution de dix (ou quinze) marks durant ce temps, et d'un autre côté il devait de l'argent pour des conversations téléphoniques et une ou deux bagatelles, comme le taxi d'aujourd'hui. La solution du problème le dépassait, elle l'ennuyait ; il fourra l'argent sous un dictionnaire.

«...et des descriptions de la nature. Je suis très content que vous relisiez mon truc une autre fois, mais il est temps de l'oublier maintenant – ce n'était qu'un exercice, un essai, une tentative avant les vacances scolaires. Vous me manquez énormément, et peut-être (je le répète, je ne sais pas comment ça va s'arranger...) vous rendrai-je visite à Paris. D'une manière générale, j'abandonnerais ce pays demain – opprimant comme un mal de tête – où tout m'est étranger et me répugne, où un roman qui parle d'inceste, un fatras prétentieux, une histoire de guerre pseudo-brutale, d'un style emphatique à vous écœurer, est considérée comme le sommet de la littérature : où, en fait, il n'y a pas de littérature, et où il n'y en a pas eu depuis longtemps ; où l'on a toujours la même botte et le même casque crevant la brume de la plus monotone des humidités démocratiques – également pseudo – ; où l'"intention sociale" que l'on exige de la littérature en Russie a été remplacée par l'opportunisme social – et ainsi de suite, ainsi de suite... Je pourrais continuer beaucoup plus longtemps – et il est amusant de voir qu'il y a cinquante ans, chaque penseur russe avec une valise gribouillait exactement la même chose – une accusation si évidente qu'elle en est même devenue banale. Plus tôt, cependant, au milieu doré du siècle dernier, grand Dieu, quels transports ! "*Gemütlich* petite Allemagne" – *ach*, maisonnettes en brique, *ach*, les bambins vont à l'école, *ach*, le paysan ne frappe pas son cheval avec un gourdin !... Peu importe, il a sa propre façon allemande de le torturer, dans un coin confortable, avec un fer rouge. Oui, il y a longtemps que je serais parti, mais il y a certaines circonstances personnelles (pour ne rien dire de ma merveilleuse solitude dans ce pays, le merveilleux contraste salutaire entre mon habitus intérieur et le monde terriblement froid qui m'entoure ; vous savez, dans les pays froids, les maisons sont plus chaudes que dans le Sud, mieux protégées et mieux chauffées), mais même ces circonstances personnelles sont susceptibles de prendre une tournure telle que bientôt, peut-être, je quitterai le Vaterland et les emmènerai avec moi. Et quand retournerons-nous en Russie ? Quelle sentimentalité idiote, quel gémissement rapace notre innocent espoir ne doit-il pas communiquer aux gens en Russie. Mais notre nostalgie n'est pas historique – simplement humaine – comment leur expliquer ça ? Il m'est plus facile, bien sûr, qu'à un autre de vivre à l'extérieur de la Russie, parce que j'ai la certitude que je reviendrai – d'abord parce que j'ai emporté la clé, et deuxièmement parce que, peu importe quand, dans cent, deux cents ans – j'y vivrai dans mes livres – ou du moins dans la note en bas de page de quelque chercheur. Voilà, maintenant nous avons un espoir historique, un espoir historico-littéraire... "J'ai soif d'immortalité – même de son ombre terrestre !" Aujourd'hui je vous écris des absurdités ininterrompues (suite d'idées ininterrompues) parce que je suis bien et heureux – et en plus de ça, tout ceci a quelque chose à voir d'une façon détournée avec le bébé de Tania.

« La revue littéraire dont vous me demandez le titre se nomme *La Tour*. Je ne l'ai pas, mais je crois que vous la trouverez dans n'importe quelle librairie russe. Je n'ai rien reçu d'oncle Oleg. Quand l'a-t-il envoyé ? Je crois que vous confondez quelque chose. Voilà, c'est à peu près tout. Portez-vous bien, je vous embrasse. Voici la nuit, la pluie tombe calmement, elle a trouvé son rythme nocturne et elle peut continuer pour l'éternité. »

Il entendit le vestibule se remplir de voix qui s'apprêtaient à partir, il entendit tomber un parapluie et l'ascenseur appelé par Zina gronder et s'arrêter. Tout était calme à nouveau. Fiodor se rendit à la salle à manger où Chtchegolev était assis en train de casser les dernières noix, mâchant d'un côté, et Marianna Nikolavna enlevait le couvert. Son visage grassouillet d'un rose foncé, les ailes lustrées de son nez, les sourcils violets, ses cheveux abricot qui devenaient d'un bleu hérissé sur sa nuque grasse et rasée de près, son orbite azur au canthus encrassé de khôl, plongeant momentanément son regard dans le jus plein de lie au fond de la théière, ses bagues, sa broche de grenats, le fichu orné de fleurs sur ses épaules, tout cet ensemble constituait un tableau grossièrement mais richement barbouillé d'un genre un peu banal. Elle mit ses lunettes et sortit une feuille couverte de chiffres quand Fiodor demanda combien il lui devait. Sur quoi Chtchegolev haussa les sourcils d'étonnement : il avait la certitude qu'ils n'obtiendraient pas un centime de plus de leur pensionnaire, et comme il était dans le fond un homme bienveillant il avait conseillé à sa femme, la veille seulement, de ne pas harceler Fiodor mais de lui écrire une semaine ou deux plus tard de Copenhague en le menaçant d'aller jusqu'à sa famille. Après avoir réglé son compte, Fiodor garda trois marks et demi des deux cents, et il s'en alla se coucher. Dans le couloir, il rencontra Zina qui revenait d'en bas. « Alors ? » dit-elle, gardant le doigt sur l'interrupteur – interjection à demi interrogative à demi insistante qui signifiait approximativement : « Tu viens de ce côté ? J'éteins ici, alors, dépêche-toi. » La fossette sur son bras nu, les jambes habillées de soie pâle et chaussées d'escarpins de velours, le visage penché. Ténèbres.

Il se mit au lit et il commença à s'endormir avec le murmure de la pluie. Comme toujours, à la limite de la conscience et du sommeil, toutes sortes de déchets verbaux firent irruption, scintillant et tintant : « Crissement de cristal sur le parvis sacré sous l'étoile chrysolithique »... et sa pensée, tendant l'oreille un instant, fut tentée de les rassembler et de les utiliser, et il commença à en ajouter de son cru : « Pouchkine est mort. Tolstoï est mort. Et moi je vis. Et la Russie est soviétique... » Mais puisque ceci ne servait à rien, le pointillé des vers s'allongea encore : « Une étoile filante, chrysolithe en croisière, l'avatar d'un aviateur... » Son esprit s'enfonça de plus en plus dans un enfer d'allitérations d'alligator, dans d'infernales coopératives de mots. Au milieu de leur accumulation absurde, un bouton rond sur la taie d'oreiller vint lui tâter la joue ; il se tourna de l'autre côté et sur un arrière-plan sombre des gens nus couraient se jeter dans le lac du Grünewald, et un monogramme de lumière ressemblant à un infusoire glissa en diagonale vers le coin supérieur de son champ de vision subpalpébral. Dans son cerveau, derrière une certaine porte fermée, s'accrochant à la poignée mais lui tournant le dos, son esprit commença à discuter avec quelqu'un d'un secret compliqué et important, mais quand la porte s'ouvrit pour une minute, il se trouva qu'ils parlaient de chaises, de tables, d'étables. Soudainement, dans la brume qui s'épaississait, près de la dernière barrière de péage de la raison, retentit la vibration argentée d'une sonnerie de téléphone, et Fiodor se tourna sur le ventre, tombant... La vibration demeura entre ses doigts, comme si une ortie l'avait piqué. Dans le vestibule, ayant déjà replacé le récepteur téléphonique dans sa boîte noire, se trouvait Zina – elle semblait effrayée. « C'était pour toi », dit-elle d'une voix basse. « Ton ancienne propriétaire, Frau Stoboï. Elle veut que tu viennes immédiatement. Il y a quelqu'un qui t'attend chez elle. Dépêche-toi. » Il enfila un pantalon de flanelle et, haletant, il longea la rue. A cette époque de l'année à Berlin, il y a quelque chose qui rappelle les nuits blanches de Saint-Pétersbourg : l'air était diaphanement gris, et les maisons passaient à la dérive comme un mirage savonneux. Des travailleurs nocturnes avaient défoncé la chaussée à un coin, et l'on devait se glisser à travers d'étroits passages entre des planches, chaque passant recevant à l'entrée une petite lampe qui devait être laissée à la sortie sur un crochet fixé à un poteau ou alors simplement sur le trottoir à côté de bouteilles de lait vides. Abandonnant aussi sa bouteille, il courut plus avant à travers les rues mates, et la prémonition de quelque chose d'incroyable, de quelque surprise surhumaine impossible éclaboussait son cœur d'un mélange neigeux de bonheur et d'horreur. Dans les ténèbres grises, des enfants aveugles portant des lunettes noires sortirent deux par deux d'un bâtiment scolaire et le dépassèrent en marchant ; ils étudiaient la nuit (dans des écoles économiquement sombres qui abritaient le jour des enfants qui voyaient), et l'ecclésiastique qui les accompagnait ressemblait au maître d'école du village de Léchino, Bytchkov. Appuyé à un réverbère et laissant pendre sa tête ébouriffée, les jambes en forme de ciseaux et revêtues d'un pantalon rayé largement évasé et les mains fourrées dans les poches, se tenait un grand escogriffe d'ivrogne que l'on aurait cru fraîchement sorti des pages d'un vieux torchon satirique russe. Il y avait encore de la lumière dans la librairie russe – on servait encore des livres aux chauffeurs de taxis de nuit, et il remarqua à travers l'opacité jaune de la vitrine la silhouette de Micha Berezovski remettant à quelqu'un l'atlas noir de Petrie. Ce doit être dur de travailler la nuit ! L'excitation le fouetta une fois de plus lorsqu'il atteignit ses anciens parages. Il était à bout de souffle à force de courir, et le plaid enroulé était lourd à son bras – il lui fallait se dépêcher, mais il ne se souvenait pas du plan des rues et la nuit cendreuse embrouillait tout, changeant comme dans un négatif la relation entre les parties noires et blanches, et il n'y avait personne pour le renseigner, tout le monde dormait. Soudain, un peuplier se dessina et derrière lui une haute église avec un vitrail d'un rouge violacé divisé en Rhombes de lumière colorée comme un arlequin : à l'intérieur avait lieu un office nocturne, et une vieille femme en tenue de deuil avec de la ouate sous l'arcade de ses lunettes se hâtait de gravir les marches. Il trouva sa rue, mais au bout un poteau avec une main gantée indiquait que l'on devait entrer par l'autre bout où se trouvait le bureau de poste puisque à ce bout-ci, un tas de drapeaux avait été préparé pour les célébrations du lendemain. Mais il craignait de la perdre en faisant un détour et, en plus, de ne pas retrouver le bureau de poste – qui viendrait après – si on n'avait pas déjà envoyé un télégramme à sa mère. Il grimpa à quatre pattes par-dessus des planches, des boîtes et un grenadier miniature avec des boucles, et il aperçut la maison familière et à cet endroit les ouvriers avaient déjà étendu un bout de tapis rouge en travers du trottoir, de la porte à la chaussée, comme on avait coutume de le faire les soirs de bal devant leur maison sur la berge de la Néva. Il monta les escaliers quatre à quatre et Frau Stoboï le fit entrer immédiatement. Ses joues étaient rouges et elle portait une blouse blanche d'infirmière – elle avait pratiqué la médecine autrefois. « Seulement, ne vous excitez pas », dit-elle. « Montez à votre chambre et attendez là. Vous devez vous attendre à tout », ajouta-t-elle avec une note vibrante dans la voix et elle le poussa dans la chambre qu'il avait pensé ne jamais revoir de sa vie. Il la saisit par le coude, perdant contrôle de lui-même, mais elle se dégagea. « Quelqu'un est venu vous voir », dit Stoboï, « il se repose... Attendez quelques instants. » La porte se ferma avec fracas. La chambre était exactement comme s'il y avait encore vécu ; les mêmes cygnes et les mêmes lis sur la tapisserie, le même plafond peint merveilleusement décoré de papillons tibétains (il y avait par exemple *Thecla bieti*). L'attente, la terreur, le givre du bonheur, la montée des sanglots se fondaient en une seule agitation aveuglante alors qu'il demeurait debout au milieu de la chambre, incapable de bouger, tendant l'oreille et ne quittant pas la porte des yeux. Il savait *qui* allait entrer dans un instant, et il s'étonnait maintenant d'avoir douté de son retour : le doute lui semblait maintenant être l'obstination obtuse d'un demeuré, la méfiance d'un barbare, l'autosatisfaction d'un ignare. Le cœur lui battait à se rompre comme celui d'un homme sur le point d'être exécuté, mais en même temps, cette exécution lui procurait une telle joie que la vie s'effaçait devant elle, et il était incapable de comprendre le dégoût qu'il éprouvait d'ordinaire lorsque, dans des rêves hâtivement ébauchés, il évoquait ce qui se passait maintenant dans la vie réelle. Soudainement la porte frémit (une porte éloignée s'était ouverte quelque part derrière celle-ci) et il entendit un pas familier, un pas d'intérieur assourdi par le maroquin. La porte s'ouvrit soudainement, sans bruit mais avec une force terrible, et son père apparut sur le seuil. Il portait une calotte brodée de fil doré et une veste de cheviotte noire avec des poches pectorales pour son porte-cigarettes et sa loupe ; ses joues brunes avec leurs deux rides profondes qui descendaient des deux côtés du nez étaient particulièrement bien rasées ; des poils blancs luisaient comme du sel dans sa barbe sombre ; chaleureusement ses yeux aux cils épais firent en riant un réseau de rides hirsutes. Mais Fiodor demeura immobile, incapable de faire un pas. Son père dit quelque chose mais si doucement qu'il était impossible de comprendre quoi que ce soit, bien qu'on sût d'une certaine façon que c'était lié au fait qu'il était de retour sain et sauf, entier, humain et réel. Et quand même, c'était terrible de s'approcher de plus près – si terrible que Fiodor sentit qu'il mourrait si celui qui venait d'entrer se dirigeait vers lui. Quelque part, dans les chambres situées à l'arrière, retentit en guise d'avertissement le rire frénétique de sa mère, tandis que son père faisait de légers clappements en ouvrant à peine les lèvres, comme il avait coutume de le faire lorsqu'il prenait une décision ou cherchait quelque chose sur la page d'un livre... puis il se remit à parler – et ceci encore voulait dire que tout était très bien et simple, que c'était là la véritable résurrection, qu'il ne pouvait en être autrement, et aussi qu'il était heureux – heureux de ses captures, de son retour, du livre que son fils avait écrit sur lui – et puis enfin, tout devint facile, une lumière perça les ténèbres et son père tendit les bras avec une joie confiante. Fiodor se dirigea vers lui avec un gémissement et un sanglot, et dans la sensation collective du veston de laine, des grosses mains et du tendre picotement des moustaches soignées, une chaleur paradisiaque extatiquement heureuse, vivante, énorme se souleva dans laquelle son cœur glacé fondit et vint se dissoudre.

Au début, la superposition d'une chose sur une autre et la bande pâle et palpitante qui montait était parfaitement incompréhensible, comme les mots d'une langue oubliée ou les parties d'un moteur démonté – et ce fouillis stupide l'agita d'un frisson de panique : je me suis réveillé dans ma tombe, sur la lune, dans le donjon d'un non-être terne. Mais quelque chose se retourna dans son cerveau, ses pensées se clarifièrent et se hâtèrent de peindre la vérité – et il se rendit compte qu'il promenait son regard sur le rideau d'une fenêtre à demi ouverte, sur une table devant cette fenêtre : tel est le traité avec la raison – le théâtre des habitudes terrestres, la livrée de la substance temporaire. Il posa la tête sur l'oreiller et il essaya de rattraper une sensation fugitive – chaude, merveilleuse, qui expliquait tout, mais le nouveau rêve qu'il fit était une compilation sans inspiration, cousue avec les restants de la vie diurne et ajustée à cette dernière.

Le matin était nuageux et frais, avec des mares d'un gris noir sur l'asphalte de la cour, et on pouvait entendre les désagréables coups sourds des tapis que l'on battait. Les Chtchegolev avaient terminé leurs bagages ; Zina était partie au travail et devait rencontrer sa mère pour le déjeuner à une heure au café Vaterland. Heureusement, elles n'avaient pas suggéré que Fiodor se joigne à elles – au contraire, en lui faisant réchauffer du café dans la cuisine où il était assis en robe de chambre, déconcerté par l'atmosphère de bivouac qui régnait dans l'appartement, Marianna Nikolavna l'avait averti qu'il restait dans le garde-manger un peu de salade italienne et du jambon pour déjeuner. Soit dit en passant, la malheureuse personne qui obtenait toujours leur numéro par erreur avait téléphoné la nuit précédente : cette fois elle avait semblé terriblement agitée, quelque chose était arrivé – quelque chose qui demeura inconnu.

Pour la dixième fois, Boris Ivanovitch transféra d'une valise à l'autre des souliers avec leurs embauchoirs, tout propres et brillants – il était exceptionnellement méticuleux en matière de chaussures.

Puis ils s'habillèrent et sortirent, tandis que Fiodor se rasait, effectuait de longues ablutions couronnées de succès et coupait les ongles de ses orteils – il était particulièrement agréable de s'introduire sous un coin serré, et *clip!* – les rognures volaient à travers la salle de bains. Le concierge frappa mais fut incapable d'entrer parce que les Chtchegolev avaient donné un tour de clé à la serrure américaine de la porte du vestibule, et les clés de Fiodor étaient parties à tout jamais. Le facteur lança à travers la boîte à lettres, en faisant claquer le volet, le journal de Belgrade *Pour le Tsar et pour l'Église* auquel souscrivait Boris Ivanovitch, et plus tard quelqu'un jeta un feuillet publicitaire pour un nouveau coiffeur (le laissant dépasser comme un bateau). A onze heures et demie exactement, un aboiement sonore parvint de l'escalier suivi de la descente agitée de l'Alsacien que l'on sortait pour la promenade à cette heure. Un peigne à la main, Fiodor sortit sur le balcon voir si le temps se nettoyait, mais bien qu'il ne plût pas le ciel demeurait désespérément et tristement blanc – et il était difficile de croire qu'on avait pu s'étendre dans la forêt la veille. La chambre à coucher des Chtchegolev était encombrée de vieux papiers, et l'une des valises était ouverte – un objet de caoutchouc en forme de poire y reposait sur une serviette nid-d'abeilles. Une moustache itinérante fit son entrée dans la cour avec des cymbales, un tambour, un saxophone – complètement drapé de musique métallique, avec de la musique éclatante sur la tête, et avec un singe vêtu d'un jersey rouge – et chanta longtemps, tapant du pied et créant des sons discordants, sans réussir cependant à noyer la volée de coups que l'on portait aux tapis sur leurs tréteaux. Poussant la porte avec précaution, Fiodor visita la chambre de Zina où il n'était jamais entré auparavant, et avec la sensation bizarre d'un emménagement heureux il regarda longuement le réveil qui tictaquait avec entrain, la rose dans un verre avec sa tige toute garnie de bulles, le divan qui le soir se transformait en lit et les bas qui séchaient sur le radiateur. Il mangea un morceau, s'assit à son bureau, trempa sa plume et demeura paralysé devant une feuille blanche. Les Chtchegolev revinrent, le concierge s'amena, Marianna Nikolavna brisa un flacon de parfum et Fiodor demeura assis devant la feuille maussade et ne revint à lui que lorsque les Chtchegolev se préparèrent à se rendre à la gare. Il restait deux heures avant le départ du train, mais la gare était très loin. « Je dois avouer que j'aime être là à l'heure pile », dit Boris Ivanovitch avec optimisme, retenant sa manchette et la manche de son veston pour se glisser dans son pardessus. Fiodor essaya de l'aider (l'autre qui n'avait enfilé son pardessus qu'à moitié se déroba avec une exclamation polie et soudainement, dans le coin, se transforma en un horrible bossu), puis alla dire au revoir à Marianna Nikolavna qui, avec une expression bizarrement altérée (comme si elle atténuait et encourageait son reflet), était en train de mettre un chapeau bleu avec un voile bleu devant l'armoire à glace. Tout à coup, il eut étrangement pitié d'elle et après un instant de réflexion, il lui proposa d'aller chercher un taxi à la tête de station. « Oui, je vous en prie », dit Marianna Nikolavna et elle se précipita avec lourdeur vers ses gants sur le sofa.

Il n'y avait pas de taxis à la station, ils avaient tous été pris, et il dut traverser la place pour regarder s'il n'y en avait pas un là. Quand il s'arrêta finalement en voiture devant la maison, les Chtchegolev étaient déjà dans la rue après avoir descendu leurs valises eux-mêmes (les « bagages lourds » avaient été expédiés la veille).

« Alors, que Dieu vous protège », dit Marianna Nikolavna et elle l'embrassa sur le front avec des lèvres de gutta-percha.

« Sarotska, Sarotska, envoyez-nous un télégramotska ! » cria Boris le pasticheur, faisant des signes de la main, et le taxi fit demi-tour et s'éloigna à toute vitesse.

Pour toujours, pensa Fiodor avec soulagement et sifflotant en montant l'escalier.

Ce n'est qu'à ce moment qu'il se rendit compte qu'il ne pouvait entrer dans l'appartement. Ce fut particulièrement exaspérant de soulever le volet de cuivre de la boîte à lettres et d'apercevoir à travers la fente un trousseau de clés qui gisait en forme d'étoile sur le plancher du vestibule : Marianna Nikolavna les avait glissées à l'intérieur après avoir fermé la porte à clé derrière elle. Il descendit l'escalier beaucoup plus lentement qu'il ne l'avait gravi. Il savait que Zina avait l'intention d'aller de son travail à la gare : considérant que le train partirait dans environ deux heures et que le trajet en autobus prendrait une heure, elle (et les clés) ne serait pas de retour avant trois heures. Les rues étaient grises et balayées par le vent : il n'avait personne à qui rendre visite, et il n'allait jamais seul dans les bars ou les cafés, il les détestait violemment. Il avait en poche trois marks et demi ; il acheta quelques cigarettes, et puisque le besoin dévorant de voir Zina (maintenant que tout était permis) était vraiment ce qui enlevait toute lumière et tout sens à la rue, au ciel et à l'air, il se rendit à la hâte au coin où s'arrêtait l'autobus qu'il lui fallait prendre. Le fait qu'il portait des pantoufles et un vieux costume froissé, taché devant, avec un pantalon auquel il manquait un bouton à la braguette, des genoux en tuyau de poêle et une pièce rapportée par sa mère au derrière, ne le troubla pas le moins du monde. Son bronzage et le col ouvert de sa chemise lui donnaient une certaine immunité agréable.

C'était une espèce de fête nationale. Trois sortes de drapeaux pendaient aux fenêtres des maisons : noir-jaune-rouge, noir-blanc-rouge et tout rouge ; chacun signifiait quelque chose, et ce qui est du plus haut comique, ce quelque chose pouvait exciter l'orgueil ou la haine de quelqu'un. Il y avait de grands drapeaux et de petits drapeaux, sur des hampes courtes ou longues, mais rien dans cet exhibitionnisme d'excitation civique ne rendait la ville plus séduisante. L'autobus fut retardé dans la rue Tauentzien par une lugubre procession ; des policiers avec des jambières noires fermaient la marche dans un camion lent et parmi les bannières il y en avait une avec une inscription russe qui contenait deux fautes, *sierb* au lieu de *sierp* (faucille) et *molt* au lieu de *molot* (marteau). Il imagina soudainement les fêtes officielles en Russie, des soldats vêtus de manteaux à longues basques, le culte des mâchoires volontaires, une gigantesque affiche avec un cliché vociférant vêtu de la veste et de la casquette de Lénine, et au milieu du tonnerre des sottises, des timbales de l'ennui et des splendeurs agréables aux esclaves, un petit cri aigu de vérité bon marché. La voilà, éternisée, encore plus monstrueuse dans son ardeur, une répétition des festivités du couronnement de Hodynka avec ses boîtes de bonbons gratuites – regardez leur dimension (comme elles sont plus grosses que les boîtes originales) – et avec sa levée de cadavres superbement organisée... Oh, que tout passe et soit oublié – et dans deux cents ans, une fois encore, un raté ambitieux se déchargera de sa frustration sur les niais qui rêvent d'une vie agréable (c'est-à-dire si *mon* royaume n'arrive pas, où chacun fait bande à part et où il n'y a pas d'égalité et pas d'autorités, mais si vous n'en voulez pas, je n'insiste pas et je m'en fous).

La place Potsdam toujours défigurée par les travaux de voirie (oh ! ces vieilles cartes postales où tout y est si spacieux, avec les cochers de fiacres qui ont l'air si heureux et les traînes des dames à la taille serrée balayant la poussière – mais avec les mêmes bouquetières replètes). Le caractère pseudo-parisien de l'avenue Unter den Linden. L'étroitesse des rues commerçantes au-delà de cette avenue. Pont, péniche, mouettes. Les yeux morts des vieux hôtels de deuxième, troisième, centième classe. Encore quelques minutes de trajet, et il était rendu à la gare.

Il aperçut Zina vêtue d'une robe de crêpe beige et d'un petit chapeau blanc qui courait dans les escaliers. Elle courait, ses coudes roses rivés aux côtés, tenant son sac à main sous le bras – et quand il la rattrapa et l'étreignit à demi, elle se retourna avec ce sourire tendre et trouble, avec cette tristesse heureuse dans les yeux qu'elle avait toujours pour l'accueillir quand ils se rencontraient seuls. « Écoute », dit-elle d'une voix agitée, « je suis en retard, courons. » Mais il répliqua qu'il leur avait déjà dit au revoir et qu'il l'attendrait à l'extérieur.

Le soleil bas qui se couchait derrière les toits semblait être tombé des nuages qui couvraient le restant du ciel (mais ils étaient à présent assez mous et détachés, comme s'ils avaient été peints en ondulations fondantes sur un plafond verdâtre) ; là, dans cette fente étroite, le ciel était en feu et, en face, une fenêtre et quelques lettres métalliques brillaient comme du cuivre. L'ombre longue d'un porteur poussant l'ombre d'un diable engloutit cette ombre, mais au tournant, elle déborda encore à un angle aigu.

« Tu vas nous manquer, Zina », dit Marianna Nikolavna de la fenêtre du wagon. « Mais de toute façon, prends tes vacances en août et viens, on va voir si tu ne peux pas rester pour de bon. »

« Je ne pense pas », dit Zina. « Ah oui, je vous ai donné mes clés aujourd'hui. Ne les emportez pas avec vous, je vous en prie. »

« Je les ai laissées dans le vestibule... Et celles de Boris sont dans le bureau... Peu importe : Godounov t'ouvrira », ajouta Marianna Nikolavna d'un ton apaisant.

« Bien, bien. Bonne chance », dit Boris Ivanovitch de derrière l'épaule rondelette de sa femme et il roula les yeux. « Ah, Zinka, Zinka, t'as qu'à venir là-bas et tu te promèneras en vélo et tu pinteras du lait – c'est la vraie vie. »

Le train donna une secousse et commença à rouler. Marianna Nikolavna fit longtemps des signes de la main. Chtchegolev rentra la tête comme une tortue (et s'étant assis, il émit probablement un grognement russe).

Elle descendit les marches en sautillant – son sac à main pendait maintenant à ses doigts et les derniers rayons du soleil firent danser une lueur de bronze dans ses yeux comme elle s'élançait vers Fiodor. Ils s'embrassèrent avec autant d'ardeur que si elle revenait juste de très loin, après une longue séparation.

« Et maintenant, allons dîner », dit-elle en prenant son bras. « Tu dois être affamé. »

Il fit un signe de la tête. Maintenant, comment expliquer ça ? Pourquoi cet étrange embarras au lieu de la liberté triomphante et volubile que j'attendais si ardemment ? Comme si j'avais perdu l'habitude de Zina, ou alors comme si j'étais incapable de nous adapter moi-même et Zina, l'ancienne Zina, à cette liberté.

« Qu'est-ce qui ne va pas, tu n'as pas l'air dans ton assiette ? » demanda-t-elle attentivement après un moment de silence (ils marchaient en direction de l'arrêt d'autobus).

« C'est triste de se séparer de Boris le Bel », répondit-il, essayant de voir si une plaisanterie résoudrait sa contrainte émotive.

« Et je pense que c'est l'escapade d'hier », dit Zina en souriant, et il décela dans le ton de sa voix une intonation tendue qui correspondait de sa propre façon à la confusion qu'il éprouvait et ils l'accentuèrent et l'augmentèrent donc tous deux.

« Bêtises. La pluie était chaude. Je me sens merveilleusement bien. »

L'autobus arriva, ils montèrent. Fiodor paya les deux billets avec de la monnaie qu'il tenait dans la paume de la main. Zina dit : « Je n'aurai mon salaire que demain, de telle sorte qu'il ne me reste maintenant que deux marks. Combien as-tu ? »

« Très peu. Il ne m'est resté que trois marks cinquante de tes deux cents, et j'en ai déjà dépensé plus de la moitié. »

« Néanmoins, nous en avons assez pour dîner », dit Zina.

« As-tu vraiment envie d'aller au restaurant ? Moi pas tellement. »

« Peu importe, il faudra te résigner. En général, maintenant, c'en est fini de la saine cuisine familiale. Je ne sais même pas faire une omelette. Il faut trouver un moyen de s'arranger. Mais pour ce soir je connais un endroit excellent. »

Plusieurs minutes de silence. Les réverbères et

les vitrines commençaient à s'allumer ; cette lumière prématurée avait rendu les rues grises et étriquées, mais le ciel était radieux et vaste, et les petits nuages au soleil couchant étaient bordés de duvet rose.

« Regarde, les photos sont prêtes. »

Il les prit de ses doigts glacés. Zina debout dans la rue devant son bureau, les jambes bien rapprochées et l'ombre d'un tronc de tilleul traversant le trottoir, comme un mât de charge abaissé devant elle ; Zina assise de côté sur le rebord d'une fenêtre avec une couronne de soleil autour de la tête ; Zina au travail, mal photographiée, visage assombri – mais en compensation, sa royale machine à écrire trônant au premier plan, avec une lueur sur le levier de son chariot.

Elle les replongea dans son sac à main, sortit et remit sa carte mensuelle de tramway dans son étui en cellophane, sortit un petit miroir, y jeta un coup d'œil, mettant à nu le plombage de sa dent de devant, replaça le miroir à l'intérieur, referma son sac avec un bruit sec, le posa sur ses genoux, regarda son épaule, fit tomber un peu de peluche, mit ses gants, tourna la tête vers la fenêtre – faisant tout ceci en une succession rapide, les traits en mouvement, clignotant des yeux, mordillant et aspirant l'intérieur de ses joues. Mais à présent elle était assise immobile, détournant son regard, les muscles de son cou pâle tendus et ses mains gantées de blanc reposant sur le cuir verni de son sac.

Le défilé de la Porte de Brandebourg.

Passé la place de Potsdam, juste comme ils approchaient du canal, une femme d'un certain âge aux pommettes saillantes (où l'avais-je vue ?), un petit chien tremblant aux yeux en boule de loto sous le bras, plongea vers la sortie, vacillant et luttant avec des fantômes, et Zina lui jeta un regard furtif et céleste.

« L'as-tu reconnue ? » demanda-t-elle. « C'était la femme de Lorentz. Je crois qu'elle est fâchée avec moi parce que je ne l'appelle jamais. En fait, une femme assez superficielle. »

« Tu as une tache de suie sur la joue », dit Fiodor. « Attention, ne l'étends pas. »

Encore le sac à main, le mouchoir, le miroir.

« Nous devons descendre bientôt », dit-elle. « Quoi ? »

« Rien. Je suis d'accord. Descendons là où tu voudras. »

« Ici », dit-elle, deux arrêts plus loin, lui prenant le coude, forcée de se rasseoir par une secousse, se levant enfin et repêchant son sac comme s'il avait été dans l'eau.

Les lumières avaient déjà pris forme ; le ciel était assez pâle. Un camion passa avec un chargement de jeunes gens qui revenaient de quelque orgie civique, agitant des drapeaux et criant à tue-tête. Au milieu d'un jardin public, sans arbres, consistant en une grande plate-bande oblongue bordée d'un sentier, une armée de roses était en fleur. La petite enceinte ouverte d'un restaurant (six petites tables) face à ce jardin était séparée du trottoir par une barrière peinte à la chaux surmontée de pétunias. A côté d'eux, un verrat et sa truie se nourrissaient, l'ongle noir du garçon de table trempait dans la sauce, et hier, une lèvre avec une plaie a été pressée contre le rebord doré de mon verre de bière... La brume du chagrin avait enveloppé Zina – ses joues, ses yeux rétrécis, le creux de sa gorge, sa fragile clavicule – et tout ceci était mis en valeur d'une certaine manière par la fumée pâle de sa cigarette. Le va-et-vient des passants semblait animer les ténèbres qui s'épaississaient.

Soudainement, dans le ciel vespéral ouvert, très haut...

« Regarde », dit-elle. « Quelle beauté ! »

Une broche avec trois rubis glissait sur le velours noir – si haut que l'on ne pouvait même pas entendre le vrombissement du moteur.

Entrouvrant les lèvres, les yeux tournés vers le ciel, elle sourit.

« Ce soir ? » demanda-t-il en levant la tête lui aussi.

Ce n'est que maintenant qu'il avait pénétré dans l'ordre des sentiments qu'il avait coutume de se promettre, lorsqu'il imaginait auparavant comment ils se glisseraient ensemble hors d'un esclavage qui s'était graduellement imposé au cours de leurs rencontres et qui était devenu habituel, bien qu'il reposât sur quelque chose d'artificiel, d'indigne de la signification qu'il avait acquise en fait : il lui semblait impossible de comprendre maintenant pourquoi au cours de ces quatre cent cinquante-cinq jours ils n'avaient pas déménagé de l'appartement des Chtchegolev lui et elle, pour aller habiter ensemble ; mais il savait en même temps d'une façon sous-rationnelle que cet obstacle extérieur n'était qu'un prétexte, rien d'autre qu'une ruse ostentatoire de la part du destin qui avait dressé à la hâte la première barrière qui lui était tombée sous la main pour s'embarquer entre-temps dans l'affaire importante et compliquée qui exigeait secrètement le délai même de développement qui avait semblé dépendre d'une obstruction naturelle.

Méditant maintenant sur les méthodes du destin (dans cette petite enceinte blanche et illuminée, dans la présence précieuse de Zina et avec la participation de la chaude obscurité concave immédiatement derrière la luminosité gravée des pétunias), il trouva finalement un certain fil, un esprit caché, une idée d'échecs pour le « roman » qu'il avait encore à peine projeté et auquel il s'était référé en passant hier dans la lettre à sa mère. C'était cela dont il parlait maintenant, dont il parlait comme si c'était réellement l'expression la meilleure et la plus normale de son bonheur – qui était également exprimé dans une édition plus accessible par des choses telles que le velouté de l'air, trois feuilles de tilleul émeraude qui étaient entrées dans la lumière d'un réverbère, la bière glacée, les volcans lunaires de purée de pommes de terre, des voix vagues, des bruits de pas, les étoiles parmi les ruines de nuages...

« Voici ce que j'aimerais faire », dit-il. « Quelque chose de semblable au travail de la destinée à notre égard. Pense à la façon dont le destin a tout commencé il y a environ trois ans et demi... La première tentative pour nous rapprocher fut grossière et lourde ! Cet emménagement de meubles par exemple : j'y vois quelque chose d'extravagant, un truc où « aucune prise n'est interdite », car ce n'était pas facile d'emménager les Lorentz et toutes leurs possessions dans la maison où je venais juste de louer une chambre ! L'idée manquait de subtilité : nous faire rencontrer par le truchement de la femme de Lorentz. Désirant presser les choses, le destin fit entrer Romanov en scène. Il me téléphona et m'invita à une soirée chez lui. Mais c'est là que le destin fit une gaffe : l'intermédiaire choisi était mauvais, je détestais l'homme et un résultat opposé fut obtenu : à cause de lui, je commençai à éviter tout contact avec les Lorentz – de telle sorte que cet échafaudage encombrant alla au diable, le sort demeurant avec un camion de déménagement sur les bras et ne rentrant pas dans ses frais. »

« Prends garde », dit Zina, « il pourrait se vexer de cette critique et se venger. »

« Laisse-moi continuer. Le destin a fait une seconde tentative, plus simple cette fois mais promettant un meilleur résultat, car j'étais à court d'argent et j'aurais saisi l'offre d'un travail – aider une jeune Russe inconnue à traduire des documents, mais cela aussi échoua. D'abord parce que l'avocat Tcharski s'avéra être un intermédiaire indésirable lui aussi, et deuxièmement parce que j'ai horreur de traduire en allemand – si bien que cela aussi fut une fausse couche. Puis, finalement, après cet échec, le sort décida de ne plus courir de risques, de m'installer directement dans l'endroit où tu vivais. Comme entremetteur, la fatalité ne choisit pas la première personne venue mais quelqu'un que j'aimais et qui prit énergiquement l'affaire en main et ne me permit pas de me dérober. Il est vrai qu'à la dernière minute il se produisit un accroc qui faillit tout gâcher : dans sa hâte – ou par avarice – le destin ne te montra pas au moment de ma visite ; bien sûr, après avoir causé cinq minutes avec ton beau-père – que la fatalité avait eu l'imprudence de faire sortir de sa cage – je décidai de ne pas prendre la chambre désagréable que j'avais vaguement regardée par-dessus son épaule. Et puis, au bout de son rouleau, incapable de te montrer immédiatement à moi, le destin me montra en dernier ressort désespéré ta robe de bal bleuâtre sur la chaise – et chose étrange, je ne sais pas moi-même pourquoi cette manœuvre réussit, et je puis imaginer le soupir de soulagement que le sort doit avoir poussé. »

« Seulement voilà, ce n'était pas ma robe, c'était

celle de ma cousine Raïssa – elle est très gentille mais laide à faire peur – et je crois qu'elle l'avait laissée là pour que j'y découse ou que j'y couse quelque chose. »

« En ce cas, c'était encore plus ingénieux. Quelle imagination ! Les choses les plus enchanteresses dans la nature et dans l'art reposent sur une duperie. Regarde, tu vois – ça a commencé avec une témérité impétueuse et ça s'est terminé avec la plus délicate des touches finales. N'est-ce pas là l'intrigue d'un roman remarquable ? Quel thème ! Mais ça doit être construit, drapé, entouré d'une vie dense – ma vie, mes passions et mes soucis professionnels. »

« Oui, mais ça deviendra une autobiographie avec l'exécution en masse de tes bons amis. »

« Eh bien, supposons que je brasse, torde, mélange, rumine et régurgite le tout, que j'ajoute des épices de mon cru et que j'imprègne le tout de ma propre substance au point qu'il ne reste de l'autobiographie que de la poussière – le genre de poussière dont on fait les ciels les plus orange. Et je ne l'écrirai pas maintenant, il me faudra longtemps pour le préparer, des années peut-être... De toute façon, je commencerai par faire autre chose – je veux traduire à ma manière quelque chose d'un vieux penseur français – afin d'atteindre une ultime dictature sur les mots, parce que dans mon *Tchernychevski* ils essaient encore de voter. »

« Tout cela est merveilleux », dit Zina. « Ça me plaît énormément. Je crois que tu deviendras un écrivain comme il n'y en a jamais eu auparavant et la Russie sera folle de toi – quand elle reviendra trop tard à son bon sens... Mais, est-ce que tu m'aimes ? »

« En fait, ce que je dis est une sorte de déclaration d'amour », répondit Fiodor.

« Une “sorte de” n’est pas assez. Tu sais il m’arrivera sans doute parfois d’être terriblement malheureuse avec toi. Mais tout compte fait, ça ne fait rien, je suis prête à m’y exposer. »

Elle sourit, ouvrit les yeux tout grands et fronça les sourcils, puis, se renversant légèrement en arrière sur sa chaise, elle commença à se poudrer le menton et le nez.

« Ah, il faut que je te dise – c’est magnifique – il y a un célèbre passage que je crois pouvoir réciter par cœur si je ne m’arrête pas, alors ne m’interromps pas : il y avait une fois un homme... il vivait en bon chrétien ; il faisait beaucoup de bien, parfois par ses paroles, parfois par ses actions, parfois par son silence ; il jeûnait ; il buvait l’eau des montagnes (c’est bon, n’est-ce pas ?) ; il entretenait en lui l’esprit de contemplation et de vigilance ; il menait une vie pure, difficile et sage ; mais quand il sentit venir la mort, au lieu d’y penser, au lieu des larmes de repentir et des séparations douloureuses, au lieu des moines et d’un notaire en noir, il convia à une fête des acrobates, des acteurs, des poètes, une troupe de danseuses, trois magiciens, de joyeux étudiants de Tollenburg, un voyageur de Taprobana, et au milieu de poésies mélodieuses, de masques et de musique, il vida un gobelet de vin et mourut, un sourire insouciant sur le visage... Magnifique, n’est-ce pas ? S’il faut que je meure un jour, je voudrais que ça se passe comme ça. »

« Oui, mais sans les danseuses », dit Zina.

« Oh, ce n’est qu’un symbole de joyeuse compagnie... Nous pouvons peut-être partir maintenant ? »

« Il faut payer », dit Zina. « Appelle le garçon. »

Après cela, il ne leur restait plus que onze pfennigs, en comptant la pièce noircie qu’elle avait ramassée sur le trottoir un jour ou deux auparavant : comme porte-bonheur. Comme ils descendaient la rue, il sentit un frisson rapide lui parcourir la colonne vertébrale, et de nouveau cette angoisse émotive, mais cette fois-ci sous une forme langoureuse différente. Il fallait vingt minutes en marchant lentement pour se rendre chez eux, et l'air, l'obscurité et l'odeur de miel des tilleuls en fleur lui provoqua une succion douloureuse à la base des poumons. L'odeur s'évanouit d'un tilleul à l'autre, et y fut remplacée par une fraîcheur noire, et puis encore, sous la frondaison suivante, un nuage étouffant et lourd s'accumula, et Zina dit, ouvrant les narines : « Ah, sens ça », et de nouveau l'obscurité perdit toute saveur et redevint lourde de miel. Est-ce que vraiment cela va arriver ce soir ? Est-ce que vraiment cela va arriver maintenant ? Le poids et la menace de la félicité. Quand je marche avec toi comme ça, si lentement, et que je te tiens par l'épaule, tout vacille légèrement, ma tête bourdonne, et j'ai envie de traîner les pieds ; mon soulier gauche se détache de mon talon, nous rampons, nous flânons, nous nous estompons dans un brouillard – maintenant nous avons presque complètement fondu... Et un jour nous nous rappellerons tout cela – les tilleuls, et l'ombre sur le mur, et les griffes pointues d'un caniche frappant les dalles de la nuit. Et l'étoile, l'étoile. Et voici le square et l'église obscure avec de la lumière jaune sur son horloge. Et ici, au coin, la maison.

Adieu, mon livre ! Chaque rêve est sujet à la mort aussi : le pauvre Eugène se relève mais son créateur est parti. Et pourtant l'oreille refuse de laisser se taire la muse ; le destin même vibre au loin ; et pour le bon lecteur le point final n'est que virgule, en somme. L'ombre, la continuation de l'existence, à l'horizon de la page, s'ébauche comme les brumes d'un futur matin et la phrase n'a pas de fin.

DU MÊME AUTEUR

CHAMBRE OBSCURE (*Camera Oscura*), *roman*, Grasset, 1934, 1959.

RIRE DANS LA NUIT (*Laughter in the Dark*), nouvelle édition, Grasset, 1992.

LA COURSE DU FOU (*The Defense*), *roman*, Fayard, 1934, repris sous le titre LA DÉFENSE LOUJINE, nouvelle traduction, Gallimard, 1964 et 1991. (Folio nº 2217.)

L'AGUET (*The Eye*), *roman*, Fayard, 1935, repris sous le titre LE GUETTEUR, nouvelle traduction, Gallimard, 1968. (Folio nº 1580.)

LA MÉPRISE (*Despair*), *roman*, Gallimard, 1939, 1959. (Folio nº 2295.)

LA VRAIE VIE DE SEBASTIAN KNIGHT (*The Real Life of Sebastian Knight*), *roman*, Albin Michel, 1951, Gallimard, 1962. (Folio nº 1081.)

NICOLAS GOGOL (*Nikolaï Gogol*), *essai*, La Table Ronde, 1953, nouvelle traduction, Rivages, 1988.

LOLITA (*Lolita*), *roman*, Gallimard, 1959 et 2001. (Folio nº 3532.)

INVITATION AU SUPPLICE (*Invitation to a Beheading*), *roman*, Gallimard, 1960. (Folio nº 1172.)

AUTRES RIVAGES (*Speak Memory*), *souvenirs*, Gallimard, 1961, édition revue et augmentée, 1989. (Folio nº 2296.)

PNINE (*Pnin*), *roman*, Gallimard, 1962. (Folio nº 2339.)

FEU PÂLE (*Pale Fire*), *roman*, Gallimard, 1965. (Folio nº 2252.)

LE DON (*The Gift*), *roman*, Gallimard, 1962. (Folio nº 2340.)

ROI, DAME, VALET (*King, Queen, Knave*), *roman*, Gallimard, 1971. (Folio nº 702).

ADA OU L'ARDEUR (*Ada or Ardor : a Family Chronicle*), *roman*, Fayard, 1975. (Folio nº 2587.)

L'EXTERMINATION DES TYRANS (*Tyrans Destroyed and Other Stories*), *nouvelles*, Julliard, 1977.

REGARDE, REGARDE LES ARLEQUINS! (*Look at the Harlequins!*), *roman*, Fayard, 1978. (Folio nº 2427.)

BRISURE À SENESTRE (*Bend Sinister*), *roman*, Julliard, 1978.

LA TRANSPARENCE DES CHOSES (*Transparent Things*), *roman*, Fayard, 1979. (Folio nº 2532.)

UNE BEAUTÉ RUSSE (*A Russian Beauty*), *nouvelles*, Julliard, 1980.

L'EXPLOIT (*Glory*), *roman*, Julliard, 1981.

MACHENKA (*Mary*), *roman*, Fayard, 1981. (Folio nº 2449.)

MADEMOISELLE O (*Nabokov's Dozen*), *nouvelles*, Julliard, 1983.

LITTÉRATURES I (*Lectures on Literature*), *essais*, Fayard, 1983.

LITTÉRATURES II (*Lectures on Russian Literature*), *essais*, Fayard, 1985.

DÉTAILS D'UN COUCHER DE SOLEIL (*Details of a Sunset*), *nouvelles*, Julliard, 1985.

INTRANSIGEANCES (*Strong Opinions*), *interviews*, Julliard, 1985.

LITTÉRATURES III (*Lectures on Don Quixote*), *essais*, Fayard, 1986.

L'ENCHANTEUR (*The Enchanter*), *roman*, Rivages, 1986.

L'HOMME DE L'U.R.S.S. ET AUTRES PIÈCES (*The Man From the U.S.S.R.*), *théâtre*, Fayard, 1987.

CORRESPONDANCE NABOKOV-WILSON, 1940-1971 (*The Nabokov-Wilson Letters, 1940-1971*), Rivages, 1988.

LA VÉNITIENNE (*The Venitian Lady*), *nouvelles*, Gallimard, 1991. (Folio nº 2493.)

LETTRES CHOISIES, 1940-1977 (*Selected Letters, 1940-1977*), Gallimard, 1992.

LOLITA (scénario) (*Lolita : a Screenplay*), Gallimard, 1997.

POÈMES ET PROBLÈMES (*Poems and Problems*), Gallimard, 1999.

UN COUP D'AILE, *nouvelles*, Gallimard, 1990. (Folio nº 3930.)

Impression Bussière
à Saint-Amand (Cher),
le 3 juillet 2006.
Dépôt légal : juillet 2006.
1er dépôt légal dans la collection : janvier 1992.
Numéro d'imprimeur : 062389/1.
ISBN 2-07-038463-2./Imprimé en France.

145483